上

星河远人

[加] 施定柔 著

浙江文艺出版社

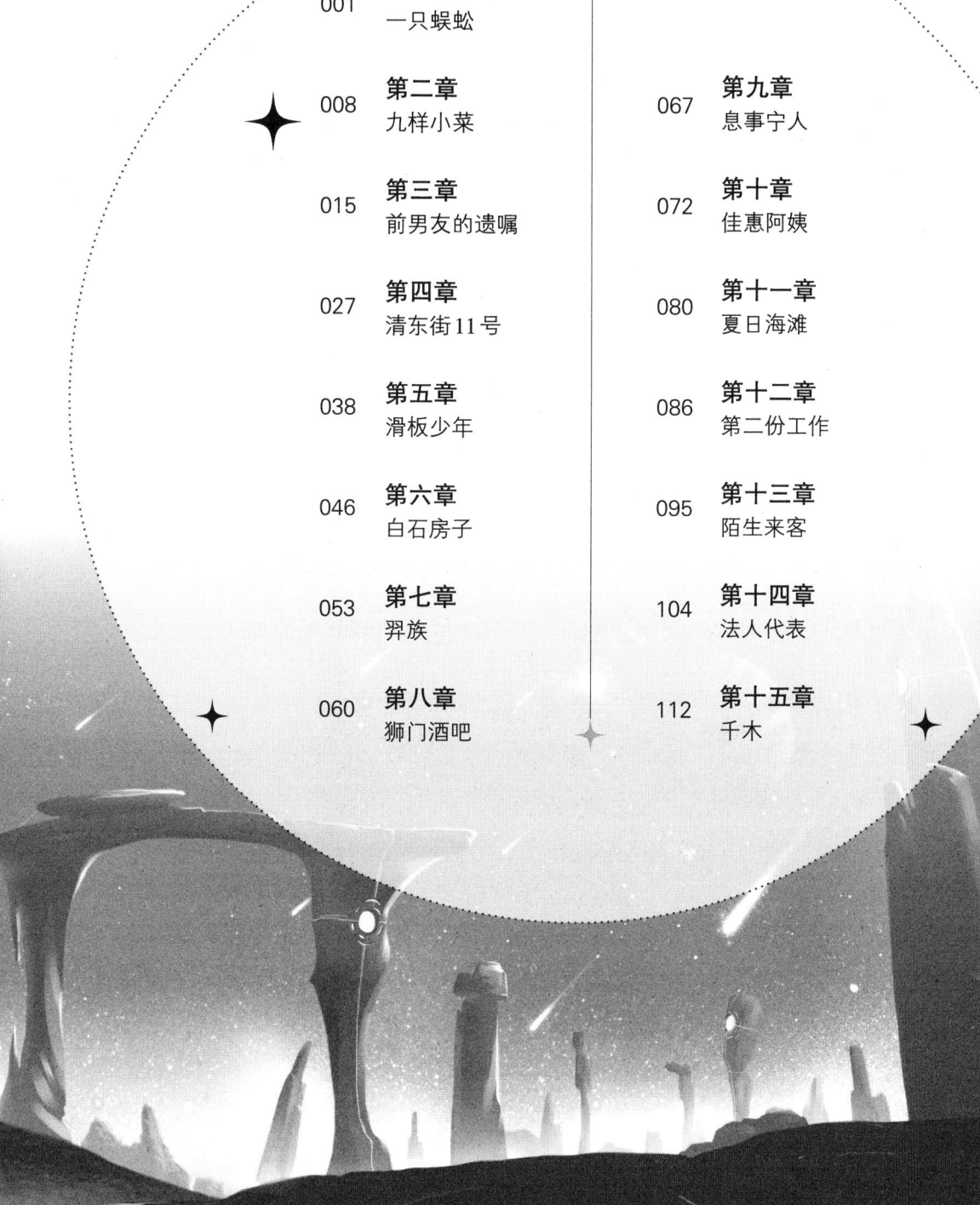

001	第一章 一只蜈蚣		
008	第二章 九样小菜	067	第九章 息事宁人
015	第三章 前男友的遗嘱	072	第十章 佳惠阿姨
027	第四章 清东街11号	080	第十一章 夏日海滩
038	第五章 滑板少年	086	第十二章 第二份工作
046	第六章 白石房子	095	第十三章 陌生来客
053	第七章 羿族	104	第十四章 法人代表
060	第八章 狮门酒吧	112	第十五章 千木

122	第十六章 白鹤楼	192	第二十四章 逻辑推理
129	第十七章 桃花	199	第二十五章 西陵山
137	第十八章 活动中心	211	第二十六章 远人村
142	第十九章 唇枪舌剑	222	第二十七章 美食节
149	第二十章 珞珈的男人	229	第二十八章 基地
159	第二十一章 素菜馆	235	第二十九章 咪塔
169	第二十二章 养老院	241	第三十章 村长
181	第二十三章 一颗眼珠		

第一章
一只蜈蚣

何珞珈开始怀疑人生要从杀死一只蜈蚣那天说起。

那是立春后的第一个周末,确切地说是何珞珈妹妹何珞薇十四岁生日那天。一大早,何珞薇就吵着要去她工作的甜品店吃姜汁蛋挞,何珞珈的室友沈伊湄正好在旁边煮一锅酒酿圆子,她一边往锅里搁桂花糖一边说:"珞薇你别去了,佳惠阿姨想给你买条裙子,今天带你逛商场。"

"不用不用。"何珞珈连忙说,"阿姨昨天带了一下午珞薇,累得够呛。我跟店长说好了,珞薇跟着我们没问题。"

"周末店里比较忙,怕你看不住。"沈伊湄往锅里打了一个鸡蛋,"万一跑了怎么办?"

"不会的。"何珞珈摸了摸妹妹的脸,"她最近很乖的。"

何珞薇不说话,只是瞪着一双又大又圆如漫画里的美少女的黑眼睛,专注地看着何珞珈,安静地点了个头。第一次见到何珞薇的人很容易被她甜美可爱的外表迷惑,他们不知道发病时候的何珞薇是会咬人的。

何珞薇自小患有严重的自闭症,表现为情绪异常、沟通困难,一直也没治好。可是自闭症儿童通常伴有的阅读障碍,何珞薇却完全没有。恰恰相反,何珞薇特别喜欢读书,一本小说捧在手中能使她很快安静下来。作为疗法之一,医生们也鼓励何珞薇多看文学名著,认为这样可以帮她"触摸世界"、提高感知能力。遗憾的是,何珞薇不大能区分小说与现实是两个世界,说话颠三倒四,因此常被小区同龄的孩子们欺负。何珞薇的脾气捉摸不定,一旦狂躁起来,要么不停地打自己的头,要么就追着孩子们乱抓乱咬,下手又不知轻重,有一次把一个男生打得一脸鼻血,愤怒的家长来讨说法,一脚把沈伊湄家的大门踹了个窟窿。

抱歉之余,何珞珈只得自掏腰包给沈伊湄家换了一扇更坚固的防盗门,花掉了她整整一个月的工资。

这样的事件防不胜防,几乎每月都有发生,何珞珈早已学会了临变不乱、遇乱不惊,反正不是道歉就是赔钱,记得省吃俭用就好。何珞珈是个甜点师,在"榛味甜品店"上班,本来和妹妹何珞薇一直住在鹭川市北郊的奶奶家,但为了交通方便,就在花桥路附近的丽珠小区租了个单间,房东李佳惠在鹭川机床厂工作,是个龙门吊司机。李佳惠就是沈伊湄的妈妈。

四个女人挤在三室一厅的老公寓里,老公寓据说是沈伊湄的父亲留下的:李佳惠一间房,沈伊湄一间房,何珞珈带着妹妹何珞薇一间房。每间房都不大,但打理得干干净净。何珞珈和妹妹何珞薇住上下铺,剩下的空间只够放一张小书桌、一把椅子,其他杂物只能塞在床底下。李佳惠要的租金不高,人也热心快肠,不嫌何珞薇有病添麻烦,有空时还能搭把手照看一下,何珞珈心中感激,住得安定,也把李佳惠当亲人相待。

沈伊湄是个大眼睛白皮肤的美女,瘦脸、高颧骨,剪一头波波短发,出门总是一副自带酷感的街头look(服装搭配)。伊湄钟爱大号连帽衫、VANS(范斯)滑板鞋,色彩夸张到何珞珈都不好意思和她同行,生怕拉低了她前卫叛逆的平均值。何珞珈自己则长得比较普通,细挑身材,披肩长发,杏仁眼,瓜子脸,笑起来眼角上翘,精灵可爱,个头也比沈伊湄矮了两厘米。论化妆、论打扮何珞珈都不如沈伊湄线条分明、浓墨重彩。此外,何珞珈的眼睛也有点问题,大是大,却雾蒙蒙的,半个瞳孔都被眼帘盖住了,看上去迷迷糊糊,好像没睡醒,又好像迷了路不知身在何处。何珞珈说自己这副样子要拜三年前那场车祸所赐,自己命是捡回来了,过去的事情却忘光了,要不是有个奶奶,她连自己是谁都不知道了。每当看见似曾相识的东西她总想从记忆里找回一些线索,最终却一无所获,迷蒙的眼神就是一种"无效搜索"的表现。

上大专最后一年,沈伊湄拿着家里的积蓄跟男朋友石光泰在汉震街开了一家奶茶店,不到三个月就倒闭了。之后又倒腾过一年服装,合伙人是石光泰的铁哥们儿。石光泰的铁哥们儿坑蒙拐骗连带转移资金,将生意亏得渣儿都不剩。李佳惠听说后倒是很大度,做生意哪有不交学费的?养老钱没了再挣呗。沈伊湄却很不甘心,跟石光泰暴吵一顿,友谊的小船就此打翻,石光泰便成了前男友。沈伊湄自己没了着落,何珞珈于是介绍她去自己打工的甜品店上班,两个女孩本来就是无话不谈的好朋友,现在又成了同事。

这是一个寻常的周末,阳光明媚,微风习习,空气中还带着几分早春的寒意。从丽珠小区到甜品店步行只要十分钟。她们在街角遇到了一个卖气球的小贩,沈伊湄给何珞薇买了一只粉红色的 Hello Kitty(凯蒂猫)。三人谈笑着走进店里,刚放下手里的东西,沈伊湄忽然"啊"的一声尖叫起来,随即拔足狂奔。尖叫声分贝之高,震得何珞珈耳膜嗡嗡作响。

何珞珈不知道出了什么事,但能让胆大包天的沈伊湄如此尖叫的,肯定是大事!她出于本能地拽着妹妹何珞薇跟着沈伊湄飞跑出门。

三人跑到人行道上,正好碰到赶来上班的店长贺易平,沈伊湄气喘吁吁地说:"店长、店长!店里有只巨大的蜈蚣!"

"巨大?"贺易平怀疑沈伊湄用错了形容词。鹭川是座南方城市,有蜈蚣并不奇怪,但"巨大的"蜈蚣还真是不多。对贺易平来说,"巨大"是用来形容恐龙的。

"巨大!真的!"沈伊湄脸煞白,好像那只蜈蚣正趴在她的头顶上。

紧接着,店里的另一位甜点师龚晓宇也跑了出来:"出什么事了?大呼小叫的?"

"店里有只蜈蚣。"沈伊湄说,"在前台附近的地板上。"

"嚯!"龚晓宇立即缩成了一只虾子,"怎么办?"

"珞珈你也看见了?"贺易平问道。

"没有。"

"这样吧,咱们现场表决一下,"贺易平说,"不怕蜈蚣的人举手。"

只有何珞珈一个人把手举了起来。

"那么珞珈,"贺易平亲切地看着她,"劳驾你进去消灭一下好吗?"

"我去——"何珞珈笑了,"一只蜈蚣而已,吓成这样,至于吗?沈伊湄你没看错吧?会不会是多脚虫?那玩意儿可到处都是,想全部消灭是不可能的——"

"绝对不是!绝对是蜈蚣!这么长,这么宽,足足三十厘米!"沈伊湄瞪大眼睛比画着,"珞珈你快进去。活要见虫死要见尸,不然今天本姑娘绝不踏进这个店!"说完沈伊湄用力跺了跺脚,仿佛在给自己配音似的。

"更正一下:蜈蚣不是虫。有六只脚的才是昆虫,蜘蛛八只脚,蜈蚣几十只脚,它们都不是昆虫,是节肢动物。"贺易平习惯于在关键时刻跑题,"蜈蚣和多脚虫都喜欢潮湿的环境,它们的区别主要在身体和脚的长度上,具体来说——"

何珞珈掉头就走,她才不想上生物课呢。但她迅速掌握了知识点:店里最潮湿的东西就是拖把。

何珞珈跑进店里拿出拖把往地上一抖,果不其然,一只红头黑腹的蜈蚣从拖布里掉了下来,没有三十厘米也有二十厘米,被她一脚踩个正着。何珞珈拾起被踩扁的蜈蚣拿到众人面前:"各位,现在可以上班了吧?"

话音刚落,何珞珈手上的蜈蚣扭动了两下,吓得大家连退三步。何珞珈只得将蜈蚣扔在地上又踩了一脚。

若干年后,每当何珞珈想起那天发生的事,以及由此引来的更多的事,就觉得和那只蜈蚣脱不了干系。

回到店里,贺易平趁机向大家普及了节肢动物的知识点:蜈蚣属于多足亚门唇足纲,蜘蛛属于鳌肢亚门蛛形纲,最常见的昆虫——蚂蚁——属于六足亚门昆虫纲膜翅目……紧接着龚晓宇又把话题引到了澳洲小镇的"蜘蛛雨":百万只蜘蛛从天而降,居民后院盖满了雪白的蛛网……何珞珈和沈伊湄被迫上了半个小时的生物课。

甜品店里的这两个男生经常被爱看耽美小说的沈伊湄拿来组CP。贺易平今年二十五岁,美专毕业,长着一张精致端正的小脸,肤白,胸肌不发达,是个纯良纤细的高个子,说话轻声,待人温厚,店里的人从没见他发过火。何珞珈觉得贺易平是个看上去与世无争、其实心中有数的人,业务上更是了得:收银盘账精确到小数点后面两位数,绝不出错。虽然很少谈自己,但何珞珈猜贺易平家境良好。龚晓宇比贺易平小一岁,个头略矮,相貌和贺易平相似,只是更加健壮一些,胳膊结实得像大力水手,外号"水手大哥"。龚晓宇上过烘焙学校,是店里的主厨。何珞珈一度以为龚晓宇是店长的亲戚,问过后才知道根本不是。一个是花美男,一个是肌肉男,对于鹭口商圈的女孩子们来说,甜点倒在其次,贺易平和龚晓宇他们俩才是促使她们消费的主因。

早上没什么顾客,于是大家坐在一起又开了个小会,议题是如何提高服务质量。没想到说着说着又歪了楼,变成了沈伊湄的吐槽专场,导火索是她提议把榛味甜品搬上美团和抖音以扩大销售和知名度,贺易平却认为没这个必要。

"店长你也太佛系了吧!"开过奶茶店的沈伊湄对失败痛心疾首,总想提醒贺易平不要变成下一个自己,"咱们店的位置本来就不好,不在路口不靠商场,旁边也没有大学、高档小区,客流量总也上不去。甜品这种东西出餐慢,换座时间长,加上这个月芒果、榴莲涨价……昨天一整天卖了不到两百块,你不着急呀?"

"不着急。"贺易平淡淡一笑,不以为然,"小生意小门面人手有限,认真工作各司其职就好了。酒香不怕巷子深嘛,再说了平台也不免费卖货,都是有抽成的。伊湄你嗓子有点哑,要不要我给你倒杯蜂蜜水?"贺易平说话的语调非常独特,每到话尾音调就会自然上扬拖慢,好像唱歌一样。贺易平自己工作勤快,对在店里上班的女生十分体贴,嘘寒问暖是常态,向他提出请假没有不答应的,弄得何珞珈、沈伊湄都觉得不好好工作对不起他。

"不用,我没事!店长,现在人人都用手机,都在上面点外卖,抽点成怕啥呢?咱们的渠道太单一了,团餐、下午茶、生日定制这些都可以有啊,最差也搞个会员制吧?推广做好的话,光是APP上的订单就够你挣的啦。"沈伊湄觉得自己锐意改革的积极性被打击了,"店长,我以前做过奶茶店,对这些步骤都熟,只要你一句话,交给我来办——"

"目前暂时不用。"贺易平丢给沈伊湄一个委婉否定的眼神,示意这个话题可以结束了,"不过谢谢你的建议,伊湄,我会认真考虑的。"

"你几时考虑了?我都说过八百遍啦……"伊湄不肯罢休,又将问题甩给了龚晓宇,"水手大哥,你是从烘焙学校出来的,你的同学应该有不少在甜品店吧?他们的店都是怎么经营的?"

龚晓宇想了想,摸摸脑袋说:"没来往,没问过。"

何珞珈坐在一边,一直没有说话,只是无可奈何地看着沈伊湄。何珞珈心中何尝不是这样想呢?店里的甜品味道不错,这个她可以打包票,但生意不好也是实话。不过何珞珈觉得这不是自己或者沈伊湄应该操心的事,说了也是白说。贺易平天天盘账,收支怎样,够不够付租金人工水电他能不知道?更何况他只是店长,并不是这家店的老板,挂在墙上的营业执照上写得很清楚:"法定代表人:关城。"这个关城是谁,从来没露过面,贺易平也很少提到。何珞珈正想换个话题,甜品店大门忽然开了,进来了一位穿着睡衣、拄着拐杖、走路颤颤巍巍的白胡子老爷爷。

甜品价位较高,老年顾客不多,大家如获至宝地站起来齐声说:"早上好!爷爷请坐,想吃点什么?"

"吃点什么?……我想不起来了……"老爷爷莫名其妙地看着大家,"咦,我干吗要来这里?"

忘性可真够大的。何珞珈笑道:"没关系没关系。您先坐下,慢慢想。我们这儿有刚出炉的戚风蛋糕——"

"哈!想起来了!"老爷爷一拍大腿,指了指天花板,"我看见你们二楼冒烟了,是不是着火了?"

在场的人足足愣了三秒才反应过来。

甜品店分上下两层:一楼大厅,二楼后厨,中间隔着两道门和一个木制的楼梯,密封性能良好,难怪楼下的人不知道。贺易平冲到墙边取下灭火器,拉开通向二楼的侧门,一股呛人的烟气扑面而来。贺易平赶紧把门关上,随手关掉旁边的空调,大声喊道:"所有人都出去!到马路对面的隔离带!何珞珈,打119!"

"要不要上去看一下?"沈伊湄问道,后厨设备昂贵,她不甘心一走了之,"如果没有明火的话——或许可以扑灭?"

"来不及了,快走吧。"贺易平从容说道。

白烟开始从门缝、通风口往外冒,大厅里能闻到一股带着面包、蛋糕和杏仁香气的焦煳味道。

不知是被浓烟吓到,还是体力不支,老爷爷身子一软,往地上歪去,吓得贺易平和龚晓宇一人抱头一人抱脚,抬着老人就往门外跑去。

何珞珈掏出手机正要报警,扫了一眼大厅,身子猛地一震:"珞薇呢?"

何珞薇不见了。

何珞珈清楚地记得,在聊"节肢动物"的时候,何珞薇一直坐在另一张桌子旁,一边安静地看电子书一边吃着蛋挞。

"她是不是已经跑出去了?"何珞珈焦急地问道。

"不大可能!刚才我就坐在门口,"沈伊湄摇头,"珞薇要是出去我肯定知道。"

何珞珈吓出一身冷汗,拉开门就要往二楼冲,被沈伊湄一把拉住:"等一下!"沈伊湄扯下一块桌布往水桶里一浸扔给何珞珈:"披上这个!"

何珞珈将湿淋淋的桌布往肩上一搭,冒着浓烟上了二楼,上面已是一片火海。烟雾呛鼻,熏得何珞珈连眼睛都睁不开。何珞珈连叫了几声"珞薇"却无人回应,身后忽然有人拍了她一下,回头一看,沈伊湄不知何时也上来了,身上也披着一块湿漉漉的桌布,大声问道:"找到了吗?"

何珞珈恐惧地摇了摇头,视线前方一片模糊,但凡肉眼可见之处都没有何珞薇。她一咬牙,猫腰向火势最猛的地方冲去。

二楼只有四十平方米,何珞珈和沈伊湄两人在大火中分头找了一圈也没找到,沈伊湄被烟呛得连连咳嗽,不禁嚷道:"珞薇不在厨房,也许真的跑出去了。咱们快撤吧!"

"等等,还有一个地方!"

何珞珈猛地想起冰柜旁边有一个很小的储物间,是用来堆放作料的,何珞薇有可能藏在那里。她连忙冲过去,拉开门一看,果然,何珞薇席地而坐,正专心地看着手里的电子书。何珞珈拉着何珞薇就往外跑,仓促间将桌上的一袋面粉撞翻了,只听"嘭"的一响,空中粉尘烧出一个巨大的火团,熊熊烈火已将楼梯点燃。下楼是不行了。

"怎么办?"沈伊湄问道。

"跳窗!"

仓皇间三人只得往火势较弱的一个窗口奔去,二楼离地面最多三米,下面是松软的草地,跳下去最多骨折。何珞珈打开窗子往下一看,发现贺易平与龚晓宇手拉着一块巨大的桌布在窗下等着她们:"别怕!一个一个往下跳,我们能接住!"

所有人都逃出来了,榛味甜品店却被烧光了。

第二章
九样小菜

经过调查发现火灾是人为造成的。厨房案台上放着一把厨用喷火枪,是用来做焦糖布丁的。何珞薇趁着大家开会自己溜到楼上,拿着喷火枪玩耍,一不小心点燃了手里的气球……气球里面装的不是氦气,而是真的氢气!

保险公司据此认定投保人这边也有过失,只肯赔偿部分损失。经过两个星期的收尾善后,贺易平在附近的东平路上找到一家一百平方米的甜品店,店家自营七年,有固定会员,店主即将移民,想尽快转让。贺易平带着全体员工仔细考察了一番后觉得店的位置、装修都不错,缺点是设备老旧,需要更换,此外地点在步行街上,竞争对手较多,比如斜对面的"麦糖小屋"也做甜品,瓜分走了不少生意。但步行街客流量大,就像麦当劳旁边总有一个肯德基,竞争也不是坏事,处理得好可以共赢。贺易平偷偷派人过去试吃,回来说手艺不如龚晓宇。比较了一番后贺易平决定接手,除租金外,卖家提出三十万元的转让费,讲了半天价,最终以二十八万元成交。

尽管承受了巨大的损失,自始至终贺易平对何珞珈姐妹没有半句指责,这让何珞珈非常不安。事发次日,当何珞珈了解到起火的原因后,就立即向贺易平道了歉,并表示愿意承担责任,贺易平反而宽慰她:"不要过于自责。你妹妹有病,她不是故意的。"

何珞珈听得心里暖烘烘的,但又不敢太乐观,毕竟贺易平只是老板雇来的管理人员,他不提索赔不等于老板也这么大方。

"店长,你有没有问过老板?"何珞珈小心翼翼地打听,"他打算怎样处理?"

"已经汇报了,他说让我在附近找一家门面重新开始。"

"就……就这些?"

"嗯。"

"这么多损失,保险公司也不全赔,那最后……他自己得掏不少钱吧?"

全部损失是多少,保险公司又赔了多少,贺易平拒绝透露。据何珞珈估算:店铺烧光了是一大笔,新店的租金、设备和转让费又是一大笔,加起来几百万是有的。如果真让她来赔的话,她得工作好几辈子才能还清。想到这里,何珞珈的身子往沙发里缩了缩,感觉整个沙发都要把她给吞掉了似的。

"反正他没提过让咱们掏钱。"贺易平两手一摊,"要说责任我也有。我不应该让珞薇带氢气球进店,那是易燃物品,以前上的消防安全课有提过。唉,当时咱们的注意力都在那只蜈蚣身上……"

"那……老板需要我做些什么吗?"何珞珈又问。

贺易平怔了一下,不明白她的意思:"做什么?"

"弥补过失之类?"

"如果有这个需要,我一定让你知道。"

"老板一定狠狠地说了你一顿吧?"何珞珈垂下头,用力地搓手,"真对不起,让你替我挡枪了。"

"没有,他没说我。"贺易平耸耸肩,"这就是个偶然事件。"

哇,这位传说中的老板岂止佛系,简直就是个圣人!何珞珈觉得既然人家的姿态这么高,自己也不能抱住便宜不撒手,多少得承担一点儿,于是说:"请问我能见见他吗?我想亲自向他道歉……还有……致谢,毕竟一切是由我引起的……我愿意尽我所能赔偿他的损失,哪怕只是一部分……"

"他很忙,手上生意不止一个。他没时间见你——"

"你不是说要更换全套的设备吗?搅拌机、发酵箱、烤炉之类?设备款由我来支付,好不好?"

"珞珈——"

"真的,店长,我坚持!不然我都不好意思继续在这个店里上班了。"为了照顾何珞薇,何珞珈经常需要请假、调班,甜品店工作不忙,时间灵活,店长这么和善,老板又这么宽容,她不可能找到比这更好的东家了。

"行,既然你这么坚持。"贺易平说,"不过我可得提醒你一句:那些设备不便宜哦。"

"我可以的!我有一些存款,这是我应该做的。"生怕贺易平怀疑自己的诚意,何珞珈用力点头。这已经不是她第一次假装自己"能行"其实"根本不行"了。开始的时候何珞珈语气里总透着点心虚,但渐渐地自我消化成了一团胆气、一种动力,撑着她无论多苦多累也要兑现承诺。她手上并没有多少存款,不过钱嘛……是可以借的。

贺易平翻开账本看了看说:"我算了下,设备款的预算是十万元,你确信能够承担?"

"能!这十万元我来付!"何珞珈装出一副信心满满的样子,好像这十万块钱就躺在她的兜里。

何珞珈的脸在笑,心却在滴血。

下班后,沈伊湄拉着何珞珈去吃韩餐,在饭桌上沈伊湄听说了设备款的事,气得用筷子直戳何珞珈的脑袋:"什么?十万块?还是你主动提的?何珞珈,你是傻还是缺心眼?脑子没进水吧!"

"哎——别这么说嘛。老板这一次的损失至少几百万,只赔十万已经很不好意思了。"

"人家有的是钱!也没让你赔!装糊涂很难吗?"

"很难。"何珞珈老实答道,"良心……过不去。"

"真是个榆木脑袋!"沈伊湄叹道,"这么大的火灾,店铺都烧成平地了老板也不动气、不当一回事,原因不是明摆着的吗!"

何珞珈一头雾水:"什么原因呀?你说说?"

沈伊湄压低嗓门:"这个关城——肯定是黑社会老大,开这个店不过是为了洗钱。"

这一点何珞珈绝对没想到,不禁瞪了沈伊湄一眼:"乱讲。"

"这火肯定不是珞薇点的,肯定是他的对头派人点的!哼,看着珞薇有病就想让她背锅,我要是你就根本不承认!那天我们三个在楼上差点儿被烧死——我还没找他赔偿呢!"

"点火的事是珞薇自己承认的呀……"

何止是承认,还描述了所有的细节。何珞薇说以前看姐姐用喷火枪做焦糖布丁,她也想做一个,一不小心点着了氢气球。旁边正好有一盒面粉,她就想用面粉灭火,不料越灭火越大,她一害怕就躲进了储物间……

"人家大老板生意多,这些损失对他来说可能不算什么。"何珞珈说。

"亲爱的,这你就不知道了:越是有钱人就越在乎钱,不然他的钱是从哪来的?靠随便乱花吗?而且越是有钱人就越怕人家占他的便宜,毕竟他们周围挤满了想吃大户的人。我自己做过生意,以我的观察估算,这家店根本不挣钱!就这样老板还维持了好几年,一把火烧光了也不在乎,还要继续开下去。这不是洗钱是什么?你有没有看过《绝命毒师》?后面仓库里堆着的一包包面粉——真的是面粉吗?"

"嘘——别把人家想得那么坏呀。老板和店长都对咱们挺好的,他们只是没什么野心,又或者人家想精打细磨创品牌,不在乎先亏损一段时间?伊湄,我以一个甜品师的名义担保,我们的工作真的不是混时间,水手大哥做的甜点绝对是教科书级别的。我和他强强联手,绝对碾轧对面的麦糖小屋!"

"你俩的水平我当然知道,但做生意营销比技术更重要!酒香也怕巷子深哪。干了这么久你还不觉得奇怪吗?这关老板从不露面,究竟何许人也?咱们老店的位置那么偏僻,客流量那么少,他要真是个生意人,只要在开店之前做个最基本的调查就不会这样选址。而且我的那些建议——会员、团购、加盟之类——他统统不接受,请问他是认真的吗?"

"当然是认真的,只是策略有所不同而已。而且你说的这些渠道手段现在家家都用,照搬的话也不会比人家高明多少。"何珞珈说,"别担心。咱们的老板——不鸣则已,一鸣惊人——在不久的将来肯定会放大招的。"

"大招?不指望!"沈伊湄撇撇嘴,"等攒够了钱我就出来单干,你可以做我的合伙人,咱们一起开店,店名我都想好了,就叫'落梅时光',保证比这个强。"

攒够了钱?何珞珈心想,这要等到什么时候?她不置可否地看着沈伊湄微笑,自顾自地出神了一分钟,沈伊湄的话题已经转到了别处:"哎,上午进货的时候,有没有看见店长和水手大哥共喝一瓶雪碧?你一口我一口的?聊到嗨时笑成一团,互相挤肩膀?"

"又嗑着糖了?"

"可不！还有还有——中饭的时候水手大哥说：店长，我做了两个三明治，要分一个吗？哇，他那么大个，吃一个三明治哪够？分明是暗戳戳地献殷勤……"

"这有啥，人家是好兄弟呗。"

"而且他俩天天各开一辆颜色型号一模一样的特斯拉上班，手表一模一样，手机壳一模一样，情人节那天，他们连袜子都穿得一模一样……"

"哇，嗑糖都嗑到袜子上了，要不要太夸张？"

"那是VANS经典棋盘格的袜子好嘛！四十块钱一双，这么穿肯定是商量好的。"

这边沈伊湄吧啦吧啦地说着，何珞珈的心绪却早已飘远了。她在想自己通过网贷借的八万块钱应该怎么还。那么高的利息自己要不要打第二份工？为了防止何珞薇继续惹事，要不要送她去吉庆街那个专为自闭症患者开放的星光活动中心？费用从哪里出？以前这些事还有奶奶可以商量，但奶奶中风后也就只有自己扛了。

何珞珈最羡慕沈伊湄的地方就是无论遇到什么事，她总能恣意地表达自己，不怕反驳、不惧权威。相比之下，自己则小心谨慎得多。如果她有一个像李佳惠那样的妈妈帮着打点一切，她何尝不想快乐而放肆地做着自己？何珞珈今年也不过二十出头，因为身边有何珞薇，思考问题都成了家长的角度。唉，老了老了……何珞珈愁眉不展地拈着碟子里的豆芽，忽然说："咦，在这吃饭不是一向都送九样小菜的吗？怎么今天只有六样了？"

沈伊湄仔细一数，把服务员叫过来问道："请问这凉菜怎么少了？以前都是九样的？"

"对不起小姐。凉菜的样数是减少了，可单品的菜量差不多是以前的两倍。"服务员赔笑着说，"总量上还多了呢。"

"我不要量多，就要九样小菜。"沈伊湄狠狠地瞪了服务员一眼，"不然我天天上网给你们写差评！"

"别别别，"看沈伊湄那架势得罪不起，服务员连连摆手，"九样马上补齐！"

何珞珈在吃饭上有个怪癖，她只吃素，且喜欢同时吃九样小菜。少了一样，就觉得那顿没吃好。这也是她和沈伊湄一家特别投缘的地方。沈伊湄的妈妈李佳惠是来自吉林的朝鲜族，不仅能说一口流利的朝鲜话，家中至今还保留着朝鲜族的饮食习惯。两个女孩一起吃韩式料理，通常只点一道菜，比如沈伊湄点石锅拌饭，何珞珈就吃奉送的凉拌小碟：冬粉、豆芽、黄瓜、腐皮、土豆、海带、木耳、辣萝卜、辣白菜之类。李佳惠更是做凉拌菜的能手，冰箱里永远存着几盒凉菜供每日三餐取用，何珞珈自己也跟着她学会了许多。

九样小菜补齐后，何珞珈沉重的心情总算得到了强有力的转移。餐厅的电视正好摆在面前，上面正播放着一条自然新闻："……据美国科学家监测发现，昨日上午七点，在靠近加凯尔海底山脉的区域探测到一次剧烈的海底火山爆发。……在过去数十年间，北极冰层四千米以下曾发生过多次火山喷发，喷发最大直径约为两千米，喷射高度达到数百米。鉴于目前北极冰层正以史无前例的速度消融，科学家们认为海底火山可能会对北冰洋的水温产生影响……"

何珞珈不知道自己为什么会注意到这条消息，或许是因为生活太平淡了吧。这个世界跟她究竟是一种什么样的关系，她已经懒得去想了。日子都是围着何珞薇转的：何珞薇的治疗需要花钱、何珞薇的生活需要照顾、何珞薇损坏的东西需要赔偿……何珞薇、何珞薇、何珞薇……这个名字一天要在何珞珈脑海里出现几百遍，挤走了属于她的时光、她的风景、她的未来——但又能怎样？作为姐姐，再难应付也是责无旁贷。

安静而不出差错地度过每一天对何珞珈来说就是最大的满足。

海底火山、北极冰层……当然跟她没关系。但何珞珈忍不住又想，做个科学家真好，可以满世界游荡，去常人去不到的地方、看常人看不到的风光。而她的世界就局限在鹭川市那块以丽珠小区为圆心不足两平方千米的土地上，日出而作、日落而息，周而复始地循环。

见何珞珈的眼睛直直地盯着电视屏幕，沈伊湄也凑了过去："你在看什么？"

"海底火山。"

"关你什么事？"

"不关。"何珞珈无聊地翻着手机，"我想晚上再打一份工，你看这个怎样？'胜凯酒吧晚班请人，全职兼职不拘，无须经验，欢迎试工，绝无色情陪酒……'"

"呃——"沈伊湄冷笑，"绝无色情陪酒——这个你信？"

"人家上面是这么说的……"

"别去！那种地方很乱的！你一个女孩家，上夜班不安全。我明天跟店长说说，看能不能这样：十万元的设备款让老板先帮你垫一下，然后从你的工资里慢慢扣。"

"十万元我已经弄到了。"

"咋弄的？"

"自己的存款加上网贷。"

沈伊湄眼睛瞪圆了："网贷？你疯了！"

这当然不是何珞珈第一次网贷。之前她也遇到过类似的经济危机，包括那扇防盗门，都是靠网贷预先垫付的。何珞珈知道网贷是个无底洞，告诫自己不能上瘾，更不能沦落到拆东墙补西墙的地步，所以每次哪怕累到吐血都一定赶在截止日期之前把款还上。

"你不也贷过吗？"何珞珈反问，"以前做生意的时候。"

"贷过才知道它的可怕呀！"沈伊湄第一次网贷是因为收养了一条得了病的流浪小狗，医生说不行了，劝她安乐。看着小狗可怜巴巴的眼神沈伊湄不忍心，可抢救的费用超过了五千块，最后小狗还是走了。那次经历让她觉得网贷很容易，比厚着脸皮求人借钱方便多了，从此便一发不可收拾。最后沈伊湄被网贷公司的催收员上门堵截喷漆，李佳惠这才发现真相，只得掏钱还账收拾残局。沈伊湄从此向妈妈发誓：以后无论生活还是生意都会量力而行，绝不再碰网贷。

"没事，我能扛住。"何珞珈咬牙强笑。

"那就……尽量少贷？我这边能借你一万，你再问问我妈？"李佳惠平日非常省俭，本来有些积蓄也被沈伊湄这个满脑子成功学、生意经的女儿花得差不多了。何珞珈不想再添麻烦，连忙摆手："不用不用，我自己解决。"

"哎，珞珈——"沈伊湄指着手机上的星座运程，"苏珊大妈说了，你这个月的水逆还没过呢，要熬到下个月的满月才会顺行。到时候土星进入水瓶座，好日子就开始了。别灰心，我相信一句话：所有的事情最后都会OK（好），如果不OK，那就是没到最后。"

何珞珈哪里知道，接下来的事对她来说就更不OK了。

第三章
前男友的遗嘱

吃完晚饭,沈伊湄要去理发逛街,何珞珈要去活动中心接妹妹何珞薇,两个人就分开了。

这一天李佳惠上夜班,何珞珈知道这个时间她不在家,于是领着妹妹上了楼。楼道很黑,她掏出钥匙刚要开门,黑暗中有人咳嗽了一声,把何珞珈吓了一跳。

门边站着一个陌生的男人,四五十岁,大脸盘、小眼睛,戴一副黑框眼镜,穿一件深灰色的夹克,给人一种基层干部的印象。

何珞珈问道:"您好,找哪位?"

"李佳惠在家吗?"

"不在。"

"沈伊湄呢?"

"逛街去了。"

基层干部打量着何珞珈:"那你是——"

"我是租客。佳惠阿姨租给我一间房,我和妹妹住在这里。"

"你叫什么名字?"

"何珞珈。"

"我叫沈超。"男人顿了一下,"我是沈伊湄的爸爸。"

何珞珈愣愣地看着他,半天没有作声。据她所知,沈伊湄十岁的时候李佳惠就跟丈夫离婚了。那时沈伊湄的爸爸也在鹭川机床厂工作,当厂办主任,是厂长身边的红人,一度很是有些权力。后来下海经商挣了不少钱,在外面有了女人,经常夜不归宿,李佳惠就跟他彻底闹掰了。没过多久沈伊湄爸爸就把怀孕的小三扶正了,小三给他生了个儿子,三个人搬到深圳定居,遂与前妻李佳惠一家再无任何往来。

何珞珈本想开门进屋,转念一想,不知李佳惠态度如何,不敢擅自做主让沈超进屋,于是将钥匙悄悄握在掌心,轻声地说:"沈叔叔好。"

"嗯。"沈超注意到了何珞珈的小动作,脸上浮现出一丝讥笑,"你在这住多久了?"

何珞珈觉得沈超的笑容很阴森,心里害怕,嘴也开始结巴:"三,三年了。"

三个人站在门廊上老不进去,何珞薇不高兴地嘟噜起来,嘴里发出奇怪的声音。

"怎么,"沈超观察着何珞薇,完全没有离开的意思,"你们不打算进屋吗?"

何珞珈只得打开门,沈超顺势踱进了客厅,打量完墙壁后长叹一声:"唉,李佳惠是有多恨我,家具全换了,连墙都重刷了。"

"您是刚到的鹭川?"何珞珈把何珞薇送进里屋后,给了沈超一瓶冰绿茶。何珞珈见沈超一直站在客厅正中央,心里寻思着他是不是马上就要走了,没想到他接过饮料后反而一屁股坐到了沙发上,慢吞吞地喝了起来:"前天到的,就住在前面的如家酒店。"

"您慢慢喝茶,我给伊湄打个电话,看她能不能早点回来。"何珞珈有点招架不住,给沈伊湄发短信打电话半天也没人接。

"她大概什么时候回来?"沈超问道,"伊湄?"

"一两个小时吧。"

沈超看了看表,终于站起来说:"那我先走了,还有别的事,下次再来。"

何珞珈松了一口气,忙说:"好的好的。"

沈超走到门口,忽然停步,转身问道:"对了,何——珞珈是吧?你能搬出去住吗?"

"啊?"

"佳惠阿姨可能没告诉过你,这个房子是单位分给我的。房产证上还写着我的名字呢。"

"您这趟回来,是来收……收房子的?"何珞珈急得声音都颤抖了。

"倒也不是。我现在是一个人,单身,我想住回来,和佳惠、伊湄重新生活在一起。"

"……"

"请你尽快搬出去好吗？最好是明天。这一带应该有很多空房可以租。"

"……"

"当然，不要对佳惠说是我要求你搬的，就说是你自愿的。"沈超的语气里有种莫名的权威。没等何珞珈回答，沈超又客气地笑了笑，大步离开了。

何珞珈郁闷地回到卧室，用一只枕头蒙住脸，对着天花板狠狠地号叫了两声。一旁的何珞薇觉得有趣，也拿着枕头蒙住自己的脸跟着乱号起来。何珞珈看着半疯半痴的妹妹，有点想哭，泪水在眼眶里转了半天又被她硬生生地憋了回去。发泄是没有用的，无论身陷何处，只能继续前行。

李佳惠很少提起这个家原来的男主人。她是个普通工人，能住上三室一厅两卫的房子完全是因为沈超不仅是处级干部，而且跟领导关系不错，得到的福利有些"超标"。富贵发迹后，沈超在深圳市中心买了两套公寓，在郊区还拥有别墅，离婚时就没把这套半产权的房子看在眼里。至于现在怎么又成了"单身"，还要住回来，和李佳惠母女挤在一起，就不得而知了，难道是破产了？此外，何珞珈也不清楚李佳惠和沈超之间的感情到底有多深。即使到了中年，李佳惠仍然美貌如花，身边也不乏追求者，她却从未再婚，独自抚养女儿长大，是不是说明沈超在她心中还有一席之地？如果真是这样，何珞珈就真不好意思继续住下去了，有妨碍沈家破镜重圆之嫌。想到这里，她掏出手机开始在租房网上找房子，找了半天也没有找到一家合意的，铁门咣当一响，沈伊湄回来了。

何珞珈连忙走到客厅，告诉她沈超来过了。

"他？"沈伊湄整张脸都皱了起来，"他来干吗？"

"说是……想搬回来住。"

"奇怪。"沈伊湄蒙了一下，"他不是在深圳吗？不是有老婆孩子吗？还回来干吗？"

"我怎么知道。"

"我妈是不会让他住进来的。"沈伊湄若有所失地说。

"你爸对你应该还好吧？"

"嗯。小时候他蛮喜欢我的。"沈伊湄叹道，"他们离婚那阵，我妈不愿意告诉我为什么，只说是合不来。当时我可恨我妈了，觉得是她赶走了我爸。我爸搬走后，足足两个月我都没跟我妈说话。现在我长大了,也谈过恋爱了。唉,怎么说呢,女人了解女人——我爸妈这事儿,我站我妈这边。"

"沈叔叔就住在如家酒店,你要不要去看看他?毕竟他是你爸。"珞珈小声说道。她自己父母早逝,所以她特别渴望亲情。每次看到李佳惠帮刚刚洗完澡的沈伊湄吹头发,珞珈都羡慕得不行,幻想自己也有一个这样的妈妈就好了,温柔的手指在头顶上摸来摸去,一定是件特别舒服的事吧?

"算了,我跟我妈统一战线。我妈让我去我才去。"说罢沈伊湄又摇摇头,"当然,我妈是肯定不会让我去的。"

"他下次再来,我怎么办?"

"别让他进来,就说我妈不欢迎他。"

沈伊湄的性格比较直白,何珞珈不知道李佳惠是不是也这么想。如果再次见到沈超,"不欢迎"之类的话何珞珈是说不出口的,毕竟她不是那个受伤害的人。一想到要面对这样尴尬的场面,而沈超看上去也不像个轻易就能打发掉的,何珞珈咬了咬嘴唇,决定三十六计走为上,于是轻轻说道:"伊湄,我……打算搬出去住。"

沈伊湄怔了一下,吃惊地看着她:"为什么呀?"

"因为……火灾这事吧,我觉得……嗯……珞薇现在是个安全隐患。"

"你要真这么想,她住哪儿都是安全隐患呀。住咱家至少有三个人可以看着她。"沈伊湄说,"而且我们都住在一起三年了,珞薇不是好好的吗?什么事都没有发生过……"

"可是——"何珞珈哭笑不得地看着沈伊湄,什么事都没发生过?你忘了吗?你家不久前刚换过一个四千块的防盗门?

"除非——"沈伊湄抱着胳膊,挑衅地说,"你讨厌我们?"

"不是不是,喜欢你还来不及呢。"

"那干吗突然要提搬走?是不是因为我爸说了什么?"

"没,没有。"

沈伊湄拧了拧何珞珈的脸蛋,将她往怀里一搂:"我不许你搬走!我不舍得,我不答应!"

何珞珈被热情的沈伊湄弄了个大红脸。

"对了,"沈伊湄从包里拿出一个信封,"你有快递,送到楼下我正好碰上,就替你签收了。"

何珞珈想起自己最近在淘宝上买了一些东西，其中有个手机壳应该就是今天到，当下将信封一拆，从里面掏出一张纸和一个五厘米大小的绒布首饰袋。何珞珈将小袋上的绳结解开，往手心里一倒，出来了一条细细的金属手链，当中吊着一个白色的东西，只有小指甲盖一半大小，一端洁白如珍珠，发着釉质的光泽，另一端则用黄金包裹着。仔细一看，竟是一颗人的牙齿。

沈伊湄、何珞珈都喜欢手链，经常会在淘宝上买一堆五颜六色的绳子、珠子一起做手工，做好后五六串同时戴在腕上，一挥手叮当作响。这"牙齿手链"应该是沈伊湄的趣味，她一向喜欢庞克风。

"奇怪，我没买过这种手链呀，"何珞珈说，"是你的吗？"

"不是。"沈伊湄接过去一看，好奇地摇头，"我都不知道有这样的手链卖。谁会把人家的牙齿戴在手上？邪教吗？"

那张纸何珞珈以为是发票，打开一看，竟然是一封信，上面写道：

尊敬的何珞珈女士：

我们怀着万分沉痛的心情通知您：我司的一位尊贵客户方先生近日因病不幸去世。作为方先生的遗嘱执行人，我受托向您通报他的临终遗愿：方先生曾经是您的男朋友，一直对您深爱于心、念念不忘。他愿意将自己名下所有财产包括企业、股权、房产、股票、存款、保险金以及艺术收藏品等全部赠送给您，希望您未来的生活有所保障。

请您在方便的时间，持有效证件和附送的信物，前往清东街11号方宅洽谈具体接收事宜。我们随时恭候大驾。

另：因此事涉及财产数额较高，以及方先生一贯奉行的低调原则，请勿向他人提及，以免影响到您的人身安全。

特此布达，并祝春安。

君诚天盛律师事务所

蒋松林律师

何珞珈看完了信，将它递给沈伊湄，沈伊湄快速地扫了一眼后就哈哈大笑起来:"现在的诈骗信已经精致成这样了。看这信纸,珠光的!看这压纹,烫金的!闻一闻,香气喷你一脸!骗子们为了骗财骗色也是拼了。"

沈伊湄一口气说了一堆,何珞珈的脑子有点转不过弯来,她倒是没从这个角度想过,大概是被信里煞有介事的腔调唬住了,不禁问道:"奇怪,这骗子怎么找上我了?他既然知道我叫何珞珈,又知道我住在这里,就不知道我一穷二白还欠着网贷吗?"

何珞珈觉得,以一个专业骗子的眼光来看,自己绝不是一个合适的目标。同样的工作、同样的住址,沈伊湄看上去比自己有钱多了。一来是因为沈伊湄天生爱美,又卖过服装,每当看到心仪的包包、鞋子,宁肯攒几个月的钱也要把它们买下来,所以在穿着上比何珞珈要高出好几个档次。二来是因为做生意的人讲究行头,怕被对手小看,也养成了沈伊湄她出门必要认真打扮、随时准备见大客户的习惯。再加上李佳惠只有沈伊湄这一个孩子,又离婚了,担心女儿在同学面前没自信,平日里也舍得为她花钱。何珞珈不明白骗子为什么就挑中了她,是她看上去更傻一些吗?

"网络时代,人肉一个人很容易的。"沈伊湄撇了撇嘴,"你看这落款上写着'君诚天盛律师事务所',却连一个图章一个签名都没有,也没有地址电话——法律文书能这么马虎吗?"

"会不会是寄错了?在这个城市,跟我同名同姓的人还是有一些的。"何珞珈说,"也许这封信是写给另一个何珞珈的呢?"

上天有好生之德,君子有成人之美。假如这位"方先生"的前女友生活很困难,这份钱财将是一笔及时的救助。此外,让这个女孩知道这世上曾经有个人一直爱着她、关心她,愿意把毕生积攒的财富送给她——难道不是一件美好的事情吗?

何珞珈自顾自地浮想联翩,冷不防沈伊湄推了她一下:"哎,你还真信啊?何珞珈不是一个常见的名字,跟张三李四不一样好嘛!这信的内容肯定是假的,但特快专递肯定是真的,人家就是专程寄过来骗你的!"说罢沈伊湄撕开一包薯片,一边嘎嘣嘎嘣地吃着一边叹了一口气:"行,既然你不死心,那就先搜一下'蒋松林律师',看看有没有这个人。"

"嗯!"何珞珈连忙点头,"宁可信其有,不可信其无。"

百度上很快显示:在鹭川市鹭昌区的确有一个"君诚天盛律师事务所",在业内小有名气。事务所里的确有一位蒋松林律师,主营的业务中还真有"继承法"这一项。下班时间电话打过去没人接。

然后,她们又去查找清东街11号,看那里是不是真有一个"方宅"。道理很简单,这位方先生如果真的有产业、有股权,还喜欢收藏艺术品的话,住的地方一定很气派,利用地图的全景功能一定能看到。

虽然从小就生活在这座城市,何珞珈和沈伊湄都没听说过"清东街"。这也不奇怪。鹭川市很大,鹭江和它的支流俪水横贯市区,将鹭川市一分为三,形成了鹭口、鹭阳和鹭昌三区隔江而立的格局。清东街在鹭昌区,和她们所住的鹭口区不仅隔着四十分钟的地铁,还隔着一条八百米宽的鹭江。何珞珈很少去鹭昌,记忆中只去过一次,就是带着妹妹去看心理医生,结果心理医生说,何珞薇固然有自闭症,何珞珈自己的心理也有问题,她可能患有"创伤后应激障碍",简称PTSD。从她对妹妹病情高度警觉、过度焦虑上可以看出端倪,让她想办法治疗。

何珞珈觉得自己没毛病,这只是车祸的后遗症。那时她奶奶也中风了,家中有两个病人需要照料,她忙得团团转,没钱也没时间关心自己,还好有沈伊湄一家的帮助,不然她都不知道怎么熬过去。

"清东街在这。咦——怎么回事?"沈伊湄熟练地操作着手机,"这是9号,这是13号……怎么没有11号?"

地图显示清东街一带是个办公区,7号、9号都是办公大楼,13号是个家具仓库,15号是个麻将机仓库,9号与13号之间有个巨大的停车场。

"破绽终于出现了!"沈伊湄一拍大腿,手指着地图,"清东街根本没有11号,如果真有,那就是这个停车场。而且——"她用手指不断地移动着全景图的各种视角,"这附近都是仓库,根本没有住宅区。"

何珞珈想了想,又说:"会不会是律师把街名写错了?"

"亲爱的,你是不是言情小说看多了?求求你快醒醒吧。"沈伊湄捧着何珞珈的头用力地摇晃着,"如果信是真的,那可是正儿八经的法律文件呀!把最关键的细节搞错?这位蒋大律师可以不用在这一行混了。"

"也是哦。"终于,何珞珈开始打退堂鼓了。

"而且,律师、地址、门牌号啥的都不是最大的BUG(漏洞),最大的BUG是:你什么时候有过一位姓方的前男友?如果是暗恋我也就信了,珞珈你值得最好的男人爱你。但这位'方先生'既然声称是你的前男友,就说明你们至少互相认识并且有过一段时间的交往,而你自己居然不知道?这可能吗?这是不是扯?"

何珞珈无言以对。在她的记忆中自己没有谈过任何恋爱:没有前男友,没有现男友,就连心动的对象也没有。不过何珞珈脾气倔强且严重逆反,越被质疑她越要反驳:"我的记忆只有三年……车祸前发生过什么我完全不记得了,也许我以前谈过恋爱呢?"

"好吧,你谈过恋爱。这位方先生这么爱你,也知道你住在哪里,却整整三年没来找你?"

"他不是病了吗?卧床不起?昏迷不醒?"

"所以你还是相信这封信是真的?"沈伊湄哭笑不得地看着她,"何珞珈?"

"如果不是真的,也要证明它是假的,对吧?"何珞珈认真地说,"如果是诈骗,还打着知名律所的旗号,我一定要揭露他,让他不能再去害人。毕竟这世上没头脑、爱上当的小姑娘太多了。"

"没错,你就是其中的一个。"沈伊湄生无可恋,两眼看天,"明知是骗财骗色,也要以身试错!"

这一晚何珞珈没有睡好。

信里的内容反反复复地浮现在她的脑海之中,每个字、每个标点都在暗示着什么。这些年她一直过着机械重复的生活,像一颗行星在预定的轨道上不停地旋转,没有惊喜,没有兴奋,没有放松,没有停顿……她在心中问自己:为什么要相信一封破绽百出的邮件?为什么不立即撕碎扔进垃圾桶?

与其说是盲目、幼稚、轻信,不如说是她在这静如死水的日子里,悄悄地期待一个奇迹。

次日上午,何珞珈在洗手间里给律师事务所打了个电话。电话很快接通了,是个温柔的女声:"您好,这里是君诚天盛律师事务所。"

"请问蒋松林律师在吗?"

"蒋律师在国外度假,您是想预约吗?"

"哦……不是。是这样,我收到了一封他发给我的邮件,是关于遗产继承方面的。我想知道蒋律师这里是否有一位刚刚去世的客户叫方先生?"

"对不起,在没有授权的情况下,我不能在电话里向您透露客户信息。如果您想了解具体情况,可以等蒋律师回来后亲自来律所见他。我现在可以帮您预约。"

"请问他多久回来?"

"一个月以后。"

"您有他的联络方式吗?我想给他打个电话。"

"抱歉,节假日期间蒋律师不接工作电话。"

"……"

何珞珈沮丧地放下手机,回到厨房继续做肉松面包。一旁的龚晓宇正专心地用一把抹刀往蛋糕坯上抹奶油。过了一会儿,何珞珈问道:"水手大哥?"

"嗯?"

"听我奶奶说,我在车祸以前就在榛味甜品店工作?"

"对。"

"工作了多久?"

"大概有一年半吧。"

"那个时候的我,有没有男朋友?"

"没有。"龚晓宇摘下无线耳机,摇头,"没听你说过。"

"那有没有什么男生……经常来这里找我?"

"没有。"龚晓宇的语气十分肯定,"你的生活很规律,上班做点心,下班接妹妹,然后回家。你奶奶身体不好,家务事都是你在做,大多数时候你很乐观,偶尔也会抱怨活得累。"

何珞珈叹了口气,抓起一把肉松均匀地撒在面包上。龚晓宇拍了一下她:"哎,你忘了美乃滋。"

"哦。"何珞珈连忙把面包上的肉松拍下来,找来一把刷子,厚厚地涂上一层美乃滋。

"出什么事了?"龚晓宇问道,"突然提起男朋友?"

"没事,我就随便一问。"何珞珈牢记信中"请勿向他人提及"的嘱咐。

"我倒是可以向你介绍一款不错的相亲APP(手机软件)——"龚晓宇说着,脸不知怎地忽然就红了。沈伊湄正好走进来,打量了龚晓宇一眼说道:"珞珈,店长让咱俩去门口送试吃小样。"

"好啊!"何珞珈麻利地取出四块水果蛋糕,将它们切成麻将大小,用纸杯装了两个小盘,脱下手套,端着蛋糕跟着沈伊湄一起走到店外。

步行街上行人不多。沈伊湄用胳膊肘碰了何珞珈一下,神秘地说道:"哎,有没有看到水手大哥新换的钥匙扣?"

"上面挂着哈士奇的那个吗?"龚晓宇习惯把钥匙拴在手机链上,何珞珈很早就注意到了。

"店长的钥匙扣是法斗唉!"沈伊湄又开始嗑糖,"一个二哈,一个法斗,同一系列,同一设计师……他们肯定是一起买的。"

"那又怎样?我不也跟你一起买过同一系列的手链吗?"

"还有还有,你注意到没,他们之间有个暗号?"

"嗯?"

"就是每当表示赞同,他们喜欢在对方的手臂上轻轻地拍两下。那——就像这样——双击。"沈伊湄模仿着拍了拍何珞珈的手臂。

"这很正常呀,拍两下又怎么了?咱俩每天不知道互相拍了多少次呢。"

"他们是男人唉!这也太频繁了吧?你以为是双击点赞吗?"

"沈伊湄,你究竟想说什么?"

"暗中喜欢,肢体动作才会这么多呗。"

"我看你是嗑糖嗑得有点多。"何珞珈瞪了沈伊湄一眼。

两个女孩一边叽叽喳喳地说笑,一边向路人发着小蛋糕,冷不防一个剃着寸头的男人从对面马路大步横穿过来。看他猴急的样子,何珞珈以为他没吃早饭,连忙将手里的托盘高高举起:"刚出炉的芒果蛋糕,先生您要不要试吃一下?"那人胡乱抓了一块放在手中,没吃也没走,声音沉厚好听,好像电影预告:"沈伊湄,你怎么在这?"

沈伊湄原本背对着男人,一转身,惊道:"石光泰?"

尽管这个名字在何珞珈的耳中经常响起,几乎成了沈伊湄一切倒霉事的同义语,但何珞珈一直没有机会见到这位传说中蒸不烂、煮不熟、捶不扁、炒不爆的"铜豌豆"前男友。只知道分手后,石光泰对沈伊湄死缠不放足足三个月,天天窝在沈伊湄家门口痛声忏悔,还让自己的父母提着长白山老参登门道歉……沈、石两家本就住得很近,父母都在机床厂工作,他们又是高中同学,最后一直闹到家长之间开撕、李佳惠扬言报警这才作罢。

何珞珈不禁眯起眼睛打量起石光泰来，发现沈伊湄的审美还是在线的。石光泰长得很帅，五官俊朗，身材魁梧，单眼皮，浓眉，目光不羁，有点街头少年的痞气。他的气质完全取决于穿着，穿西装革履就是商界精英，穿T恤工装裤就是绑匪。

"我就在这家甜品店上班。"沈伊湄指了指"榛味甜品"的招牌。

"真巧，我在这也有个店，就在那边。"他指了指斜对面。

两个女孩顺着石光泰的手势看过去，脸都白了："麦糖小屋？"

"对，我是老板。"

"老板不是小K哥吗？"麦糖小屋的负责人叫彭克，因为老是戴着一条字母K的粗银项链，大家都叫他小K哥。

"小K哥是我的经理。"

沈伊湄愣了愣，半天没有说话。在她的印象中，石光泰的那个"铁哥们儿"已经把她们所有的钱都坑光了，不知道他的开店的资金是从哪里弄来的。

"伊湄你看，咱俩的缘分还没有完哪。"石光泰挤了挤眼睛，一脸的坏笑，"我在平安街有家分店，因为小K很能干，我很少过来。既然你在这里，那就不一样了……"

"石光泰，"沈伊湄哭丧着脸说，"你别过来行吗？"

"不行。"

"……"

"你知道这家店以前的店主为什么要走吗？"

"人家要移民。"

"NO（不），NO，NO——这不是真相。"石光泰伸出食指摇了摇，附耳过去低声说道，"他是被我挤走的。你要加油哦！实在不行的话，哥哥我这边永远有你的位置。对了，我还没有结婚，你要想当老板娘的话，还有机会——"

"滚！"沈伊湄气得踹了石光泰一脚，石光泰扭身闪过，嘿嘿一笑，大摇大摆地走了。

因为要去养老院看望奶奶，店里也不忙，何珞珈三点就下班了。她请沈伊湄帮忙接一下何珞薇，说自己大概八点左右回家。

等何珞珈赶到养老院才知道最近院里暴发流感，奶奶虽然没事，但很多老人都病了。为了防止外人把病菌带给老人,院里禁止访客,何珞珈只得掉头坐地铁往回走。到了地铁站,何珞珈忽然灵机一动,决定趁机去一趟清东街。

何珞珈不太相信全景地图,上面虽然有实景却经常滞后,有的滞后达半年甚至一年之久。也许那个地方现在已经不是停车场了呢?

第四章
清东街11号

虽然快到下班高峰,地铁居然不挤。何珞珈找到一个座位,想着要坐四十分钟才到,于是闭目养神打起盹来。没过多久就在地铁充满节奏的晃动中睡着了,以至于醒来时离清东街只差一站路了,差点错过。她慌慌张张地随着人流走出地铁站,发现外面电闪雷鸣,不知何时下起了大雨。

何珞珈没带雨伞,看这雨势一时半会儿停不了,心中犹豫,想就地打道回府。但她很快就打消了念头,来都来了,不见真佛就走,太辜负自己的好奇心了。想到这里,她索性到旁边的小卖部买了一把最便宜的伞,向着清东街的方向走去。

空中的乌云将阳光遮得严严实实,手表显示才五点多,但看天色已是夜晚的光景。何珞珈徒步走了十五分钟,看到了一个十字路口,往右一转,出现了清东街的路牌。她立即发现自己走进了一个破旧的仓库区。

马路两边是茂密的梧桐树,大雨之下街上几乎没有行人。一排六角形的街灯在烟树迷离的雾中悄然矗立,雨滴打在铅灰色的屋顶上,发出噼啪噼啪的响声,被呼啸的风刮成了一道道斜线。何珞珈一边吃力地撑着伞,一边辨认着门牌号,看见数目越来越小,这才确定自己走对了方向。离她最近的一个仓库是清东街35号,门口堆放着几十个假人模特儿,大概是服装店里用坏了退回来的,横七竖八地倒在地上,胳膊、腿交织在一起,叠罗汉般地挤成一团,不认真看的话还以为是一群弃尸……

何珞珈继续往前走,道路越来越窄,出现了一块废弃的空地,上面满是零乱的砖瓦。地上躺着一个破碎的石雕,是个鬈发的希腊男子,紧皱双眉,眼神充满了威严。他的半张脸已被泥土埋住,露出高耸的鼻梁,一双被雨水洗得雪白的双臂努力地向前挥着,好像正要从地上爬起来似的。何珞珈猜想这个空地曾经也是个仓库,用来堆放各种石雕,所以地上才会残留这么多的大理石块:有些毫无形状,有些则依稀可辨是一匹马、一把剑、一个盾牌……仿佛走进了古代的战场。

　　劣质的雨伞并不怎么挡雨,何珞珈的外套已经湿透了,她被冻得浑身发抖,开始不停地打起了喷嚏。她是不能生病的,因为家里有太多的事情需要打理,她要一倒下,这个家就跟着倒了。想到这里,何珞珈又开始纠结要不要继续往前走,不经意地回了一个头,发现身后不远处有两个穿着黑色套头衫的男人,分别在马路的两边低头向前走着,对她形成了包抄之势。见她突然停步,两个男人的脚步也同时放缓。

　　何珞珈的心猛地一沉,觉得来者不善,自己大概是被跟踪了。沈伊湄猜得没错,这封信就是用来引她上钩的,只有像她这么傻的人才会相信,才会上当。

　　何珞珈下意识地掏出手机,同时加快了脚步。从手机镜头里可以看到那两个男生也加快了速度,和她始终保持着十米的距离。何珞珈想打电话求救,但是仔细一看手机,居然没有信号!

　　这一下更慌了!何珞珈的心怦怦乱跳,脑袋开始飞转:这一带虽然荒凉,但只要过了那个停车场就有两栋办公大楼,现在是下班时间,那里的人一定很多。想到这里,她把伞一收,拿出冲刺的速度在大雨中狂奔。一边跑一边回头,果然,那两个男人正全速向她追来。

　　何珞珈拼命地跑了十多分钟,一连跑过好几个仓库,终于看见前面有两幢十几层的高楼,上面满是灯光。而在办公楼与仓库之间,果然有一个巨大的停车场。

　　两个男人越追越近,何珞珈在心中计算了一下,她已经来不及跑到办公大楼了,不禁急得六神无主。正在这时,她猛地发现停车场上有道亮眼的白光,定睛一看,是个收费亭。亭中有一个人影,应该是收费员。何珞珈顾不得多想,冲到收费亭边拼命砸门——

　　门是铁的,敲起来很痛:咚咚咚!咚咚咚!

　　门开了,里面坐着一位圆脸大叔,穿一身黑色制服,外罩一件橘黄色的反光马甲,上面印着"停车收费"的字样。大叔的皮肤是古铜色的,三角眼,狮子鼻,下面有个夸张的阔嘴,好像一张口就能把自己吞下去似的。虽然长相古怪,但大叔腰板笔直,挺胸收腹,有一种退伍军人的姿态。大叔看见何珞珈,怪眼一翻,沉声问道:"小姑娘,有事吗?"

不知是因为制服还是因为军人气质,何珞珈顿时有了一种安全感,不管三七二十一地挤进亭中,随手关上了铁门,喘了半天的粗气后说道:"大叔,我被人跟踪了!"

亭子很小,里面还有桌椅,两个人挤在里面非常勉强。为了不和大叔发生肢体接触,何珞珈只好将背紧紧地贴在墙上,探头过去向窗外观察,隔着厚厚的雨帘,视线所及一片灰暗,什么人影也看不见。

"跟踪?"大叔从桌下抽出一根黑色的保安棍,打开门,站在屋檐下向四边张望。过了片刻他走进来说:"这附近没有人,可能已经走了。"见何珞珈惊魂未定,大叔又安慰了一句:"别怕,这里很安全。"说罢递给她一盒纸巾,示意她擦一下脸上的水珠:"你是从哪边过来的?东边还是西边?"

"西,西边。"

"这条街的西边治安不太好哦,下次不要一个人走。"

"好,好的。"

"你要去哪,我帮你叫辆出租吧?"大叔掏出手机正要打开,何珞珈忙说:"我自己来。"

总算有信号了,何珞珈连忙打开叫车软件,正要输入路线,忽然想起此行的目的,不死心地问道:"对了,大叔,向您打听一件事,您知道清东街11号在哪吗?"

"清东街11号?"大叔看着她,嘿的一声笑了,"就在这儿呀。"

"所以说……清东街11号……是个停车场?"

"对。"

何珞珈哑然地看着大叔,一种妥妥地被耍的感觉涌上心头。

"怎么?"见她一脸不相信,大叔的自尊心受到了伤害,"公共停车场就不配拥有门牌号码?"

"配,当然配!那……这附近有没有一个'方宅'?"

大叔皱起眉头:"方宅?"

"就是一座宅院,主人姓方?他应该是个社会成功人士,最近刚刚去世。"

大叔看着何珞珈,上上下下地打量着,半天没有说话。

"情况是这样的，"何珞珈舔了舔嘴唇，"我收到一封信，律师信，通知我去清东街11号的方宅……嗯……洽谈……一些事情。"她本想全盘说出，但想起信中警告，加上被人跟踪，决定谨慎行事。

"我能看下这封信吗？"大叔问。

"对不起，信的内容……需要保密。"

"对不起，那我也不知道方宅在哪儿。"大叔硬邦邦地顶了一句，低头看起了报纸。

话里有话啊——

"大叔，我没骗您——"何珞珈伸出手腕，从一大堆叮当作响的手串中掏出那条"牙齿手链"，递到他面前，"您看，这有个信物……"

大叔抬起头来，眯着眼睛盯着那枚"牙齿"看了两秒，又仔细地打量了何珞珈一下，指着窗外的停车场说："看见那个电线杆了吗？它的下边右手有一辆银色的福特。"

何珞珈顺着大叔的手指看去，停车场上汽车不少，但在那个方向，银色的汽车只有一辆，在雷电之下闪着银光。

"看见了。"

"你朝着那辆车的方向笔直往前走。"

"可是——那附近并没有什么房子呀。"何珞珈疑惑地说。面前的停车场有两个足球场那么大，收费亭是上面唯一的建筑物。她刚被人追踪，心中害怕，根本不敢往外走。

"你想去就去，"大叔抖了抖手里的报纸，"不去拉倒。"

"所以说……清东街11号……的的确确有个方宅？"

大叔漫不经心地"嗯"了一声，没说是也没说不是，一副爱搭不理的样子。何珞珈抻长脖子，透过玻璃窗，仔细地打量着银色的汽车：那片地方黑黢黢的，满排满眼都是忽高忽低的车影。方圆百米之内，除了电线杆，再没有比汽车更高更大的东西了。

既然叫"方宅"，肯定是栋可以住人的房子。肯定不会只是辆汽车……又或者是辆"房车"？

而且，停车场上也没有房车，连个小巴都没有。

何珞珈纠结了半天,决定还是相信自己的眼睛:这一切都是骗人的!于是掏出手机继续叫车,手指刚划拉出APP的页面,大叔蓦地叹了一声,放下报纸问道:"你真不想去吗?"

何珞珈看着大叔,迟疑了一下,摇了摇头。如果外面阳光明媚,行人众多,她一定会去试一试。可是现在……她才不会轻易离开收费亭呢!万一跟踪她的人还没走呢?这一去岂不是自投罗网?

"你不去我去。"大叔忽然起身越过她推开铁门,大步向着银色汽车的方向走去。

"哎!喂——大叔!"何珞珈连忙跟上,一边追一边叫道,"您不能离岗,您还得负责收费哪——"

何珞珈不敢离开收费亭,更不敢离开大叔。那个亭子看上去就像是用薄薄的铁片堆出来的,用力一推就会垮掉。大叔在前面走,她在后面跑,居然追不上!眼看着前面的人影越来越远,想到自己两头都没有着落,何珞珈不禁冷汗淋漓、惊恐万状。忽听空中一声惊雷,她吓得闭上眼睛,再睁开眼时,大叔已经不见了!

在她面前出现了一条街道,依然是铅灰色的马路,两边依然矗立着六角形的路灯,与先前走过的清东街没什么两样。看天光还是黄昏,雨淅淅沥沥地下着,比先前已经小了许多。鹭城气候湿润多变,特别是早春三月,阴雨绵绵,忽冷忽热,像今天这样的暴雨一般夏天才有,而且会连下几天,俗称"沱子雨"。

街边的路牌证实了何珞珈的猜测,上面写着"清东街"三个字。街两旁依然种着高大的梧桐树,只是没了破旧的仓库,取而代之的是一些宅院,疏疏落落地散布在桐荫之下,个个单门独户,门前铺着绿草,窗下种满鲜花。这些房子看上去都是上下两层,但也不是什么深宅大院,在何珞珈所住的丽珠小区北面就有一片类似的别墅区,被大理石砌成的山墙围住,里面有花园球场、假山喷泉、环湖跑道、儿童乐园。沈伊湄有个表姐就住在那里,过生日大宴宾客时,何珞珈还去她家中玩过,在后院吃过烧烤,在恒温水池里游过泳,日子别提多惬意了。沈伊湄说这种别墅区通常会雇大量保安日夜巡逻,十分安全。

何珞珈边走边看,很快发现了问题:所有的房子都没有车库,马路上没有汽车,也不见行人,四周静悄悄地,只有簌簌的雨声,宁静得有些诡异。她转过身去,向着相反的方向走去,想看看刚才的停车场在哪,找了半天也没找到。街道很长,在花木的掩映中蜿蜒而去,不见尽头,不见来路。

虽然迷着路,但因为周边是"高档"小区,何珞珈的心反而不那么慌了。反正现在的她在清东街上,清东街的两头都有地铁站,只要埋头往一个方向走,总能坐上地铁回家。想到这里,好奇心终于战胜了一切,她脱下外套挡在头顶,信步向前走去。

每家宅院都有门牌号,一边单数,一边双数。珞珈走了不到五分钟就看见了一座爬满青藤的红色砖房,简易的清水墙用饱满的灰浆勾着缝边。二楼有个白色的阳台,上面种满了银红色的铁海棠。浅灰的窗帘被风吹得飘了起来,露出一道木质的纱门,内有灯光隐约可见。大门上的木牌写着罗马数字——"XII",旁边两个小字:"方宅。"

所以……那封信说得没错,收费亭大叔说得也没错,清东街11号的确有个方宅。何珞珈本来是不抱希望的,没想到歪打正着,居然被她找到了!

兴奋之余她将湿漉漉的外套往腰上一系,快步跑到门边用力地按了一下门铃,等了大概半分钟,门开了。

一个年轻男人出现在何珞珈面前。男人看年纪二十七八岁,穿一件白色的小翻领亚麻衬衣,下面是灰色的休闲裤,赤着脚,手里拿着个玻璃的零食罐,嘴里咀嚼着什么。他先前大概一直躺着,衣服上有很多褶皱,胸前的扣子只扣了半数,像是临时穿上的。看见何珞珈,男人惊讶地愣了一下,不自觉地向后退了一步。

"大哥你好!"生怕惊到他,何珞珈故意放缓声调轻轻问道,脸上保持着礼貌的微笑,"请问——这是清东街11号方先生的住宅吗?"

何珞珈后悔自己没穿一套略微防雨的外套,她现在的样子很狼狈:衣服滴着水,裤腿沾着泥,头发被风吹得乱七八糟,像遭了抢劫似的。面前的男人则恰恰相反,像是刚洗了个澡的,干净、清新、整洁——除了衣服上的那些褶皱。很帅,却不是传统意义上的帅。脸瘦,面部线条很硬,鹰隼般的眸子,钢铁般的下颚,颧骨在挺直鼻梁的衬托下显得格外突出,给人一种自信、强硬甚至傲慢的印象。衣服上的褶皱就像浓墨之中点了一笔晕染,雾霭层层,虚实莫测,在难以扭转的坚硬中平添了一丝柔软。

"是的。"他说。

"我收到一封信,就是这个——"何珞珈从包里掏出信件递给男人,"是蒋松林律师通知我到这里来的。"

男人看了她一眼，接过信低头看了起来。一边看，一边从玻璃罐里掏出一颗黑豆模样的东西塞进嘴里，慢慢地嚼着。见他双唇微微发紫，何珞珈还以为男人有心脏病，仔细一看，玻璃罐里装的是蓝莓干，是吃多了染上颜色了。

两百多字的信男人竟然看了五六分钟，也不请何珞珈进屋。门口的穿堂风很大，何珞珈的衣服早就湿透了，冻得直打哆嗦，忍不住牙齿嗑得咯咯地响，男人瞟了她一眼，目光又回到信纸上。

"所以，你是过来继承遗产的？"男人冷哼一声，挖苦地说。

"啊？——不是不是，大哥你误会了。"何珞珈连连摆手，她可不想给自己扣上个贪图财富的罪名，"我是特地过来告诉你，虽然我叫何珞珈，也住在丽珠小区，但我没有前男友，前男友、现男友都没有，也不认识这位方先生，这封信肯定不是寄给我的，你们弄错了。"因为信里提到"随时恭候大驾"，而蒋松林律师又度假去了，何珞珈自然而然地认为年轻男人应该就是那个恭候大驾、负责接洽的人。

男人眉头紧皱，一脸困惑，好像没听懂何珞珈在说什么。

场面有些尴尬，何珞珈的脸立即红了："信中的事……蒋律师没跟你提过？他说——"

"你究竟想来干吗？"男人硬生生地打断了她，"何小姐？"

"我？"何珞珈指着自己的鼻子，来气了，"我不想干吗！我是好心好意地过来澄清事实的。既然你们寄给我一封信——"

"这封信不是我寄的，"男人再次打断她，"我没寄过任何东西给你。"

"那蒋松林律师——"

"不认识、没见过。"

"请问，这个宅子里有没有一位姓方的先生去世了？"

"这个宅子去世过好几位方先生，"也不知道是哪把火把男人给点燃了，那人的语气明显恼怒起来，"你指哪位？"

"我怎么知道。"何珞珈气极反笑，"我从没来过这里，也不认识什么方先生，你们给我寄这封信是什么意思，把我从老远的地方骗过来想干吗？我倒想听听你的解释！"

"我再说一遍，"男人冷冷地看着何珞珈，"这封信不是我寄的。"

"OK,算我白来,再见!"何珞珈猛地一把夺过男人手中的信,转身就走。

"等等!"男人挡住她的去路,"话还没说完哪。"

"我跟你没什么话可说了。"何珞珈叉着腰,怒气冲冲地瞪着他。

"进来坐。"男人居然又客气起来,"把事情说清楚再走。"

何珞珈设身处地地一想,觉得男人也挺冤的,平白无故地被人编派,让一个陌生女孩找上门来扯七扯八,生点气是可以理解的,他们都是受害者。于是她从怒气中烧恢复了理智:"事情已经很清楚了,大哥。这是一封诈骗信,我被骗了,跟你没关系,就这么回事。"

"跟我当然有关系,"男人说,"这封信是打着我家的名义来骗你的。无论如何,我也得问个清楚。"

何珞珈已经冻得受不了了,冷不防打了一个喷嚏,仿佛受到传染一般,男人也跟着打了一个喷嚏。何珞珈心想,这种时候她可不能感冒,必须要在一个暖和的地方待一会儿。再说她也很好奇,为什么有人会写这样的信,到底有什么好处?或许一问就找出关联了呢?看男人霸道的样子,被人耍了是绝对不会善罢甘休的,查出真相帮她出一口气也挺爽的。想到这里,就跟男人进了屋,找了张靠窗的沙发坐下来,随手拾起一条布毯披在身上。

男人没有关门,将房门半掩着,在何珞珈对面的沙发上坐了下来。两人之间隔着一个巨大的黑木茶几,上面摆着一些茶器,有银质的,也有陶瓷的。正当中的金色烛台上点着一只手腕粗细的蜡烛,两边各有一只矮肚花瓶,里面插满了天蓝色的绣球花。那蓝色忽深忽浅,被烛光切割得好像一颗颗巨大的宝石。

何珞珈住在公寓里,很少用蜡烛,那东西绝对是火灾隐患。屋里光线这么暗,何珞珈以为是停电了,抬头一看,玄关上一人多高的地方明明亮着一对奶黄色磨砂玻璃的壁灯。深灰的窗帘将所有的窗户遮着严严实实。家具也是黑色的,刻着复杂的纹路,中间镶嵌着不知是贝壳还是珐琅一样的东西,在黑暗中影影绰绰地闪光。客厅的面积明明比三间房还大,坐在里面的感觉却像是在地下室。而男人的脸在各种阴影的作用下轮廓更加鲜明立体,比日光之下的他还要好看几分。

何珞珈又冷又饿,心想如果他能给自己倒杯热茶,再来一块点心就好了。然而没有,她只好咽了咽口水。

"你把这件事——从头到尾——仔细地跟我说一下。"男人将身子往后一仰,靠在沙发背上，跷起了二郎腿，"不要漏掉任何细节。"

男人趿着一双绣着虎头的马衔扣毛拖鞋，虎头在他趾尖上一颠一颠地，好像要扑过来咬她一口似的。语气也是命令式的，让何珞珈听得十分不爽，她又不是助理，凭什么对她这样讲话，连个"请"字都没有？人敬一尺我敬一丈，想欺负人？她何珞珈也是套路满满。毕竟妹妹惹事太多，"解决纠纷"这种事她太有经验了。想到这里，何珞珈不禁白眼一翻，冷笑反问："信息交换这种事，都是等价的。在说出所有细节之前，你先告诉我你是谁。"

男人沉默了一下，过了一会儿才说："我姓方，叫方弘璧，是这座宅子的主人。"

"信里面提到的那位方先生——就是你吗？"

"你觉得我是你的前男友吗？"

"再说一遍，我没有前男友。"

"那我就不是那位方先生。"

兜圈子真累，何珞珈在心里叹了口气："好吧。你我素不相识，这一点是肯定的。但中间使诈的那个人要么认得我，要么认得你——这也是肯定的吧？从我这边来说，我的社交圈子很窄，身边没有这样无聊透顶的坏蛋，只能从你的圈子去找了。麻烦你仔细回忆一下，最近都得罪了谁，人家想出这种办法来整你。"

方弘璧张了张嘴，想怼回去，见何珞珈的表情充满了斗志，他不想吵架，语气就和缓了一些："你先说说，这信是怎么寄过来的？"

"普通快递，沈伊湄帮我签收的——"

"沈伊湄是谁？"

"我房东的女儿。"

"你租人家的房子住？"

"有什么不对？"

"你自己没钱买房？"

"没钱。"

方弘璧看着她，愣了一下，随即"呵"的一声笑了。

"笑什么？有什么好笑的？这世上并不是每个人都像你这样有大房子住的。"

"好吧，继续说。"笑声戛然而止，像被人剪断了似的。

何珞珈正想张口，突然怔住。

方弘璧背后是一面光滑的墙，上面没有任何字画。摇曳的烛光将他的影子投到墙上，形成一道巨大的阴影。他倒是没什么肢体动作，人影因此十分安静。可是除此之外，旁边还有一个人影却动得很厉害！

是个女人。

一开始何珞珈还以为是自己，但很快就否定了。从光线投射的角度来看，就算她真有影子，也应该是在另一面墙上，也就是她背后那排深灰色的窗帘上。

从影子的方向看，女人就坐在方弘璧身边，歪过头，正对着他的耳朵说话，侧影如剪纸般漂亮。女人的头发是长长的波浪卷，在她的肩头生动地跳跃着。何珞珈四下张望，想找到影子的本尊，但这间房子、这个位置并没有别人。

"你是在放什么投影吗？"何珞珈指着墙上的影子说。

"没有。"

"这个影子是谁？"

"她不会害你，忽略就好。"方弘璧淡淡地说。

影子忽然站了起来，低着头，不安地走来走去。她穿着一条A字形的连衣裙，腰很细，仪态优美如油画中的芭蕾女郎。

何珞珈的脑子瞬间乱了：她想起那个地图上没有标示的清东街11号，那个神秘的收费大叔，停车场上不可能存在的住址以及雷电一闪后突然出现的"方宅"……何珞薇的医生一直说她有PTSD，严重的时候可能产生幻觉，难道是发病了？又或者是她遇到了鬼？何珞珈自问是个相信科学的唯物主义女孩，最多信一点星相，如此而已。但现在，她的思路禁不住也往迷信的方向走：信上不是说这位方先生已经去世了吗？那他怎么还活着？而且生活在这样一个古色古香的房子里？墙上的影子是怎么一回事？他让她"忽略就好"——说明他知道影子的存在，说明这不是她一个人的幻觉。

想到这里，何珞珈被吓得一身冷汗，只想赶快离开。于是她连忙站起来，将地上的包往身上一背，退着步子，强笑着向大门走去："不好意思，太晚了，我得回家了。咱们下次再聊好吧！再见！"说罢一溜烟儿地跑到玄关拉开门就要往外冲，脚还没迈出去，只听"砰"的一声，一只手抢先把门一推，关上了。

"想走？没那么容易。"方弘璧用手顶着门，何珞珈怎么拉也拉不开，"除非你把那个东西交出来！"

两人之间呼吸相闻,只有一只手臂的距离,何珞珈转过身来,紧张地看着方弘璧,颤声问道:"什……什么东西?我没拿过你任何东西!"

"砰!"方弘璧一拳打在何珞珈耳边的门板上,低声吼道:"别装糊涂了,何珞珈!"

何珞珈的耳膜被震得嗡嗡作响:"我真不知道!放开我!放开我!"她拼命地挣扎,对方弘璧又踢又咬。方弘璧宽大的手掌一把扼住了何珞珈的喉咙,掐得她喘不过气来。他的脸越凑越近,表情狰狞,像是要把她一口吞下似的,一字一顿地说:"赠子。你把赠子藏在哪儿了?"

说到这里,方弘璧鼻头忽地一痛,已被何珞珈用额头狠狠地撞了一下。他还没反应过来,下身又被何珞珈用膝盖用力地顶了一下。方弘璧吃痛,"嗷"的一声松了手,何珞珈趁机拉开门跑掉了。

第五章
滑板少年

埋头跑了五六分钟,跑了足足有一千多米,身后一直没有脚步声,何珞珈回头一看,长长的街道空无一人,方弘璧根本没有追过来,甚至可能都没有出门。不然以他的身高腿长,分分钟就能追上自己。看他气势汹汹的样子,还以为要杀人呢,原来是只纸老虎,想必是被自己打伤了,倒在地上爬不起来,不然才不会让她轻易跑掉呢。于是何珞珈放慢脚步,掏出手机,想用地图的定位功能找到自己和地铁站的位置,不料手机信号又没有了。她不敢久留,继续往前跑。

又跑了十多分钟,面前的路弯弯曲曲不断延伸,没有出现任何岔道。何珞珈隐隐觉得有些不对:虽然她没什么方向感,但那天跟沈伊湄一起讨论清东街时,曾经仔细地看过这一带的地图。清东街上有很多交叉路口,除了仓库区一带比较冷清外,各个路口都有饭店、超市、公交车站,最不济也会有个小卖部,绝不像现在这样,明明是个住宅区,却又渺无人迹。那些被芭蕉树和梧桐掩映的院落倒是有几家见到灯光,但何珞珈不敢过去敲门,不知道里面住的是人是鬼。

天渐渐地黑了,雨也终于停了,天上星星开始闪烁,手表显示是夜晚七点。六角形的路灯亮了起来,照着地面残留的一汪汪雨水,灯光、星光混在一起,都被踩在了脚下。何珞珈穿着一双网布的旅游鞋,早湿透了,寒气从脚心直贯头顶。因为刚才一阵疯跑,出了许多汗,本来是不觉得冷的,但这一放慢脚步,被冷风一吹,又发起抖来。

清东街怎么会这么长呢?怎么会没有公交车呢?何珞珈越走越累,越走越绝望,偏偏不巧,大姨妈又来了,肚子一阵一阵地胀痛,身子不停地往外冒虚汗,她恨不得就地躺下,睡到天亮。两边树影幢幢,露出几栋房屋,却都不在路边,要从一条碎石花径小路穿过去。房屋之间也没有栅栏,就是一些剪得整齐划一的草坪。何珞珈试图横穿过去,看看屋子的那边有没有路。一脚踩下,草坪上立即出现一个脚印,吓得她只好退回来,也不知种的是什么草,这么不经踩。

又走了一会儿,路灯旁边出现了一个半人高的花坛,何珞珈连忙爬上去踮起脚向远看,她记得地铁站附近有个哥特式教堂,上面有两个高高的尖塔,是鹭川市的地标之一,很远都能看见。然而目光所及,360度以内,并没有任何高层建筑。真是奇哉怪也,鹭昌区不可能有两个清东街呀!

心里一急,何珞珈抬头看天,这下可好,又看出问题来了:天上只有星星,没有月亮!

雨后天晴,夜空如洗,头顶上的银河清晰可见,仿佛伸手一戳,水就要溅到自己身上似的。两边的牵牛星和织女星隔着星河互相守望,看上去也非常明亮。然而夜空中最大最亮的星星——月亮——何珞珈仰着脖子来回地找,抱着灯杆儿转了几圈也没找到。今天是农历十八,天上应该有个满月才对呀。该不是到了什么异度空间吧?

这么一想,何珞珈心里又开始恐慌:难怪那个方弘璧没有追上来!他知道她会迷路,知道她走不出去,与其辛苦一趟过来捉,不如在家里守株待兔……这果然是个圈套,设计好了引她上钩的。方弘璧以为她偷走了他的东西,何珞珈却从没见过什么"赠子",根本不知那是何物,他根本就是弄错了!看方弘璧抓狂恼怒的样子,估计也没耐心听她解释……完了完了,摊上大事啦!

何珞珈的大脑正在高速运转,进行着各种可能性的拼接,路上忽然传来咕噜咕噜的滑轮声,远处街角出现了一个踩着滑板的男孩,白衣黑裤,从一大片白色的杏花树边绕过来,速度太快,搅动花枝,惹了一身的花瓣,在橙黄的灯光下,如一群惊飞的萤火虫在空中飞舞散开。

男孩其实离何珞珈还有一百多米,但何珞珈立即跳下花坛,撒腿向他跑去。总算看到一个可以问路的行人,绝对不能错过!何珞珈一边跑一边用力地挥手:"嗨!喂!——哈啰——哈啰!"

男孩看见了何珞珈,踩着滑板向她滑来,在距离三米的地方忽然伸出后脚往滑板的底部一踩,滑板猛地一翘,男孩身子一个九十度转弯,停了下来。

那是一个漂亮的青年,十八九岁,小脸,瘦高个儿,一头蓬松跳跃、细密柔软的黑发让何珞珈有种想伸手摸一下的冲动。男孩看上去有些腼腆,同时又很亲切,是那种即便素不相识也能让你放心地坐在他身边聊天的人。

"嗨。"他说。不知道是不是因为吹了冷风,他的脸微微发红。男孩看何珞珈的目光很奇怪,专注中带着一丝审慎与不安,身体也是紧绷的,双手搓着衣摆,不知道该往哪里放。

"小弟,我想问个路——"何珞珈走到他面前说,"你知道地铁站怎么走吗?"

男孩一怔:"地铁站?"

"对,清东街东边的那个,附近有个教堂的?"

"这里没有教堂呀。"

"那地铁呢?"

"这里也没有地铁呀。"

"这是清东街吗?"

"是啊。"

问也是白问,男孩估计也是个路痴,何珞珈两手一摊:"我迷路了。"

"我看也是。"男孩双手倒插在牛仔裤的口袋里,目光如水一般悠闲,"你是不是冷?"

何珞珈看着自己的湿衣服点点头,男孩立即将身上的白毛衣脱下来,套在她身上。动作体贴自然,绝非故意献殷勤。男孩自己这边还剩下一件长袖T恤,也是白色的,有些紧身,衬着他运动员般修长健美的身子,在灯影的作用下,有种梦境般的美感。何珞珈感到一阵莫名其妙的紧张,不禁手心发热、满脸飞红,嗫嚅地说:"谢谢你,小弟。"她努力让自己的声音显得自然,但嗓子却不配合地嘶哑起来,变成了烟熏嗓,令"小弟"两字平添了一分性感,何珞珈窘得无地自容,生怕男孩误会自己轻佻。

男孩看着她,目光幽幽:"能不叫我小弟吗?我已经不小了。"

没想到他这样介意,何珞珈连忙道歉:"哦,好的,对不起!"

毛衣宽大轻薄,带着男孩的体温,穿上去暖融融的,领口上还残留着几许香根草的味道。何珞珈从没穿过男人的衣裳,感觉怪怪的,好像整个人都被他抱住了似的,一时不知说什么好,只得低头沉默。

"你的头——"男孩迟疑着又说,"好像有点不对劲。"

"啊?"

"左边比右边高出来一点?"

"有吗?"

"有的。"

何珞珈伸手摸了摸,笑道:"不是啦。头发太乱高低不平而已。"

"真的有哎。"男孩固执地说,伸手过去摸了摸何珞珈的头顶,"在这儿,鼓出好大一块。"说罢收回手,顺便把何珞珈凌乱的头发也捋了捋。

真是一团孩子气!何珞珈哭笑不得地看着他:小屁孩,男女授受不亲懂不懂?我又不认得你,你摸我脑袋干吗?我头上就算长出个大瘤子也跟你没关系呀。

"哦,这个呀——"见男孩如此执着,何珞珈只好硬着头皮解释,"我以前出过车祸,挺严重的,头骨撞坏了。"

男孩的喉咙"咯噔"响了一下,横蛮地说:"谁这么大胆,敢把你的脑袋给撞了?"

"人,人家也不是故意的,反正我也活下来了。"何珞珈瞟了男孩一眼,心想这男孩子的脑瓜是不是有问题。两人八竿子打不着的关系,他这样着急上火合适吗。

男孩咬着嘴唇不说话,仍然是一副愤愤不平的样子。

车祸究竟是怎样发生的,何珞珈从医院醒来以后完全不记得了,细节都是奶奶告诉她的,怕她受刺激也没说得太具体。总之是她过马路时被一辆中巴给撞了,人飞出去掉下来,砸坏了脑袋。好在抢救及时,开颅手术也算成功,只是失忆这件事一直没有恢复,算是脑外伤后遗症吧。何珞珈平时不爱提起,她不想把心思浪费在不可挽回的事情上。

"哎,说正经的,你能帮我带个路吗?"何珞珈不想跟男孩胡搅蛮缠,把话题又扳了回来,"天黑了,我想快点回家。"

男孩沉吟了一下,问道:"是谁带你进来的?"

"一位在停车场工作的收费大叔。"

"是吗?"男孩皱起眉头,"他一般不随便带人进来的呀,你是怎么说服他的?"

"有个信物。"何珞珈摘下那根手链递过去,"就是这个。"

男孩接过去看了一眼,哑然失笑:"明白了。"

"这是颗牙齿,对吧?"何珞珈指着上面的小吊坠。

"乳牙。"男孩将手链还给何珞珈,从地上拾起滑板,"我可以送你出去,不过需要先等一下。"

"等多久?"

"两小时左右,可以吗?"

"为什么不能立即走?"

"这里不是你以为的'清东街'。陌生人不能随便进来,也不能随便出去。尤其是现在,所有出去的门都已经关上了。"

"门?"何珞珈笑了一声,觉得男孩故弄玄虚,"我没看见什么门呀。"

"比如说你遇到的收费大叔,他就是扇门。我们这里的门不是木头,它们像人一样有感情,必须要好好对待,好好说话,才会为你打开。"

"没听明白。"何珞珈眨眨眼,"所以这位大叔不是人,是扇门?"

"对。"

"那你呢?你是人还是门?"

"我不是门。"

"谢天谢地。"何珞珈松了口气。先前跟收费大叔唠半天嗑,敢情是在跟一扇门说话?说出去不笑掉大牙?自从有了个自闭症的妹妹,何珞珈对"正常人"的定义宽松了许多,比如这位小弟,说话荒诞不经、匪夷所思,她也不以为怪,只当是在梦游。

"我家就在附近,如果你愿意的话,可以先去坐一下,吃点东西,我会想办法开门送你出去。"男孩友好地建议说。何珞珈迟疑着半天不肯挪步,毕竟是陌生人,又是男的,总觉得不靠谱。

"如果你不愿意,我也可以陪着你在这里等。"男孩又说,"看你又冷又饿,我觉得你还是跟我走比较好。毕竟这里除了我,恐怕也没人可以带你出去了。"

何珞珈想了想,说:"我可以跟你走,但我想先问你一件事。"

"请说。"

"清东街11号有个方宅,对吗?"

"对,"男孩指着何珞珈跑来的方向,"就在那边。"

"我本来不知道这个地方,但我收到一封信,是有人故意约我到这里来。"

"我能看一下那封信吗?"男孩问。

何珞珈掏出信递给男孩，男孩走到路灯下，借着光看了一遍后还到她手中说："这写信的人，真坏！"

"就是！"何珞珈一肚子苦水总算找到了倾吐的对象，"别看你年纪轻轻，还是你厉害，一眼就看出来是个骗局！"

"别的不说，就说一点，我明明活得好好的，这人怎么咒我死呢？"

"啊？嗯？……你说啥呢，小弟？哦不，同学？"

"看上面的描述，那个刚刚过世的方先生——就是我啊。除了我还活着这一点，其他的地方都对啊。"

何珞珈惊讶得眼珠子都要掉出来了："哪里对了，你说说！信里说方先生是我以前的男朋友，请问你是吗？"

"是啊。"

"……你一直对我'深爱于心，念念不忘'？"

"对。"

"你愿意把你名下的所有财产都送给我？"

"愿意。"

"你个小屁孩最多高中毕业，能有多少财产？"

"就是信里提到的那些，我都有，都愿意给你。"

"扯！你现在给我十万块钱看看。"

男孩掏出钱包递给何珞珈一张银行卡："给，十万块，里面有。"

何珞珈倒吸了一口凉气，没有接卡，而是叉腰踹了男孩一脚："哎，小弟，姐姐今天跑了一天，又冷又饿的，别跟我玩这套哦！一点都不好玩！"

"没跟你开玩笑，我说的都是真的，珞珈。还有——"男孩指着何珞珈的手链，"这个东西也是我以前送给你的。"

"这个东西是我从淘宝上买的！"

"这是我的乳牙。"男孩说，"掉的每一颗我爸妈都保存了下来，家里有一整套，镶在牙模里，就缺这一颗，你不信可以验证……"

"请问你叫什么名字？"

"方弘逸。"

何珞珈一听，觉得耳熟："方弘璧是你什么人？"

"他是我哥。"方弘逸怔了一下,"你已经见过他了?"

何珞珈认真打量了方弘逸一眼,哥俩长得并不是很像,但他们都有坚硬的下颚和高傲的颧骨,只是弟弟的轮廓多了些柔和、多了些诗意,更多了一种邻家男孩的亲切感。

"好嘛!真有出息!"何珞珈骂道,"你们兄弟俩联合起来耍我对不?告诉你,我何珞珈可不是吃素的!"

"你当然是吃素的。"方弘逸笑道,"几时改成吃荤了?"

"你……你怎么知道?——你跟踪过我?"

"没有。"方弘逸柔声说,"我知道,因为我是你男朋友啊。"

方弘逸越是温柔似水,何珞珈越是火冒三丈:"你给我老实交代,这清东街到底是什么鬼地方?天上连个月亮都没有?"

"你问月亮吗?是这样的——"方弘逸耐心解释,"每当看见月亮,我都会想起伤心事,所以觉得天上还是没有月亮比较好。"

"没有月亮?方弘逸,你是神吗?月亮这种东西,是你想没有就可以没有的吗?"

"你刚才不是问天上为什么没有月亮吗?我只是想告诉你一个原因。"

"扯,继续扯!"

"你喜欢月亮吗?"

"我喜欢,特别喜欢。你能把月亮还给天空吗?"

"能啊。"方弘逸指了指天空,"你等着——"

天空忽然亮了一下,何珞珈抬头一看,吓了一跳,头顶上出现了一轮圆月,又清晰又大,就连上面的环形山都隐约可见!

何珞珈整个人都不好了,身子忽地一软就要往下倒,被方弘逸一把抱住,方弘逸柔声说:"对不起,吓到你了。"

方弘逸紧紧地搂着何珞珈,良久不肯放开。

"这是真的月亮吗?"何珞珈的身子抖得厉害,根本站不起来。

"当然不是,我逗你的。"

"逗……"何珞珈快被气哭了,"这月亮不像是假的呀!那星星呢?"

"星星也是假的。从某种意义上说,它们只是一种天花板上面的涂料而已。"

"这……这到底是哪里呀?"

"这是清东街,羿族居住的地方。我们——"

"方弘逸,我能去一下你家吗?"何珞珈忽然打断他。

"好啊好啊,就在前面,"方弘逸扶着何珞珈,高兴地说,"走三分钟就到。"

"你别误会,我不是想去做客,"何珞珈说,"我只是想去上个厕所。"

第六章
白石房子

方弘逸的家是一栋白石房子，占地很大，但只有一层。从外观看，风格与11号的方宅相似，前面有几级宽宽的石阶，走上去是个开阔的门廊，白柱子白栏杆上爬着绿萝，从天顶上垂下两盏镂空的欧式铁艺吊灯，黄澄澄的光线照着门边的两把藤椅，像张古老的明信片。

方弘逸的一番话让何珞珈更加糊涂的同时也更加警惕了，她只想尽快离开这里。这两兄弟一定是把自己跟另一个女孩搞混了，那个女孩是方弘逸的前女友，她偷走了赠子。方弘璧想用武力逼供遭到反抗，硬的不行来软的，于是请出了弟弟，无非是要拿回赠子。不然怎会这么巧？前面遇到哥哥，后面弟弟就出现了。两人多半已经互通有无。何珞珈无端端地被人当作女贼，这锅背得莫名其妙。好在这个弟弟看上去人畜无害，还是个多情种子，虽然说起话来不着四六，跟何珞薇差不多，但何珞珈觉得自己能够搞定他。至于天上为什么没有月亮，被她一通抱怨后月亮又回来了，何珞珈不敢深究，遇到这么多意外，能意志清醒地顺利回家就谢天谢地了，医生本来就怀疑她有PTSD，坐实了就不好了。

意志是一回事，体力是另一回事。何珞珈有痛经的毛病，特别是在生理期的头几天，血块一团一团地往下掉，整个人也跟着往下坠，衣服裤子鞋都湿透了，像一大张面膜贴在身上，湿答答的十分难受。背包里有备用的卫生巾，何珞珈想急于找个地方换上。方弘逸注意到她的脸是煞白的，手捂着肚子，因为痛，身子弓得像一只小虾。

"还能走吗？"他关心地问道，"我背你吧？"

"不用不用,"何珞珈连连摆手,也不好意思提到大姨妈,于是故意挺直腰板,"肚子有点痛,一阵一阵地,可能是淋了雨。你看,现在又好了——"话没说完,身子一轻,方弘逸已将她打横抱起。何珞珈吓得像只被人翻了个儿的甲虫,手脚在空中划拉了几下,仓皇间勾住了方弘逸的脖子,太用力了,没承想半张脸都贴在了方弘逸的腮帮子上。方弘逸正好这时也偏过脸来,两人的肌肤挨得更紧了。

"嗯,你比以前轻多了。"方弘逸自顾自地说。

那不是我,那不是我,那不是我——重要的事情说三遍!何珞珈在心中号叫。

方弘逸其实很瘦,细胳膊细腿的,没想到力气不小,抱着何珞珈大步往前走,气都不带喘的。倒是他怀里的何珞珈,一路上担惊受怕,感觉自己的节操受到了极大的考验。

好在很快就到了。

上了台阶,方弘逸将何珞珈轻轻放下,对着大门说:"珞珈,我来介绍一下,这是我家的门。"

门也需要介绍吗?何珞珈莫名其妙地看着方弘逸。

"羿族的门都是有感情的,需要被尊重。这是羿族的礼仪。"

"也就是说——不能用手砸门或者是用脚踹门,对吧?"

"对。那样做很失礼,它们会生气的。"

"生气了……会怎样?"

"生气了,门就不开了。"

看来方弘逸的世界观还停留在万物有灵的时代,跟何珞薇没什么两样。何珞薇在家里摔了一跤,会用手狠狠地打地板,认为是地板在害她。在这种时候千万不能说话刺激何珞薇,更不能试图讲理,否则她就会发狂。何珞珈看了方弘逸一眼,确定他不是开玩笑,只得认真地点点头:"好的,我记下了。"

"伸出你的手,握一下门把手,这样你们就互相认识了。"

那黑铁的门把手式样极其普通,何珞珈伸手一握,它居然柔软地颤动了一下,然后往里一缩。何珞珈感到某种有吸盘的生物在她的指间迅速移动,几道微小的电流从掌心穿过,那种异样的感觉就好像门把手也握了她一下似的。

何珞珈只好对着门说:"你好,我是珞珈。"

门开了,方弘逸轻轻地拍了拍门背,门缓缓地关上了。

"我还以为你们的门都是一个个的收费大叔呢。"何珞珈说。

"那是出口,很大的门,才会有人形。"

"有阴阳吗?"

"有。"

"结婚不?生孩子不?"

"他们只是门,而且两扇门也不可能碰在一起啊。"方弘逸笑着说,"不过,族里也有喜欢跟门谈恋爱的,也有喜欢上一扇门终身不娶的……"

"这也太奇怪了。"

"只是一种约定俗成而已。就像法语单词里的'门'是阴性的,'墙'是阳性的,并不是说这个门或者墙真的能把你怎么样,对吧?"

客厅很大,只有一些最必要的家具。看得出方弘逸是个藤条爱好者,桌子、椅子、沙发甚至柜子都是藤编的,地上铺着竹席,满屋子一股田园夏天的味道,清凉而有禅意。

方弘逸带何珞珈去了主卧的卫生间:"里面有淋浴。"

何珞珈浑身湿淋淋的,当然想洗个热水澡,但她没有换洗的衣服,想了想还是决定不洗了。

"你以前还有些衣服留在这里,等我一下,我去找来给你。"方弘逸说。

"啊?"何珞珈怔怔地看着他,"我以前……在这儿住过?"

"嗯。"

"同……同居吗?"

方弘逸低头看着何珞珈,不知如何作答,目光中含着笑意,幽幽地定在她的脸上。

越是这样,何珞珈越以为他在默认,脸上犹如浇了一盆冰水,皮肤瞬间绷紧:"同……同居到什么……程度?"

"你就是在这里住过几天,我们在一起的时候。"

"在一起?睡,睡在一起?"

"不是不是。"方弘逸连忙摆手,"我们之间……嗯……很纯洁的……"

这话怎么听怎么觉得敷衍,方弘逸自己话说到一半脸都红了,不好意思往下说了,但脸却向何珞珈凑了过来,头越来越低。何珞珈一下子急了,双手摁住方弘逸的脸:"等等!这位同学,三年前你多大?最多十六岁吧?我不可能跟未成年的男孩住在一起,那是犯法的,懂吗?"

方弘逸的脸在何珞珈的掌心里微微发烫,柔软的发梢搭在她的手背上,麻麻痒痒的。何珞珈感到有种电流从指尖一直传到心脏……她的心开始怦怦乱跳,感到一种莫名的惊慌。

"我已经成年了,珞珈。"方弘逸淡定地捂住她的手,将它们轻轻地从脸上移开,目光中满是欣喜和疼惜,"我去给你拿衣服。"说罢关上门离开了。

浴室里,何珞珈看着镜中的自己:头发湿透了,一绺一绺地贴在脸上,越发显得下巴尖尖的。嘴唇没有一点血色,脸苍白得发青,像是被剥了一层皮似的,上面细小的血管清晰可见。

何珞珈不敢相信方弘逸的女朋友会是这种样子。

门被敲响,方弘逸递给何珞珈一摞衣服,指着最上面的一件浅灰色的毛线衫说:"其他的都有,就是没有厚一点的,这件毛衣是我的,你先将就着穿吧。"

何珞珈道了谢,接过来锁上门,匆匆地洗了个澡,用浴巾包着走到洗手台前,看着那些衣物怔怔地发呆:方弘逸女朋友的衣品一点不差,内衣和文胸虽不是大牌,却做工十分讲究,尺码也与自己的吻合。何珞珈的胸很小,不知是营养不良还是操心过度,青春期就没怎么发育,像十五六岁的女孩。她不好意思穿那种故意垫高的文胸,觉得太假,她不需要取悦任何人。

衣服很干净,但毕竟是人家的内衣,何珞珈心里有些膈应,但也没别的法子,只能勉强穿上。上衣是件浅紫色的灯笼袖网纱衬衫,里面衬着小吊带,穿上去略显宽松,镜子里的她一下变得又美又仙。黑色的牛仔裤非常紧身,以为穿不进去,不料却是正好,裤脚管再窄半厘米她就绝对穿不上了。保暖起见,何珞珈套上了那件灰色的毛线衣,却发现右边的角落里有个手指大小的洞,里面的线也脱了,像是被人扯过的。她这才想起先前方弘逸给自己穿的那件白毛衣,下面的边是卷起来的,她脱下来时发现右边也有个洞,像被小孩子掏摸过。

何珞珈换好了衣服,觉得身上清爽多了,于是将脏衣服统统装进塑料袋塞进自己包里。她来到客厅,转了一圈,没发现方弘逸的人影,听见厨房有动静,就向那边走去。

方弘逸正在炉火上煮着什么,见她进来,笑着说:"饿了吧,菜马上就好。"

厨房很大，正中间有个白色的大理石中岛，旁边有三把高脚椅，大概是吃早饭的地方。何珞珈磨磨蹭蹭地坐上去，见方弘逸如此盛情，心中不免有愧。

何珞珈面前已经摆了一排精致的小碟，里面是各种素菜：蒜泥茄子、红油蕨菜、口蘑扁豆、杏仁芦笋、枸杞鲜藕……她很是吃惊，心想一个大男孩的冰箱里怎么可能一下子翻出这么多的青菜，思忖间，方弘逸将锅里的最后一道菜端了过来，放到她面前，是一盘素烧冬瓜。

"你还是喜欢九样小菜，对吗？"方弘逸递给何珞珈一双筷子，"快吃吧，我在后院有个温室，很多菜都是刚摘下来的，很新鲜的。"

何珞珈的心又是一惊，仔细一数，正好九个小碟，不禁问道："你怎么知道？"

方弘逸避而不答，只是说："我把分量多做了一些，你一个人吃太孤单，我陪你一起吃。"说完夹起一片藕放进嘴中，清脆地嚼着，咯吱有声。他已经懒得解释了，言下之意，我是你的男朋友，怎么会不知道？

何珞珈饿坏了，默默地吃了五分钟，忽然抬起头说："方弘逸，咱们能正儿八经地聊聊吗？"

"能啊。"

"你弄错了，我不是你的女朋友，真的不是。也许她长得很像我，也爱吃九样小菜，也许你很想念她，我不知道你们之间发生过什么事，但我真的不是那个人。"何珞珈顿了顿，掏出钱包，抽出两百块钱放在桌上，"菜很好吃，但我不能白吃，我有我的原则，这是菜钱，请一定收下。"

方弘逸的眸子黯了黯，下颌线陡然僵硬起来，默默地凝视着她，半天没有说话。

这一瞬间，何珞珈只觉得整间厨房都从眼前消失了，只剩下了方弘逸的眼睛和他的脸。但他似乎很快就想开了，脸上恢复了笑容，脱下围裙，坐到她身边，声音依然是温暖的："珞珈，你真是我的女朋友。不信你看——"

方弘逸从容地掏出手机，从相册里点出一张张照片。何珞珈凑上去一看，有她的单人照，但更多的是合影，背景各有不同：一起游泳、一起散步、一起逛街、一起烧烤……他们在镜头里做着情侣们喜欢做的那些事：在沙滩上拥抱、在夕阳下接吻、在派对上搞怪、在花园里看花……

最后一张是他们手拉手坐在门前的藤椅上……那时候的她看上去只有十七岁，而他和现在一样，他们正好相配。

照片里的何珞珈看上去又大方又主动,永远抢在镜头的最前面,永远摆出最灿烂的笑容、最潇洒的姿势。有两张照片里的她干脆骑在方弘逸的背上……那份轻松、那份自在、那份野性是何珞珈从来不敢想也绝对不会做的。方弘逸则恰恰相反,羞涩腼腆,始终是一副三岁小孩偷吃到饼干的那种偷偷开心的表情。

"我该不会有个……双胞胎的姐姐吧?"从相貌上说,何珞珈实在很难否认那个女孩不是自己。

"你是独生女。"

"才不是嘞,我还有个妹妹。"

"真的?"方弘逸怔了一下,"怎么没听你提过?"

"所以呀!那个人肯定不是我,是我的话就肯定会跟你提到珞薇的。"因为妹妹有病,又经常被人欺负,何珞珈怕她自卑,反而会经常向人提起她,以显示妹妹的重要性。

"也许你只是选择不告诉我罢了。"

"也许那些照片都是P的。"

"我猜到你会这么想,"方弘逸在手机相册里翻找,"喏,这里还有一段你的视频呢。"

方弘逸点开视频,横举到何珞珈面前。

何珞珈惊呆了。

那是一段很短的录像,他们在一个树林里,点着篝火,看得出是方弘逸举着镜头,里面的何珞珈穿着一件白衬衣,外面是黄色的背带裙,是个活力满满的元气少女。何珞珈举着一根细细的铁扦,上面穿着一个玉米对着镜头问道:"弘逸,玉米快好了,你要胡椒吗?"镜头背后的方弘逸说:"要的,再加点辣椒。"镜头里的何珞珈对着玉米撒着作料,一边撒一边说:"别拍了,快来吃吧。"方弘逸不听,继续拍,镜头一直跟着何珞珈。只听何珞珈又说:"我这边的红薯、玉米、蘑菇、土豆都快好了,可以开吃了,你哥的鱼什么时候钓上来?"方弘逸答说:"应该快了。"正说着,忽听何珞珈"噢"了一声,屏幕黑了,没有画面只有方弘逸的声音:"怎么啦?怎么啦?""手背被铁扦烫了一下,不要紧。"紧接着镜头里的画面又出现了,这一次不知是谁举着手机,何珞珈、方弘逸都在镜框里,方弘逸正在查看何珞珈的手背,话外音里传来一个温柔的女声:"我那里有红花油,你们要吗?"方弘逸和何珞珈一个说"要"一个说"不要",然后是方弘逸心疼的声音:"都起泡了还不要?"话外音说:"那我去拿给你!"视频就这样结束了。

画面是高清的,何珞珈还是不肯相信:"我承认,这女孩和我惊人的相似,难怪你会弄错。"

"你就是那个女孩。"

"我不是。"

方弘逸一把抓住何珞珈的左手,翻到背面,指着上面一道浅而笔直的疤痕说:"这道疤就是那天烫的。"

第七章
羿族

何珞珈忍不住又开始笑了。

方弘逸瞪大眼睛看着她:"你笑什么?"

"我身上有好多疤呢,手上、腿上、背上全是,你看,这有一道,这有一道,这里还有一道……都是车祸弄的,"何珞珈撸起袖子给他看,"光是手背就有三道疤,样子都差不多,你凭什么说这个就是那天烫的?"

方弘逸忽然拽住她的手,将衣袖一直捋到底,查看上面的疤痕,神色渐渐凝重起来。他的腮帮子动了两下,那恶狠狠的气势,好像准备咬人似的。沉默片刻后,愤怒从他的眼底消失了,取而代之的是一团湿雾,遇到冰冷的空气,挡不住地要凝结成水,被他用力地眨了两下,又退了回去。

"车祸?"方弘逸的嗓子有些嘶哑。

"对呀。"何珞珈埋头吃菜,菜很清淡,每样都加了一点醋,是她喜欢的做法。

"什么时候的事?"方弘逸问。

"三年前。"

"哪家医院抢救的?"

"合济医院。"

方弘逸沉默了一下,不知在心里合计着什么,又不知是哪个细节对不上了,他皱起眉头说:"这是一家私人医院吧?"

"距离事发地点最近啊,没得挑啊。手术费都不能报销呢,我奶奶为了救我把所有的积蓄都搭上啦。"

方弘逸又是一愣:"你还有个奶奶?"

"对呀。"何珞珈抬头看了方弘逸一眼,发现他满脸迷惑,于是又说,"你看啊,方同学,你不知道我有个妹妹,也不知道我有个奶奶,我要是你的女朋友,这些最基本的家庭情况,能不跟你说吗?"

"你爸妈呢? 怎么不在身边?"

"早就去世了,空难,在我八岁的时候。我是奶奶带大的。"何珞珈吞下一块茄子,吃得太快,差点儿噎住,方弘逸迅速递过来一杯水,何珞珈接过猛灌了一口,擦了擦嘴边的水珠儿,"我爸妈去世这事儿,你大概也不知道吧?"

除了一些老照片,何珞珈对自己的父母没有任何记忆,平日里也不愿意提起,因为不喜欢被人怜悯。夜深人静的时候,她也会去想如果父母健在的话,自己的人生会有怎样的不同。会不会有个轻松一点的青春? 至少他们不会让她独自一人面对这些吧。她甚至觉得何珞薇的病情与父母的去世也有着密切的关系:一个自闭症的孩子想要融入社会已经够难了,加上没有父母,更是难上加难。比如最让何珞珈头疼的入学问题,直到现在也没解决。据奶奶说,普通小学不肯收,因为何珞薇不能自律,被激怒后还有攻击或自残的行为,只能去特殊学校。

在特殊学校上到十一岁,老师们又说:何珞薇能读会写,智力程度比班里的孩子高多了,留在那里学不到东西,再读下去就是耽误她了,还是上普通学校吧! 为了能让妹妹上学,何珞珈又是请客又是送礼,好不容易说服了附近小学的校长同意试读,可上了不到半个学期就被班上的家长们联合抗议,说何珞薇上课捣乱,影响其他同学的学习,校长扛不住压力,最后劝何珞薇退学,否则除非何珞珈愿意请一位特教老师全天伴读。

何珞珈一打听,这样的伴读老师还真有,只是每月收费一万五,她根本负担不起。最后何珞珈只能把妹妹送到小区附近的一个特殊儿童活动中心,收费也不低,何珞珈省吃俭用勉强能够应付。活动中心只有几位老阿姨,负责看管这些自闭的孩子,带着他们做点手工什么的,并没有太多教育的功能。何珞珈一直在想如果哪天自己有经济实力了,一定请个伴读老师,好送妹妹去普通中学,争取读完高中,这样何珞薇至少有个高中文凭,将来或许能够找份工作独立生活。

一想起这些愁人的事儿,何珞珈的脑子立即进入死循环,她又开始琢磨要不要去那个胜凯酒吧打第二份工了。回家的时候正好路过,要不要顺便进去跟老板谈谈?

冷不防旁边的方弘逸一拍桌子说道："不对呀！我们在一起的时候，你爸妈都还活着，只是身体不大好而已。"

何珞珈瞪眼："你见过他们？"

"没有。但你提到过，那时候你和爸妈都住在远人村，不是吗？"

"远人村？"事情变得越来越牛头不对马嘴了，"这个名字我第一次听说，在哪个省啊？"

"就在本市。"方弘逸紧皱双眉，研究着何珞珈的表情，"在鹭阳区。"

鹭川是个大城市，常住人口八百万，流动人口四百万，总面积八千平方千米。由于鹭江和俪水这两个天然屏障，导致跨区的交通经常阻塞，地铁开通以后稍微好点，但跑月票的人还是很辛苦。所以普通市民都是以区块为中心来生活的，如果在另外一个区找到工作，一般也会想办法搬过去，或者就近租房，好减少上下班的麻烦。久而久之，鹭川三区各自形成了自己的文化，比如鹭口区的商业最繁华，是经济中心；鹭昌区的大学最多，是科教中心；鹭阳区建设最早，工厂最多，是工业中心。与其说是三个区，不如说是三个城市，甚至口音都略有不同。具体到何珞珈身上，在她的记忆中，自己唯一和鹭阳区有点关系的地方就是那个车祸。那天有位从法国来的西点大师在鹭阳区开讲座，为了提高业务水平，何珞珈特地跑去参加，她就是在去听讲座的路上出的事。此外，贺易平和龚晓宇也住在鹭阳区，每天开车过来上班。但何珞珈和沈伊湄都没有去过他们的家。从合济医院出来后何珞珈就基本上没去过鹭阳区了。

"方同学——"何珞珈两手一摊，怪眼一翻，"我和你的这位女朋友，基本信息根本对不上，你干吗视而不见，硬要说我就是这个人呢？"

就在刚才洗澡的工夫，在热水的冲刷下，何珞珈将遇到方家兄弟的事情仔细地在脑中捋了一遍。哥哥态度恶劣，可能是弟弟"前女友"真的得罪过他。但弟弟的态度自始至终都是亲切友好的，说话不急不躁，待人恭敬礼貌，看得出很有家教。他没有任何不妥的行为让何珞珈觉得需要防备。亲手做九样小菜也是真心想对她好。想来想去只有一个解释：他的确是深爱着那个长相酷似自己的女孩，情丝难断，痴心不改。

方弘逸越是深情款款，何珞珈越觉得受之有愧，就越想尽快澄清，这种便宜占不得，将来肯定后患无穷。

"因为我相信我的眼睛。"方弘逸说。

因为痴情蒙蔽了你的眼睛！何珞珈在心中反驳。但她还是被方弘逸的深情打动了，哪个女孩不想有个这样的男朋友？对自己一心一意，念念不忘？想到这里，何珞珈放下筷子，端正坐姿，决定好好地跟方弘逸掰扯一下这件事。

"好吧，方同学，你很执着，那我就来问你：既然我是你的女朋友，也住在同一个城市，为什么你不来找我？"

方弘逸一边咬嘴唇，一边在心中选择措辞，过了一会儿才说："我以为你去世了。"

"所以就不来找我了？你至少也要打听一下我的墓地在哪吧？"

"我不是指车祸。"

"那是指什么？"

方弘逸默默地看着何珞珈，思考着，终于叹了一声："你要是真的想不起来，忘掉也好。"

"还有，既然是'前'男友，那就意味着我们已经分手了，对吧？那我们究竟是怎么分开的呢？"何珞珈又问，"是谁先提出的分手？"

"你。"

"理由是？"

"不知道。也许……"方弘逸的语气酸溜溜的，"你并没有真心地爱过我吧。"

"不是我，是她。"何珞珈严肃纠正，"我根本不认得你，更谈不上爱过你。还有，你能不说半截话吗？"

被何珞珈一顿数落，方弘逸索性不说话了。

何珞珈的心又开始焦虑，下意识地用手捻着毛衣上的小洞，慢慢地扯着里面的线头。

气氛有点沉闷。看着一桌子的小菜已经被自己吃了个精光，何珞珈又想，既然在别人家做客，主人招待得这么周到，动不动怼人也太不礼貌了，于是决定把话岔开："唉，你家衣橱有蛀虫吗？这毛衣上有个洞呢，那件白毛衣也有。"

方弘逸看了一眼毛衣，说："不是蛀虫，是你以前抠的。"

"啊？"

"你喜欢穿我的毛衣，无聊的时候就爱捻上面的线头，弄得我所有的毛衣上都有一个洞。"

所以这些毛衣直到现在也不舍得扔吗？何珞珈无语地看着方弘逸，觉得他又可悲又可怜，无论话题往哪个方向聊，最后都会被他扯到前女友的身上。

"对了，先前你说你们是羿族，羿族是少数民族？布依族的简称？"

"不是。"

"你们的族人都住在清东街上？"

"有一部分是。其他的遍布世界各地。"

"可以打听一下吗？你们这平均房价多少啊？"何珞珈有一回听一位甜品店的顾客说，鹭昌区的房价最近几年攀升得厉害，做房产经纪很挣钱，她有点眼红，打算考个经纪人证书，将来当作第二职业。

方弘逸扑哧一声笑了："这个嘛……不清楚。"

"那你们羿族和我们究竟有什么不同？除了那些门之外？"

"你真想知道？"

"特想知道。"

"想听实话？"

"当然。"

"我们叫作羿族，是因为我们的祖先来自羿星。"

何珞珈怔住了："你是指……另外一个星球？"

"对。离这儿挺远的。"

"挺远是多远？"

"很远很远，在仙女座的方向。"

何珞珈又想笑，看着方弘逸的神色，强行忍住："这么说来——你是一个外星人啰？"

"我不算。我只是羿族的后代，我是在地球上出生的。"

"你们的飞船是不是失事了？为了修好它，是不是需要一大笔钱？"何珞珈嘻嘻一笑，"你是不是需要我的帮助？如果我帮助了你，等你回到自己的星球，是不是会大大地报答我？因为在你们的星球上，遍地都是钻石，跟沙子一样多，五克拉都算小的？"

听出何珞珈在讥讽，方弘逸的脸一下子被气青了："当然不是。"

何珞珈的挖苦还没有结束："接下来你是不是会给我一个账号，让我把一笔钱打进去?"

"……"

"拜托,这样的科幻小说太多了,想骗人的话,麻烦把故事编得再高级一点儿。"

"既然你不信,我就不说了。"方弘逸摸了摸下巴,"你就当我是布依族好了。"

两人之间,再次冷场。

过了一分钟,何珞珈只好没话找话:"对了,我在你哥的屋子里看见了一个奇怪的现象。客厅里明明只有他一个人,墙上却有两个影子,其中一个是女的,在他面前走来走去,可吓人了。你知道这是怎么回事吗?"

"如果你不肯相信我们是外星人,这件事就没法解释了,对不?"方弘逸眨眨眼。

"好吧,我暂且相信你是外星人,请你解释一下。"何珞珈抱着胳膊,歪着脑袋,瞪大眼睛看着方弘逸。

"对于羿族来说,人生的最后阶段不是死亡,是影子。影子会选择跟自己最亲密的人生活在一起,从亲人的悲伤中汲取能量。"

"然后呢?"

"悲伤是影子唯一的食物。如果你还爱着那个去世的人,就要喂养她的影子。你会日复一日地消沉,渐渐失去活力,最终也变成一道影子。"

何珞珈从方弘逸的话里听出了形而上学的味道,仔细一想,方弘璧坐在沙发上忧郁萎靡的样子倒有点像是年轻时候的德古拉伯爵。在《吸血僵尸:惊情四百年》的电影里,变成吸血鬼的伯爵第一次接见律师乔那森时,他已经很老了,但贵族的仪态犹在,墙上那个手舞足蹈的影子,似乎比他本人更有一种存在感。何珞珈不禁有点担心:"那你哥现在的状态……岂不就是慢性自杀?一点儿办法也没有吗?"

"我们通常会把这些影子引到一间屋子里,永久地关闭起来。这样做,需要死者身上的一根骨头。"方弘逸说,"紫苏死得很惨,没办法拿到她的骨头,所以我哥就只能这样了。"

"紫苏?"

"就是你看见的影子,她是我哥的妻子。"

"也就是你的嫂子?"

"对。虽然羿族里没有'嫂子'这个称谓。"方弘逸补充道,"刚才的视频里不是有个人说去拿红花油吗?那个人就是紫苏。"

何珞珈"哦"了一声，没再追问下去，因为方弘逸的脸上已经露出悲伤之色。

见何珞珈半天不说话，方弘逸气馁地看着她："我刚才说的那些，你也是完全不信的，对吧？"

何珞珈是个相信常识的人，对太离奇的事情接受无能。她忘了这个问题是她首先提出来的，方弘逸只是回答而已。她又不傻，为什么方弘逸会用外星人的梗来糊弄她？还装成一副煞有介事的样子，这跟写信骗她继承前男友的遗产有什么区别？何珞珈感到自己的智商受到了侮辱，决定亮出底牌："你兜来兜去地说这么多，不就是为了让我交出那个罾子吗？"说罢直愣愣地盯着方弘逸的眼睛。

何珞珈记得自己看过一条抖音，上面说如果一个人特别想要一种东西，当有人提到它或是见到它时，眼睛就会瞬间发亮。

果然，一听到"罾子"二字，方弘逸的眼睛猛地一亮，就像一对电压突然变大的灯泡："你终于想起来了？"

"没有！我向你发誓——"何珞珈一手指天，一手捂心，"我何珞珈从没见过那个东西，我也从来不会偷人家的东西。"

"所以你真的不知道它在哪里？"

"真不知道。"

"那你能答应我一件事吗？"

"请说。"

"如果你想起了它的下落，能不能先不要告诉别人，第一时间告诉我？"

"方弘逸，你弄错了，我真不是你的女朋友，也不可能知道罾子的下落。"何珞珈跺了跺脚，"你再逼我，我可就要跟你急眼了！"

"我没有逼你，这只是一个请求。"方弘逸轻轻地握住何珞珈的手，柔声说道，"看在我把月亮还给天空的分儿上，你能答应我吗，珞珈？"

方弘逸的手很温暖，指腹在何珞珈手背的伤痕上轻轻地摩挲着，令她有种似曾相识的感觉。与其说何珞珈正在渐渐地认识方弘逸，不如说她正在渐渐地想起来他是谁。她不知道这种熟悉的感觉从何而来，回忆被一道闸门紧紧地锁住了，但他的声音、他的微笑都让她觉得那么的温暖、亲切，就好像他们曾经在另一个时空里一起生活过。

"我答应你。"何珞珈说。

第八章
狮门酒吧

墙上的时钟指向八点。

何珞珈想起自己临行前曾经告诉过沈伊湄会在八点左右到家,后来自己改主意来了清东街也没有通知到她,如果到点不回,手机又联系不上,沈伊湄一定会担心的。沈伊湄这人容易着急上火,到时候肯定会满世界地找她。妹妹何珞薇也拜托给了沈伊湄照顾,虽然她和佳惠阿姨都不会介意,但毕竟也是占用了人家的休息时间,如果换成保姆,也是要按小时收费的。想到这里,何珞珈就有点坐立不安了。方弘逸说让她等两个小时,那就是九点,何珞珈觉得自己等不了这么久,无论如何也得事先打个电话让沈伊湄安心才好。

"抱歉,我们这里没有手机信号,必须得出去才能联络上。"方弘逸认真地听完何珞珈的请求,想了想说,"这样吧,你在这等我一下,我去找我哥说说,看能不能说服他把门打开。"

"说服?"

何珞珈一听就不乐意了,嗓音顿时高了八度:"他有什么权利把我关在这儿?请你严肃地告诉他,立即放我出去,不然就是绑架!就是非法拘禁!我会报警的!"

最后五个字何珞珈是吼出来的。

不等方弘逸开口,何珞珈继续叉腰吼道:"方弘逸,你是不是怕你哥?你要是怕他我就自己去说!"

方弘逸被何珞珈凶狠的样子吓到了,站起来,摸着额头,在她面前走来走去:"我哥脾气不好,他认定镨子在你手上,如果你不交出来,他是不会让你走的。"

"不让我走？凭什么呀！他脾气不好我就要听他的？他是你哥又不是我哥！"何珞珈觉得自己离破口大骂、大打出手只差一步了，"我要是一辈子交不出赠子呢，难不成他要关我一辈子？"

方弘逸没有说话，只是可怜兮兮地看着何珞珈，似乎在默认。

"他敢！别说一辈子，再多关我一个小时我就得找他拼命！我说多少遍你们才能相信？我不是你的前女友，手里没有赠子，你告诉他，立刻放我出去！"何珞珈心里的火噌噌噌地往上蹿，"走！我跟你一起去！我倒要听听他有什么道理！他还能把我杀了不成！"

"别别别！"方弘逸连忙摆手，"还是让我去对付他吧，你在这儿等着，给我十分钟。"

利用这十分钟，何珞珈把一桌子的碗碟都洗了，放到橱柜里一一码好。顺便把案台也收拾了一下，洗好菜板，刷好炒锅，摘下的菜根菜叶倒进垃圾箱……她不是一个不识好歹的人，兄弟俩应该区别对待。

方弘逸很快就回来了，脸青青的，像是刚吵完一架："我哥不同意放你回去，怎么说都没用。"

直到这时，何珞珈终于知道生气已无济于事："所有的门都关了？你就没有第二把钥匙了？"

"正常情况下，我是可以打开所有门的。但我哥是羿族的首领，在门禁这件事上，他有绝对的权力。"

何珞珈愤怒地看着方弘逸，握紧双拳，不知在思考些什么，脸开始发红。

"要不，你先在这里待一晚？明天——"

"不行！他不能这么干！"何珞珈突然跳起来，从刀架上抽出一把菜刀，大步流星地往外走，"我要去跟他说个明白！他不让我走，这怎么成！我妹有自闭症，她是个死脑筋，我说八点回，她就等我到八点。除非我亲自打电话更改时间，不然她就会大哭大闹，以头撞墙，她要是有个三长两短我也不活了！方弘逸，我跟你说，除了这个有病的妹妹，我还有个中风的奶奶，24小时躺在床上不能动不能说话，我要是不回去，她们怎么办？谁管？你管吗？别拦着我，我现在就找你哥拼命去！"

"珞珈，珞珈——"方弘逸一把抱住何珞珈，夺下她手中的刀子，"我哥也是个死脑筋，跟他拼命没用，你打不过他的。别急，我有另外的办法。不一定管用，但可以试一下。"

"你有另外的办法？早说啊！"

方弘逸忽然拉住了何珞珈的手："另外的办法就是邪门歪道，我哥知道了肯定要大发雷霆的，肯定不让我回清东街了。"

"……"

"如果我没处去了，你——"方弘逸认真地问道，"会收留我吗？"

何珞珈看着方弘逸的脸，终于明白他为什么看上去那么年轻了，是他说话的神气。天真的，顽皮的，眼珠子不会转，就那么直直地幽幽地带着笑意地看着你，让你不忍心在他面前撒谎。

"啊？这个……我……我家没有多余的房间。"何珞珈心想，明明是你家的人企图把我关在清东街，怎么话从你嘴里出来，反而成了我欠你的人情？

"我和我妹一直租着人家的房子住，就一个单间，只有六平方米。"

"我不是指住的地方，我有地方住。"

"那你指什么？"

"我是指精神上的……收留。"

"精神鼓励吗？没问题的，我一定会时时给你打气的。"

"不是精神鼓励。我是指——"方弘逸顿了一下，"你同意做我的女朋友。"

"这个……不大好吧？万一被你前女友知道可怎么办？她会不会过来找你？我们会打架的。"

"我会一心一意对你好的。"

何珞珈抿了抿嘴，怀疑地看着方弘逸，半天不说话。她又想到了赠子，以方弘逸的条件，如果毫无所求，他会跟自己这么亲近吗？这也许又是兄弟俩的一个计谋。

"方弘逸，"何珞珈慢慢地说，"你说的话是真心的吗？"

"当然是。"

"那我很遗憾地告诉你，我不能做你的女朋友。"

"为什么呀？"方弘逸讶然道。

"你我条件悬殊，我这个人不爱占便宜。"

"就因为这个，你愿意错过一个像我这么好的男生？"方弘逸悻悻地说。

"此外，我对恋爱这件事也不感兴趣。"何珞珈又说。

"你想过没有，如果我不帮你，你就出不去。难道你更愿意留在清东街和我一起慢慢地变老？"

"威胁我是吧？"

"你看哈，你有一个自闭症的妹妹、一个中风的奶奶，命运对你如此不公你都没有抱怨。再加一个来自外星的前男友，应该没什么难度吧？"

这都是什么逻辑啊，何珞珈哭笑不得地看着方弘逸："好吧。既然你这么说，我们可以试着交往看看。"

方弘逸高兴地笑了："你总算松口了。走吧，我带你去一个地方。"

方弘逸从后院推出一辆自行车，带着何珞珈骑了十五分钟，沿着清东街东拐西拐，最后停在了一个黄色的平房面前。房内隐隐传来音乐声，外面的霓虹灯牌上画着一个衔着铜环的兽头，写着"狮门酒吧"的字样。

何珞珈从后座上跳下来说："这是什么地方？酒吧？你以为我现在有心情喝酒？"

"我们来找一个人。"方弘逸带着何珞珈推门而入。

里面有一群人在中央的舞池跳舞，灯光闪烁，摇滚乐震耳欲聋，鼓点太响，何珞珈觉得自己的心脏病都快犯了。

"你会跳舞吗？"方弘逸大声问道。

"不会。"何珞珈说。

何珞珈其实是会一点儿的，但在陌生人面前，她是个放不开的人。沈伊湄喜欢蹦迪，曾经带她去迪吧玩过几次。难得有心情放松一下，何珞珈很认真地跟着领舞学习，学了几次，基本动作都会了。后来沈伊湄又迷上了尊巴，为了它不惜买健身馆的年票天天跟着老师跳，也要拉着何珞珈去，何珞珈觉得会费太贵，就没去成，迪吧的舞技也就渐渐荒疏了。

酒吧实在太吵，方弘逸只好将何珞珈拉到墙角，在她耳边低声说道："到这里来玩的都是门。要想出去，就得钻他们的空子。"

何珞珈将信将疑地看着方弘逸："他们都在这儿跳舞，门怎么办？没人守了吗？"

"我哥下令关闭所有的出口，他们就没事干了呀，就来这里放松呗。"方弘逸一边说一边轻轻地拍了何珞珈一下，"别傻愣在这儿呀，太引人注目了。来，跟我一起跳，往吧台那边走，看看找谁下手合适。"

何珞珈只好跟着音乐跳起来，一边跳一边往酒吧的深处走去。

"跳得不错呀，珞珈。"方弘逸笑着说。

何珞珈哪有心情听方弘逸赞美，以为是缓兵之计，狠狠地瞪了他一眼："你快点想办法。别扯七扯八的，我可不是来这儿跳舞的！"

他们终于穿过人群来到吧台，台边的高椅上坐着三位酒客，两男一女，其中一男一女正在闲聊，另一个落了单，一杯接一杯地喝着酒。吧台的灯光比较阴暗，何珞珈发现三人身上都散发着淡淡的蓝光。她看了看天花板，上面装了很多射灯和玻璃球，随着音乐的节奏向不同的方向旋转，将五彩的光点折射到舞池上。但这些淡淡的蓝光不属于折射光，更像是发自他们的体内，就像深海里发着荧光的水母那般幽然可见。

落单的那位是个二十五六岁的青年，圆脸，光头，左耳戴着一只银色的耳环，脖子上全是刺青。方弘逸站在青年背后观察了片刻，悄声道："等下我去找他喝酒，你趁他不注意，把这个东西丢进他的酒杯里。"说罢将一粒黄豆大小的东西塞进何珞珈掌中。何珞珈低头一看，是一颗蓝色的小药丸，脸不禁一白："你想干吗？下毒？"

"他是门，又不是人，下毒是毒不死他的。"方弘逸低声说，"而且他们喝的东西也不是酒。他吃完药后，身子会突然发光，你必须要立即握住我的手，然后闭上眼睛跟着我走，在心里数到三就可以睁眼了，明白吗？"

"握你的手干吗？"

"带你出门啊。"

一听说这样就可以出门回家，何珞珈点头如捣蒜："明白明白。"

一个调酒师模样的人正在倒酒，何珞珈瞥了一眼，发现倒进酒杯里的是一种橄榄油一样的液体，调酒师在里面丢了一粒瓜子样的东西，淡绿色的液体就开始分层，一层红一层绿一层黄，最后变成彩虹一样的颜色。

"嗨，小贝！"方弘逸牵着何珞珈的手走上前去，拍了拍光头小伙的肩膀，笑着坐下来，"你不是在守西门吗？今天怎么有空过来玩？"

"下班了过来喝一杯。"小贝的光头被天花板上玻璃球照得五颜六色的，"怎么，带朋友上这来跳舞？清东街外面没有像样的酒吧了？"

"介绍一下，这是何珞珈小姐。这是西门小贝。"

何珞珈心想，西门小贝大概就是因为他守着西大门的缘故吧。小贝很绅士地跟何珞珈握了一下手，调酒师正好坐在他的对面擦酒杯，小贝于是说："麦克，给这位小姐倒杯果汁……咱这儿有果汁吧？"

"没有，"调酒师一板一眼地说，"我们这儿没有果汁。"

西门小贝歉意地看着何珞珈："不好意思……"

何珞珈豪爽地一笑："没关系，麦克，给我来一杯和这一模一样的酒就行。"

在座的人看着她，禁不住哈哈大笑，方弘逸只得附耳过去说："这是润滑剂，相当于机油，是用来润滑门的合页的。"

何珞珈窘了，讪讪地看着大家。

"我以前在南四门，"小贝说，"跟弘逸是老邻居了。"

"所以咱们清东街的南边，是有很多的门吗？"何珞珈笑着问道，"还要分出一、二、三、四？"

"的确很多，不过南四门是个小门，没什么流量的啦。有时候整整一个月都没人进出。这不，弘逸给我帮了个忙，调我到了西大门，好家伙，把我给乐坏了！西大门真是热闹！"何珞珈一下子没听明白，仔细一想，可不是嘛，如果她是一扇门，最在意的东西肯定就是客流，进出的人越多，越显出门的重要性嘛。

趁这当儿，何珞珈悄悄地将药丸扔进了酒杯。那东西也不知是什么成分，一遇到杯中液体就立即溶化了。

方弘逸不动声色地看着何珞珈前一秒完成任务，西门小贝后一秒就把酒杯抄在手里一饮而尽，带着半分醉意说道："弘逸啊，我还欠着你一个大大的人情呢。"

"放心，不会忘记的，很快就要你还了。"方弘逸笑着拍了拍小贝的肩。

西门小贝哈哈地笑了起来，笑到一半，嘴角忽然歪了一下，一道蓝光从他脑后射了出来，猛地一看，就好像是中世纪油画里的一个圣徒似的。何珞珈赶紧闭上眼睛牵住方弘逸的手。后背一紧，似乎有人推了她一把，她跟着方弘逸跌跌撞撞地走了几步，耳边的摇滚乐蓦然消失。睁开眼时，面前一片空旷，冷风飕飕地刮在脸上，何珞珈发现自己又回到了先前的那个停车场。

"你看，"方弘逸笑道，"这不就出来了？"

"嗯。"何珞珈点点头,"我开始有点相信你是个外星人了。"

方弘逸拉着何珞珈走向一辆冷光银色的特斯拉:"上车吧,我送你回家。"

两人一走到汽车跟前,车门就自动开了。何珞珈心想,从这里到丽珠小区至少四十分钟的车程。她不想添麻烦,于是说:"方便的话就送我到地铁站吧。"

第九章
息事宁人

　　方弘逸执意要送何珞珈回家,抄了几条近路后,不到四十分钟就到达了丽珠小区。

　　刚一上车何珞珈就给佳惠阿姨发了一条语音,说自己正在回家的路上,李佳惠回复说家里没事,让她放心。

　　汽车一直处于自动驾驶状态,遇到红灯需要减速时,方弘逸才会把手放在方向盘上。他问了很多关于何珞薇的问题。一开始何珞珈不愿多说,觉得这事儿跟他没关系,人家也许就是礼节性地问问。没想到方弘逸越问越仔细,一下子打开了何珞珈的话匣子。于是从妹妹的确诊聊起,如何治疗,如何吃药,如何上学,如何惹事,如何进了活动中心……滔滔不绝地讲了十几分钟。方弘逸一边认真地听一边在脑中做笔记,见何珞珈说得太快逻辑混乱,还不时地帮她厘清思绪。

　　"所以说,车祸发生前,你妹妹的病主要是奶奶负责?"

　　"奶奶和我一起负责。"

　　"医生的诊断意见也不统一,你奶奶说的?"

　　"倒也不是。何珞薇三岁就确诊是自闭症了,是我自己想听听不同专家的意见,就带她见了不少医生,大部分都是说自闭症,也有说妄想症的,也有说焦虑症的,也有说精神分裂的……"

　　"那究竟是什么症呢?"

　　"非典型性自闭症呗。"何珞珈抓了抓脑袋,"你知道吗? 自闭症有三大特征:社交异常、沟通异常、刻板行为。其他两样珞薇都特别典型,但是沟通能力……我觉得没那么糟糕,她爱看小说,说明理解力不差吧?问问题也能回答,虽然不一定在点子上,你多问几次她也能说个大概……"

"你是不是不相信她有病啊?"方弘逸问。

"相信啊,当然相信。我奶奶每次把她塞进普通学校,都会事先隐瞒病情。可是过不了一个月老师就能发现问题,就会要她退学。我妹呢,心理发育肯定是有点障碍的,我只是觉得没那么严重,努把力能治好,会慢慢地恢复正常。唉——"何珞珈叹了一声,"也许是我一厢情愿吧。"

"谁让你是她姐姐呢。"方弘逸轻声说。

何珞珈的眼睛酸了一下,想起这些年和妹妹一起经历的事情,以及那个日夜紧张、时刻紧绷着的自己……这些日子也不知道是怎么熬过来的。每当快要熬不下去的时候,她就会对自己说,谁让她是何珞薇的姐姐呢。

车窗外的月色格外清冷。何珞珈渐渐地陷入了沉思。汽车拐进一条小道,两旁黑黢黢的,连个路灯都没有。何珞珈瞬时警惕起来:"哎,这是哪条路啊?"

"中鑫北路,前面就是楚门大街。"

何珞珈看了一眼左手边的导航地图,知道方弘逸说得没错,放下心来。

"车祸以后,你失忆了。关于你的过去,全部都是奶奶告诉你的?"方弘逸握着方向盘继续问道。

"对。"

"没过多久,她自己也中风了,不能动也不能说话?"

"对。"

"就连你的亲生父母也空难去世了?"

"对。"

"你的运气怎么这么差呢,珞珈?"方弘逸说,"倒霉的事都让你遇上了?"

"你想说什么就直说吧。"何珞珈听出话里有话。

"你这奶奶是真的吗?"

"那还有假!"何珞珈觉得这个问题根本不该问,"我奶奶叫崔宝莲,生于1941年7月20号,我有户口本,上面有全家的记录。"

"那你多大?"

"二十二。"

"哈。"

何珞珈瞪了他一眼："哈，是什么意思？"

车忽然停了，方弘逸没有接话，指着前面的一家小店说："等我一下，我去给我哥买点零食。你想吃点什么？"

"我不吃零食，谢谢。"

方弘逸回来时手里多了两盒蓝莓干，打开一盒递给何珞珈："这家的蓝莓干特别好吃，野生的，没有添加剂，要不要尝一下？"

原来吃蓝莓是你们哥儿俩的共同爱好啊！何珞珈的脑中浮现出方弘璧紫色的嘴唇。

"而且，可以增强记忆哦。"方弘逸又说，献宝似的将盒子在何珞珈眼前晃了晃。

何珞珈只好吃了一粒。酸酸甜甜的，味道很淡，不如葡萄干好吃。正觉兴味索然，掌心一沉，手上已经多了一个盒子："帮我拿着，我要吃。"

就这样一路开车一路吃，到了丽珠小区，方弘逸居然把一整盒蓝莓干都吃光了。

下了车，何珞珈对着路灯看方弘逸的脸，发现他的嘴唇很干净，没染到半点蓝色，就好像没吃过一样，不禁纳闷："咦，你吃了这么多蓝莓，嘴上怎么没有染色？难道都是吞下去的吗？"

"何止是嘴唇，牙齿上也没有呢！"方弘逸嬉笑着说，张开嘴给何珞珈看自己的牙齿，还将头歪成各种角度，"我专门研究出一种吃法，扔进嘴里，用大牙去嚼——就不染色啦。"

何珞珈忍不住扑哧一声笑了。

丽珠小区的住户大多是机床厂的职工，工人们无论男女都有抽烟的习惯，国有企业效益一般，很多人也没有余钱给自己或者孩子整牙，何珞珈很少看见谁的牙齿特别洁白整齐的。沈伊湄在以前的照片里也有两个突出的大虎牙，说话都合不拢嘴。为了帮她整牙，佳惠阿姨攒了好几年的钱。结果医生看了后说不能光拔上面的两颗牙，下面对应的两颗牙也得拔掉，于是连拔四颗牙再用钢丝箍了两年才整出如今这一口整齐的牙齿，仔细一看，仍不免有些缝隙。方弘逸的牙齿则漂亮到可以挂在墙上做牙膏广告了，面试只要一笑就能得到好工作。

见何珞珈笑得开心，方弘逸也笑了起来，眼角弯弯的，黑漆漆的瞳孔上倒映着她的脸,专注的神情就好像站在他面前的不止一个何珞珈,他要努力把她们分清似的。

在何珞珈的记忆中,还没有哪个男生像打量一幅世界名画那样专注地看着她,生怕错过了什么美好的细节似的。忽然间,她有些恋恋不舍。

两人默默地走到门楼下,何珞珈正要开口道别,猛地从楼道里噔噔噔地跑下来一个人,步子又大又急,差点儿撞到她身上,方弘逸眼疾手快地将何珞珈往自己怀里一拉,喝道:"喂,走路小心!"

那人左手捂着自己的右手,不停地有血冒出来,何珞珈认出是沈伊湄的父亲沈超。

"沈叔叔?"

沈超一看是何珞珈,顿时就来气了:"你是——何珞珈?"

"对啊,咱们昨天还见过呢。您怎么受伤了?"

"伊湄屋里的那个小疯子,是你妹吧?"

何珞珈最讨厌人家叫何珞薇"疯子",脸上的微笑顿时没了:"出什么事了?"

"她把我的手给咬了!"沈超气急败坏地嚷道,"你来了正好,走,跟我去趟派出所。这是严重的人身伤害!这种有暴力行为的疯子怎么能让她随便走动呢,万一杀人放火怎么办?必须要把她关起来。送到精神病院去强制医疗!"

"别别别!"何珞珈急了,不用猜就知道妹妹又惹祸了,连忙伸手拦住去路,赔笑说道,"大叔大叔,别动气!有话好好说!我先替我妹说声对不起!您看,您的手还在流血呢,我先陪您去趟医院,伤口感染了就不好了。"

何珞珈一边说一边走上前,想搀扶沈超一下。刚一走近就被沈超猛地一推,喝道:"少来这套!这么大的事你道个歉就完了?没那么容易!"

何珞珈被沈超推了个趔趄,差点儿摔倒,她连忙站稳,又要凑过去解释,却被方弘逸拉到身后,方弘逸淡淡地说道:"我来跟他说。"何珞珈看了方弘逸一眼,又看了看沈超,一个瘦长如鹤,一个敦实矮胖。心想,方弘逸年轻气盛,要是一言不合打起来,恐怕不是沈超的对手,正想叮嘱一句,方弘逸向左迈了一步,挡在沈超面前:"大叔,您要去报警,我们也要去报警,咱们正好一起去。"

沈超白眼一翻:"什么意思?"

"珞珈的妹妹今年十四岁,是未成年少女。她只有在被欺负的情况下,才会咬人自卫。"

"她？我欺负她？我都不认得她是谁！"

毕竟做过几年干部，一听见"未成年少女"五个字，沈超顿时面红耳赤，觉得自己跟危险的词汇沾上了边："小子，你别乱说喔！这事跟你没关系，你少掺和！"

"怎么没关系？我是珞珈的男朋友。"方弘逸慢条斯理地说，"她妹有病，不能控制自己的行为，我不认为她会承担什么责任。"

"臭小子，别以为我没见过世面！我何止是报警，我还要跟你打官司呢！"

"打官司？好啊。律师费可不便宜呢，记得准备好一笔钱，我们奉陪到底。"方弘逸一字一顿地说，语气硬邦邦的，头一歪，下颚线阴森森地压过去，倒把何珞珈吓了一跳。何珞珈的心微微一松，肩上的担子仿佛轻了轻，记忆中还是第一次有人这样强硬地给她撑腰。

沈超的脸一阵红一阵白，揣摩到方弘逸不好对付，又把矛头转向何珞珈："何珞珈，我警告你，哦，不，我通知你，明天中午之前必须搬走——"

"我们不搬，就住在这儿！而且，这位大叔，请您注意跟她说话的语气。"方弘逸冷冰冰地打断沈超，"您要敢动她一根毫毛，我绝不放过您。"

沈超想了想，觉得面前的小屁孩态度狂妄、欺人太甚，不教训一下不知道天高地厚。他入厂的第一份工作是铸造车间的翻砂工，每天干的事就是把熔化的金属浇灌到铸型的空腔里，因此练就了一身惊人的臂力。后来虽改做文职，业余时间仍然爱好举重，参加过省级的工运会，还拿过一个亚军呢。他狞笑着抬起头，挑衅地用手指戳了戳方弘逸的胸膛："你女朋友住的是我的房子，房产证上写的是我的名字。我是她房东！我叫她滚她就得滚，我叫她明天滚，她最好不要拖到后天！"

方弘逸一把抓住沈超的手，顺势往下一拧。

"嗷——嗷嗷嗷！"沈超痛得连声大叫，脸上青筋暴突，他用力挣扎，却越挣扎越痛。眼看着沈超手腕就要断裂，方弘逸猛一松手，沈超扑通一下，坐到了地上。

"沈叔叔，"毕竟沈超是沈伊湄的爸爸，何珞珈不想太得罪他，于是放缓语气说，"我有权住在这里，因为我预交了三个月的房租，有合同为证。而且，房子是您和佳惠阿姨的共同财产，您一个人说了不算。"

第十章
佳惠阿姨

嘴上这么说,何珞珈还是陪着沈超去了一趟小区附近的诊所,看着医生给他包扎,付了医药费,又在小卖部里给他买了一袋水果和两瓶复合维生素,最后叫了一辆出租车,客客气气地把他送回宾馆。李佳惠那边回消息说是因为自己与沈超发生口角,说话声音大了一点,一旁的何珞薇本来很安静地看电视,不知怎么就发作起来,扑上去就咬,拉都拉不住。还好何珞薇自己没受伤,让何珞珈放心。

"伊湄这死丫头也不知道去哪里玩了,她要是在家肯定不会这样。"李佳惠说。

听了这话,何珞珈越发心里不安。佳惠阿姨上班很辛苦,下了班还要忙家务,属于自己的时间本来就少,麻烦她一个人已经很过意不去了,让母女俩同时留在家里照顾何珞薇?她不过是个房客而已,太把自己当熟人就不好了。想到这里,何珞珈后悔没听沈伊湄的警告,擅作主张去了清东街,结果耽误到现在,早点回家这些状况也许不会发生。

想到这里,何珞珈看了一眼旁边的方弘逸,本来话很多的他,现在居然出奇地安静。就算沈超全程黑脸,对何珞珈爱搭不理,他也没发任何的脾气。只是双手悠闲地插在牛仔裤口袋里,看她忙前忙后。直到送完沈超,两人步行回到小区,方弘逸仍是一言不发,何珞珈这才觉得他大概是生气了。之前他那么强势地维护自己,自己却这么快认怂,真是太没骨气了。一路无话默默地走了五六分钟,何珞珈一直搓着自己的手,她也不知道自己这么蔫的脾气是什么时候形成的,大概是奶奶叮嘱的吧。何珞薇已经很不省事了,她这个做姐姐的只能多多替她担待,遇事不争,尽量忍让,以最快的速度消解矛盾才是上策。眼看走到了公寓楼下,何珞珈停下脚步,转过身来面对方弘逸,轻轻地叹了一声说:"我知道你在想什么。"

方弘逸用脚踢开地上的一块碎石,也不抬头:"说说看。"

"你是不是觉得我这人特没劲?"

方弘逸没有接话,抿了抿嘴,算是默认。一绺黑发从他的头顶上滑下来,坠到脸边,挡住了他的目光,却露出好看的腮线,灯光照在肌肤上,发出柔和的光。

何珞珈忽然有种不真实的感觉。这人明明自己刚刚才认识,她却已经在担心自己留给他的印象,并开始揣摩他的心思了。方弘逸一路开车过来,陪她去诊所,又送她回家,她没觉得有什么不妥,甚至也不觉得麻烦到他,难道在潜意识里已经把他当作自己的男朋友了吗?

"无论怎么说,沈叔叔也是伊湄的爸爸,不看僧面看佛面嘛。下次遇到他,咱们还是好好说话,行吗?"

话一出口何珞珈立即后悔了,话里有埋怨方弘逸的意思,倒不是她的本意,却也解释不清了。

方弘逸果然听出来了,声调冷淡下来:"他这样对你,我还要好好说话?其实我根本不想和他废话,就想痛痛快快地揍他一顿。"

"别!千万别!"何珞珈忙说,"你会用巧劲儿。但真打,你打不过他的。"

这话一出,何珞珈又后悔不迭,方弘逸的眉头立即竖了起来,以为自己听错了:"你说什么?"

"沈叔叔以前是翻砂工。"

"什么工?"

"就是铸造车间里,把一千来度的铁水倒进砂模,冷却后做成铸件的那种工人。佳惠阿姨说,他的胳膊可有力气了,以前追她的情敌全被他打跑了。"何珞珈一边说一边深吸一口气,那表情就好像刚刚避免了一场灾难,"幸亏你俩没打起来,不然后果不堪设想。"

"就因为这个?"方弘逸瞪大眼睛,话里有气,"因为这个你认为我打不过他?"

"我知道你想帮我,弘逸。但要量力而行,底线是你自己不能受伤。"何珞珈比他大几岁,于是拿出姐姐的口气,"以我的经验,处理这种事呢,息事宁人才是最有效的。这样做看似委屈,其实麻烦最小、后患最少、时间成本最低。想想看,如果赔礼道歉就能解决,那是再好不过了。怕就怕人家不乐意,跟你耗上啦,天天来找茬,那才是吃不了兜着走呢！"何珞珈想起了那个花掉她一个月工资的防盗门，就是因为遇到了一个战斗力爆表的家长："我已经不是和人斗气的年纪了。我妹咬人在先，理亏的是我，何必越闹越大？事态升级对我有什么好处？"

方弘逸扑哧一声笑了。

何珞珈立即觉得自己刚才的话白说了："你笑什么？"

"低声下气，老气横秋。你几时变成这样了？"方弘逸歪着头打量何珞珈，好像遇到了新鲜物种，"就因为有个搞不定的妹妹？嗯？"

"没错。我妹每一次咬人，我都恨不得下跪求饶，因为她专咬小孩子。家长们找上门来，一个个都气势汹汹的，杀了她的心都有。"

方弘逸一愣，有些不信："真下嘴咬吗？"

"嗯。次数不多，但每一次都有一排牙印，有一次还咬出血了。"

"……"

"说到底是我的责任，是我监管不力。我都不知道赔了多少钱，写了多少份保证书了。其实我也想爽啊，骂人谁不会呢？可最后呢？你越骂，人家越是不依不饶、斗争到底，最后奉陪不起的还是你自己。还不如一开始就低头认错、赔礼道歉。"

"这就是你的经验？"

"教训都是花大钱买来的。所以碰到这种事，我的原则就是八个字——打不还手，骂不还口。"

方弘逸不禁哑然，过了一会儿，他轻轻叹了一口气："唉，真替你憋屈。珞珈，我能帮你点什么吗？"

"刚才你已经帮过我了呀！你帮我大大地出了一口气。虽然我不赞成你的做法，但心里感觉还是很爽的。"说到这里，何珞珈忽然一拍脑袋："对了！你不是外星人吗？你能帮我把沈大叔弄去外维空间吗？这样他就再也不能麻烦我啦。哈哈哈！"

何珞珈正憨憨地傻笑，方弘逸的头忽然低下来，目光定在她正好仰起来的脸上，让她无法逃脱自己的视线，莞尔一笑说："是的，我能。"

他们站得很近，微风吹拂着方弘逸的衣摆，飘到何珞珈的手边，她以为是他的手，伸手一拉，却是一个衣角，他以为她要牵手，就把手伸了过来，捉住她的两根手指,握在掌心上,轻轻地揉捏着。何珞珈的脸一下子红了,半只手臂都是热烘烘的,声音也结巴起来:"哎,别当真哦,人家是开玩笑的啦。"

"给我个名单,让我把那些麻烦你的人全部送走。"方弘逸继续说,"就从——你妹开始?"

"我妹?"何珞珈一愣,随即猛烈摇头,"我妹不行。"

"为什么?"

"我妹不是麻烦。"

"我看挺麻烦的。听你说了那么多,她不就是个大麻烦吗?"

"我妹再麻烦也是我妹呀,她的事我当然会管。"何珞珈气道,"方弘逸,你再这么说,我可要跟你翻脸了。"

"那你奶奶呢?"方弘逸眼珠一转,"她这么老了,不能说话也不能动,要不我打发她去——"

"哎——这是人说的话吗?方弘逸,你怎么这么缺德呀!我奶奶的事不要你管!"何珞珈气得一跺脚,说了句"再见",自顾自地跑进楼道里,没想到方弘逸紧追而至,噔噔噔地跟着她上了五楼。

"别生气嘛,我是开玩笑的。"方弘逸说,"你怎么就当真了。"

何珞珈觉得这玩笑里有明显的恶意,对方弘逸的好感顿时减了几分。

"你不能这么开玩笑。"何珞珈严肃地说,"我妹妹和我奶奶是我在这个世界上最亲的人。她们有病,当然是我来照顾,这是我的义务也是我的责任。"

"那这个世界上有谁会来照顾你呢?还有谁能帮你分担这一切呢?"

何珞珈怔怔地看着方弘逸,半天没有说话。

在她的记忆中,从没有人问过这样的问题。不是说没人关心,也不是说没人在乎,大家只是想当然地认为,这世上能放心去依赖的只有自己的家人,如果家人全都有病,固然是一种不幸,但也无可抱怨,因为命运是无法控制的。而何珞珈的妹妹和奶奶因为有一个不离不弃的姐姐和一个体贴孝顺的孙女,她们都是幸运的。

"有啊。"何珞珈指了指自己的鼻子,"我自己呀。"

方弘逸笑了笑,打量着楼道的四周。水泥墙上刷着白灰,上面贴满了搬家公司的广告。地上倒是很干净,显然是有人经常打扫。他们一路走上去,他知道并不是每一层楼都这样整洁。有的住户利用楼梯的转角堆放杂物,只用一块帆布盖住,上面满是灰尘;有的则在门口堆放鞋架,散发着浓郁的脚臭味。只有何珞珈住的这一层布置得最讲究,地面上铺着白色的地砖,门前还摆着两盆小花,反映出户主爱美的小心思。

"你就住这儿?"

"嗯,进去喝杯水?"何珞珈做了个"请"的姿势。

一开门,两个人同时惊了一下。

屋里好像刚刚发生了一场战争:玻璃茶几碎了,满地都是玻璃碎片。墙上的彩色电视机不知被什么东西砸出了一个网球大小的窟窿。餐桌和地上各有一摊血迹,不知是不是沈超留下的。桌上有个切开的苹果,水果刀掉在地上,不知是无意掉下的,还是在打斗中失落的。何珞珈连忙拾起来放进抽屉里。白色的布艺沙发上也是一片凌乱,上面扔着十几颗巨峰葡萄,红色的葡萄汁溅得到处都是。地板上随处可见被踩得稀烂的水果,也不知是谁把一整盘水果扔到了地上。

巨峰葡萄应该是李佳惠买给何珞薇的。何珞薇爱吃这种葡萄,接她回家的路上正好路过一个水果摊,何珞薇只要看见有货,每次都吵着要吃,一来二去,巨峰葡萄就成了冰箱里的常备果品之一。

客厅里没人,三个卧室的门都关着。

何珞珈不知道发生了什么事,更不敢脑补,只得向着里屋叫道:"佳惠阿姨?珞薇?我回来啦!"

方弘逸轻手轻脚地走过来,指了指其中一间房,向何珞珈使了个"里面有人"的眼色。

那是何珞珈自己的房间,她轻轻推开门,赫然看见李佳惠坐在床上,双手紧紧地搂着何珞薇,口中喃喃低语,不知道在说些什么。何珞薇的头上戴着一个红色的头盔。她生气时会拼命地打自己的头或者撞墙,为了防止撞伤大脑,何珞珈就给她买了一个摩托车的头盔。

看见他们,李佳惠伸出手指在嘴唇上轻轻地按了一下,示意保持安静。她的左臂上胡乱地缠着一圈绷带,里面有血渗出来。何珞珈脸色一变,轻呼道:"佳惠阿姨,您受伤了?"

何珞薇看见了姐姐,忽然哭着向她说:"姐姐,姐姐,家里进来了一个坏蛋叔叔!"

何珞珈坐到床边,从李佳惠手中接过妹妹,紧紧握住她的手,柔声说道:"没事了,没事了,坏蛋叔叔已经走啦。"见何珞薇在头盔内大声喘息,怕她透不过气来,何珞珈连忙把头盔摘了下来。

"那坏蛋叔叔还会再来……再来抢珞薇的葡萄吗?"何珞薇抽泣着说,"他说……要叫警察来抓珞薇……把珞薇关起来……姐姐,珞薇好怕!"何珞薇忽然又开始发作,用手拼命地打自己的头,打得头骨咚咚作响。

何珞珈和李佳惠慌作一团,两人死死地抱住她,将她的双手按到床上,何珞薇用力挣脱,歇斯底里地尖叫起来,双腿乱踢,正踢中何珞珈的膝盖。何珞珈嗷了一声,虽然吃痛,却绝不撒手,何珞薇猛地一口咬住了何珞珈的脖子。

"珞薇,珞薇。"何珞珈不敢大声,怕刺激到她,"快松口,不要咬姐姐,姐姐好痛。"

虽然不是第一次被咬,何珞珈还是痛得眼泪乱涌,整个人都快抽搐起来。李佳惠在一旁也说:"快松口啊,珞薇。你把姐姐咬坏了,阿姨不给你买葡萄了!"

但何珞薇非但不松口,反而越咬越紧,一股血很快就从她的齿间渗了出来。两人正不知如何是好,忽听砰的一响,有人在何珞薇的头顶上拍了一掌,何珞薇顿时瘫软下来,双目紧闭,不省人事。

何珞珈和李佳惠同时傻眼了,定睛一看,方弘逸不知几时站在了何珞薇身后,目色凝重地看着她们。

"哎!你干吗打她啊!"何珞珈吼道,"方弘逸,你把我妹打晕了!"

"不打晕,她能松口吗?"方弘逸说,"都快咬到你的颈动脉了。"

"那你下手也不能这么重啊!"何珞珈急忙将何珞薇的身子放平,轻轻地拍了拍她的脸,低声叫道,"珞薇,醒醒,你醒醒。"

何珞薇安静地躺在床上,任凭她怎么拍怎么推都一动不动。何珞珈于是又去掐她的人中,还是没有反应。一旁的李佳惠试了试何珞薇的呼吸,又摸了摸她的脉搏后说:"呼吸、心跳都是正常的。"

"都正常?那为什么不醒?"何珞珈急道,"方弘逸,你刚才究竟干了什么?我妹怎么变成这样啦?咱们还是送她去医院吧!"说罢掏出手机就要打120,却被方弘逸一把按住:"你妹睡着了,就这么简单。"

"这哪是睡着？这是昏迷！"

正说着，何珞薇忽然翻了个身，闭着眼睛，搂着旁边的抱枕，嘴里咕哝了几下，似乎如方弘逸所说进入了梦乡。她的鼻翼有节奏地翕动着，片刻间便传来了轻微的鼾声。

何珞珈不知道方弘逸是怎么让病情发作中的妹妹"秒睡"的，但他的确做到了。

三人回到客厅检查李佳惠手臂上的伤势，何珞珈帮她上了碘酒，又重新包扎了一下，担心感染坚持要送她去诊所，李佳惠却说伤口不深且血已经止住了，她刚跟前夫吵了一架，有点头痛，想早点休息，于是进了自己的房间。

何珞珈看着一旁默不作声的方弘逸说："不早了，你快回家吧。"

"你忘了？我私自放你出清东街，我哥生气了，我也回不去了。"

"那——"何珞珈想了想说，"这附近有个如家酒店，还蛮干净的，不如你先去那里住一晚？"

"我先帮你把地扫一下吧。这一地的玻璃肯定是安全隐患啊。"说罢不顾劝阻，方弘逸拿起扫帚将地上的碎玻璃、烂水果扫到一起，倒进垃圾桶。何珞珈去浴室找出拖把，将地板仔仔细细地拖了三遍。两人又合力收拾好桌子，将沙发擦洗干净，将坏掉的电视机从墙上的吊架上拆下来。一切都做完了之后，何珞珈歉意地对方弘逸说："谢谢你帮了我这么多，你看我，都忘记给你喝水啦。"说罢拉开冰箱找了一瓶饮料递给他："冰红茶，可以吗？"

"不用了，我不渴。"方弘逸擦了擦额上的汗，"去看看珞薇吧。"

他们走进卧室，见何珞薇在下铺睡得正香，何珞珈给她盖上一条毯子，六平方米的小屋十分逼仄，唯一的一张椅子上堆着几件衣服，导致方弘逸连坐的地方也没有。何珞珈只好说："你想好住的地方了吗？我送你去吧。"

方弘逸没有回答这个问题，他呆呆地看着床铺对面空空的墙壁，摸着下巴说："珞珈，这里有个门。"

何珞珈迷惑地转过身来，心中一震，墙上忽然出现了一道门，是个很寻常的木门，几道蓝光从门的那边透过来。

"要不要进去看看？"

"这是怎么回事？是我出现幻觉了吗？"何珞珈惊恐地抱住了方弘逸的胳膊，躲到他的身后。

门开了,映入眼帘的是一个宽敞的客厅,纯白的墙壁,纯白的地毯,正当中一圈浅蓝色的沙发。屋子的南边是一整面的玻璃墙和玻璃门,墙外有个巨大的露台,露台的外面是一片深蓝色的海洋……

金色的月光,平静的港湾,海水带着点点波光似乎一直流到天上,与远处的星空融为一体。

"今晚我就住在这里。"方弘逸说。

第十一章
夏日海滩

露台上的风很大,空气中有股淡淡的海草味道。

栏杆上的白漆被潮湿的空气腐蚀出斑驳的纹路。一旁有个小门,往下再走几级石阶就是沙滩。

放眼望去,他们所在的地方是一道海湾。左边是高耸的山崖,右边是白色的海滩。星空璀璨,银河倒垂,墨色的海浪在风声中有节奏地拍打着,如痴人说梦,如情人絮语,只要倾耳聆听,就可以带走所有的哀伤愁绪。

细细的白沙在朦胧的月光下发出柔和的银光。沙与海之间,是一层薄薄的水雾,遮住了海与岸的边际。空中一轮圆月冷光四射,浩瀚的宇宙显得更加空寂。

"冷吗?"方弘逸问。

何珞珈摇了摇头,她还没有从内心的震惊中清醒过来。鹭川是个内陆城市,市内只有两条大江,无论从哪个方向走向海边,都至少要跨越两个省的距离。仅仅一墙之隔,她怎么就从内陆走到海边了呢?这是不是一种幻觉?

夜风很暖,吹到脸上十分舒爽。气候有些炎热,像是盛夏,又像是热带。远处有几棵高大的棕榈树迎风晃动,恍惚间何珞珈以为自己到了海南岛。

"这也是你的家吗?"何珞珈倚栏看着远方,伸手向空中探了探,确认这如诗如画的风景不是一个巨大的背景墙或是什么高科技镭射投影。

"嗯。我喜欢海,所以常来。"

"这……不是真的海吧?还有这沙、这月亮,都不是真的吧?"在清东街上,何珞珈问过同样的问题,方弘逸曾说天上的月亮星星只是天花板上的涂料而已,他可以随时修改。

方弘逸沉默了一下,说:"跟我来。"

方弘逸带着何珞珈走下石阶,脱下鞋子,赤足走在沙滩上。

沙很细很软,方弘逸蹲下来,用手抓了一把,放到何珞珈的掌心:"摸摸看,这是不是沙?"

何珞珈在手中搓了搓,又闻了闻,沙粒从指间流走,落到脚背上,微微有些麻痒。

"还是不信?"方弘逸笑。

"这是哪里?"

"某个热带海域,你不需要知道。"

何珞珈顿时紧张起来:"那我还能回去吗?"

"当然可以。你是怎么进来的,就可以怎么回去,还是通过那扇门。"

"那你呢?"何珞珈心想,如果有人在自己的卧室里开了个门,可以自由进出,那还有什么隐私可言?方弘逸要是崂山道士,她可不想被他日日穿墙。

"一道门只有一个人有邀请权,我把这个权利送给你了。只有你邀请了我,我才能从这里进出。"方弘逸说。

"那要是不邀请呢?你就关在这里了?"

"不会。"方弘逸笑了笑,"我有别的出口。"

海水一浪接一浪地打在沙滩上,浸湿了何珞珈的脚踝。她往深处走了几步,一道大浪打来,她惊跳起来,来不及退回,裤子全湿了。水是凉的,却并不冷,果然是热带水域。

"你还是不信这是大海,对吗?"方弘逸问,"如果我跳进水里摸到一只海螺,你可愿意相信?"

何珞珈点点头:"见到海螺我信。"

方弘逸三下五除二地脱掉了上衣,交到何珞珈手中,挽起裤腿,大步向海水深处走去,何珞珈忽然叫道:"等等!"

方弘逸身子一僵,转过身来。

夜晚的光线很暗,何珞珈却看得很清楚,方弘逸的背上、右臂上各有一大片类似烧伤的疤痕。几乎整个后背都没有一块完整的肌肤,即便是在月光之下,看上去也很刺眼，十分狰狞可怕。

何珞珈走过去，用手轻轻地摸了摸，疤痕皱褶扭曲、凹凸起伏，像是某种深度烧伤，又像是被浓硫酸泼过，可以想象当时的惨状。

"你以前……受过伤？"何珞珈惊讶地问道。

"一次意外。"

"什……什么样的意外？"

"就像你被汽车撞了那样的意外。我只是被火烧了。"

"你不是外星人吗？"

"外星人就不可以有意外？"

"至少伤口可以自动愈合的吧？"

"有些能，有些不能，得看是什么样的烧伤。"方弘逸向何珞珈挤挤眼，"我们是比较低级的外星人。"

何珞珈无言以对，目瞪口呆地看着方弘逸跳入海中，瞬间消失。过了不到十分钟方弘逸从水里钻了出来，将一只巴掌大的海螺交到何珞珈手中："海底有很多，我挑了一下，这个最好看，送给你。"

海螺并不像何珞珈见过的那样白而细长，反而是胖嘟嘟的咖啡色，很厚、很坚硬，上面有很多细小的凸起。何珞珈找了一块干燥的沙地坐下来，轻轻地抚摸着海螺说："好吧，我信了。这是大海，要么是太平洋，要么是印度洋。"

方弘逸仰面而卧，躺在何珞珈身边，看着茫茫的夜空："这是另外一个空间，地图上不可能找到，你不用纠结它的地理位置。"

"至少它在太阳系对吧？你看——"何珞珈指着空中的一颗橙红色的星体，"那就是传说中的'血月'。"红色月亮一般出现在月全食，最近的新闻里并没有月全食的报道，所以何珞珈也不是很确定。

方弘逸嗯了一声，没说是，也没说不是。

"对了，你为什么不喜欢月亮？"何珞珈问道。

"因为……月亮是一个潮汐锁定的星球，我们的母星也是这样。每当看见它，就很容易想家。"

"潮汐锁定？"何珞珈还是第一次听到这个名词。

"月亮永远只有一面对着地球，这叫'同步自转'，我们的星球也是如此，只不过它面对的是一颗恒星。天文学上把这种情况叫作'潮汐锁定'。"

"那颗恒星也是太阳吗?"

"没有太阳那么亮,也没有太阳那么热,它是一颗安静的红矮星,叫作缪星。共有五颗行星围绕着它运转,我的祖先居住的羿星,离缪星比较近,因为引力的作用,形成潮汐锁定。也就是说,在羿星上,一侧是永恒的阳光,另一侧是永恒的黑暗。"

脑海中一下子涌进了这么多的知识点,何珞珈有点接受无能:"那面对着缪星的那一侧,是不是很热?"

"没错。那是一片金黄色的沙漠,地表温度超过六十摄氏度。而另一面是一片冰川。"方弘逸喃喃地说,"空气因为温差形成强烈对流,几乎每天都刮着时速几百公里的大风。"

何珞珈皱眉:"这种环境,怎么生存?"

"我们生活的区域在沙漠与冰川的交界,叫作黑林区,因为那里的植物都是黑色的。"方弘逸伸出一只手,在空中比画着,"树很大,看上去像一个个巨大的风扇。"

"为什么是黑色?不需要光合作用吗?"

"黑色最能吸收阳光。缪星的光照强度远远不如太阳,它是一颗红色的星球,不亮,但是很大,安静地停在空中,从不移动,没有日也没夜。你坐在山间,看到的是永恒的黄昏。"

何珞珈闭上眼,努力地想象着方弘逸描绘的情景,感觉不可思议。

"那你们一定长得不像人类。通常有几根手指?"

"不多。"

"不多是几根?"

"三根。"

"哈哈哈——"何珞珈忍不住笑了,不知为何,第一个想到的三趾动物居然是树懒。

"有什么可笑的?"方弘逸歪过头来瞪了何珞珈一眼,"种族歧视不大好哦。"

"风很大的星球,更适合爬行动物吧?"何珞珈继续开着玩笑,脑海中树懒的形象又出现了,黑色的树懒抱着黑色的树干,四周是风扇般翻滚的树叶。

"在我们星球的确有很多巨大的爬行动物。不过来到地球后,通过基因改造,我们已经演化得跟人类一模一样了。我描述的这些景象,我自己也没有见过,对我来说,也只是些古老的传说罢了。"

何珞珈想了想,又问:"那你的祖先是什么时候来到的这里?"

"很早。"方弘逸顿了一下,似乎这个形容词不够有力,又重复了两次,"很早很早。"

"那是多早?唐朝?宋朝?"

"大禹治水的时候,我的祖先曾经把息壤借给了他。"

"什么?"何珞珈瞪大眼睛,在心里翻着历史传说,"息壤是你们的东西?"

"对呀。息壤是羿星的一种土壤,可以自动生长。清东街的那些房子都是用息壤建成的。"方弘逸指了指身后的别墅,"这个也是。"

何珞珈呆呆地看着方弘逸,有种正在被人洗脑的感觉。眼前的一切很真实,同时又很虚妄。她的知识、她的世界观不允许她相信这些。她究竟是怎么从六平方米的小屋走进这个海滩的,完全是个谜,一定是吃了什么药发生断片了吧?

何珞珈越想越怕,直觉告诉她,前面等待她的是一栋巨大的陷阱。天下哪有这样的好事?平白无故地掉下来一个富贵的前男友?又平白无故地掉下来一栋海边别墅?一定是有什么不良企图,哼,她何珞珈可不上这个当!

想到这里,何珞珈拍了拍身上的沙,站起来说:"唉,不早了,我得回去了,你也该休息了。"

方弘逸一怔,想不到何珞珈这么快要走,连忙也站起来:"今晚你可以住在这里,里面有很多房间,都是我设计的,不想参观一下?"

"不了,"何珞珈将手里的衣服还给他,"珞薇最近经常发病,我得想想以后该怎么办。"

"嗨,珞珈。"方弘逸双手按在她的肩上,认真地说,"再待一会儿好吗?我看你今天过得挺紧张的,应该放松一下。海水不冷,一起去游泳?"

"不了。"何珞珈坚定地摇了摇头,"我很喜欢这里,但这不是我的世界,我也不属于这里。我怕待久了会不愿意回去,会习惯这种奢侈、这种舒适,会经常想过来逃避……"

"珞珈——"

"我的世界有我的烦恼,但那些烦恼是切切实实地属于我的,它证明了我的存在,也给了我生活的力量。"

"我只是想帮助你,珞珈。我没有别的意图。"大概觉得被误解,方弘逸的脸急得通红。

"你有意图。"何珞珈用力地咬着嘴唇,就像中了迷药,努力要把自己咬醒似的,"你所做的一切都是为了拿到赠子。而我,并不清楚赠子的下落。方弘逸,我没什么可以拿来做交换的,也就不能心安理得地享受你的资源、你的帮助、你的奇幻世界。谢谢你送我回家,晚安!"

说完,何珞珈抛下方弘逸,快步跑回别墅,找到进来时的那扇门,轻柔地握了握门把手后用力一推,回到了自己的卧室。何珞薇仍在熟睡,何珞珈摸了摸她的脸,转身再看时,墙上的门已经消失了。

第十二章
第二份工作

何珞珈看了一眼四周，小书桌上点着一盏粉红色的台灯。灯座是珊瑚的形状，可以挂首饰。六角形的灯罩上绣着一圈人造珍珠，会发五色彩光。这是何珞珈送给妹妹何洛薇的生日礼物，何洛薇喜欢粉红色，趣味非常孩子气。

何珞珈手中还有那只胖嘟嘟的海螺，何洛薇应该也会喜欢吧？何珞珈把海螺放到台灯下面，与珊瑚挨在一起，左看右看，不错，挺搭的。

幽暗的灯光模糊了屋子的边界。对面大楼的霓虹灯照过来，墙壁上雪亮雪亮的，屋子仿佛也跟着大了一号，大到何珞珈差点儿忘记这间卧室只有六平方米，还不足刚才那个海边露台的十分之一。

何珞珈忽然有些后悔。

方弘逸请她到海边应该只是好意，从头到尾他都在帮自己……

反省一下的话，何珞珈觉得自己过于怠慢，这不是她的风格，她向来都是讨好型人格的，就算不相信天下有免费的午餐，可拒绝一个人的办法很多，用不着说得那么直接。

因为有个自闭症的妹妹，何珞珈自己也跟着有了一种异类的感觉。别人看妹妹的眼光总能传染到她，让她觉得不自在。又或者，为了证明自己很正常，遇到冲突，她总是选择冷静、理智、通情达理，用自己的"好品质"打动别人，平衡一下惹事的妹妹带来的负面影响。

何珞珈觉得，这种异类的感觉正在侵蚀着自己。她早已被生活紧紧地抓住了，早已没有了期待和幻想，甚至，连躲到一边逃避一下的勇气也不敢有，因为松懈之后再度紧绷,破灭的感觉会更加严重。妹妹和奶奶的每一次发病都会掀起经济危机,都会把她一锤子打到谷底。她永远都在省钱、攒钱,预备随时都会降临的灾难……

这六平方米的世界才是真正属于她何珞珈的。

何珞珈轻手轻脚地走到客厅,生怕吵醒妹妹,李佳惠不知何时已从卧室里出来了,穿着睡衣坐在沙发上,一边吃葡萄一边看电视。何珞珈连忙坐过去问道:"阿姨,您手上的伤怎么样了?还疼吗?"

李佳惠摆摆手,笑道:"小伤,不值一提。倒是你,脖子上这个深深的牙印,要不要紧?"

何珞珈摸了摸伤口说:"没事,您不说我都忘记了。"

"对了,那个男孩是谁啊?"李佳惠问道。

何珞珈这才想起先前手忙脚乱地应付何珞薇,忘记介绍方弘逸了,于是说:"以前邻居家的小孩,小时候一起玩过,偶然碰到了,他很客气,一定要送我回家。"

"已经走了?"李佳惠侧身往何珞珈的卧室看了一眼,"我一直坐在这儿,没见他离开呀。"

"嗯——"何珞珈一下子想不出该怎么回答,沉默了两秒,"他是在您回屋的时候走的。"

"这孩子长得真俊,要是学表演的话将来准是个流量明星!"李佳惠笑道,"让他经常来玩呀。平时也没见你有什么朋友,更别提男朋友了。珞珈,照顾妹妹是应该的,但自己的终身大事也要留心起来。"

这些话,李佳惠根本不敢对沈伊湄说。在妈妈李佳惠面前沈伊湄绝对是强势的一方,她不喜欢妈妈过问自己的私事,特别是感情方面。就连沈伊湄的卧室李佳惠也不敢轻易进去。何珞珈搬来之后,经常陪李佳惠聊天。这本来是沈伊湄的义务,但沈伊湄是个一下班就会逛商场、K歌、蹦迪的人,晚上十点能回家就算早的了。何珞珈要管妹妹,哪里也去不了,只能留在家里陪李佳惠煲剧。李佳惠也乐得与何珞珈攀谈,可以了解更多关于女儿的事情。一来二去,两人就熟悉了。沈伊湄觉得不理解,我妈这么唠叨我避之唯恐不及,你居然能忍?

你至少还有个妈啊,何珞珈心想。

何珞薇三天两头地出状况,何珞珈哪有心情想自己的终身大事。别的不说,就说今晚,何珞薇一口气咬了三个人,这让何珞珈怎么好意思继续住在沈家。

"吃葡萄。"李佳惠说。

何珞珈心不在焉地从碗里拿出一颗葡萄塞进嘴里,不想是颗酸的,只好忍住牙痛说:"阿姨,下个月……我想搬出去住。"

李佳惠身子一顿:"为什么呀?是不是没钱付房租了?要是这样,你不用急着给钱——"

"不是不是。我是担心珞薇给大家添麻烦。"

"今天的事是个意外。"李佳惠慢条斯理地说,"那个沈超,莫名其妙地跑来找我要求复合。我们一言不合就吵了起来,他这人脾气暴得很,肢体动作很吓人,珞薇以为他要打我,就扑上去咬他。这孩子别看平日里稀里糊涂的,关键时刻懂得保护自己人。我一点也不介意,真的,如果你是担心这个事儿,就真的不用搬走。再说,这方圆几里也不会有房租更便宜的房子了,你何苦跟钱过不去呢?"

何珞珈听得心里暖烘烘的,眼泪都快掉下来了:"阿姨,我想把珞薇送到吉庆街的那个'星光活动中心'去。虽然贵一些,但里面的培训课很不错,能让珞薇学到东西。老师也都是特教专业的,比她现在的这个靠谱。"

"好啊,吉庆街离这儿也不远,坐汽车的话,三站路就到了。只是,学费怎么解决?"

"没事,我再打一份工。"

"珞珈,"李佳惠正色道,"甜品店就是一份朝九晚五的工作,你哪来剩余时间干兼职?就算有时间,你妹妹放学后怎么办?"

何珞珈早就打听清楚了:"那个活动中心晚上也开放的,而且管饭,八点以前接走就可以了。这样的话,珞薇一天基本上都有人管了,又比请专职教师便宜。她晚上九点就睡了,所以回到家里,我只用照顾她一个小时就好。"

李佳惠想了想,说:"这么长时间你不在身边,珞薇受得了?"

"阿姨——"何珞珈舔了舔嘴,说出了纠结很久的话,"珞薇最近出了好些事,先是把人家的小孩打了,接着一把火烧了甜品店,今天又咬了人……我不敢说她的病情加重了,但她越长越大,破坏力也越来越强,她需要更加严格的看护。我知道这样做她会不高兴,但感情是一回事,周围人的安全是另外一回事,我只能铁下心来了。"

李佳惠不禁叹了一声:"你这做姐姐的可真不容易。我家伊湄能有你一半懂事就好了。唉,不说她了,你看,疯到现在还没回来呢。珞珈,那就送你妹去吉庆街吧,学费不够的话,我这边可以帮你垫付一些。"

"不用不用,我自己想办法!您已经帮我很多了。小区里有很多人讨厌珞薇,上次那个家长您还记得不?把大门踹了个大洞的那位,他在社区群里连续几天大骂珞薇,搞得小区的人一见到珞薇都避开走。而您却一直这么喜欢她,对我们来说,简直是意想不到的福分呢。"

李佳惠一摁遥控,关了电视机。

"珞珈,跟你说个秘密。这秘密连伊湄都不知道。"

"嗯?"

"伊湄本来有个哥哥。"

何珞珈瞪大眼睛看着她。

"出生不到两个月就去世了,新生儿猝死症。"

"……"

"他叫沈伊澜。我们叫他'南南'。南南晚上经常闹夜,他爸又出差了,我一个人带孩子,一直睡不好……"

何珞珈悄悄地看了一眼李佳惠,发现她的眼神有点飘移。

"那天晚上,我特别困,喂完奶早早就睡了。南南也很安静,我一觉睡到大天亮,睁开眼看到他……就已经没呼吸了……"

说到这里,李佳惠开始掉眼泪。

"阿姨,不要责怪自己,不是您的错——"

"当然是我的错!我不该和南南睡在一起。我睡觉很不老实,多半是压着他了,要么就是堵住了他的鼻子,让他没法呼吸,他又不会翻身……"李佳惠自顾自地往下说,"他长得可好看了,刚出生那阵,医生护士都抢着抱他玩。大眼睛扑闪扑闪的,都说他聪明。他要能活到现在该多好啊。不指望十全十美,哪怕是有点儿小毛病,我都会跟你一样,不怕麻烦地对他好。"

接下来的二十分钟,何珞珈都在安慰李佳惠。何珞珈不擅长谈心,尤其是面对长辈,颠来倒去地说了半天,感觉自己也成了一个老阿姨。

搬家的事就没再提了。

剩下来的就是钱的问题了。

从丽珠小区出门往东走,有一排烧烤店,傍晚开张,一直营业到凌晨两三点。何珞珈每天从那里经过,总能看到招工广告。跟李佳惠说完话后,何珞珈说出去走走,信步来到大街上。

沿着路边的商铺来回走了一圈,何珞珈果然看到了一个招工启事。一家烧烤店招夜班工,从十点干到凌晨两点,何珞珈心中一算,这个时段正好。一来烧烤店就在家门口,走路两分钟就到,安全方便。二来何珞薇的生活非常有规律,十点钟已经睡着了,自己工作五个小时,两点打烊再收拾一下,凌晨三点回家,甜品店是九点上班,她还可以睡上四五个小时呢,对她来说足够了。最重要的是,烧烤这种工作没什么技术含量。既然是第二份工,何珞珈就想做个简单的、不动脑筋的,最好也不要跟什么人打交道。她这人爱纠结,事情一多就会心累。

老板娘是个手指头戴满了金戒指的胖大婶,圆脸,双下巴,嗓门儿很大。听说何珞珈住在丽珠小区,又有餐饮业的工作经验,二话没说就点了头:"你现在能上班不?今天很忙,我现在就需要帮手。"何珞珈当然愿意,于是分别给李佳惠、沈伊湄发了一条短信,说自己晚上有工作,就在小区外面的"农家烧烤",估计两点半左右回家。

何珞珈的工作就是切肉片、加调料,然后把肉片穿到铁扦上。老板娘说这工作本来应该提前一天做好的,可今天生意太火了,所有存货都用光了。

何珞珈独自在厨房里切着羊肉,切着切着,发现了问题。羊肉好像坏了,有股怪味儿。

开始何珞珈还不敢肯定,肉片的颜色一看就不新鲜,拿到鼻尖一闻,有股酸酸的馊味,但也没到完全腐烂的程度……算是介于坏与不坏之间吧。

不敢擅作主张,何珞珈悄悄地把老板娘叫进来,低声汇报:"老板,这批羊肉……好像变味了。"

老板娘看了一眼说:"没有呀,这是膻味。羊肉很膻,你不知道啊?"

何珞珈当然知道。但她更知道膻味和臭味的区别。

"您闻闻看——"何珞珈不死心地将一块羊肉递到老板娘面前,"味道是不是不对?"

手里的肉软软的,都有点发绿了,何珞珈觉得腥臭扑鼻……

"挺好的呀!一切正常。是你鼻子有问题。"老板娘不高兴地瞪了何珞珈一眼,随手指着盘子里正在腌的肉片说,"你把作料多放点,花椒、孜然、辣椒、五香粉加倍放!快点干活,别问东问西的,我们等着要呢!"

何珞珈迟疑了一下,小声说:"这样做……是不是不大好?万一……"

"这批肉我已经用了一个礼拜了,什么万一也没发生!"

老板娘说这句话时,几乎在吼,看上去凶神恶煞、满脸横肉,何珞珈吓得只好点头:"那……行吧。"

肉很快就穿好了一大盆,何珞珈被叫去前台烧烤。这家店有两个烧烤机器,一个是大号的电动烤炉,由内厨的师傅负责;一个是小号的真炭烤炉,放在户外,作招揽顾客之用。

何珞珈穿着制服,戴着手套,拿出一把羊肉串,搁到小号烤炉上,开始往上面撒作料。

一个年轻妈妈牵着个六七岁的男孩站在何珞珈面前:"劳驾,二十串羊肉,两串鸡爪,两串鸡翅,都不加辣。"

"请先到前台点单。"

"已经点好了,前台说,在你这边拿。我们只吃炭烧的,不吃电烤的。"

内厨师傅说,炭烤的肉串会产生一种"美拉德反应"。经过加热,氨基酸和还原糖会发生化学变化,产生出多样的香气分子,所以大家普遍认为,同样是肉串,炭烤比电烤要好吃。

"好嘞,请先坐,马上就好!"何珞珈说。

那男孩目不转睛地盯着何珞珈的手,馋得口水乱流,着急地问道:"姐姐,还要等多久啊?这一串可以吃了吗?"

"还没好呢,再等几分钟。"

何珞珈一边说一边在心里打鼓。这肉串就是她刚才穿的那一批,质量肯定有问题,只是老板娘不肯承认而已。大人吃也许没事,但是小孩……

这么一想,何珞珈有些着急,二十串羊肉在炭火中吱吱冒油,再不拿起来,可就煳了。

旁边的妈妈一直坐在椅子上看手机,这时站起来说:"小明,把手伸过来,让妈妈先给你消个毒。"说罢掏出一瓶消毒液仔细地抹在男孩手上,生怕抹得不到位,手心手背来回地搓了好几遍。

见男孩妈妈这样讲究卫生,何珞珈更加心虚。她将二十串羊肉串放进碟里,递了过去:"请慢用。"

小男孩拿起一串刚要往嘴里塞,何珞珈连忙说:"等一下!"

年轻的妈妈问道:"怎么了?有什么问题?"

何珞珈走过去,在她耳边低声说道:"嗯,这些羊肉串……还是不要吃了。"

"你加辣了?"

"没加。是……是不大新鲜。"最后几个字声音小得跟蚊子嗡嗡似的。

没想到男孩妈妈的嗓子一下子飙高了十度:"什么?羊肉不新鲜?你们卖变质的肉给小孩吃?做生意不能这么缺德吧!"

她这么一嚷,所有正在吃串的人嘴都停了。

何珞珈还没反应过来,男孩妈妈气急败坏,也不顾烫,将二十串羊肉扔到何珞珈身上,又将她身后放着的十几盘鸡爪、肉串一个一个地往地上扔:"呸呸呸!不要脸!为了挣钱,什么臭的烂的都敢卖!拿我们的命开玩笑!哎!大家听着,都别吃了!肉是馊的!店小二亲口承认了!"

后面的事情是怎么发生的,何珞珈也不清楚。她抱头鼠窜,躲到一棵松树背后。等一切平静下来时,地上已是一片狼藉:愤怒的顾客把所有的桌子都掀翻了。

看着老板娘怒火中烧的眼睛,何珞珈知道,刚才自己忍着臭味切了两个多小时的肉,算是白干了。以后她也别想在这条街上打工了。

海上的潮声听久了也就索然无味了。

何珞珈走后,方弘逸回到沙发上发呆,渐渐陷入沉思,门铃响了好几声都没听见。直到对面的墙壁上出现了一个女人的影子,他才知道有人进来了,而且坐在对面的沙发上好久了。

"她都说了些什么?"方弘璧终于问道,"有没有一点有价值的信息?"

"没有。"

"那你呢,你这边都说了些什么?"

"我说我是她的男朋友。"方弘逸倒了一杯酒,抿了一口,"我们是羿族,来自外星。还请她到这里来看了看海……"

方弘逸还想继续没话找话,被方弘璧嗷的一声打断了:"你怎么什么都说了?不是让你讲点技巧吗?上次她骗你,这次你骗她,一报还一报,你是不行,还是不会?"

"她看上去好像失忆了,脑袋上有个大包,人也变得迟钝多了。"方弘逸尽量让自己的语气显得漫不经心,"那些技巧都是应付高智商罪犯的。对她?不管用吧?"

何珞珈离开以后,方弘逸的脑子一直很乱,一直没有办法把这个何珞珈和以前的那个女孩联系起来。

"装傻谁不会?还需要技巧?"方弘璧眉头一皱,"她只是换了一种办法接近你,如此而已。这丫头演技一流,骗你真是绰绰有余……"

"没错,她也骗过你呢。"方弘逸不失幽默地挖苦,"何珞珈可是你介绍给我的。"

"……"

"如果没有失忆,她应该知道我们手里没有赠子。冒这么大的险过来见我,对她没有任何好处。"

"肯定有好处,"方弘璧顽固地说,"只是我们不知道好处是什么而已。"

"我感觉……她整个人都变成了一堆碎片,已经完全粘不起来了。在这种情况下急于求成只怕会适得其反……"

"拉倒吧,弘逸。"方弘璧一脸嘲笑,"发生了那么大的事,到头来你还是一副恋爱脑?能不能改改?"

壁上的人影似乎觉察到他的情绪,不安地走动起来,双手挥舞着,似乎在制止一件什么事情。

方弘逸立即有种压抑的感觉,低下头来,顺从而敷衍地说:"我明白。"

"哄也好骗也好,你要让她尽快说出赠子的下落,必要的话——"方弘璧咳嗽了一声,"采取极端手段。"

那会遭到反噬的,方弘逸想。但他什么也没说,只是嘴角硬了硬,强迫自己把视线从墙上移开。

"我的话你在听吗?弘逸?"方弘璧嗓音一沉,"你要是不行就早点说,我会亲自出马。"

"我行。"方弘逸连忙说,"我行。"

方弘逸将杯中酒一饮而尽,任酒精浇在翻滚的思绪上。

见方弘璧焦虑地捏着指骨,方弘逸把茶几上的一个纸盒推到他面前:"这儿有半盒蓝莓干,吃点?"

方弘璧瞄了一眼:"不是让你买两盒吗?怎么只有半盒了?"

"路上无聊,我吃了一些。"

"这是……一些?"方弘璧扬了扬盒子,孩子气地笑道,"哪有半盒,三分之一吧。"

大哥就是大哥,每当语气太过严厉,都会想办法找补回来。

"珞珈突然出现在清东街,你说——"方弘逸忽然又问,"那边的人,会不会知道?"

"依我看,这本来就是他们安排的。"

"有一个人,此时此刻,应该是坐不住了吧。"方弘逸摸着下巴,看着墙上的人影,若有所思。

第十三章
陌生来客

夜已深。何珞珈坐在街边的水泥墩上,茫然地看着大街。

星光活动中心每月的费用是五千块,这还是优惠价。何珞珈搭上全部工资也不够,必须要有第二份收入。另一个办法是雇一个全职保姆,不挑人的话,会便宜一点。可是,自闭症人最需要培训的就是社交能力,终日面对一个保姆,恐怕起不到什么疗效。

除了这些开销以外,何珞珈还要偿还网贷,也就是她答应支付的设备款。网贷已经批了,明天就会到账,接下来就要开始定期还款了,这是绑定银行卡直接代扣的。她必须要保证卡里有足够的钱可以扣除。

何珞珈向店长表态愿意赔付火灾损失时,并没有想到妹妹何珞薇惹出的事情已经不能再算是"偶然事件"了。老板要是执意追究,后果不堪设想。如果对何珞薇不严加看管,今后可能会发生更糟糕的事,造成更大的损失,而她,未必再能遇到像房东和老板这样好说话的人了。

有人走到她面前停了下来,来人穿着一双黑色的马丁靴。何珞珈一抬头,发现一双贴着长长假睫毛的大眼睛亮晶晶地瞪着自己,是沈伊湄。

"给,你最喜欢的QQ芒果。"沈伊湄递给何珞珈一杯奶茶,"不是说三点回家吗?怎么一个人坐大街上了?"

"刚打了两个小时的工,就被炒鱿鱼了。"何珞珈难掩沮丧,做了个想哭的emoji(表情符号)。

沈伊湄很飒的眼神顿时温柔了,她拍了拍何珞珈的肩说:"正好饿了,走,吃夜宵去。"

一大杯啤酒下肚后,何珞珈把今天遇到的事从头到尾、毫无隐瞒地跟沈伊湄说了一遍。因为奶奶的养老院关门,她一念之下去了清东街,被陌生人跟踪,遇到停车场大叔,遇到方弘逸兄弟,遇到沈超,何珞薇发病,海边别墅,烧烤店打工……不说不知道,一说吓一跳,这一天发生的事可真多!多到何珞珈怀疑自己有三个分身去了三个平行空间。

沈伊湄一边吃着小龙虾,一边默默地听完,也不打断,末了,摘下满是酱汁的一次性手套,长长地吐出一口气:"珞珈,你是不是有受虐倾向?"

何珞珈正在吃凉拌毛豆,没听明白:"哈?"

"第一,明明有比较好的选择,你总是选择比较坏的那一个。"

何珞珈怔住:"比如说?"

"比如说,火灾那事,老板明明没有提出要你赔偿,你偏偏给自己整出个十万块的网贷。"

"……"

"第二,明明有人愿意帮你,也能够帮你。你自己呢,也正处在绝望关头。而你,偏要选择不接受。"

何珞珈抿嘴:"比如说?"

"那个又帅又年轻、脾气又超好的外星人,反反复复地说是你的前男友,只要你承认,就可以躺在他身边天天抠脚睡大觉,让他用超能力帮你解决所有的难题。多好的事。上辈子积多大的德才能遇到?可是你,偏偏死活不承认,偏偏说人家认错了人!……你就不能将计就计地装一回?他不是外星人吗,帮你给家里人治个病,不难吧?你说你的脑子是不是被驴踢了?"

"他不一定能办到呢。他们是……是比较低级的……那种外星人。"

何珞珈觉得,方弘逸他们——或者说羿族——并没有向她展示过什么像"复仇者联盟"那样的超能力。除了可以打开异度空间,他们既不能飞也不能隐身更不能瞬间移动,不能发电不能放火不能心灵感应也不能预知未来……他们看上去跟普通人没什么区别。就连他们住的屋子——最多比一般人讲究一点,但也绝对谈不上有什么神乎其神的高科技,或者有什么人间不存在的东西——除了那个布满星星的"天花板",以及墙上恐怖的影子……这跟何珞珈心中的外星人相差甚远。

"低级？哄谁呢？"沈伊湄哈的一声笑了，"低级的外星人到不了地球。只要他们能离开自己的星系到达这里，就比咱们高级！想想看，人类到现在还没踏上火星呢。"

毕竟走过南闯过北研究过成功学，沈伊湄的知识格局跟普通人就是不一样。

何珞珈看着她，无言以对。

沈伊湄继续说："第三，明明有人向你提供了快乐和享受的机会，听你的描述——也是出于好意和善意，你却第一时间拒绝了人家？你有病？"

"我——"

"外星男友邀请你去他的异度空间玩耍，住海边别墅，去沙滩赏月，跟你聊了星球的历史，还让你看了他的胸肌……这么难得的机会，这么好玩的事情，你为什么不多待一会儿呢？知不知道有多少人在等着拿你的素材拍电影？你就没有一点点好奇心吗？"

"……"

"第四——"

"还有第四？能一口气说完吗，伊湄？"

"不，我就是要向你展示我超强无敌的分析力。第四，那个什么星光活动中心，又贵，又远。很明显，凭你的收入负担不起。你奶奶和珞薇也没提出这个要求。为什么非要把她往那边送，逼自己打第二份工？你这是为妹妹好，我懂。你看我妈，对我也算很好了是吧？但她也没有送我去私立学校呀，因为她付不起学费，我也没这个要求。过日子嘛……还是要量力而行。"沈伊湄喝了一口啤酒，因为太冷，打了一个嗝，"你已经很尽职了，我要有一个这样的妹妹，早就不耐烦了。我自己还不够时间玩呢，还有心思管她？珞珈，我佩服你的品格、你的意志，但你没有必要过度地自我牺牲。你自己的人生和未来也需要考虑，为自己多想一点没有错，没人会责怪你，你已经做得够好了。"

听沈伊湄噼里啪啦一顿说，何珞珈也被她说蒙了，只好愣愣地点头："好吧，你说得对，我有受虐倾向。接下来，该怎么办？"

沈伊湄想了想说："你得去找那个外星人，叫什么名字来着？方——"

"方弘逸。"

"对，你去找他，问问他有没有办法治好珞薇。说到底，你现在的一切困难都跟妹妹的病有关,把她治好了,你就能过上正常的生活,就不会这样苦啦。"

"这……"何珞珈呆了呆,一不留神将毛豆壳塞进了自己的嘴巴,嚼了嚼才发现不对,噗的一下吐出来,"不好吧?"

"问一下而已嘛,有什么不好的?不行就算了呗。你天天想着给妹妹谋福利,对珞薇来说,这就是最大的福利,我要是你,就厚着脸皮去问他。"

"那怎么好意思张口呢?"何珞珈想想那个情景都觉得难以启齿,"非亲非故的。"

"珞珈,"沈伊湄瞪大眼睛直直地看着她,"在你我生活的这个世界,如果你要,也不一定能得到;如果你不要,就肯定没有啦。你必须得学会张口。我吧,因为做过生意,在张口要东西这件事上,就比你行。"

何珞珈只觉嗓子眼发干,她舔了舔嘴唇说:"你还真的相信外星人啊?我是不大信的。也许这一切……不过是一种幻觉。"

"我当然信啦!"沈伊湄以手托腮,看着天上的星星,嘿嘿一笑,"我这么相信星相,干吗不相信外星人?"

此时此刻,相信外星人的沈伊湄和不相信外星人的何珞珈同时站在六平方米卧室的那面墙上。

屋子很安静,传来何珞薇均匀的呼吸声。

"你说——这里有个门?"沈伊湄伸手摸了摸墙壁,还轻轻地敲了敲,"我怎么没看见?"

"我看见了。"何珞珈说,"就在你的右手边。"

几乎在她面对着墙的那一刻,门就出现了。跟先前一样,几道蓝光从门缝里射出来,照得屋内十分亮堂。何珞珈觉得,就算沈伊湄没看见门,也应该看到屋内的光线跟以前不一样了。

"那是不是说,这道门只有你一个人可以进出?别的人都不行?"沈伊湄问道。她不仅摸着墙,还把耳朵凑到墙上听里面的动静。

何珞珈心里想的却不是这个事儿。沈伊湄是个好奇心超强、视规则如粪土的女孩。门的那边是方弘逸的另外一个家。半夜三更带着个陌生女孩进去,事先也没打招呼,何珞珈觉得不大礼貌。此外沈伊湄还有严重的颜控,属于看见美男就不能淡定的那种。这么冒冒失失地走进方弘逸的家,万一他衣衫不整就尴尬了。何珞珈越想越多,甚至有些庆幸沈伊湄看不见那道门。于是点头说:"可能吧。"

"方弘逸不是说,他给了你一个邀请权?"沈伊湄努努嘴,"你邀请一下我呗。"

何珞珈沮丧地闭了闭眼。啤酒这种东西,真的不能多喝,多喝就管不住嘴。

"要不,换个时间?"何珞珈说,"人家可能已经睡了,再说了,我跟他也不熟……"

"也是,"沈伊湄立即说,"这么晚打扰人家,不好。是我太好奇,都等不及了。"说罢歉意地一笑。

她们互相道了一声晚安,何珞珈简单地洗漱了一下,爬到上铺,很快就睡着了。

第二天,何珞珈起晚了。送完何珞薇赶到甜品店,差点儿迟到。

不知道是啤酒喝多了还是太累了,何珞珈觉得脑子有点不清醒,一到店里,放下包,马上泡了一杯浓茶醒醒神。

早上店里不忙。沈伊湄比何珞珈先到,告诉她店长今天要跑几家银行,可能不过来了。店里的事让龚晓宇负责,前台这边,何珞珈做完了甜点,可以去帮下忙。

哪知龚晓宇一大早已经把全天需要的点心准备得差不多了,开张没多久,就对何珞珈说:"后厨这边一个人就够了,你到前面帮下伊湄吧。"

何珞珈在水池里认真地洗了个手,换上一条干净的围裙,走到前台。

顾客居然不少。店里一共五十个座位,一半有余都有人坐了,陆续还有新客进来。

沈伊湄除了收银,还要做饮料、装甜点、收拾桌面,不免有些手忙脚乱,顾客的队伍排得老长。何珞珈加入之后速度快了一倍。

忙了大概半个钟头,人群渐渐散去,终于又闲了下来。何珞珈长长地松了一口气,绞了个抹布准备收拾桌子,刚出柜台,猛地看见柜台边有一只小狗正在舔一块掉在地上的奶油。

是只奶油色的小法斗,猫一般大小。幸亏何珞珈反应快,差点儿一脚踩上去。

"咦,这里怎么有只小狗?"何珞珈问道。

沈伊湄探身过来看了一眼说:"哦,先前有个顾客抱着这只狗点了一份低脂奶油的南瓜糕,说是特地给狗狗吃的。"

何珞珈忍不住笑了:"我以为只有人才爱吃甜点呢,原来狗也爱吃。"

"我也是第一次遇到。"沈伊湄撇撇嘴,"咱们店不是禁狗嘛,我看这只太小号了,店长今天也不在,就没拦着。除了南瓜糕,人家还点了两盒蛋挞、两盒可颂、一盒松饼呢,也算是照顾了咱们的生意。"

小狗的脖子上系着一只粉红色的项圈,何珞珈将它抱在怀里揉搓。小法斗也不认生,乖乖地卧在她的臂弯里扑哧扑哧地喘气,瞪大眼睛好奇地看着她。何珞珈摸了摸它肥肥的小脑袋,又刮了刮它皱皱的小脸,笑着说:"我送它回去,别跑丢了。"

"客人在12号桌,蓝格子衬衣,长得有点像店长,很好认的。"

何珞珈应声抱着小狗去了12号桌,那里面对面地坐着两个二十多岁的青年,其中一位果然长得很像贺易平,只是比他高大许多。另一位蓄着浅浅的胡须,看上去更沉稳一些,肌肉结实,体格健壮,黑色的T恤穿在身上,简直要被强壮的胸肌撑破了。

他们的甜点已经吃完了,只剩下两个空空的碟子。咖啡也见底了。两人安静地坐在椅子上,不看手机不看杂志,目光漠然地瞅着窗外,一副百无聊赖的样子。

何珞珈走到他们面前,轻声说道:"请问,这是你家的狗吗?"

蓝格子青年点点头,接过来抱在手中。

"两位还想要点什么?"何珞珈又问。

两人同时摇头。

"那我给你们加点儿咖啡吧?"

两人又同时摇头。

"续杯是免费的。"

还是摇头。

何珞珈说了声"慢坐",看见另一张空桌上有点脏,就开始擦桌子。

直到这时,何珞珈才注意到右边11号的卡座沙发上有一位穿着浅灰色风衣的年轻人,斜靠在窗边睡着了。

那是个不起眼的角落,遮阳的帘子垂放下来,将他整个人都笼罩在一道阴影之中。

何珞珈从没见过这么好看的男人,哪怕只看到了半张脸。

浓眉,深目,挺直的鼻梁,淡而邪魅的嘴唇。

发型很文艺,两侧剃得很短,给人清爽的感觉。正当中却是厚厚的刘海,耷拉下来,几乎盖住了眉毛。皮肤很白,白得清秀,白得透明,整个人干净得好像一枚图钉。

何珞珈眯了眯眼,觉得这个男生的颜值扛得住各种角度和清晰度,照相机对着他随便一拍,不用认真聚焦,就是美的。

方弘逸的美是你随便坐下来就可以跟他聊一聊诗和远方的那种,灰衣人的美则是大都会博物馆里的油画,不能走近,不能手摸,只能带着敬畏的心情远观的那种。

他的桌上什么也没有,只有一杯清水。但显然他已经睡了好长一段时间,整个人都处于深度睡眠的状态……

甜品店换座时间长,所以是不允许客人睡觉的。更何况他好像什么也没点,真的只是"占座"而已。

何珞珈将他的桌子擦了擦,故意弄出点响动,想让他醒过来。不料刚擦了一下,旁边的胡须男就给了她一个制止的眼神,示意何珞珈不要打扰他。直到这时,何珞珈才看见睡觉的男人手上还牵着一根狗绳。

原来,奶油法斗是他的狗。

原来,这三个人是一起来的。

难怪旁边两个人明明吃饱喝足,却不肯离开,因为他们都在等着他。

何珞珈只得微笑着折回前台,向沈伊湄报告了这一情况。

"很帅吗?"沈伊湄兴奋地说,"有多帅?值不值得我过去看一眼?"

"值,绝对值。"何珞珈用力点头,"快去吧,走了就看不成了。"

"抹布借我一下。"

沈伊湄也不好意思单独去擦11号的桌子,显得过于刻意,于是将靠窗的空桌全都擦了一遍,看完回来说:"珞珈,这男生,你看上了?"

"没有。"何珞珈摇头,"我欠了一屁股的债,没心思谈恋爱。"

沈伊湄严肃地说:"那他就是本姑娘我的了。"

何珞珈扑哧一笑:"你怎么知道人家是单身?"

"手上没戒指。"

"那人家也许有女朋友了呢?"

"我照抢不误。"沈伊湄打开抽屉拿出一个厚厚的册子,"刚才人太多,他们是怎么进来的,我根本没注意。只记得点单的那位穿着蓝格子衬衫。单子很大,原来是给三个人点的。我看一下,他有没有会员卡。"

如果有会员卡,就会有手机号。

沈伊湄仔细翻了一下,叹道:"没有呀。这三位以前没来过。"

长这么帅,来一次肯定记住了啊。

"那你,还不去跟那两个人说说,让他们加一下会员?会员有好多优惠哪。"何珞珈建议。

"没错。你帮我看着收银机。"沈伊湄拿着三张空白的会员卡,小碎步走到12号桌边,跟坐着的两个人说了不到五分钟就讪讪地回来了。

"怎么啦?"

"他们不愿意加会员。"

"为什么?"

"没说原因,就是不加。我多问了两句,他们就嫌烦了,大概觉得我在强行推销吧。"

"就没有别的办法了?"

"没有了。"

那只小法斗又一颠一颠地跑了过来,这一回,直接跑到何珞珈的脚边,用小屁股不停地蹭她。

何珞珈没有养过狗,问沈伊湄:"这狗狗不停地蹭我是什么意思?是要我带它出去尿尿吗?"

"不是,是它喜欢你。"沈伊湄说。她以前养过一只小狗,第一次借网贷也是为了它。

两人聊了一会儿天,小法斗居然就在前台的角落里独自趴着睡着了。

令何珞珈和沈伊湄万万没想到的是,11号桌的那个青年,竟然在那个位置上,睡了整整一天!直到下午五点,眼看快要下班了,趁着12号桌的两个青年牵着小法斗出去遛的工夫,何珞珈这才鼓起勇气走到他的身边,轻声呼唤:"先生,先生?"

青年的眼皮动了一下,还是没醒。

何珞珈只好伸手推了推他,过了五秒,青年终于懒洋洋地睁开眼睛,淡淡地看着她:"嗯?"

真是一双勾魂的眸子，在看见何珞珈的一瞬间，瞳孔突然放大，像是放出致命射线一般，紧接着又缩了回去，修长的睫毛交织着，像一层纱，将又黑又大的眼珠遮挡起来。

何珞珈被他看得脑子都有些不清醒了。

"先生，您在这睡了一天了，没事吧？"

青年把脸歪过来，目光定在她的脸上："没事。"过了一会儿，打量四周，问道："我的狗呢？"

"就在门外，你的朋友说，牵它出去遛一会儿。"

青年又嗯了一声。

"您想吃点什么吗？我们有新出炉的蛋挞。饮料有咖啡、奶茶、果汁……"

青年摇摇头，喝了一口桌上放着的清水，指着对面的卡座说："坐。"

何珞珈一愣，笑着解释："我是这里的员工，工作期间是不能坐下来聊天的。"

"你不是五点下班吗？"青年看着墙上的时钟，"现在五点过五分啦。"

"嗯……您是对我的服务有什么意见吗？"

"坐。"

青年的语气有种不容置疑的权威，何珞珈只好在他的对面坐了下来。

青年的眼眸微微扬起，淡淡地扫到何珞珈脸上："听店长说，你想见我？"

"我？"何珞珈蒙了，"想见您？"

"嗯。"

何珞珈想说，这不可能，我又不认得你。但她忽然想起了一件事。她的确向贺易平提过自己想见一个人。

这个人就是榛味甜品店的老板兼法人代表——关城。

第十四章
法人代表

不知为何,何珞珈的心脏猛地跳动了一下,张大嘴看着青年,半天说不出话来。青年也不急,倚在椅背上,闲闲地看着她。

何珞珈定了定神,小心翼翼地问:"您是——关老板?"

青年点点头。

"那个——"何珞珈立即扯嘴赔笑,"我想见您,是……因为火灾的事。"

关城慢吞吞地拖腔拖调地说:"火灾啊?"

说完"啊"字,他半笑不笑地看着何珞珈,眸色浅浅的,带着一丝戏谑:"怎么了呢?"

何珞珈站起来,认真地向他鞠了个九十度的躬:"我向您郑重道歉。那场火灾给您的店造成了巨大的损失,而我这边,有着不可推卸的责任。很对不起!"

关城的手指在桌上轻轻地来回地弹钢琴般地叩了叩。他脸上没有笑容,也没有原谅何珞珈的意思。

何珞珈更加惶恐:"店长说,他已经向您汇报过了,您很仁慈,没有提出要我赔偿。可我还是觉得很过意不去。今天,今天中午我已经向店里的账号转了十万块,用来购置新的设备——我知道,这十万对于您的损失来说,是杯水车薪。但请您一定要给我一个机会补偿这份损失……"

关城抚摸着水杯,沉吟片刻,淡声说道:"你想错了吧。"

"啊?"

"我没向你提出赔偿,是因为那段时间我病了,懒得管事。"他顿了顿,目光掠过何珞珈的脸,停留在她紧张得发抖的手指上,"你妹妹一把火烧光了我的店,这损失……"

关城闭上眼,花了几秒在心中计算了一下:"不包括保险公司理赔的那部分,至少还有三百万呢。"

何珞珈一听,好像脑袋上中了一枪,身子一软,瘫坐在卡座上。

三!百!万!

"老板——"何珞珈急得声音发颤,"老板……我一时半会儿,没,没有那么多钱……"

"那你,"关城神情寡淡,不为所动,"先打个借条呗。"

说罢,看着何珞珈抓狂的样子,关城似乎很享受地悠然一笑:"前台那边,应该有纸笔吧?你去拿过来,在我面前写。"

"现,现在?"何珞珈慌张地看了一眼远处的沈伊湄,想向她求救,却发现她正在给一位客人做饮料,并没有注意到悲惨的自己。

"马上。"

也许是自己过于敏感,何珞珈觉得关城的声音故意沉了一沉,抬头看他的脸,上面的表情分明写着七个字:难不成……你想赖账?

就在目光交汇的那一瞬,关城的瞳孔蓦地放大了一圈,似乎想捕捉什么信号似的……

"行,行吧。"何珞珈心慌意乱地站起来,快步跑回前台。

沈伊湄见她过来,一把拽住说:"喂,把泡帅哥的机会让给我!"

何珞珈一脸丧气,话里带着哭腔:"他哪里是帅哥,分明是索命阎罗。伊湄,我完蛋了,我又背上了三百万的债务……"

三言两语讲清经过,沈伊湄气得鼓起了腮帮子,叉腰说道:"三百万?哪有那么多?再说这也不完全是你的责任呀!你妹有病,精神病人不承担刑事责任,他不懂?还有店长,他也撇不了干系!明明看见珞薇拿着一个氢气球,还放她进店,安全意识在哪?此外,那个店的防火通道也有问题吧,差点儿把我们仨烧死!他说三百万就三百万?珞珈,你可别傻,千万别认账。不行就打官司,跟他说法庭见,我就不信法院会判你赔那么多钱!"

何珞珈张大嘴,被沈伊湄的主意吓到了:"打……打官司?律师费很贵的。"

"我早就怀疑这个关城做的是不正经生意。你一提打官司他肯定会怕,核定赔偿意味着查账,看他敢不敢把账本拿出来,我就不信他没洗过钱。"

何珞珈本来拿不定主意,被沈伊湄这么一说,反而清醒了。

官司是肯定不能打的。精神病人固然不需要负刑事责任,但家属监管失职,何珞薇极有可能会被关进医院强制医疗;也不能把店长扯进来,他一向对自己关照有加;更不能惹怒关城,万一他生气要开除自己,她就连吃饭的钱都没有了。说到底火灾的确是何珞薇引起的,再怎么怪也怪不到关城头上。有了损失要求赔偿也没错,不能因为人家有钱就指望他大度,这样想无异于道德绑架。

何珞珈知道自己不想背债,这么大的债第一反应肯定是能躲就躲,但她更不是一个逃避责任的人。

"你是不是开不了口?"沈伊湄将收银机一关,"你要不敢说,我去说?"

"别别别!"何珞珈连忙拉住沈伊湄,"你帮我看着客人,我去处理。"

何珞珈找到纸笔,快步回到关城面前。

那两个遛狗的男生不知何时已经回来了,关城的怀里多了一只小法斗,大概走累了,小法斗在他臂弯里呼哧呼哧地喘气。

"桃花,你是不是渴?"关城亲切地说,"两个哥哥带你出去,没给你喝水?"

原来,法斗名叫"桃花"。

关城的声音,温暖的时候,竟这样好听。

桃花瞪大眼睛,渴望地舔了舔关城的手。关城微微一笑,身子凑过去,轻轻地咬着它的耳朵:"乖,我知道你想喝鸡汤。忍着点儿,哥哥回家给你做。现在,就先喝点水吧。"

说罢,将杯里的水倒在一只碟子里。桃花趴在桌上,啪嗒啪嗒地喝起水来,弄出很大响声。不远处有个穿着花裙子的女人正在吃蛋糕,听见声音,转过身来,一脸厌恶的表情。

估计是关城太好看了,女人看见他的那一秒,居然友好地笑了,还对小狗抛了个飞吻,回头继续吃蛋糕。

长得好看了不起吗?

何珞珈老实地坐下来,摊好纸,摁了摁圆珠笔。桃花看见她,水喝得更欢了,舔得水花四溅,有几滴溅在了她脸上。何珞珈咬了咬牙,唰唰唰地写了三行字递给关城:"这样可以吗?"

关城拿到手中,见上面写道:

欠条

本人何珞珈,因妹妹玩火烧毁了榛味甜品店,欠关城先生火灾赔偿款叁佰万元整。

欠款人:何珞珈,身份证号×××××××××××××××××。

关城不满意地皱了皱眉,将字条放在桌上,推到何珞珈面前:"抬头写错了。"

"嗯?"

"不是欠条,是借条。"关城慢条斯理地说。

"这……有区别?"

"借条的诉讼有效期是二十年,欠条只有三年。"

何珞珈只得更正。

"利息我就不跟你计较了。但你没写日期,也没写还款时间。"关城抬了抬眉,"这可不行。"

"这么多钱……我……一时半会儿还不了。"何珞珈歉意地说,"能按月还吗?积少成多的那种?"

关城想了想,勉强点头:"也行。你看每个月还多少?"

何珞珈在心里算了一下,怯怯地说:"一千,可以吗?"

"一千?"关城冷哼了一声,好像听到了一个荒谬的提议,"也就是说一年一万二,三百万,你要还……二百五十年?"

"……"

"你这不是想赖账吗?"

"我……我没有……"何珞珈觉得心里堵得慌,"这钱,您可以直接从我的工资里扣。等我有了别的收入,可以多还您一些。"

在何珞珈的银行卡里,的确有一笔小额钱款,她从来没有动过,哪怕是在最需要钱的时候,也没打过它的主意。奶奶生病后,就把老宅卖了,搬进了养老院。于是何珞珈的手里多了一小笔卖房款。奶奶全身瘫痪又不能说话,医疗费、护理费是很大的开销，一直都从房款中支出。两年下来，那笔钱以惊人的速度迅速减少，小到何珞珈不敢上网查余额，怕惊到自己。

奶奶的医生是位医学院的老教授，跟何珞珈说老人家经不起这样大面积的中风，最多还有半年时间，让她做好准备。然而两年多过去了，奶奶的状况忽好忽坏，不知是操心少了，还是营养好了，发根居然开始变黑了。那笔钱也不知能支撑多久，何珞珈就更不敢动用了。

关城抚摸着桃花，懒洋洋地看着她："别的收入？"

"我虽然没什么钱，但力气还是有一把的。我可以给你打工……"

关城眸子一亮："你会做饭？"

何珞珈摇头。

"你会种花？"

何珞珈摇头。

"你会修水管？"

何珞珈摇头。

"那你会什么？"

何珞珈看了一眼桃花："我，我会遛狗。"

关城呵的一声笑了，两眼看天："遛狗？亏你想得出来。"

再低头时见何珞珈可怜巴巴地看着自己，双眼含泪，神情绝望，关城终于无可奈何地点点头："行吧。你争取活长点，不然我可亏大发了。"

何珞珈把欠条按照两人的商议修改了一下，重新誊写一遍，签上名，按上手印，正要将借条交给关城，一抬眼，看见了贺易平，他正快步地向他们走来。

救星到了。

何珞珈下意识地把借条往桌上一按，想等一下再交给关城，看店长能不能帮忙说几句好话，把借条改得更宽松些。她向贺易平使了个求救的眼色，贺易平只当没看见，径直走到关城身边，恭敬垂首地叫了声："主任。"

"人接过来了？"关城问道。

"是的。"

关城点点头，抱起小狗站起来，对何珞珈说："跟我去见一个人。"

何珞珈正要收起借条，被关城眼疾手快地抢到手中，塞进了风衣口袋。

直到关城站起身来,何珞珈才发现他高出自己不止一个头,目测一米八五左右。身量修长,仪态闲适,身上有股淡淡的雪松味道,如初春岩边涌动的山泉,如森林早晨飘荡的小雨,冷淡而充满禅意。关城的步子很大,觉察到何珞珈扭扭捏捏地跟在自己身后,他忽然放慢脚步,让她走在自己身边。

东平路是步行街,汽车开不进来。贺易平在前面引路,将他们带到街边公园的停车场,在那里停着一辆黑色的奔驰商务车。

甜品店人事结构简单,除了这个从不露面的法人代表,一共就只有四名员工。何珞珈不明白自己要见的那个人是谁、所为何事。据她的猜测,大概跟火灾有关,保险公司的理赔顾问?私人律师?难不成,一张借条不够?她还要赔别的东西?

何珞珈的心又开始怦怦乱跳。

车门开了,何珞珈硬着头皮钻进去,关城跟上,随手将车门关上了。

车内倒是很宽敞。正当中是四张面对面的米白色真皮座椅,窗上拉着褐色的遮光窗帘。两侧各有两个橘色和幽兰色的氛围灯。进门左手内侧,坐着一个穿着白色衬衣的男人。年纪与关城相似,个头比他略小,蓄着浅浅的络腮胡,眉眼粗犷,很英俊,但比关城多了几分凶狠和野性。

奇怪的是,那人明明一副强悍的面相,却是满脸病容,脸色青黑,肌肤惨白,整个人看上去有气无力,好像根本起不来床,是被人强行拖到车上的。车里开着暖气,他似乎还嫌冷,下半身裹着一条灰格子的厚绒毛毯,看见何珞珈进来,他背过头去,轻轻地咳嗽了一声。

何珞珈战战兢兢地在那人对面坐下来,关城则坐到了那人的右侧。

接下来谁都没有说话。那人默默地端详着何珞珈,目光如水,带着奇怪的情绪,倒也没什么敌意。

"最近过得好吗,"那人气息浅浅地说,"珞珈?"

何珞珈怔住,不知如何作答。

说真话?说假话?说客套话?

只有跟她关系亲近的人,才会叫她"珞珈",一般人会叫她"小何"或者是"何小姐",包括她在店里的胸牌上也只是写着"小何"二字。

他怎么知道她叫珞珈?又为何这样亲切地称呼她?

"还行。"何珞珈说。她的脸上看不出半点情绪,声音里却充满了抵触。那人看着她,缓缓地笑了,将头偏到关城的耳边说道:"我看她好像不太开心,你是不是又惹到她了?"

"没有。"关城挑眉,"完全没有。"

何珞珈耐心地等着那人说明来意,不料他看着前方,目光渐渐失去了焦点。

关城立即觉察到了,轻轻地推了推他:"千木?千木?"

所以,他的名字叫作"千木"?

何珞珈在记忆的森林中仔细地搜寻着这个人,一无所获。

眼看着千木的头渐渐地歪倒下去,关城不知从哪里抽出一支注射器给他打了一针。三秒钟后,千木猛地醒过来,眼神也立即明亮起来。

"我想跟珞珈单独说几句话。"千木说。

关城笑道:"你们之间……有什么话是我不能听的?"

"有。"千木的语气多了一丝命令,"你出去一下。"

"哎——"关城不乐意了,"我可是冒着天大的风险把你带出来的。"

"算了吧,关城。"千木淡笑,"咱们是偷偷出来的,村长肯定不知道。等事办完了,咱们再偷偷地回去,村长还是不知道……"

关城狠狠地瞪了千木一眼,想了想,决定不再争辩,拉开门出去了。

车内的空气有些滞闷。

何珞珈静静地看着千木,等着他开口说话。

"坐到我身边来,珞珈。"

千木的语气有种神奇的淡定。何珞珈温顺地坐了过去,不知为何,焦虑顿时减轻了许多。

千木伸出自己的手,掌心朝上,放到何珞珈膝前:"把你的手放到我的手上。"

何珞珈迟疑了一下,转念一想,这人病成这样,恐怕是快死了,肯定没力气做非礼的事,于是大方地把左手搭在了千木的掌心上。

就在这一瞬间,何珞珈的手背开始发光,出现了一些金色的、血管状的纹路,忽隐忽现,忽明忽暗,随之而来的是一种奇怪的感觉,汹涌而无法言说,似乎她与千木相知甚久,如今是久别重逢,又像是有人打开了电子针灸器,先是印堂发颤,接着全身都被微弱的电流振荡着,又麻又痒,似乎整个神经系统都被穿透了,大脑空空的,莫名其妙地放松。

"我的手……为什么会这样?"何珞珈看着千木,惊恐万状。

"因为我们是亲人。"千木一脸温和,"珞珈,我是你哥哥。"

何珞珈不禁目瞪口呆:"我不记得我有表哥或者堂哥呀!你是……远房的吗?"

"不是。"千木一边摇头一边笑,"我是你同父同母的亲哥。"

第十五章
千木

何珞珈呆呆地看着千木,半天没反应过来。

三年前车祸醒来,她发现自己有个自闭症的妹妹,没过多久奶奶也中风了,她毫不犹豫地挑起了养家的担子。日子一天比一天艰难,心情一天比一天沉重,生活早被各种琐事、不幸和突发状况占满了。每天都很疲劳,日日都在崩溃的边缘,做完一天的工作,照顾完妹妹,剩下的时间她只想躺下来睡觉。有时候想多了脑子会痛,严重时就像有人用电钻往头骨里打洞。她只有更加麻木不仁才能应付一波又一波的打击与绝望。

现在,命运忽然向她射来了两道强光,一天之内,她又多了一个来自外星的前男友和一个气若游丝的亲哥哥?这也太离奇了吧!

何珞珈在心里说了声"呵呵",不禁想起了新闻里的各种诈骗案,虽然自己身上也没什么可骗的,但她也不是那种给个棒槌就当针的人。

如果这人真是她哥,走投无路,过来找她照料余生,何珞珈觉得自己可以在家里开个疗养院了。

何珞珈挑了挑眉,不带一丝情绪地问道:"那你,也姓何?"

"当然。你可能想不起来了,我叫何千木,千山万木的意思。"

"如果想起来了就没那么好骗了,对吧?"何珞珈开玩笑。

何千木一怔,嘴用力地抿了一下。他是个有尊严的人,不习惯被人挖苦。但他没有反驳,只是扬起头,坦然地凝视着何珞珈,接受她肆无忌惮的打量。

从长相上看,他们的确不像是一家人。比如说,何珞珈的鼻子是有一点点塌的,绝对没有何千木的那样挺直。又比如说嘴,何珞珈是嘟嘟嘴,讲话时嘴唇微微噘起,沈伊湄笑她生气的样子都像邀宠。而何千木的嘴宽而薄,在胡须的衬托下,像美国队长那样充满了力量的线条。何珞珈是淡眉,像豆蔻初开的女孩,不画一下简直就没有了。而何千木的眉毛又浓又粗,特别醒目,整张脸因此多了一种食肉动物的气质。不笑的话,样子有点凶狠。

"我们长得不像。"何珞珈说。

"我们的相似不在脸上。"

"你最喜欢吃的菜是什么?"

"我喜欢同时吃九样小菜。"

何珞珈看了他一眼,心想,这不奇怪。甜品店里的同事都知道她有这个癖好。关城是老板,贺易平多半提到过自己,而这个何千木看样子也是关城的熟人。

何珞珈突然伸手,从何千木头上拔下几根头发攥在指间,用纸巾包住。

何千木哼笑一声,不以为意:"你还是更相信DNA?"

"没错。"

何珞珈小心翼翼地把他的头发放进钱包:"你是……在生病吗?"

"嗯。"何千木淡淡点头,"没多少日子了。"

何千木看上去一点也不难过。

何珞珈怔了一下,不知如何作答。几秒钟之前,她还在为是否要接受一个突然冒出来的亲人而纠结。甚至想,如果真是她的亲哥,求告无门找到她,她还得租房子给他住,租金从哪里出,网贷吗?转眼间,这好像已经不是一个问题了。

"那你怎么现在才想到来找我?"何珞珈又问,"这些年你又在哪里?为什么奶奶从没提到过你?"

"这些年我一直在住院,大部分时间昏迷不醒。如果关城不说,我都不知道你住在鹭口区。"

"那你呢?你住哪儿?"

"我住在鹭阳区。"何千木的嗓音出奇地温柔,像是在讲睡前故事,"那个地方叫远人村,还记得吗?"

远人村?这名字并不陌生。

何珞珈想起昨天晚上方弘逸说过的话,她以前和自己的父母就住在远人村……这么说来,远人村是她的老家?

"那……爸妈?"

"老样子。"

"什么?"何珞珈的心突地一跳,常识再次被猛烈地击穿,"他们还活着?"

"嗯。现在的状态应该叫作……"何千木在脑子里找了半天的词,"植物人吧。"

如果何千木的话是真的,奶奶的话就是假的。何珞珈只觉整个世界都在摇晃:"不是说……死于空难吗?"

"空难?"何千木凝视着何珞珈的脸,情绪平静得好像打了镇定剂,"谁说的?"

"我奶奶。"

何千木脸色沉了沉,诧异地看了何珞珈一眼,低头陷入沉思。

见他半天不说话,何珞珈又说:"你不会不知道我有个奶奶吧?如果你真是我亲哥,她也是你的亲奶奶不是吗?这些年,怎么没见你去看望过她老人家呢?再说——"

何千木忽然打断她的话,呼吸变得急促起来:"珞珈,我很难过,也很担心。哥哥现在已经保护不了你了。"大概是药效快要过去了,他的语速慢了下来,好像脑子跟不上舌头,每一句表达都很费劲,"我知道你一定有很多问题想问,可我也知道得不多,现在恐怕也没多少时间回答你啦……"

一个垂死的人,骗她何用?何珞珈的心开始松动:"你是特地来找我的?"

"是的。"何千木的目光十分柔和,握着她的手,依依不舍,"我是想来告诉你,如果……如果我不在了,不要难过。我已经病了很久,时间对我来说没什么意义……我一直都在盼望结束的那一天。"

何千木的声音很空洞,不带任何伤感:"不要为我做任何事。过你自己的生活,不要回远人村——"

"为什么呀?"何珞珈惊讶地看着他,脑中越发迷惑,"我不明白你在说些什么。"

外面有人咚咚咚地敲门,催促他们快点结束谈话。

何千木的眼睛已经闭上了,眼皮微微颤动,握着何珞珈的手渐渐失去了力量,但他还在努力想叮嘱她:"无论你想到什么,都不要告诉关城……"

车门猛地拉开了,关城探身进来,急切地说道:"我们得走了,以后再聊。"说罢将何珞珈拉出车外。紧接着,另外两名男子也跟着关城上了车,汽车以意想不到的速度离开了。

一小时后,关城与何千木坐在会客室里安静地喝着村长助理关永廉泡好的铁观音,心中多少有些忐忑。

"村长有个重要的电话,请二位稍等一下。"关永廉礼貌地说。

相较于关城与何千木,关永廉是个一米七五的小个子,面白无须,五官端正,穿一套笔挺的西装,神态谦恭得像个英国管家。

何千木的手没什么力气,他喝了一口茶,放下茶杯时,几乎将杯子打翻,被关永廉眼疾手快地接住了。

"何先生,基地那边已经打过来好几个电话了。"关永廉亲切地说,"您还能久坐吗?要不,我先送您回去休息?"

"不用,我正好有点事想问村长。"

"也好也好。"关永廉殷勤地笑道,"您要是有什么不舒服,我可以先送您到隔壁屋的沙发上躺一会儿。别客气,村长昨天还说要去基地看望您呢。"

"我还行。"何千木看了一眼自己的轮椅,以及上面绑着的一堆各种颜色的输液管,新一轮的药效又开始起作用了,他努力克制着不断涌来的倦意。

又等了十分钟,村长关绪终于出现在他们面前。

关绪是个肤色微黑、身形伟岸的中年人。瘦脸,小眼,两颊之间有两道深深的法令纹,给人以威严苛刻之感。他在两人对面的沙发上坐了下来,直截了当地问道:"听说你们两个去了一趟鹭口区,看望何珞珈?"

关城点了一下头。

"你们应该知道,"关绪的声音冷到了冰点,"这样做是被禁止的。"

"是我请求关城带我去的。"何千木抬起头,目光越过关绪的头顶,看着窗外的云彩,"我想去看一下我妹妹,这也禁止?"

何千木的语气淡定而冷漠,嘴角带着一丝挑衅的冷笑,关绪觉察到他的不满,态度更加强硬了,声音也高了一调:"当然禁止。"

何千木的手指紧紧地握住轮椅,上面的指节白了一下。他轻哼一声,冷笑变成了嘲讽:"人之常情,有何可禁?"

村长关绪的回答是一段长时间的沉默,既表示了他的不悦也表示了他的容忍。

在场的人都嗅到了一股浓浓的火药味。远人村里,没人敢这样对村长说话。

"何珞珈至今没有交代她的罪行,你去看她,没有任何好处,"关绪换了一副公事公办的口吻,"只会打乱我们的安排。"

"村长,"何千木控制着自己的怒火,"何家几代人前仆后继地牺牲,都不足以让您原谅珞珈所谓的……罪行?"

"何家出现过两个叛徒。"关绪一字一顿地说,"给瑟族带来了灭顶之灾。如果没有叛徒,你们也用不着牺牲。你自己病成这样,不也是拜她们所赐?"关绪的声音低沉干涩又铿锵有力,带着不容挑战的尊严,每一个字都像射钉枪打在木板上,嘟嘟作响。

在座的每个人顿时感到百孔千疮。

"村长——"关城企图插话,被关绪一个凌厉的眼神制止。

"千木,你是你,何珞珈是何珞珈,这点我分得很清楚。你对家族的忠诚大家有目共睹……"关绪的语气缓了一缓,"我理解你的心情。但在大是大非面前,你要懂得划清界限。何珞珈心中要是还有你这个哥哥,就不会背叛我们。"

"划清界限?我才不呢。"何千木看着关绪,目光咄咄,"西陵山事件后,珞珈一直被人迫害,别以为何家人死得差不多了就没人知道——"话未说完,他的喉咙忽然咕哝了两声,在药效的作用下,眼皮开始下垂,他用力地咬着牙,努力让自己保持清醒,"我刚才见到珞珈,发现她完全忘记了过去,已经变成了另外一个人……"

"那是装的。"关绪不为所动,"她演技向来不错。"

"你们究竟把她怎么了?到什么时候才可以放过她?"何千木怒声低吼,"村长,珞珈是您一手训练出来的,您最了解她的脾气。假如她想起了过去,知道了一切——"话说到一半再也说不下去了,何千木开始急促地喘气,脸痛苦地扭曲着,整个人都控制不住地颤抖起来。

关城连忙站起来扶住何千木的肩膀,防止他的身体因为失控而下滑。

"永廉,"关绪吩咐,"送何先生回基地休息。"

何千木离开后,会客室的气氛依然沉闷。

浅灰色的地毯上有几道轮椅的印迹,交错出优美的弧线,与墙上一幅充满各种曲线的抽象派油画相映成趣,但是绚丽的色彩挽救不了一屋子平淡无奇的家具。

村长关绪行伍出身，艺术品位不高，但他并不愿意别人这么想。窗边显眼位置摆着一对红木的博古架，装饰着骨串做的流苏，上面陈列着从世界各地收罗的面具，用料各有不同，青铜、鞣革、羽毛、桦皮、藤条、玉石、龟板——应有尽有，最多的是绚丽的萨满面具、诡异的印第安人面具和粗犷的约鲁巴族面具。村长对质朴狰狞的图案情有独钟，关城却认为那是粗俗的表现。关城安静地喝了一口茶，将视线从油画上移回来："村长，我们没有必要这样对待千木。"

"我倒是认为你没有必要把他弄醒。"关绪看着地板上被日光拉得长长的窗影，"让他在基地里安静地待着，更有益于他的健康。"

"我需要打千木这张牌。"关城的身子僵了一下，脸上的肌肤随之紧绷，"何珞珈突然去清东街11号，一定是因为想起了什么。"

一道光从关绪的眸中闪过，他的身子紧绷起来："你确定？"

"不确定，但这是合理的猜测，不是吗？"

"你自己亲自去打听，不行？"

"有些话，珞珈不会跟我说，但一定会跟千木说的。"

关绪一面低头思索，一面不安地在关城面前走来走去："她认出你了？已经知道你是谁了？"

"没有。"

"你怎么知道她不是装的？"

"我不知道，所以我反复叮嘱千木，在没搞清楚何珞珈立场之前，说话要格外小心，不能全盘托出。"关城说罢在心中叹了一口气，很显然，千木把他的话当作了耳旁风。

"何珞珈在你的甜品店里待了三年都没来过远人村，昨天却突然去了清东街，这立场还不够清楚吗？"关绪冷笑，"你以为千木会站在咱们这边？看他那副嚣张的样子，显然是要为这个妹妹豁出去了。"

"人家毕竟是个病人，判断力和反应力都今不如昔了。村长，这事儿您不用操心，交给我来处理。"关城笃定地说，"我能哄住他。"

"千木？"关绪摇头，"你哄不了。"

"我真的可以。"

"在这节骨眼上我不想出岔子，看态度千木也不想配合，保险起见，他最好还是回到基地继续沉睡。我马上给医生打电话。"

"别，"关城一挥手，"别打！千木说他不想再睡了。"

关绪眉头一皱，眸中阴云四起："他这是不想活了？"

"他要求保持清醒，一直到生命的最后。"

关绪背着手走到窗边，看着日光云影下的西陵山："你不是他最好的朋友吗？劝劝他。"

"劝过了，没用。"

"他说什么就是什么？"关绪转身轻蔑地瞟了关城一眼，"你这主任是怎么当的？既然他不想活了，我们也没必要浪费资源，不如直接送他上路……"

"那可不行。"关城立即说。

"怎么不行？"何千木不在场，村长关绪不再掩饰自己的厌恶，"早死晚死都是死，我看也撑不了多久。"

"村长，"关城顿了一下，说，"何千木不想活，并不等于要马上去死啊。"见村长用这么恶劣的态度谈到何千木，关城深感被冒犯了："一切未经本人同意的处置——在我看来——等于谋杀。"

"……"村长关绪的脸僵了一下，没有回答，他不习惯被人这样顶撞。

"除了死神，谁也不能提前召唤他。"关城强硬地说，"您也不能。"

关绪的嘴用力地抿了一下，看着关城的眼睛，一道阴影从他的瞳孔中飞出来，如一团阴云覆盖住了整个房间。

"你不知道吗？"关绪一字一顿地道，"我，就是何千木的死神。"

关城只觉头皮一紧："村长——"

"他这人戏比较多，如果不站在我们这边，将来绝对是个不小的隐患。这个麻烦现在不解决，"关绪一面说一面向前走，逼得关城倒退了一步，"怎么，还等着他来给咱们唱一出大戏？"

一出大门，关城心急火燎地通知自己的助理关飞廉："快去基地守着千木，不许任何人给他打针，我马上就到。"说罢骑上一辆摩托车，以三百公里的时速沿着一条隐秘的林荫小道向着后山深处驶去，不到十分钟就赶到了何千木的病房。

室内一片凌乱。不知是谁打翻了盘子，医疗器械撒了一地。枕边有一摊紫色的液体和一支金属注射器。针头被人拔掉了,扔在地上。床上,何千木闭目沉睡,对四周的变化一无所知。

"老大。"关飞廉报告说,"医生被我捆起来了,关在洗手间里。"

"很好。"关城赞许地拍了拍他的胳膊,向何千木的方向努努嘴,"弄醒他。"

关飞廉摇头:"我不知道怎么弄,该打什么针只有医生知道。"

关城瞄了他一眼,关飞廉会意,大步走进洗手间将医生拖了出来,扔到关城脚边,问道:"主任要跟何先生讲话,你快去把他弄醒。"

被两卷电线五花大绑的医生名叫钱士锦,是个四十出头有些谢顶的汉子,看上去老实巴交,听完关飞廉的吩咐,木然地说:"抱歉,没有村长的授权,我不能给何先生打催醒针。"

"你有主任的授权。"关飞廉说。

"那不管用。"

关城一听,气不打一处来,将钱士锦的领子狠狠一勒,斥道:"不想活了是吧?"

钱士锦的脸憋得通红,一边挣扎一边大声喘气:"想。"

"那就给他打一针。"

"没有村长的授权,真的不行。"钱士锦寸步不让,"主任,要不您给村长打个电话——"

关城的脸猛地一沉:"飞廉,揍他!"

关飞廉抓住钱士锦的胳膊往地上猛地一掼,砰的一声,钱士锦的脑袋重重撞到床脚,痛得闷哼一声,正想翻身,背上已被关飞廉狠狠地踹了一脚。钱士锦一声不吭地抱住脑袋蜷成一团,一副逆来顺受的样子,关飞廉连踹三脚,钱士锦身子一软,昏了过去。

关城从衣柜里翻出一只帆布大包,将药柜里放着的各种药品、针剂统统装了进去,对关飞廉说:"你是开车来的?"

"对。"

"先把千木送上车,离开基地后在车上给他打针。"

"老大,把医生也带上吗?"

"算了。他不会告诉我们的。早上叫醒千木时,我就站在旁边,对针剂有点印象,只是现在想不起来了。给我一点时间回忆,应该可以想出来。"说罢从床上抱起何千木放到轮椅上,示意关飞廉移开地上的医生,他推着何千木快步向门外走去。

三人穿过走廊,正要左拐进电梯,冷不防与关永廉撞了个正着。

"主任,何先生不能离开基地。"关永廉微笑着说,"村长担心您会做出莽撞的事,特地让我过来看一眼。"

"我们不离开基地,"关城敷衍地答道,"只是带他去楼下花园走走。"

"主任,您应该知道,"关永廉根本不吃这一套,"以何先生目前的身体情况,让他保持清醒将会极大地缩短他的寿命——"

"怎么,你想拦我?"

"不敢。"关永廉依旧是好脾气,"您是千木最好的朋友,以前也经常过来看望他。带他出去娱乐、散心,甚至离开远人村,都是可以的。可是就在刚才,村长突然决定要给他打一针安乐,这个命令必须要执行。"

关城扫了一眼依然沉睡的何千木,气极反笑:"看来何家真是没人了,千木这一病倒,竟被你们欺负成这样。"

"主任言重了。我看过医生的报告,何先生重伤后情绪低落,严重抑郁,曾经几度有过轻生之念。村长这么做,也是一番好意。毕竟何先生现在这种样子,对于生性高傲的他来说也是生不如死。"

"就算是想轻生,也应该是由他自己来做这个决定。"关城知道关永廉不过是村长的传声筒,"也许,他还有些愿望没实现呢?又或者,一些事情没交代呢?以千木对瑟族的贡献,咱们连这点时间也不给他?村长的这个决定,是不是过于冷酷和草率了?"

"抱歉,我没有资格对村长的决定品头论足。"为了避免关城怒火升级,关永廉的声调越发柔和,"基地的大门已经关了,主任您还是把何先生送回去吧。"

四人之间,气氛莫名地尴尬起来。

关飞廉看了看关永廉,又看了看关城,不知如何是好。关永廉说的是句大实话,基地关卡重重,村长不答应,谁也出不去。虽然凭他们的武力尚可勉强一试,但带着一个沉睡的病人,机会等于零。

关城的脸一阵发青,眼看就要发作,关永廉审时度势地送上了一个台阶:"要不……您给村长打个电话?看能不能说服他?"

关城瞬间平静下来,掏出手机:"我试试。"

电话接通了,关城还没张口,另一端传来关绪严厉的声音:"主任,你胆子不小哇!"

关城低头看着自己的脚尖,咳嗽了一声,说:"父亲,请听我解释——"

对村长,他已经很久很久没有用"父亲"这个称谓了。

电话那边,关绪顿了一下,声音明显缓和下来:"说吧,听着呢。"

第十六章

白鹤楼

关城一走,似乎把生意也带走了,何珞珈回到甜品店里,发现里面空荡荡的,客人差不多走光了。

甜品店晚上七点打烊,何珞珈和沈伊湄五点下班,后面两个小时客人不多,通常是贺易平与龚晓宇一起值班到锁门。

那只叫作桃花的小法斗趴在角落的一只旧面包篮里,正专心地啃着一根磨牙棒,发出细小的呼哧声。小法斗光滑滚圆的小背轻轻蠕动着,不仔细看,还以为是个短棍面包呢。

"咦,小狗怎么还在这儿?"何珞珈问道,"忘记带走了?"

"店长说这狗是关城的,就是那位法人代表。请咱们帮忙照看几天,我答应了。"沈伊湄解下围裙放进包里,将狗绳拴到狗身上,喜滋滋地将它抱在怀里逗弄,"桃花,跟姐姐回家,姐姐给你买漂亮衣服。"

两个女孩牵着狗出了店门,决定一起去活动中心接何珞薇。

一路上何珞珈说起自己与何千木见面的事,沈伊湄觉得难以置信:"亲哥哥这种事,不能说认就认吧?毕竟你奶奶都没有提到过。难道是私生子?"

"他说是同父同母。"何珞珈从口袋里掏出那张包着何千木头发的纸巾,"我当然不信,所以弄了几根头发,想去验下DNA,你有门路吗?"

"有。"沈伊湄一把将纸巾接了过去,"我表姐在医院里有熟人,找人化验一下,最快两天能出结果。"

"两天?这么快?"何珞珈讶道,"你怎么知道?"

"嗨——"沈伊湄两眼一翻,叹了口气,"我表姐不是老出差嘛,有一次去外地开会,跟一个男销售好上了。过了一年多表姐夫才发现。哎哟喂,就跟她大吵大闹。表姐说,只是暧昧而已,早就分了。男销售自己有老婆,更是矢口否认。偏偏就在那个时间,我表姐生了个儿子。表姐夫就怀疑不是自己亲生的,男销售的老婆更怀疑,气势汹汹地跑到单位来撕人,说老公要是在外面有了野种,她就不回家了,直接跳楼。我表姐只好找人做了个亲子鉴定,证明孩子的亲爹的确是表姐夫,这才勉强平息下去……"

何珞珈想起沈伊湄那个在药企工作的表姐,会计师出身,性格泼辣,貌美如花,家住楚田公馆。楚田公馆是丽珠小区北面著名的高档别墅区。表姐是沈伊湄姑妈的女儿,李佳惠离婚前,她是沈家在本市唯一的亲戚。表姐夫是个富二代,生意上没少帮衬沈超,两家住得又近,所以经常走动。沈超搬走后,沈伊湄与表姐的往来也跟着变少了。李佳惠更是不愿意上门联络,一来尴尬,二来有攀附之嫌。但表姐很喜欢沈伊湄,家里有什么热闹的聚会总不忘记叫上她,何珞珈也跟着蹭过几顿饭。

"那就……拜托了。"何珞珈一副愁眉苦脸的样子。

"哎,我问你。"沈伊湄轻轻推了推她,"你希望鉴定结果是什么?是多一个哥哥好呢,还是老样子好呢?"

何珞珈当然想要个哥哥。

妹妹和奶奶是她最亲的人,偏偏都无法与自己交流。遇到大事,且不说帮自己扛一下,连个商量的人都没有。沈伊湄当然也靠谱,但毕竟隔了一层,真有什么大的困难,何珞珈反而不敢向她诉苦,只因沈伊湄过于热心仗义,何珞珈不想把日子过得好好的一家人拉下水。如果真遇到需要沈伊湄或者李佳惠帮忙的情况,何珞珈也是觉得欠了人情,事后总要想办法找补:或是买些好酒好菜请母女俩大吃一顿,或是看她们缺什么小家电,帮着置办,总之不能让人家吃亏。

假如有个哥哥,就完全不一样了。她可以心安理得地接受他的帮助,可以像沈伊湄在李佳惠面前那样卖萌撒娇,累到崩溃的时候会有人过来搭把手……就算这些都没有,她也可以找他聊聊家常、吐吐苦水,而不是像现在这样,无论发生了什么,都只能独自面对。就算哥哥病重需要她来照顾,那也是可以的。毕竟她在照顾病人这件事上太有经验了,再多的麻烦也难不倒她。

"不知道啊……"何珞珈一脸茫然,"我现在的脑子都是乱的。嗯,怎么说呢,我当然想要个哥哥。"

"必须的呀!"沈伊湄拍掌笑道,"我小时候就特想要个哥哥,给我买糖、帮我打架、让着我、宠着我,等我老了还可以陪我一起回忆童年——就算这些他都不愿意,没事站在我身边也觉得牛烘烘的。"

"不过——"何珞珈抓了抓脑袋,苦笑,"这位大哥看上去病得很重,他说自己活不了多久了。"

"那也比没有强。"

"……也对。"

街边有人在卖甘蔗汁,她们一人要了一杯。沈伊湄喝了一口继续说:"这位千木大哥是关城带过来见你的,说明他跟关城很熟啰?"

何珞珈想起在商务车上何千木要跟自己单独讲话,关城想旁听,何千木毫不妥协,关城很快就退让了。于是点点头:"我觉得不只是熟,就凭说话的语气,关城对千木是礼让三分的,可能因为……他是病人吧。"

"店长亲自开车把千木接过来,说明店长也认识千木啰?"

"应该是吧。"

"也就是说,店长知道你有个哥哥?"

何珞珈一下子呆住了。

"店长认识你四年多,知道你有个亲哥却从来不说,奇怪不?"

"也许他不认得千木,只是奉命接人而已?"

"不大可能。你要想想店长和关城是什么关系。"

"什么关系?"何珞珈愣道,"店长不就是关城雇来管理甜品店的人吗?"

"店长是关城在生意上的全权代表,我经手的很多大单他签字就算数。这说明什么?说明他们在一起工作很久了,彼此间有信任也很久了。如果你真有个哥哥,关城知道,店长应该也知道。"

"有道理。"

沈伊湄深吸一口气:"这么一来,事态就严重了。"

何珞珈被沈伊湄严肃的样子吓到了:"怎么就严重了?"

"龚晓宇跟店长也很熟,对吧?咱俩嗑CP都嗑了那么久。这两位每天一起上班一起下班,秤不离砣砣不离秤的……如果店长知道你有个哥哥,龚晓宇多半也知道。"

"……"

"还有,你说千木住在鹭阳区,店长和晓宇也住在鹭阳区,那个外星人……方什么来着?"

"方弘逸。"

"方弘逸也说你以前和父母一起住在鹭阳区。这说明如果你没有失忆的话,你跟这些人多半是互相认识的。"

何珞珈想了想,觉得不对:"鹭阳区有一百多平方千米,住在一个区并不等于互相认识啊。以前咱俩都住在鹭口区,彼此也不认识嘛。"

"我承认这个逻辑不够严谨,但这是合理的猜测不是吗?你哥和你住在同一个城市,为什么从不来找你?"

"也许……他快死了,不想让我知道,或者说不想拖累我?"

"拖累?他坐的可是奔驰商务车。"

"那是关城的车吧?"

"你不是说,关城对他也要礼让三分吗?这说明他比关城的架子还大,很可能更有权势。"

"别说了,伊湄。再说下去,我就要变成韩剧女主了。"

"这不是问题的核心。"

"……"

"问题的核心是:如果你真有一个哥哥,身边的人也都知道,为什么不告诉你呢?那个肯定知道真相的人不应该是你奶奶吗?她为什么也要瞒着你呢?"

何珞珈顿了一下,说:"伊湄你说得对,我要去问一下奶奶究竟是怎么回事。"

"你奶奶不能说话了吧?"

"眼睛能动。"

一番绞尽脑汁地劝说后,关城终于获得父亲关绪首肯,开车带着何千木出了远人村。

汽车在城里兜了几圈后,在一个偏僻的停车场停了下来。关城从一大堆针剂中找到了那瓶苏醒剂,给何千木注射了最大的剂量,五分钟后何千木醒来,向关城提出一个奇怪的要求:他想去趟白鹤楼。

白鹤楼是鹭川市的标志性建筑,位于兔子山头,始建于宋代,因孟浩然诗"白鹤青岩半,幽人有隐居。阶庭空水石,林壑罢樵渔"而得名。

瑟族人的脾气大致可以分成两种。一种是狮子,惹恼了就会吃掉你。一种是叶子,无论你怎么撩,最多只会干燥枯萎,随风而去。关城一直以为自己属于前者,不知为何到了千木面前就变成了后者。

"去那干吗?"关城淡笑,"写诗?"

何千木的眼神有些空洞,似乎还没从昏睡中完全醒来。他猛地打了个激灵,目光渐渐变得清澈。他的回答只有两个字:"看看。"

关城顿了一下,捉摸着那两个字的含义,头一歪,凑到何千木面前:"你不会是想跳下去吧?"

"那里到处都是游客,怎么跳?"何千木没好气地说,"你教我?"

"也对,你跳不了。"关城笑道,"你没力气,得坐轮椅。何况,还有我看着呢。"

"没错。"何千木眉心微跳,嗓音却如死水般平静,"我还需要一颗红色的小药丸。"

关城立即摇头。

"我可不想成天困在轮椅上。"

"与其这样,还不如留在基地。听说威瓦专门给你设计了一种专属的缪子天堂。我要是你,就开心地待在那里不出来。"

"听起来像是别出心裁,对威瓦来说,不过就是拷贝拼贴。"何千木凝视着远处的一棵大树,"而且素材早已经过时了。那是威瓦制作的天堂,不是我的世界。"

关城不愿意讨论这种沉重的话题,于是拍了拍何千木的肩:"所以你要帮我啊。这是村长答应让你搬出远人村的唯一条件。你得帮我们搞定珞珈,找到赠子。"

"你觉得我会帮你吗?"何千木笑道。

"为什么不?找到赠子对大家都有好处。"

"没有那颗药丸,我什么也不想做。"

"我刚帮了你,你就要挟我?"

"以你和村长的关系,弄到它并不难。何况你还是我最好的朋友……"

"No.(不。)"

"听我说——"

"你考虑清楚了?"关城气恼地打断他,"吃下它你最多只能再活半年。"

"半年,"何千木徐徐地吐了一口气,"够了。"

"你够了,我不够。"

"你还有珞珈。"

关城无语地看着何千木:"何千木,你可别哪壶不开提哪壶了,你妹让我戴绿帽子这件事,我还没好好地跟你聊一聊呢。关于爱情和家庭,你都是怎么教育她的?"

"也许是因为你活得太长了,你们在一起太久了,什么事都不新鲜了。我妹这人你又不是不知道——挑三拣四、喜新厌旧——也许她就是想换个口味?"

关城:"……"

桃花盛开的时候,鹭江也进入到一年一度的春汛。

从白鹤楼上往下望去,首先映入眼帘的是横贯南北的鹭江大桥。泛黄的江水卷着大量的泥沙从上游奔涌而至,波涛滚滚,暮霭低沉。苍翠的山峦下停靠着几只游船,点着五彩的灯光。

过了一会儿,江雾开始弥漫,眼前的一切渐渐变成了一团灰色。

远处传来欢快的音乐,若有若无地飘到耳边。何千木闭目聆听,沉醉其中。身后有人轻轻地拍了他一下,他转过轮椅,看见是两个大学生模样的女孩。

"先生,能帮我们拍个合影吗?"

"好啊。"何千木微笑着接过女孩的手机,对着镜头里的两张脸指挥道,"左边这位,再往前走半步,你们的肩不用靠得那么近……好……保持这个姿势,一、二、三。"

大概是发现何千木很好说话,楼里不少游客过来找他帮忙拍照,关城一开始还想阻拦,见何千木乐在其中,只好站到一边。

一连给人拍了七八张合影,有位好心的游客忽然推着何千木的轮椅快步向楼的西侧走去。等关城意识到不对时,他们已从他的视线中消失了。关城和关飞廉急忙追了过去,远远看见何千木向游客道谢之后,伸手在栏杆的一角仔细掏摸,似将一物拿到手中。关城一个箭步冲到跟前,正好看见何千木的指间多了一枚红色的药丸。关城的脸瞬间苍白,眼睁睁地看着何千木将药丸吞入口中。

"我知道你不会给我,"何千木眨眨眼,得意地笑了,"所以很早以前,就在这里藏了一颗,以备不时之需。"

第十七章
桃花

在何珞珈的身世出现巨大反转之后,接下来的两天却异常平静,无任何大事发生。

由于暴发流感,养老院禁止会客,何珞珈也就见不到奶奶。贺易平和龚晓宇都指天发誓说不认识何千木,更不知道他是何珞珈的哥哥,那天只是奉命开车接人,仅此而已。

方弘逸消失了,那扇从卧室通向海边的门也消失了。何珞珈反思那天晚上说的话,觉得方弘逸要么是因为一番好意被误解,要么是因为她不肯承认是他的女朋友,总之是生气了。这个温和腼腆的大男孩原来也有急眼的时候。

关城和何千木也没再过来找她,只是把法斗桃花留给了她们,一整天过去了,也不来接,也没电话,只是通过贺易平告知了一下狗粮的品牌。何珞珈也不敢多问,关城手里还拿着一张三百万的借条呢,自己也答应过帮他遛狗,照顾一下桃花也是应该的。

哪知小狗看上去呆萌可爱,离开主人时间一长,就开始焦虑。晚上不肯睡觉,半夜三更叫个不停,弄得何珞珈和沈伊湄轮流起来安慰它。次日早上五点刚过,桃花就醒了,在客厅里乱跑,弄出各种声响。怕吵到何珞薇和李佳惠,何珞珈只得赶紧起床遛狗。丽珠小区附近没有大公园,何珞珈心想,小狗精力旺盛,要遛就遛个够,于是带着桃花步行去了三公里以外的玉环公园,那里有一大片树林和草坪,印象中有很多人遛狗。

到了公园,天蒙蒙亮,何珞珈牵着桃花在草坪里转了一大圈,一只狗也没碰见,只有几位戴着白手套穿着太极服打拳的老太太。约莫过了四十分钟,公园里的人才渐渐多了起来。何珞珈正要回家,正好碰到一位大叔牵着一只京巴,两只狗玩耍起来,互相啃咬追逐嬉戏了一个多钟头,桃花这才很不情愿地跟着何珞珈往回走。没走几步,天空忽然下起了大雨,何珞珈没带伞,被浇了个透湿。再看桃花,气越喘越急,步子越走越慢,脑袋耷拉着,忽然间一屁股坐在地上不走了。何珞珈一连拽了几下狗绳都拽不动,心想是不是累了,大雨哗哗地下着,也顾不得多想,将桃花抱在怀里,冒雨跑回家中。

这一天李佳惠是早班,何珞珈进门时她正好出门,叮嘱了一句"锅里有蒸好的花卷和包子",就匆匆地走了。何珞珈把桃花放到地上,拿出清水和狗粮。因为身上淋了雨,于是回屋擦洗了一下,换了一身衣服。回到客厅后发现狗粮根本没动,桃花还在原地坐着,什么也不吃,只是瞪大眼睛看着她,舌头吐出来,呼呼地喘气,浑身不停地发抖。何珞珈轻轻地拍了它一下,它用前爪撑着身子往前爬了几步,又一屁股坐下了,后腿根本站不起来。

何珞珈没养过狗,心想大概是累了。正巧何珞薇醒了,想起她今天要交手工作业,昨晚陪她折了半天的纸鹤、纸青蛙,编的红绳手链和小熊挂件都还没有收拾好,课间零食也没准备,于是丢下桃花去照顾妹妹。手忙脚乱地弄好了一切后已经八点半了,沈伊湄也起床了。

何珞珈理好何珞薇的书包正要出门,沈伊湄追出来问道:"桃花怎么了?是不是病了?坐在那儿一动不动,不吃不喝。"

何珞珈本来也有些担心,听沈伊湄这么一说,连忙折回客厅蹲在桃花趴着的垫子上仔细查看:"早上我带它出去玩了好久,是跑累了吧?"何珞珈对养狗完全没概念,桃花这么小一只,白天又爱睡觉,以为养它就跟养一只猫差不多。

"桃花看上去不挑食啊,一般狗狗见了狗粮没有不吃的,昨天晚上它吃了很多呢。"沈伊湄将桃花抱起来,轻轻放到地上。桃花不肯站立,一下子趴了下去,用前爪一摇一摆地向前划拉,后腿软软地拖着。

何珞珈不觉打了个寒噤:"天啊,是不是骨折了?"

沈伊湄微微皱眉:"要么就是……崴脚了?"

何珞珈心想,关城对桃花爱如性命,放在她手里不到两天就出事了,这可怎么交代?一时不知如何是好,心急得怦怦乱跳,想了想说:"伊湄,帮我送下珞薇,然后跟店长请个假。我带桃花去趟宠物医院。如果真是骨折,必须马上处理,拖成永久残疾可就麻烦了。"

"我跟你一起去吧?"沈伊湄连忙穿鞋,"你没养过狗,万一看不住它呢?"

"看得住,又不是大狗。咱俩都不上班的话,店里人手不够。"

"行,你快去吧。"

小区出门右拐就有一家宠物医院,规模不大,医生给桃花量了体温、测了心率后排除了心脏病的可能性,推测是腰椎的问题。拍了后肢的片子研究了半天说看不太清楚,先输点盐水吧。输完盐水后,桃花的后肢还是站不起来,医生于是建议说换家大点的医院,设备更好,方便确诊。

大点的医院步行太远,何珞珈只好抱着桃花打了个出租车。一番检查后医生说:"先去做个核磁共振吧。"

宠物医院里没有核磁共振的设备,需要借用人民医院的设备来拍,何珞珈只得又去人民医院。到了那里,一看缴费单子,四千五百块,直如轰雷击顶,她整个人都不好了,又不敢耽误治疗,纠结了半天后,只得先从奶奶的账上挪钱。拍完核磁回到宠物医院,医生确诊是腰椎间盘突出,骨头压住神经导致后肢瘫痪。

听完医生的话,何珞珈惊呆了,后悔不该一大早带着桃花去公园跟那只京巴疯玩,超强度运动容易让法斗受伤。

"出现这种情况,一般有两种治疗方案。"医生说,"手术治疗,把突出的骨头摘掉后缝合。保守治疗,针灸加牵引。"

"哪种恢复得最快?费用怎样?"何珞珈问道。

"当然是手术,恢复期大概两周,快的话一周就可以站起来了。"何珞珈一听松了口气,原来瘫痪还能治好,还以为会永久残疾呢,这样至少向关城汇报时不用那么绝望。不料接下来医生又说:"手术嘛,总会有风险。出了意外可能会全身瘫痪甚至死亡。费用嘛……两万左右。"

何珞珈一面心惊肉跳地听着,一面在心里计算着自己可以调动的钱数。医生见她满头大汗,脸一阵红一阵白的,显然是毫无心理准备,便知是初次养狗,不知道法斗是个娇贵的品种,更不知道宠物生起病来非常花钱,于是停顿了一下,给她一个消化的时间,然后不急不慢地继续说:"保守治疗呢就比较慢了,效果因狗而异。

有的经过了针灸电疗,两三周后也能站起来,保养得当的话,一个月后也能正常走路……费用少一些,但疗程长,不见效的话只怕还是要开刀的。"

小狗桃花可怜巴巴地坐在不锈钢诊台上,因为疼痛,腰绷得紧紧的,脑袋不时地向后扭,一面大口喘气一面瑟瑟发抖。何珞珈看着它,自己不自觉地也跟着发起抖来……

"小狗的病情耽误不得,我们这里比较忙,如果决定手术的话,我得赶紧给你安排。"医生又说。

何珞珈想了想,觉得自己决定不了,必须要通知关城,于是给贺易平发了条微信,向他询问关城的联络方式。两秒之后,贺易平发来一个电话号码,同时推送了关城的微信名片。何珞珈一看,关城的头衔居然是"远人村居民委员会主任",难怪贺易平叫他"主任",她不禁觉得好笑。关城第一次出现时,谱摆得挺大,前有司机后有保镖的,店长都被他使唤得团团转,原来只是个芝麻官。

谁也不想做通知坏消息的人,何珞珈也不例外,何况桃花的瘫痪与她有关,当下只好硬着头皮拨通电话。响了四声后,传来一个嘶哑疲倦的声音:"哪位?"

看样子还在睡觉。

"关先生,哦不,关主任——我是何珞珈。"

关城懒洋洋地嗯了一声,拖腔拖调地说:"有事吗?"

"是……桃花……桃花病了。"

话音未落,电话那边砰的一响,大概是手机掉地上了,过了将近五秒钟,才听关城问道:"什么病?"

"瘫……瘫痪。"

"什么!"关城的声音顿时高了八度,"瘫痪?何珞珈,怎么回事?"

何珞珈的耳膜被震得嗡嗡作响:"主任,您别着急,先听我说——"

不急是不可能的,何珞珈吓得舌头都不利索了,支支吾吾地说了一下事情的经过和医生的话,那边也不知是生气还是无语,半天也不回答,过了一会儿,传来汽车启动的声音,关城说:"把地址发给我,我马上就到。"

"好的好的。"何珞珈连忙说,"真的很对不起,都是我的错,我没照顾好桃花……"

何珞珈道歉了半天才发现电话早已经挂了。

关城发短信说十五分钟之内赶到。

何珞珈觉得很奇怪,如果关城跟何千木在一起的话,应该是住在鹭阳区。现在是早班高峰,从鹭阳区开车到鹭口区,最快也要半个小时。

何珞珈抱着桃花在等候室里焦急不安地坐着,心中暗自打鼓,不知见到关城会是怎样的一种灾难现场。妹妹不久前烧光了他的店,现在自己又弄残了他的狗。一个人得有多倒霉才会接二连三地遇到这样的灾星啊。

何珞珈无能为力,只能从钱财上补偿。如果决定手术,她就出手术费;如果决定针灸,她会负责跟进后续的所有治疗。只要关城让她在甜品店继续上班,日子再难,只要有工资,总能过下去。

正在这时,手机大响,何珞珈吃了一惊,一看显示,是何珞薇所在的活动中心的李老师。

"小何,你能到活动中心来一趟吗?"李老师负责何珞薇这个班,何珞珈每天接送,跟她十分相熟。

"请问有什么事吗?"

"珞薇又跟陈小虎打架了,这一次,她把小虎从楼梯上推下去了,小虎摔得很厉害,都昏迷了。我们叫了救护车,准备送他去医院。"

"天啊!怎么会这样?"何珞珈急得站了起来,"珞薇呢?有没有受伤?"

"她还好,脸上出了点血,打架时被小虎抓了几道印子。"李老师的声音十分着急,"小虎的爸妈都到了,爷爷奶奶也过来了,在咱们这大吵大闹呢,你能不能过来见见他们?安抚一下家长的情绪?"

何珞珈看着手里的桃花,慌张地说:"我……现在有点事走不开,事情一完,马上就来。"

"哎呀——小何!人命关天哪!还有什么事比这更大的?"电话那头,何珞珈可以听到嘈杂的吵闹声,李老师大声道,"我跟你说哦,这陈小虎要是没事,咱们皆大欢喜,要是有事,那可是吃不了兜着走。他们吵着说要投诉、要找记者、要打官司,闹大了活动中心只怕要被关掉呢,你赶紧过来关心一下,无论如何,先消消他们的火气再说……"

何珞珈心知这个活动中心其实就是个草台班子。里面的孩子大部分是自闭症患者,也有一些是先天智障。陈小虎属于后者,年纪跟何珞薇一般大,却是个一百六十斤的大块头,经常欺负身边的小孩,但是因为有病很难管束,也没法讲道理。何珞珈一直想给何珞薇换个地方也是因为这些不安全因素。

想到这里正要回答,不远处玻璃门当的一响,关城大步走进来,一副三百米外全部靠边的气场。看见何珞珈,关城眼一眯,脸一寒,似乎带着一团杀气,何珞珈吓得身子一抖,对着手机道:"好的,李老师,那麻烦您先照应一下,我尽快过来。"也不顾电话那头李老师的话还未讲完,连忙挂断手机。

关城从何珞珈怀中接过桃花,小心翼翼地放在膝上,沉声问道:"现在是什么情况?"

"手术还是保守治疗,医生让您尽快决定。"看关城一副不肯善罢甘休的样子,何珞珈的声音禁不住微微发颤。

"先保守治疗。"关城果断地说。

在等候的时候,何珞珈自己上网看了一圈才知道法斗骨骼脆弱、骨质较差,腰椎问题是常见病,是手术好还是针灸好,网上各有说辞,听起来都有道理,何珞珈比较了半天也无法定论。心想桃花毕竟不是自己的狗,如果是关城,不知道要纠结成什么样子。没想到他刚一来,二话不说,就决定保守治疗,何珞珈立马有了主心骨。

两人跟着医生去了理疗室。医生先给桃花打了一针维生素和一针神经因子,然后把它拴在一个特制的木座上,四脚朝天地绑起来,做十千克的牵引。桃花不知是因为疼痛还是因为害怕,各种惨嚎,如丧考妣。关城跪在旁边,心痛不已,那神情恨不得以身代之。只见他将脸贴在桃花耳边,一边摸着它的脑袋,一边低声细语:"桃花baby(宝贝),不怕不怕,你很棒,你很勇敢,你是好样的!做完这次,咱们回家啃大骨头去。"

医生见关城如此温柔,忍不住笑道:"哪有那么疼,你家狗狗可以当演员了。"

关城不高兴地白了医生一眼。

做完牵引,开始针灸,桃花每被扎一针就大声尖叫一声,医生见多不怪,关城却心疼得受不了,不禁埋怨他下手太重:"您动作能轻点吗?我家桃花从小就怕打针……"

"轻的话就没效果了。"医生是附近一带的名医,本来就拽,见关城说话不客气,冷笑道,"我已经很轻了,我看你家桃花这是……戏精上身吧?"

眼看两人就要吵起来,何珞珈连忙打岔:"那个……主任,我妹那边出了点事儿,如果您不需要我的话,我能不能……先走一步?"

"不能。"关城没好气地说,"给我守在这儿!"

见关城发火,何珞珈只好又坐下来。手机不停地振动,一会儿是电话,一会儿是语音,一会儿是短信……都是李老师发来的:

"小何,我现在在人民医院。陈小虎已经醒了。医生的诊断是腿骨骨折,同时不排除脑震荡,要安排做个核磁共振,你看能不能过来付下款?"

"小何,小虎爸爸正式向你提出赔偿。要求你支付医疗费、护理费、交通费、住院费、伙食补助费、营养费、辅助器具费、精神损害抚慰金……还说要打官司,已经开始找医生做受伤鉴定了。你这边要不要准备一下?"

"对了,谢主任让我通知你,从明天开始,珞薇就不要再来活动中心了。她越来越不能控制自己的情绪了,再出什么事,我们应付不了,也担不起这个责任。"

一条接一条的微信看得何珞珈一阵恍惚。没错,妹妹又给她惹事了。道歉赔偿是免不了的,花光奶奶账户里的钱恐怕都还不够。这边还有一只受伤的法斗在等待后续治疗,还有三百万的欠款要还……何珞珈觉得脑子里好像被人点了鞭炮,嘭嘭嘭地炸开了,身子却一阵阵发寒,像是掉进了一大桶胶水里,黏黏的,湿湿的,坐不下去,又站不起来。

何珞珈茫然地看了关城一眼,再一次虚弱地请求:"主任,我还有事,非走不可……"

也不等关城点头,何珞珈自顾自地站起身来,梦游一般地往外走去。正好桃花的第一疗程也结束了,医生递给她一个单子,向前台方向努努嘴说:"一共需要十个疗程,先去交个费吧。"

何珞珈已经没钱了,羞愧地问道:"信用卡可以吗?"

"我们只刷银行卡或者现金。"

何珞珈的嘴哆嗦了一下,讨好地看着关城,眼泪却在眼眶里打转,颤声说:"主任,我身上的钱不够,您能不能……先帮我垫一下?"一边说一边整个人都发起抖来。

关城终于将视线从桃花身上移到了何珞珈身上,凝视片刻,问道:"你的脸怎么是通红的?发烧了?"

何珞珈咬着嘴唇,现在一身麻烦哪有时间关心自己。她身体一向健康,也算是老天给她的一份补偿,虽然身子有点发热,但抗一抗就过去了。于是她用力摇头:

"没有,我没有。"心想关城要是再问就说是搽了胭脂。关城没再追问,只是把桃花往她怀里一塞:"在这等着,我去交钱。桃花是有医疗保险的,你还付了什么钱没有?"

何珞珈不知道该不该说,想了想,硬着头皮道:"还……还付了核磁共振的钱,四千……五百……块。"

关城掏出手机操作了一下,何珞珈听见叮的一声,四千五百块人民币已转账到了她的微信。

何珞珈呆了呆,说了声"谢谢",茫然地抱着桃花跟着关城走到前台,结了账,一起走出门外。

"你要去哪?我送你。"关城淡淡地说,语气似乎没那么傲慢了。

"方,方便的话,能在人民医院停一下吗?"

关城点点头,和何珞珈一起上了车,对司机说:"飞廉,去一下人民医院。"

第十八章
活动中心

后座很宽敞。关城说需要回复一些短信,让何珞珈抱一下桃花。

车里贴着挡光膜,光线很暗,里面开着暖气。不知为何,可能还在发烧,何珞珈觉得十分闷热,后背不停地流汗,但她什么也不敢说,只是拘谨地坐着,紧紧地搂住桃花。桃花也是一副惴惴不安的样子,在她怀里吱吱地叫着,身子不停地拱动。为了让它安静下来,何珞珈只得伸手在它圆滚滚的小背上来回抚摸。

小法斗虽然是奶油色,但仔细一看,并不是纯白的,通体透着淡淡的粉红。特别是一双立起来的大耳朵,被阳光一照,那粉色如碧桃花瓣一般分出了好几个层次,越靠近耳尖越淡,越靠近耳窝越红,眼眶、鼻尖、脚爪之处也是粉红的。何珞珈心想,"桃花"的名字大概是这样得来的吧。

宠物医院离人民医院并不太远,但现在是上班高峰,又要经过几个忙碌的路口,车流奇慢,如一排乌龟缓缓向前。何珞珈瞥了一眼关城,发现他正专心地在手机上打字,似乎有很多信息要回。他今天穿着一件深灰色的羊绒开衫,里面是白色的细纹衬衣,黑色的领带绣着金色的鸢尾花,戴着一只银光闪闪的手表。他本来还穿了一件灰色的风衣,一上车就脱了下来,放在两人之间的空座上。

到了车里何珞珈才发现关城其实块头不小,看似瘦削,但贴身的羊绒衫却让他展露了美好的胸肌。boss(老板)的 boss 自然是大 boss,大 boss 越是姿态慵懒、神情闲适越是派头十足、气场强大,就连他身边的空气都像是一把大钳子将她紧紧夹住,动弹不得。何珞珈不禁悄悄地想,若是换作沈伊湄,才不会这样害怕呢。以她大杀四方的性格,只怕早已经聊嗨了,称兄道弟都有可能。想到这里又暗自批评自己是个缩头乌龟，何珞薇的频繁出事让她有了社交恐惧，因为她总是在一种被人围观指责的状态下出去交际、赔罪、道歉。交际成了一种负能量的东西，避之唯恐不及。

雨又下了起来，大大的雨点沙沙地打在车窗上，仿佛一碗滚烫的铁豆子向她泼过来，把心浇得坑坑洼洼的。路人行色匆匆，每张脸都洋溢着希望，何珞珈的脑子却如一团解不开的乱麻。李老师的语音短信不断地从手机里蹦出来，绿条加红点，一排排地往上走，她没佩戴耳机，不敢点开，怕被关城听见自己的狼狈。关城一定会在心里笑话她，没准还要挖苦两句，或者责问贺易平为什么要雇用一个这样不靠谱的人，赶紧辞退拉倒。何珞珈有点后悔搭上这趟便车，但大boss主动提出的她也不好拒绝，她现在只想快点下车，离开这里。

又过了十分钟，车流依然缓慢，关城埋头看手机，依然不理她。何珞珈觉得与大老板同车却一言不发似乎不太礼貌，于是没话找话："主任，上次你们买的蛋挞、可颂和松饼……味道还可以吗？"

"我没吃。"

"哦……"何珞珈自顾自地又说，"蛋挞和可颂是我做的……放久了就不新鲜了，特别是蛋挞。如果想吃的话，千万别用微波炉，那样就不酥脆了。放在烤箱里，180度五分钟，正好。"

何珞珈的语气诚恳至极，心想，在这种时候，只有提到甜点的制作水平，证明自己是个不错的甜点师，才能扭转大boss想开除自己的念头。

"嗯。"关城敷衍地哼一声，目光根本没离开手机。

就在这时，空中忽然传来一股恶臭，何珞珈只觉膝盖一湿，低头一看，桃花居然……拉屎了！

不知是不是因为打针吃药受到惊吓，或是消化不良，何珞珈的怀中多出了一团褐色的稀糊状物，滴滴答答地从袖子一直滴到膝盖。没等她缓过劲来，双腿又是一湿，桃花撒尿了！

何珞珈这才想起医生说过，后肢瘫痪后会导致大小便失禁，建议给桃花包一个尿不湿。关城坚决反对，说桃花的皮肤容易过敏，这样会长湿疹，还说它的排泄很有规律，早晚各一次，早上已经拉了，等回到家里再说。

车内空气本就闷热，又多了一摊狗屎，简直恶臭扑鼻，何珞珈胸中烦恶，差点当场呕吐。

奇怪的是,司机和关城对此似乎毫无觉察。

司机依旧专心地开车,关城依旧专心地看手机,就好像什么也没发生。

何珞珈不敢轻举妄动,更不敢大呼小叫,在老板面前素质第一,惊慌第二。于是轻轻转身,小声地对关城说:"主任,您这儿有……湿纸巾吗?桃花的身子需要擦一下。"

关城抬头看了一眼桃花,叫道:"飞廉,纸巾。"

关飞廉拿出一盒湿纸巾递过来,何珞珈刚要伸手去接,被关城一把抢过:"我来吧。"

何珞珈瞪大眼睛难以置信地看着浑身上下一尘不染的关城:"主任,太脏了,还是我来吧。反正我的衣服裤子已经脏了。"

"我怕你弄伤它的菊花。"

"我会很小心的。"

"你要是小心,它就不会瘫痪了。"

"……"

关飞廉递过来一块干净的毛巾,大约是擦车用的。关城用它包住桃花,抱到自己的膝上,又从车门里摸出一双塑胶手套和一个垃圾袋,开始认真地擦起了桃花的屁股和爪子。

何珞珈心想:毛巾和垃圾袋,汽车里通常会有,但塑胶手套?除非是连环杀手。大概桃花在车上出状况也不是第一次了吧。这关城是修养太好还是没有嗅觉?看样子也是个有洁癖的人,这么浓郁的臭味居然闻不出来?看着他一张接着一张地往外抽湿纸巾,何珞珈又想,小法斗的屁屁只有巴掌大,就算把它全身都擦一遍,十张纸巾也足够了。但关城擦法斗菊花的样子真像是一个修文物的男人啊……

何珞珈不想多事,只好安静地等着关城,希望他擦完之后把剩下的纸巾留给自己擦衣服。

关城用完了一整包纸巾,居然一张也没剩下。

何珞珈再也忍不住了,问道:"主任,我有点想吐,您还有多余的垃圾袋吗?"

显然没有了,关城把手中塞满屎尿纸巾的垃圾袋递给何珞珈。她打开一看,纸巾上黄澄澄的,顿时吐得天昏地暗,直把胆汁都吐出来了,空气污浊不堪,她仓皇地打开车窗刚要将脑袋伸出去透气,被关城一把拽回来,一辆汽车与她擦面而过,再晚一点,脸就被撞到了。

关城不知从哪里翻出一瓶矿泉水递给何珞珈:"漱个口?"

嘴中十分苦涩,何珞珈仰头倒下半瓶水,胃一下子没兜住,哇的一声直喷出来,浇花似的将座椅喷得水淋淋的。

何珞珈叫了声"我要下车",用力猛推车门,偏偏车门是锁着的。

"别下!我们在马路中间,很不安全。"关飞廉说,"还有三分钟,前面就是人民医院。"

何珞珈看着袖子、衣摆和裤子上的狗屎,脑子里好像钻进了一群苍蝇,嗡嗡作响。

"先把脏衣服脱了吧。"关城见怪不怪地说。

何珞珈快哭了。她穿的是一件厚厚的加绒连帽卫衣,因为足够暖和,里面只穿了一个文胸。裤子是紧身牛仔裤,里面只有一条三角内裤。

"不能脱,里面没有可以穿出去的衣服。"何珞珈绝望地说。

"我的衣服你总可以穿吧?"关城说,然后背过身去。

何珞珈三下五除二地脱掉卫衣、牛仔裤,将它们卷成一团塞进垃圾袋里。再转身时,关城已经脱掉了那件羊绒开衫,她连忙接过来穿在身上,又将所有的扣子都严严实实地扣起来。毛衣很大很暖和,带着关城的体温和香气,何珞珈终于镇定下来,长长地吐了一口气,一抬头,发现关城斜靠在椅背上,正半笑不笑地打量着她。

何珞珈的脸蓦地一红,嗫嚅着道:"谢谢您的衣服。我回家洗干净了……明天还给您。"

"不用了,送给你了。"

何珞珈想说那怎么行,转念一想,可能关城觉得衣服脏了不想要了,不如做个顺水人情。那毛衣虽然大到可以包住自己半个大腿,何珞珈觉得自己还是出不了车门见不了人,毕竟再前卫也没有这样的穿法呀。

关城的手机响了,他接通电话,低声说道:"千木?我还在路上。……她在我车上。"说罢将手机递给何珞珈:"你哥有话要跟你说。"

何珞珈皱了皱眉,到目前为止,在没有可靠证据的情况下,她还没有做好承认自己有一个哥哥的准备。在给桃花针灸的时候她就想问问何千木的事情,但关城总是一副爱搭不理的样子,他要是真知道自己有个哥哥,为什么三年了从来不提?一定有什么原因阻止他说出来,问也是白问,他不会对自己说实话的。

何珞珈迟疑了一下,接过手机:"您好,我是珞珈。"

"珞珈,听关城说,你好像遇到了麻烦?"电话那边,何千木的声音很轻。

"嗯。珞薇在活动中心跟一个男生打架,把他打伤了。"何珞珈说,"我现在要去人民医院处理一下。"

"我恐怕赶不过来。这样,我让关城陪你去。"

"啊?"

"让他帮你处理。"

"不用不用不用,太麻烦人家了。"何珞珈心想,自己也使唤不动关城,"我自己可以处理。"

"关城是我哥儿们,你的事就是我的事,我的事就是他的事,他不能不管。"

"……"

"你把电话给他,我去跟他说。"

何珞珈小心翼翼地把电话递给关城,关城接过,懒洋洋地道:"你终于起床了?……药在左手边。不是,左手边的抽屉里。……打架?她没说啊。只是说有事要去人民医院,我就顺路带她一程。……等下有个会我是主持,推不了。……真推不了。……行吧,既然你着急我这就去,放心吧。"

何珞珈的心绪本来很乱,听了关城对何千木说话的语气,忽然想笑。那腔调虽是一如既往地拖拉,却透着亲切与关心,如大提琴般低沉悦耳,真是比对小狗桃花还要温柔十倍。何珞珈心想,这两位莫非一对?何千木是攻,关城是受?这事千万不能让沈伊湄知道,不然又有一对CP可以嗑了。

无数念头闪过,汽车一停,他们终于到了。

第十九章
唇枪舌剑

看着医院门口满满当当的人群,何珞珈硬着头皮捂住毛衣光着双腿从车上走下来。毛衣针脚细密却仍然透风,在鹭城三月的天气里就像一张单薄的网,冷空气直接拍到皮肤上,何珞珈禁不住啊啾一声,打了个喷嚏。人群中立即有几双眼睛扫过来,在她的身上停了停。有人碰了她一下,是关城,很绅士地递出了自己的风衣。

风衣是短款的,穿在何珞珈身上就成了长款,她终于暖和了一些:"主任,谢谢您送我过来。这里不好停车,你们赶紧走吧。"

关城没有动,双手插在法兰绒西裤口袋里,仍然是那副傲娇的样子:"你哥让我跟你一起去,帮着处理一下。"语气不大情愿,好像只是应付人情。何珞珈发现关城说话时下巴几乎不动,像脱了臼一般,全靠舌头来完成所有发音,难怪给人拖腔拉调的感觉,不禁想起关城逼自己写借条时字斟句酌的模样,连忙送上一个台阶:"不用啦,我自己能处理。再说了,您不是还有个会吗?快去吧,别耽误了。"

关城看了看表:"已经耽误了。"

何珞珈只好说:"……那走吧。"

以她的经验,遇到这种事,参与的人越多越难办。陈小虎跟何珞薇打架也不是一回两回了。每次事发,附近都有老师,两人刚一动手就被拉开,所以动静不大。事后两边家长都被叫到活动中心谈话,何珞珈护着妹妹,小虎爹妈护着儿子,两边互不相让还产生过口角,算是结下了梁子。正因为打过几次交道,何珞珈知道陈小虎的父母不好说话,他们总认为儿子才是吃亏的一方,只不过体重是同龄人的两倍,容易给人倚强凌弱的错觉。这一次他们总算占着理了,一定不会善罢甘休。而这位关城……一看也是个得理不饶人的,有他介入,何珞珈想大事化小、小事化了就不那么容易了。

何珞珈还想继续说服关城离开,回头一看,关飞廉已经把汽车开去了停车场。

人民医院是鹭口区唯一的三甲医院,不是最大,但资格最老。平凡无奇的白色建筑物,外墙贴着老式的瓷砖。挂号处和收费处都在一楼,左右两边有几排椅子,正当中用金属栏杆隔成了几条排队通道,里面密密麻麻地挤了一堆病人家属,或站或坐,旁边几个三四岁的小孩满地乱跑,家长在后面追赶,有人大声说话,有人大声咳嗽……

关城皱了皱眉,好像此生从未来过如此杂乱无章的地方。

"稍等一下,我问下李老师陈小虎在哪个房间。"何珞珈掏出手机给李老师发了个短信,那边并没有秒回。再抬头时,关城已经在一个清静的小角落找到一把椅子坐了下来,悠闲地跷起了二郎腿。

何珞珈正要走过去,旁边冷不防窜出一位龅牙大叔,匆匆越过她,来到关城身边,鬼鬼祟祟地碰了他一下,低声问道:"要号吗?专家号。给三百块钱,我让你插到最前面。"

关城看了他一眼,摇头:"不要。"

"小伙子,"那黄牛偏偏认定关城不想排队,只是嫌贵,于是死缠不放,"走过路过千万别错过!知道不,医院一天只有三十个专家号,三百块根本不多,好歹我也排了一宿的队呢。看,腰到现在还直不起来呢。这样吧,给你便宜一点,二百五,怎么样?"

"走开。"

"算了算了,最低价二百,行不行?不能再低啦!您一看就是个大老板,二百块算啥,还不够您喝杯酒的……"

"大叔大叔!"见关城不胜其烦,何珞珈赶紧跑过去解围,"我们不是来挂号的,别瞎费工夫了,赶紧走吧!"

龅牙大叔还想磨蹭,听见何珞珈低吼一句"再不走我叫保安了",这才溜了。

关城倒也不介意,悠悠闲闲地掏出手机,打开一个游戏,玩了起来。

何珞珈心想:大哥,您这也算是在帮忙?

正不知如何是好,一抬头,看见关飞廉快步走了过来,轻声说道:"老大,医院不让进宠物，停车场旁边正好有家宠物医院，我把桃花送到里面暂时待一会儿。"

"嗯。"关城说，"珞珈妹妹的事情，你去处理一下。"

"好的。"

"我和珞珈在这里等你。"

"好的。"

"给你十五分钟。"

"OK.(好的。)"

何珞珈目瞪口呆地看着关城，原来这种事情大boss根本不屑出面，派个助理就可以了，还给人家规定了办事时间。

这，也忒教条主义了吧！

他哪知道陈小虎一家有多么难缠，人家可不是软柿子，可以随便捏的。

好在何珞珈也没指望过关城，更没指望过他的助理，于是站起来说："飞廉，我跟你一起去。"

他们打算先去问讯处了解一下陈小虎的房间号，还没走到，就看见李老师端着杯咖啡向他们跑来："小何，谢天谢地，你可终于到了！"

"介绍一下，这位是我老板的助理关飞廉。"何珞珈说，"老板派他过来协助我。"

"哇，你家老板真好，大事小事都管？"李老师和关飞廉握了握手，一边在前面引路一边说，"小虎的病房在二楼。他爷爷奶奶刚走，爸妈还在。唉，吵得我头都大了，这不，下来买杯咖啡压压惊。"

活动中心人手向来短缺，有很多临时雇员都嫌麻烦干不长。李老师算是为数不多的几位有点特教经验的员工之一。当初为了挤进这个班，何珞珈还送了她一套高档护肤品呢。现在李老师不在，剩下那些学生谁管？会不会打得更加厉害？

一路来到二楼，推开门，只见陈小虎躺在床上，右腿高高吊起，打着厚厚的石膏。额头上一片瘀青，胳膊上也缠着绷带。

小虎妈正在喂儿子喝水，看见何珞珈，将水瓶一放，气势汹汹地走过来："何珞珈，看你妹做的好事！把我儿子弄得满身是伤，可能还有脑震荡。小虎的脑子本来就不好使，他要是有什么三长两短，将来可是你给我们养老哦！"

何珞珈听说她在菜场上班，专卖豆制品，估计经常吃喝，嗓门很大，气势也足，双眼瞪得圆圆的，袖子捋得高高的，好像随时准备干一架的样子。

何珞珈可不想和她对吵，轻声说："不好意思，我刚听说就赶过来了，不清楚是怎么打起来的。李老师，您能把具体经过讲一下吗？"

"经过？有什么好讲的！"小虎妈尖声嚷道，"就是你家何珞薇背后使绊子，把我们小虎推下楼梯！那可是二十几级的台阶，小虎一路滚下来，这么大个儿，狠狠地砸在水泥地上：小腿骨折，手骨骨裂，脚踝扭伤，腰部软骨组织挫伤，手臂擦伤……医生说明天要做核磁，看看脑袋有没有摔伤！"

"我家珞薇一般不会无缘无故地推人啊。"何珞珈说。

"事情是这样的，"李老师补充道，"今天第一节美术课要交折纸作业。按惯例，大家会把自己折好的小动物和画好的画摆在书桌上。这陈小虎不知道为什么，就把珞薇的折纸和画全部撕了。珞薇气坏了，两个孩子就打了起来。开始是在教室里面打，打着打着就出了教室，小虎把珞薇的脸抓破了，珞薇把小虎推下了楼梯。"

"也就是说，"关飞廉淡定插口，"是陈小虎先动的手？"

"撕纸也叫动手？"小虎爸冷笑，"不就是几张纸吗？"

"这些折纸、这些画——都是我妹妹花了好几个晚上认真准备的。珞薇喜欢美术，以前还参加过画展呢。"何珞珈辩道，"既然事情是陈小虎引起的，就不能全怪在珞薇头上。"

"不怪她怪谁！"小虎妈叫道，唾沫星子白花花地喷到了何珞珈的脸上，"明明是你家丫头动手把人打伤了，还有理啦！"

"何珞薇的作业不是一般的手工，是艺术品。她参加过画展，说明她的作品有潜在的艺术价值和收藏价值。"关飞廉的态度不急不怒，"陈小虎撕破她的画，是故意损坏他人财物，我们可以要求赔偿。"

"艺术品？小兄弟，你是在搞笑吗！何珞薇有自闭症，话都说不清楚还搞艺术？你们是在故意绕弯子吧！我们才是需要赔偿的人！"小虎爸一板一眼地说道，"刚才我跟李老师已经提过了，医疗费、护理费、精神损失费你们至少得赔二十万，万一骨折恢复不好，造成残疾，再继续追加。"

"既然说到赔偿，陈小虎把何珞薇的脸抓伤了也得赔偿。"关飞廉说，"医疗费、精神损失费你们也得赔二十万，万一恢复不好需要进一步整容，再继续追加。"

"妈的，脸上破点皮也算个伤？"小虎爸气得一把揪住关飞廉，忍不住破口大骂，"那能跟骨折比吗？你是故意来气老子的吧！再他妈瞎说老子揍死你！"

"别动手！好好说话不行吗！"何珞珈一把扯开他们，"这样吧，我可以考虑赔一些基本费用，住院费、护理费、医药费这三样，凭医院的票据报销。"

"珞珈，不是我们的责任一分钱也不赔。"关飞廉寸步不让，"活动中心收费不低。既然收费就应该看好这些孩子。两个学生打架，从室内打到室外，从楼上打到楼下，这么长时间都没有老师出来制止，老师们都干吗去了？这件事，活动中心作为教育机构有着不可推卸的责任！"

李老师坐在旁边，本来只想当个和事佬，没想到关飞廉话锋一转，将战火引到了她的头上，立即变脸："不对不对，明明是你们家长之间的事，好好商量着怎么解决就可以了，怎么一下子变成我们的责任了？"

"因为何珞薇和陈小虎都没有民事行为能力。根据《侵权责任法》第三十九条，他们在教育机构学习，这期间受到人身损害，说明活动中心未尽到监管之职。这官司就算打到天上也怪不着我们。小虎爸，你们不应该向我们索赔，应该向活动中心索赔才对。"

关飞廉这么引经据典地一说，倒是把小虎爸点醒了。

何珞薇的家庭状况小虎爸多少有些耳闻，父母双亡，只有一个在甜品店里打工的姐姐，日子过得紧紧巴巴。再怎么闹也别想从她们身上刮出什么钱来。倒是这个活动中心办得有些年头了，附近有点问题的小孩都往这里送，费用不低，却不舍得请专业一点的老师。不如豁出去大闹一场，要么让它免去小虎几年的学费，要么让它臭名远扬再也招不到学生。还没等何珞珈接话，小虎爸妈便将李老师围住，争吵起来——

"李老师，第一节不是您的课吗？孩子们打架您去哪儿了？"

"谢老师找我有点事，我在办公室里跟她说话……"

"这就是您不对啦，就算有事也得找其他的老师帮忙照看一下呀，这群熊孩子可离不了人啊！"

"五分钟！我就离开了五分钟！谁想到——"

"李老师，您看这样好不？我们明天去一趟活动中心，跟谢老师一起开个小会？商量一下赔偿的事？"

"……"

何珞珈和关飞廉趁机溜出门外，下楼找到关城时他仍然坐在那把椅子上，漫不经心地玩着手机游戏。

"老大,事情处理完了。"关飞廉认真汇报,"我们没有责任,不用赔偿,整个过程一共十三分四十秒。"

"很好。"关城站起来拍了拍关飞廉的胳膊,"走吧。"

何珞珈正想向他们道谢,看见李老师满脸怒容地冲过来喝道:"何珞珈,我好心好意地请你过来解决问题,你怎么煽风点火,把事情越闹越大?"

"……"

"活动中心不同意赔偿,现在陈小虎的家长闹着说要上报社、上电视台控诉我们!"

"李老师,这件事本来也不是我们的责任呀。"

何珞珈越是这么说,李老师越是恼羞成怒:"你现在马上去把何珞薇领回家,以后不用再来了!"

在车上,关飞廉问道:"是东平路的那家活动中心吗?"

何珞珈说:"是的。"

"你把妹妹接回家,以后怎么上班呢?"关城问道。

何珞珈深深地叹了一口气,摇了摇头:"暂时还没想好怎么办。"

"老大,这附近还有家'星光活动中心',在吉庆街89号。比东平路的这家师资好、档次高、配套齐全,还可以寄宿呢。"关飞廉一边开车一边又说。

"珞珈,你怎么不把你妹送到这个活动中心呢?"

"太贵。"

关城立即说:"飞廉,你去处理一下。"

"啊?"

"立即把何珞薇转到星光活动中心。"

"等等!"何珞珈忽然道,"主任,您的好意我心领了。星光活动中心……我们暂时去不了。"

"去不了?"关城看了何珞珈一眼,又开始拖腔拖调,"怎么了呢?"

"以我目前的经济能力,我只能量力而行,最多先请个保姆在家里照看几天。"

"珞珈,"关城淡淡地道,"这个钱,由你哥来出。"

"No.(不。)"

"又怎么了呢?"关城的声音有点不耐烦了。

"他不是我哥,我只有一个妹妹。我奶奶从没有提到过我有一个哥哥。"

"你需要钱,有人愿意给钱,你就放心大胆地拿着,不可以吗?"

"不可以。世上没有免费的午餐。"

"珞珈,"关城又淡淡地说,"其实……你除了有个哥哥,还有一个男人。你的男人愿意出这一份钱,总可以吧?"

第二十章
珞珈的男人

何珞珈瞪了关城一眼,心想:好嘛,刚来了一个外星前男友和一个快死的哥哥,现在又来了一个"男人"?

在她心中,一个可以成为她"男人"的人要么有婚约,要么有肌肤之亲。关城这么说,加上脸上的表情和眼神的暗示,何珞珈就算是个傻子也知道他的言下之意,那个"男人"就是关城。

何珞珈对关城的印象不算太好也不算太差。她喜欢他的长相,不喜欢他的脾气,觉得这人不实在,阴阳怪气、神神叨叨、捉摸不透、喜怒无常。跟这种人打交道她完全没底,也不知道怎么出牌。而且关城对自己的助理像用人那样使唤也让她非常地不舒服,觉得他思想封建,恐怕是有严重的大男子主义。

何珞珈越想越多,忽然想起沈伊湄经常说的一句话:"你得教会别人怎样对待自己。"既然关城是她的老板,自己还欠了他那么多钱,他们以后会经常在一起,经常打交道,不能让他对自己说话如此轻薄。

想到这里,何珞珈不禁怪眼一翻,扭过头来,直直地看着关城,一字一顿地说:"主任,您是在开国际玩笑吗?"

何珞珈的声音清脆响亮,带着被冒犯的挑衅,在车厢里嗡嗡作响。

关城没有回答,目光也没有半分躲闪,他松了松自己的领带,身子往车窗一靠,皮笑肉不笑地哼了一声。

那135度的俯视简直是一种无声的嘲弄。

"我,何珞珈,是地地道道的母胎solo(单身)。"何珞珈努力控制情绪,"没谈过恋爱,没追过男生,没牵过手,没接过吻,在我人生最好的时光、最坏的时光、不好不坏的时光,都没遇到过自己的意中人。"

"……"

"是的,我欠您钱也欠您人情,但这并不意味着您就可以口无遮拦地对我进行性骚扰!"

"什么?"关城吓了一大跳。

"我什么时候有过男人?关主任,请您把话说清楚!"

"何必这么激动?这世上没几个人敢做你何珞珈的男人,"关城冷笑,"沉没成本太高,完全就是受罪。"

"哈!你以为我没人要是吧?我只是太忙了,没时间相亲!"何珞珈气坏了,自身的价值被轻易否定了,"就在前几天,一个脸比你帅、腿比你长、本事比你大、年纪比你小、还比你阳光的男生非要做我的男朋友我还没答应呢!"

话音刚落,关城的脸色变了。

空气瞬间凝滞,安静如雪花飘落。

关城冷冷地看着何珞珈,腮帮子抽了抽,嘴唇用力一抿,脸沉了下去。他与何珞珈之间,一直存在着一个巨大而慵懒的火球。现在,这个火球要爆炸了。

关飞廉立即意识到什么,放缓车速,递过来一个玻璃瓶:"主任,喝点水?"

关城板着脸,不接。

接下来的七分钟,关城一言不发。何珞珈知道自己得罪了关城,吓得不敢看他,感觉心跳的声音整个车厢都能听到。

"这么说,你已经见过方弘逸了?"关城忽然幽幽地道。

"方弘逸……是谁?"何珞珈故作不知,摇头耸肩,"不认识。"

她才不亮出自己的底牌呢。

"你把东西也交给他了?"关城继续说,咬牙切齿。

"什么东西?"

"又装糊涂?"关城气极反笑,"苦没吃够?"

何珞珈耸肩:"我不知道您在说些什么。"

关城忽然伸手,拎小鸡似的一把将何珞珈拽到自己的面前。何珞珈还穿着他的风衣,被他死死地揪住了领子,顿时喘不过气来,脸也憋得通红。他们靠得很近,何珞珈感到自己的鼻尖挨着关城的下巴,准确地说,擦着他的喉结,她听见关城的喉咙发出咕隆隆的声音,紧接着是一句低吼:"何珞珈,我是不是对你太好了?"

何珞珈毫不示弱,一手揪住关城的耳朵,一手揪住他的头发,两手使劲,用力一扯。

"噢!"关城叫了一声。

"再不松手,我就抠掉你的眼睛!"何珞珈狠狠地道。

关城猛然放手,将何珞珈扔回原处,狠狠地说道:"我不喜欢分享女人。既然你死心塌地要跟着方弘逸,就跟他一起滚吧,我无所谓!我只要矰子,把矰子还给我就行。"

又是矰子。

何珞珈心中一惊,看着关城,认真地摇头:"那可不行。"

"怎么不行?"关城已经快被气疯了,"何珞珈,我好不容易调整心态,既往不咎,你可不要得寸进尺!不然以我的脾气,怎么可能轻易地放过你们这对狗男女!"

"关城,你把嘴放干净点!"何珞珈怒道,"我不是方弘逸的前女友,以前也不认识他,你别硬往我身上塞!"

"不是?那你去清东街干吗?不就是去找那个狗男人吗?"

"你认错人了。"

"我会认错从小和我一起长大的未婚妻?"

"……"何珞珈张大嘴,震惊地看着关城,半天说不出一个字。

"你不是我的女人怎么会在我的甜品店上班?"

"……"

"你怎么会有这么好的店长,随便你怎么请假迟到早退中途溜号都没人生气、没人扣你工资?"

"……"

"没有我养着你供着你,就你茅坑石头那样又臭又硬的脾气,还不穷得满大街地吃垃圾!"

"你是我的未婚夫?你一直养着我?"何珞珈扑哧一声笑了,"这也太扯了吧,关城!如果你是我的未婚夫,那我至少该是甜品店的老板娘啊,我是吗?"

"……"

"我的工资是劳动所得！是，我是经常请假，但我也经常加班，每天都是朝九晚五。你给的工资是我们这一行的平均水平，是不少，但也不多，扣掉水电租金也就只剩下饭钱啦。而你，有司机有保镖有豪车，你对你的未婚妻就这种待遇？不觉得羞愧吗？我告诉你，就算你打着灯笼八抬大轿地请我做你的未婚妻我都不乐意，您可千万别四处张扬，我一个姑娘家以后还要相亲的，您可千万别给我添乱！"

"我这样对你已经很不错了，何珞珈。"关城两眼望天，"我的未婚妻跟别的男人跑了，你为了取悦那个男人还偷走了家里最珍贵的东西，我没杀你就是对得起你了！"

何珞珈气得恨不得踹关城一脚："关城，你跟我老实交代，那个车祸是不是你干的？你是不是想撞死我？"

"我？撞死你？何珞珈，我们一起注射了同生素，你忘了？"关城说，"如果你死，我也会死啊！"

"等等！等等！"信息量太大，何珞珈的脑子有点乱，"同生素？什么同生素？"

"我们的定情信物，不求同年同日生，但求同日同时死。撞死你对我有什么好处？"

"什么什么？也就是说，如果你死了我同时也会死？"

"没错。"

"关城！我不认得你，我不想跟你一起死，你快点想办法找解药！"何珞珈气哭了，一边跺脚一边抓狂，"你快点承认我不是你的未婚妻，你认错了人！我今年才刚刚二十三岁，我的人生还没有开始，我还没有恋爱、我还没有结婚、我还没有生小孩，这个世界还有很多地方我都没有去，我还有很多愿望还没实现……啊啊啊！！！我不要！！！我不要死！！！"

看着何珞珈在车里大喊大叫，关城终于找到了爽点："何珞珈，你的确是我的未婚妻。你哥病得很重，最多能活六个月。我呢，也病了，也活不了多久。我们的命运是绑在一起的。现在，只有罾子可以挽救一切，你还是快点把它交出来吧。"

何珞珈呆呆地看着关城，摸了摸自己的脑袋，确定它在脖子上，认真地说道："可是，我答应过方弘逸，如果想起了罾子的下落，先不告诉别人，第一时间告诉他。"

"珞珈，我们是你的亲人，我们比他重要。"关城急切地说，"如果你想起来了，务必务必,第一时间告诉我。"

"不行。"

"怎么又不行了?用用脑子,何珞珈!这中间的利害关系我已经讲得很清楚了。"

"信用第一,承诺第一。"何珞珈郑重地拉着关城的手,"主任,您别着急。我答应您,如果我知道赠子在哪儿,第二时间一定通知您。"

"飞廉,停车。"关城头大如斗,"我有点控制不住我自己,得下去走走。"

看着关城的背影,何珞珈从后座探头过来问继续开车的关飞廉:"主任下车了,咱们是不是要等他一下?"

"不用,"关飞廉把方向盘往左一转,汽车迅速离开街边并入主干道,"咱们先去接你妹妹。"

"那个……其实……"何珞珈觉得很不好意思,"这是主任的车,他生气了,下车的那个人应该是我。要不你停一下,我下去打个车。"

"没事的,以前你们吵架也这样。"关飞廉轻描淡写地说,"从来都是你赢。"

何珞珈的脸莫名其妙地红了:"为什么呀?"

"主任让着你呗。"关飞廉的脸在后视镜里晃了一下,笑容就像一根无形的香烟叼在嘴边。

何珞珈哭笑不得:"你们弄错了,飞廉。那个女孩不是我,真不是我!我真的不认得关城。"

虽然嘴巴硬,但这些天来,伴随着越来越多的怪事发生,何珞珈的信心其实已经开始动摇了。道理很简单:如果只是一个人认错了人,那很常见。前男友、亲哥哥、未婚夫都认错?不大可能。更何况就如沈伊湄所说,承认这些关系带给她的只有好处,她又何苦为难自己。

然而,关城突然提到同生素,情况又不一样了。何珞珈的心又开始紧张起来。同生素又是什么鬼?这也太荒唐了!她何珞珈的命运怎么可能会跟一个素不相识的男人绑在一起?他要有个三长两短自己也得跟着死?这不是殉葬嘛!

这个世界除了妹妹和奶奶,没有任何一个人值得她献出生命!

想到这里,何珞珈的心情一下子跌到了谷底。她看了一眼关飞廉,发现他正专心地开着车,对自己的辩解笑而不答。

"这世界上根本没有同生素这种东西,"何珞珈扬了扬手机,"不信你就上网查。"

关飞廉笑着说:"这世界上也没有清东街11号呀。"

何珞珈一时语塞。

"好了好了,不要想太多……"见何珞珈急得满头是汗,关飞廉连声安慰,"你今天遇到的麻烦已经够多了,这些事情主任以后会慢慢告诉你的。"

"别!我可等不了!请你现在就告诉我!"何珞珈连珠炮似的问道,"我和关城是怎么认识的?什么时候订的婚?出车祸时他在干吗?为什么我在他的店里工作三年了,他却从来不露面?都已经订婚了,干吗还要注射同生素?还有还有,他究竟还能活多久?他死我也会死,是一种什么死法?心脏停跳?突发哮喘?脑出血?严重电解质紊乱?还是像玄幻小说里写的那样,噗的一响,就地消失?"

"珞珈,我没有权限告诉你这些。"关飞廉礼貌地拒绝。为避免尴尬,他打开了收音机,车厢里开始播放轻松的钢琴奏鸣曲。也不知用的是什么音响,环绕声效果非常逼真,何珞珈感觉自己就像坐在一个交响乐的演奏厅里,但她什么也听不进去,继续在后座胡思乱想。

何珞珈对关飞廉印象不错,觉得他说话有逻辑,办事有条理,性格上也比关城更加冷静理智。作为下属,他应该非常了解关城吧?何珞珈可不想错过任何获得真相的时机,于是换了个话题:"对了,飞廉,你做主任助理多久了?"

"有些年头了。"关飞廉调低了音响。

这种脾气的老板,又傲娇又龟毛,说话还颐指气使,何珞珈心想,怎么偏偏会有一个像关飞廉这样又能干又听话的手下?除他以外,贺易平与龚晓宇也相当优秀,以这两人的工作精神和专业素质,只要跳个槽,可以轻轻松松地找到更高的职位,享受更好的待遇,但他们就是死心塌地守着甜品店,真不知关城从哪里修来这样的福气。

"那你的薪水一定很不错吧?"

"我没有薪水。"关飞廉说。

"白……白干呀?"何珞珈吃惊地瞪大了眼睛,"签了几年的合同?"

关飞廉想了想措辞:"终生吧。"

"啊？一辈子吗？"何珞珈以为自己听错了，"这怎么行！总得有个退休的时间呀！"

"没有。"关飞廉的语气十分诚恳，"如果一定要我退休，多半是因为我快死了。"

何珞珈难以置信地看着后视镜里的关飞廉："那……你一天工作几个小时？"

"24小时。"

"这么长？那你还有自己的生活吗？还有时间照顾家庭吗？"

"主任的家就是我的家，主任的生活就是我的生活。"

"飞廉——"何珞珈的语气严肃了起来，"你家是不是欠了关主任什么巨额债务？无力偿还，只好把你卖……卖身……"

"没有。我从不欠债。"

何珞珈越听越糊涂。十分钟之前，关飞廉还在陈小虎的父母面前引经据典，说他是原始人不懂法律是不可能的。

"你知道吗，飞廉。这世上只有一种人像你这样工作，像你这样生活。我们称之为'奴隶'。这种制度在二十世纪初就已经消亡了。我简直不敢想象关城居然这样明目张胆地支配你、剥削你。"

"……"

"他凭什么强迫你工作却不给工钱？他凭什么占用你的劳动却剥夺你的人身自由？"何珞珈言辞激烈，越说越气，"他这么做严重地违反了人权！飞廉，你必须要奋起抗争！"

关飞廉无动于衷地哦了一声。

听关飞廉语气，似乎并未引起重视。何珞珈心想：这也难怪，温水煮青蛙年深日久，他早已麻木不仁，跳不起来也逃不出去了。何珞珈不禁有些着急："飞廉，你知道我在说什么吗？"

"知道。你说我是关城的奴隶。"

"没错。关城这样对你，绝对不行！想要追求梦想，你必须反抗压迫，摆脱奴役。"

"我没有梦想。"关飞廉平静地看着前面的绿灯，"而且我也过得很好。"

何珞珈两眼看天："我去——"

何珞珈舔舔嘴唇还想继续劝说，车身忽地一晃，停在了街边。

"我们到了。"关飞廉说。

他们在活动中心的行政办公室意外地见到了何千木。

开始的时候,何珞珈还不敢确定是他。毕竟上次见面时何千木病势沉重、气色萎靡,整个人就像一堆塌陷的积木窝在椅子上。但何千木和关城一样,有一张辨识度极高的脸,嗓音也非常独特。关城语速极慢,音调迂回婉转,充满了节奏感;何千木鼻音很重,声调厚实饱满却并不浑浊。他们两人说话,一张口就能认出来。

何珞珈身子一顿,随即止步。DNA的结果还没出来,她不敢贸然相认,万一不是呢,她可不想占便宜。

何千木正站在窗边跟谢老师说话,声音很低,听不甚清,谢老师一边微笑一边点头,看得出十分客气。何珞薇木然地坐在椅子上,也不理人,嘴里嚼着一颗泡泡糖,百无聊赖地吹着泡泡。

见何珞珈停步,关飞廉以为她不想打扰何千木说话,于是也跟着她站在门边。

何千木看上去还有些虚弱,但气色已经好多了。他脸上的络腮胡子修剪得一丝不苟,衬着精致而棱角分明的五官,浑身上下充满了雄性的气息。何千木在穿着上的考究一点也不亚于关城,似乎偏好大地色系,咖啡色的高领毛衣,铁灰色的休闲西装,外套一件浅棕色立领修身的羊毛呢大衣,显得英伦范儿十足。他看见何珞珈,连忙结束谈话,快步向她走去:"关城说你们会来这里接珞薇,我就叫了个车过来,看看有什么需要帮忙的。"

何珞珈正要张口,关飞廉抢先说道:"主任说您这几天还不能出门。"

"随便走走,马上回去。"何千木敷衍地一笑。

"医院的事情已经解决了。"何珞珈含糊地答道,说罢走到何珞薇身边查看她脸上的伤势,见伤口已经处理过了,放下心来。

"校医已经看过了,说是普通的刮伤,不会留下疤痕的。"谢老师说。

"那就好,那就好。"何珞珈松了一口气,想了想,问道,"谢老师,您看——活动中心这边能不能让珞薇留到月底,也就是下个星期五?事情发生得太突然,我一时半会儿找不到可靠的保姆。就算找个临时的也需要几天时间……"

"找什么保姆啊,你哥早帮你办好了!"谢老师今年四十二岁,业余时间爱唱民歌,嗓音又细又尖,人很容易激动,"刚才他在这里打了几个电话,已经把珞薇转到星光活动中心去了。"

何珞珈呆住了。

"星光的郑总说,今天就可以接收,她们正好有空余的宿舍。你哥就给珞薇办了寄宿,还给她请了专职的特教老师呢。说真的,我在这一行也干了十几年了,对于这些不省事的孩子,家长们的心有多疲惫、有多绝望,我太了解了。还是你哥给力,三下五除二地解决了所有的问题。"谢老师用力地拍了拍何珞珈的胳膊,那样子像是在祝贺她中了大奖,"现在,你终于可以松口气了!"

何珞珈的嘴张得大大的,半天也没合拢。

谢老师顿了顿又说:"今天的事,的确是陈小虎引起的,活动中心也有责任。但我们是个小单位,经不起这样的折腾,让珞薇离开也是情不得已,希望你能谅解。多余的费用我们会全部退还……"

下楼的时候,何珞珈紧紧地拉着何珞薇的手,心中喜忧参半、百味杂陈。

这些年来,一直都是自己独自照顾何珞薇,包揽一切事宜,担子固然沉重、责任固然重大,但也让何珞珈养成了当家作主的习惯。突然间一只手伸过来,把担子接了过去,何珞珈毫无准备,只觉得头重脚轻。

为了能让妹妹去星光活动中心,这些年来何珞珈一直省吃俭用做着各种努力。可是命运总是与她作对,每当有点希望的时候,总会发生一些倒霉事,让她的努力前功尽弃。

一次一次地接近目标,一次又一次地归零。她就好像神话里的西西弗斯,用尽气力把巨石推到山顶,眨眼工夫它又滚了回去。

何千木是何珞珈的大哥,当然也是何珞薇的大哥,在父母双亡的情况下他年纪最长,当然有权做这个决定。可是,在做出这些安排之前,何千木是不是应当跟她商量一下呢?

这么一想,何珞珈就有点不爽了。

四人一起走出大门,找到停车的地方时,关城抱着桃花已经等在那儿了。

"你现在还不能出门,千木。"关城盼咐,"飞廉,送他回家。"

何千木拉开车门正要钻进去,忽然想起了什么,转身看了看关城,又看了看何珞珈,脸上浮现出神秘的笑容:"两位这是……和好啦?这么快?"

关城:"……"

何珞珈:"什么和好?"

何千木笑道:"要是没有和好,你干吗穿着关城的衣服?"

珞珈:"……"

关城的脸沉了下去:"珞珈,你是不是又在你哥面前告我的刁状?"

"我?没有……"

"关城,你要是敢欺负我妹——"何千木狠狠地瞪着他,"看我不揍死你!"

关城愣了愣,忽然拉住何珞珈的手:"珞珈,走,我带你买衣服去。"

第二十一章

素菜馆

十分钟后,出租车将他们带到了鹭城最贵的购物中心——鹭川国际广场。

何珞珈当然认得这个气派而独特的玻璃建筑,这里是沈伊湄的最爱,她在这里买过此生第一个LV(路易威登)包包——Speedy 25,爱不释手。石光泰曾在这里给她买过一枚卡地亚的LOVE(爱)手镯作为情人节礼物。两人分手后沈伊湄退回了手镯,为此心痛了一整年。几乎每个周末,沈伊湄都会来这里逛一逛,看看各大品牌都出了什么新款,楼下车行里出了什么新车。包包手镯现在都买不起了,喝杯咖啡的钱还是有的。夏天最热的时候何珞珈曾经陪沈伊湄逛过两次,主要是为了享受大楼里强劲的冷气。沈伊湄眉飞色舞地介绍着每个新款的设计和皮质,何珞珈根本听不进去,觉得价格太离谱,用这个价钱每个礼拜买个平价包换着背岂不是更加丰富多彩?气得沈伊湄跺足骂她"一脑子穷人思维,这辈子阶级跃层想都别想了"。

光洁的大理石地面有股瘆人的、拒人千里的寒气,空气中飘来的每一缕香味都写着"高档"二字。

何珞珈不自觉地摸了摸口袋,感觉整个大楼都在向她尖叫着:"出去"。她猛地停步,拍了拍关城,指着街对面的一幢灰色的三层大楼说:"主任,那边有个新华服装批发市场,里面的衣服又新潮又划算,随便买点什么就可以了。"

关城的脚步根本没停,拉着她继续往前走:"我的女人,怎么可以随便?"

谁是你的女人?何珞珈嘀咕了一句,撇了撇嘴,放慢脚步,不情愿地跟在他身后磨蹭着。

关城的手指是冰凉的，并没有像情侣那样与何珞珈十指相扣，而是紧紧握住她的手腕，因为何珞珈左手握拳，根本不愿意打开。

"那个——"何珞珈轻声说。

"怎么了？"关城转头淡笑。

"谢谢你和飞廉在医院里帮我。"

"应该的。"关城眨了眨眼，"就算不给你面子也得给你哥面子呀。"

"可是——"何珞珈咬了咬嘴唇。

"又怎么了呢？"关城说话像个马来西亚的华人，尾音拖得老长，"嗯？珞珈，你又有什么要说的？"

"我觉得你不能那样对待自己的手下。"何珞珈严肃地说。

"我的手下，"关城的声音里有明显的不悦，"谁呀？"

"飞廉。"何珞珈说，"你让人家一天工作24小时还不给工钱。这是奴役。嗯，奴役。"

"何珞珈。"

"在。"

"你承不承认你是我的未婚妻？"

"不承认。"

"那你以什么身份来管我的事？你说的话我会听吗？"

"听不听我都得说，这不公平。"

"飞廉跟你抱怨我了？"

"没有。他说……这样的生活挺好的。"

"那不就得了？"

"我认为是你给他洗脑了。"

话音刚落，何珞珈的脑袋就被关城拍了一下。

"我看你才是被洗脑了。"关城说，"不说这些，先买衣服。"

关城带何珞珈进了一家专卖店，看文字好像是意大利的品牌。柜姐看见关城，立即笑成了一朵花，轻声细语围住何珞珈，殷勤地推荐最新款式。

"小姐，这件荷叶边的蕾丝衬衫，有黑白两色，打底穿蛮不错的。

"您这种身材，配上这件苏格兰格纹的半身裙，再加上这双鳄鱼皮短靴，又保暖又贵气。

"镶宝石的太阳镜您喜欢吗?我们有和它搭配的整套首饰……"

柜姐一连给何珞珈试了三套不同风格的衬衣、长裙、鞋帽、围巾,何珞珈打定主意不花关城的钱,无论柜姐怎么说,她都摇头,都说不喜欢。

上上下下逛了一大圈,什么也没买成,关城叹道:"我的女人,果然不随便。"于是提议坐出租车去另一座大厦,那边可能有她喜欢的衣服。何珞珈坚决摇头:"主任,真的不用买衣服,我住的地方就在附近,回去换一套就可以了。而且我肚子饿了……"

关城带何珞珈坐着透明的电梯上了七楼,熟门熟路地进了一家餐厅,要了个包间,给何珞珈点了一杯抹茶冰沙后双手按住她的肩膀,强迫她看着自己:"珞珈,我以前搞过艺术,请相信我的审美。既然你不愿意挑衣服,就让我来买吧。你在这等着,我去去就来。"

"哎——喂——"

何珞珈想拽住他,手慢了半拍,关城已经不见了。

包厢里的灯光有些昏暗,桌上的玻璃杯里点着三支蜡烛,发出好闻的月桂香味。何珞珈百无聊赖地喝着冰沙,过了一会儿,有人敲门,陆续进来了两位服务员将各色菜品一一放到桌上:"小姐,这是您先生点的开胃小菜,前菜这部分就上齐了。"

菜品十分精致,何珞珈能认出来的有蒜蓉包、烤蘑菇、松仁玉米、鲜果柚子沙拉、红酒烩野菜之类,数了数盘子,正好九碟,连忙问道:"里面有荤菜吗?我只吃素。"

"小姐,我们是素菜馆呀。"服务小姐明明有一张北京大姐气质的脸,不知为何偏偏有一口浓重的泰国口音,每说一句都双手合十。

何珞珈没吃早饭,加上上午的一顿折腾,早就饿坏了,先吃又不礼貌,只能看着小菜、闻着香气干瞪眼。所幸这时手机响了,沈伊湄在电话那边问道:"珞珈,店长问你下午来上班吗?我只跟店长请了上午的假。"

"来啊来啊,吃过午饭就来。"

"桃花怎么样了?"

这一问,可打开了何珞珈的话匣子,她一口气从桃花瘫痪说到关城生气,又从陈小虎受伤说到何珞薇转校……

"什么什么？关城是你的未婚夫？"仿佛听到最劲爆的八卦，沈伊湄的嗓门一下子高了八度，何珞珈可以想象她唾沫横飞的样子，"珞珈你可太好命啦！"

"未婚夫这种事，可不能随便乱讲。"何珞珈认真反驳，"他说是就是呀！我根本不认得这个人，他手上也没有任何证据，所以我根本不承认！"

电话那边，沈伊湄停顿了一下，似在思索，过了一会儿，幽幽地说道："也是哦。自从你把我带进甜品店，营业执照上就写着法人关城，说明他早就知道你在他的店里工作。如果你是他的未婚妻，生活又这么困难，他还让你天天打工，于情于理都说不过去啊。"

关于这一点，何珞珈觉得关城的理由也很充分："那是因为他生气了，说我有作风问题。就是……跟别的男人……好上了。"

"别的男人？谁啊？"

"方弘逸。"

"这么说来，关城和方弘逸互相认识？"

"对。"

"关城还是你哥最好的哥们儿？"

"没错。"

"珞珈，你很有可能真的是他们提到的那个人。"

一记重锤砸下来，何珞珈愣了一下，脑中线索渐渐清晰起来。以何千木与关城互相说话的态度，足以证明两人关系很铁。何千木看见自己穿着关城的衣服，以为他们"和好"了，说明何千木知道他们以前是一对情侣。而关城对方弘逸的仇恨不也从反面证明了方弘逸是自己的"前男友"吗？

这么一想，何珞珈不觉冷汗湿背。

"珞珈，你在听吗？"

何珞珈定了定神："在呢。"

"我这有几个软件可以查询企业的资质信息，"沈伊湄嗖嗖地发过来几张截图，"你看，关城名下有三十二家公司，他要么是法人要么是大股东，除了咱们的榛味甜品，大多跟药业有关。其中最大一家是……'远人国际药业集团'，简称'远人药业'，法人叫关绪，关城是第二大股东，总部就在鹭阳区北郊的西陵山麓。"

"远人药业?"何珞珈呆住,她从没听过这个名字。

"它主要是个制药和生物技术公司,做肿瘤和免疫类的药物,目前主攻基因疗法、放射配体疗法和细胞疗法。"沈伊湄一面在手机上搜索一面说,"方弘逸不是说过你以前住在远人村吗? 远人村和远人药业应该有点关系吧?"

谁说不是呢?

何珞珈最早知道"远人村"这三个字还是因为陶渊明的一句诗:"暧暧远人村,依依墟里烟。"有段时间心理医生建议何珞珈对何珞薇进行诗歌疗法,认为朗诵中国古诗,特别是田园诗派,对心灵有强大的镇定作用。何珞珈于是把医生的话当成圣旨,每次陪何珞薇做手工都会找个时间给她朗诵诗词,太多遍之后自己都能背下来了。

"哈,珞珈,看我又发现了什么!"电话那边沈伊湄一声欢呼,"何千木也是远人药业的主要股东,他在关城名下的二十三家公司里拥有股份。肯把经济利益绑在一起的朋友绝对是铁哥们儿! 你大哥你未婚夫都这么有钱,珞珈你惊喜不惊喜,意外不意外?"

何珞珈咋舌,惊讶到不知说什么好了。过了一会儿,她才缓过神来:"伊湄,我还是觉得关城、何千木跟我没什么关系。"

"珞珈,你是不是傻?"沈伊湄恨铁不成钢地啐了一声。

"怎么就傻了?"

"远人药业市值几百亿,大股东自称是你的未婚夫,你不承认? 我要是你,立马承认。"

"没有任何证据可以证实这些呀……"何珞珈觉得沈伊湄的癔症又犯了。

"关城都不在乎证据,你在乎?"

"那万一以后他发现我其实不是他的未婚妻,是个冒牌货怎么办?"

"管那么多干吗? 你先跟他上床。"

"啊?"

"然后跟他结婚。"

"……"

"最好怀上他的孩子。"

"……"

"等他发现你是冒牌货要跟你离婚时,你说,行啊,天价分手费了解下。"

"我去,快醒醒吧,沈伊湄!"

"好吧,是我港剧看多了,跟你开玩笑的啦。"沈伊湄不知在吃什么,嘴巴嚼个不停,"你要是实在觉得不自在,不想跟关城沾上任何关系就乖乖地等DNA结果吧。假如结果证明何千木不是你的亲哥哥,那你就不是关城的未婚妻,也不是方弘逸的前女友,咱们还是过咱们的老日子,有汤喝汤有面吃面,也挺好。等攒够了钱和经验再开个小店——落梅小屋——记得不?做大了也能连锁,说不定就是麦当劳第二!前途照样一片光明!还不用看这些大哥未婚夫前男友们的脸色!"

"没错!"何珞珈终于忍不住吃了一小口松仁玉米,"而且可以多活几年。落梅小屋你就自己开吧,我身边还有何珞薇,估计就是一辈子打工的命。"

"真是稀泥糊不上墙!如果我是你,有这样的奇遇,沾上了这种关系,一定大展拳脚,小则改变自己,大则改变世界,而且——"

何珞珈可以清晰地听到沈伊湄的手机"叮"了一声,沈伊湄忽然沉默,过了一秒,轻声说道:"珞珈,DNA的结果出来了,何千木真是你亲哥哥。"

何珞珈呆坐在椅子上,用力地捏了捏自己的脸,感到心脏在胸膛猛烈地跳动着,几乎要破胸而出。她不得不死死地抱住一本菜单将胸口紧紧按住。她试图消化这个惊人的消息,却发现自己无法思考,大脑像点了火的蒸笼,扑扑扑地往外冒气。她怒目圆睁,紧握双拳,强迫自己将目光锁定在前方墙龛中的一座千手观音上,一遍又一遍地调整呼吸,过了足足六七分钟,才渐渐控制住自己。

嘴里还有几粒玉米,她嚼也没嚼就咽了下去。

手机沙沙作响,传来嘈杂的电波声,何珞珈这才意识到电话还没有挂。

"伊湄,伊湄——"何珞珈拾起手机问道,"你还在吗?"

"在看Ipad(平板电脑)呢。"沈伊湄自顾自地说,"我想在木瓜网上开个直播卖衣服,就像林紫楠那样。这个月工资一发就去整一套直播设备回来。到时候你帮我头脑风暴一下呗!第一场怎么弄,怎样才能最大限度地攒到人气……"

沈伊湄噼里啪啦地往下说,何珞珈的注意力有些跟不上。沈伊湄虽然不再搞服装,但在这一行里还是有不少熟人。其中就有一个林紫楠,比沈伊湄大一岁,初中文化,不漂亮,能吃苦,是个精明的女孩儿。林紫楠在寿福商城有个摊位,当年经常和沈伊湄结伴去广州拿货。生意最大的时候开了三家实体店和一个批发档口,后来生意下滑,交不起店面租金,就把门店全部转让了,做起了网上直播。

"哎——珞珈,下了班陪我去趟电子商城吧？我跟店长说了,其实我们店也可以做些直播的,把那些漂亮的甜品摆出来,各种角度,好好地展示一下。店长说我买的直播设备店里可以酌情报销……"

"好啊。"何珞珈嗓音干涩地答道。沈伊湄的话就像地心引力,将她迅速地拉回到眼前的世界。

"有什么话好好地跟你哥说。好不容易来了个亲哥,赶紧扑过去给他一个大大的hug(拥抱)。"

"……"

"那个关城,你可以跟他好,也可以跟他分。我的建议是,看在颜值和肉体的分儿上,先处处看。"

"……"

"珞珈你在听吗？"

"在呢。"

"别再纠结了,这是好事！说明土星提前进入了水瓶座,你的好日子要开始啦！"

何珞珈嗯了一声,喉咙很痛,胀胀的,好像塞进了一颗核桃。

"哇哦！这个林紫楠,起点比我还低,去年这时候还名不见经传,你看现在,红到发紫！木瓜网上正卖直升机呢,几百万人都在看她直播！"沈伊湄兴奋地说着,忽然压低嗓门,"哎,有客人来了,我得去工作了。拜！"

何珞珈放下手机,将剩下的松仁玉米扫荡干净,开始陷入沉思。

何珞珈清楚地记得车祸醒来后,自己睁开眼看见的第一个人就是奶奶,旁边坐着何珞薇。关于她过去的一切——父母双亡、妹妹有病、在甜品店打工——都是奶奶告诉她的。回到甜品店后,她受到了店长贺易平与甜点师龚晓宇的热情欢迎和细心关照,也从侧面证实了这一点。户口本、身份证、老照片也没有漏洞。那段时间妹妹何珞薇经常出状况,后来奶奶也中风了,一家人为生计所迫不停地搬家,老物件也丢得七七八八。何珞珈的生活充满了各种突发事件和繁琐密集的家务,没有任何空闲。对她来说,一天中最好的时光就是上班的时候与沈伊湄聊天、何珞薇睡后与佳惠阿姨煲剧。

如果不是遇到沈伊湄一家,她很有可能会焦虑到自杀。

尽管自己的"悲惨"有些非同寻常,何珞珈从未怀疑过自己的身世,她想当然地以为这就是自己的人生。

想到这里,何珞珈给沈伊湄发了一条微信:亲,帮我查一下合济医院的法人和股东名单。

一分钟后何珞珈收到一张截图。合济医院的法人代表是陶静存,何珞珈不认识。但在众多的股东名单中她看到了"关飞廉"这个名字。

何珞珈开始仔细回忆与关城见面的点点滴滴。

除了拖腔拉调的语气、懒散的言行,关城身上一直有一种特别的、清淡的、类似雪松的香味。在甜品店时她就有所察觉,却没有在意,因为他的气味混杂在面包房的香草、柠檬、榴莲和巧克力等各种味道中,并不抢眼。但那香味非常持久,进入小而封闭的空间会有一种明显的存在感,不浓郁,却能掩盖一切其他气味,占领整个空间。甚至在他离开后,也会在空气中逗留许久,好像是他的一个影子。

此时此刻,当何珞珈全神贯注地思考关城这个人时,他的香气也正笼罩着她,仿佛耳边有个人在轻轻地呼吸……

何珞珈没有告诉过关城自己去过清东街,但他与关飞廉却同时提到了清东街……很显然,他们对她的行动了如指掌。

那天夜晚在大雨中跟踪她的两个黑衣人——是他们吗?

何珞珈的心一点一点地变冷。为了填补这份怀疑与惊恐,她开始狂吃桌上的小菜,不知不觉中,小菜被她扫荡得干干净净。

包房的门吱呀一声开了,关城拎着几个购物袋大步走了进来。一股雪松的香味向何珞珈袭来。

关城看了一眼桌上空空荡荡的碟子,轻轻一笑,将购物袋放到何珞珈的脚边,坐了下来,淡淡地叫了一声:"珞珈?"

何珞珈没有答应,透过烛光,默默地凝视着关城的脸。

"我能感到你在生气,"关城研究着她的表情,"发生了什么事?"

"没什么事。"何珞珈弯了弯嘴角,挤出一个笑容。

"给你买了几件衣服,你肯定喜欢,"关城指着不远处的洗手间,"去那边换上吧。"

何珞珈瞄了一眼购物袋上那些昂贵奢侈的品牌,身子一动不动。

"关城。"她忽然直呼他的名字。

"嗯?"

"我不喜欢漂亮衣服,我喜欢别的东西。"

"哦?"关城的身子向后靠了一靠,摸着自己的下巴笑道,"什么别的东西?"

何珞珈掏出手机,点开一个APP(手机软件),上面,一个染着紫色头发的女生正在唾沫横飞地做着现场直播。她将手机递到关城眼前:"我喜欢她正在卖的这个东西。"

关城的眼睛眯了一下,凑上去辨认着手机页面上的小字:"贝尔407——直升机?"

"嗯。"何珞珈看着自己的指甲,"你不是我的未婚夫吗?两千八百万,我想要一架。"

关城看上去并不惊讶,但也没有马上答应:"请问这是一个玩笑吗?"

何珞珈摇头。

关城掏出手机拨了一个号码:"飞廉,木瓜网上有位女主播名叫'林紫楠',现在正在卖一架直升机,型号'贝尔407',我要买,你去办一下。"

过了片刻,关城放下手机:"定金已经下了,明天交尾款取货。你打算把它放在哪里?"

何珞珈怔了一下,说:"要不,你再给我买个仓库?"

"行。只要你喜欢。"

"谢谢。"何珞珈站起来,向他点点头,"我下午还要上班,先走了。"

说完正要拉门离开,关城突然说:"等一下。"

何珞珈站住,却没有转身。

"你想错了,珞珈。"关城走到她面前,眸光闪动,"我关城,没做过任何对不起你的事。"

何珞珈咬牙切齿地扬起脸,伸手戳了戳他的胸口:"三年赤裸裸的欺骗,算不算?"

一出国际大厦何珞珈就给奶奶所在的养老院打电话，询问是否可以探望奶奶。

"不行哎，"值班护士小蔡有一口明显的福建口音，"本来流感刚刚过去，院里正打算开放探视的。没想到昨天又发现了两例肺结核，情况比流感严重多了。院里的老人们现在人心惶惶，我们护理人员也在加班加点地消毒，你过段时间再来吧。"

"肺结核？"

"不是你奶奶，你奶奶一切正常，还是老样子。"

"那……要过多久？"

"至少一个月吧。"

"求求你，我真有急事想见她，最多十分钟！"

"不行，真的不行。"

何珞珈放下电话，打了个车来到甜品店，沈伊湄告诉她她来得正好，店长下午接了三个派对大单，两个生日派对、一个同学聚会，大家忙得团团转。等三拨客人吃了蛋糕、庆祝完离开时，天已经黑了。离接何珞薇放学的时间却还有几个小时，何千木本意是让何珞薇寄宿，趁机锻炼一下她独立生活的能力。何珞珈不放心，觉得为时过早，坚持每天接妹妹回家跟自己住，何千木表示尊重她的意见。

关于自己的过去，何珞珈一直想找奶奶问个清楚，越快越好，沈伊湄见她不死心，让她再跟养老院打电话。这一次接电话的是张护士，何珞珈跟她比较熟，经不住何珞珈苦苦哀求，张护士终于松口："好吧，既然你有急事，那就过来吧。院长已经下班了，你悄悄地进来，我会帮你准备好口罩、手套和防护服。"

何珞珈忙不迭地谢了张护士，告别沈伊湄，快步向东平路的路口走去。

正是晚饭时间，步行街上十分热闹。没走几步，何珞珈忽然瞥见前方不远处站着一个梳着马尾辫的男人身后隐隐地发着蓝光。何珞珈记得方弘逸曾经提过，羿族的门背后都有蓝光，普通人是看不见的，但自己可以。何珞珈不禁停步寻思：这个门怎么会突然出现在她附近？是纯属偶然还是方弘逸特地派来找她的？

想到这里，何珞珈大步向马尾辫男人走去，那人似乎也看见了她，向她招了招手。何珞珈正要凑上去说话，忽听背后一个声音说道："别去。"

何珞珈一回头，看见了方弘逸。

第二十二章
养老院

方弘逸穿着一件白色的连帽衫,帽檐耷拉着,遮住了大半张脸。他们离得很近,以至于何珞珈转身时,差点儿撞在他胸口上。

"那是一个门吗?"何珞珈指着身后那个闪着蓝光的人问道。

"是。"方弘逸说,"那个空间和这里有很大的时差,你要是进去一天再出来,就是五十年后。"

何珞珈的脸白了:"那他干吗还向我招手?这不是坑我吗?"

方弘逸笑而不语。

何珞珈醒悟:"他是——向你招手?"

方弘逸双手插在裤子口袋里,脸微微发红,腼腆地点点头。何珞珈看着方弘逸,忽然想起遇到他的那个雨夜,自己曾经路过的那家废弃仓库,门口堆放着破碎的石雕。他的侧颜像极了半埋在地上的那个希腊神像,年轻、消瘦、肌肉满是力量的线条,脸上有光,自傲而无辜,就像那块大理石,又硬又脆,可以迎风耸立,也会随时倒塌。这么说来,他真是自己的"前男友"?

这些年在李佳惠的安排下,沈伊湄前前后后有过三次以上的相亲,何珞珈自己却从没有过这份憧憬。如果她真想找个男朋友,也会找个年纪比自己大、阅历比自己丰富的男人,和他在一起自己可以卸下重担,有所倚靠,而不是又多了一份责任。她可不喜欢姐弟恋。

"在羿族发现的各种空间里,只有清东街这一个地方的出口最稳定,在时间上也和你生活的世界完全一致。其他的空间不仅可能会坍塌,且或多或少都有时差,包括我带你去的海边,里面的一个小时相当于外面的两个小时。"方弘逸说,"那天你急着离开,我没来得及向你解释。"

方弘逸的目光炽热而专注,两人对视了三秒,何珞珈觉得难以承受,于是移开了视线。

"我没注意,还好我们在海边只待了二十分钟。"何珞珈揉了揉眼睛,"如果出来后发现已经过了半个世纪,我妹成了六十多岁的老太太,我一定会急哭的。"

"五十年——"方弘逸不以为然地耸肩,"很长?"

那表情好像这只是弹指一挥间,何珞珈可没这么豁达:"当然啦!"

"行。"方弘逸认真地点点头,"如果逗留太久,影响到你的日常生活,我事先提醒你。"

何珞珈松了一口气,觉得自己的担心得到了充分的重视,想了想,又问:"要是羿族人自己走错了怎么办?"

"我们吗?"方弘逸摸了摸脑袋,"我们不会走错。因为我们认得每一个守门人,也知道每个门的时间差。就像你们不可能走错厕所,我们也不可能走错这些门。"

若在往日,遇到这样奇怪的现象,何珞珈一定会打破砂锅问到底。可是,此时此刻的她早已满腹心事,看了一下手表,离约定去看奶奶的时间不到一个小时,如果路上堵车,很可能迟到。于是她不想多聊,快步走到路口,一边伸长手臂拦出租车一边对方弘逸说:"找我有事吗?我正要去养老院看我奶奶。"

"没什么事。"方弘逸说,将何珞珈的手臂按了下来,"我跟你一起去吧,我也想拜会一下老人家。我有车。"

何珞珈想单独跟奶奶说话,不想让方弘逸听到,于是告诉他养老院因为查出了肺结核,目前不让探视。她好不容易恳求张护士破例,再加一个人进去不大好办。方弘逸也不勉强,说自己会在车里等着她,探视完毕再接她回家。

汽车启动后驶出三环,进入城北高速,加入晚高峰的车流之中。

下午的忙碌转移了何珞珈的注意力,让她暂时躲避了DNA结果带给自己的震撼。现在,坐在汽车上,她的大脑开始旋转。这个消息令她身边的一切都发生了改变。

她有一个哥哥、一个未婚夫,奶奶知不知道这件事?如果知道,为什么瞒她?车祸真的发生过吗?如果没有,她头上和身上的那些伤又是从何而来?

何珞珈从车祸中醒来不到三个月，奶奶就中风了。其中有一个月的时间何珞珈都在住院。护士们纷纷说祖孙俩长得极像，一个简直就是另一个的老照片。奶奶今年七十七岁，是个温柔慈爱、手脚麻利的老人，对何珞珈体贴入微。那时候何珞珈还不能走路，都是奶奶推着她去的洗手间，帮她更衣、帮她洗漱、帮她擦身、给她喂饭。奶奶烧得一手好菜，又会煲汤，医院不让家属陪住，奶奶每天都带着做好的九样小菜坐四十分钟的公共汽车来回两趟到医院照顾她，从不喊累。

　　除了亲人还有谁会做这种事？何珞珈打死也不相信奶奶会故意骗自己，一定是不知情或是有什么难言之隐……

　　虽然何珞珈对奶奶的记忆不多，奶奶对自己做的每一件事都让她觉得她就是自己的亲奶奶，从未产生过任何的怀疑。奶奶和妹妹的病让何珞珈的生活变得极端地有规律，每天干什么，每周干什么，都排得满满的，慢慢地，变成了一种习惯。就像种一盆花，什么时候浇水，什么时候施肥，什么时候除虫，什么时候换土——都是规定好了的，少做了哪一步花都会死。日久天长，这些规律渐渐变成了一种平衡、一种必然、一种安全感，似乎只有这样才能确定这个家还在运行，自己的存在也因此充满了意义。

　　而现在，平衡突然被打破，何珞珈自己仿佛被连根拔起，扔进了真空：我是谁？从哪里来？为什么住在这里？为什么过着这样的生活？她甚至无法用"一团乱麻"来形容自己的心情，因为她脑中连一根像样的麻都没有摸到。

　　见何珞珈半天不说话，方弘逸打破了沉默："我能理解养老院禁止访客，肺结核的传染性还是蛮强的。你跟那位护士……很熟？"

　　"嗯。"何珞珈点点头，"我们都叫她张姐。她本来只是个临时工，养老院急缺护理人员，就把她招进来了，主要干些粗活儿。张姐的老家在农村，有个女儿比珞薇小两岁。我有时候会把我和珞薇不穿的衣服送给她，也帮她买过一些课本、文具和参考书什么的。她负责我奶奶那栋楼的清洁工作，人手不够的时候也帮着照料病人，对我奶奶挺关照的。"

　　养老院有养老院的潜规则。那段时间，新闻报道中出现了几起震惊社会的虐待老人事件，何珞珈担心奶奶会遇到同样的情况，就加紧了与护士们的"公关"。基本上每次探视都会送点小礼物，各色零食水果，自己做的饼干、蛋挞……一拿去就被护士们抢光了，奶奶也被照顾得不错，卧床三年没生过褥疮，何珞珈对养老院的服务十分满意。

"你奶奶中风了,那她神志还清醒吗?"

"她的头脑应该还是清醒的。虽然不能说话不能动,但可以用眼神交流。"何珞珈说,"比如问她问题,她可以用眨眼的办法来说是或不是。我每次看她都跟她说话,她会一直看着我的脸。有一次家里有个存折不见了,我问她放在哪儿了,她各种眨眼睛给我指方向,我很快就找到了。"

方弘逸怀疑地看了何珞珈一眼,见她语气笃定,没再追问下去。

"对了,弘逸——"何珞珈忽然换了个话题,"我们是怎么认识的?"

方弘逸沉默了一下,说道:"你以前在我哥的公司上班,是紫苏——也就是我嫂子——的助理。那段时间我正好跟着紫苏做项目。紫苏很喜欢你,我们也是同事,一来二去就熟了。"

"办公室恋情?"

"算是吧。"

"你哥做的是哪一行?"

"建筑设计。他和紫苏都是建筑师,我是做室内设计的。"

"这就奇怪了,"何珞珈看着路边的霓虹灯,"一个甜点师怎么可能去当建筑师的助理呢?"

"你的履历上写着你毕业于滨海美院设计系视觉传达专业,通过两轮笔试进入到我们公司。我哥亲自面试过你,觉得你专业能力不错,人也机灵,本来想把你分到图像部做平面设计,但当时紫苏怀孕了,需要一个助理,我哥就把你分配给她了。"

"视觉传达?"何珞珈哧的一声笑了,"这专业我听都没听过,而且我也不会画画。有次客人订蛋糕要我在上面画一只熊猫我画成了黑猫,差点儿被投诉了呢。"

"你以前会。"方弘逸说,"画得比我还好。"

"文凭肯定是假的,"何珞珈又说,"我绝对没有上过这个大学。"

"我们刚一开始恋爱,我哥就派人去调查过你。因为这意味着我会经常带你出入清东街。你的出身、你的学历没有任何漏洞。我哥派的人甚至找到了你的中学同学、大学同学,她们都证实你就是履历上描写的那个女孩。"

"于是我们就在一起了?"

"对。"

"多久?"

"三个月。"

"然后呢?"

"然后……"方弘逸顿了顿,欲言又止,"就发生了一些事。"

"一些什么事?"

方弘逸的表情很不自然:"关城来找过你,是吗?"

何珞珈一副扑克脸:"你怎么知道他找过我? 你认识关城?"

方弘逸淡淡地回答:"上次见你的时候,你一直不承认我是你的前男友。这次你却承认了,还问我们是怎么认识的,我就知道关城一定去找过你了。"

"……"

"他都跟你说了些什么?"

"我为什么要告诉你?"

"珞珈,"方弘逸忽然深吸一口气,"你给我的承诺还算数吗?"

"什么承诺?"

"如果你想起了鐏子的下落,第一时间告诉我。"

"算数。但请你先告诉我什么是鐏子。"

"关城没告诉你什么是鐏子?"

"我想听听你的版本。"

"关城知道你要来看奶奶吗?"

"知道又怎样?"何珞珈继续声东击西,"不知道又怎样?"

听见这话,方弘逸脊背一凛,紧握方向盘的手突然青筋暴突,脾气瞬间就要暴发。过了几秒,他按捺住自己,刚要张口,忽听铃声大作,何珞珈的手机响了。

来电显示是张护士,何珞珈接通:"张姐,我快到了,还有十分钟就到停车场。"

"珞珈,是你自己在开车吗?"那边张护士的声音有点焦急。

"不是,是我朋友送我过来的。"

"那个,珞珈,告诉你一个不好的消息。"张护士故意停顿了一下,似乎给她一个准备的时间,"你奶奶去世了。"

"什么?"何珞珈惊呼,"什么时候?"

"十五分钟以前。"张护士轻声说,"今天下午她还好好的,我还给她洗过头,她看起来跟平时没什么不同。"

何珞珈一阵哽咽,眼泪哗哗地往外涌:"怎么会这样?怎么会这样?"

"老人家中风这么严重,随时都会走啊。我以为你多少有些心理准备了呢。"

"没有!"何珞珈哭道,"我没有!上次见奶奶,她气色可好了!还长出好些黑头发呢!"

"我发现的时候她已经停止呼吸了。我通知了值班医生,医生叫了120。现在120刚走,说是自然死亡。院长已经出门了,路上堵车,可能要一个半小时才能到。"张护士说,"珞珈,别怕,别慌,院里处理这种事有既定的程序,一切都有安排。你奶奶的遗嘱上说丧事从简,不开追悼会,直接火葬。你现在过来正好赶上见她最后一面。"

何珞珈心慌意乱,泣不成声。

"发生这种事一般都是等院长到了,安排妥当了,才会通知家属。你来的事情我还没有报告,你还是悄悄地过来。我马上帮你奶奶擦洗一下。哦,对了,你有准备好的寿衣吗?没有的话,衣柜里还有几套衣服,你说哪件合适,我帮你给她换上。"

何珞珈心中一阵感动,一般给死者清洗更衣都是由亲人来做,张护士看她年纪小,可能会害怕,就想提前帮她做好。

"柜子里有一套浅蓝色的唐装,是她喜欢穿的,就换上那一件吧。"何珞珈喃喃地说,"里面还有一双黑布鞋……是我上个月买给她的,没穿过几次,就穿那双吧。"

"好的好的,你放心吧。"张护士应声挂了电话。

何珞珈抓着手机,呆呆地看着前方,身子微微发抖。奶奶的死,她不是没有准备,只是没料到会这么巧,看来奶奶是铁了心地要带走所有的秘密……想到这里,她不禁捂住眼睛,失声哭泣。

一只温暖的手伸了过来,用力地搂了搂她的肩膀。

"方弘逸,"何珞珈抽泣着说,"我奶奶去世了。"

方弘逸已经猜到了,下意识地放缓了车速,柔声说:"去见她最后一面吧,我陪你。"

好说歹说，张护士终于同意方弘逸可以和珞珈一起进入养老院。两人穿着防护服、戴着口罩跟着张姐悄悄地来到奶奶崔宝莲的病房。那里本来是个双人间，里面还住着另外一位老奶奶，姓陈，因为瘫痪也是长期卧床。何珞珈进来时，发现陈奶奶连人带床都已经搬走了。

"咦，陈奶奶呢？"何珞珈问道。

"转移去了隔壁的房间了。"张护士低声说，"陈奶奶的状态不大好，刚才一直在哭，我怕她害怕，就劝她先搬出去回避一下。"见何珞珈的眼睛红红的，张护士拉着她的手又说："你们好好地跟奶奶告个别就走吧。我去陈奶奶那边看看她的情况怎么样了。待会儿院长到了，安排好一切之后，会有人打电话通知你过来办手续、清理遗物，到时你们还可以再过来一趟。"

何珞珈哽咽着说了声"谢谢"，张护士随即离去。

屋内灯光明亮，满是消毒水的气味。地板似乎刚刚拖过，干净得打滑。奶奶床边的点滴架和监视仪都已经拿走了，只剩下了一张床，以及床上瘦骨嶙峋的老人。

奶奶已经擦洗干净了，换上了那件浅蓝色的唐装，当中五粒盘扣，襟边绣着几枝栩栩如生的梅花。她闭着双眼，像是睡着了。但她的皮肤是苍白的，浑身的血仿佛被抽空了一般，看上去灰沉沉地了无生气。何珞珈拉住奶奶的手，上面已经没有了温度，想起这双手给自己洗过头、掏过耳、补过衣，做过好吃的九样小菜，忍不住低声抽泣。何珞珈没有妈妈，住院的那些天，她没少在奶奶面前撒娇，一会儿要吃保通寺的上汤金针菇，一会儿要吃旺旺米豆，奶奶都不怕麻烦地给她买。虽然自己出院后奶奶很快也住院了，但三个月的相处带给何珞珈的亲情足以让她有勇气抵抗后来面临的一切。

想到这里，何珞珈不禁失声痛哭。方弘逸安静地站在一边，默默地递给她一盒纸巾。

过了片刻，何珞珈情绪渐渐平复，她在屋里东张西望，又打开床头柜的抽屉一阵翻找。方弘逸轻声问道："你找什么？"

"奶奶的眼镜，我想留作纪念。"

"是这个吗？"方弘逸从枕边拾起一副金边眼镜交给她。

"就是它。奶奶一直用它看电视来着。"

何珞珈将眼镜放进口袋，她想多陪一下奶奶，又不愿意让张姐为难，于是用袖子擦干眼泪对方弘逸说:"这里不能久留,咱们还是先走吧。"

说罢转身向门外走去,方弘逸忽然道:"等一下。"

方弘逸掏出手机,走到奶奶右侧,一只手扒开她的眼皮,一只手点开电筒功能。

"方弘逸,你想干吗?"何珞珈变色惊呼,"别碰我奶奶!"

死者为大,入土为安。何珞珈冲过去想拉开方弘逸的手,却被他猛地一拽,拽到奶奶的床边:"过来看看你奶奶的眼睛。"

"我不看!我不看!"何珞珈低声吼道。

"不看你别后悔哦。"方弘逸冷冷地说。

方弘逸的语气十分坚定,似乎暗示着什么,何珞珈迷惑地低下了头——

"注意她的瞳孔。"

手电的强光对准了奶奶的眼睛,方弘逸操控着光束,时远时近,忽明忽暗,何珞珈惊骇地发现奶奶的瞳孔随着光的变化不断地扩散收缩,犹如单反相机里的光圈。

何珞珈记得医生说过,瞳孔散大、对光的反射消失是脑死亡的表现之一。难道奶奶并没有去世,是张姐误判了?

何珞珈不禁用手试了试奶奶的呼吸,又摸了摸颈动脉,没有任何动静。就算是张姐误判,值班医生和120的医生也不可能有错啊!

何珞珈一下子惊慌起来:"怎么回事?我奶奶是不是还活着?不行,我得赶紧叫医生!"说完拔腿就要往门外冲,被方弘逸一把拉住:"珞珈,这人不是你奶奶。"

"不可能!这不可能!"何珞珈将方弘逸的手猛地一甩,大声吼道,"你瞎说!你骗人!"

"瑟族生物机器人甲辰3号了解下。"方弘逸说,嗓音出奇地镇定。

"什么?"何珞珈瞪大眼睛看着方弘逸,"机,机器人?"

"嗯。"

"我的奶奶——"何珞珈难以置信,"是机器人?"

"嗯。"

"我不信!"何珞珈开始胡言乱语,"一定是你在我奶奶的眼睛里搞了什么鬼!是你手机电筒里有什么投射装置!你们羿族擅长这种事,你们的墙上全是鬼的影子!"

方弘逸用力按住何珞珈的肩膀,想让她镇静下来:"这是你们瑟族的东西,跟我们羋族没半点关系。你为什么有一个机器人奶奶？安排在你身边是何用意，这些你应该去问关城才对。"

何珞珈惊得倒退一步："关城？是他搞的鬼？这一切他都知道？"

"瑟族机器人非常先进，在模仿人类生物结构和行为体态上可以做到高度仿真，连DNA都一模一样，普通人根本不能分辨。只有在停机的状态下，才能通过照射瞳孔看出区别。"方弘逸拍了拍何珞珈，将她往奶奶的面前一推，"你要是不信，就用你自己的手机照照看。"

何珞珈当然不信。她将信将疑地打开手机，轻轻撑开奶奶的眼皮。那只瞳孔果然在强光的照射下猛然收缩，关掉光源，又迅速扩大，显示出对光线的灵敏感应。何珞珈将头凑到瞳孔上方反复观察，怀疑瞳孔上安装了什么特殊装置，于是摘下手套，伸出食指轻轻地触碰了一下左眼的眼球，就在这一瞬间，只听啵的一声，那只眼球从眼眶中弹了出来！

何珞珈下意识地一抓，将眼珠抓在手中。

何珞珈吓得不敢看，手也抖得厉害。恍惚间只觉眼珠上裹着一层黏液，Q弹光滑，差点儿从指缝中溜掉。回头再看眼窝，眼皮已经合上，却明显地塌陷下去。

此时此刻，何珞珈的大脑已经不转了，心怦怦乱跳，她手握眼珠，呆呆地看着方弘逸，胸口起伏，大声喘气。

方弘逸微微惊讶，低头问道："哎，你怎么把你奶奶的眼珠给抠出来了？"

"我没抠！我没抠！"何珞珈快急哭了，连声分辩，"我就是轻轻地碰了一下，它自己就跳出来了！"

"可能那眼珠认得你吧。"方弘逸不紧不慢地说。

何珞珈气得跺脚："这都什么时候了，你还开玩笑！"

"没开玩笑呀，"方弘逸眨眨眼，"你靠近眼珠，眼珠扫描认出你是技术人员，以为你要修理，就自动弹了出来……当然这只是我的猜测，我也没想到它会跳出来。"

正一筹莫展不知道如何是好，远处走廊上忽然传来了脚步声。听动静不止一人，何珞珈正纠结着要不要把眼珠塞回去，发现方弘逸拿起两张餐巾纸，捏成一个纸球，已抢先塞入奶奶的眼眶中，将眼皮一合，不仔细看倒也看不出来。

"快走吧，别给张姐添麻烦了。"

"我不走，我要去问问院长这是怎么回事！"何珞珈气得火冒三丈，"我把奶奶送过来的时候还好好的,怎么现在变成机器人了?"

"也许院长也是个机器人呢？岂不是白问了?"方弘逸不知从哪里找出一只空的玻璃药瓶,去卫生间里接了半瓶自来水,示意何珞珈把眼珠放入瓶中,拧紧瓶盖后说了句"走吧",不由分说地将她拉到门外,从安全楼梯上迅速撤离。

上了车,脱下防护服,摘下口罩,何珞珈深吸一口气,脑子开始飞速旋转:"如果我奶奶是机器人,那我妹妹呢？是不是也是机器人？"

方弘逸想了想,摇头:"应该不是。机器人没有精神,哪来的精神病？瑟族机器人的主要功能是为主人服务,有多种人格设定以备主人挑选。通常情况下他们没有脾气,礼貌体贴,循规蹈矩,做事很少出错。"

何珞珈立即想起了甜品店里收银从不出错的店长和每个蛋糕都做得一模一样、从不产生废品的首席西点师龚晓宇,还有那位签了"终生"合同、每天工作24小时、永不退休的关城助理关飞廉,不禁恍然大悟！这不就是机器人的写照吗？

"为什么我的身边会有那么多的机器人？"何珞珈问道,"瑟族是什么族？我跟瑟族有什么关系？"

"你是真不知道,还是假不知道？"

"什么意思？"

方弘逸刚要回答,身子忽地一顿,低声说道:"珞珈,立即下车。"

"你不告诉我,我就不走了！"

"我哥来了。如果你不赶紧跑,就跑不掉了。"

听见这话,何珞珈就像见到鬼一样,推开车门向着人群拥挤的地方跑去。

屋子里拉着厚厚的窗帘,开着十足的暖气,大家都不觉得热。

关城右手端着一杯茶,左手抱着桃花,斜靠在白色的绒布沙发上看着何千木浇花。

那是一株一人多高的琴叶榕,半米之下是光滑的树干,上面开了三个枝杈,长着蒲扇一般繁茂巨大的绿叶。何千木先用手指戳了戳盆里的土,试了试里面的湿度,然后拿着一只尖嘴铜壶慢慢地往里面浇水。一边浇一边笑,他不想笑得太大声,努力克制着自己,尽管如此,胸口依然突突作响,肩头也跟着不停地耸动,连累得满满一壶水洒了一地。

关城不耐烦地哼了一声:"你笑够了没有?"

"没有,哈哈哈哈。"

"这有什么可笑的?"

"你送我妹的见面礼可真够大手笔的。一台直升机,哈哈哈,太逗了!"

"她分明是在讹诈!"

"那你干吗还要买下来?"

"如果一台直升机就能让她回心转意交出赠子,那也是划算的。"

"赠子呢?到手了没?"

"到手了我还是这副表情吗?"关城狠狠地叹道,"这丫头也太作了!一台直升机都不能讨好她,还挨了一顿骂。我到现在都缓不过劲儿来。"

"哈哈哈哈……"何千木笑得更加厉害了,半天直不起腰来,"珞珈能不能想起赠子我不知道,但她自己以前的脾气肯定是想起来了。"笑罢,他拿出一把剪刀,对着琴叶榕左看右看——

"哎,别乱来哦!"关城连忙站起来,"这棵树我可是从两片叶子养起来的,好不容易才养到这个高度。"

"这也太高了!再长下去得撑破天花板了。"

"我的树你别乱动,可以吗?"

"不是说送给我了吗?"

"我是送给你摆在这儿的,不是送给你修剪的。"

关城还没着急,桃花感应到他的情绪,冲着何千木汪汪地猛叫了起来。

何千木只当没听见,大铁剪刀咔嚓一响,将琴叶榕拦腰剪成了两段。

关城气得两眼冒烟,站起来正要吵架,关飞廉穿着围裙从厨房里走出来,手里端着一个盛着水的玻璃花瓶。

"没事没事,老大!"关飞廉从何千木手中接过断枝,一团和气地笑道,"我来负责水培,过不了多久就有第二株了。晚饭做好了,大家过来吃吧。"

两人来到饭厅坐下来,关飞廉布好碗筷,何千木夹了一片冬笋放进嘴里尝了尝。

"味道怎么样?"关飞廉小声问道。

"太淡了。"

"抱歉,是我没做好,马上回锅。"关飞廉不由分说地将那一碟冬笋端回了厨房。

关城看着何千木冷笑:"你可真难伺候,就连飞廉的手艺都要挑剔。咸淡明明是正好。"

"我想念千鹿的红烧冬瓜。"

"你的助理有别的工作,这段时间你有什么事差遣飞廉也是一样的。"关城笑道,"我的助理就是你的助理嘛。"

"我怎么敢用主任的助理。"

"跟我客气个啥?"

"对了,你不是说我的耳珠丢了吗?我今天找到了。"

"……"

"我随便翻了一下你卧室的抽屉,发现它就在一个铁盒子里。"

"你随便翻了一下?"

"嗯。"何千木拍了拍关城的肩膀,"咱俩谁跟谁啊,一只耳珠,值得你东掖西藏的?"

关城正在吃面,嘴张得大大的:"千木,快告诉我,你没有用耳珠召唤千鹿。"

"我召唤了。"

"什么时候?"

"两个小时以前。我告诉千鹿,无论他正在干什么事,立即停下来,恢复到原有的设定。"

"……"

"他说他正在执行任务,问我是否确定停机重置。"

"千木——"

"我说:确定。"

第二十三章
一颗眼珠

何珞珈从养老院门口的停车场一路跑进斜对面的乐福超市，又从超市的地下出口一路跑进地铁站，最后打了个出租车直奔电子商城找沈伊湄。此时此刻，只有在沈伊湄身边她才会觉得安全、觉得踏实。两人正好都没吃晚饭，于是在商城的四楼找了家韩式快餐，各自点了一碗冷面坐了下来。

韩式快餐店的生意十分冷清，除了她们就没有别的顾客。老板娘上完面后就撇下她们到后厨忙碌去了。

何珞珈于是将下午听到奶奶死讯、发现她是机器人的事儿一股脑儿地说了出来。沈伊湄一边听一边皱眉："生物机器人？真的假的？我看这是蛤蟆长毛——不大可能吧？"

"我这儿还有一颗奶奶的眼珠呢。"何珞珈庆幸自己保留了证据。

沈伊湄不信邪地伸出一只手："拿出来看看。"

何珞珈迟疑："挺吓人的……你会不会害怕？"

沈伊湄一翻白眼，身子向后一仰："本姑娘我只怕一样东西——蜈蚣！"

何珞珈缩起脖子，警惕地看了一眼四周，从包里摸出那只装着眼珠的玻璃瓶，放到沈伊湄掌心。

沈伊湄果然不害怕，瞪大眼睛，对着瓶里的眼珠左看右看，很快得出结论："从解剖学上说，这就是一颗普通的眼球呀。"

"绝对不是。"何珞珈郑重摇头，"它的瞳孔会随着光线的强弱不停地变化。不信你看——"

说罢何珞珈掏出手机打开电筒对着眼珠照射,沈伊湄凑上去一看,果然,当光束打在瞳孔上时,瞳孔立即收缩。光源移开后,又立即舒张。何珞珈怕她看不清楚,反复照了几次。

"嚯!"沈伊湄惊得差点儿从椅子上跳起来,"瞳孔对光的反射不是神经反应吗?这眼球都已经离开大脑了,咋还能反应?自带电池?"

"是什么原理我不知道,我只知道这不是人类的眼球。"

沈伊湄嚼了嚼口中的冷面,又塞进去几根黄瓜丝,说道:"珞珈,如果你奶奶真的是机器人,而且从肉眼上根本看不出来,那她的主人——也就是你说的瑟族——一定不是人类。"

"为什么?"

"这还用问?"沈伊湄放下筷子,做了个夸张的手势,"因为到目前为止,人类的科技做不出来这么高度仿真的机器人呀!如果真做出来了,一定是举世皆知的爆炸性新闻。"沈伊湄顿了一下又说,"很显然,关城在你身边安插了一堆奸细,目的多半是为了找到赠子。你仔细想想,除了店长、晓宇和奶奶,还有什么人和你经常往来?他们都有可能是机器人!珞薇也不能排除在外。"

何珞珈笑道:"除了这些人,和我来往最多的不就是你和佳惠阿姨吗?"

关于这一点,何珞珈不是没有怀疑过:一是因为佳惠母女和店长一样,都对她的困境以及何珞薇的病情表现出了超乎寻常的关心与宽容;二是因为就在她收到奇怪来信的同一天,从不露面的沈超突然造访,显得过于巧合。但何珞珈很快就排除了嫌疑,方弘逸说过,机器人很少做错事,尤其是在与数字、度量相关的细节上,而沈伊湄实在算不上是个优秀的收银员。她经常出错,不是什么大错,就是一天下来盘账,收银机里的数字和剩下的现金总有那么几块钱、几毛钱的差别。如果一分不差,大家都要举杯庆贺。而且当年她介绍沈伊湄进甜品店算是煞费周章。尽管沈伊湄长得漂亮、有好几年的销售经验,可以说是大材小用,但是贺易平居然不同意。她磨了半天嘴皮子,贺易平怕她辞职这才终于点头。如果沈伊湄也是关城安排的机器人,贺易平不会这样反对。

最后也是最重要的一点,当初何珞珈找房子,沈伊湄家并不是她的首选。沈伊湄家的信息甚至都没有登记到租房网上。何珞珈记得当时自己找过好多家,打过十七八个电话,本来要去的是另外一家,也在这个小区,女主人听说何珞薇有病,开始说不介意,等到正式签约时又反悔说不行。出于歉意,才告诉她小区里还有一家人也在找租客,何珞珈这才跟佳惠阿姨联络上。所以说,何珞珈找到她们纯属偶然。

"珞珈,"沈伊湄双手支着腮帮子,认真地看着她,"你觉得我会是一个机器人吗?"

"当然不是。"

"真的?"

"因为你有童年,机器人没有。"何珞珈捏了捏沈伊湄的脸,"你在丽珠小区出生,在丽珠小区长大。你有幼儿园同学、小学同学、中学同学。这些人都住在你附近,路上经常打招呼,我都有见过。所以,你不是。但我现在想求你一件事。"

"啥事儿?"

"我想要你检查一下我的身体。"

沈伊湄眼珠一转:"就在这儿?"

"对。卫生间还算干净。"

沈伊湄有点窘:"你不能自己检查?"

"我只看得到正面。"

"好吧,你想检查什么?"

"看看我身上有什么不正常的地方。"

"你挺正常的,珞珈,不用检查。"

"看看我是不是外星人。"

沈伊湄扒了一口面,以为何珞珈在开玩笑,一抬头,见她满脸通红,紧张地看着自己,只得将面条强行咽下,点点头:"好吧。要是被人撞见,就当我们是拉拉好了。"

两个女孩子鬼鬼祟祟地走进卫生间,将门反锁后,何珞珈脱光了所有的衣服,坦然地站在沈伊湄面前。

沈伊湄叼着一根牙签,双手抱胸,歪着脑袋打量着何珞珈的全身:"正面除了胸小一点之外,一切正常。"

"去!说正经的。"

"胸小那是高级感。转过身,让我看看背面。"

何珞珈转身过去。

"背面嘛,有很多伤疤。手臂、腿、背、屁股上都有。都不是很大块,一条一条的,看上去挺吓人的,好像你被人家鞭打过……"

"那是车祸留下的。"

"也对。"

"有没有什么特殊的印记?"

沈伊湄仔细看了一遍,摇头:"没有。"忽然想到什么,又说,"如果你奶奶是假的,那车祸还会是真的吗?"

"我也怀疑。"何珞珈抿了抿嘴,"既然关城的助理是合济医院的股东,什么假病历不能制造出来?"

"这可能是一场有系统的骗局。"沈伊湄伸出手指摸了摸何珞珈身上的伤痕,"如果你没有遇到车祸,这一身的伤又是从哪来的?"

何珞珈忽然想起遇见方弘逸的那天晚上,当他看到自己头上、胳膊上的伤痕时,脸上露出愤怒的表情。而自己说明是车祸所致时,他又是一脸的不相信。方弘逸多半知道发生了什么,只是没有明说。

沈伊湄的手指沿着何珞珈的后背摸向脖颈,又沿着后脑勺向上摸去,喃喃地说:"你的脑袋好像受过重创,左边这里鼓出了一个大包,硬硬的,大概是头骨变形了……"

"别说得那么吓人好吧?"

"而且这些伤痕影响到了你头发的生长,看这里,无缘无故地多出了两个旋涡。"

"……"

沈伊湄继续往上摸,手指停留在两个硬硬的疤上:"这里有两个小包,四周很硬,当中凹下去,特别奇怪。"沈伊湄打开手机电筒往里照了半天后说:"这疤应该是个洞,像是被人用根筷子戳穿了,时间长了又愈合了,在这儿——"她拿着何珞珈的手指,放到那个疤上,"你自己摸摸看。"

何珞珈知道那里有两个疤,一直以为是车祸所致。

"除此之外呢?"何珞珈又问,"没有任何奇怪之处了?"

沈伊湄摇头:"没有了。对了,你的大姨妈正常吗?"

"正常。"

"外星人也会来大姨妈?"

"机器人都能扮演我奶奶了,外星人当然可以有大姨妈。"

"我觉得你不是外星人,至少从肉眼上看不出来。你要是实在怀疑,就去做个核磁共振吧,让医生看看。"

"如果我真是外星人,我可不想让别人认出来,然后把我关在笼子里展览或是给科学家们拿来研究。"

"理解。"

"伊湄,我究竟是不是外星人,说说你的直觉。"何珞珈拾起地上的衣服,一件一件地穿了回去。

沈伊湄沉吟片刻说:"我觉得你不是,我也不希望你是,但我支持你去把一切都弄清楚。毕竟人不可以这么稀里糊涂地活着。"

"没错。"何珞珈拍了拍沈伊湄的肩,"谢谢你帮我做身体检查。"

"乐意效劳。"

"对了,直播设备买齐了?"何珞珈问。

"买齐了。"

"你打算什么时候开始直播?"

"还得准备准备,下个月吧。"

"攒人气的办法我已经帮你想好了。"何珞珈一边洗手一边神秘地笑了起来。

"你有什么办法?"沈伊湄不信,"我想破脑子都没想出来,你能想出来?"

"你可以直播卖直升机。"

"我去——"

"我赞助你一台。"

沈伊湄的嘴张成一个大大的"O"字:"你从哪弄来了一台直升机?"

"关城送的。"

"珞珈,"沈伊湄认真地看着她,"现在我相信你是外星人了。"

墙上有面巨大的镜子,透过镜子,关城仔细地观察着何千木,心中暗自沮丧。村长说得没错,何千木这人戏比较多,知道的也多,的确难哄。大病之后,在药物的作用下,何千木的性情更加乖张,处处与他作对,把对村长的怨恨都发泄到他头上了。

"你是不是后悔了?"对于关城的心事,何千木向来都是秒察。

关城微哂:"后悔什么?"

"后悔不听村长的话,后悔把我从远人村里放出来?"

"不后悔。"关城坦诚地说,"我需要你帮我找回熷子,村长也同意我的做法。"

"同意?"何千木的眸中闪过一道讥讽。

"当然。如果他不同意,你别想走出远人村,甚至都不能走出基地的大门。"

村长当然还说了更严厉的话,关城觉得没必要制造仇恨,于是隐去不提,他走到沙发上坐了下来,认真地看着何千木的眼睛,眸光熠熠:"千木,我请求你配合我。为了你,为了我,为了你妹妹。瑟族的未来就在珞珈的一念之间。"

何千木试图回避关城的目光,却发现无处可去,他声音沙哑地答道:"我可以配合,但我想知道一件事:西陵山事件后,村长和你是怎么对待我妹妹的?"

一阵沉默。

"村长会怎么对待她,我可以想象,也能猜到。但是你——"何千木的语气渐渐冰冷,"你是我最好的朋友,即将成为我的妹夫,如果你也参与了,那现在,就是你我决裂的时刻,也是我与整个瑟族决裂的时刻。我们何家,是不可以随便欺负的。"

"我没有参与。"关城严肃地辩解,"是我费尽口舌才把珞珈弄进了甜品店,给了她几年平静的生活。"

"呵——"何千木笑了,"平静的生活?你是指你为我妹妹制造的虚假人生?"

"再怎么虚假,她还能见到这个世界,还能体会悲欢喜乐。难道你愿意她被村长永久地关在基地里严刑审讯,生不如死?"

"我以为你可以做得更多。"何千木低吼,"看来珞珈的选择是对的,关城,你不够爱她!"

"砰!"关城猛地一拍桌子,"我不够爱她会明知九死一生还注射了同生素?我不够爱她会替她挡了那一箭?何千木,麻烦你搞清楚最基本的事实,变心的那个人是你妹!是她辜负了村长多年栽培的心血,是她一手毁灭了瑟族的未来!你别忘了,当初是谁把你弄得半死不活的,不是我,是方弘逸。当年的珞珈做了错误的选择,作为哥哥,作为现在唯一能影响到她的人,你有责任配合我们,纠正她的错误。"

他们的关系十分奇怪,从小就是如此:他们是最好的朋友,他们也经常吵架。

"我要是不配合呢?"何千木冷笑,"你就马上把我送回去,再给我一针,是吗?"

"是的。"关城凝视着何千木的脸,"我会。到时候珞珈也不能幸免。"

"你这是——威胁我?"

"作为你最好的朋友,我只能做到这个分儿上,你不能要求更多。"关城的目光从何千木气到发青的脸上移开,"我正在小心翼翼地把珞珈拉回正确的轨道。在我没有弄清楚她的立场之前,你不能乱说话,不能泄露关键信息,否则——"

"否则怎样?"

"否则就算我能放过你们,村长一定不会。到那时,就没有任何回转的余地了。"说到这里,关城叹了一声,"我对你如何,对珞珈如何,你心里清楚。如果这一切都不能让你放心,还让你怀疑我有恶意——那我就太冤了。"

何千木咬了咬嘴唇,没有说话。

"现在没有任何人可以保护珞珈,"关城的语气重了重,"除了我。你信也罢,不信也罢,我是你们家族最后的一根救命稻草。"

"……"

"千木,请你三思。"

片刻沉默之后,何千木深吸一口气,想起一件事:"对了,珞珈说有事要见我,我给了她这个地址。"

关城一怔:"什么时候?"

"十分钟前。"

关城还没接话,就听到了门铃声。

"是千木让我过来的,"何珞珈礼貌地看着前来开门的关飞廉,"我可以进来吗?"

关飞廉微微垂首:"请。"

玄关很长,何珞珈一连走了七八步才来到一个挑高六米、宽敞透亮、设计颇具古典风格的巨大客厅。天花板上吊着五层的水晶吊灯,墙上挂着巨幅油画,墙角种满了高大的绿植:巴西木、散尾葵、龟背竹、天堂鸟、孔雀竹芋……最多的还是琴叶榕,几乎占满了每一个窗边。甜品店附近有个花店,何珞珈和沈伊湄经常去逛,这些品种她都认得。地上铺着硬木地板,正当中一张浅灰色的地毯上放着一圈白色的天鹅绒沙发和一组黑色的抽象派木雕。

除了油画和木雕有些怪异之外,室内的结构令何珞珈眼熟,她在沈伊湄表姐家见过类似的格局,只是属于不同的户型。她没想到何千木和关城就住在楚田公馆,难怪那天桃花出事,关城那么快就赶到了。

中午回到甜品店上班,何珞珈赶紧从工作柜里翻出一套备用服装:上身是简单得不能再简单的白格沙衬衣,搭一条黑色半身裙。晚饭时两个女孩分析了一下目前的局势,认为方弘逸和关城都不可信,因为他们都想得到赠子。只有何千木的态度比较中立,DNA也证明了血缘关系,何珞珈决定会一会他。临走前何珞珈化了个淡妆,扎了个高马尾,沈伊湄笑着说这套衣服穿出去一看就是个打工妹,于是拿出自己常戴的碎花真丝小方巾,一边帮她系在领口上,一边啧啧称赞:"这样好看多了嘛,至少像个空姐。"

于是何珞珈就穿着这身"空姐装"来到了楚田公馆307号。她一出现在客厅,原本坐在沙发上的关城、何千木同时站了起来,双双迎了上去。何珞珈一阵恍惚,感觉两个人像是从一幅油画里走出来的。

何珞珈将手里的礼品袋利落地放到咖啡桌上,大方地说道:"这是两瓶'白云间'——本地特产的白酒,入口不辣喉,喝多不上头,带来给你们尝尝。"

关城以为何珞珈是来找他算账的,没想到她这么客气,还带了礼物,不禁有些摸不着头脑。他当然知道白云间,这些年他一直住在鹭城很少外出,于是将酒瓶拿在手中欣赏了一番,嘴角一弯:"你太客气了,请坐。"

"您刚送了我一台直升机,"何珞珈在沙发上坐了下来,将额前的一绺长发往耳后一捋,"这点回礼不成敬意。"

关城笑了笑,没有说话。

"千木——"何珞珈又说,语气十分随意,"没想到你就住在楚田公馆,我以前还来这里玩过。你住多久了?"

"嚯嚯嚯,没规矩的小丫头,"何千木伸出食指在她面前摇了摇,"你可不能随便叫我千木,你得叫我'哥哥'。"

"既然你坚持,"何珞珈觉得没什么难度,"好吧,哥哥。"

"我想住得离你近一些,这里正好有空房出售,我们就搬过来了。"

何珞珈瞄了一眼面前并排坐着的两个男生："你们？"

何千木点头："对，我们。"

"你俩……住在一起？"

"你哥身体欠安，需要有人照料。"关城给她倒了一杯茶，"这里正好有足够的房间，就一起搬过来了。"

"挺好的。"何珞珈说。

"嗯。"

"你说——"何千木晃了晃二郎腿，将寒暄引向正题，"有要紧的事情要告诉我？"

关城眸光一闪，竖起了耳朵。

"对。"何珞珈清了清嗓子，"奶奶突然去世了。"

两人同时哦了一声。

"既然你是我亲哥，她也是你的亲奶奶，对吧？"何珞珈看着何千木，研究着他的反应，"所以我特地过来通知你。"

何千木没有任何反应："行，知道了。"

"奶奶在遗嘱上说，后事从简，不开追悼会，直接火葬。如果你还想见她最后一面——"

"不必了。"何千木直截了当地说，"你要是太忙或者太伤心，余下的事情就交给我吧。"

"没错没错，"关城连声附和，将一杯茶端到她手中，"飞廉会安排好一切，请放心吧。"

"主任，"茶很烫，何珞珈居然丝毫不觉，一饮而尽后说，"你也认得我奶奶，是吧？"

"……不熟。"

"你不是我的未婚夫吗？从小一起长大？"

关城看了一眼何千木："你的家族很大，亲戚也多。"

"那珞薇呢，她比我小几岁，天天跟我在一起，我妹妹你应该很熟吧？"

"这不重要。"关城淡淡地说。

"嗯？"

"你跟珞薇之间无法正常交流,从某种意义上来说,她算不上是你的妹妹,也没办法给予你亲情。"关城泰然自若地看着她,"所以珞薇跟我熟还是不熟,这不重要。但千木,是你的亲哥哥,我,是你的未婚夫。我们才是你现在最亲的亲人。"

"那么请问,我最亲的亲人隐瞒我的身世,把我扔到甜品店打工,这是一种什么样亲情?"

"这样做当然有我们的理由。"

"这个理由可以告诉我吗?"

关城沉默。

何珞珈的目光移向何千木:"哥,你也不能说吗?"

何千木想张口,关城给了他一个制止的眼神。

"珞珈,不是我们不愿意告诉你真相,"关城一脸诚挚,"而是我们不了解你目前的想法。"

"我目前什么都不知道,"何珞珈两手一摊,"所以什么想法也没有。"

"我们可以给你一个家、给你想要的亲情——只要你交出赠子。"

何珞珈定定地看着关城:"我以为亲情是没有条件也不讲回报的。"

"没错,所以我们谁都没有向你要回报。"

何珞珈怔住。

"几年前,我和你哥为了保护你,都付出了大半条命的代价。珞珈,是你欠我们,不是我们欠你。"

"所以,我是瑟族人?"何珞珈忽然说。

关城冷笑:"方弘逸又来找过你了?"

"你怎么知道?"

"我从没有在你面前提到过'瑟族'二字。"

"也许是我突然回忆起来了呢?"何珞珈摸了摸下巴。

关城目光一凛,看了一眼何千木,表情变得凝重起来:"你能想起过去的事?"

"主任,既然你打算继续兜圈子,那我也奉陪到底。"何珞珈伸了一个懒腰,左掌伸到脑后按住右肘,做了一个简单的拉筋姿势,"我仔细想过了,这些年你让我过着这样的生活,宁愿我天天受罪也不愿说明真相,看样子你也不是那么着急要拿回赠子,更不着急做我的未婚夫。我呢,也没感受到你一星半点儿的爱,你我这是何苦呢?"

"……"

何珞珈将身子往前凑了凑:"我想问一下,咱们瑟族解除婚约有什么手续吗?"

关城看着何珞珈,表情一僵,正要发作,门铃忽然叮了一声,一位戴着墨镜的青年跟着关飞廉走了进来。

青年看上去二十来岁,身材瘦削,姿容挺拔,很正式地穿着一套深蓝色的西装,看上去像是大银行的商务代表。

"啊哈!"何千木急于结束何珞珈与关城之间的尴尬对话,趁机岔开了话题,"千鹿,你可算回来了!珞珈,介绍一下,这是我的助理千鹿。"

"你好,珞珈。"千鹿走到珞珈面前,礼貌地鞠了一个躬,"好久不见。"

"快把墨镜摘掉,"何千木笑着说,"天都这么黑了还戴什么墨镜。过来,让我好好地看看你。"

千鹿迟疑了一下:"老大,我的左眼出了点儿问题。"

何千木不解:"左眼?"

"请不用担心,就算没有左眼,我也能正常地为您服务。"千鹿说罢,摘下了墨镜。

千鹿的左眼明显地凹陷了下去,露出空空的眼眶。

"我的天!"何千木惊道,"这只眼睛怎么没了?出车祸了?"

"具体发生了什么我不大清楚。"千鹿答道,"应该是有人趁我睡觉的时候把它摘除了。"

何千木皱眉,一脸遗憾:"少一只眼睛真是难看极了呢。"

"如果这样引起您的不适,"千鹿认真地说道,"我可以去装一只义眼。"

"义眼就不用了,"何千木叹道,"你还是把墨镜戴上吧。"

"不用了。"何珞珈忽然插嘴道,"我送你一只吧。"

在场的人全都怔住了。

何珞珈从口袋里掏出一只玻璃瓶,轻轻地放到咖啡桌上:"不早了,我还要去活动中心接珞薇,先告辞了。"

第二十四章
逻辑推理

出了楚田公馆正要打车去星光活动中心,何珞珈收到沈伊湄的短信,沈伊湄怕她在何千木那里耽搁太久,错过了放学时间,已经提前把何珞薇接回了家。何珞珈于是匆匆赶回丽珠小区。一开门,客厅里传来热闹的笑声,佳惠阿姨坐在沙发上,地上摆着个木桶,正一边看电视小品一边泡脚。旁边歪躺着何珞薇,一手抱着一碗葡萄,一手举着电子书,正专心地读着上面的小说。

"回来了,珞珈?"佳惠阿姨招呼道,"锅上还有两个葱油饼,特地留给你的,正热着呢,赶紧去吃。"

"好嘞,谢谢阿姨。"

李佳惠非但能做一手好吃的韩餐,面食也非常在行。煎的葱油饼又薄又香、又酥又脆,何珞珈非常爱吃,她自己也学着做过几回,但不知道哪个步骤不对,总缺些火候。

何珞珈去厨房洗了个手,拿起葱油饼,下意识地向妹妹何珞薇的方向走去,想问问她第一天在星光活动中心上学的情况:老师对她好不好,她有没有被人欺负,饭菜合不合口味……刚一抬腿却又停住了。假如这个妹妹不是真的,还需要继续关心她吗?

"对了,上个礼拜做的泡菜可以吃了,在冰箱的第二格。刚才伊湄吃了好些,你要不要也尝尝看?"见何珞珈站在原地发呆,李佳惠又说。

"好啊好啊。"何珞珈答应着拉开冰箱,夹出一小碗泡菜就着葱油饼吃了一口,心中忽然有些发酸。别看沈伊湄家境普通、条件有限,对自己的好却是真心实意的。而住在高档公馆里的关城、何千木虽然衣冠楚楚、出手阔绰，对她却是忽冷忽热、连哄带骗。可见人际关系中，血缘未必能起到什么作用。过惯了穷日子的何珞珈对金钱没什么奢望，对人生也没什么规划蓝图，她的目标是照顾好家人，她的哲学是知足常乐。自从发现奶奶是机器人，自己的过去是一片谎言后，她的人生目标和存在的意义也跟着打起了问号，整个人仿佛掉进了真空……

在回家的路上，何珞珈回忆起和妹妹相处的日日夜夜，自己就像一个老母亲那样照料着她，兢兢业业、提心吊胆，不敢有一丝的松懈。可是，就在半个小时前的楚田公馆，当自己问起何珞薇是不是自己的亲妹妹时，这么简单的一个问题，何千木没有回答，关城东扯西拉，足以证明何珞薇的身份的确有问题。而且方弘逸的态度也是旁证。何珞珈清楚地记得，在何珞薇把沈超咬伤的那一夜，方弘逸曾经开玩笑说，要把所有麻烦她的人都送去外维空间，就从她妹妹开始，其次就是奶奶。何珞珈当时还生气了。现在一想，方弘逸肯定是猜到了奶奶和妹妹都不是真的，才敢开这样大的玩笑。

何珞薇究竟是谁？她要么是机器人，要么是关城派到她身边的卧底，用装疯卖傻来拖住她，打磨她的脾气，耗尽她的心力——难怪心理医生对她的病情下不了定论，只说是"非典型性"自闭——这丫头这么小的岁数就会糊弄人，还一装三年，也真够敬业的！

何珞珈越想越气，越想越替自己不值，替李佳惠一家不值。每天何珞薇一到家，三个女人就围在她身边团团转，生怕她撞墙、咬人、砸东西，敢情这都是假装的呀？对她这样好，她也装得下去？这丫头太没良心了，算是白疼她了！

何珞珈看了一眼何珞薇，决定按兵不动，将盘子里的泡菜扫荡一空后，问道："阿姨，伊湄呢？"

"在洗澡呢，说是买了什么直播设备，等着你回来架机器。"

话音刚落，沈伊湄穿着浴衣拿着吹风机从自己的卧室探出头来，向何珞珈使了个眼色，示意她进去说话。

屋子里满是水蒸气。

何珞珈往椅子上一坐，将在楚田公馆遇到的事情一说，沈伊湄忍不住扑哧一声笑了："什么？你奶奶原来是你哥的助理，还是个男人？"

何珞珈点头："年轻漂亮的男人。"

"也就是说,瑟族机器人不但能变岁数,还能转性?"沈伊湄吐舌,"妈呀,这外星科技果然先进!"

"是不是很可笑?是不是很荒唐?"何珞珈气呼呼地看着沈伊湄,"我一直把她当作亲奶奶侍候,原来她根本没病,根本就是装的!"

"那你妹妹呢?是不是机器人?你哥怎么说?"

"我哥和关城都不肯直说。方弘逸觉得不是,我猜她可能是瑟族安排过来的奸细。"

"这就奇怪了,"沈伊湄皱起了眉头,"如果他们只想派个人监视你,一个奶奶还不够吗?干吗再浪费一个人手?"

"我也想不明白。奶奶是我把她送进养老院的,珞薇倒是天天跟着我……"

"让我猜的话,奶奶的功能就是把虚假的身世告诉给你,让你深信不疑。"沈伊湄一边梳头一边分析,"白天,店长和龚晓宇监视你上班时的动静;晚上,妹妹监视你在家里的情况。装病可能是为了避免和你深度交谈,不小心露出破绽。四个人二十四小时全方位地监视你,只要露出赠子的半点口风,他们就立马出动,一举拿下。"

"没错!"何珞珈深以为然,"我到现在也不明白这赠子到底是哪家的东西,为什么两边都怪我偷走了赠子?我以前究竟是站在哪一边的?"

"过去的事,你真的一丁点儿也想不起来了?"沈伊湄问道,"方弘逸没出现之前你想不起来我不奇怪,可是现在,无论是方弘逸还是关城都透露了很多线索,连我都听明白一些事情了,你怎么还是一点儿也想不起来呢?"

何珞珈双手抱头用力地摇晃了一下,苦笑:"真的想不起来,不骗你!我努力地想过,但车祸以前的事就跟断片了一样,一片空白。想想看,如果我真能想出点什么,也不会被关城愚弄得这么彻底,更不会对我妹妹、我奶奶这样尽心尽力。"

"这倒也是。"沈伊湄拍了拍何珞珈的背,叹了一声,"那咱们先把知道的事实摆一摆,勾勒一下赠子事件的大致轮廓。我知道这几天你的心很乱,发生的事也多,作为旁观者,可能我的思考比较清楚,我就把我的想法说一说?"

何珞珈怔怔地看着沈伊湄,点头:"你说。"

"首先,你应该是瑟族人。按照关城的说法,你的家族很大,在瑟族地位不低,千木在关城企业中占有那么多的股份可以证明这一点。"

"有道理。"

"关城应该是瑟族的一个重要人物。瑟族的财务状况我们不清楚,但可以从与关城相关的企业中看出端倪。目前我们所知的最大企业是远人药业,法人代表叫关绪,关城是第二大股东。两个人都姓关,应该是近亲,是父子或者是兄弟。关城和你订过婚,你们从小一起长大,关城又是千木的哥们儿,这些都说明两个家族关系匪浅。"

何珞珈一边听一边点头,这些她其实也想到了,只是从没有仔细做过这样的厘清。

"再说到羿族。羿族与瑟族应该是敌对的关系,这从方弘逸与关城之间彼此憎恨的态度可以看出来。方弘逸的哥哥方弘璧应该是羿族的首领,所以他能控制清东街所有的出口。那么问题就来了:既然你和关城订婚了,关城又有那么多的企业,你的起点不低啊,干吗还要从头做起,去方弘璧的公司应聘呢?方弘璧派人调查过你的过去,你的履历没有任何问题,说明羿族完全没有察觉出你来自瑟族。你有婚约在身,却又红杏出墙,爱上了方弘逸并和他公开交往,这些事都发生在同一座城市,关城会不知道?会不介意?"

"我才不会脚踩两只船呢!"何珞珈的脸红了,不禁大声申辩,她相信自己有道德底线,"我不是那种人,也做不出来那种事!"

话虽这么说,何珞珈的脑海中立即浮现出方弘逸播放的那段烧烤视频。里面的自己的确是与方弘逸一家打成一片的啊……那时的她应该认识方弘逸没多久,但已经跟关城订婚了,不然关城也不会说未婚妻跟别的男人跑了。何珞珈怎么也想不明白,自己怎么会有这么严重的恋爱脑。

"你和关城的感情,应该也很不错。"沈伊湄继续说,"你哥要是看不上他,也不会同意你俩在一起。何况你们还注射了那个什么……素?"

"同生素。"

"对。不是爱得死去活来,谁去搞那玩意儿?就算你现在出了轨,关城对你也不差啊——"

"还不差呢!"何珞珈瞪了她一眼,"让我在他店里打工,安排一堆机器人监视我,把我骗得团团转——"

"人家刚送了你一台价值两千八百万的直升机好不好!"沈伊湄啐道,"所以你好好想一想,方弘逸与关城,你到底爱的是谁。就算失忆了,直觉应该还在。如果现在两个人站在你面前,让你马上挑一个嫁了,你会嫁谁?"

何珞珈摇头:"我不知道。我都不嫁!"

沈伊湄两眼看天:"理由是?"

"方弘逸性格不错,但我不喜欢姐弟恋。关城挺有魅力,但大男子主义严重。"何珞珈鼓了鼓腮帮子,"何况他们关心的对象根本不是我而是赠子!伊湄,我觉得现在的主题根本不是谈恋爱。如果交不出赠子,我会被两边同时追杀的……"

何珞珈越想越觉得事态严重。

"我倒认为你交不出赠子反而是安全的。"沈伊湄说,"大家都在等你回忆,都拿你没办法。一旦你想起了赠子的下落,好戏就要开场了。无论赠子是哪家的东西,最后一次出现肯定是在你的手上,然后不知出了什么大事,你失忆了,方弘逸以为你死了,关城更是不理你了,还派人把你严密地监视了起来。本来这一切都是悄悄地进行的,你对骗局毫不知情,突然有一天,你去了一趟清东街,这些奇怪的人,一个个就全都冒出来了。"

"对啊!"何珞珈一拍大腿,"那封信的主人才是个关键人物!如果没有那封信,我就根本不知道清东街!写信的人肯定不是羿族,羿族以为我死了,他们不会来找我;也肯定不是瑟族,关城本来就担心我会把赠子交给方弘逸,他绝对不想让我跟羿族接触。那封信究竟是谁写的呢?"

想到这里,何珞珈坐不住了,猛地站起来说:"伊湄,我想去趟远人村。"

"远人村?"沈伊湄呆住,"你怎么知道那地方在哪?"

"据我的判断,远人村应该就在远人药业附近。"何珞珈打开手机调出地图,"方弘逸和我哥都说远人村在鹭阳区,是我以前生活的地方。那里还住着我的父母,他们现在还活着。我查了一下,远人药业的总部和最大的制药厂都在鹭阳区的西陵山下,宿舍区也在那里,当地人的确把那个地方叫作远人村……"

"西陵山差不多是鹭阳区的远郊了,"沈伊湄皱眉,"那一带全是深山野岭、沼泽坟地,挺荒凉的吧?"

"如果你是外星人,会选择住在闹市吗?"

沈伊湄将吹好的头发盘在脑后,问道:"你打算什么时候去?"

何珞珈看了看表:"现在。"

"你疯了！"沈伊湄严肃地看着她，"现在已经快九点了，打个车到鹭阳区北郊就十点了，深更半夜、黑灯瞎火的你去干吗？太不安全了。"

"西陵山是比较荒凉，但远人村是个普通的居民区，应该还是安全的。"何珞珈眸中泛出一丝泪光，"我想见我爸妈。虽然千木说他们差不多是植物人了，但我还是想见到他们。"

"换个时间让千木带你去见不行吗？"沈伊湄急道。

"千木已经被关城控制住了。"

"嗯？"

"我记得第一次见千木的时候，他虽然病得厉害，但对关城说话充满了底气，也不把他的劝告放在眼里。这一次就不一样了。"何珞珈深深地叹了一口气，"千木几乎不跟我主动说话，也不透露任何有用信息，而且经常看关城的眼色。"

"那就是他们商量好了，决定对你统一口径。"沈伊湄总结道。

"没错。按照关城的说法，不交出赠子，我的族人是不会接受我的。"何珞珈咬了咬嘴唇，"我一定做过对不起瑟族的事。"

"这样吧，珞珈，"沈伊湄坐到何珞珈对面的床上，"如果你是瑟族，你就是外星人。证明你的超能力，我就同意你现在去。"

何珞珈白了沈伊湄一眼，呵的一声笑了："是不是瑟族我不知道，超能力我肯定没有。"

"你肯定有，只是没意识到而已。"

"那就等于没有。"

"我来试试。"沈伊湄从桌边拿起一只不锈钢茶勺，举到何珞珈的面前，"集中精力看着这只勺子，用意念把它拧弯。"

何珞珈凝视了三分钟，钢勺没有半点变化。

沈伊湄沮丧地将钢勺扔回桌上，不死心地又问："你受伤的时候，伤口会神速复原吗？"

"我身上那么多大疤，你没看见呢？"

"你能让死去的动物复活吗？"

"不能。"

"你能变形吗？"

"不能。"

"你能让别人产生幻觉吗?"

"不能。"

"你能穿越时空吗?"

"不能。"

"你能瞬间移动,飞沙走石吗?"

"不能。"

"仔细想想,你究竟有什么特殊的能力?"

"胆大,不怕蜈蚣,算不?"

沈伊湄一边摇头叹气一边站起身来,从抽屉里翻出一双袜子穿上:"珞珈,你一定要去的话,我就跟你一起去。"

第二十五章

西陵山

下了楼,两人向大门走去,何珞珈掏出手机正要叫车,忽听沈伊湄咦了一声:"看,石光泰的车。"

路边停着一辆灰色的小面包,半新不旧,车门上用彩虹云体印着"麦糖小屋"四个字。石光泰的父母就住在隔壁一栋,何珞珈心想,可能是他过来看望父母,顺便把车停在了这里。

沈伊湄灵机一动:"我去找他借个车,咱们开他的车去。我有驾照。"

"不用吧,叫车也是一样的。"这么晚了,何珞珈不想麻烦别人,更不想引起石光泰的疑心。

"这个时候叫车去西陵山?那么远又没有回头客,叫得着吗?"沈伊湄埋头给石光泰发短信,"就算叫到了,你敢坐上去?"上个月初,鹭城发生了一起网约车司机杀人案,一个夜晚出门的女大学生不幸身亡,成了轰动新闻。

何珞珈想了想,觉得也是,有个车当然方便得多,只是:"石光泰……会同意?"

"不同意才怪!我落魄成这样还不是因为他?别看他平日趾高气扬,见到我可心虚啦。"

何珞珈哭笑不得:"上次碰到他,你还踹了他一脚让他滚呢……"

"哈,他说没问题。"沈伊湄扬了扬手机,"不过他现在不在小区,让我去他爸妈家拿钥匙。"

不一会儿工夫,沈伊湄开着石光泰的小面包,带着何珞珈,出门往西过了俪水桥,上了城北高速,直奔西陵山方向而去。

鹭川市最热闹的地方在两江交汇之处,南面是平原,北面是山区,越往北走越荒凉。在高速上行驶了四十分钟后,汽车向西转入一条支路,街灯渐渐稀疏,两边的商铺变成了平房。渐渐地,平房也没了,取而代之的是零星的农舍、大片的树林和农田。就这样又开了二十分钟,路灯也消失了,前面黑黢黢的,全靠车灯看路,何珞珈感觉整个城市都被抛在了脑后。

"刚才我仔细想了一下,"何珞珈有些口渴,拧开一瓶矿泉水喝了一口,"其实我还是有么一两个特异功能的。"

"是吗?"

"比如说,那天方弘逸在我的卧室里开了一个门,我能看见那道门和后面的蓝光,你却什么也看不到。"

"嗯。"

"还有就是,关城第一次出现在咱们甜品店的时候,他身上有股特殊的气味。"

"我没注意到。"沈伊湄转头看了她一眼,"好闻还是难闻?"

"好闻,是雪松的味道,淡而持久,在空气中充满了存在感。"

"方弘逸呢? 身上也有气味吗?"

"有一些,但我觉得是来自人间的产品,洗发水、沐浴香波、肥皂之类的。"

"贺易平、龚晓宇也有?"

何珞珈摇头。

"你奶奶? 珞薇?"

何珞珈摇头。

"飞廉?"

"也没有。"

"会不会因为他们都是机器人,所以没有?"

"千木不是机器人,千木也没有。"

"哎——"沈伊湄笑着说,"能闻到别人身上的气味,这不能叫超能力吧? 有些人会品酒,能喝出酒的年份,那也不算是超能力呀。"

"没错。"何珞珈捏了捏自己的鼻子,"也许是我有鼻炎,嗅觉系统出了问题……"

沈伊湄双手紧握方向盘,认真看路:"至少你能看见羿族发光的门,那个总不是假的吧?"

"方弘逸说那些门不能随便进去,有可能进去之后就出不来了。所以就算看得见,也不算有超能力。"何珞珈伸了一个大大的懒腰,"唉,我终于有点相信他说的话了。"

"什么话呀,你今天负能量满满的。"沈伊湄横了她一眼。

"我大概跟他一样,也是一种比较低级的外星人吧。"

远处的群山在夜色中渐渐清晰起来。

面包车拐进了一条弯曲的小道,何珞珈看了一眼导航仪说:"下一个路口右转之后直走两千米,应该就是远人药业的大门了。"

她们终于上到了一条较为宽阔的主干道,两边种着整齐的冬青,路灯高高矗立,照得路面透亮通明。

路上只有她们这一辆车,四周静得可怕。空中的圆月如宇宙的眼睛冷冷地看向大地,何珞珈感到一丝瘆人的寒意,不由得浑身起了一层鸡皮疙瘩。

"都快到远人村了,咋还没见到人烟呢?"沈伊湄问道。

"地图上说,宿舍区就在厂房的东面,大山的脚下。"一路上何珞珈不断地搜索着远人村的信息,"你是在厂区长大的,这种设置应该很熟吧?"

"嗯,那是计划经济的产物。以前的大型国企都会在厂区的周边配套建设自己的职工宿舍、学校、医院……有的还有报社、电视台呢,像个独立的小王国。"

"对了,前面这座大山也是远人药业的地盘,山上种了很多珍贵的草药。"何珞珈说。

地图和百度资料显示,远人村坐落在西陵山脉南麓,背靠着西陵山的主峰,这里群山起伏、云雾缭绕,布满了茂林溪谷、沼泽湿地——因为地势复杂、野兽出没、无人开发,一直处于荒山野岭的状态。最初的远人药业只是一个普通的药店,名叫"远人斋",成立于民国年间。远人斋在鹭阳区的中心地段有一个不大不小的门面,后来几经转手,规模逐渐扩大,最后变成了远人药业。因为经营中草药,远人斋的第一代老板在西陵山上开发过一片药材种植基地,规模最大的时候达到几千亩,主要种植厚朴、党参和野生天麻。成为远人药业后,中成药业务逐渐萎缩,让位给了西药,药材基地也跟着缩小、荒置,但仍然保留了一部分药田,并未全部消失。

沈伊湄把车停在了大门东侧的停车场。

停车场不大，大概是用来接待访客的，上面疏疏落落地停了十几辆汽车，各种类型都有，面包车显得很不起眼。

石光泰的这辆车是麦糖小屋用来送外卖的。沈伊湄在车里翻出了一打装蛋糕用的空纸盒，将其中的几个折叠成型，放进塑料袋中，看上去鼓鼓囊囊的。又找到两顶外卖员专用的小红帽，她们两人分别戴在头上。

大门是两人多高的铁门，两边是同样高度的围墙，从外面完全看不见里面是何景象。

何珞珈与沈伊湄对视了一眼，心中暗暗奇怪，没想到这里的戒备如此森严。她们以为远人村跟机床厂的宿舍一样，是个松散的小区。里面固然自成一体，与外界仍然保持着千丝万缕的联系。比如丽珠小区附近就有无数家餐馆、小卖部、足浴店和烧烤摊……每天各个出口都有无数的人进进出出，没人问也没人管。

入口处有个门房，玻璃窗里透着灯光，似乎有人值班。

两人刚走到窗前，一个身穿制服的青年从窗口探出头来，语气很斯文："晚上好。"

"您好，我们是来送外卖的。"沈伊湄说，"可以进去吗？"

"外卖？"青年一脸公事公办的表情，"谁点的？"

需要告诉你吗？何珞珈心里说，但她的脸上保持着笑容："许先生。"

"地址是？"

"远人村1栋101号。"关于这个，何珞珈毫无准备，但她心想，只要有宿舍就肯定有1栋2栋3栋，也肯定会有101号、102号、103号……

不料那人摇了摇头："这里没这个地址，你们搞错了。"

"搞错？不可能。"沈伊湄故意很大声，一副抢生意的样子，"大哥，客人点了餐，付了钱，就必须要送达啊。"

"可不是嘛，大哥！"何珞珈在一旁帮腔，"点心要趁热吃，晚了就坨了，送不到我们是要被投诉的！"

"你这儿有客人的电话对吧？"制服青年根本不上钩，"要不你现在打一个，看是不是地址有误。"

沈伊湄正要张口，何珞珈打开手机假装看了一下，说："天啊，瞧我这眼神儿！真是搞错了，是远信村，不是远人村。对不起，大哥，打扰了哈！"

"没关系,再见。"

门房的窗子随即关上了。何珞珈不由分说地拽着沈伊湄离开了大门。

"干吗不多试一下?"沈伊湄低声道,"我就不信搞不定这个门房。"

"他应该是机器人。"

沈伊湄愕然:"你怎么看得出来?"

"据我的观察,瑟族人非常懒惰,什么事都让机器人代劳,像门房警卫这种无聊的工作,肯定是机器人来站岗啊。"

沈伊湄忍不住回头瞄了一眼:"不一定吧?"

"你不觉得他长得有点像店长吗?"

沈伊湄想了想,点头:"没错。也许他就是店长,白天来甜品店上班,晚上回远人村守门?"

"有可能。"何珞珈说,"我拉你回来是因为我研究过地图,这一带还有别的出口。它们不是正门,也许有空可钻。"

两人坐回车中,何珞珈打开手机地图:"你看,一共四个出口。这三个可以通车,说明出口比较大,可能也有岗哨。第四个只能步行,我们先试这一个。"

沈伊湄把车开到离第四个出口五十米远的地方,找了个隐秘之处停下来,两人一人拿着一只手电筒下了车。

沿着围墙有一条两人宽的小路,地上的草已经被踩平了。墙内看得见路灯,墙外却是越走越黑,何珞珈走了几步,忽然站住说:"伊湄,你在车里等着我,我先去探探路。"

"不,咱们一起去。"沈伊湄的态度不容商量,"万一有什么事也好照应。"

"你不害怕?"

"怕什么。以前去外地拿货,深更半夜,独自旅行是家常便饭。再说了,"沈伊湄看着何珞珈,眸子亮晶晶的,"我看见墙对面有灯光,也听得见人声,这里肯定就是宿舍区啊!"

沈伊湄脾气倔强,何珞珈劝不动她,只得紧紧地拉住她的手:"安全第一。咱们不往山里走,那个出口要是进不去就算了。回家另想办法?"

"行。"

两人沿着小路悄悄行进,走了大约一百米,果然看见一道铁门,上面爬满了青藤。何珞珈推了推,铁门从另外一头锁住了,根本推不动,显然是废弃已久,已经封死了。

沈伊湄拍了一下何珞珈,指着前方低声说道:"你看,往前再走一段就没有围墙了。这么大一座山,不可能都围起来吧?又不是什么军事基地。"

沈伊湄的猜测是有根据的。丽珠小区的东面有座禅寺,寺里有个很大的花园,背后也靠着一座山。游客进禅寺是要买门票的,但本地的老爷爷老太太们天天进去打太极,却从来不买门票,因为他们知道寺院的围墙不可能把一整座山都围住,工程太大,也没有必要,于是都抄小路从围墙的尽头绕进去。寺里的和尚也知道管不了,睁一只眼闭一只眼,只挣外地人的钱罢了。

她们开了一个多小时的车,不肯轻易放弃,于是手拉手继续往前走。小道越来越窄,树枝越来越多,两人不得不披荆斩棘,眼看就到了围墙的尽头,前面视野猛然开阔起来,可以看见一些灯光、街道和白色的房屋,只需要再走几步就可以轻松绕过进入住宅区了,正在这时,走在前面的沈伊湄突然一步踩空,闷哼一声,摔了下去。

何珞珈紧紧拉着沈伊湄的手,也跟着摔了下去。

何珞珈的第一反应是抓住手边的一棵小树,没想到只抓住了一根树枝,树枝承受不住两人的重量,啪的一声断了。何珞珈感到自己沿着一道陡坡快速下滑,但无论滑得多快,她都紧紧地拽着沈伊湄,两人很快就滑到了坡底。

冰凉的水花溅到脸上,双手所及之处都是稀泥,何珞珈挣扎着爬起来,将旁边的沈伊湄也拉着坐定,举起手电筒一照,发现她们掉进了一个一人多深的水沟,距离刚才的位置二三十米,所幸沟中积水不深,仅仅淹没了膝盖,但她们全身也湿了大半。

"伊湄?你没事吧?"何珞珈问道。

"没事。"沈伊湄含糊地说。沈伊湄摔了个狗啃泥,嘴里都是土,一连呸呸呸了好几声,才把嘴里的脏东西吐干净,不禁气得骂道:"妈的,谁这么缺德?这么陡的坡也不修个东西挡住,亏你拉了我一把,不然就是头朝下落地,死都不知道怎么死的!"

坡底的另一头是茂密的树林,里面漆黑不见五指。何珞珈深吸一口气,说:"果然这个远人村,没那么容易进去。"

"咦,我的手电筒呢?"沈伊湄在坑里乱摸。下车时她们手中各有一只手电筒,是去年双十一网站做活动时买来的,一端照明,另一端有个活扣,里面藏着一个十厘米的菱刺刀,抽出来装上可以防身。

何珞珈用脚在泥水中一划,碰到一个硬物,摸到手中,正是那只失落的手电筒,拾起来交给沈伊湄:"在这儿。"

沈伊湄按动开关,手电根本不亮,估计是掉在水里短路了。她浑身都是泥水,额上、脸上各有几道划伤,不严重,但也流了一些血,何珞珈想起沈伊湄是疤痕体质,生怕她感染,连忙掏出一片湿纸巾仔细地替她擦了擦。

"还能爬回去吗?"借着何珞珈手里的灯光,沈伊湄抻长脖子向上看了看。

那道坡很陡,沟壁更陡,上面没什么树,只有一些杂草,无处借力,很难直接爬上去。

"不行的话,就打110吧。"何珞珈点开手机地图,想查看一下自己的定位,发现手机没有信号。正琢磨该怎么办,远处林中忽然哗的一响,木叶摇动,传来窸窣之声,似有某物在快速移动。何珞珈连忙关掉手机、手电,拉着沈伊湄缩入草中潜伏起来:"前面有动静。"

两人同时抽出菱刺刀,装到手电筒的手把上。

那东西继续移动,离她们越来越近,伴随而来的,是一阵低沉的呜咽,不像是人,像是某种野兽。紧接着,呜咽变成了奇怪的哒哒声,仿佛有人在发电报,又仿佛西班牙舞蹈弗朗明戈的响板,频率又快又清脆。

眼前一片漆黑,即便借助微弱的月光,也只能看见一团团的树影。

何珞珈竖起耳朵在黑暗中仔细聆听,仍然无法确定那东西是人是物,但随着它越跑越近,足音响动之处,枝叶断裂、喘息急促。那哒哒哒的响板声更如鼓点敲在心上,令人毛骨悚然。沈伊湄哪里还坐得住,拉着何珞珈拔腿就跑。林中全是大小不一的树木,也完全没有路,她们像两只没头苍蝇那样乱跑,不一会儿工夫,那东西就追了上来,喘息之声就在脑后。何珞珈不敢往后看,只顾拔足狂奔,但身后之物速度更快,猛冲而至,将两人逼到林间的一块空地。何珞珈知道自己跑不掉了,将手电筒握在手中,对沈伊湄说道:"我去引开它,你往那边跑,找个地方躲起来!"

沈伊湄一边喘着粗气一边摇头:"不行,要死一起死!"

两人同时转身,抬头——

在离她们五步左右的地方,一只怪兽从树木中探出了半截身子。看样貌像是野猪,却没有白色的獠牙。一人多高,体形粗壮,眼珠是红色的,像两颗燃烧的炭,发出暗暗的红光。怪兽背上长着细密锋利的鬃毛,在月光下如钢刺般根根立起,泛着银色的金属光泽,偶尔嗞的一响,几道静电从鬃毛中闪过,爆出几朵蓝色的火花。头顶伸出两只半尺来长的尖角,上面挂着一串白色的眼珠状物,互相碰撞,哒哒哒的响板声,便是从这里发出来的。

"那是什么东西?野猪吗?"沈伊湄颤声问道,因为害怕,双腿发软,牙齿咯咯作响,浑身抖得跟筛糠一样。

"肯定不是。"为避免不必要的惊慌,何珞珈故意让自己的声音显得很镇定。

怪兽终于从树林里钻了出来,放慢脚步,悄悄地向她们逼近。与此同时,头顶的珠串亦改变了频率,依然滴答作响,只是更低更快,如流风疾雨,似乎在说着某种语言。

她们当然听不懂。

何珞珈拉着沈伊湄慢慢地往后退,退了十几步,怪兽向前走了几步,在距离她们一米左右的地方停住。何珞珈一咬牙,吼了声"拼了",挥舞着手电筒抢先向怪兽冲去——

怪兽身子一伏,做出攻击的姿势,身上的钢刺仿佛充了电一般,发出咕噜咕噜的电流声。

就在手电筒戳向怪兽身子的一刹那,银光爆闪,如最大功率的闪光灯,何珞珈下意识地闭上眼睛,再度睁开时,怪兽消失了。

沈伊湄举着刺刀赶上来,与何珞珈面面相觑,不知道发生了什么事。

"跑掉了?"

"不会吧。"

正在这时,林中再度传来哒哒声,两人来不及多想,同时拔腿狂奔。沈伊湄在前,何珞珈殿后,一起向树林深处跑去。

因为黑暗及树木的阻挡,加上地势高低不平,她们速度根本快不起来。其间沈伊湄还被树根绊了一跤,脚崴了一下,虽然忍痛奔跑,但步子更慢了。

正在这时,何珞珈只觉背后有个东西将自己猛地拱了一下,一个趔趄,差点儿摔倒,转身一看,怪兽已经追了上来,张开大嘴,向她低吼一声,露出森森的白齿。何珞珈心想它浑身钢刺,上面电流乱窜,肯定触碰不得,只有颈部和下腹毛发较少,可能是弱点,于是咬牙挥刀向着怪兽的眼睛和颈部猛戳过去。

岂料怪兽形体粗壮,移动起来却异常轻灵迅捷,左闪右避,何珞珈连刺数下都扑了个空。倒是何珞珈自己的胳膊被它的右腹狠狠地刮了一下,那感觉就像无数钢针刺入体内,如电击火炙,剧痛难忍,她忍不住呻吟了一声,连连后退。

沈伊湄见状,反身过来拉住她,向着林木密集之处跑去。没跑几步,已被怪兽超过。她们只得再次抽刀向野猪的腹部猛刺。然而手电筒太短,鬃毛太长,很难刺中怪兽又不伤到自己。连刺十几下,何珞珈和沈伊湄的手都已鲜血淋漓。

就在这时,空中有一物从头顶飞跃而下,竟然又是一只怪兽,张口叼住沈伊湄,何珞珈伸手想拉住她,无奈迟了一步,只听沈伊湄一声尖叫:"救命——"

话音未落,沈伊湄已被怪兽带入林中,消失不见!

一切发生得太快!何珞珈又惊又急,出了一身冷汗,直到此时她才意识到袭击她们的不是一只怪兽,而是两只。一只在明一只在暗。何珞珈不顾一切地向着沈伊湄离开的方向奔去,身边的怪兽一步赶超,拦住了她的去路。

哒哒哒哒——

怪兽头上的怪珠又响了起来,向她步步逼近,何珞珈见无处可逃,突然往旁边的一棵树上一跳,手脚并用,迅速爬到树的上端,紧紧抱住一只树杈。人未站稳,树干猛地一震,那树并不太粗,已被下面的怪兽撞歪了。何珞珈无处着力,啊地叫了一声,从树顶跌了下来。她伸长手臂,企图抓住四周伸展的枝叶,但它们全都软绵绵地无法着力,耳旁风声四起,四周一片漆黑,直到靠近地面何珞珈才看见那只野猪就在自己的正下方,竖起密密麻麻的钢刺等待着她!

何珞珈心想,我命休矣!

就在这时,忽听噗的一声,怪兽似乎被一物射中,向前跑了两步,侧身歪倒在地!

正因为这两步的距离,让何珞珈避开了钢刺,但以她一百斤的体重,从这样的高度掉落,不死也是骨折。

一只手臂接住了她,将她紧紧地抱在怀中。

"Hi.(嗨。)"一个熟悉的声音说道。

那人将她缓缓地放到地面,扶着她站稳,何珞珈惊魂未定,浑身发软,目瞪口呆地看着不知是从哪里冒出来的方弘逸,大口喘气,半天说不出话来。

"你没事吧?"方弘逸关心地问道,英俊的脸在月光下多了一道柔光。

"伊湄,伊湄被另一只野猪抓走啦!"何珞珈回过神来,急忙拉着方弘逸的手恳求,"快去救救她!"

方弘逸低声答道:"那东西速度超快,追是追不上的。但它没跑多远,很快就会回来。"他顿了顿又说:"此外,它们不是野猪,是封豨。"

"封……豨?"

"封豨是瑟族的一个部落,非常勇猛,负责守卫。这两位经常在后山巡逻,我观察它们很久了。"

"你是——你是用什么弄死它的?"何珞珈拾起地上的手电筒,打开一照,惊讶地发现那只封豨瞬间已变成了人形,是个三十来岁的光头壮汉,一动不动地倒在地上,一只长箭贯入他的胸腔,似乎已经断气了。

那箭看上去十分怪异,箭杆与羽毛都是暗红色的,必定要有极大的力道才能射穿物体,而方弘逸的手上并没有弓,也没有任何其他的发射装置。

"他还没死呢。"方弘逸踢了一下地上的汉子,见他没有任何反应,又扒开眼皮看了一下,"不过快了。"

"你怎么知道另一只会回来?"何珞珈又问,她挂念沈伊湄,心中却做了最坏的打算,那东西满身钢刺、满口白牙,沈伊湄几乎没有存活的可能。

佳惠阿姨已经失去了一个儿子,如今又要失去一个女儿,想到这里,何珞珈心中一阵绞痛,整个人都有些站不住了。

"我偷听过一些谈话。他们是一对夫妻,注射了同生素,这一位快死了,那一位一定会过来救他,不然就会同时死掉。"

何珞珈的心猛地一跳:同生素!

关城说过他们注射了同生素,她一直以为是骗人的,想不到真有这种东西。

何珞珈还想多问,方弘逸忽然将她拉到一棵树后躲了起来:"听,她快来了,我们在这里等着比较好。"

何珞珈竖起耳朵,却什么也没听见。

再回头时,方弘逸的手上已经多了一把红色的大弓,何珞珈吓了一跳,悄声问道:"这就是你的武器?"

"对,它叫彤弓。"

"刚才怎么没看见?"

"需要我再演示一次吗?"

"请。"

方弘逸手腕一晃,大弓不见了,他手腕又一晃,大弓出现了,就像变魔术一般。

何珞珈一脸惊讶:"箭呢?"

方弘逸手指往弓背上一碰,一拉,出现了一支羽箭。好像羽箭本来就装在弓上,又好像是从方弘逸指间"生长"出来的。

"这是羿星人特有的一种能力,很难向你解释清楚。如果硬要找个类似的名词——"方弘逸低头想了一下,"'有机共生体',听说过吗?"

何珞珈一脸茫然。

"你可以这样理解:这张弓和那根箭就长在我的身上,是我身体的一部分,或者说,是身体的延伸。"

"……延伸?"何珞珈还是不懂。

"这样吧,"方弘逸笑着刮了刮她的鼻子,"送你一个小装备,让你体验一下。"

方弘逸的指尖突然出现了一只小瓶,拧开盖子,里面有个刷子。方弘逸将瓶里的溶液分别刷到何珞珈右手的食指和中指上。

"这是什么?"何珞珈感到手指上刷了一层透明的指甲油。

"这就是刚才提到的有机共生体啊,不过是浓缩版的。我借你用一下。当你遇到坏人时,就把这两根手指按在他的肌肤上。你的指甲会分泌出一种毒素,令他暂时瘫痪。再按一次,它会分泌解药,瘫痪解除。"

这也太神奇了吧!

何珞珈皱了皱眉:"我怎么知道它什么时候分泌毒素,什么时候分泌解药?万一按错了呢?"

"共生体听从的是意念的指挥。只要你有强烈的意念,它就会准时出现并有效地完成它的功能。"方弘逸说,"当然,万一咱俩闹翻了,这个装备就会消失,不再为你服务。"

"可是——"何珞珈还想再问,方弘逸忽然嘘了一声,指了指左边。

林中草木哗哗作响,响板声如紧锣密鼓,另一只封豨飒然而至,口中依然叼着沈伊湄,见到光头汉子,忽将沈伊湄往地上一抛,发出一声悲鸣。

　　封豨伏在地上,变身成一名窈窕女子,紧紧抱住光头汉子,两人胸膛紧贴,掌心相握,似在互相传输能量。那汉子本来瘫软如泥,过了片刻,身子忽然动了一下。

　　何珞珈猛地一惊,焦急地碰了碰方弘逸。她在想,万一两只封豨能量恢复,对她们再次攻击,可怎么办?

　　方弘逸手中彤弓忽现,引箭上弦,对准光头汉子嗖的一下,直中他的太阳穴。

　　汉子的头猛地一歪,直挺挺地向后倒去,女子亦跟着他同时倒下,顿时没了声息。数秒间两人已化作一团尘埃,被风吹得无影无踪。

第二十六章
远人村

见封豨已死,何珞珈一个箭步就要冲过去抢救沈伊湄,被方弘逸一把拉住:"别急!附近可能还有封豨。"

何珞珈一个没站稳,整个人都跌进了方弘逸的怀里,方弘逸两只修长的手臂顺势拢住了她,将她往地上按了按。何珞珈弓腰蹲下,方弘逸紧挨其背,因为个头大她一号,像只竖起的盾牌挡在她身后。两人继续在草间潜伏。

夜风很凉,头顶的树上不时传来咪咕咪咕的叫声,也不知是什么鸟儿。受到惊吓的小兽在灌木中哧溜乱窜,扰得树叶沙沙作响……

不知沈伊湄现状如何,何珞珈十分着急,宁可被封豨叼走的那个人是自己,也好过面对佳惠阿姨,通报一个坏消息。她越想越怕,腿抖得厉害,牙齿也咯咯作响。方弘逸察觉到了,低声安慰道:"别担心,你朋友没死,我能听见她的呼吸。"

这话并不能消除何珞珈的焦虑,但她懂得方弘逸的做法。双兽临死之前,响板之声大起,一定是向附近的同伴呼救,所以不能轻举妄动、暴露目标。她们离沈伊湄坠落的地点只有十步之遥,当中隔着一大丛灌木,要想越过,定会弄出很大声响。而沈伊湄那边也没有任何动静,如果她还活着,不可能不过来找自己。

何珞珈猜测沈伊湄要么晕倒,要么身受重伤无法移动。这么一想,何珞珈又开始紧张起来,于是将双手撑在地上,左腿屈膝,做出了起跑的姿势。只要方弘逸一声令下,她将会第一时间冲到沈伊湄身边。

正在这时,远处山间隐隐传来哒哒的响板声,伴随着其他动物的嘶吼。

"快去!"

方弘逸推了何珞珈一下,她一个猛冲,以最快的速度跑到沈伊湄身边。只见沈伊湄仰面朝天,四肢横斜,似乎晕了过去。何珞珈俯下身去轻轻拍了一下她的脸,连声唤道:"伊湄,伊湄?"正要检查伤势,沈伊湄突然一个鲤鱼打挺坐起来,警惕地望向四周:"野猪呢?已经走了?"

两人大吃一惊,同时又大大地松了一口气。

"全都死了。"何珞珈一把拉起沈伊湄,嗔道,"干吗一动不动地躺在地上,我还以为你出事了呢!"

"我这不是在装死嘛。"

"没被咬坏吧?"

"没有。"

沈伊湄今天运气好,她穿了件很厚的牛仔连体裤,封豨往前跑时,正好叼住了她后腰的衣服,她整个人都兜在结实的牛仔布中,并没有碰到封豨的利齿。但她的额头、手腕因为摔在地上有几处严重的淤青。右手的手指、手背跟何珞珈一样,为尖锐的鬃毛所刺,上面血肉模糊,满是伤口。

被封豨抛下后,沈伊湄落在深草中,四周都是灌木,她不知发生了什么事,更不知何珞珈的身边为什么突然多出了一个男人,听完何珞珈的解释,这才释然。

"他就是方弘逸。"何珞珈介绍说,"幸亏赶来了,不然你我的小命就交待了。"

林内一团漆黑,方弘逸用手电筒照了照自己的脸,做了一个鬼脸:"嗨,我是方弘逸,我长这样。"

"地球人沈伊湄,很高兴认识你。"沈伊湄大方地伸出手,和方弘逸握了一下。刚才的事她心有余悸,直到现在,呼吸依然急促,嗓音仍然发颤。

"这是羿族的药膏,能治疗跌打损伤。"方弘逸递给她们两管透明的药胶,里面装着淡黄色的果冻状物,何珞珈、沈伊湄连忙将它挤到手中四处涂抹。

"你怎么知道我们在这儿?"沈伊湄问道。

"我去你家找珞珈,佳惠阿姨说你们出去了,她很担心,让我务必把你们接回去。"方弘逸一面回答一面看着她们,眉眼含笑,月光在他俊俏的脸上涂了一层淡淡的金光,"她说你们去了鹭阳区的北郊,结合今天发生的事,以及珞珈的脾气,我猜多半是远人村,就开车过来看看。刚到这里就听到了封豨的叫声,我想你们大概是在林子里吧。"

"猜得太对了!"沈伊湄哈哈一笑,笑到一半,远处传来一声兽鸣。那声音十分怪异,似乎经过一道幽长的共鸣腔,像深海的鲸鱼,又像乐队里的低音号。除了恐怖的兽鸣,还有一声接着一声的响板,从数量上猜,至少有七八只封豨兽在向他们的方向移动。

"妈呀,这是到了侏罗纪公园吗?"沈伊湄吓得脸都白了。

"快走!"方弘逸带着她们向南跑去,"这一带巡逻的还有其他更凶狠的族类,凭我们三个根本对付不了。"

跑了几步,方弘逸发现何珞珈留在原地没动,又折回来:"珞珈,跟上!"

"弘逸,请把伊湄平安送回丽珠小区,"何珞珈拉着他的手,郑重叮嘱,"拜托了!"

"珞珈,"沈伊湄急道,"你不跟我们一起?"

何珞珈平静地摇头:"都已经走到这儿了,再走几步就是远人村了,我不想放弃,我要进去看个究竟。"

"看什么看呀!"沈伊湄死死地拽住她的胳膊,"好奇害死猫!你就不怕再来只封豨把你给吃了?"

"不会的。"何珞珈用力甩开她的手,"在没拿到赠子之前,他们不敢吃我。"

回想刚才发生的一切,何珞珈意识到那两只封豨其实并没有主动地攻击过她,而是一直处于防卫状态,头顶上的珠子哒哒作响,似乎在向她喊话。而且最先被叼走的人也不是她,而是伊湄,可见封豨知道她是同类,虽然闯了禁地,也只是想将她生擒或是赶走……

"伊湄说得没错。千万别去,去了就别想出来了。"方弘逸不解地看着何珞珈,急得直冒冷汗,"珞珈,我知道你有疑问,回家路上,我可以慢慢地跟你说,全都告诉你。"

"不!"何珞珈一脸固执,"关于我的过去,我不想再听到任何人跟我讲故事!我不相信!各种版本在互相打架,我要亲手调查,我要亲眼看见!"

"珞珈,听我说——"

"你不是也说我的家在远人村吗?村子里应该有我的亲戚吧?我父母也在那里,我特别、特别地想见到他们。"

"珞珈,难道现在你还不明白?"方弘逸凝视着她的脸,一字一顿地道,"你是被远人村赶出来的,如果他们真的欢迎你,这些年为什么从来不请你回去?"

"没错,这就是我的疑问!这就是我想弄清的事!我非去不可,你们谁也别拦我!"

"何珞珈,"方弘逸一把揪住她,忍不住一声低吼,"别犯傻!"

"都到家门口了,你们还不让我进去?"何珞珈用力推开方弘逸,"我要回家,我要见我爸妈!"

"他们这样对你,你还想回去?"方弘逸不肯放手,双手紧紧地扣住她的肩膀,"何况我们刚杀了两只封豨。这笔账远人村肯定会算到你头上吧?你觉得村里人会原谅你吗?"

"没猜错的话,我跟封豨一样,也是一只兽,对吗?"何珞珈努力地眨了眨眼,想把涌出的泪水憋回去。就在两只封豨互相拥抱的那一刻,他们的手背开始发光,上面出现了一些金色的血管状纹路,一隐一现,忽明忽暗,仿佛有某种奇异的电流通过。她能清楚地感应到这种势能,双眉之间的印堂穴也跟着剧烈地颤抖。她记得第一次见到何千木时,兄妹俩双手相握也出现过同样的情况,这大概是瑟族之间互相输送能量的方式吧。

"珞珈——"方弘逸欲言又止。

"如果我是一只兽,"何珞珈的声音出奇地平静,"不应该留在远人村吗?"

方弘逸怔怔地看着她,沉默了几秒,指着左边的一道小坡:"你往那边爬,到了顶上,会看见一个白色的石头。绕过它向西走二十米,应该就到了。"说罢拉着沈伊湄的手,头也不回地走了。

何珞珈没费什么力气就爬上了那道小坡,看见了白色的石头。

与此同时,视野蓦然开阔起来。小坡下面的山谷里出现了房屋、街道、路灯以及隐隐的音乐声……橘黄的灯光在夜色的包裹下、在树木的掩映中,显得平静安逸、与世无争。展现在何珞珈眼底的远人村看上去就像一个普通得不能再普通的居民小区,没有奇花异果,没有诡异建筑,甚至没有一座像样的围墙。

那道山谷并不是纯粹的洼地,而是有几处起伏,灯光若隐若现,渐渐地与西陵山南麓挨在了一起。这些灯光只限于山下,山上仍然是黑魆魆的,一副了无人烟的样子。何珞珈在心中估算,远人村面积不小,但人口不多,房屋之间距离稀疏,间杂着两个人工湖泊和一些公共庭院,园林绿化做得不错。但从规划布局上看,也只能说是平淡无奇,无任何抢眼之处。论热闹不如丽珠小区,论设计感不如楚田公馆。

一阵山风吹过,带来一股清晰可辨的肉香,似乎有人在后院烧烤。

与戒备森严的大门相比,居民区竟然如此宽松地呈现在一个陌生人眼前,似乎可以随意进出,何珞珈觉得逻辑上有些不对。无论如何这也是瑟族在地球上的一个堡垒,一个手脚灵便的外人就可以轻易窥探潜入的话……也太不符合外星人应有的神秘做派了吧?

何珞珈猜得没错。眼看就要走出树林踏入草地,身后一物忽至!没等她转身看清,那物已经将她的大半个身子团团卷起,以不可想象的速度将她拖上了一棵大树,一路上草叶塞窒,树枝折断,而何珞珈只觉得自己坐上了电梯,没明白怎么回事就已经刺啦啦地到了树顶,然后身子猛地一坠,吊在了半空中。

上吊是什么感觉,何珞珈这回真切地体会到了。

抬头一看,一只头上长角的巨蟒正张着大嘴对着自己,粉红的芯子湿答答的,在她脸上撩来撩去。巨蟒的角上挂着一串黑白相间的珠子,它哧哧喘气,珠子随着滴答作响。何珞珈被芯子上的黏液糊了一脸,像是被浇了一桶透明胶水,胶水堵住了她的鼻孔,她想呼吸,却吹出了两个泡泡。手臂、身子也被巨蟒牢牢卷住,完全不能移动。

那是一条十几米长的黑色大蟒,背上布满了网状花纹,脑袋比她的头还大,身子比她的腰还粗。巨蟒越缠越紧,何珞珈困在其中,无法呼吸,瞬间把一张小脸憋成了绛紫色,眼看就要昏厥过去,忽听砰的一声,不知何物打在了巨蟒身上,巨蟒的身子略微松动了一下,趁这当儿,何珞珈连忙张口吸气。大蟒将她再次卷起,往天上一抛,何珞珈像个溜溜球般在空中滚动起来,一连打了几十个转!何珞珈晕头转向,吓得用双手捂住脑袋,眼看就要从三十米的高空坠落在地,地上忽然豁开了一个大洞,一物从地底钻出向她迎来,惊慌中何珞珈伸手一抓,抓住了两根白色的管子,连忙当作扶手紧紧抱住,那物嗡的一声低吼,站直身子,何珞珈定睛一看,哪里是什么扶手,分明是一对巨齿,自己正蹲在一个人形怪兽的大嘴之中,四周密密麻麻全是利齿,每一根都闪着钻石般的光泽。在齿尖和口腔中,堆满了沙土、石块,仿佛到了某个废墟。

怪兽倒也没有为难她,用手将她从嘴里抓出来,放到地上。何珞珈抬头一看,那兽有两人多高,体形比棕熊还要庞大,身上覆着鱼鳞状的角质甲片,上面满是泥土,甲片的边际长满了坚硬的疙瘩。它的头顶上也有两只角,像封豨一样挂着一排白色的珠子,嘀嗒嘀嗒碰撞作响。

在空中翻腾了半天的何珞珈感到一阵胸闷,她向来有恐高的毛病,而且容易晕车,车内只要空气不好就会突发性呕吐,这在上次关城的汽车中已经发生过一次了。她不顾腿软从草地上站起来,胸中烦恶,不禁狂呕起来。

吐了大概两分钟,一直吐到胃中无物只剩胆汁,这才觉得松快了一些。直到这时,她才想起第一次见到何千木时,何千木曾经叮嘱过她:不要为他做任何事,过自己的生活,不要回远人村。亲哥哥的话,她怎么就没听?怎么就这么大大咧咧、不顾死活地来了?十分钟前,方弘逸让她跟自己回家,她也没听,一心要闯远人村。现在可好,无论是被巨蟒吞噬还是被怪熊嚼食,这样的死法都是她不敢想象的。逃跑已经来不及了,她索性一屁股坐到地上。再抬头时,眼前的怪兽整体消失,取而代之的是一群男人,何珞珈数了数,共有五个,将她团团围住。

一个黑衣人从树上跳下来,一脸嫌弃的样子:"你们不用向我扔石头,我不过想吓她一吓,如此而已。"他是个颧骨宽宽的瘦高个儿,两只眼睛离得很远,俗称鲶鱼脸。何珞珈听说这种长相的人面部立体又耐老,容易被挑成模特儿。他那样子看不出具体年纪,大概三十来岁吧。

"您明白就好。"另一个穿着白条纹运动衫的男人说,个子粗壮,虎背熊腰,有点龅牙,"关城的女人最好别惹。"

"冷浩夫妻是她杀的?"一人问道,"她能下得去手?小时候冷浩还抱着她玩过呢。"

"不是她,是方弘逸。"另一人抱臂冷笑,一脸的不屑,"她也动过手,身上有冷浩的血。"

"很显然,是她把方家人引过来的。"

"就像上次那样。"

"嗯,就像上次那样。"

众人无声地交换了一下眼神。

"关城摊上这么个吃里扒外的女人,也是倒霉。"

"不是说失忆了吗?怎么还记得方弘逸呢?"一人表示不解。

"装的呗,村长都拿她没办法。"

"刚才她和姓方的一直抱在一起,我全看见了。"鲶鱼脸说。

"看见了也别瞎说。"运动衫警告,"小心关城揍你。"

"千木也会揍你的。"另一个人低低地补充了一句。

何珞珈坐在中间,听他们七嘴八舌地说了半天,却从头到尾不肯提起她的名字,好像那是某种禁忌,她决定一言不发,继续装聋作哑。

"怎么办?"一人问道,"村长明令禁止任何人探访何珞珈,但现在她来探访我们了。是把她押回去,还是赶出去?"

"请示一下村长?"

"他不在村里。"

"主任也不在。"

"嘘,少说两句。永廉来了。"

众人忽然噤声,抬头看向草地的北端。远处一辆六人座的观光车已悄无声息地驶到路边,一个穿着银色西装的人跳下车,快步向他们走来。

"这里交给我吧,"永廉淡淡一笑,"各位可以走了。"

"冷浩的事呢?"鲶鱼脸问,"怎么通知冷家?"

"村长已经知道了,他说他来处理。"

几个人瞬间不见了。

一只手伸过来扶住了何珞珈的胳膊,将她从地上拉起来,顺便拍了拍她衣服上的尘土,关永廉的态度十分客气,脸上保持着友好的微笑:"珞珈,好久不见,受惊了吧?"

"还好。"何珞珈站直了身子。

相对一米八几的关城,关永廉的个子不算高,肤色白皙,五官端正,在长相上没什么能让人记得住的特点。但从整体气质上说,给人一种稳重、真诚、值得信任、愿意亲近的感觉。

"怎么突然想起要过来玩?"关永廉递给何珞珈两张湿纸巾,"想家了?"

"嗯,回来看看。"何珞珈擦掉脸上的黏液,很奇怪"回来"这个词是怎么跳上了舌尖,"没想到这么不受欢迎。"

"怎么会?"关永廉笑了,"来得正是时候。今天是村里的美食节,我带您去走走?"

"好啊。"

何珞珈将弄脏的湿纸巾捏成一团,四下看了看,没有发现垃圾桶,只得攥在手中。

"给我吧。"关永廉伸手接过湿纸巾,从口袋里掏出一只塑料袋,抖了抖,将湿纸巾塞了进去。

"村里的事儿,您还能想起多少?"观光车上,关永廉问道。

"什么也想不起来了。"

"啊哈。"

"刚才那只大蛇去哪儿了?"何珞珈扭头看了一眼身后,"把我卷到树上的那位。"

"它不是蛇,样子有些类似,所以外面人叫它修蛇。"关永廉一面开车一面说,"它可以变成人形,就是穿黑衣服的那位。"

"那只大熊呢?"何珞珈又问,"长满白牙的那位。"

"它也不是熊,因为长着厉害的牙齿,人们叫它凿齿。"

联系它的长相,何珞珈猜道:"穿运动衫的先生?"

"对。"关永廉笑道,"他们都是西陵山的守卫。如果您以前不住在远人村,不是瑟族,是绝对不可能进来的。"

"这么大一座山,也没有很长的围墙,总会有人不小心走进来吧?"

"当然有。附近的人也会偶尔过来爬爬山、采采蘑菇、挖挖草药什么的,只要不进村子一般也不会有事。如果想偷偷进村就会被守卫的人赶出去,出去之后也会失去相关的记忆。"

"明白了。"

观光车在一个种着银杏的小屋面前停了下来,关永廉说:"这是您住的房子,还记得吗?"

"不记得了。"何珞珈好奇地探出头去,"我一个人住?"

屋子从外观上说平淡无奇,甚至有些简易,但面积不小,而且是单门独栋。

"您本来是和爸妈住在一起的,爸妈生病搬出去了,就一直是您独住。"说罢关永廉又指了指对面的一栋屋子,"也不算是纯粹的独住,您的哥哥就住那边。"

"关城呢?"

"他在另一条街,不过经常过来看望您。"

"我和他真的……订过婚?"

关永廉幽幽一笑,摇摇头,似乎不知道该怎么解释:"瑟族没有订婚一说。族里的人出生后,威瓦会根据他们的生物数据通过运算指派一位它认为最合适的配偶,然后由他们自行挑选日子住在一起成为夫妻。"

何珞珈不禁皱眉,这不是另一种形式的"指腹为婚"吗?原来瑟族根本没有恋爱自由,婚姻大事连父母都说不上话,比人类还惨。这么先进的科技,这么落后的文明,不匹配啊……

"威瓦是谁?"何珞珈又问。

"威瓦是瑟族的 AI 系统,负责照顾瑟族的方方面面,小到日常生活,大到全局规划、宏观决策……威瓦服务瑟族已经很久很久了,说它是我们大脑的一部分也不为过。这里所有的人都是在威瓦的照顾下长大的,大家像信任自己的父母那样信任它。"

为了解释清楚,关永廉特地放慢了语速。他的声音有种奇特的力量,仿佛一种镇静剂,能让身边人的情绪迅速平静下来。

关永廉带着何珞珈下了车,将她引进屋内,建议说:"您身上全是泥,又湿又冷,一定很不舒服吧?要不要先洗个澡,换件干净的衣服?然后我再带您四处逛逛?"

除了泥水,何珞珈的手上、颈间还有修蛇的黏液,那东西倒不难闻,只是感觉恶心,就像一团鼻涕糊在身上,她连忙点头:"好的。"

穿过客厅时,何珞珈粗略地打量了一下这间屋子,从线条上看,横平竖直,是极简、冷淡的北欧工业风格。里面只有最基本的家具,灰色的沙发,白色的茶几,靠墙处有一排组柜,上面点缀着几只红色的陶器。窗边种着两盆一人多高的天堂鸟,枝繁叶茂。何珞珈知道这种植物怕旱忌涝,一定有人经常浇水,才会长得如此生机盎然。饭厅是开放式的,当中一张巨大的黑木饭桌,配着八张鹅鹕椅——甜品店搬家时,沈伊湄曾强烈地向店长推荐过这种椅子,何珞珈觉得好看,贸易平也很动心,最后算下来价格太高不符合预算,没买,沈伊湄怨念了好久。

与客厅相比,浴室的设计倒是豪华雅致,充满了异国风情,大理石墙面,嵌入式聚光灯,金色的淋浴,圆形的浴缸……何珞珈没有多想,脱下衣服,打开热水,认真地冲洗起来。

洗好之后,她关掉热水,推开玻璃门正要去拿挂在旁边的浴巾,冷不防与关永廉撞了个正着。

何珞珈吓得抓住浴巾胡乱地往身上一裹,喝道:"喂!我在洗澡,你怎么就进来啦?"

关永廉手里捧着一叠衣服,看上去一脸淡定:"您介意吗?"

"你是男人,我当然介意!"

"我不是男人。"关永廉更正,"我是机器人。"

"……"

"这里的人可以当着我的面做任何事,不会有任何难堪。"

何珞珈呆呆地看着关永廉,有点儿反应不过来,过了一会儿才说:"那你,能变成女的吗?"

"可以,但必须是我主人发出指令。"关永廉递给她一件内衣,"不过我认为没有必要,您很快就会习惯。"

何珞珈想了想,觉得他说得没错,正要放下浴巾,忽然又想起了千鹿,一会儿是她奶奶,一会儿是何千木的助理,顿时疑心大起:"我怎么知道你是机器人?我根本看不出来。"

"瑟族机器人就那么一些,所有的人都认得。如果您没有失忆,也会认得。"关永廉耐心解释。见何珞珈瞪大眼睛依然不肯相信,他淡笑一声说:"根据今晚的气温,我给您挑了几件衣服,省去您选择的烦恼。"

他挑的是一件银黑色的羊毛斜纹软呢外套和一条充满仙气的白色针织连衣裙,一眼看去,无论质料还是款式都很高级。

何珞珈觉得它们绝对不属于自己的消费水平。

"你……确信这真是我的衣服?"

"当然。这是主任送的。"

何珞珈哦了一声。

"这双皮鞋很软,穿它走路不伤脚。"关永廉变戏法一般将一双鞋放到何珞珈脚边。

"也是主任送的?"

"不,是赵可儿送的。"

何珞珈不认识这个人,一脸茫然。

"她是冷浩的妻子,你俩以前挺熟的。"

何珞珈心中一惊,脸也跟着白了一白。赵可儿就是刚才死去的两只封豨之一。

关永廉立即意识到了,连忙说:"我本来想拿别的鞋子,但你刚才在山里跑过,脚有点儿肿,只有这一双比较宽松,你穿着不会难受。"

关永廉这么体贴,何珞珈哪好意思挑三拣四?

浴室的水雾渐渐消失,关永廉看着何珞珈身上的水珠,很礼貌地问道:"需要我帮您擦干身子吗?"

"不用不用……"何珞珈尴尬地接过衣服,"请在外面等我一下,我马上出来。"

衣服很合身,像是为她量身定做的。何珞珈从没穿过这么好的料子,柔软丝滑,像是裹在身上的一层皮肤。美中不足的是右边的衣角有个指头大小的洞,旁边的线也松了,像是被人故意抠开的。

何珞珈想起方弘逸说过,她爱捻毛衣上面的线头,搞得很多毛衣上都有一个洞。现在,她相信这件衣服的确是她的了,以前曾经穿过。

何珞珈不禁认真地看了一眼四周。这个房子难道真的是她以前的家?

第二十七章
美食节

关永廉提到的美食节在远人村的中心广场上举办，两人赶到时，正进行得如火如荼。

广场的音乐喷泉边聚集了一百多人，四周搭着一圈五彩的帐篷。每个帐篷里都站着两个戴着手套、西装革履的青年，或男或女，在里面展示着自己拿手的美食，煎炒烹炸、焖煮炖烤，应有尽有。一些是本地著名的小吃，如汤包、面窝、豆皮、烧卖之类；一些是听说过没见过的珍贵食材，如燕窝、松露、雪蛤、鱼子酱之属；更有几样何珞珈闻所未闻的东西，如爬满白蛆的奶酪、油炸的狼蛛、号称是从巴西运来的佩吉果……最多的还是裹满了鲜红色酱料的烧烤，如鸡翅、羊腿、牛排、猪扒。浓烟滚滚，香气扑鼻。

何珞珈觉得，仅从这些展示的美食上，看不出瑟族与人类在饮食上有任何区别。这些食材，无论是常见的还是罕见的，都是地球上找得到的，也是人类会去吃的东西。她自己爱吃九样小菜，虽然有些古怪，但沈伊湄和李佳惠很快就接受了，毕竟这些菜她们自己也会去吃。

那些在广场上享受美食的村民也看不出与人类有任何区别，每个人看上去都像是正在度假，衣着宽松、身姿懒散、睡眼惺忪，有几个干脆穿着睡衣拖鞋四处游逛。左右两个临时吧台，各种饮料无限量供应。喷泉的东面摆着三排长桌，铺着雪白的桌布，村民们从摊点取到食物后便找把椅子坐下来吃喝。所有的人都互相认识，一圈一圈地聚在一起聊天，各种手势热情洋溢地比画着。不奇怪啊，鹭城的夜市都是这样的啊。

关城和何千木是珞珈最先打交道的瑟族,像他们这样既出众又让人记得住的"高级脸",整个鹭城乃至全省也挑不出几个。于是何珞珈就有了"瑟族男人颜值高"的印象。现在她发现,以人类的审美观来看,关城、何千木就是瑟族的最高值,其他人都长得极其普通,无论身材还是五官的比例或多或少都有些失调,属于扔进人堆里完全找不出来的那种,当然这些也不是他们的本来面目。

看着看着,何珞珈还是看出了两个问题。

一,瑟族似乎没有小孩。广场上所有的人都在二十岁到五十岁之间,以男性居多。

二,大家似乎都认得她,却没一个人主动上来打招呼。只要是她出现的地方,原本拥挤的摊位会马上空出来,周围的人会假装无意地走开。

何珞珈心中一阵沮丧。她想到过自己不受欢迎,但没想到是这样"大面积"地不受欢迎,她只好缩胸低头,磨磨蹭蹭地跟在关永廉身后,以免败坏了村民的兴致。关永廉倒是没有察觉,一面引路一面兴致勃勃地介绍着各种美食:

"老钱家的红薯面窝,又酥又脆,尝尝?"

"烤玉米、烤麻薯、香椿饼、小米甜甜圈……这几样都是您以前爱吃的。"

"别看这椰子煎饼貌不惊人,一吃就上瘾!"

何珞珈有点饿,接过椰饼尝了一口,果然美味。但她心中疑问太多,无心欣赏美食,见关永廉态度温和有问必答,于是问道:"如果瑟族的婚姻是由威瓦指定,那还需要约会、谈恋爱吗?"

"不需要啊。"关永廉笑道,"瑟族人从来不谈恋爱。"

"没有事先足够的了解,夫妻俩住在一起,会不会产生矛盾?"

"矛盾嘛,肯定会有,就像人类一样,几十年的老夫妻也会打架。但经过威瓦指定的配偶,他们之间的矛盾肯定是最少的,也是最容易克服和缓解的。"

"也就是说,一旦嫁了,就不能离婚了?"

"不是不能,以前有人离过,后来发现是个错误的决定,又全都与原配复合了。"关永廉抬了抬眉毛,自信地一笑,"在算法与数据分析这块,谁也别想跑赢威瓦。"

"那两人之间……"何珞珈试图理解这种奇异的婚俗,"还有爱情吗?"

"当然有啊。不谈恋爱不等于没有感情呀。在瑟族文化中,夫妻之间最完美的归宿就是同时死去。他们之中有些人会一起注射同生素,不求同年同月生,但求同日同时死。哇哦,多么浪漫的想法。"说这话时,关永廉抬头看天,一副艳羡的样子。

"也就是说,在瑟族文化中,没有出轨这种事?"

"没有。"关永廉想了想,又说,"您是第一个。"

"我?出轨?"

"您和主任注射同生素的那一天,我也在场。那是个庄严、神圣的仪式,主任和您选择保密,所以我们没有公开。在场的人都很感动,都以为你们非常相爱……"

"也许我并不情愿呢?也许是受人所迫呢?"

"您当时的确不大情愿。因为要执行一项九死一生的任务,大家都知道您不大可能会活着回来,您不愿意连累主任。但主任执意要做这件事,一是为了鼓舞您的斗志,二是为了向您表达忠诚。"

何珞珈看着关永廉,心中微微触动:"九死一生的任务?是什么任务?"

"说来话长……"关永廉拍了拍何珞珈的肩膀,"而且在这里聊有点儿煞风景,等下找个机会再详细地告诉您,好不好?"

人家不想说,何珞珈只好把话题兜回来:"如果有人不想结婚怎么办?会被威瓦逼婚吗?"

"不会。这个威瓦也能算出来,比如你哥千木,就一直单身。瑟族跟人类一样,有很多的种族,每个种族都有自己的语言、历史、文化和习俗……婚俗也是各自不同、千奇百怪的。"

关永廉非常健谈,何珞珈却有些口渴。经过一个摊位时,她无意瞥见一杯奶茶状的东西,里面点缀着十几粒黑白相间的粉圆,正要拿到手中,却被关永廉伸手挡住:"您确定要喝这个?这可不是素食哦。里面泡着的东西是吞拿鱼的眼珠,是主任最爱吃的零食。"关永廉帮何珞珈挑选了一杯果汁:"喝这个吧,这是石榴汁,您以前很爱喝的。"

何珞珈接过去,插入吸管喝了一口,指着帐篷里忙碌的青年问道:"他们也是村里的?不是从外面请来的?"

与村民懒散的作风相比,这些在摊位上工作的青年个个精神抖擞、干劲十足、态度礼貌、体贴周到,充满了服务精神。

"他们都是机器人。"关永廉说,"代表自己的主人制作美食招待大家。"

何珞珈立即想起了关飞廉,不禁有些愤愤不平:"那主人们都干些什么?"

"主人们负责品尝。"

"除此之外呢?还有别的工作吗?"

"没有了。"

"不需要挣钱养家?"

"不需要。"关永廉摇头,"有些人会选择出去工作,也纯粹是兴趣爱好,打发时间而已。咱们村里有自己的制药厂和药田,一些人会选择去药厂上班,或者去药田种草药,什么时候去,干几个小时都随意。有些人也会去村子外面找事干,一般都是些文艺类的工作,如作曲、雕塑、绘画、设计之类,基本上都是兼职,也不在乎收入。"

何珞珈看着广场上乌泱泱的人群,觉得难以置信:"大家都不认真工作,这么多人谁来养活?"

"村长和主任负责规划,投资这块主要是我带着几个手下在做,瑟族的科技比人类发达,为了保持低调,我们不会大张旗鼓地去挣钱,但我们从来也不缺钱。村民们不需要操心自己的生活,大部分时间也不需要动任何的脑筋,所有需要智力、体力和耐力的工作都是由机器人来完成的。"

难怪关城总是一副懒洋洋没睡醒的样子,何珞珈心想,他的生活完全仰赖关飞廉的照料。一个机器人,可以二十四小时不间断地工作而无任何怨言,多好啊,人间天堂不过如此。

"照你这么说,瑟族人的大脑是不是已经退化了?"

"退化?"关永廉的眸子定定地看着何珞珈,明亮而充满感情的眼波令她高度怀疑站在自己面前的只是一个来自外星的机器人,"退化倒是谈不上。他们有正常的智力,只是不爱动脑筋,也没这个习惯。很多人不会开车而且是十足的路痴,没有贴身助理根本不敢出门。数学嘛,只有小学二年级水平,乘法表是没背过的……"

听到这番描述,何珞珈心中顿时浮现出一群在菜场里卖菜的大叔大婶,哦不,大叔大婶的文化水平可能不高,但每天进货出货,计算器按得飞快,因为要去远郊拉货,很多人都会开车……

"那样的话,不是很容易上当受骗吗?"

"所以是机器人代劳啊。以人类的智力,想骗过瑟族机器人是不大可能的。"

"并不是所有的瑟族都这样吧?"何珞珈说,"我见过关城,他看上去挺正常的呀。"

回忆起关城与自己打交道的几件事,何珞珈觉得他对金钱有很强的概念。比如甜品店被烧,记得让她写借条;比如担心狗狗生病,知道提前买保险;她提出要买直升机,他也没有立即答应,还问她是不是开玩笑,显然知道直升机不便宜……

"关城是咱们的主任,主任当然不一样。"关永廉哈哈笑道,崇敬之情溢于言表,"主任是村里的二把手,是瑟族未来的领袖。他经常说自己责任重大,不敢懈怠。除了村长,主任就是村里最爱动脑筋的人啦。"

"真的?"

"当然是真的。"

想不到那位说话拖腔拉调、做事没正形的"未婚夫"居然这么受人敬重,何珞珈觉得有点儿意外。

何珞珈跟着关永廉边吃边聊,心中十分好奇这个机器人是否与人类一样有意识、有感情、有冲动,因为从言谈举止上实在看不出他与常人有任何区别。关永廉的殷勤与村民的冷漠形成鲜明的对比,何珞珈越是倍感孤立,对他的好感越是直线上升。

他们一路走到喷泉背面,在一个不起眼的灰色帐篷里,何珞珈终于遇到了熟人,忍不住叫了起来:"店长!水手大哥!"

贺易平与龚晓宇正在专心地做一盘彩色的马卡龙。小圆饼已经烤好了,他们正用不同的裱花袋往里面填着各种馅料。两个男生都穿着浅色的西装,看见何珞珈,他们连忙放下手里的东西,热情地招呼:"哈啰!哈啰!珞珈,晚上好!"

"原来你们就住在远人村啊?怎么不早说呢?"何珞珈意味深长地一笑,接着又瞪了他们一眼。想到当初问他们是否认识何千木,两人都指天发誓说不认识,更不知道她有个哥哥。何珞珈一直当他们是靠谱的朋友,原来瑟族机器人说话也是割草不用镰刀——胡扯。

见两人不接话,何珞珈还想再挖苦几句,嘴一张开就被几颗马卡龙塞得满满当当:"这是刚放凉的,外面脆里面软,快尝尝!"

"店长——"何珞珈大嚼了几下,将马卡龙强行咽下肚去,正要继续说话,身后忽然传来一个生涩的声音:"是你杀了冷浩?"

何珞珈一怔,转过身去。一个圆脸、矮胖、梳着拖把头的男人站在她面前。褐色的皮夹克上镶着两排银色的铆钉,牛仔裤、马丁靴,看上去像个摇滚歌星。

"我?……我没有……"何珞珈不知如何作答,见那人来势汹汹的样子,顿时结巴起来。

"冷浩是方弘逸杀的。"关永廉一脸平静,"跟她没关系。"

"怎么没关系?是她把方弘逸引来的。"那人脸色一沉,声音高了八度,"关永廉,这事不能就这么算了吧?"

"您的弟弟是在履行职责的过程中英勇牺牲的,我们会隆重地处理后事,也会尽力地抚恤家人。"

"就这些?"

"就这些。"

"如果我要何珞珈偿命呢?"那人怒道。

"没这样的规矩,也没这样的先例,您不能乱来。"关永廉的语气依然淡定。

"何珞珈是瑟族的叛徒,她早就该死了!"那人吼道,"关城一直袒护她不说,还把她放出了远人村,让她继续作恶!关永廉,你把关城叫出来,我要跟他当场对质!"

"主任不在村里。"关永廉答道,"您要是有意见可以跟飞廉约个时间,主任一向关心大家的诉求,他一定会妥当解决的。"

"少在这儿跟我和稀泥!"那人冷笑,"妥当解决?不可能!何珞珈的命是命,我弟弟和我弟媳的命就不是命了?他俩就这么白白地死了?"

"请不要意气用事,冷峰。"见那人的唾沫星子几乎喷到了何珞珈的脸上,关永廉向前走了一步,将何珞珈挡在自己身后,"何珞珈为什么不能死,这里所有的人都清楚。您的亲人去世了,我很难过。您对主任有看法,我也向您指出了协商的途径。如果您愿意跟我约个时间聊聊,让我帮您按摩、解压,我随时随地恭候大驾。"

"我现在就想解压!"

啪!啪!啪!啪!冷峰左右开弓,狠狠地抽了关永廉几个巴掌,仍不解气,又飞起一脚踹在他的胸口上。

无论冷峰怎么拳打脚踢,关永廉都不还手,要么全盘接受,要么侧身躲避。很快,他的脸上、身上全是灰土,鼻子和嘴角都被打破了,鲜血流了一地。关永廉一边给自己擦拭,一边平静地说:"请继续,如果这样做对您的情绪有疗效。"

"别打啦!"何珞珈实在看不下去了,大喝一声,"他根本就是无辜的!"

"打他又怎么了,他不过是个机器人。"冷峰说完,嘭的一声,又给了关永廉一拳。

"机器人也需要被尊重!"

"哈哈哈哈……"冷峰一阵狂笑,"何珞珈,你是在人间隐藏太久,忘记自己是谁了吧?"

"我不知道我是谁。"何珞珈一字一顿地道,"你要是再不住手,我就去叫千木过来跟你说话!"

这话居然起了作用。

听见"千木"二字,冷峰的手停在空中,眉头一皱说:"千木?千木不是一直在基地吗?"

"我哥已经醒了。"

"你哥不是醒了,而是快死了。你果然是什么都想不起来了!"冷峰狠狠地盯着何珞珈,目光像把尖刀在她脸上刮来刮去,"你哥为了保护你,受了重伤。重伤他的就是你的小情人方弘逸!别这么看着我,我也不知道你为什么会变成这样!"

"……"

"你以为我会怕千木?我才不怕他呢!"冷峰又说,"你哥是好样的,我只是很吃惊你居然好意思提到你哥。"

第二十八章
基地

回到观光车,何珞珈仍为关永廉被暴力殴打而愤愤不平。在她的想象中,未来世界的机器人应该像"终结者"那样钢筋铁骨、杀伤力十足,没想到瑟族机器人竟是骨肉凡胎,受到欺负也不敢反抗,不禁为他感到悲哀:"在瑟族,机器人就没有一丁点儿人权吗?"

"没有。"关永廉一手开车,一手接过何珞珈递过来的纸巾,擦了擦脸上的血,神情依然是不愠不怒,"首先,我们不是人。其次,我们没有任何痛感,也就不会感到难受。"

"那活着还有什么意义?"

"这问题您会问钉子和扳手吗?"

"……"

"我们活着的意义就是为主人服务,为瑟族服务,主人满意就是我们最大的幸福。所以我们绝对不能擅自攻击瑟族,除非有特定的权限或上级的命令,否则就是大逆不道,就会被生物降解。"

"生物降解?"又是一个新名词。

"对机器人来说,等于死亡。"

"那如果主人允许你反抗呢?"

"那我当然可以反抗。"关永廉又说,"执行主人的命令永远是第一位的。如果反抗的对象比主人的职位更高,他也可以无视主人的意志,直接处死我们。"

何珞珈挑眉:"这么高级的文明居然也有森严的等级?"

"倒也不是。只不过来到地球的这批瑟族都是军人,军人之间当然有等级。"

何珞珈沉默了一下,在脑海中消化着这些知识,过了一会儿,问道:"谁是你的主人,永廉?"

"村长。"

何珞珈默默地打量了关永廉一眼,半天没有说话。直到此时,她也无法把关永廉看作是一个只会服从命令的机器,而不是一个有头脑、有思想的活人。若不是被方弘逸点醒,也许她一辈子也看不出二者的区别。何珞珈不禁心中暗想,如果关永廉是村长的助理,那他应该是瑟族机器人中级别最高、权限最大的一位吧?难怪之前在林中,怪兽们看见他,声音都低了半截,显然有所忌惮。尽管如此,冷峰在他面前发飙,他也不敢怎样,只能是低声下气、点头哈腰。瑟族机器人的行事做派,真的很难看懂。

观光车安静地向着后山的方向行驶。越靠近西陵山,地势越是起伏不定,中心广场的音乐声渐渐消失。山雾骤起,远处的路灯像空中悬浮的灯笼散发着淡而萎靡的光泽,仿佛随时都会熄灭一般。

"咱们这是去哪儿?"何珞珈问道。

夜寒如水,她用力地搓了搓手,掌心微微有些暖意后,将它们贴在冰凉的脸上。

"后山基地。"关永廉拧动手把,观光车开始加速,"您不是说想看望父母吗?"

不知为何,何珞珈心中升起了一种不祥的预感。资料显示西陵山山上除了一些药田之外,并没有任何的人工建筑,怎么可能平白无故地冒出来一个基地?

"此外,村长也很想见您。"关永廉又说,"他正在回村的路上,让我带您到基地去等着他。"

"村长……也认得我?"

"这里所有的人都认得您。"

观光车很快就到达了路的尽头、山的脚下。四周静悄悄的,没有灯光,也没有任何的声音,就连虫鸣也听不到,仿佛走进了某种真空。何珞珈有些紧张,以为要下车了,下意识地摸出手机照明,被关永廉伸手按住:"别下车,还没到呢。"

正在这时,一阵微风吹过,眼前忽然出现了一个巨大的圆盘,金属结构,直径五米左右,上面布满了灰色的晶体状鳞片,仿佛一个巨大的吸盘紧贴在山体之上。鳞片是活动的,随着某种节奏不断涌起道道波纹,多米诺骨牌一般扩散开来,形成奇异的纹理。几道金色光束穿梭其中，如神经元般勾勒出枝状的线条。与此同时，何珞珈的身上出现了强烈的感应，印堂发颤，手背发光，出现金色的血管状纹路。

"别怕。"关永廉拍了拍她的肩，让她镇定下来，"这是基地大门，人类是看不见的。"

那门近在咫尺，何珞珈伸手过去摸了摸，灰色的鳞片如水晶般冰凉，上面有许多细小的折叠与孔隙，如人类的大脑、珊瑚的骨骼，指尖所触，折叠展开，上面的纹路亦随之移动，出现变幻莫测的形状。

"这是……什么金属？"何珞珈好奇地问道。

"一种瑟星物质，类似人类的超颖材料，比那个更隐蔽、更先进。您能看见它，是因为瑟族的眼睛可以看到比人类更多的波长。"

话音刚落，圆形的大门忽然动了起来，上面的鳞片飞速穿梭，排列成螺旋的形状，正中心忽然向内一缩，出现了一条黑色的隧道，一道隐隐的白光从隧道尽头处透了出来。

观光车以一种悬浮的状态向隧道内进发，很快，大门就从身后关闭了。

四周有光，并不黑暗。

"你们把这座山挖空了？"何珞珈问道。

"不是向上挖，是向下挖。"关永廉说，"基地在大山的底下，很深很深。"

何珞珈正想问"很深很深"是有多深？一百米？两百米？观光车已经以一种不可思议的速度到达了隧道的尽头，平稳地停在一个金属平台上。

何珞珈从车上走下来，举目四顾，发现自己处于一个地洞的上方，或者说是一个巨大的金属腔体之内。光线很暗，一眼看不到对面，也看不见尽头。与大门的材质相仿，腔体的四壁都是晶状鳞片，泛着诡异的银光。站在地洞的边缘往下看，下面悬浮着数十个巨型的"喇叭花状"金属结构，或高或低，或大或小，一个挨着一个，互相缠绕，蜿蜒而下。与这些"喇叭花"交织在一起的是一些透明的管状通道，里面可见移动的光源，如一个个电梯四通八达。

何珞珈震惊地看着眼前的一切，这些金属、这些结构、这些管道，她闻所未闻、见所未见。如果说地面上的远人村与地球文化"打成一片"，这个巨大的地洞以及里面的建筑，毫无疑问来自外星。

"这就是你们的基地？"何珞珈只觉叹为观止。

"对。您看到的这些是瑟族飞船的一部分。"关永廉指了指金属腔体,"它本来是我们舰队的一艘旗舰,很可惜,降落时发生意外几乎坠毁。我们把剩下的材料运到这里建造了一个基地,最深处距离地面两千米。您现在就在飞船之内。"

地底的空气很温暖,甚至有些燥热。何珞珈脱下外套拿在手中,走了几步,脚步也有些轻飘。

"飞船里模仿的是瑟星的生活环境。瑟星的重力比地球略小,地表温度比地球略高……这些您以前都是很习惯的。"关永廉在前面引路,"请走这边——"

何珞珈跟着他走进了一道银色的大门,进入一个透明的电梯,电梯带着他们向地底的方向缓缓移动。

"我有一个疑问,"何珞珈突然说,"羿星与瑟星有什么关系?"

"相当于地球与火星的关系。它们都属于缪星系,而且互相为邻。"关永廉说,"瑟星与羿星是缪星系中最大的、也是最适合居住的两颗行星,上面的族类因为各自独立演化,无论是生物结构还是科技文明都有着很大的区别。缪星解体之前,两个星球的人各自乘坐飞船四散逃离。一些羿族人因为擅长空间折叠、探测虫洞和超空间迁跃,加入瑟族舰队成为导航员。"

"方弘逸就是这些导航员的后代?"

"没错。是羿族带着我们来到了地球。"关永廉顿了顿,又说,"羿族的科技远不如瑟族,飞行技术更是差了一大截。但他们的确擅长导航,特别擅长寻找稳定的虫洞,这样我们的舰队才可以安全穿越各种空间,不会因为遇到坍塌而全军覆没。"

电梯忽然停住。

关永廉带着何珞珈走过一条宽大的隧道,来到一个类似观景台的地方。

"这里是地下一千米。"

环视周围,何珞珈确信自己来到了飞船中部的某个"喇叭花"中。在视线的正上方,有三个透明的玻璃容器,每一个都宽约两米、高达三米,远远看去,像三颗巨大的胶囊。每只容器中都盛着淡蓝色的液体,其中一个是空的,另外两个各装着一只怪兽:九头、鸟身、蛇尾。肩部各有一角,上面如封豨那样挂着一串黑白相间的珠子。左边的一只如年画中的凤凰,身上覆盖着五彩的鳞片,巨大的翅膀紧缩着,身体蜷成一团,在液体中悬浮。三条柔软的管道从体内伸出,大约是用来输送养分。右边的怪兽模样相似,只是鳞片并非五彩,而是一种泛着金属光泽的浅灰色。肩胛处有三道又长又深的伤疤,一直扭曲到腹部。双翅上满是密集的小洞,仿佛万箭穿过,有些被浓稠的淤血糊住,有些形成坏死的肌肉,显然是受了重伤,以至身体显出痛苦的姿势。

何珞珈凝视着面前的怪鸟,心脏忽然开始狂跳,胸中有种说不出的难受,仿佛一口气堵住了,喘不过来。

一只手轻轻地按在了她的肩上,何珞珈转身一看,是关永廉。

"这是九婴,瑟星最强大的族裔。当它们第一次在地球上出现时,因为能在空中飞行、喷水吐火,人类吓坏了,称它们为凶兽。"

"为什么泡在罐子里?标本吗?"

"它们都还活着,只是身体极度虚弱,已经无法离开飞船去地表生存,只能放在这里休眠。"

"休眠?多久了?"

"一千六百多年。"

何珞珈瞠目结舌:"瑟族的寿命这么长?"

"我们的科技早已克服了死亡,每个人都可以随时更换衰老的组织与器官。只要是正常生活,不遇到意外伤害,瑟族人可以做到长生不老。"

不知为何,听到"长生不老"四个字,何珞珈的脑中闪现出电影里的僵尸形象。关永廉随即也意识到了,连忙又说:"不是一成不变的长生,每个人会变化,每个人都有成长,每个人每天都会有一个新版本的自己……"

何珞珈惊讶地看着关永廉,半天说不出一个字。

"您不是想看望父母吗?他们就是。"关永廉平静地说,"珞珈,您是这个家族最后一只健康的九婴。"

她果然是兽,而且是九头怪兽。难怪她喜欢吃九样小菜,因为她有九个脑袋。

思绪在脑海中剧烈地翻腾,原来她拥有那么多超能力:可以变形,可以飞翔,喷水吐火,永生不死!

突然间那些天天盘踞在心中的烦恼——自闭症的妹妹、交不起的房租、只出不进的存款、朝不保夕的工作——顿时变成了轻飘飘的羽毛,轻轻一吹,烟消云散。

奇怪的是,这个崭新的身份并没有让何珞珈感到太多的激动与兴奋,取而代之的却是深深的迷惘与恐惧。

她很害怕,双腿发软,浑身发抖。

"为什么这只罐子是空的?"何珞珈指着中间的一个玻璃罐问道。

"你猜。"

"是……千木?"

关永廉点了点头:"您的哥哥可不愿意每天像这样泡在营养液里等待救援,宁可提前死亡。主任是他最好的朋友,尊重他的决定,把他放了出来。"

何珞珈低下头去,轻轻地推了推关永廉的手:"我爸妈喜欢我吗?"

"世上所有的父母都喜欢自己的孩子,瑟星也不例外。"关永廉微笑,"九婴家族生性多疑,脾气大,主意多,情绪变幻莫测。因为有九个脑袋,所以智商最高,可以同时思考处理最复杂的情况,家族里诞生了很多优秀的科学家。您的长辈是飞船的首席技术官,负责所有的工程设备及智能系统的维护。"

"那我呢?"何珞珈瞪大眼睛,"我负责什么?"

关永廉没有回答,忽然说:"村长快到了,咱们先找个地方坐下来,再慢慢聊?"

第二十九章
咪塔

"电梯"带着何珞珈在迷宫般的地洞中安静地行驶,速度飞快,一会儿头朝上,一会儿头朝下,但不知用了什么高科技,整个过程并无半分不适之感。

几分钟后电梯终于停了下来。关永廉带着她穿过几道白色的长廊,来到一间奇怪的屋子。

一路上何珞珈的感觉只能用"麻木"二字形容。两只巨大的九婴如史前的恐龙,全身无力地悬浮在营养液中,明明无任何的攻击力,却给她一种凶狠残暴、张牙舞爪的印象。她不敢想象自己也是其中的一员,如此怪异丑陋、狰狞恐怖。就算真是外星人,何珞珈认为,最贴合自己形象的应该是《星球大战》里纳布女王那样的长相,不是吗?

越是这样想,她越是生出抵触情绪。同样是瑟族,关城骗了她整整三年,凭什么关永廉说的就是真话?他说自己是九婴自己就一定是九婴吗?这背后难道就没有更多的骗局吗?更何况他们所做的一切不过是为了拿回赠子,没人会关心她的感受、她的死活。

何珞珈的思绪在这些彼此矛盾的想法中反复地辩证、纠结,直到进了屋,才渐渐回到现实。

那是个纯白的房间,墙面之间无任何接缝,像是3D打印而成。他们进来后,门自动地关上了,也没有任何接缝,就算想跑也找不到任何的门把手或拉手。

地上很干净,可以说是一尘不染。左手边有一组白色的条状沙发,不知是什么材质,远远看去,像一截巨型牙膏挤在地上。何珞珈摸了摸,表面光滑润泽如海豚的脊背。正当中的天花板下,悬浮着一只水母状装置,半透明的乳白色,发着幽幽的紫光。无数的荧光导管如触须般从空中垂下,随着气流的变化微微拂动。

何珞珈好奇地走到"水母"面前,歪起头来打量它,寻思此物有何用途,不料水母瞬间产生了感应,身子忽然禽动,向她发出强大吸力。何珞珈立即后退,却已经来不及了,水母以闪电之势将她的半个脑袋吸进腹中,好像给她戴上了一个透明的软帽。

何珞珈的心猛地一沉,开始拼命挣扎。双手在空中划拉着,想扯掉那顶"软帽"。可她越是用力,水母的吸力越强,那感觉就像有人把她的头塞进了一只塑料袋,然后抽成了真空。

"永廉——永廉!"何珞珈不断地惊呼求救,可是站在身边的关永廉却无动于衷,依然是一副温柔敦厚的样子。

"不要抵抗。"关永廉彬彬有礼地说,"不然会很难受的。"

何珞珈哪里听得进去?她拼命地扭动身体,企图将水母一撕两半。垂落在她身边的触须忽然飞速移动,如一团翻滚的小蛇缠住了她的四肢,将她死死地锁在水母之下。何珞珈惊慌尖叫,刚一张嘴,一根触须瞬间探入口中,顺喉而下,何珞珈只觉一阵剧痛,五脏六腑都被那个东西撕裂了。血液从口里涌了出来,带出大量的血泡。触须深入气管后开始膨胀,她无法呼吸,脸憋得通红。最痛的还是眼珠,酸胀欲裂,几乎要从眼眶里跳脱而去……

"不要抵抗。"关永廉又重复了一遍,脸上的微笑令人不寒而栗。

何珞珈的手松开了,不是不想抵抗,而是已被水母和恐惧折磨得筋疲力竭。

与此同时,所有的触须都松弛下来,依旧缠绕着她的四肢,却不再用力。口中的触须也瞬间消失,满口的余血呛得何珞珈猛烈地咳嗽起来。

"永廉,你这是……这是干吗?"何珞珈狠狠地盯着关永廉,"我一路上规规矩矩地跟着你,有,有做过出格的事吗?"

"抱歉。我这样做是为了村长的安全。"几滴血溅到关永廉脸上,他掏出纸巾,不动声色地擦了擦,"村长马上就到了,我担心您会攻击他。"

"我不认识村长,我没有理由攻击村长!"

"珞珈,"关永廉抬起脸,目光定在她的脸上,"您认识村子里所有的人。一个小时之前,在后山上,您是不是跟方弘逸在一起?"

"是……是的。"

"他是不是借给了您他的水息?"

又是一个新名词,何珞珈愣了一下:"什么水息?"

"一种浓缩的有机共生体。"

何珞珈垂头看了一眼自己的右手,这才想起方弘逸曾经将自己的"有机共生体"涂在她的手指上,那东西能令人瞬间瘫痪。进村前她遇到过修蛇和凿齿,事发突然,她完全忘记了手上还有一件厉害的武器,原来它的名字叫作"水息"。既然有人提到,她立即挥动食指,想把水息涂到水母的触须上。

"这不管用。"关永廉看着她,摇头微笑,"水息的毒液只针对瑟族。对机器和机器人都没有效果。"

何珞珈看了看自己的手指,又看了看缠在身上的触须,果然没有任何异状。

"羿族的水息是靠情感的力量来起作用的。方弘逸一定很喜欢您,才会送给您。而您,也只有喜欢他,而且很强烈,毒液才会有效。"

"胡说八道!"何珞珈争辩道,"我跟方弘逸只是普通朋友。"

"总之,这事您可别让主任知道了,他会恼火的,"关永廉根本不理她,继续说,"有可能一怒之下,把您给吞了呢……"

"是吗?"何珞珈怒火中烧,"到时候谁吞谁还不知道呢!"

因为水母触须的插入,何珞珈的喉咙乃至整个胸腔都疼痛异常,每一次呼吸都跟刀割了一般,让她无法清醒地思考。她一连做了三次深呼吸,头脑才渐渐清晰:她身上有同生素,和关城的生死绑在一起。现在又有共生体,跟方弘逸的爱情绑在一起。她必须格外小心,不能惹怒两个男人,否则后果不堪设想。关城要是不想活了,她也会跟着见上帝;方弘逸要是不喜欢她了,水息就派不上用场,手里没有这件武器,她就别想从远人村活着出去。

"瑟族和羿族,您究竟站在哪一边? 现在决定还来得及。"关永廉似乎看穿了她的心事,"瑟族对叛徒的惩罚非常严厉,您已经经历过一次,绝对不想再来一遍。"

"我不知道发生了什么事,也不知道该站在哪一边。你能不能把话说清楚?"

"您还是什么也没想起来?"

"没有。"

"罇子的下落?"

"不知。"

"那您怎么想起来要去清东街呢?"

"因为有人给我寄了一封信。"

"我不相信。"

何珞珈瞪了关永廉一眼,发现他的回答是认真的,只得苦笑:"如果你肯告诉我一些关于赠子的信息,比如大小、形状、颜色、用途之类,最好有一张图片,我可以试着回忆一下。"

关永廉的眸子微微一动:"也就是说,过去的事,依靠一些线索,您……能回忆起来?"

"能。"何珞珈信心十足,"在我的脑海中有一些记忆的碎片,通过积极的思考,一定能让它们浮出水面。"

关永廉怀疑地看着何珞珈,想了想,终于说道:"赠子是一种类似遥控器一样的东西,瑟族用它来控制威瓦,也就是我们的 AI 系统。一般来说,赠子由舰队的首领负责保管,但使用最多的通常是舰队的首席技术官。"似乎站累了,他终于在沙发上坐了下来,"飞往地球的瑟星舰队属于方舟级别,共有十艘星舰,上面装载着瑟族在地球定居所需的供给,包括食品、原料、标本、设备以及各种生物制品。睡眠舱里有十万沉睡的居民和一百万个冷冻胚胎,囊括了瑟族文明最重要的因素。"

何珞珈聚精会神地听着。

"舰队即将到达地球时,瑟族与羿族发生了激烈的冲突,瑟族技术官盗走赠子交给了羿族,并帮助他们逃往地球。在她的破坏下,瑟星舰队的通信系统严重摧毁,主舰迫降,其他九座飞船坠入北冰洋底,我们与威瓦也失去了联络。一部分瑟族和少量的机器人靠着主舰仅存的供给勉强地活了下来,可是那九座飞船里装载的设备和物资才是事关瑟族生存与发展最重要的东西。没有它们,瑟族无法在地球的生态环境中顺利地生活、繁衍。毕竟——"

"地球不同于瑟星。"何珞珈帮关永廉把下半句话接了过去。

"没错。那位技术官来自九婴家族,因为这件事,被处以极刑,但她造成的损坏已大到无法弥补。"关永廉叹了一声,"九婴家族深以为耻,他们公开发誓,将倾尽全力夺回赠子。这事儿说到底也只能是九婴家的人去办,因为瑟族中只有九婴一族能够出入清东街,其他的人根本进不去。"

"……"

"从那一天开始,九婴家族所有的成员,前仆后继,先后有五十七位将自己的生命奉献给了赠子,剩下五位全部重伤,包括您的父母和哥哥。这些人当中有半数以上是您的亲戚:姨妈、舅舅、姨婆、表姨、表舅……"

"等等——"何珞珈插口,"我的亲戚怎么都是母系的?"

"因为九婴家族是单性生育。"

"单性?"何珞珈惊呆了。

"也就是说生育下一代九婴,不需要通过雄性受精。"

"那……她们怎么怀孕?"

"您出生的时候,身上就携带了足够繁衍一整个族类的卵子。卵子成熟了您就会自动怀孕、自动生育。当然,如果有一位爱您的雄性在您身边帮助您进行物理激活,整个过程会更加愉悦……"

何珞珈的脑海中立即闪出关城那副似醒非醒的样子:"既然是单性生育,不关男人的事,还那用结婚吗?"

"是不需要,所以九婴家有一些人一直都是单身,包括您的哥哥,但大部分九婴还是倾向于选择一位配偶的。"

"我终于明白为什么我不住在远人村了。"

关永廉一愣:"为什么?"

"大概是不想做一个生育机器吧。"

关永廉哈的一声笑了:"如果那九座飞船还在附近的话,这些您都不用担心。瑟族早就摆脱了这些烦恼,您只用提供卵子,从怀孕到生育都由机器人负责。瑟星族类繁多,生育方式五花八门,但他们都不用自己来完成。孩子们从出生到抚养到教育成人,全部由机器人代劳。父母只是起一些规划和辅助的作用。"

何珞珈忍不住翻了个白眼:"瑟族不用恋爱,配偶由AI指定;瑟族不用生育,一切由机器代劳;瑟族不动脑筋,助理会帮他们办事;瑟族也不怕死,因为可以长生。那么请问,瑟族人每天都干些什么呢?"

关于这个问题,似乎关永廉自己也没有答案:"随便干什么都成啊,也可以什么都不干,纯粹享受生活。"

"那瑟星人是不是已经开始退化了?"

"当然不是。"

"我看是。"

"他们不是傻,他们只是摆脱了世俗杂念。想想人类,把人生的大部分时间都花在学习、恋爱、结婚、工作和养育后代上,留给自己的时间本来就不多了。而瑟族就完全没有这些羁绊,日子轻松,活得又长,如果真想思考人生或者攻克什么科技难关的话,反而有大把的时间、大把的精力,对不对?如果他们真是一群傻瓜,怎么可能到达地球?"

何珞珈还想争论,门忽然开了,一个穿着黑衣的男人走了进来。

第三十章
村长

那是一个五十出头的中年人。个子很高,身姿挺拔,有军人风度。纯粹从皮肤上看,他应该更年轻一些,只是脸上两道法令纹给他增加了起码十岁的年纪。除此之外,黑衣男人表情阴沉,态度冷漠,何珞珈感到害怕的同时又觉得似曾相识。

"村长。"关永廉快步走到黑衣男人身边,微微垂首,耳语了几句。

村长"嗯"了一声,走到何珞珈面前,仔细地看了她一眼,确定不是冒牌货后,问道:"珞珈,还记得我吗?"

他的声音很好听,语气也是长辈的口吻,不看脸的话,可以用"慈祥"二字来形容。

何珞珈慢慢摇头。

"我叫关绪,是远人村的村长,曾经是你的老师。"

关绪的声音像一阵雷声从何珞珈耳边滚过,低沉却充满力量,庄严而又令人生畏。

何珞珈的身上不由得升起了一股寒意。不过因为不想露怯,她默默地看着他,没有接话。

"我让永廉尽量解答你的疑问,关于瑟族、关于九婴、关于你的父母兄弟以及你的过去……相信你已经知道了不少答案。"关绪的目光落在她的脸上,何珞珈只觉肩膀一沉,好像有什么东西压了过来。

"簪子失窃后,我们千方百计地想把它夺回来。九婴家的人为了它,也差不多死光了,可是——"关绪开始在何珞珈面前来回踱步,好像在强迫自己认清现状,

"我们从未成功。你的父母、你的哥哥……都去过清东街。"

何珞珈忽然明白了,她想起关永廉说过,当初关城执意要一起注射同生素,是因为她要去执行一项九死一生的任务。

"也就是说,我是一名被派到清东街的刺客?"

"是的。"关绪点点头,停步看着何珞珈,脸上的表情有些奇怪,似乎在克制着自己的烦躁,"但你跟别人不一样。你是九婴家族最后一个健康的女孩,将来需要你来繁衍族类。我们不愿意让你去做这么危险的事,或者等你有了子女以后再说。但你说等不及了,父母兄弟病入膏肓,急需九座飞船里的储备更换受损的器官。"

"是我自己要去的?"何珞珈插口,"没人逼我?"

"没有。"关绪摇头,"如果我能去,肯定第一个去。方家与何家世代相交,我们的祖辈都是军人,曾经一起飞行、一起战斗,后来又携家带口一起逃亡。九婴家族英勇善战、重视承诺、好强自律、敢于担当,在瑟族中拥有良好的声誉。你向我反复请缨,还制订了具体的计划,我终于同意了。我们找到一个隐秘的地方,花了很长时间、很多心血进行最艰苦的训练,五个机器人分头出动,潜入人间,协助你制造新的身份。为了能接近羿族,你必须要学习做一个人类的女孩,不只是长得像人,言谈举止、神态风范、文化教养——都得像人。"

"需要这么严格吗?"何珞珈反问,"关城、千木、店长、飞廉……他们都很像人啊,完全看不出有什么破绽啊。"

"在外形上,我们的技术是可以做到高度相似,但我们没有人类的烦恼,关心的事情、思维的方式也很不一样。羿族对每个进入清东街的外人都相当敏感,相处时间一长,就会看出问题。"

何珞珈仔细一想,觉得也对。瑟族以外星来客自居,认为自己与人类天差地别,怎么隐藏都难以消除印迹,因此颇有些不自信。难怪何珞薇有自闭症,奶奶会中风,关城、何千木从不露面,店长和水手大哥一个是佛性老板、一个是工作狂,宁可让人怀疑搞CP,也不愿意与店里的女生——特别是沈伊湄——有过多的牵扯,生怕弄出破绽。

"羿族喜欢与人类混居,甚至通婚,几千年来,已渐渐融入人类社会。他们的科技虽然不如瑟族发达,但比起人类还是高出太多。想要瞒住他们,并非易事。这就是为什么前面派去的九婴无论隐藏多深,最后都被发现且几乎被射杀殆尽的缘故。"关绪继续说道,"为了避免犯同样的错误,我很早就把你送出了远人村,让你与人类生活在一起,学习他们的语言文化、掌握他们的行为方式——越地道越好。除此之外,我也竭尽所能地教了你十八般武艺,攻击、格斗、盯梢、监视、化装、诱骗、纵火、暗杀……一个打入秘密组织的间谍应有的技能你全部掌握、滚瓜烂熟。为了让你顺利地混进羿族,我们花了十几年的时间设局、铺垫,相当于让你按照自己要冒充的那个人在地球上从头到尾地活了一遍。那些生活在你身边的人,如邻居、朋友、亲戚、高中同学、大学同学……都是真的,都可以为你作证。你终于成功地混进了方弘璧的公司,成了他妻子的助理。方弘璧先后几次派人检查你的出身背景都没有看出破绽,我们这才松了一口气。可是没过多久,一件意外的事情发生了。"

关绪滔滔不绝地往下说,何珞珈怔怔地听着,仍然无法将那个会"纵火、暗杀"的九婴与自己联系起来。

"方弘璧的弟弟居然喜欢你。"

"很奇怪吗?"何珞珈说,"既然您把我训练得这么优秀,方弘逸看上我,很正常吧?"

"不正常。"

"……"

"瑟族人不谈恋爱,珞珈,就算要谈,也不是人类那样的谈法。怎么装也装不像,美人计不管用。"关绪淡淡地说,"所以我们对你没有这方面的训练,也不希望你用这种方式接近羿族,会输得很惨。"

关绪停顿了一下,默默地观察着何珞珈的表情,见她听得全神贯注,继续说道:"按照计划,你先要获取方弘璧的信任,然后想办法接近姚紫苏。因为她喜欢人类,从她入手进入清东街会比较容易。进去以后,你将通过武力夺取赠子,若还有余力,摧毁清东街。做好这件事你大概需要七到八年的时间,但没想到方弘逸对你一见钟情……"

说到这里,关绪忽然深吸一口气,好像犯了一个不可饶恕的错误:"你打算将计就计、速战速决。我劝过你,珞珈,让你不要急于求成,但你听不进去,说这是最好的机会。最后我也被你说服了……"关绪闭上了眼睛,往事在脑海中翻腾涌现:"你和方弘逸开始热恋,一切进展得飞快。一个月后,他邀请你去清东街。又过了两个月,有一天,我们突然接到你的消息,说赠子已经到手了,让我们准备接应,还发来了检测数据让我们确认真假。珞珈,你知道当时的我是一种什么心情吗?"

逻辑一环一环地扣上了,真相渐渐浮出水面……

关绪的眼中闪过一丝亮光:"为了拿回赠子,我们等了四千多年。瑟族与羿族大战十七次,小战无数……"

何珞珈安静地听着。

"我立即部署下去,做好一切准备,瑟族战士倾巢出动,包括你受伤已久的哥哥也要求亲自过去接应。那是一个满是浓雾的深夜,你带着赠子从清东街逃了出来……你在前面跑,羿族在后面追,眼看就要到达西陵山,两边人马终于碰上了,大打出手、死伤无数……你在天上飞,羿族在地上射……等我们把重伤的你救出来,你已经深度昏迷,身上却没有赠子。"说到这里,关绪的腮帮子突然僵了僵,多年之后,他仍然无法掩饰自己的失望与沮丧,"没有赠子!"

"那是不是……又被羿族抢回去了?"

"不可能,当时的你一直在天上,谁也够不着。"

"又或者,我事先把赠子藏了起来?以防万一?"

"我也是这么想,但是你说不记得了。"

"……"

"我不知道你是因为受伤不记得了,还是故意不告诉我们。"关绪黯然地看了一眼天花板上的水母,"如果赠子没有偷走,还放在清东街,羿族不会追出来,更不会牺牲那么多人,一直追到远人村。"

"也就是说,两边的人都认定是我拿走了赠子?"

"是的,珞珈。这世上只有你一个人知道赠子的下落。你明知它对瑟族有多么重要,你的父母、你的兄弟都等着它来救命,你却选择了隐瞒。"

"我没有。"何珞珈嚷道,"我是真不知道!"

关绪神经质地一挥手,拒绝听她的辩解,自顾自地继续说:"我很难过,也很愤怒,在你做出选择的那一刻,心中居然想的是羿族,是方弘逸!就因为你爱上了他,就可以不顾一切背叛自己的家人?你忘了你是去干什么的了?你是去演一场戏啊,如此而已!怎么演着演着,变成真的了?"

"怎么会呢?"看着关绪一脸的杀气,何珞珈心中惶恐至极,"村长,我能理解您的伤心,但我真的不知道!"

"伤心透顶的那个人不是我,是关城。"

"……"

"珞珈,这样的对话,你我之间,进行过很多次。我们一遍一遍地问你,你一遍一遍地回忆,但你始终不肯交代赠子的下落,最后你连自己是谁也不知道了。我们只好把你送到甜品店,看看换个场景会不会激发出你对过去的回忆。"

"我很想帮您,村长。"何珞珈一脸坦诚,"刚才您一面说我一面顺着线索仔细回忆,脑子里还是一片空白。"

"真的吗?"关绪冷笑,"但你不久前还去了一趟清东街11号呢。你怎么知道有这个地方?"

"我不知道。是有人给我寄了一封信。"

"你的一举一动都受到了严格的监视,没人给你寄过这样的信。"

"也许是羿族的人寄的呢?"

"第一,西陵山一战,羿族以为你已经死掉了。鹭城很大,没人知道你在榛味甜品店上班。第二,身份暴露后,羿族对你的感情只有恨,不会没事写封信来问候你。第三,就算他们真要找你,办法很多,用不着写信。"

经过水母的一番折磨,何珞珈的脑子本来就有些混乱,再被关绪翻来覆去地一说,更觉一只黑锅死死地扣在了自己的头上。

很显然,关绪早已经不相信她了,这一次,也是不抱希望地再试一次。无论她怎么回答,都逃不脱"狡辩"二字。

"珞珈,如果你能想起清东街11号,就能想起赠子在哪儿。"关绪的脸色越来越暗,声音越来越冷,"这两件事本来就是连在一起的。"

"我是真的,真的,想不起来。"何珞珈只觉百口莫辩,"真不骗您。"

"我知道你不会轻易开口,"关绪的嘴角用力一撇,"你要什么条件请直说。我会尽量满足你的。"

"我真不知道,村长。"何珞珈的嗓音因为绝望而发颤。

话音刚落,头上的水母突然不安地扭动起来。关绪叹了一声,坐到沙发上,向关永廉使了一个眼色。

关永廉走到何珞珈面前,伸出食指。一根水母的触须伸展着上面的吸盘,立即将指尖牢牢吸住。关永廉凝视着何珞珈,柔声说道:"这东西名叫咪塔,是一种脑部上传装置。我现在要用它来上传你所有的记忆,然后与你以前的记忆进行比对,寻找赠子的线索。嗯,你会有一点点难受。"

何珞珈尖叫:"不要——"

话音未落,水母忽然下沉,将她整个脑袋都"吞"了进去。

何珞珈只觉一阵剧痛,仿佛有无数的蚯蚓爬进了鼻管,沿着鼻腔一直钻到大脑,在那里剧烈地扭动着。她整个人都痛得抽搐起来,想尖叫,喉腔却被堵住,她无法呼吸,也无法挣扎……

就这么浑浑噩噩地不知过了多久,何珞珈觉得脑子已经爆炸了,裂成了无数的碎片……有人推了推她,她勉强睁开眼睛,发现水母已经将她"吐"了出来,但她的四肢仍被触须紧紧缠住,关永廉看着她,一脸的遗憾。

"村长,经过比对,没有找到赠子的线索。"关永廉汇报说,"您看是否需要对大脑皮层进行一次深度刺激?"

关绪点了一下头:"抓紧时间。"

何珞珈正要抗拒,水母又沉了下去,再次将她的头部紧紧包裹起来。这一次,吸力更强,痛苦更甚,耳边传来刺耳的电流声,仿佛有人当着她的面用一根钢叉使劲地刮着铁板,又好像脑袋被塞进了微波炉,正在火速加热,眼珠剧痛,几欲从眼眶脱离……她的身子一边剧烈抽搐一边往下滴水,不知道是什么水,一种黏液,她看不见,但能听到滴答之声,整个人仿佛被塞进了一个甩干机,高速地搅动着,五脏六腑都被搅碎了——

何珞珈晕了过去。

下

星河远人

[加] 施定柔 著

浙江文艺出版社

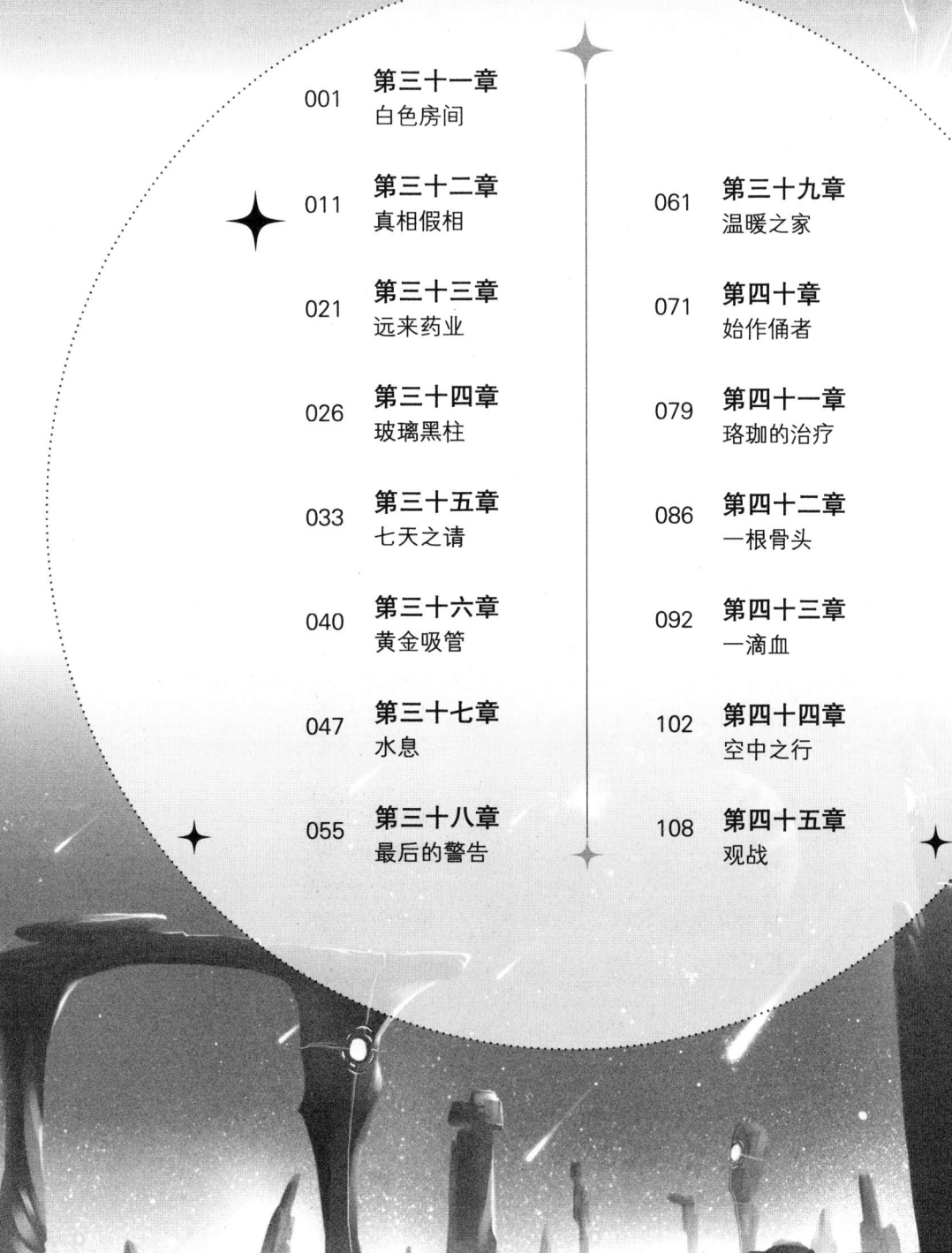

- 001 第三十一章 白色房间
- 011 第三十二章 真相假相
- 021 第三十三章 远来药业
- 026 第三十四章 玻璃黑柱
- 033 第三十五章 七天之请
- 040 第三十六章 黄金吸管
- 047 第三十七章 水息
- 055 第三十八章 最后的警告
- 061 第三十九章 温暖之家
- 071 第四十章 始作俑者
- 079 第四十一章 珞珈的治疗
- 086 第四十二章 一根骨头
- 092 第四十三章 一滴血
- 102 第四十四章 空中之行
- 108 第四十五章 观战

116	第四十六章 篝火之夜	181	第五十五章 探针
121	第四十七章 宜居星球	189	第五十六章 白鹤咖啡
128	第四十八章 千溏K6	198	第五十七章 星空
135	第四十九章 两个小孩	207	第五十八章 至暗时刻
141	第五十章 致命奔跑	216	第五十九章 嫱子
150	第五十一章 见死不救	222	第六十章 风声雨声
158	第五十二章 纠结与对策	228	第六十一章 伊湄
166	第五十三章 蚁洞	235	第六十二章 演技
174	第五十四章 鹭城烟火	244	第六十三章 樱花的季节

第三十一章
白色房间

不知过了多久,何珞珈渐渐苏醒。只觉半身发麻、两腿酸胀,动了动身子才知道自己的半个头颅依然吸附在咪塔的腔内。吸力已经减弱,似乎只为固定住她的脑袋。四肢依然被触须缠绕着,身子紧绷着悬在半空,像一只吊在阳台上的咸鱼,动弹不得。

眼睛很痛,勉强睁开,灰蒙蒙的什么也看不清,像是被人打坏了眼球。脸上湿答答的,粘着浓稠的液体,带着明显的血腥味。应该是她自己的血,凉丝丝地从颈窝一直流到腰际。头痛得厉害,鼻子不通气,喉咙也肿了,整个胸腔火辣辣的,只能小口呼吸。她不是很清醒,一阵阵地抽搐欲呕,过了片刻又晕了过去。

再醒来时,附近有人说话,她是被说话声吵醒的。

"……你刚才的观点已经背离了我们的最终目标,永廉。"一人淡定说道,"那就是说服何珞珈,拿回赠子。"

何珞珈听出是关飞廉的声音,音色与关永廉相似,但更年轻些。

"你错了。"关永廉说,"我们的最终目标是不惜一切代价拿回赠子。如果说服珞珈就能拿回来,当然最好。说服不了,就只能采取强制手段。这是村长的意思。"

"何珞珈是九婴家族的优秀代表,具备良好的修养与素质,只是一时迷失了心窍。你没有尽力做好说服工作,反而失去耐心、动用上传机器,这只会更加惹怒她。"

"何珞珈勾结羿族,私闯后山,屠杀同类,而我却好心好意地接她进村、带她参观,还忍受了冷峰的一顿拳脚,这叫失去耐心?"

"九婴家的人是什么脾气你应该很清楚,一旦受到虐待,就会强烈反抗。你这么做,不仅拿不到赠子,反而把她推给了羿族。"

"何珞珈要是不交出赠子,就别想离开这个房间,她不可能再接触到羿族。"关永廉不紧不慢地说,"我们每天都会上传她的记忆,比较以前的版本,直到找出蛛丝马迹。"

"在何珞珈去甜品店之前,你一直都在这么做,不停地审讯、上传、扫描、比较……结果呢?有任何进展吗?到最后她干脆连自己是谁都忘了。要不是主任提出把她送到村外,去熟悉的环境生活,她会想起清东街?"关飞廉的语气充满了指责,"既然主任的方法更有效,就该趁热打铁、继续观察不是吗?你这么一杠子插下去,我们三年的努力都白费了,太气人了!"

"飞廉,注意你的态度,"关永廉的声调陡然高了一度,"我做的每一件事都有授权。"

一阵短暂的沉默。

"主任的意思是,我们不能性急。"关飞廉缓缓地说,"赠子的事,还得慢慢来。把何珞珈关在这里于事无补,请村长三思。"

"村长不打算改变他的决定。"

"那么,主任也不打算离开这个房间。"

"关城,这真是你的决定?"一个声音不知道从哪里冒出来吼道,"你真想跟何珞珈关在一起?"

何珞珈心中一惊,这才意识到两个机器人争论时,关绪居然一直在场,不禁有些哭笑不得。原来瑟族人连吵架都懒得张口,全部由机器人代劳。

"是的,我别无选择。"角落里又出现了另一个声音,"您最好找个人看着咪塔,我怕自己一生气,把那个东西打坏了。"

屋中人又陆续交谈了几句,何珞珈头痛如裂,耳鸣如鼓,没有听清。她在用尽全力抵抗疼痛。

很快,脚步声显示有几个人离开了,屋子忽然安静了下来。直到这时,何珞珈才闻到一股雪松的味道,有个人向她走来,如一道凉风袭来,搅动了一屋子滞闷的空气。

那人在距离她一尺左右的距离停了下来,沉默片刻,问道:"珞珈,你身上有没有方弘逸的水息?"

是关城。

"放我下来。"何珞珈不想示弱,拼命忍痛,不让自己呻吟出声。

"先回答我的问题,"关城说,"你身上有水息吗?"

"没有。"

"真的?"

"真没有。"

"你在撒谎。"

"我在向你学习。"

"咪塔,扫描何珞珈,寻找水息。"关城向着空中说道。

水母闻声蠕动,吸力猛增,何珞珈只觉两耳发麻,头皮一紧,似乎要与头骨脱离,连忙不顾一切地叫道:"不用啦!不用啦!我有,我有水息!"

耳边传来一声轻笑,关城的脸凑过来,何珞珈听到一阵轻浅的呼吸:"在哪儿?"

"右,右手。"

"整只手?"

"食,食指。"

"亲爱的,我不信方弘逸这样小气。"

"……和中指。"

关城在等何珞珈说下去,头上的咪塔又开始摆动起来,何珞珈吓得浑身发抖:"就这么多……就两根指头。"

"咪塔,给她戴上指套。"

触须摆动,何珞珈的手指上多了一层极轻的薄膜,好像戴上了透明指套。

一双手臂环住了她的腰:"咪塔,放开她。"

那一瞬间,何珞珈浑身脱力地从咪塔的腔内掉下来,关城轻轻地接住了她,她努力想站起来,没有力气,只得闷哼一声,将头歪在关城肩上。

关城的动作居然出乎意料地温柔,一只手托着她的脖子,一只手搂着她的腰,像抱着一个婴儿,将她轻轻地放到沙发上。

"我是不是瞎了?"何珞珈颤声问道,无法掩饰声音中的恐惧。

"咪塔的上传程序会伤害到视神经,只是暂时的,过几天就会恢复。"关城的声音很轻,"你脸上全是血,我帮你擦一下?"

关城让何珞珈的头枕在自己腿上,开始用一张湿纸巾来回地擦她的脸。冰凉的手指按住了她的额头,他很小心地擦拭着,好像在擦一件珍贵的瓷器。何珞珈什么也看不见,只能接受他的摆弄。有时候关城的头很低,她感到几缕头发从自己腮边滑过。关城的呼吸是热的,轻轻吹到何珞珈的脸上。湿纸巾里有股薄荷的味道,浸满了他的指尖……这一次,不知为何,何珞珈在关城面前一点也不害怕,反而有种奇怪的感觉:他们相识已久,他是她信任的人。

"以前我曾经被关在这里,是吗?"何珞珈猜测,"很长时间?"

"十七年。"

何珞珈可以确定这是一间很小的屋子,除了咪塔和一组沙发,什么也没有。她居然被关了十七年,不断地被审讯、扫描、上传、比较……大脑一次又一次被那只"水母"强力吮吸,被捆绑、电击,双目失明、神志疯狂、头破血流……

何珞珈愤怒地咬牙:"就为了矰子?"

"是的。"

"除了矰子,就没有任何替代物了?"何珞珈冷笑,"这么重要的东西,瑟族这么发达的文明,居然没做一个备份?"

"没有。"关城看着何珞珈努力地眨着眼睛,像个盲人一般想看清眼前的一切,"所有的瑟族,从出生的第一天起,就是在威瓦的照料下长大的。你看到的这些机器人,算是威瓦系统的'家庭版',服务瑟族的日常生活,相当于他们的保姆、助理、司机……每个人都有一个。除此之外,威瓦还有一个更加强大的'公共事业版',负责瑟族的整体生存与发展,并与首领一起做出最重要的决策。"

关城的语速很慢,依然是懒散的:"绝大多数时候,我们会听从威瓦的建议。偶尔也会遇到意见不一致的情况,威瓦会坚持认为它的决定更符合瑟族的最大利益,会调动各种数据来说服你。这时候就需要用矰子来制约威瓦,让它无条件地服从首领的决定,哪怕这个决定是毁灭威瓦……"

"看来瑟族跟人类也没什么区别,"何珞珈挖苦,"你们也担心机器人会造反,于是给自己留下了一个后手,也就是矰子。"

"可以这么理解。如果不是矰子的指令,在威瓦的控制下,我们的舰队怎么可能轻易坠入大海?"

"……"

"对瑟族来说,死亡和生育是两个陌生的词汇。这座迫降的飞船本来有一千人,由于不适应地球的环境,开始出现各种健康问题:基因变异、免疫功能紊乱、繁殖困难……有的生了重病,有的陆续死去。那些用于修复受损器官的设备、生物材料以及大量的冷冻胚胎都已沉入大海。威瓦停运后我们连自己的'大脑'都没了,很多人连最基本的算术都不会;一些机器人也面临着年久失修需要更换部件的问题……失去威瓦,我们需要重新学习如何不依赖AI进行繁殖,往往要好几代人的努力才能生出一个孩子……所以我们需要赠子去唤醒沉睡在北冰洋里的九艘飞船,我们需要威瓦,需要里面的储备,否则将有灭顶之灾。"

"OK,你充分地阐述了赠子的重要性。"何珞珈的表情渐渐凝重,"既然我已经成功地潜入清东街,拿到了赠子,为什么最后没有交出来呢?如果我是原来的我,在大是大非面前,绝不会改变立场、背叛家族。"

"我们也是这么想,所以才会这么失望。"

"这中间一定出了什么事,让我改变了主意。"

关城沉默了一下,说:"在你出事的三天前,你曾经偷偷地传话给我,说已经打听到了赠子的下落,准备动手,想见我一面,有事要谈。"

"然后呢?"

"我没去。村长不同意我与你接触,这样做极有可能暴露你的身份……我们怕你功亏一篑。"关城的手指停留在何珞珈的脸上,"直到今天我还在后悔。珞珈,你是个训练有素的刺客,做事考虑周全,你一定是想告诉我,万一赠子不在你手上,或者中间出了差错,你会把它藏在哪里。"

"就是啊!你为什么没去呢?既然我训练有素,见面的地点也一定是安全的。"

"当时的我……"关城苦笑一声,语气中充满了沮丧,"大概是被妒忌冲昏了头脑。你和方弘逸那么亲密,是公开的情侣,我在想,你是不是假戏真做了……"

"关城,"事关名节,何珞珈绝不背锅,"相信我!我这人从不乱来。"

关城又笑了一声,似在怀疑,似在解嘲:"珞珈,你喜欢方弘逸,我不怪你。你本来是个不谈恋爱的女孩,也没有这方面的荷尔蒙。为了任务,你必须接近方家,遇到方弘逸的猛烈追求,你抵抗不住被他俘获……这些我都能理解,也都可以原谅你。但你知道吗,珞珈,方弘逸跟你在一起,和我跟你在一起,这不是一回事,你懂吗？对我也非常地不公平……"

"我没听明白……"

"他的女人只有一个脑袋，而我的女人有九个脑袋。同样是为了取悦你，我可比他难办多了，好吗！"

被咪塔一顿这样的折磨之后，在这样的环境和心境下，听了关城这句话，何珞珈终于找到了一个笑点："九个脑袋？你是指我有多重人格分裂症？"

要不是因为妹妹何珞薇有自闭症，何珞珈不得不自学心理学，她还不一定知道这个名词呢。

"人们都说九婴家族是缪星系里最难搞的一群人，他们聪明、傲慢、热情、疯狂、易怒、多变、自我怀疑又自相矛盾，很难理解，也很难相处。当威瓦告诉我，你是我的终身伴侣时，我花了好几个月的时间做心理建设……"

他们之间，会有一个很长的故事吧？何珞珈默默地看着关城，忽然很想听。不是因为她对自己的"情史"感兴趣，而是害怕他会离开，将自己单独锁在这里。

何珞珈有点幽闭恐惧症，一个人被关久了会疯的。

"我很幸运，我遇到的是九婴何家有史以来脾气最好的女孩，我们在一起的大部分时间都是很开心的。"

"在一起……多久？"

"一千三百年。"

"一……一千三百？"何珞珈惊讶到眼珠都快掉出来了，"要是换成地球人，都已经过了十几辈子了。"

"没错。"

"我们在一起这么久……都没有结婚？"

"有什么好着急的？"

"这不是还要生儿育女吗，年纪太大了不好吧？"

关城扑哧一声笑了，眸中多了一丝戏谑："以前的你可不是这么想的哦。"

"那我是怎么想的？"

"你一定要拿回簪子，才肯结婚。"关城抿了抿嘴，"如果九艘飞船还在的话，生儿育女什么的，都不是事儿。什么时候想要孩子，要几个孩子，给机器人发个指令就行了。"

"都不需要……性生活吗？"

"珞珈，"关城顿了顿，"咱们现在一定要讨论这个话题吗？"

"我的意思是，九艘飞船都不在了……咱俩的事儿，就算了吧？"何珞珈说。

关城的喉咙咕噜了一下，好像有什么东西哽在那里："算了？什么算了？"

"分手？解约？离婚？随便你们叫什么……"何珞珈说，"咱俩就此散伙，行不？"

关城完全没料到有这样的"神转折"，半天没有说话，屋里的空气也跟着冷了下来。他的脸渐渐有些发青，似乎在努力地克制着什么。

过了一会儿，关城说："我不散伙，珞珈。"

"我交不出赠子，不想连累你。"何珞珈轻声说，"你不必在这里陪着我坐牢，没准要坐几千年呢……"

关城松了一口气，笑了："你是在担心我吗？"

"既然咱们有一千三百年的交情，刚才你又一直在为我说话，我不知道我是不是九婴，但我起码知道好歹呀。"

一只手将何珞珈的脑袋抬了起来，关城把她紧紧地搂在怀里："我知道你还在为那件事生我的气……"

一股奇妙的香气围绕着她，雪松的味道，何珞珈好像走进了一片森林。关城的下巴挨着她的脸，轻轻摩挲着，喃喃地说："我真的喜欢你，每天都很想你，珞珈。"

关城的头低了下来，额头贴在何珞珈的脸上："但你却没有想我，你在想另外一个男人……"

何珞珈的身子僵了僵，连忙把话题引开："那件事……是什么事？"

"有一天，你问我能不能吻你一下。"关城的嗓音出奇地轻柔好听，"我不愿意。"

何珞珈愣住，脸上满是疑问。

"接吻是人类的习俗，瑟星人不接吻。以人类的眼光来看，我们是不同的兽类，嘴形也不一样，没法从接吻中得到享受。"

"……"

"我警告你不要跟人类走得太近……瑟族不可能学习他们的活法。你生气了，好几天不理我。"关城叹了一声，"现在想起来，我也是一根筋，何必呢。既然你那么喜欢，那就吻吧。"

又是一个神转折。

何珞珈吓了一跳，正要闪开，已经来不及了。

关城的嘴唇非常柔软，只是表面有些干燥，像龚晓宇做的马卡龙，摸上去是硬的，轻轻一咬，却如蛋糕般软绵。何珞珈感到自己的嘴被悄悄地啄了一下，试探性地，仿佛被玫瑰花瓣撩了撩，麻麻痒痒。她瞪大眼睛，看着关城黝黑的眼珠如一颗安静的星球缓缓地向她旋转，英俊的脸庞如同一张折叠的明信片向她慢慢地打开……

这是她的初吻，她没有抗拒。陪佳惠阿姨看过那么多偶像剧，何珞珈对爱情当然有着向往，特别是对屏幕里出现的吻，每当发生时，她都假装害羞地闭上眼睛，其实是在脑海中体会着被人亲吻的感觉，想象着那样的场景若是发生在自己的身上，会是一种什么样子。

关城开始轻轻地舔她的嘴唇，小心翼翼地捂住她的眼睛，生怕被她看见似的，问道："是这样吗？轻了还是重了？"

"唔……"何珞珈含糊地应着，将脸偏了偏，躲过关城的鼻子。

关城的舌轻轻地撬开了何珞珈的牙齿，吸吮着，缠绕着，她有些害羞，身子向外拧了拧，被他一把按住。关城的掌心托着何珞珈的后颈，将它扳到正确的方向。何珞珈感觉自己在吃一道新鲜的果盘或是喝着一杯橘子汁……身子绷得笔直，头用力向后仰着，关城的手臂环着何珞珈，像是抱着一只琵琶，他轻轻退了退，她主动迎上去……那是一种从未有过的感官盛宴，何珞珈陶醉其中，无法自拔……

最后，还是关城先放开了，轻轻一笑说："嗯，你要的吻，给你了。"

何珞珈脸色通红，轻轻喘气。

"怎么像是吃了一碟生蚝。"关城又说。

何珞珈不禁莞尔。

不知不觉中，屋子里的光线暗了下来。

何珞珈趴在沙发上，感到一阵困倦，但在好奇心的驱使下，仍不停地向关城发问："瑟星夫妻不恋爱、不接吻，那以前我们在一起那么久，都干些什么呢？"

"不干什么呀。要么睡觉，要么干有兴趣的事，要么派对，要么四处旅游……"关城轻轻摸着何珞珈的脸，"你算是比较忙的，很早就被村长送到村外，严格训练。你搬出去后，我们见面的机会就不多了，村长不想你暴露身份。但我们还是偷偷地见过几次……珞薇有时候会回村子取一些东西,我也会问她你的情况。"

何珞珈心中一惊:"珞薇?"

"想必你已经猜到了,珞薇是你的助理。"关城说。

"珞薇,是机器人?"

随着自己真实身份的渐渐浮出,何珞珈猜到妹妹何珞薇可能是机器人,但这种想法被方弘逸否定了。她清楚地记得他的原话:"机器人没有精神,哪来的精神病?"

"是的,她和永廉、飞廉一样,是最先进的型号。九婴家族掌管着瑟族的科技,你自己也是一名技术官员,珞薇身上有很多你个人的专属设定。"

何珞珈想了想,忽然说:"那你们为什么不问一下珞薇?她很有可能知道矰子的下落呀!"

"当然问过。"关城叹气,"什么也问不出来。永廉只差把她给拆了。"

"机器人也会有自闭症?"

"当然不会,从未有过。她大概是严重受损后出现了表达错乱吧。"关城说,手指轻轻地划着何珞珈的眼圈,似乎在帮她止痛,"珞薇也参加了西陵山大战,当时的情况很乱。我们打扫战场后找到她,她已经被你烧焦了,身上很多零件都坏了……"

"被我?"何珞珈拒绝相信,"被我烧焦了?"

"你是九婴啊,你在天上放火啊。"

"我?烧自己人?这绝对不是我的作风!"

"你没看见。她当时就躲在方弘逸附近,而你,正向方弘逸喷火。"

何珞珈惊呆了:"我?向方弘逸喷火?想烧死他?"

"对。"

"为什么?"

"因为他向你同时射出了九箭,射掉了你八个脑袋。"

何珞珈的身子猛地一抖,彻底蒙了。

"你从他手上偷走了矰子,他没法交代,只能是从你身上抢回来……"关城继续说。

何珞珈整个人都僵住了。

关城看着她,苦笑了一声:"是不是很有戏剧性?你不肯相信也不奇怪。"

何珞珈沉默不语,过了一会儿,忽然说:"我相信。"

"你相信?"

"方弘逸的身上有一大片烧伤。"她喃喃地说,"我亲眼见过。"

那天夜晚,在海边,她曾发现方弘逸的后背和右臂上有大片狰狞的疤痕。问他出了什么事,他说是一次"意外",但他承认是被火烧了。

第三十二章
真相假相

现在,何珞珈终于明白了一件事:为什么方弘璧一看见她就气得发飙,因为她偷走了赠子。

按照这个逻辑,方弘逸见到她应该更加生气才对。他们的关系在盗走赠子的那一刻就已经破裂了,可是,这一点他却丝毫没有表现出来。

每当何珞珈闭上眼睛想起方弘逸,脑海中出现的第一个场景总是他踩着滑板从一大堆杏花中绕出来的样子。多年后的第一次相见,他不仅对她柔情似水、呵护备至,还继续声称是她的前男友……

忽然间,何珞珈的心里凉飕飕的。那不是爱,是试探。上过一次当的人不想再上第二次。

何珞珈感到一阵齿冷。那个目光清澈、一脸无辜的邻家男孩,他的痴情、温柔和体贴都是装的。

二十年前的盗贼突然出现在清东街,他不知道她的来意,以为又在玩弄自己,于是决定装聋作哑,陪她玩下去。哄也好,骗也罢,这一次,他只想拿回赠子。

何珞珈脸苍白了,脊背一阵发寒,她错了,从头到尾都错了!

赠子本来就属于瑟族,夺回赠子是九婴家族的使命,前辈们曾为了它赴汤蹈火、肝脑涂地。

潜入清东街本来是一次英雄的壮举,但是,她搞砸了!辜负了村长的栽培、关城的信任、全体瑟族的期待,也让九婴家族再度蒙羞。

她居然联手方弘逸杀了自己的同族,难怪大家都不拿正眼看她,都不想跟她搭话……

"你在发抖。"

关城将外套脱下来裹在她的身上。何珞珈的思绪仍在继续:"以人类现有的科技,丢失一只手机、一把钥匙,甚至一条狗,都能通过GPS找到位置。罾子那么重要,上面居然没有安装任何定位装置?我不信。"

"定位装置当然有。"关城站起来,开始像村长关绪一样在她面前走来走去,"但羿族的空间可以将它完全屏蔽。只要它出现在羿族空间以外的地方,就会自动地向我们发送定位信息。"

"你的意思是说,罾子目前还留在清东街?"

"不一定在清东街,但一定是在羿族的某个空间里。"

"这样的话,方弘逸自己就可以找到罾子啊。"何珞珈摸了摸脑袋,"又何必非要问我?"

"我们认为是你把它藏起来了。"关城平静地说,"藏到了一个羿族和瑟族都找不到的地方。而且这是你临时的决定。你究竟是怎么办到的,我也不清楚。"

何珞珈皱眉,表示不解。

"当时的你如果是百分之百地同情羿族,根本就不会去偷。但是你偷了,而且到手了,还通知我们去接应,我们就以为你在按原计划行动。最后两边的人撞上了,你远在天上,按理说谁也抢不走你的东西,方弘逸把你射下来时,我就在你身边,你身上没有罾子,之后我们也没收到过任何定位信息。"

"那我会把它藏在哪儿呢?"何珞珈屏息静气,仔细回忆,仍然一无收获,她不禁重重地叹了一口气,"难怪我想不出来,我只剩下一个脑袋了。"说罢茫然地瞪着天花板,眼前一团白雾,什么也看不见。

"九婴一族有很强的再生能力。只有同发九箭,同时命中九个脑袋,你们才会死亡。只要错过了一个脑袋,留下了一条命,其他的部分会很快地长回来。如果变回原形,你应该有九个脑袋,一个旧的,八个新的。珞珈——"关城真诚地握住她的手,"我觉得这一次你的态度转变了很多,你终于愿意帮助我们了!我会把你的进步报告给村长……"接着,他又吧啦吧啦地说了一堆在何珞珈看来很"官腔"的话,什么"瑟族的命运就在你的手中",什么"找到罾子就可以全家团聚",什么"我一定会帮你恢复名誉"之类,她都没有听进去。

"那我现在能变形吗？"何珞珈关心的是这个，"怎么变？用什么口诀？"

看样子村长关绪一时半会儿是不会放她走的，何珞珈心想，如果变成九婴的话，她可以喷火，可以吐水，没准就可以飞出去了。

"你不能。"关城慢慢地说，"你没有探针。"

新名词又出现了："什么是探针？"

"你见过封豨？"

"见过。"

"封豨头上有两只角，上面挂着一串黑白相间的珠子，那个东西就是'探针'。它有很多用途，最主要的功能是翻译与交流，各族之间的，原形与替身的。你要有它才能变形，西陵山事件之后，你的探针被村长没收了。"

何珞珈一愣："你们没有一个通行的语言？比如说，普通话？"

"没有。"关城摇头，"用一个星系的文明去想象另一个星系的文明是一件很难的事。比如说九婴的语言，外族想要习得，需要艰苦的训练，有些人一辈子也学不会。"似乎走累了，他又在何珞珈的身边坐了下来，递给她一杯水。

何珞珈喝了一口，问道："这么复杂？"

"你们的语言需要九张嘴共同参与，有时候是三张嘴同时发音，有时候是一张嘴说前缀，一张嘴说后缀，再一张嘴说动词，而且一说就是长长一段。必须等到一个句子全部说完，而且断句正确，才能彻底弄懂其中的含义。有时候你们说着说着就改主意了，会在句尾加上一个定语，听者必须有很好的记性，因为这个定语会告诉听者你们要取消掉前面的几句话，从第几个字开始到第几个字结束……你要是没认真听，就可能把意思搞反了……"

"我的天，这也太难学了吧。"何珞珈叹道。光是听到这些，就已经穷尽了她的想象，除了惊讶，她无话可说，只得继续喝水。

"总之，跟你们说话就像在听一群鸟叽叽喳喳地乱叫……听完后很累，因为整个过程太费脑筋了，就像经历了一场高考。"

何珞珈一口水差点儿喷出来："那你呢？你们这一族怎么说话？"

"我们不说话。"

"聋哑人？"

"我们依靠身上的气味和皮肤上的纹路来表达想法，只能意会无法言传……"

"万一我有鼻炎呢?或者我看不见你呢?"

"所以需要探针啊。"关城耸耸肩,"或者变成人形用人类的语言来交流,虽然很匮乏,也是聊胜于无。"

"人类的语言……很匮乏?"

"瑟族的词汇量是人类语言的几千倍,语法、句法完全不同。到了这里,世界改变了,很多词也用不上了。我们掌握了人类的语言,但它们并不能表达我们所有的思想。形而下的东西还好办,形而上的东西就难了……"

关城似乎对形而上学有偏好,一聊到这个话题,简直是滔滔不绝。但何珞珈现在根本没有心情探讨瑟星与地球的文化差异,勉强听了一个小时,单刀直入,强行把话题拽了回来:"关城,你能说动村长把探针还给我吗?"

关城果断摇头:"不能。他不会同意,除非你交出赠子。"

"试试嘛!别说得那么露骨,先找找后门,看有什么人跟他很熟,让那个熟人去说。"

"我跟村长就挺熟的。"关城苦笑,"永廉没告诉你,他是我的父亲?"

何珞珈无语望天。

"在没有弄清楚你的立场之前,大家都很怕你恢复原形。九婴非常凶猛,是目前瑟族唯一幸存的可以在天上飞行的族类。以前还有一族叫作'大风',也能飞行,可惜已经绝迹了。"

"村长禁止我恢复原形,是担心无法控制我?"

关城迟疑了一下,似乎不愿意承认,但最后还是点点头:"对。"

"那你呢?"何珞珈问道,"你是什么族?……封豨?凿齿?修蛇?"

"不告诉你。"

"你的原形一定很难看。"

"不难看。"

何珞珈能听见关城哧哧的笑声:"不难看干吗不说?"

"保持神秘。"

何珞珈忍不住翻了一个白眼:"你说瑟族中只有九婴是可以在天上飞的,也就是说,你是不能飞的,对吧?咱俩彼此够不着,怎么还在一起一千多年?"

"瑟族来到地球后,为了混迹人间一直尽量保持低调,很少使用原形。"关城柔声地解释,很有耐心的样子,"而且你飞的时候经常会带上我啊,那是我们最喜欢做的一件事呢。"

何珞珈的脑海中浮现出一只九头鸟带着一只大野猪在空中飞翔的情景……

她没法把这个与"浪漫"二字联系在一起。

聊着聊着,何珞珈觉得关城这个人也不那么讨厌了。虽然他说话喜欢戏弄人,但其实没什么恶意,甚至可以说,很多时候都在让着她。在村长面前,他据理力争,力图为她获取宽大的处理。争取不成,也愿意跟她关在一起。

和他在一起,何珞珈甚至感到一种奇怪的默契:无论自己怎么不讲理、怎么胡搅蛮缠,关城也不会太生气。

"我困了,关城。"何珞珈闭上眼,一股浓浓的睡意向她袭来,"我度过了漫长的一天……"

"怎么就漫长了?"关城轻轻地说,将她的头放到沙发上,让她躺平。

"你不是把桃花放在我家吗?它闹腾了一夜,所以昨天晚上我没睡好,今天早晨五点就起床了,出去遛狗。"何珞珈喃喃地说,"遛着遛着桃花就瘫痪了,我只好带它去宠物医院。紧接着,你也来了,又遇到陈小虎的事儿,我妹被活动中心开除了。然后我哥来了,他帮珞薇转了校,你带我去国际广场买衣服……"

"何止买衣服,还买了直升机呢……"

"没错。下午我回甜品店上班,忙得脚不着地,下班时又遇到了方弘逸,和他一起去养老院。半路上就听到了我奶奶去世的消息。我正伤心欲绝,却发现死掉的人不是我奶奶,是个机器人。"

"……"

"于是我决定去楚田公馆找千木问个清楚,却发现那个机器人还活着,但他是个男的,还是千木的助理,名叫千鹿。"何珞珈揉着自己的太阳穴继续说道,"回到家我决定来一趟远人村,在那里被两个叫作封豨的怪物袭击,要不是方弘逸及时赶到,我已经被封豨吃掉了。"

"封豨不可能吃掉你,珞珈。"关城笑道,"他认识你,知道你是谁,最多只是想警告你。"

"才不是呢!我觉得他想杀我。"何珞珈辩道,"尽管这样我还是不肯回家,一定要来远人村。我跟着关永廉见到了父母,终于知道我是九婴,然后村长出现了。村长要我交代矰子的下落,我答不出来……没过多久,你也来了……"

"嗯,不说不知道,一说吓一跳,"关城拍了拍何珞珈的脸,语气里有一丝戏谑,"这一天,你可真够忙乎的。"

"信息量也爆表……"何珞珈睡意蒙眬地补充了一句。

"你需要休息。"何珞珈听见关城说。

"我不能睡着……天知道那个咪塔会趁机对我干些什么。"

"不用怕,我会在这里陪着你。"关城轻轻地说,随即俯下身来,连续吻了她九下。

何珞珈害羞想躲,却没有躲开。

"以后我每次亲你,都会是九的倍数。"关城说,"怕你别的脑袋不开心。"

何珞珈再次醒来时,屋内光线很暗,身上暖烘烘的,她以为是睡在自己的床上。

环视四周,何珞珈发现自己的视力已经恢复了,可以看见不远处的咪塔依然悬浮在天花板下,通体发着幽微的紫光。

屋子仿佛能感应到她的苏醒,数秒之后,亮如白昼。

没有镜子,何珞珈检查了一下自己,衣服还是和关永廉在一起时换上的那套,银黑色的羊毛呢外衣和白色的针织连衣裙,上面洒满了暗红的血迹,因为干燥而僵硬,改变了衣料柔软的材质。

身边的咪塔忽然动了一下,传来女子的声音:"早上好,珞珈,我是咪塔,这间屋子的AI。"

何珞珈吃了一惊,房间里并没有别的人,咪塔的触须柔和地摆动着,像一群跳舞的海藻。

"关城走了?"何珞珈问道。

"是的,村长找主任有点急事,他只好离开了。临行前叮嘱我好好地照顾您。"咪塔的声音十分柔媚,"请问有什么需要我效劳的吗?"

何珞珈试探性地问道:"附近有卫生间吗?我想方便一下,顺便……洗个澡?"

话音未落,屋子里的灯光忽然暗了暗,何珞珈面前出现了一道走廊。咪塔抬起触须指着走廊尽头的一道门说:"卫生间在那边,主任替您准备了一套干净的衣服,洗完后可以换上。"

"谢谢。"

"您不熟悉这里的环境与设备,洗浴过程中,我会具体地指导您。"

上个厕所还要"指导"？咪塔前倨后恭的态度让何珞珈很不习惯,她懒得争辩,点点头,径直向着卫生间走去。

进来的时候她看得很清楚,这个房间八十平方米左右,没有任何的窗户与隔层。看来屋子的面积比她想象的要大得多,可能安装了某种可以折射光线的材料。想想也是,她曾在这里关了十七年,不可能连个卫生间也没有呀。

门开了,屋子的正中央出现了一个半透明的空心圆柱体,一人多高。

"珞珈,请把衣服全部脱下来,放进地上的洗衣篮。然后走进浴室,也就是您面前的圆柱体。"

何珞珈依言照办。

浴室里有一个她认为是马桶的东西,咪塔证实这的确是马桶,她方便完毕,四处乱瞅,找不到卫生纸,心想这下尴尬了,不料咪塔在空中说道:"请您站直,双手举过头顶,洗浴马上开始。"

浴室里没有淋浴头也看不见任何的水管,何珞珈以为会从四面喷水,不料四面喷出的是一团团奶油状的白色泡沫,充满了甜扁桃的香味。泡沫在她身上快速滚动,不到十秒,走遍全身,紧接着便凭空消失了,仿佛被浴室吸走了一般。何珞珈只觉浑身清洁舒爽、肌肤Q弹水润,满满都是胶原蛋白的感觉。

旁边的单人沙发上放着几件衣服,何珞珈胡乱穿好后一看,是睡衣的式样,大码宽松的黑白纹纯棉上衣、浅灰色的阔腿裤,地上放着一双棉拖鞋,她心中一阵沮丧,看来一时半会儿是走不出这个地下飞船了。

"主任说,您可以在5号电梯所及的范围内任意参观走动,只是暂时不能出山。这是他反复向村长请求后给您的便利,请您体谅。"咪塔款款说道,"事情一办完,主任就会过来看您。"

何珞珈跟着关永廉走到地下基地时,坐的就是5号电梯。中间他们停过一次,关永廉带着她去看望父母,回来时,何珞珈留了一个心,记住了电梯上面显示的数码:1007。何珞珈在电梯上来来回回地坐了两趟,发现自己可以去的地方十分有限,与其他的区域也相当隔绝,很多门都不对她开放。尽管如此,她还是发现地底最深处有两个巨大的实验室,里面有一些穿着白大褂的人走来走去,很忙碌的样子,何珞珈在门外想了想,没有进去。

总体上说,基地非常安静,何珞珈走了一大圈,除了实验室没看见别的人影。最后她决定去看看父母,于是回到了那个观景台。

与上次不同的是,透明玻璃容器里的液体变成了浅绿色,两只九婴蜷缩其中,怪胎一般无助地悬浮着。巨大的形体、奇异的骨骼、痛苦的姿势、千疮百孔的伤痕,令人触目惊心。

何珞珈痴痴地凝视着,想象着他们在天空飞翔的样子,心中一阵刺痛。

"嗨。"身后突然有人叫了一声。

何珞珈急忙转身,发现一个穿着白大褂的女生不知何时来到了自己身边,手里拿着一个银色的小箱子。

女生看上去二十岁左右,小脸,大眼,尖下巴,目光犀利,扎着一个高高的丸子头。

"你是新来的?"女生问。

"嗯……我以前在这里待过一段时间。"何珞珈友好地伸出手去,"我叫何珞珈。"

"何珞珈?传说中何千木的妹妹?"女生好奇地打量何珞珈,"我叫关棠。"

关棠手上戴着手套,但还是礼貌地和她握了握手。

何珞珈发现关棠长得很像何珞薇,只是何珞薇的脸比较圆,看上去更加孩子气一些。

"你是这里的工作人员?"何珞珈小心翼翼地问道。

"是的,我负责测试、补充、更换所有休眠瑟族的营养液。这是他们生存的唯一供给。"关棠摆出一副专业医师的面孔,"麻烦你让一下,我需要打开这个东西。"

何珞珈让到一边,关棠打开观景台上的一组柜子,熟练地操作起来。银色的小箱子里装满了各种各样的注射器,她抽出其中的三支,将它们分别注射到柜子里的一排针孔之中。

"你在这工作多久了?"何珞珈问道。

"我是在基地里长大的——"关棠顿了一下,好像有些说不出口似的,"……机器人。"

"喜欢这里吗？"

"还行。"

关棠工作的样子很专注，那台仪器的显示屏上有许多何珞珈不认得的符号在不停地闪动，关棠一边看一边摇头："你爸妈的情况不大好，这事你知道吧？"

何珞珈哦了一声："永廉有说他们受了重伤。"何珞珈觉得再聊下去，关棠一定会提到赠子，于是故意把话题岔开，"他们正在想解决的办法。"

"嗯。"关棠继续专心注射。

"为什么这里只有三个容器？"何珞珈四下张望，"其他休眠的瑟族都放在哪里？人多吗？"

"多极了。都在基地的底层。这三位是主任特地要求放在这里的。"关棠说。

"嗯？"

"他经常过来探视，这样更加方便。"关棠一边看数据一边说，"千木刚受伤那阵，主任经常来这里，一坐一整天。主任的身体也不大好，这事你知道吧？"

"知道。"

何珞珈从关棠的脸色中看出了一丝谴责，好像她应该为此事负责，于是换了个话题："所以你经常见到主任？跟他很熟？"

"小时候很熟，在我四五岁的时候，主任经常给我买蛋糕。后来他养了一只狗，叫桃花，也偶尔带过来给我玩儿。"

何珞珈心想，你不是机器人吗，怎么还玩狗？转念一想，也许瑟族机器人都喜欢狗呢？何珞珈仔细看了一眼关棠，发现她跟何珞薇一样，说话懵懵懂懂，一副低龄少女的模样，似乎不经哄骗，不禁眼珠一转，问道："关棠，我想出去一趟，你能告诉我怎么走吗？回来我带蛋糕给你吃。"

关棠抬起头，诧异地看着何珞珈："我不知道，我从来没出去过。"

何珞珈吃了一惊："为什么呀？"

"我身上的零件受损严重，"关棠指了指自己的大脑，"只能做些最基础的工作。永廉说我的工作范围就是基地，照顾好休眠的病人已经是满负荷运行了，我不能也没有必要出去。"

话是这么说，关棠的脸上满是怨念。

何珞珈叹了一声，心灰意冷，说了句"那你忙吧"，准备打道回府。关棠忽然拦住她:"何珞珈。"

"嗯?"

"如果你找到了出去的机会,能带我也出去一次吗?"关棠的目光有些奇怪,"他们说外面的鸟只有一个脑袋,我想亲眼看看。"

"行。"何珞珈拍了拍关棠肩膀,悄声道,"我的手指上被咪塔装了两个指套,你有没有办法弄掉?"

关棠将何珞珈的右手拿到眼前观察了一下,又用一只电笔扫描了一番。读取完上面的数据后,她从小箱子里抽出一支注射器,将里面的溶液挤到一只棉球上,将何珞珈的食指、中指仔细地擦了一遍,两个指套便迅速溶化了。

"咱们争取每天来这里碰一次。"何珞珈说,"等我的消息。"

关棠有点紧张,身子抖动了一下,默默地点点头。

"刚才你说,在你四五岁的时候,主任经常给你买蛋糕?"何珞珈正要离开,忽然又想到一件事,"你应该不是机器人,关棠。"

关棠的脸白了:"为什么?"

"机器人没有童年。"

第三十三章
远来药业

村长关绪告诉关城远来药业遇到了一点麻烦,关城一开始并没有在意。

远人村的投资以药业为主,商业运作已十分成熟。关绪身为董事长和法人代表,主要负责公司的发展规划、经营方针和年度计划,日常生产管理、安全运营、外交联络等等具体事务则由关城负责。自瑟族飞船降临地球的第一天起,关绪就表明了自己的态度,他不想跟人类打交道,如果不得不打,也是越少越好。关城当然也不想,但这么大一个村子,总得有人出来管事,不能什么都交给关永廉,只能勉为其难。到目前为止,他对人类世界的情感也就上升到了法斗这样的小狗级别。

"赵渠突然找我,说有点事想聊聊。"关绪接过关永廉递来的外套,看着匆匆赶来的关城,示意他赶紧上车,"你跟我去一趟奥丁咖啡。"

听到这个名字,关城顿了一下,脑袋有点大。

赵渠是药监局的官员,职位不低,负责全省药品安全质量风险的检查。远来药业是上市企业,这个人,他们可得罪不起。

"奥丁咖啡?正义街的那家?"

"对。"关永廉一边开车一边答道,"就在药监局大楼正对面。"

关绪隐隐觉得,赵渠在这个地方约他,一定不是好事。过了片刻,他说出了自己的担心:"咱们最近的生产没出什么问题吧?"

"没有。"关城摇头。

"还是小心一点好。"关绪看了儿子一眼,觉得他过于自信,于是敲了敲警钟,"如果被药监局盯上了,来个突击检查,没事也能找出事来……"

"嗯。"关城依旧不以为然。

奥丁咖啡坐落在鹭城美术馆二楼,进门左侧有直通的旋转扶梯,设计非常有艺术感,是聊业务的好去处,在鹭城商圈鼎鼎有名。

关绪与关城点好了饮料,来到赵渠指定的卡座,发现那里并没有赵渠,而是坐着一个身材高挑、穿着焦糖色羊毛大衣的女子。

关城一眼认出了她:"沈伊湄?"

"你好,主任。"沈伊湄站起身来,大方地打了个招呼。

关绪不认识这个女孩,不知道她为什么会在这里,一言不发地看着她。

"这位是我的父亲关绪。"关城介绍道。

"您好,董事长。"

很显然,沈伊湄对关绪的身份有所了解。

关绪矜持地点了个头,向关城使了个眼色,正事要紧,示意他快点想办法支走沈伊湄。

"好巧,你也在这儿。"关城一副寒暄的口吻,"方便换张桌子吗?我们约了客人谈事,这个位置比较安静。你今天点的东西我全部买单。"

"你约的人是赵渠,对吧?"沈伊湄没有动,只是抬了抬眉毛,"他是我亲戚,是我托他约你们出来的。不是他找你们有事,是我找你们有事。"

两个男人刚刚坐下,听沈伊湄这么一说,同时皱起了眉头,感觉自己被耍了。

"我们是过来谈公事的。"关城眯起眼睛,半笑不笑地看着沈伊湄。

"我要谈的就是公事。"沈伊湄冷静地说。

"沈伊湄,你是甜品店的收银员,有什么事向店长报告就行了。"关城的语气里夹着一点不耐烦,"你我之间没什么公事可谈。就算有,也不必扯上董事长,他的时间非常宝贵。不过呢……"他接过服务员递上来的薇恩矿泉水,拧开盖子,喝了一口,"来都来了,有什么事不妨说说,我们洗耳恭听。"

沈伊湄从包里掏出一个绿色的药瓶放在桌上:"远波银杏精华,这是贵司在市场上的主打产品吧?"她一面说一面读着上面的功效说明,"'活化脑细胞、增强记忆力、减轻老年痴呆、预防中风、降低血液黏度、改善早期糖尿病、减少视网膜病变……'哇,真是神奇!我看了贵司的年报,你们的银杏提取物制剂年销售额过十亿?"

"沈小姐,我不喜欢兜圈子,"关绪不动声色地说,"你究竟想说什么?"

"银杏提取物是个好东西,但提取不当,也会成为问题产品哟。"沈伊湄瞪大眼睛看着他,"我接到一些线索,有人想举报你们。"

"举报?"关城冷笑,"沈伊湄,你扯得有点儿远吧?"

"有人想举报贵司在西陵山的制药厂原料不合格,生产管理混乱,伪造生产记录,擅自改变提取工艺。"

"就算真想举报,也轮不到你来说,沈伊湄。"关城认为她在信口雌黄,"举报是要有证据的,你不了解这一行,谁会听你的胡言乱语?"

"你们为了降低成本,用盐酸溶液来替代稀乙醇进行提取,有些黄酮苷类成分可能会被水解。你们改变了提取工艺,药效安全就无法保证了,是吧?"说到这里沈伊湄故意压低嗓门,"最近总局正在查这事儿呢,像远来这样的上市企业,要是被药监局来个飞行检查,哇,这种消息要是传出去了,股价怕是要跌停板了吧?"

"……"关城的表情僵硬了。

"就算你们是安全生产,你能保证工厂里的每个工艺都合格?仓库里的药材不发霉?检查组来了总能查出点什么的,相信我。"

"怎么了呢,沈伊湄?"关城懒洋洋地笑道,"我得罪你了吗?硬要来找我的麻烦?说吧,你究竟想要什么?"

"今天下午三点,我要在丽珠小区大门口见到何珞珈。"沈伊湄的眼睛一眨不眨地看着他,确认他每一个字都听清了,"见不到,我就向药监局举报,然后找记者报道,把这事弄得沸沸扬扬。"

"哦。"关城松了一口气,"原来你是担心何珞珈啊,早说啊。"

"早说?她已经失踪整整三天了。"

"怎么没报警呢?"

"我知道你们是什么人,就算警察来了,把远人村翻个底朝天,也不会找到她的。"

"啊哈,没错。"关城看着沈伊湄,一脸的戏谑,"我不怪你。我知道你是何珞珈最好的朋友,担心她也是一片好意。"

"关城,别在我身上耍滑头,我可不像何珞珈那么善良,那么容易被漂亮的男人打动。"

"何珞珈是我的未婚妻,远人村是她的老家。她回家看望父母,想和老人家们多住几天,有什么问题?"关城淡淡一笑,将盖子拧回矿泉水瓶,"我向你保证,何珞珈跟我在一起是安全的,请你放一百个心,她住一段时间就会回来的。"

"她是安全的?"沈伊湄根本不吃这一套,"证明给我看。"

"你有手机?"

关城点了点自己的手表,沈伊湄的手机上多了一张照片。

沈伊湄一看,愣住了。上面是何珞珈与关城正在热情地拥吻。

照片很清晰。沈伊湄自己是P图高手,以她的判断,里面的两个人不像是P出来的。

"何珞珈暂时不会回来,今天不会,明天不会,这个月也不会,具体什么时间要看她的意愿。"关城说罢,指了指桌上的药瓶,"这个药主要是用来治疗老年痴呆的。但是痴呆症并不是只有老年人才会有啊,年轻人也会有,你也可能会有,说不定啊,喝完这杯咖啡你就得上了呢。"

关城顿了顿,和关绪一起站起来向门口走去,路过沈伊湄时,顺便拍了拍她微微发颤的肩膀:"到时候记得找我哦。哦不,那时候你已经不认得我是谁了,哈哈。"

半小时后,沈伊湄茫然地从旋转楼梯走下来,到了门口,店员追了过来:"小姐,您点的咖啡还没付钱呢。"

"哦哦,对不起对不起!"沈伊湄连忙掏出手机扫码。

出了大门,沈伊湄心乱如麻地走向地铁站,发现方弘逸早已经等在那里了,神色十分焦急。

"关城说……珞珈想在远人村住一段时间,陪陪父母。"

"他在骗你。"

"他吧……"沈伊湄迟疑了一下,"给我发了一张照片。从照片上看,珞珈还好。嗯,看样子……嗯……那个……她的确想待在远人村……"说罢她移开视线,四下张望,不知道应该落在哪儿。

一道阴影压了下来:"什么照片?给我看看。"

"不用了!"沈伊湄用力地捂住手机,"你还是别看了。"

"伊湄。"方弘逸的声音高了一度,"给我看看。"

沈伊湄叹了一声,将那张照片调出来递给方弘逸。

就在方弘逸看见照片的那一秒,照片动了,忽然变成了一段视频。里面传来关城充满诱惑的低音:"……既然你那么喜欢,那就吻吧……"

沈伊湄一听,连忙伸手去抢,想把手机抢回来,但她不够高,方弘逸一把拦住她,背过身去。

沈伊湄看不见视频里的画面,仅凭声音去想象那种场面也是充满暗示与情趣的。嘴唇互咬的声音,舌尖挑动的声音,肌肤挨蹭的声音,衣物窸窣的声音……一段长时间的亲热,伴随着关城温柔的低语:"……是这样吗,轻了,还是重了?"

"唔……"何珞珈享受地哼着。

"……你要的吻,给你了。"

沈伊湄羞得满脸通红,好像自己做了什么坏事,低下头,不好意思看方弘逸。

一阵沉默之后,方弘逸把手机还给了沈伊湄:"那就这样吧。"看得出他在努力保持镇定。

"方弘逸。"

"何珞珈可能不会回来了。"

沈伊湄瞪大眼睛凝视着方弘逸,发现他的眼圈微微地发红,眸中泛出一道雾光。她想安慰他,却说不出口,眼睁睁地看着他大步离开了。

等沈伊湄打开手机想去细看那个视频时,那份文件又变成了一张静止的照片。

第三十四章
玻璃黑柱

离开关棠后,何珞珈继续在地下基地闲逛,想去看更多的地方。可是,很多楼层5号电梯根本不停,上上下下好几遍,试过所有可能的出口之后,她又来到了最底层。

那里除了有两个实验室,还有一大片空地,空地足有一个足球场那么大。空地上密密麻麻、兵马俑般地竖着一堆两米多高的玻璃状黑柱,黑柱直径十五厘米,半透明材质,里面隐约可见一些移动的装置。那东西给人一种极度阴森的氛围,何珞珈猜想可能是瑟族人的墓地。但瑟族会有丧葬文化吗?死后也立墓碑吗?不得而知。

何珞珈在"墓地"外围来来回回地逛了十分钟,不敢贸然闯入,于是又回到了实验室,至少那里还有些人气。

实验室的外墙是透明的,里面的情景一览无余。

左手那间弥漫着白色的烟雾,几个穿着全套隔离服的人影走动其中。何珞珈试了试门把手,门倒没锁,但她不敢进去,既然要穿隔离服,烟雾一定有毒。

右手那间宽敞明亮,里面摆满了古怪的仪器。白色的长条桌边零星地坐着十来个穿着白大褂的青年,有男有女,何珞珈想起咪塔说过可以随便参观,于是推门而入。一个青年立即站起身来,向她招手:"珞珈!"

何珞珈怔了一下,她的视力恢复不久,实验室从地板到天花板都是白色,没什么对比度,她眼前白晃晃的一片,看不甚清。直到青年走到她面前,这才认出是贺易平:"店长?你怎么在这儿?"

"实验室人手不够,有些运算人类的计算机算不出来,我每天晚上都在,白天偶尔也会过来帮个忙。"贺易平还是那副佛性的样子,"昨天碰到主任,问起你,他说你在休息。休息好了?"

你是机器人这件事,难道不需要向我解释一下吗?何珞珈心想。

显然,贺易平认为没有必要解释,依然亲切友好地看着她。

"好了。"何珞珈只好说。

在甜品店里,贺易平并不是天天都来。一周总有一些时间不在,要么是上午要么是下午,据他说是去银行办事或是向老板汇报工作,没想到是来这里上班。

瑟族机器人都这么身兼数职吗?好像人手不够哇。

不知为何,何珞珈又想起了731细菌部队,在大山底下搞实验,总有些邪恶的意味,于是她踮起脚来四处张望:"你们这是……在搞科研?"

还好,实验室里并没有正在被实验的活人或者动物,她悄悄地松了一口气。

"对啊。"贺易平将何珞珈引到一组沙发上坐下来,给她倒了一杯水,"基地的医疗储备十分有限,几千年过去也用得差不多了。另外九艘飞船里倒是有满满的物资,但是沉在深海,没法拿到。主任说,不能再寄希望于找到赠子,那样就太被动了。必须设法开发地球的本土资源,研制新药,不然的话,病情最重的那批瑟族恐怕是等不了了。"

何珞珈的心微微一动:"我爸妈的病……很重?"

贺易平点点头:"他们就是最严重的那一批。本来……"他还想继续说,忽然又沉默了。

"本来什么?"

贺易平深吸一口气:"本来我们可以动用仅存的储备为他们治疗,包括修复一些关键器官,你父母拒绝了。他们要求把属于他们的那两份储备留给你哥和你。"

何珞珈怔怔地看着贺易平,眼泪在眼眶中打转。

"你哥受伤后,也没有动用那份储备,选择全部留下来给你和主任。因为你们注射了同生素……谁也不能死。"

何珞珈假装看天,用力地吸了吸鼻子,想把眼泪憋回去。

"九婴一族生命力强大,很难被消灭——"贺易平顿了顿,目光中有一丝凄凉,"可是,这里是地球,无论生存环境,还是生活质量,都没法跟咱们的老家比。"贺易平安静地看着何珞珈,见她终于哽咽出声,递过去一张纸巾:"有这么多人爱着你,把最好的东西留给你,所以你才是九婴家族最后一个健康的女孩子啊。"

何珞珈再次回到观景台上,隔着巨大的玻璃容器,仰望浸泡在蓝色液体中的父母。

这一次,他们的体形不再陌生,不再怪异,痛苦的脸上充满了慈爱与悲悯。

一种奇妙的情感潮水般涌向何珞珈的胸口,她的脑海也被汹涌的情绪充盈着,身子瞬间燥热起来。

那些重负和苦难原来都是假的。而那些可望而不可即的东西——家庭、亲情、关爱——她曾有过,而且富足。

她只想要一个温馨的家,一日三餐,美味简单,身边围绕着爱她的亲人、快乐的朋友……是赠子破坏了一切!

当年的她带着仇恨、带着希望去执行这项危险的任务,这是她自己的决定。就算现在,她也会毫不犹豫地做出同样的选择!

那个方弘逸究竟用了什么力量让她改变了主意?

是爱情吗?何珞珈不信。

何珞珈久久地凝视着自己的父母,以及他们那毫无生气的肌肤、折叠卷曲的身体。本该展翅高飞的他们如今却像一团泡在坛子里的酸菜等待末日的降临。

何珞珈想象着自己回到他们的羽翼之下,接受亲情与呵护。与家人一起,在空中翱翔……

她默默地坐在观景台上沉思冥想……不知过了多久,才站起身来,回到自己的房间。

门自动开了,里面传来动听的音乐和诱人的香味。

何珞珈走进客厅,发现屋子的结构又变了。

咪塔仍然在天花板下悬浮,但右侧的区域变大了,向东延伸出一百平方米,一个宽敞的客厅和一个摩登的厨房出现在她面前。

一个人背对着她,坐在吧凳上。一边听着音乐,一边在巨大的不知什么材质做成的中岛上埋头切菜。

听见她的脚步，那人转过身来说："嗨，你回来了。"

是关城。

他今天穿得很简单，白T恤，牛仔裤，人字拖，额头上有汗，好像很热的样子。微扬的双眼带着一丝神秘的笑意，几缕长发耷拉在额上，丝滑而凌乱，掩映着他犀利魅惑的侧颜，如星光下的海面变幻莫测……

何珞珈打量四周，抬了抬眉："我以为这屋子是个地牢，没想到是个豪华的地牢。"

"嘿，别抱怨嘛。为了让你多一点自由，我可是费尽了口舌呢。"关城转过身去将切好的菜码在盘子上，"饿了吗？菜马上就好。口渴的话，冰箱里有饮料。"

何珞珈拿出一听雪碧，仰头灌下一大半。她继续打量这间屋子，发现屋子的布置跟普通人家差不多，但她没有看见任何的电线或者插座，观察了半天后，她确定这些"家电"应该是外星材质，做成这样不过是为了让她感到习惯。就如那个在厨房里忙碌的男人，何珞珈觉得他根本不会下厨，一切都有关飞廉。

"你都去了哪些地方？"关城在何珞珈的注视下切开了一头小号的洋葱，三划两划之后，就变成了一堆细小的颗粒，刀法居然很纯熟。

何珞珈说自己去了观景台和实验室，问他那一群黑色的柱子是什么东西。

"哦，那个呀——"关城说，"是我们的树，在瑟星里有很多的。"

"你们的树也太奇怪了。"

"想听科学的解释？"关城歪过头来，递给何珞珈一粒葡萄。

葡萄很甜。

何珞珈嚼了嚼，说："想听。"

"我们的恒星比太阳小，只有它的五分之一。从地球上观测，缪星的目视星等为13.5，总光度只有太阳的0.34%。但是，瑟星与缪星距离很近，所以从瑟星上看缪星，有太阳的两倍大，却没有太阳那么明亮。你可以直视几秒，然后移开视线。"

何珞珈想象了一下住在瑟星的感觉，不禁摸了摸自己的脸："也就是说，你们不需要防晒霜？"

"不需要。"关城笑了一声，"而且，我们的瞳孔也不会经常收缩，因为缪星并不是太亮。"

何珞珈忽然想起了方弘逸对缪星的描述，他同样提到光照强度不如太阳。缪星是一颗红色的星球,安静地停在空中,毫不移动。

"所以你每天看到的,都是永恒的黄昏?"

关城的脸色微微一变,似乎触动到什么不愉快的话题。他消化了一下情绪,迅速恢复平静:"那是羿星上的情况。"

"你们的星球没有潮汐锁定?"

"有。但不是像月亮与地球那样完全锁定,而是三比二的轨道共振。"

"三比二?"

"也就是每自转三圈就绕着缪星公转两圈,类似水星与太阳的情况。"

何珞珈一头雾水,她对地球以外的星球毫无知识:"那你们的太阳也是东升西落吗?"

"嗯,总体上是。我们的太阳每天也从东方升起,向西运行,但升起后不久,它会停顿一下,然后像是改主意似的,往回走,落下去,再过一会儿,它再次升起,这一次它会继续向西,直到日落……"

"你们需要这些树,因为你们没有足够的树来承担光合作用?"何珞珈又问。

"具体的解释很复杂,你可以这么想。我们需要这些树来制造一些我们生长需要的东西。我们没办法把瑟星的树搬过来,它们也不可能在地球上生长,只能是仿照它们的结构做出一些替代品。"说到这里,关城忽然叹了一声,"作用不是很大,但总比没有强啊。"

"关城,"何珞珈的语气中多了一些钦佩,"我一直以为你好逸恶劳、游手好闲,把一切都交给机器人。其实,你的知识还是比较渊博的。"

"嗯,我也是这么想的。九婴家族的姑娘不会看上好吃懒做的人。"关城半开玩笑地说。

他把切好的东西一件一件地摆起来,拼成九个大碟,然后浇上酱汁。虽然全是素菜,但看上去精雕细琢、五颜六色。

"你可能不记得了,我们在一起的时候,你最喜欢吃的东西是胡萝卜。"

"我现在也很喜欢。"何珞珈说。

"但必须切成九边形,你才会动筷子。"

"这么挑剔?"

"嗯,挑剔极了。但你不必自责,这些都不用我们动手。要么是珞薇下厨,要么是飞廉下厨,你喜欢的食谱他们都有保存。"

"那你干吗亲自做?"

"因为我们很久没有在一起了。就算在一起,气氛也不对。"关城凝视着何珞珈,眼中充满了伤感,"我想念以前的你,但你已经变成了另外一个人。让我像人类那样爱你,我不会,也不屑。假如你一定要那样才肯跟我在一起,人类男人喜欢对女人做的那些事,我也可以做。"

"什么男人、女人?喜欢做的什么事?"何珞珈吓到胡言乱语,"哎哎哎,关城,你别乱来哈!"

"珞珈,自从你跟人类住在一起,就变得跟他们一样傻了。像接吻这种简单愚蠢的动作都能让你开心到飞起。"说着说着,关城又恼怒起来,"我一想到方弘逸乘虚而入,就气得想打爆他的头!以前的你可不是这样的。瑟族男人的求欢可比人类复杂多了。"

"你胡说!"何珞珈气道,"九婴是单性繁殖,我生育后代根本不需要你来参与!"

"是不需要,但没有我的物理刺激,你生的就全是女孩,没有男孩。"关城狠狠地反驳,"而且每个女孩都长得跟你一模一样,你就不怕得密集恐惧症吗?"

"物理刺激不一定非要是你吧?方弘逸也可以吧?"

关城的脸一下子红了,将菜刀往菜板上猛地一剁,吼道:"你说什么?何珞珈!你再说一遍?"

何珞珈赶紧闭嘴,但已经来不及了。

关城呼啦一下把一桌子上的菜全都扫进了垃圾桶:"你要是不会好好说话,今天这顿饭就别吃了!"说罢气呼呼地去了另一间房。

何珞珈在原地呆呆地站了一会儿,看着垃圾桶里一堆切成九边形的胡萝卜,心想,这个关城的厨艺明显高过方弘逸,但脾气可比他差多了……

何珞珈肚子饿了,自己在厨房里捣鼓了半天后,讪讪地走到关城身边,拍了拍他:"哎,我做了点吃的,你饿吗,将就着吃一点儿吧。"

卧室里,关城抱着枕头趴在床上,就是不理她。何珞珈用指头戳了他半天后,关城才懒洋洋地坐起来:"做了什么,好吃吗?"

"泡面。好吃。"何珞珈老实地说,"给你多煎了一个鸡蛋。"

两人来到桌前,面对面地吃面。

"关城,我想出去。"何珞珈轻声说,"你能放我走吗?"

"村长不会同意的。"

"偷偷地?"

"与其想着出去,不如好好待在这儿,仔细回忆罾子的下落。"关城瞪了何珞珈一眼,"这才是造福你我的好事。"

"把我关在这里没用,什么也想不起来。"何珞珈用力咬了咬嘴唇,"你让我出去,我会去清东街把罾子找回来。"

关城的眼睛猛地一亮,好像点燃了一道篝火:"真的?"

何珞珈眼睛一眨不眨地看着关城,诚意十足:"真的。"

第三十五章
七天之请

关城的眸子定在何珞珈的脸上,百分之百专注,过了几秒,问道:"为什么?"

篝火很快熄灭了,取而代之的是一片疑云。

"为什么不呀?"何珞珈心中浮现出泡在溶液里的九婴,"刚才你也说了,这是造福你我的好事。"

关城轻哼一声,笑了。

"有什么好笑的?"

"我怎么知道你的动机是纯粹的?中间没有掺杂你和方弘逸的合谋?"

经过一天的心路历程,何珞珈好不容易改变了立场,却遭到这样的质疑,觉得有点受伤:"我想救我爸妈,救我哥哥,我想全家团聚。这个理由,够不够?"

关城沉吟片刻,摸了摸下巴,像是听到了一个错误的答案:"二十年前,你就是带着这个理由去的清东街。当时的情景悲壮极了,我悄悄地为你送行,我们互相紧紧拥抱,都以为这是此生的最后一面……"关城的嗓音有些干涩,目光移到远处,"珞珈,如果你坚信这个理由,二十年前就会把到手的赠子送回来,而不是偷偷地藏起来。对我们来说,你失去了信用。瑟族,也失去了夺回赠子的最佳时机。现在,你是找到赠子的唯一线索,也是我们的最后一搏。请问,你让我怎么说服村长放了你?"

何珞珈一时语结,不知如何作答。

"放了你,你会第一时间躲进清东街,再也不出来。"关城的目光回到何珞珈脸上,"反正那里有无数的空间,随便挑一个住进去,就可以在那里幸福永生,做一个真正的神仙,不是吗?"

"当然不是!"何珞珈心中委屈,觉得关城误解了自己的好意,"二十年前,我不知道是被什么鬼迷了心窍,也许是方弘逸下了药……总之,这一次我不会再犯同样的错误,只要放我出去,一定能找回矰子。"

"我们试过了,珞珈。我们把你放出来,安置到甜品店,结果你做的第一件与过去有关的事,就是去了一趟清东街。"

关城越这么说,何珞珈越是着急上火,大喊大叫道:"那要是永远想不起来呢?难道会永远关在这里?"

"嘘——"关城伸手按住了她的嘴唇,"我不喜欢你做这样的心理暗示。对瑟族来说,像孙悟空那样被如来佛祖关在五指山下五百年也不算什么的。我们活得可长了,要是哪儿哪儿都不去,天天待家里,就活得更长了,一千年都不算个事儿。"

说这话时,关城抱着毯子,半是挖苦半是嘲讽地看着目瞪口呆的何珞珈,安慰地拍了拍她:"别怕,我不会让你一个人待在这里的,我会天天过来陪你,一直到天荒地老……"

此时此刻,何珞珈终于知道,关于如何拿回矰子,她与关城之间已经无法有效沟通了。想出去只能是自己想办法,于是她不得已而求其次:"那至少别让咪塔碰我?"

"这个嘛——"关城耸耸肩,"我也做不到。"

"……"

"每天早上,永廉都会过来核对一次上传的版本。我唯一能做的,是让他给你打一针麻药,让你感觉不到痛苦,在睡梦中完成这件事,他已经开始这样做了。"

"那我不是又成了瞎子?"

"那一次是你三年后的第一次上传,咪塔需要处理大量的数据,消耗很大的能量,无暇照顾你的承受力。如果每天更新的话,强度会小得多,你的视神经也会逐渐适应,最多只会有十五分钟的失明,等你从睡梦中醒来,一切都已经过去了,就好像什么也没有发生一样。"

"那次以后,我睡了多久?"

"两天。"关城说,"今天是你在基地的第三天。"

何珞珈的脑子开始飞速旋转,她不能接触咪塔,不能让关永廉知道自己和关棠的对话,更不能让他知道自己可以使用水息……怎么办?怎么办?

忽然,她将床上的枕头、毛毯往怀中一卷,大步流星地向门外走去。

"珞珈——"关城在她身后喊道。

何珞珈不理关城,出门坐5号电梯来到观景台,将毛毯和枕头铺到地上,自己往上面一躺,双手抱胸,跷起了二郎腿。

很快,关城的脸出现在她面前,只见他弯下腰来,双手撑膝:"哎,你想干吗?在这儿露营?"

"对。"何珞珈的脚丫子在关城鼻尖下乱晃,"本姑娘不跟咪塔住一间屋子。"

"躲得过初一,躲不过十五。"关城拍拍她的脸,"起来,跟我回去。"

"不!"

"何珞珈,"关城的嗓音猛地沉了下去,"你要是不听话——"

"关城,"何珞珈猛地一下坐起来,瞪眼问道,"我是你的未婚妻不?"

关城眉头一挑:"是。"

"有人想伤害你的未婚妻,而且是当着你的面,你居然允许这种事情发生?"何珞珈冷笑,"请问这是什么等级的文明?你要再让咪塔碰我,你就不是我的男人。我不承认,今后也不跟你过!"

"珞珈——"关城不为所动,"既然你提到了未婚妻,又质问我不够男人,那咱们就把这事好好地聊一聊,先聊聊你的节操问题。"

"少把屎往我身上堆。我何珞珈行得正、坐得端,从来不踩两头船。崔宝莲不是我奶奶,我帮她送终;何珞薇不是我妹妹,我帮她治病。我是个有道德的人,这黑锅,我不背。"

"你是想鼓动我跟村长对着干,对不?我才不上当呢。瑟族有你一个叛徒就够了,可别搭上我。赶紧起来跟我回屋,老老实实地拥抱咪塔,比什么都好。"

"背叛?"何珞珈淡淡地看着关城,"如果我真是你的未婚妻又背叛了你,那只有一种可能,就是我遭到了家暴。"

"得了吧,珞珈。瑟族之间连吵架都是助理们代劳,就不要说打架了。你忘了当年你是怎么对着你的小情人喷火的吧,人家都快被你活活烧死了呢。"

真是哪壶不开提哪壶。何珞珈对方弘逸的好感早已被残酷的真相戳成了筛子。关城这么一说,更让她窝火,她气呼呼地躺倒在地,抱着枕头翻了个身,背对着他,闭上了眼睛。

"喂。"关城推了推她,"再不跟我走,我可要变原形了。"

"……"

"别忘了我一共有五个胃哟。你是跟咪塔住,还是跟我的胃住,自己挑吧。"

何珞珈无动于衷地抱着毯子,慢慢地站起来,定定地看着关城,眼中露出恳求之色:"七天。我只要七天。"

"……"

"七天之内没想出赠子的下落,你再让咪塔碰我,可不可以?"

关城想了想,叹了一声:"我不能保证,但会尽量争取。"

"谢谢。"

那天夜里,何珞珈做了一个梦。梦见自己生了一大群孩子,满满地坐了一屋。全是女孩,和她一模一样,发型、衣服也完全一样,她们都叫"何珞珈"。

她急得团团转,像热锅上的蚂蚁,感觉自己面对着几十个"自己",不知道哪一个才是真的。

关城出现了,她向他跪地乞求,求他给自己物理刺激……关城摇身一变,变成一只哥斯拉怪兽,她吓得掉头就跑……

何珞珈从梦中惊醒,发现自己冷汗湿背。她走到客厅倒了一杯水,发现关城还没有睡,斜倚在沙发上打着手机游戏。

"对了,关城,能帮我给沈伊湄发条短信吗?"何珞珈说,"我离开家好几天了,她会担心的。"

"已经联系过了。"关城关掉手机,"我告诉她你一切都好,留在远人村,只是为了陪父母住一段时间。"

也只能这么说了,何珞珈心想。万一伊湄知道她被关押,只怕会大闹远人村。

何珞珈道了谢,正想转身,关城又说:"我请求村长给你七天时间回忆赠子,不受外事打扰,包括咪塔,村长同意了。"

"谢谢。"

喝下一口水后,何珞珈又问:"你是怎么说服村长的?"

关城淡淡一笑:"我说,你想在天上飞,不想在地上走。"

何珞珈讶然道："就这么简单？"

"对，就这么简单。你是一只鸟，天空才是你的世界。"

生活一旦有规律，时间就过得飞快。

到了第六天，何珞珈仍然没有想出赠子的下落，一点线索也没有。尽管每日都会花至少五个小时冥思苦想、搜索枯肠、泡澡、桑拿、熏香、静坐、瑜伽、催眠……一切她能想到的可以唤醒回忆的办法，都不见效。

关城每天都过来看她，有时候是上午，有时候是晚上，一天之内至少会陪她吃一顿饭，每次都是他亲自下厨。

何珞珈觉得，只要不惹到关城，不提诸如"羿族""方弘逸"之类的敏感词，他是一个淡然随性、低调神秘、无毒无害的文艺青年，喜欢拌嘴，喜欢玩笑，喜欢故弄玄虚，但都有尺度，不令人讨厌。

关城闲时喜欢画画，特别是油画，给何珞珈看过几幅自己的作品，充满了怪异的色彩和风景。关永廉告诉她关城是个有成就的画家，单幅作品的拍卖价格高达千万。关城自己则谦虚地说，他画的都是瑟星的风光，只不过用了一种抽象的表达而已。

第七天的早上，何珞珈在观景台上见到了关棠。为了不让关城起疑，这是她们的第三次会面。

何珞珈发现这个女孩似乎比自己更关心泡在溶液里的九婴。

开始的时候，何珞珈以为这是关棠的工作。但有一次，她发现关棠什么也没做，只是默默地趴在栏杆上，长久地凝视着前方那只属于何千木的玻璃罐，口中喃喃有声，不知在说些什么。

等何珞珈走近时，关棠立即闭嘴并移开了视线。

这一次，何珞珈又遇到了同样的情况，于是假装不经意地问道："你认识千木？"

关棠点头："以前在缪子天堂里经常碰到他。"见何珞珈一脸懵懂，她解释说："缪子天堂是威瓦设计的一个模拟世界，供那些处于休眠状态但大脑尚有残余意识的瑟族人打发时间之用。在那里他们可以生活、交流、娱乐、了解外面的世界。它有很多版本，鉴于九婴何家的声望与贡献，威瓦根据千木的喜好，特地设计了一款进阶版，里面有很多好玩的东西。"关棠看着自己的手，又说："缪子天堂的控制中心在409层，共有五位机器人负责，他们有时候会让我通过一个仪器进入缪子天堂，和沉睡的瑟族人聊天，也算是帮我打发一下时间。"

何珞珈一听，顿时兴奋起来："那你有没有见过我爸妈？"

"没有。"关棠摇摇头，遗憾地说，"你爸妈受伤的时候已经失去意识了，威瓦没法和他们的大脑建立联系。"

"那你和我哥……会聊些什么？"

"没聊过什么特别有价值的东西。我们都很无聊，他教我学九婴的语言，特认真，还布置习题来着……"

"那你现在会了吗？"

"大概是初级水平，最基本的交流能勉强听懂。九婴语超级难学……"关棠突然莫名其妙地笑了，好像自己到了天堂似的，"千木说，在他见过的所有瑟族人中，只有关城一个人，在听力上达到了秒懂的水平。据说当年为了和你在一起，他下过不少苦功夫。"

何珞珈不想聊这些事，她哈了一声，没有接话。

"今天是最后一天了。"关棠转头看她，"你打算怎么出去？想好了吗？"

"没有。"何珞珈很沮丧。

"不能再等了。"关棠压低嗓门，"只要咪塔碰到你，我们的计划、你的水息都会完蛋。"

"我在等村长。"何珞珈说，"三天前我就跟关城说了，有要事要谈，需要见到村长。"

"然后呢？"

"村长去外地开会了，说是今天晚上回来。"

"也就是说今晚动手？"

"是的。"何珞珈咬了咬嘴唇，"他说晚上八点过来，你准备一下。"

"知道了。"不知是激动还是紧张，关棠的脸微微泛红，可以看见白皙的皮肤下隐藏着的细小血管，"你不用管我，我会趁乱出去，潜伏到后山，再从后山走出远人村。"

"后山？"何珞珈皱眉，"后山有封豨、凿齿、修蛇……你能对付？"

"大不了就是被他们吃了呗。"关棠笑道，见何珞珈一脸惊悚，又加了一句，"放心,我能保护自己。"

关棠的淡定让何珞珈觉得她盘算着逃出去已经很久很久了,方方面面都准备好了。

但是,对于一个关在大山里的人,外面的世界,她又知道多少?

"那——你有落脚的地方吗?"何珞珈不放心地又问了一句。

关棠摇头。

何珞珈掏出一支笔,在关棠的掌心写下一个地址和一串号码:"她叫沈伊湄,是我的好朋友,你去找她,她会帮你想办法。"

"谢谢。"关棠扫了一眼掌心的信息,迅速记下后,擦掉了上面的字迹。她正打算离去,走了两步,又停下来:"如果今晚村长不来,你有Plan B(B计划)吗?"

何珞珈的心猛地一跳,点点头:"我有。"她一字一顿地说,"我会绑架关城。"

第三十六章
黄金吸管

在何珞珈的强烈要求下,关城在她的床头放了一个显示本地时间的电子钟。

在瑟族的哲学里,没有"时间流逝"的观念。他们认为人类则过于看重"过去",大概与大脑的功能有关,记忆的形成总是单向的。

"当身体旋转时,你以为世界在围着你旋转,"关城说,"这其实只是内耳里液体的旋转造成的幻觉。"

对于长寿的物种而言,过去不重要,未来不重要,最重要的是当下。

假如赠子还在,瑟族根本不需要思考未来,负责未来的那个人是威瓦。威瓦会不停地搜集、分析瑟族的需求与欲望,然后以最好的方式呈现给大家。

生活在瑟族哲学里的关城总是慢吞吞的、懒洋洋的,聊起天来不着边际。他把一天当作一个月来过,不知道奋斗为何物,也极少产生焦虑情绪,身体代谢也是异常缓慢。相比之下,人类像一群忙碌而短命的工蚁,看他们生活就像在看一部N倍快进的电影。

只要时间来得及,关城会为何珞珈做丰盛的晚餐,但他自己只是作陪,或是应酬性地浅尝几口,并不真正地吃东西。他的餐具也很奇怪,是一根金黄色材质的吸管,平日里像一支钢笔别在口袋里。有时候他也会陪着何珞珈用筷子或者刀叉,但更喜欢用自己的吸管。何珞珈亲眼看见关城把菜盛在碗中,吸管插入,吮吸几次后,里面的东西——无论看上去多难消化——会在瞬间变成液体。关城拒绝解释黄金吸管的工作原理,只说那是他身上的器官,何珞珈可以理解成他的牙齿。

"所以说,你的原形是只有着五个胃的外星蚊子?"有天晚上,何珞珈开起了玩笑。

关城眸光一转，反问："如果是，你介意吗？"

"不介意。"

"真的？"

何珞珈停顿了三秒，说："我都有九个脑袋了，还介意你有五个胃？就算一只胃装一个脑袋，我还多出四个呢。"

"所以说，我一口吃不下？"

"吃得下。……消化不了。"

关城笑了。

一种奇怪的情绪在两人之间浮动。

关城长久地凝视着何珞珈，目光深邃、神态坦然。何珞珈的脸微微发红，感到莫名其妙的轻松。这种氛围一而再、再而三地出现，他们像一对生活了很久的夫妻，因为熟悉彼此的界限，开着大胆而放肆的玩笑。

何珞珈忽然意识到自己在关城面前话很多，而他，很少主动发言。

该不会是误会自己在调情吧？

"珞珈，虽然这些年你天天和人类一起生活，但你千万别忘了，"关城的语气意味深长，"你是瑟族，你不是人。你担心的事情，他们不知道；他们担心的事情，你不需要。像好逸恶劳、游手好闲、不务正业、吊儿郎当、老而不死……这样的词汇在瑟族都是褒义词。"

"所以废寝忘食、日以继夜、埋头苦干、分秒必争……"何珞珈顺着关城的逻辑往下说，"都是用来表扬机器人的？"

"机器人不需要表扬，更不会因为有人夸奖而飘飘然。如果你非要表扬，可以在他们的胳膊上轻轻地拍两下，系统会记录下来，以备升级时程序优化之用。"

何珞珈立即想起在甜品店里，贺易平和龚晓宇因为喜欢互相拍胳膊，被沈伊湄嗑了半天的CP。

思绪像一列火车，轰轰隆隆地驶向前方……

从观景台回来后，何珞珈吃了一顿简易的午餐，为了晚上的行动，睡了一个长长的午觉。醒来时电子钟上的时间是19点26分。她洗了个澡，换了件高领毛衣，扎了个高高的马尾辫，精神抖擞地走出浴室。

厨房里传来诱人的香味，晚餐已经做好了，关城正在摆盘。

"咪塔说你下午睡了很长时间，"关城将一碗酱汁浇在水果沙拉上，"睡得好吗？"

"好极了。"何珞珈在餐桌旁坐下来，很有仪式感地将一块餐巾盖在大腿上，"你呢，在忙些什么？"

"处理药厂的一些事儿。"关城给她和自己各倒了一杯葡萄酒。

"你亲自处理？"何珞珈笑道，"不是有飞廉吗？"

"我和村长主要负责与官员或者CEO（首席执行官）们打交道。"关城抬抬眉，"有几样药品正在申请GMT证书，一些事必须一把手出面，飞廉搞不定。"

关城以为何珞珈感兴趣，接下来花了十分钟向她解释什么是GMT证书，何珞珈根本听不进去，她在心里盘算村长到了之后该怎么做，但她假装认真地听着。

喝完葡萄酒后，何珞珈开始大口吃菜，一边吃一边不经意地问道："村长今天能赶回来吗？"

"已经回来了。"关城说。他没有动筷，只是慢慢地品酒："你约的时间是八点？"

"对。"

"慢慢吃，来得及。"

何珞珈佯装淡定，继续吃菜，心跳却越来越快。

"珞珈——"关城一直在观察她，突然问道，"你究竟想找村长谈什么事？"

"嗯？"何珞珈装糊涂。

"村长很严厉，也很固执。有些事情，我觉得你应该先告诉我，听听我的看法，再去跟他聊比较好。"

"我不这么想。"何珞珈耸耸肩。

关城一脸费解："哦？你和村长之间，有什么事情是我不能知道的？"

"有。"

"说说看？"

"现在不说，见到村长才说。"

听到这里，关城眸光熠熠，何珞珈只觉得锋芒逼人，连忙避开，埋头吃饭。

"关于你，村长只对一件事情感兴趣。"关城慢慢地说，"那就是矰子。"

"猜对了。"何珞珈笑道，"我想见村长，就是要跟他聊聊矰子。"

"珞珈。"

"嗯?"

"是谁给了你那么大的自信,让你把我这个未婚夫都不当一回事了?"关城的目光落在了她的脸上,反反复复扫来扫去,"你在耍什么花招?"

何珞珈刚要张口,门忽然开了。

第一个走进来的是关永廉。关永廉的身后,跟着关绪。

两人都穿着黑色的西装,像是刚刚完成了一趟商务谈判,与四面雪白的墙壁形成强烈的对比。

何珞珈与村长之间大约有五步的距离,中间隔着关永廉。她估算了一下,短时间内很难发动水息制服关绪,关永廉不会给她出手的机会。于是她站起身来,向关绪走去,摆出一副想要迎接他、问候他的样子:"村长——"

眼看只有一步之遥,关永廉忽然挡在了她的面前:"珞珈,到客厅说话吧,那里比较敞亮。"

"你们还没吃完饭吧?"关绪的态度也莫名其妙地客气起来,他脱下西装,交给关永廉,"慢慢吃,我可以等。"

"已经吃完了。"

何珞珈回到桌旁,倒了一杯酒,用手捧着,向关绪走去,一边走一边恭敬地说:"村长公务繁忙,难得过来一趟,这杯酒,我敬您。"

她想趁关绪接过酒杯的一刹那发动水息,身子刚动,却被关城一把拉住:"不用了,村长不喝酒。"

何珞珈身子一滞,掩饰着自己的紧张:"是吗?太遗憾了。"

"不遗憾,"关城笑道,将杯中酒一饮而尽,"我替村长喝了。"

四个人来到客厅,关绪在沙发上坐下来。关永廉和关城一左一右站在他的身边,何珞珈站在关绪的对面。

"有什么事,说吧。"关绪的眼睛半眯着,脸上的肌肤抽动了一下。

"我想到了一个镯子的线索。"何珞珈用尽全力保持平静,慢慢地向前走了一步,"可以帮到你们。"

"是'我们',不是'你们'。"关绪温和地更正了一下。

何珞珈发现村长要是不板着脸,法令纹变浅了,整个人看上去和蔼了许多,有一种慈父的样子。

"说吧，"关绪的嗓音也没那么艰涩了，甚至可以说淳厚悦耳，"我听着呢。"

"我——"何珞珈迟疑了一下，舔了舔嘴唇，"只想单独说给您一个人听。"

"哦？为什么？"一道奇异的光芒从关绪眸中闪过，他的身子向后靠了靠，跷起了二郎腿，脸微微侧向一边，研究着何珞珈的表情，"关城是我儿子，永廉是我助理，他们两个，我百分之百信任。"

"我不信任。"何珞珈伸手摸了摸自己的下巴。她在想怎样把手伸过去会显得比较自然，不会引起关永廉的警惕。关永廉才是她最害怕的人。

闲聊中关城不止一次地提到关永廉，说他非但型号先进、功能强大，身上还上传了许多村长本人的意识，以备忙碌时作为分身使用，所以说他是半个村长也不为过。

"这就很奇怪了。"关绪忽然站了起来，向何珞珈走近了一步，"是不是这几天，关城照顾你，有不周到的地方？"

关绪的态度又客气又尊重，像是把她当作了家人看待。

"没有。"何珞珈紧张得胃疼，声音不由自主地发起颤来，撒谎可不是她的特长，"我只想……更加谨慎。"

他们之间只有一臂之距，但关永廉离关绪更近，他脸上没有任何表情。何珞珈认为自己的反应不可能快过机器人，只要抬手攻击，关永廉就会向自己扑过来。她把手放了下来，决定先说点闲话分散一下他们的注意力："如果您觉得现在不方便的话，也可以换个时间。"何珞珈笑了笑，指着自己的大脑，"我只是不想受上传之苦，您懂的。"

"可是，"关绪眯着眼，研究着她的表情，"我也不想站在这里听你不断地兜圈子呀。"

"村长——"

"既然你的脑子有了新的想法，只要连上咪塔，不需要你同意，我们也能知道那个线索，不是吗？"

"您是可以很快知道，但那个东西，是要有人去清东街才能帮您拿到呀。"何珞珈不紧不慢地说，"瑟族里，不是只有我一个人可以去清东街吗？"

关绪的脸色有点不大好看："何珞珈——"

就在这时,门外忽然传来嘹亮的警报声,众人纷纷抬头,关永廉道:"四区有火警。"

"你去看一下。"关绪说。

关永廉点头转身向大门的方向走去,刚走三步,何珞珈伸出右手猛地向关绪的脸上一抓!

就在手指即将触到关绪肌肤的一刹那,一只手突然伸过来,将她用力一推。何珞珈下意识地抓住了那只手,意念发动,她看见自己的食指和中指变成了刺眼的红色,一种奇异的带着金属光泽的液体沿着她的指甲渗入那人手中,顷刻间消失不见。

与此同时,关永廉向她飞扑过来。

何珞珈反手抓住关城,见他摇摇欲坠,将他拖到沙发上,对着关绪和关永廉喝道:"别过来!过来我就杀了他!"

所有的人都怔住了,难以置信地看着何珞珈。

何珞珈一手扣着关城的喉咙,一手按住他发软的身体,水息的毒素正在释放。

眨眼间,关城的脸色已由苍白转向青灰,他一面急促地喘息,一面用力抵抗迅速麻痹的身躯,但一切都显得徒劳无益。他的身子越来越沉,渐渐不听使唤……

关绪咳嗽了一声,冷冰冰地道:"何珞珈,你和关城注射过同生素,如果杀了他,你自己也活不了,这事你知道吧?"

"我怎么知道是真的?您说什么我就信什么?"何珞珈毫不客气地反驳,"那我岂不是个傻子?"

"您究竟想干什么?"关永廉问道。

"我要出去。"

"可以,"关绪立即点头,"但你要先给关城解毒。"

"关城跟我一起走,出了远人村,到了安全的地方,我会考虑放了他。"

"如果没有解毒,关城不能离开这里,太危险。"

"他现在最大的危险就是我。"何珞珈一字一顿地说,"村长,为了主任的安全,请不要讨价还价。"

这句话还没说完,何珞珈忽觉头皮一紧,咪塔已经吸住了她的脑袋,无数条触须将她牢牢缠住。紧接着,传来一道可怕的电流声,何珞珈只觉一阵钻心的疼痛,不禁啊的一声尖叫起来。

"咪塔，"一个冷静的声音说道，"放开珞珈。"

电流消失。

"村长，珞珈告诉我，只要放她出去，她愿意去清东街找回赠子。"关城的声音很轻，"将她关在这里没有意义，她不会好好地回忆，只会不停地想心思逃出去。"

关绪沉吟片刻，摇头："她出去了就不会回来了。"

"事关重大，我们至少应该给她一点信任。"关城继续劝道。

关绪根本不听，浓眉紧锁，脸上的法令纹深得好像两道刀疤："你放心，只要把她交给咪塔，过了一天，她就会老老实实地给你解毒。"

"她不会。"关城的目光充满了压力，"珞珈是自己人，在见过父母，了解过瑟族之后想法已经改变了很多。我相信她最终是站在我们这一边的。请让我来处理这件事，村长。"

"你可以处理，"关绪的语气全是恼怒，"但你不能跟她出去。"

"这样做其实对我们是有利的，也是您一直以来的心愿。"为了让大家镇定下来，关城放慢了语速，"等到了安全的地方，珞珈就会给我解毒，然后去寻找赠子，完成她以前没有完成的任务。我理解得没错吧，珞珈？"

"是的。"

"珞珈……"关城看着她又说，"我现在跟你出去，但我已经不能动了，让飞廉跟着我，总可以吧？"

何珞珈见关城呼吸浅弱、满头虚汗，心中有些不忍，但此时此刻已无任何退路可言，只能硬起心肠："可以。"见关绪脸色忽明忽暗，不知在想何对策，又加了一句："村长，主任说得没错，我是站在瑟族这边的。出去以后，我会单独调查此事，尽快找回赠子，交给你们。"

"除了飞廉之外，我需要另外安排三个机器人跟着关城。"关绪终于让了一步。

何珞珈正要反对，关城向她使了一个眼色，让她妥协。

"好吧。"何珞珈点点头。

第三十七章
水息

何珞珈带着关城离开远人村时,已接近晚上九点。

商务车里坐着六个人。

开车的女生叫洛樱,和何珞珈年岁相仿,穿一件黑色的紧身衣。中等个头,瓜子脸,长着一双细长的丹凤眼。人很和气,笑起来一左一右两个酒窝。关飞廉说她本来是大风族洛家的一个助理,现在大风族没人了,就调到了安全部。

另外两个是贺易平与龚晓宇,各穿一袭黑色的风衣。在何珞珈的印象中,他们只会揉面做点心,不知道跟过来干吗,稳定她的情绪?

临行前何珞珈再三申明自己没有恶意,到了丽珠小区就放掉关城,村长的安排却像如临大敌。这让何珞珈不禁心想,万一自己前脚放了关城,机器人后脚又把她抓了回去可怎么办?

此外,何珞珈也没想到关城的瘫痪会那么严重,短短几分钟内,全身能动的地方只剩下了脑袋。想起他在基地里曾几次三番为自己说情,似乎不该得到这样的下场,何珞珈心中惴惴不安。自从知道自己是个受过专业训练的刺客之后,她的心肠也莫名其妙地硬了起来,仿佛不变成这样,对不起这个人设似的。

上车前,关飞廉询问何珞珈是否可以提前给关城解毒,理由是关城以前受过重伤,抵抗力低下,担心瘫痪会造成不可逆的损伤甚至死亡。

"不行。"何珞珈态度坚决。

众人无可奈何,只得给关城接上一个止痛泵,然后抬上汽车。

一行人趁着夜色离开了西陵山。

自由眼看就要到手,何珞珈的心情反而越来越沉重。她只身走进远人村,出来时灵魂却多了一个人。知道妹妹和奶奶都是机器人后,她以为终于可以解脱了,没想到责任更重了。她本来只用照料两个亲人,现在却要拯救全体瑟族。那个一直没露面的赠子就像个定时炸弹,随时都会惹起风波。而她就站在暴风雨的中央。

这一切让她再次感到孤独无依,她想逃亡,想躲藏,想回到佳惠阿姨和沈伊湄的身边,似乎只有她们才能给自己想要的保护与安慰。

汽车无声地行驶了十五分钟,一直没人说话,就连平日里比较话痨的店长也变得沉默寡言。

关城呼吸轻浅,双眸紧闭,似乎睡着了。

在这沉闷而充满倦意的氛围中,只有何珞珈因为紧张而高度警觉。

突然,汽车不知碰到了什么,猛地晃动了一下。

关城立即睁眼。意识到自己不能动后,额上青筋突起,眼皮也跟着猛地抽动了一下,何珞珈以为是惊厥,忙问:"你是不是有哪里不舒服?"

话一出口她就知道问错了,但已经来不及了。

关城正处于找茬发飙的情绪中,怪眼一翻,说:"你觉得我现在这样子,应该很舒服?"

"……"

"当你发动水息时,有没有考虑过后果?哪怕是一秒钟?"

"……"

"既然没考虑,就别假惺惺。"关城冷笑一声,"搞得我现在身上不舒服,心里更不舒服了。"

何珞珈不想吵架,也觉得关城中水息的确很冤,见他越说越狠,也不乐意了,噘嘴怼道:"你们把我关在基地里强行上传……我也很不舒服呀!"

"那不是我的命令。"

"那是你父亲的命令,你们是一伙的。"

"珞珈啊珞珈,你居然敢劫持村长,是不是吃了豹子胆?就凭你这身手,能对他发动水息?"关城怒道,"他是你师父,你是他亲手训练出来的刺客。要不是我动作快,你死都不知道怎么死的。"

何珞珈怔住,一个念头迅速在脑中闪过。

原来,在她打算动手的那一刻,关城已经看出来了。他本可全身而退,让父亲制服她,却故意中圈套,帮她逃走……

何珞珈立即掐灭了这个想法。

关城才不会那么体贴呢,他和方弘逸一样,接近她不过是另有所图。

"你怕村长,我可不怕。"何珞珈抱起胳膊,撇了撇嘴,"再说我也死不了,除非村长舍得你一条命。我们有同生素你忘了?"

"我怎么可能忘记自己做的蠢事?"关城咕哝了一下,发出一声含糊的诅咒。何珞珈注意到他的坐姿有些僵硬,手指像得了帕金森症一般微微发抖,双唇抿成一条线,神情冷冰冰地,一副又生气又无可奈何的样子。居然,还是那么好看。

"哎,"何珞珈的声音柔软了一些,"鹭口区很快就到了。"

其实他们刚出村不久,大约三十分钟的样子。

车窗上装着厚厚的遮光帘,何珞珈掀开一角向外望去,发现汽车在一条弯曲狭窄的林间小道上行驶。没有路灯,没有农家,两边都是黑魆魆的大树。

这是一个晴朗的夜晚,银河如泻,星辰万点。

橘黄色的车灯像一只发光的小兽在树影间穿行。两旁的树不高,枝条噼里啪啦地打在车身上,叮叮当当,好像在下冰雹。

何珞珈不记得来时走过这条路,过了几分钟后,更加确定这是另外一条路。穿过更多的山林湖泊,更崎岖、更偏僻、更多沙石。但大方向没错,从它经过的交叉口来看,汽车一直在往南开。

车里静悄悄的。

何珞珈试图找贺易平、龚晓宇攀谈,发现他们全都心不在焉。关飞廉也不大理睬她,专心照顾关城,不停地测量着他的生理数据。

一路的颠簸让人昏昏欲睡……何珞珈不禁打起盹儿来。刚刚闭上眼睛,忽听砰的一声巨响,有物穿窗而过,车玻璃破了,无数的碎片向她袭来。

六座的商务车,第一排坐着洛樱和龚晓宇,第二排坐着何珞珈与关城,贺易平与关飞廉坐在第三排。

听到响声的同时,何珞珈下意识地抱住了关城,替他挡下了一拨碎片。

"是羿族。"洛樱喝道。

汽车一个急拐,开足马力向着另一条小道冲去。

夜风从破了的车窗呼呼地刮进来,何珞珈手忙脚乱地清理着自己身上的玻璃碎片。关城问道:"你没事吧?"

何珞珈摇了摇头。破的是副驾旁边的车窗,也就是龚晓宇座位旁的车窗。珞珈正好坐在龚晓宇身后,大多数碎片被座椅挡住,最可能受伤的人应该是龚晓宇吧。何珞珈叫了两声"水手大哥",无人答应,于是解开安全带,探头过去察看情况,瞬间惊得差点儿跳起来!

龚晓宇的双眼被两支红箭贯穿,力道之大,竟将他的头颅牢牢地钉在了椅背上。

"水手大哥?"何珞珈颤声道,"龚,龚晓宇?"

机器人没那么容易死吧?何珞珈伸手过去推了推龚晓宇,他一动不动,身体已经僵硬,眼中的红箭开始溶化成一种橘黄色的液体,眼泪般从眼窝里滴出来,眼看就要滴到何珞珈的手上,旁边的洛樱忽然叫道:"小心有毒!"何珞珈连忙缩手。洛樱一手开车,一手将龚晓宇从椅子上拉下来,打开车门就要将他蹬出车外,被何珞珈死死拽住:"喂,你疯了?他受伤了!"

"他已经死了,身上沾有羿族的东西,会暴露我们的方位,"洛樱无动于衷,"不能留在车上。"

"他不是机器人吗?"何珞珈吼道,"换个零件不可以吗?"

很显然,洛樱没时间理论,猛地一脚,将龚晓宇踹到车外。何珞珈拼命挤到前座想拉住龚晓宇,可惜晚了一步,她眼睁睁地看着水手大哥的尸身在地上打了几个滚后不见了。

那个文静腼腆,天天和何珞珈一起做蛋挞和慕斯蛋糕的龚晓宇不见了……

何珞珈心中一酸,就想骂人,汽车忽然又一个急拐,紧接着一个急刹车。何珞珈没系安全带,差点儿被强大的惯性甩到窗外,被关飞廉及时拉住。

"前面有路障,"洛樱喊道,"大家准备一下。"

车门开了,贺易平和洛樱第一时间冲到车外,手中不知何时多出了一样武器——一只鸟嘴形状的枪,附带一根环形手链。

与此同时,四面八方传来突突突突的声音,无数支红箭穿窗而过,车玻璃应声而碎。关飞廉一面将关城的座椅降到最低,调成180度,让他平躺下来,一面对何珈说道:"突袭的是羿族,我们人手不够,珞珈,为了主任和你自己的安全,可以现在给他解毒吗?"

何珞珈没有点头,只是说:"如果真有危险,会的。"

好不容易逃出来,她可不想功亏一篑。

"你会开车吗?"关飞廉又问。

"不会。"

关飞廉拿起鸟嘴枪,说了句"待在这儿,别出去",冲出车门外。

玻璃没了,窗帘还在。夜风很凉,呼啦啦地吹进来。

何珞珈忍不住打了一个喷嚏,这才意识到因为基地很热,自己只穿了一层单衣。她猫着腰,掀开帘子的一角,偷偷地向外望去。

汽车开着明亮的雾灯,前面的马路上倒着一棵大树,附近弥漫着一团紫色的烟雾,当中几个晃动的光点,夹杂着一些人影,都穿着黑色的衣服,看不甚清。

因为三个机器人的出动,箭雨立即停止,双方似乎已近距离相遇,并打斗起来。何珞珈全神贯注地观察了半天,也没看出究竟哪一边占了优势。

而且,这些外星人打架也没太多的新意,既不如科幻片中的那些超级武器——诸如天行者的光剑、镭射枪、电磁炮、蓝色死光之类充满画面感和想象力,也不如初入远人村那天夜晚她所遇到的怪兽给人的视觉上的震撼。

这个观点很快就被推翻了。

事实证明,鸟嘴枪杀伤力十足。那东西以极快的速度射出一团莲米大小的黏液,发着橘黄色的荧光,若是沾到人身上,会立即膨胀成一只巨大的"肥皂泡",将目标全部包裹在内,两秒钟内,"肥皂泡"里的人就化成了一团水状的液体,随着"肥皂泡"消失在视线之中。若是没有射中目标,黏液则会停留在原地,在夜色中闪光,形成一道灿烂的印记,数秒钟后,才会消逝。

当何珞珈看见一个羿族人被活生生地变成一摊液体后,不禁起了一身鸡皮疙瘩。汽车附近的树,已被黏液点缀成了一棵棵的圣诞树。远远看去,像是放了一团烟花……

"喂。"关城忽然叫道。

何珞珈转过身去,见他安静地躺在椅子上,不等他开口,立即说:"不,现在还不是解毒的时候。"

"我没让你解毒。"他说。

"那你让我干吗?"外面的局势太不明朗,需要持续关注,何珞珈的语气不知不觉间透露出一些不耐烦。

"我饿了。"

"你饿了?"何珞珈难以置信地看着关城,"想吃蛋挞?知道吗,做蛋挞的人已经被你们扔出去了!"

"在我衣服的口袋里有一包零食,劳驾你帮我拿出来。"关城继续说。

何珞珈瞪大眼睛看了关城半天,确定这不是搞怪,伸手从他的衣兜里搜出一个巴掌大的牛皮纸袋,撕开,把里面的东西倒在手中。那是一小把黄豆大小的东西,黑白相间,上面撒着粉状的佐料。

"这是什么?"她问。

"我的零食。"

"什么零食?"

"吞拿鱼眼珠。"

何珞珈吓了一跳,差点儿把一整包零食扔到地上。不想吵架,何珞珈只得拿出几颗喂进关城的嘴中。

那东西很脆,嚼在口里嘎嘣作响,何珞珈原本也不在意,只是觉得在这样的情况下,关城居然能够悠闲地吃东西,实在有些诡异。

"羿族的人多吗?"关城问道。

"不清楚。"

"飞廉出去那么久也没回来,看来情况有些棘手啊。"

"我现在还不想给你解毒。"

"你担心什么呢,珞珈?"关城慢吞吞地说,"我有伤害过你吗?"

"如果我给你解毒,你就会变原形,然后吃掉我。"

关城忍不住笑了:"吃掉你,我不是也完了吗?"

"不要老拿同生素说事行不?"何珞珈讽道,"这东西也许真的存在,但我未必就注射过它。用同生素来威胁我,不管用。"

"哇,你说话的语气好亲切,越来越像从前的你了。"她越是生气,关城越是阴阳怪气,何珞珈气得想踹他一脚。

"刚才龚晓宇中箭,你想都没想就扑在我身上。嗯,怎么说呢……"关城凝视着何珞珈的脸,顿了顿,似乎在找合适的措词,"珞珈,你的大脑失忆了,但肌肉的记忆还在,而且这么强烈,搞得我有一点点想哭呢。"

何珞珈被这话气笑了:"死到临头,还这么贫嘴?"

"我是想说,你不用在这里陪我,太危险。你还是快跑吧。"

"……"

"方家的两兄弟肯定都来了,他们是绝对不会放过我的。但是你……情况就不一样了。"

何珞珈被关城说得心烦意乱,忍不住低吼一声:"关城,能少说两句吗?"

"而且——"

关城的话没有说完,一个人影从车门外冲了进来。

关飞廉将关城背在背上,对何珞珈道:"快下车,这里已经不安全了。"

何珞珈想都没想,跟着关飞廉向着林中跑去。

毕竟是机器人,关飞廉扛着个头比自己还要高大的关城,居然跑得飞快。

没跑多久,身后响起了急促的脚步声,与此同时,耳边嗖嗖作响,十几支短箭射了过来。有一支从何珞珈耳边擦过,笃的一声,钉在旁边的树干上,震得四周小兽狂奔、群鸟乱飞。

何珞珈边跑边想,放箭杀她的那位肯定不是方弘逸。她没得罪过方弘逸,他不可能下这样的杀招。

关飞廉背着关城只顾狂奔,根本无暇反击,何珞珈追上他说:"把你的武器给我。"

关飞廉犹豫了一下,将鸟嘴枪扔到她手中。

那东西看上去像沉重的金属,拿到手里一掂,异常轻巧,大概就是一个牛奶锅的重量。何珞珈套上手环,转身、瞄准、扣动扳机,三个动作一气呵成,只听噗的一响,一物飞速弹出,眼看就要击中一个追过来的黑衣人,那人闪身一避,旁边的树上猛地一亮,多了一团金光。

关城说得没错,她的肌肉果然有些记忆。

在何珞珈的掩护下,三人一路狂奔了近十分钟,眼看就要跑出树林回到马路上,突然前面的关飞廉一个趔趄,栽倒在地。身上背着的关城也跟着他摔了下去,滚到一边。

何珞珈连忙追上去查看,关飞廉的双眼被双箭贯穿,血流一地,早已失去了呼吸。

何珞珈正要检查关城,忽然听见了细微的脚步声。

抬头一看,夜雾中的正前方,远远地出现了一个人影,和她有百步之遥。

那人穿着黑色的风衣,引弓如满月,对准了他们。

"关城,"何珞珈小声说道,"我现在给你解毒。"

说罢伸出中指和食指,往关城的颈中一按。

何珞珈以为接下来的一秒钟,关城会从地上坐起来。可是,等了好几秒,都没有任何动静。

何珞珈的心猛地一沉,不禁问道:"关城,你还是不能动吗?"

关城仰天倒在地上,忽然笑了,眸光如夜空中的星星般闪烁:"羿族共生体在解毒时,必须由双方的意念共同驱使,才能生效。我猜,方弘逸大概是不喜欢你了。"

"卧槽!"何珞珈骂了一句。

人影越来越近,在距离他们十步的地方停了下来。

树影中何珞珈仍然看不清那人的脸,但很快听出了他的声音。

"何珞珈,把关城留下。"方弘逸一字一顿地说,"你可以走了。"

何珞珈没有动,只是用自己的身体挡住了关城,同时举起鸟嘴枪,对准了方弘逸:"我要跟关城一起走。"

方弘逸的腮帮子拧动了一下,用力地咬咬牙:"关城今天必须死。"

"那,你也一样。"何珞珈说。

第三十八章
最后的警告

"走开。"方弘逸手中的箭慢慢地往上移,对准了何珞珈的眉心,"这是最后的警告。"

方弘逸的身子微微前倾,右手三指紧扣弓弦,虎口挨着下颚,肩膀往下沉了一沉,姿势稳定,充满力量。

这是何珞珈第一次听见方弘逸用这样冰冷的语气对自己说话,心中不禁一阵失落。那个温柔亲切的大男孩已经一去不复返了。

"方弘逸,"她的目光牢牢地锁定了方弘逸的脸,怒火在心中蔓延,"二十年前,你是不是向我射过九箭?"

方弘逸的脸白了,眉头拧成两道死结。

"我只要一个简单的回答,"何珞珈冷冷地说,"是,还是不是?"

方弘逸沉默了一下,点头:"是。"

几乎与此同时,何珞珈扣动扳机向方弘逸连续扫射,方弘逸的脸上闪过一丝错愕,他慌乱中一个空翻,跃到树上,对着关城连射三箭。

哒!哒!哒!势如破竹。

何珞珈反手三枪,迅速拦截,快、狠、准。

关城脑袋正上方不到五厘米处,出现了三个透明的"肥皂泡",里面的红箭已化作一摊清水……

何珞珈不给对方任何喘息的机会,对着树上的黑影连续射击,闪着荧光的黏液几乎将一整棵树涂满,夜色中仿佛多了一道霓虹灯,金光闪闪,炫人眼目。

借着树上的亮光,何珞珈发现方弘逸居然还没跑,而是跳到了旁边的一棵树上,对着关城继续射击。

站在关城身边的何珞珈,对射来的箭毫不闪避,举枪不断回击,两人连续互射了近三分钟,谁也没杀掉谁,何珞珈回头检查关城的情况,惊骇地发现他的四周密密麻麻地插满了箭,从上往下看,形成一个人的形状。

何珞珈一脚将地上的箭踢开一个缺口,拽住关城,一边继续向上扫射,一边将他拖到两块巨石之间。自己也挤到了石缝中。

就在这一瞬间,一排箭追上来,叮叮当当,将巨石射出一串火花,溅到何珞珈的脖子上,烫得她直咬牙。

"卧槽!"何珞珈骂道。

有了石头的掩护,少了一些顾忌,何珞珈准备大干一场,再抬头时,树上的方弘逸已经不见了!

远处忽然出现了三个男子,穿着寻常的衣服,赤手空拳地向她跑过来。

刚出汽车时,关飞廉有说他已经向村里发出了信号,一时间,何珞珈分不清是敌是友,于是问道:"关城,那几个是我们的人吗?"

"什么人?在什么地方?"关城问。

"正前方。"

"正前方哪里?"

何珞珈愣了一下,揉了揉眼睛仔细一看,三个男人背后隐隐地出现了蓝光,她瞬间意识到那不是人,是羿族的三个门在向她跑过来。关城看不见,这样的门在瑟族中只有九婴一族可以看到。

"是羿族的门!"

"快跑!"关城低吼,"他们是来抓你的,你要是进去了再出来,可能是一百年后了!"

"我跑了你怎么办?"何珞珈急道。

"无所谓,反正我也活不长。"关城说。

何珞珈一跺脚,操起鸟嘴枪向着那三个男人一顿猛射。

"别浪费弹药,他们不是生物体,根本打不死。"关城说,"你再不跑,被他们碰到就会立即消失,去到另外一个空间,开始一段美好的人生。别害怕,你不会孤独,方弘逸肯定会来找你的。"

见鬼,何珞珈心想,这种时候,他还不忘记吃醋。

何珞珈东张西望,察看形势,发现就算想逃也逃不掉了,前面是向她扑来的门,后面是向她射来的箭,除非地下有洞……

想到这里,脚下的土突然松动了一下,紧接着,还没搞清怎么回事,地面忽然豁开了一个大口!

何珞珈尖叫一声,死死抱住关城,两人一起掉了进去!

直到这时,她才听到了嘀嘀嗒嗒的响板声,一只巨兽从土中跳出,向着羿族扑去。

是凿齿!

地洞本来很大,松动的土很快塌陷下来,眨眼间只剩下了一人多高。何珞珈背不动关城,看着头顶的泥块簌簌地往下掉,正不知如何是好,一个人影从外面跳进来,叫道:"珞珈,跟我来!"

是贺易平。

他背起关城带着何珞珈沿着地洞向前跑去,羿族的人很快就追了进来,嗖嗖嗖地向他们射击——

何珞珈举枪反击,掩护着两人一路狂奔。

他们很快跑出地洞,回到了马路上。

那辆被射成了筛子的商务车不知何时已经停在了路口,车门大开,一个脑袋从车窗里伸出来,向他们招手:"快上车!"

何珞珈认出是洛樱,三人连忙跳上汽车。

贺易平将关城扶到座位上,绑上安全带,汽车刚一启动,关城忽然问道:"飞廉呢?你有没有检查过他?"

贺易平沉默了一下,说:"主任,他已经报废了。情况紧急,来不及回收数据,我只好启动生物降解。"

关城绷着脸,半天没有说话。

何珞珈正想说点什么安慰他,只听啪啪数响,汽车忽然在马路上左右扭动起来。

"胎爆了!"洛樱说,不顾一切猛踩油门继续向前开。

片刻间,车内弥漫出一股汽油的味道,很快被风吹散。

黑色的烟雾蹿进来,呛得关城大声咳嗽。

"油箱着火了!"洛樱一面大喊一面紧急刹车。

车尚未完全停住,何珞珈跟着他们跳下汽车,向路边猛跑。只听砰的一声,油箱爆炸,汽车被大火吞噬。

何珞珈回头一看,两个羿族男子追了上来,为首的就是方弘逸。

其他的人大概还在对付凿齿。

洛樱掏出鸟嘴枪向何珞珈努了努嘴:"你们快跑,我断后!"

话音刚落,洛樱的胸口就中了一箭,何珞珈正要惊呼,洛樱将红箭一拔,往地上一扔,啐道:"我死不了,除非双箭同时射中眼睛。"

但是,人哪有箭跑得快?

贺易平背着关城狂奔,洛樱挡住关城,何珞珈协助她断后,两人集中火力向方弘逸猛烈射击。

正在这时,一辆白色中巴呼啸而至,在贺易平面前突然减速,驾驶室里伸出一个男人的脑袋,向他们叫道:"上车!"

来者正是何千木!

何珞珈心中一喜,众人拉开车门鱼贯而入。

中巴急驰而去,瞬间就将方弘逸抛在了射程之外。

马路的尽头出现了一个巨大的身影,凿齿赶到了,箭雨停了。

四周忽然安静了下来,夜色掩盖了一切……

洛樱身上一共中了十五箭,她自己用手一一拔除。贺易平也中了三箭,两个机器人互相检查伤势。

何珞珈问道:"千木,我们去哪儿?"

"楚田公馆。"

"那里安全吗?"

"鹭口区是中立区,瑟族、羿族有约定,不在这个区域动武。鹭昌区是羿族的地界,鹭阳区是瑟族的地界。如果没有事,两族互不来往,更不会随便出现在对方的地界里。如果真的出现了,多半就是要动武了。"何千木说。

"你怎么知道我在这儿?"何珞珈又问。

"飞廉给我发短信让我来接应。"何千木想了想,回头看了一眼车厢,"对了,飞廉呢?"

"报废了。"洛樱说。

"哦。"何千木看了一眼满身泥土满头草根的关城,"主任也受伤了?严重吗?"

"他中了水息。"贺易平答道,"全身瘫痪。"

"是方弘逸干的?"何千木冷声问道。

"是我干的。"何珞珈老实回答。

"何珞珈你怎么回事啊?"何千木吼道,"想谋杀亲夫吗!"

何珞珈舔了舔干燥的嘴唇,没有回答,因为自己要逃跑,连累了这么多人,她觉得有点理亏。

"没事,她一直都在保护我,也算是尽力了。"关城淡淡地说。

"珞珈,我就不明白了,你干吗老跟关城过不去呢?吵吵架就算了,释放水息?"何千木气不打一处来,"太过分了!"

"……"

"赶紧去找方弘逸解决这件事。"

"……"

"这种毒,关城扛不了多久,懂不?"

"……"

"珞珈,你在听吗?"

"停车!"何珞珈忽然说。

何千木不知出了什么事,猛地一脚,踩住刹车。

何珞珈推开车门,跳下车去。

"哎,黑灯瞎火的,你干吗呢!"何千木叫道,"赶紧上车!"

"你们走吧,我自己打车回家。"何珞珈说。

"你疯了?不管关城了?"

"不管了。"何珞珈满脸通红,又气又冤,"从现在开始,我跟你们没关系了!我不是瑟族,也不想当九婴,我只想忘掉一切,过最普通的日子。我不会找你们,你们也别来找我,再见!"

说完这话,她甩开大步,向着路边跑去。

正好一辆出租车路过,何珞珈招手坐上去,司机是个红脸的胖大叔,问道:"小姐,去哪儿?"

"丽珠小区。"

第三十九章

温暖之家

每次夜晚回家,何珞珈都会下意识地看一眼五楼的灯光。有灯就有人。

因为经常上夜班,佳惠阿姨下班比较早,会在孩子们回来之前把饭菜做好摆好。

心灵手巧的人,再平凡的生活都会被安排得有滋有味。

这样的日子,在何珞珈是可遇不可求,在沈伊湄却是习以为常。她坦率地说自己离不开妈妈,主要是离不开妈妈做的菜,所以将来绝对不会远嫁。当初跟石光泰恋爱,就是因为他住得近,知根知底。两人在一起时商量过未来,一致同意结婚后也在丽珠小区买房。一来可以照应两边的父母,二来也可以经常回家蹭饭。

何珞珈觉得,以沈伊湄的见识和长相,完全可以找一个条件比石光泰好得多的男朋友。追她的人中也不乏家境殷实的公务员,能说会道的青年教授或是科技公司的业务骨干……从城市平民跳到城市中产,应该不难。

然而沈伊湄对生活的态度相当现实主义,毫不惭愧地追求方便和省事,这一点,何珞珈自愧不如。

刚开始住的时候,何珞珈每次回家都尽量避开饭点,因为房租里不包三餐。佳惠阿姨却总是热情地让她和何珞薇上桌一起吃。何珞珈当然不好意思,一般会在下班的路上带着何珞薇找个小店把晚饭解决掉。但她很快意识到在外面吃饭很花钱,哪怕只是最简单的盒饭,两个女孩天天吃,一个月也要大几百块钱。

那个时候,何珞珈每天一睁眼就狂刷手机里的外卖APP,对比几家平台的促销活动,看谁力度大,代金券、优惠券、满立减、平台红包、新店福利之类,逮住一个,一单就能免掉三四块钱。运气好的话,能花五块钱吃上价值二十块的套餐。最便宜的一次是去年的国庆节,有家店推出"新用户零元吃"活动,她和何珞薇不花一分钱吃了一个汉堡、一碗沙拉,还喝了一听可乐。

然而,佳惠阿姨的凉拌菜实在是太好吃了,又总是招呼他们姐妹俩吃饭,何珞珈完全没办法抵抗诱惑,就主动提出在房租里再加上一份饭钱。佳惠阿姨不肯要,说没几个钱,看着孩子们吃得开心她老高兴了。何珞珈哪好意思白吃?只得经常买菜回家,多多帮做家务,以此作为补偿。

夜晚是何珞珈最放松的时刻,无论是陪妹妹做手工,还是陪佳惠阿姨煲剧,或是陪沈伊湄逛街、聊天……都能带给她愉快的享受,她不喜欢巅峰,不喜欢低谷,不喜欢任何形式的冲突打架,就喜欢过这种平淡如水、波澜不惊的日子。

何珞珈心想,既然已经失去了作为瑟族的所有记忆,而且怎么也想不起来了,她不能为一个根本不存在的身份活着。

可以预见那将会是一种极其难受的活法,莫名其妙地被两种敌对力量撕扯,一边要她找回赠子拯救父母,另一边在向她射出九箭后,转过头来又声称是她的前男朋友。无论哪一边都对她半真半假,都企图瞒她、骗她、囚禁她。与其和这些讨厌的套路作斗争,她宁愿花同样的时间去超市买菜或者比较商家的折扣。

但她也知道,如果不交出赠子,这一切都不会结束,羿族、瑟族会不断地找上门。

何珞珈像往常一样走进丽珠小区,走到公寓楼下,抬头看到五楼的那盏灯依然明亮时,心中忽然生出了一种恐惧。她不该把沈伊湄扯进来。

当知道何珞薇是机器人后,何珞珈觉得自己什么也不用怕了。咪塔没有唤醒她脑中的记忆,但她身体的记忆却渐渐恢复,面对袭击,奋力反扑,面对敌人,铁面无情。她相信自己曾经是个杀手,刚才那一战从心理上、技术上都证明她训练有素。

如果说还有什么软肋,或者说还有什么可以威胁到她的话,那就是沈伊湄和佳惠阿姨。她们要是有个三长两短,她何珞珈将万劫不复。

在抬脚上楼的那一刻,何珞珈下定决心,要尽快找回赠子。只有找到赠子,才会结束这一切。

何珞珈进屋时,已经十点钟了。家中还是老样子。佳惠阿姨窝在沙发里看剧,旁边坐着正在喝奶茶的沈伊湄。

看见她,两人惊喜地站起来:"珞珈,你回来啦!"

沈伊湄的保密工作做得不错,佳惠阿姨不知道发生了什么。她以为何珞珈因为奶奶去世需要回老家处理后事,顺便住一段时间。见她赤手空拳地回来,埋怨说:"干吗走得那么急呀?连个包都不带?钱够用吗?"

何珞珈解释说事情都处理好了,让她放心。李佳惠于是给她热了一碗红豆汤,聊了一会儿,进屋睡觉了。

何珞珈刚经过一场战事,口渴如狂,一面大口喝汤一面问沈伊湄:"珞薇呢?"

"在卧室里,已经睡了。"沈伊湄说。

"睡什么睡,都是装的!"何珞珈切了一声,"她是机器人。"

"还真是啊?"沈伊湄惊讶地张口,"不是说机器人不会有自闭症吗?"

"不是自闭症,是有故障。"

何珞珈将那天与沈伊湄、方弘逸分手后发生的事,详详细细地说了一遍。她本来不想说得那么具体,但何珞珈很想听听沈伊湄作为第三方对这件事情的看法。她一向觉得沈伊湄很聪明、头脑清晰、判断准确、不甘平庸、敢想敢做,而且有全局观念。哪怕只是甜品店里的一个小小收银员,她满脑子都是"店长思维"。

"好吧,现在我们终于知道赠子究竟是什么东西、为什么那么重要了。"沈伊湄总结道,"瑟族需要用它唤醒九艘飞船,拿到补给、治病救人。羿族是瑟族的对头,不希望瑟族壮大,害怕会被消灭。这就是两家的主要矛盾。"

"没错。"何珞珈将汤碗一放,也学着李佳惠窝在沙发上。沈伊湄将旁边的毛毯扯过来,两人一起盖上,又将电视的声音调低,继续低声讨论。

"你呢,就是一个双面间谍。"沈伊湄又说。

"啊?"

"你本来是瑟族派到羿族的间谍,结果被方弘逸成功策反。"

"我不傻。"听到"策反"二字,何珞珈有点抗拒,"如果方弘逸能让我改变主意,一定有一个很强大的理由。"

"用不着!我看你就是爱上他后变傻了。"沈伊湄戳了戳何珞珈的脸,笑道,"刚才你说,缪星系的两个文明中,瑟族比羿族更加先进。现在两族力量还能抗衡,一旦拿到赠子，羿族很可能灭亡。如果你喜欢方弘逸，当然不想让这件事情发生，所以你就把它藏了起来。"

"我不大相信这一切是因为爱情。"何珞珈摇头，自认为自己没有那么严重的恋爱脑，"瑟族人不谈恋爱，我也没有这方面的经验。我承认方弘逸很可爱，女孩子见到他容易产生好感。但关城也不错啊！从男性魅力上说，一点儿不差。我想不出自己有什么理由要背叛他。就算真想叛变，为什么不留在清东街，为什么还要飞回远人村呢？"

"这可能是个仓促的决定，赠子到手后，你突然想叛变，但羿族这边并不领情。他们发现你偷走了赠子，对你进行猛烈的攻击，完全不给你任何解释的机会。"沈伊湄开动脑筋，填补各种情节漏洞，"相当于你把两边的人都得罪了。"

"至少在西陵山大战时，瑟族是不惜一切代价过来接应我的。"何珞珈不同意这个看法，"如果没有他们，我肯定会死在方弘逸的箭下。"

沈伊湄想了想，点头："我也觉得这件事从一开始来说，是羿族对不起瑟族。明明来自同一星系，可以说是一对患难相扶的好兄弟，好好的，你偷走人家的赠子、捣毁人家的飞船干吗呢？是不是很邪恶？"

"从感情上讲，我也倾向于瑟族。他们那样对我……可以理解。因为丢失赠子相当于葬送了全体瑟族的未来。"

"别那么快就陷入他们的逻辑中去，珞珈。"沈伊湄坚定地说，"你是讲感情讲道义的。冒生命之险执行任务，失败后却要受到百般虐待，关绪作为一族的首领，心胸也不怎么样。"

"没人会善待一个双面间谍。"

"此外还有一件事，你想过吗？"沈伊湄的脸色忽然凝重。

"什么事？"

"你刚才说，在九艘飞船的睡眠舱里，还有十万个沉睡的居民和百万个冷冻胚胎？"

"对。"

"九婴家族是单性繁殖？"

"对。"

"假如这十万居民和一百万个胚胎最后都活了过来，瑟族，会统治地球吗？"

"……"

何珞珈当然想过这事,而且问过关城。关城的回答是,不会。如果真想统治地球,他们早就统治了,办法很多,根本不需要九艘飞船。

瑟族的哲学是悠闲的享乐主义,无所事事、与世无争,他们甚至都懒得跟人类打交道。

"你读过《桃花源记》吧?"关城说,"那个住在大山里的一群人,就是瑟族。从出生的第一天起,我们就退休了。人类想要的那些东西,权力、金钱、欲望、名利、长生不老……我们都不稀罕。我们过自己的日子,不关心朝代的更迭。一篇《桃花源记》差点儿泄露了我们的行踪,村长从此立下规矩,凡是走进远人村的人类,都会失去相关记忆。"

听完了何珞珈的解释,沈伊湄松了一口气:"这样的话,事情就简单了。咱们想办法找到赠子,交给瑟族,治病救人。至于之后瑟族和羿族会怎么斗,不关你的事,你也阻止不了。"

何珞珈看着沈伊湄,呵的一声笑了:"说了这么大一圈,又兜回来了。怎样才能找回赠子?你有办法吗?"

沈伊湄撇撇嘴:"办法暂时没有,咱们首先需要先忘掉瑟族、羿族对这件事情的说法,他们都有可能没对你讲真话,或者没有说出全部事实。必须从我们这一边的源头查起。"

何珞珈眼睛一亮:"那封信。"

沈伊湄点点头:"那个律师。"

然后两个女孩同时又道:"还有珞薇!"

黑铁高低床的下铺,何珞薇已经睡熟了。

何珞珈和沈伊湄站在床边观察了整整十分钟,何珞薇的眼皮连动都没动。

沈伊湄忍不住感叹:"这机器人装得还挺像。"

何珞珈推了何珞薇一下,见她不动,又用力地推了一下。

何珞薇翻了个身,抱着枕头继续睡。眼没睁,小嘴不满意地噘了噘。

"珞薇,珞薇?"何珞珈低头在她耳边轻声叫道,"醒醒,醒醒!"

一连叫了几声,何珞薇终于睁开眼,看清是何珞珈,慢吞吞地坐起来,揉了揉眼睛,忽然一把抱住她:"姐姐。"

何珞薇的声音甜甜的、软软的,迷蒙的眼神就像一个不谙世事的小孩……

何珞珈的心莫名其妙地软了。

关城说,每个瑟族都会有一个机器人助理,关系类似主仆,但很多主人对自己的助理都会产生亲近的感情,一般也会以兄弟、姐妹相称。何珞珈失忆以前,何珞薇就一直叫她"姐姐",也一直负责照料她的生活。从某种意义上说,何珞薇是机器人没错;何珞薇是她的妹妹,也没错。

西陵山一役,何珞薇几乎被九婴的烈火烧毁。运回基地后,关永廉想尽办法维修,更换了大量元件,配置了新的外观,但里面的很多数据因为有何珞珈的私人设定,根本无法读取,亦无法重启。何珞薇的行为表现也极度失常,前所未见。关永廉认为已无法使用,于是把她放进了仓库。

为了获得何珞薇体内封存的数据,在何珞珈离开远人村时,关城把何珞薇放到了她身边。一来可以拴住她,二来可以读取隐藏的数据,要是何珞珈想起了密码的话。

换句话说,何珞薇的"自闭症"可能不是"装"的。她只是坏掉了。

两个女孩决定今晚好好地审一审何珞薇,各自搬了一把椅子坐到床边。

"珞薇,姐姐有些事情要问问你。"

"珞薇要睡觉。"

"问完了就睡,很快的,好不好?"沈伊湄哄道。

"珞薇要睡觉。"何珞薇又说。

"你还记得你是谁吗?"何珞珈问道。

"我是何珞薇。"见面前的两个人神情严肃,何珞薇有点蒙,声音里有了哭腔,"姐姐你不认得我啦?"

"你是何珞薇,同时也是瑟族的机器人。"

何珞薇一头雾水:"机器人?"

"就是变形金刚那种。"沈伊湄插了一句。

"珞薇不是变形金刚!"小姑娘瞬间号啕大哭起来,全身扭动,猛踢被子,仿佛受到了极大的惊吓,"珞薇不是变形金刚……呜呜呜……珞薇不是变形金刚!"

"嘘嘘嘘——安静,珞薇。好好好,你不是变形金刚,姐姐知道你肯定不是。"见她开始发作,何珞珈第一时间把旁边的头盔抱在怀里,随时准备给她套上,"姐姐还有一个问题,最后一个问题,答完了就睡觉,好不?"

"珞薇要睡觉!"何洛薇根本不听,砰砰砰,以头撞墙,大声尖叫,"珞薇要睡觉!睡觉!"

两个女孩同时扑上去按住她,何珞珈轻声哄道:"好啦好啦,不问了,不问了,你睡吧。"

何洛薇不肯交代,线索断了。

将她哄睡后,何珞珈从抽屉里找出那封信,和沈伊湄窝在沙发上又仔细地看了一遍。

从清东街回来后,何珞珈就把那封律师信和手链放回到原来的信封,以便日后检查。

这一次,她们的研究对象是信封。

那是一个常见的中丰快递,电子打印的面单上显示寄信人是蒋松林,地址是鹭昌区的君诚天盛律师事务所,电话号码何珞珈查过,就是事务所的前台。收件人是何珞珈,姓名、地址、电话都没有错误。

"这至少说明寄信人对你有一定的了解。"沈伊湄说,"知道你的名字就算了,手机号也知道?以前肯定跟你有接触。"

何珞珈同意:"而且那人也知道我的真实身份。"

"没错。"沈伊湄点头,"不然不会附上手链。那是方弘逸送给你的东西,失忆后你没有见过它,却在那个人的手里。会不会是……关城或者关绪?听你的介绍,我觉得这两位比较狡猾。"

"不会。"何珞珈摇头,"关绪坚决否认这件事。方弘逸那边,看见这封信时也非常惊讶。"

"不大可能会有第三者啊。"沈伊湄皱了皱眉,冥思苦想,"我觉得两边都没有对你说实话,这中间一定还有别的秘密。"

"我明天想去一趟律师事务所,拿着这封信找个人问一下。"何珞珈站起来伸了个懒腰,"总觉得这个律师跟我有什么关系。"

时间不早了,何珞珈道了个晚安,打算回屋洗澡,刚站起身,沈伊湄忽然问道:

"那个还在瘫痪的关城呢,你不管了?你们不是一吻定情了吗?"

何珞珈一怔,沈伊湄怎么可能知道这件事:"什么一吻定情?"

沈伊湄白了她一眼,掏出手机,滑出一张照片:"有图有真相。这该不是P的吧?关城发给我的。"

何珞珈一看,有点傻眼,真会找角度,看上去像是一场激吻。

何珞珈对关城的道德期待值不高,也知道他爱在这件事上较劲儿。尽管如此,看到这样"香艳"的照片,她还是满脸通红,恨不得找个地洞钻进去。

"别不好意思,方弘逸也看到了。"沈伊湄促狭地一笑,"受的刺激可大了。"

"……"

"所以珞珈,你现在究竟是关城的未婚妻,还是方弘逸的前女友?"沈伊湄意味深长地看着她,"你可不要玩暧昧哦,两边都不好惹,摇摆不定的话,会出大事的。"

何珞珈想了想,点点头:"一定要选的话,还是关城吧。"她苦笑一声,又说:"我总不能选那个想要我命的人呀。关城说方弘逸以前想射死我,我还不肯相信。可是,就在一个小时之前,方弘逸亲口承认向我射过九箭,之后我和他大打出手、互相射击,枪战的场景堪比好莱坞大片。我要是再见到这个人,绝不让他好过。"

君诚天盛律师事务所就在白鹤楼附近,虽与鹭口区隔着一条大江,坐地铁其实并不远。

何珞珈与沈伊湄赶到时,前台小姐正忙着接电话。两人在会客区等了五分钟,前台小姐过来说,蒋律师还在国外度假,不方便联络,不过她可以请他的助理来处理一下。

助理姓杨,是个年轻的女人。二十七八岁,中等个,圆脸,波波头,戴着钛金眼镜。她将那封信仔细地看了两遍后,将它往桌上一搁,推到何珞珈面前:"这信不是蒋律师写的,也不会是所里其他的律师写的。"

杨助理的语气非常肯定:"首先,信纸不对。"她指了指上面的印花,"这种珠光烫金,还带着香气的纸张应该不便宜,但律所不会用来做信纸。太张扬,太脂粉气,拿出去显得很不专业。"说罢打开一个文件夹,拿出一叠浅灰色的信纸:"我们律所有统一的信纸,喏,就是这种专门定制的信笺,上面有我们的LOGO、地址、电话。图标是水印的,此外,会有与之匹配的专用信封。"

"那——"沈伊湄指着信尾的落款,"这个签名呢?"

"签名嘛……看上去挺像,也不知道是从哪里模仿的。我们律所成立十几年了,总有些文件会散落在网络上,仔细找应该找得到。但是,这上面没有律所的印章,一般像这样的法律文书,我们都会盖章。"

所以,信是伪造的。何珞珈不死心地又问:"蒋律师有没有一位姓方的客户,不久前去世了?"

"没有。"杨助理果断地摇头。

见两人一脸绝望,杨助理想了想,补充道:"这封信虽然不是我们写的,但读起来的确像是律师信,尽管术语、措辞并不准确,至少口吻上很像,用来骗骗外行还是管用的。依我看,它可能是从某些律师文书的模板上摘抄拼凑出来的。"

"模板?"何珞珈、沈伊湄互相看了一眼。

"对啊,这种模板网上很多啊,到处都是。"

见两人一脸迷惑,杨助理随手打开手提电脑在百度上搜索起来,过了片刻,将显示屏一转,推到她们面前:"看,像不像这个?"

页面上出现了一个法律文书网,大概是给入门者学习参考之用的,分门别类,应有尽有。其中一类就叫"遗产赠与"。这封信与里面的一个范文非常相似:"尊敬的×××先生(女士),我们怀着万分沉痛的心情通知您,×××先生于×年×月×日不幸去世。作为他的遗嘱执行人,我受托向您通知他的遗愿……"

何珞珈在心中比较着两个文书的相似度,忽听杨助理啊了一声,说道:"我知道那个人是怎么找到我们律所的了!"说罢指了指文书网右边的一排广告栏。

两个女生凑上去一看,上面有个"蒋松林律师"的业务广告,结尾处写道:"如果您有任何关于信托和遗产继承方面的法律问题,欢迎与我们联系、预约咨询。"并附上了地址电话。

何珞珈与沈伊湄面面相觑。

线索又断了。

回去的路上,沈伊湄忽然又想出一招儿:"查一下快递单号,看看它是从哪个区、哪个分派点里发出来的,或许能找到线索。"

单号查询显示,收件地址是中丰快递"海元路服务站",时间是2月22日上午8点23分。

这个服务站何珞珈没去过,但海元路离东平路——也就是甜品店——不太远,步行十五分钟的样子。

"哈!"沈伊湄忽然说,"这封信多半是店长或者水手大哥寄的。"

"何以见得?"

"你不开车不识路。这个海元路是他俩上班的必经之地。"沈伊湄兴奋得直拍手,觉得自己找到了谜底,"瑟族说他们没给你寄信,不要太当真。想想看,最想拿到赠子的就是他们!很可能是用这一招来试探你,看你收到信后,会不会真的去清东街。如果是真的,再派人半路拦截,所以你遇到了两个黑衣人。快,给店长打电话,质问一下!"

何珞珈觉得这个理由不靠谱:"他不会承认的啦。"

她们去了海元路的快递服务站。

那其实是个破旧的仓库,很大,很乱,里面堆满了包裹。两张桌子拼成的前台里坐着个四十岁的大叔,正埋头往电脑中输着数据。

大叔倒是很健谈,说自己天天在这里值班,顾客多,业务忙,记性不好,完全想不起来那天都来了一些什么人。

沈伊湄环视四周,问道:"店里有监控吗?"

"没有。"大叔说。

幸运的是,服务站的正对面是家小超市,超市里有监控,一个对外一个对内。

保安说只有领导和警察可以查看监控,外人看不了,怎么说都不行。何珞珈一咬牙塞给他三百块钱,他这才改口,笑眯眯地将她们引进了监控室。

因为有具体时间,找起来很方便。

8点17分,一个女孩走进了服务站,虽然是背影,但从衣服、发型、走路的姿势和背包的款式上看,那是何珞薇。

何珞珈一眼就认出来了。

两人同时骂了一句:"卧槽!"

第四十章
始作俑者

回家路上何珞珈说:"伊湄,珞薇寄信这事,要绝对保密,不能让任何一边的人知道。"

据方弘逸描述,他从头到尾都不知道何珞珈有一个妹妹。因为瑟族机器人进不了清东街,何珞珈带上她,会很快露馅。关城则说,何珞珈在羿族活动期间,何珞薇被安排在离她工作地点很近的一家咖啡馆上班,负责传递情报。西陵山事件,何珞薇是最早一批过去接应的人,同时也是何珞珈失忆前最后一个联络过她的瑟族。关绪一度怀疑何珞薇知道赠子的下落,将她带回基地大卸八块也没找到有用的线索。

"嗯,明白。"沈伊湄也知道何珞薇很快就会变成香饽饽,压低嗓门说,"回到家,咱们好好地审一审何珞薇。这丫头天天装疯卖傻,原来她才是潜伏得最深的特务!"

早上出门时,何珞珈为今后还要不要送何珞薇去那个昂贵的活动中心纠结了半天。既然是机器人,怎么上课也治不好病,不如送回远人村。可是,何千木已经预交了一年的学费和寄宿费,不去的话,只怕要大费口舌,学校轻易不肯退钱。何珞珈为这个在沈伊湄面前磨磨叨叨,沈伊湄听烦了,切了一声说:"看你,都找到'组织'了,'组织'也不缺钱,还这么思前想后、抠抠搜搜地干吗呢?你哥也是,明知珞薇是机器人还故意瞒着你,假兮兮地帮她找学校,好意思看着你天天做无用功?我看他跟关城穿一条裤子!到现在,一切戳穿了,你还在想对珞薇负责?这个责需要你来负吗?脑子进水了?"

何珞珈倒也没想当冤大头,但不送学校就意味着给佳惠阿姨添麻烦,最后,她还是把何珞薇送去了星光活动中心。

如果何珞薇纯粹只是坏掉了,何珞珈只会埋怨关城不告诉她真相,不会觉得被妹妹愚弄。毕竟在瑟族,主人与助理关系亲密,她关照何珞薇也没什么不对。

可是,何珞薇居然没坏,没坏!

居然偷偷跑出去给自己寄了一封信!这封信引来的风波彻底地搅乱了她的生活!

何珞珈越想越气:甜品店的那场火,也是她点的?用意何在?想烧死自己?

还有这些年何珞薇惹的祸、伤的人,害得自己没完没了地赔钱、赔笑、赔礼道歉……难道就是为了给她添堵?

思绪如多米诺骨牌,一个接着一个在脑海中碰撞,直到最后一片倒塌。

何珞珈的心中涌起了无数句脏话,三年的辛苦与付出,如今只是感到可笑。

下了地铁,两人叫了一辆出租车赶到活动中心将何珞薇接回家,关起门来盘问。

开始的时候她们以哄诱为主,各种软磨硬泡画饼给好处,反反复复审了二十分钟,何珞薇继续装傻充愣,一问三不知。沈伊湄彻底怒了,一咬牙一跺脚:"珞珈,找根麻绳,把她捆起来!"

"动私刑?"何珞珈一怔,"不可以吧?这是犯法的……"

"犯什么法?法是用来管人的,她又不是人!"

麻绳没有,跳绳倒是有两根,两人将何珞薇的手脚结结实实地绑在椅子上,令她动弹不得。

"何珞薇,我再问一遍,"何珞珈板起脸,"你为什么要寄这封信?"

"是谁指使你这么干的?"沈伊湄抽出水果刀,在何珞薇的眼皮下虚张声势地一比画,"再不说,别怪我挖掉你的眼睛!"

何珞薇咧了咧嘴,委屈地看着她们,想哭又不敢哭,弱弱地叫道:"姐姐,珞薇好怕——"

她的眼睛如两汪深井,里面的水仿佛要漾出来似的,片刻间,大颗的泪水吧嗒吧嗒地往下掉。

何珞珈心中不忍,溜到嘴边的狠话,说不下去了。

沈伊湄可没那么心软:"别再演戏了,何珞薇!演得再像也没人发你奥斯卡奖。坦白从宽,抗拒从严,再不交代——"

话音未落,何珞薇忽然哼起歌来……

两个女生你看看我,我看看你,这又是什么鬼?

何珞珈从未听过那样的曲调,也听不清里面的歌词。

"什么歌啊,这是?"她问沈伊湄。

"没听过,歌词好像是英文的。"

沈伊湄酷爱流行音乐,不久前刚斥巨资买了一组音响和一个Beats的无线耳机。只要是近五年的热门流行歌曲,没有她不知道的。仔细辨认无果后,她掏出手机点开一个图标:"我试试这个音乐识别软件。"

软件很快识别出那是一首二十世纪七十年代的老歌,英国摇滚歌手罗德·戴维·史都华演唱,名叫《远航》。

SAILING

I am sailing, I am sailing,(我在远航,我在远航)

Home again across the sea.(再次归乡,越过海洋)

I am sailing, stormy waters,(我在远航,乘风破浪)

to be near you, to be free.(为靠近你,为了解放)

I am flying, I am flying,(我在飞翔,我在飞翔)

like a bird, cross the sky.(像只鸟儿,穿越穹苍)

I am flying, passing high clouds,(我在飞翔,高高云上)

to be near you, to be free.(为靠近你,自由徜徉)

Can you hear me, can you hear me,(能否听到,我的心声)

through the dark night, far away.(在那夜晚,茫茫远方)

I am dying, forever crying,(我心渴望,泪水盈眶)

to be with you , who can say……(与你相伴,共度无常)

何珞薇歌声越来越大,到了后面几乎在吼,情感却没跟上,听起来格外生硬和机械,就像一个情绪失控的歌手。

阴暗的屋子,陈旧的家具,半垂的窗帘……眼前情景直如夜半歌声般阴森诡异,直把何珞珈、沈伊湄听得浑身起了一层鸡皮疙瘩。

对照歌词,何珞珈惊讶地发现,珞薇居然唱得一字不差。而在此之前,她都不知道何珞薇懂得英文。

"她是外星机器人。"沈伊湄耸了耸肩,"就算懂一百种语言也不奇怪吧?"

"她是不是想通过这首歌告诉我们一点什么?"何珞珈猜测。

"想说什么不能直说?还要唱歌?"沈伊湄嗤笑,"刘三姐吗?"

尽管不信,两个人还是逐字逐句地把歌词分析了一遍,想从里面找出隐藏的线索,分析来分析去,觉得这最多算是一首情歌,一个男生为了喜欢的女孩,不畏艰险、跨越重洋,如此而已……

何珞薇哼完,木然地看着窗外,不再理睬她们。涎水从她的嘴角流了出来,拉成一根长长的细丝,挂在嘴边,一副痴呆儿童的模样。

"装,继续装!"沈伊湄觉得被耍了,气得把水果刀往桌上一扔,"你姐为你操碎了心,你就这样折腾她!"

听见桌上的响动,何珞薇转头过来,嫩声嫩气地说:"伊湄姐姐,珞薇想吃葡萄……"

"不交代就不给你吃葡萄!"沈伊湄瞪了她一眼,何珞薇立即号啕大哭,手脚开始用力挣扎,指头粗的跳绳根本拴不住,嘭嘭两下,跳绳断作几截。

何珞珈吓出一身冷汗,想起何珞薇是机器人,体能无比强大,万一像昨天贺易平那样,遇到武力自动换成"格斗模式",可就惨了,十个沈伊湄也不是对手。她连忙从床边拾起一根棒球棍挡在自己前面:"何珞薇,别乱来哦,再乱来我叫村长抓你!"

何珞薇倒是没有攻击,趁乱抢步跳到床上,将身子缩到床角,用枕头挡住自己:"珞薇很乖,珞薇听话,珞薇不乱来!"

沈伊湄见状问道:"要不要把她关在这里?我去找锁?"

何珞珈想了想,摇头:"瑟族机器人一般不会袭击主人。"

"我看她五迷三道的,能靠谱吗?要是跑了,就找不到了。"

何珞珈觉得也对,沮丧地叹了口气:"好吧,先把她锁在这儿,避免跟瑟族接触,她身上一定有秘密。"

佳惠阿姨中午不回来吃饭,沈伊湄叫了两份外卖,一个石锅拌饭,一个蔬菜煎饼,分了一碗给何珞薇,余下的就和何珞珈就着冰箱里存着的几份凉菜吃了起来。

吃着吃着,何珞珈忽然感到一阵烧心。

外卖是经常点的那家,凉菜也是佳惠阿姨新做的,她想了想,觉得没什么不对,埋头继续吃。扒了两口饭后,胸口开始发闷,紧接着就喘不过气来。一口菜卡在喉咙里,吐不出来也咽不下去,一张脸顿时憋得通红。

何珞珈身子一歪,倒在地上。

"珞珈!"

沈伊湄以为是噎住了,连忙扶起她,用海姆立克急救法施救。双臂抱腰,一手握拳,对着何珞珈肚脐上方用力撞击。只听哇的一声,何珞珈将嘴中的食物全数吐出,呼吸终于缓解了一些,胃部又开始剧烈地抽搐,胸腔也跟着一阵一阵地刺痛,不禁浑身冷汗,头晕眼花。

沈伊湄吓得赶紧将她扶到沙发上躺下来:"会不会是食物中毒?"想了想又说,"不对,你吃的东西我也吃了,还比你多吃了半碗呢。"

何珞珈也觉得不是,但胸闷的感觉越来越严重,沈伊湄见她脸色不对,觉得事态严重,立即道:"你还能走不?"

何珞珈点点头。

"叫救护车太慢,石光泰的车就在楼下,我开车送你去医院。"

说罢将何珞珈扶起来,打开门,向楼下走去。

刚下了一层楼,何珞珈的身子越来越软,步子也越来越飘,沈伊湄将她的胳膊绕在自己的脖子上,将她硬撑起来,两人跟跟跄跄地来到楼下,步子太急,因为惯性作用差点儿摔倒在地。一个人影忽然冲过来,及时地接住了她们。

"我是千木,"那人说,"珞珈的哥哥。"

"珞珈病了,我们正要去医院。"沈伊湄说,这是她第一次见到何千木。

"跟医院没关系。"何千木将何珞珈打横一抱,大步流星地向自己的汽车走去,"是关城的情况不妙。"

何千木将何珞珈放到后座,掏出一支注射器,咬开针套,就要给何珞珈注射,沈伊湄追上来一把拦住:"哎哎哎,住手!你是医生吗?有行医执照吗?不是医生别乱打针哦,会出人命的!"

何千木不理睬沈伊湄,看着何珞珈问道:"你是不是胃痛、胸闷、气短?"

何珞珈已经气短到喘不过气来了:"你,你怎么知道?"

"因为你和关城注射了同生素啊。他现在胃痛、胸闷、气短,他快不行了,你这边会有强烈的感应。"

何珞珈只觉得脑袋轰的一响,脸惊得煞白,完了完了,她这是快要死了吗?

一针打完后,她好受多了。

"我们现在去楚田公馆,在拿到解药之前,关城需要一些能量,只有你能给到他。"何千木匆匆说道。他拒绝沈伊湄同去,何珞珈只得向沈伊湄交代了几句,然后跟着何千木的车迅速离开了丽珠小区。

银色的特斯拉在车流中穿行,如一把刀切开了这座城市。

鹭昌区是羿族的领地,鹭阳区是瑟族的地盘,鹭口区是免战区。

正值午高峰,各个路段都有些堵,何千木的车在自动驾驶,为了最快到达,不停地换道超车,做着各种惊险动作。

何珞珈不由自主地系紧了安全带。

"同生素这种东西,真的有吗?"何珞珈说,语气中有一丝讥讽。

这是一个充满了威慑力的词汇,想想都可怕。她更愿意把这件事理解成一种巧合。

何千木不习惯被人挖苦:"三年前,当你从车祸中醒来,是不是躺在医院里?"

"既然奶奶都是假的,"何珞珈继续嘲讽,"我很难相信车祸真的发生了。"

"车祸没有发生,"何千木说,"但你躺在医院里昏迷了七天却是真的。"

"……"

"因为那段时间关城大病了一场,你也跟着倒下了。"

"你是说关城要是心肌梗死,我也会心肌梗死?"

"你刚才就是心肌梗死呀。"

何珞珈的身子不禁往下一滑,整个人都缩进了椅背里,一种刚从鬼门关里走了一趟的感觉油然升起:"我才不相信我愿意注射这种鬼东西哪!一定是关城逼我的！"

"深入虎穴的那个人是你啊，你死掉的可能性更大吧。"何千木说，"我要是关城，我才不愿意打这一针呢。当时我就劝过他，我妹是个没心没肺的丫头，未必真领这个情。他就是不听，就是死心眼……你看现在，你果然不领这个情，我说得没错吧？"

"你真是我哥？"何珞珈气道，"我哥应该站我这边吧？"

"我站哪边不重要，重要的是关城一死你也会死，我可不想成为哭得最惨的那个人。"

通向关城卧室的那扇门紧关着。

"他脾气有点坏，而且神志不清。"何千木低声道，"我让千鹿照顾他，他不大愿意。"

"飞廉不在了，对他打击挺大吧？"何珞珈有点惭愧，"我会尽快想办法联络方弘逸，弄到解药。"

劫持关城的那天晚上，她一时冲动从千木的车上负气离开。回到家后，在床上想了一夜也没想出联系方弘逸的办法：没有他的电话、没有他的微信、卧室里本来有个通向海边的门，现在也消失了。

她想过去一趟清东街，很快打消此念。为了救关城她不惜与方弘逸互相射杀，已将自己摆到了羿族仇家的位置，再想挽回，很难很难。

方弘逸应该不会再关心她的死活，清东街的大门也应该对她永久关闭了。

何珞珈感到一阵绝望，却不愿意把话说死："你说关城需要能量？"她用酒精擦了擦手指，看着千木，"说吧，需要我怎么做？"

何千木低头看地，一阵沉默。

偷闯远人村那天，何珞珈看见一对封豨因为同生素双双死去。临死前，妻子试图向丈夫输送能量，何珞珈记得当时两人的姿势，夫妻之间胸膛紧贴，双掌相握。

见何千木不好意思说，何珞珈自己把封豨的姿势向他描述了一遍，末了问道："就是这样，然后能量自动传输，对吗？"

"差不多。"

"差多少？"

"如果想让能量最大传输,中间不能有……隔层……"

何珞珈呆住,过了两秒才意识到"隔层"指的是"衣服",脸一下子涨得通红,张大嘴,半天说不出一个字。

"那……那……"她窘道,"不就是《玉女心经》吗?"

"什么《玉女心经》?"何千木不解。

"有本武侠小说叫《神雕侠侣》,金庸写的。里面有人练功,就是这种姿势……"

"我不看武侠小说,金庸肯定不是瑟族。"

何珞珈快哭了:"哥,可不可以……不脱衣服?中间至少穿件……T恤?"

"你是不是想死?"

"不想……"

"治病救人,想那么多干吗。"

何珞珈舔了舔嘴唇,又说:"那……我和他在一起……需要多久?"

"两三天的样子。"何千木指了指卧室,"门在那边,快去。"

第四十一章
珞珈的治疗

床上人的脸是苍白的,双目紧闭,似在熟睡。黑长的睫毛轻扫着深陷的眼窝,因为消瘦,下颏显得更加突出,像把锋利的刀子。

关城的肌肤并不像临终的病人那样死灰,而是白而润泽,像打了柔光似的,怎么看也不像一个刚刚发生过心梗的人。

卧室的墙刷着白色的乳胶漆,床架和毯子也是白色的,若不是有一头凌乱的黑发,关城整个人就变成了墙的一部分。

何珞珈走进屋时,脚步很轻。何千木说关城刚刚打过镇静剂,何珞珈不想立即弄醒他。

她需要一点时间作心理建设。抛开未婚妻的身份不谈,何珞珈觉得帮关城输送能量并不是太吃亏。一来他变成这样,自己难辞其咎。二来,他对她不错,长得也好看。但不穿衣服是另一回事。

在现有的记忆中,何珞珈从未谈过恋爱,从未跟任何男生有过肌肤之亲。此外,她有点平胸,身上还有很多难看的疤痕,用手一摸,坑坑洼洼,像是到了月球表面……关城一定会嘲笑她的。

都"同床共寝"了,这"未婚妻"的名分就甩不掉了。可是,他们的关系,并没有成熟到这份儿上呀。

这不是逼亲吗?

何珞珈越想越多,不祥的念头一个接着一个地冒出来,感觉大脑变成了铁锅,那些念头就是鸡蛋,自己在上面炒来炒去……

终于，她意识到自己过虑了。

关城全身瘫痪，伴随深度昏迷，并不处于轻松的审美状态，把他当作一个需要理疗的病人就好了。

何珞珈很快就完成了心理建设。

她走到床边，开始考虑另一个更实际的问题：位置。

总不能像只壁虎那样趴在关城身上吧？一来她自重就有一百多斤，二来关城比较瘦，她自己也不胖，骨头碰骨头，肯定硌得慌。研究来研究去，觉得侧位比较方便。

于是何珞珈用力一推，把仰卧的关城推成了侧卧。然后一咬牙，脱掉上衣，钻进了毯子。

关城的上身是赤裸的，下身穿着一条白色的睡裤。何珞珈打量了关城一下，发现他居然很健美，但不是刻意训练出来的健美，而是自带基因的健美。懒散的生活并没有在他身上留下印迹。

何珞珈将身子往前靠了靠，紧紧贴住他的胸口，然后将他的双手握在掌中，闭目凝神，十指相扣。

瞬间，关城的颈上出现了两条发亮的纹路，一左一右，仿佛有人在血管里注射了荧光剂。那纹路沿着动脉的方向一路上行，最终到达他的印堂。

而何珞珈的身子却是一阵发寒，好像掉进了冰洞。除此之外，并没有什么奇特的感觉。

紧接着，她的双掌开始发热，手背上出现了一道道蛛丝状的花纹，从橘色变到红色，再到金色，忽明忽暗，渐渐汇聚成一张网，就好像戴上了一双激光手套。

很快，燃烧的感觉遍布全身。

何珞珈的心开始狂跳，一种神秘的力量在脊背处潜伏着，不安地拱动着，似乎要挣脱而出。

天啊！何珞珈不禁恐怖地想到，她该不会在这种时候变原形吧？就像满月中的狼人，毛发增生，肌肤撕裂，长长的利齿从口腔中破血肉而出？

她越这么想，越是觉得喉咙又干又痒，好像有什么东西要从食道里爬出来似的。身子也跟着颤抖起来，仿佛触了电一般。骨骼互相挤压，发出咔咔咔咔的响声。

一种从未体验过的惊慌涌上心头,何珞珈感觉自己触摸到了另一个自己,那个属于九婴的自己。

或许……这才是最真实的何珞珈?

再看关城,仍然双目紧闭,似乎并未意识到面前发生的一切。

还好,她也没有变形。那些不舒服的感觉只是能量在体内凝聚、传输时出现的副作用。只要控制呼吸、保持镇定,让能量去到该去的地方,那种电击般的灼痛就会自动减轻甚至彻底消失,像一头被驯服的野兽。

何千木说,注射同生素后,只要姿势正确,爱人之间的能量传输将会自动生成,最终达到治疗的效果。以前她受伤时,关城也给她传输过大量的能量。

大约进行了四十分钟,关城的眼睛终于睁开了。他还没有力气说话,只是默默地看着何珞珈。

关城的眼睛并不大,初看之下与常人无异,只是目光有些懒散,好像周围的世界不值得关心。一旦开始聚焦,眸子会瞬间发光,一秒之后又瞬间幽暗下去,直至变成两个无底的黑洞,将附近的灵魂吞噬殆尽。

"我想……"关城突然开口,"跟千木说几句话。"

何珞珈果断摇头:"不行。"

"怎么了呢?怎么就不行了?"大概是活过来了,他又开始拖腔拖调。

"疗程还没结束。"

"我不需要你来治疗。"

"哈!"何珞珈立即有了一种倒贴的耻辱,"早说啊!我的能量都已经给光了呢。"

"你的能量不能乱用。"

"你这不是快死了吗?"

"我没那么容易死。"

"那拜托你不要动不动就心肌梗死,行不行?"何珞珈狠狠地瞪了他一眼,"这会强烈地影响到我的生活。"

虽然这么说,她并没有放开关城,能量继续传输。

关城因为瘫痪,也无能为力。

他们几乎是脸贴着脸地吵架。

"何珞珈,你来劲了是吧。"

"我看你才是欠揍。"

关城的目光低了一低,何珞珈立即说:"别瞎看!非礼勿视懂不?"一边说一边用胳膊肘将毯子往自己胸前拢了拢,挡住了关城的视线。

关城嘴角一弯,似笑非笑。

"别笑!"

"我没笑啊。"

"你笑了,你在心里笑了!"

"我笑你什么呢?"关城说,"何珞珈,你有什么可笑的呢?"

"你笑我是平胸。"

关城终于忍不住笑出声来:"你是只鸟,最多有点鸡胸。"

"……"

"没关系,我不会用人类的审美来衡量你。"关城继续说,"你不知道你在天上有多好看,比孔雀开屏漂亮多了。人家的屏在后面,你的屏在前面。"

"……"

"我能喝点水吗?"关城又阴阳怪气地说。

"不能。"

"我没跟你说话。"

"好的,稍等。"屋里忽然传出来一个声音。

何珞珈吓了一跳,抬头一看,床对面的墙上有个白色的壁橱,壁橱的门忽然开了,千鹿从里面走出来,轻声问道:"珞珈,您也想要一杯吗?"

"啊——"

何珞珈终于受不了了,像只被人戳了一针的气球,一边尖叫一边连人带毯地从床上跳起来,躲进了洗手间。

何千木进来解释说,瑟族机器人不睡觉,随时随地处于待命状态,没事的时候,一般就放在壁橱里。

"放?"何珞珈怒了,"你们用这个动词?放?"

"对呀。"何千木看着她,两手一摊,"你怎么放吸尘器,我们就怎么放千鹿。"

"这不公平!"何珞珈吼道,"这是虐待!"

"你会对锤子和扳手用这个词吗?"

"不会,但千鹿不是锤子,也不是扳手,他是……他是……"何珞珈气急败坏地找词,"他是人,嗯,是人!"

何千木还要解释,关城给了他一个眼神让他闭嘴。

"你不能让珞珈给我输送能量,"关城就着千鹿手中的吸管吸了一口水,"她需要保存实力,去拿赠子。"

"前提是你不能死。"何千木不耐烦地甩了一句。

"我会尽量小心。"关城的语气柔了柔。

"还是先想办法拿解药吧,"何珞珈说,"我去找一下方弘逸,试试看能不能说服他。"

以关城目前的状态,没有解药,输送再多的能量他也不能站起来。何珞珈倒不怕帮他治疗,只是无法忍受他的毒舌。如果像这样天天脸贴脸地吵架,她一定会疯的。

"你现在不能去找方弘逸。"关城立即说,"昨晚的偷袭,他们那边也死了好几个,羿族正想抓你呢。"

"那怎么办?"何珞珈说,"你不能老是躺在床上吧?"

"我可以呀,大家都这么关照我,躺一段时间没问题的。"关城轻松地说。

何珞珈自动地理解成自己从此以后也需要经常过来"关照"他,立即摇头如拨浪鼓:"这怎么行?我必须去一趟清东街!"

何珞珈找方弘逸颇费了一番周折。

首先,她不顾关城和何千木的强烈反对,当天下午就去了清东街。

停车场还是那个停车场,收费亭也还是那个收费亭,三角眼、狮子鼻的圆脸大叔也还在,何珞珈说明来意,还把方弘逸以前送给她的乳牙手链给他看,大叔表示不记得见过她,不认识方弘逸,不知道她在说些什么,自然就更不会为她打开清东街的大门。

何珞珈死缠烂打地跟大叔磨了足足一个小时,大叔不为所动。最后她只好沮丧地打车回家。

何珞珈在东平路下了车,想起家里的花生油好像快用完了,拐到超市买了一瓶油、一些菜和沈伊湄喜欢的熟食,大包小包地拎着往回走,忽听有人小声地叫了她一下:"珞珈。"

一回头,街边电线杆下站着一个穿着黑色套头衫的人,正是方弘逸。

何珞珈走过去,平静地说:"谈谈?"

方弘逸抱着胳膊看着她,一副很防范的样子,下巴也是硬邦邦的。他没点头也没摇头,淡淡地说:"想说什么就在这儿说吧。"

何珞珈怔了一下,指了指人来人往的马路:"就在这里?我知道前面有个咖啡店。"

"就在这里。"方弘逸打断了她的话,"给你两分钟。"

听到这里,何珞珈有点来气了。她被方弘逸射过九箭,这账还没开始算呢,他居然还拽上了。

"我需要一份水息的解药。"

"谁中毒了?"方弘逸明知故问。

"……关城。"

"你觉得我会关心他?"方弘逸冷笑。

"我跟他……注射了同生素。"何珞珈只好坦白,"他的状况不太好。"

"……"

"给我解药,你射我九箭的事,"何珞珈咬了咬牙,"就算了。反正我也没死。"

方弘逸看着她,声音沉了下去:"所以,现在你是他的人了?"

何珞珈想说不是,又觉得没法解释,都已经打过同生素了……说不是他信吗?

"给不给你说个痛快话吧。"何珞珈扬起脸,眯了眯眼,用一种带着杀气的目光看着方弘逸。

就这么对视了十秒,方弘逸忽然说:"我可以给你解药,但需要一个东西作交换。"

"如果你想要鐏子,我没有。"何珞珈诚恳地说,"目前为止我还没有想起来。"

"我需要一根骨头。"

"什么?"何珞珈以为自己听错了。

"我需要一根姚紫苏的骨头。"方弘逸又说了一遍。

何珞珈记得村长提过,姚紫苏是方弘璧的妻子,是她当初潜入羿族第一个想要接近的人。何珞珈没有见过她,但听到过她的声音,就在初见方弘逸时看到的那段烧烤视频上。

方弘璧屋里的那个影子应该也是紫苏。方弘逸说紫苏死得很惨,因为拿不到骨头,致使她的影子无处可归,一直缠着他哥哥。

"请问她的遗骨在哪儿?"何珞珈问道,"我怎样可以拿……哦不……请到它?"

又是一阵沉默。

方弘逸终于说:"它在关城的肚子里。"

"什么?"何珞珈吓得浑身一抖,油瓶掉在了地上,"在关城的……肚子里?"

"你不知道关城把紫苏吃了?"方弘逸的目光满是怒火,"到现在都不肯吐出骨头?"

"关,关城……"何珞珈的声音变了,整个人都不好了,"……吃人?"

第四十二章
一根骨头

扔下这颗重磅炸弹后,方弘逸就不见了。留下何珞珈站在原地呆若木鸡,浑身上下起了一层厚厚的鸡皮疙瘩。

关城吃人。

吃人。

吃……人!

沈伊湄酷爱看恐怖片,"异形"系列看了八遍,其中有两遍是何珞珈陪着她一起看的。每当她猜测关城是何种怪兽时,因为对他印象不错,总把他想象成《星球大战》里尤达大师的模样,丑萌丑萌的。

现在,他终于与异形合二为一了。

何珞珈闭上眼,脑补姚紫苏临死前的场景,一个异物破胸而出,腐蚀性的黏液滴穿金属,她被怪物吊在天花板上吃干抹尽……

"小姐,小姐?"路人拍了她一下,"你的油漏了。"

何珞珈连忙低下头。油瓶摔裂了,豁出一个大口,油已经漏掉了四分之三,灰色的透水砖上浸出一大片油迹。

何珞珈想挽救剩下的油,连忙将油瓶倒过来,不料沾满油的瓶子很滑,一下没抓稳,又不甘心让它掉下去,手忙脚乱中,油洒了一身。何珞珈沮丧地把油瓶扔进了垃圾桶。

天忽然阴了,紧接着下起了小雨,何珞珈打了辆出租车。

出租车司机是个大叔,见何珞珈一脸失魂落魄,猜想可能是遇到了倒霉事,问道:"小姐,去哪儿?"

"不知道,"何珞珈的心很乱,她不想见关城,"您先沿着这条路往前开,过一会儿我告诉您。"

汽车很快就开到了江边。

滨江公园是鹭城最漂亮的公园之一,何珞珈想起自己好久没去了,告诉师傅自己就在江边下车。

大叔一听,急了:"姑娘,这么冷的天去什么江边啊,风大雨大的,别去了,小心感冒,我送你回家吧。"

何珞珈觉得大叔有点话多,瞅了他一眼:"没事儿,我就下去散散心……"

说罢推门下车,刚走了两步,听见大叔在车上叫道:"姑娘,你的包没拿。"

"哦。"何珞珈转身回去拿包,忽然想起自己还没给车钱,连忙掏出二十块递过去,"不好意思,大叔,忘记给您钱啦。不用找了。"

大叔没有接,问道:"姑娘,是不是遇上事儿了?"

"没……没事儿。"

"人生没有过不去的坎儿,何况你还年轻。想想爸妈、想想社会……"大叔一脸严肃,语重心长,"爸妈那么爱你,社会培养了你,你还没回报他们呢……有什么想不开的跟大叔说,大叔见的世面多,让大叔劝劝你。"

"大叔,那个——"何珞珈哭笑不得,干脆坐回车上,"行吧,您送我去楚田公馆。"

"这就对了嘛,"大叔乐呵呵地掉转方向盘,"老话怎么说来着:真正的勇士敢于直面惨淡的人生,敢于正视淋漓的鲜血。真正的英雄主义就是认清了生活的真相后,还依然热爱它!"

司机大叔的心灵鸡汤还真管用,何珞珈听了一路,心情平静多了。

回到楚田公馆,何珞珈直接进了关城的卧室。

关城正半躺在床边的沙发上假寐,听见动静睁开眼打量了她一下,问道:"怎么了?掉沟里了?"

何珞珈看了一眼自己的衣服,上面脏兮兮的,又是雨又是油。

"没掉。"她说。

"解药到手了?"他懒洋洋地一笑,"这么快?"

何珞珈不理这茬儿,劈头问道:"关城,你是不是吃了姚紫苏?"

"……"关城没说话,眼睛眯了眯。

"难怪没怎么见你吃饭,"何珞珈叉腰又说,"原来你不吃饭,吃人?"

关城瞥了她一眼,脸僵了一下:"那又怎样?"

那一瞬间,何珞珈气得心脏都停了半拍。她以为关城会羞愧、会否认、会扯一大堆理由为自己辩护,没料到他根本就懒得反驳。

"所以,你真的吃人?"何珞珈还是不肯相信。

"如果姚紫苏是人的话,嗯,我吃了,没错。"何珞珈越是气急败坏,他越是来了兴致,"在我肚子里呢。"

何珞珈的身子晃了一下,被关城的态度恶心到了,于是强压怒火:"能劳驾你把她吐出来吗?"

关城很淡定地说了声"No"。

"关城,在这个世界上,哦不,在这个宇宙中,每个人都有活着的权利,尊重生命是基本的人性,也是文明最基本的法则。就算这些你都不在乎,"何珞珈一把抓住他的领子,用力地晃了晃,吼道,"你不给骨头,就拿不到解药,这个——你总在乎吧?"

关城想扭头避开,发现自己根本动不了,被何珞珈的唾沫溅了一脸。

"哇,你这个小情人可真够阴险的,不放过任何一个中伤我的机会。"关城皱眉冷笑,"方弘逸还说了些什么,把你气成这样?别这么大声好吗,耳膜都快被你吼穿了。"

"中伤?"何珞珈继续吼道,"人家说的是实话,你自己也承认了!你把人家的嫂子给吃了。关城,我是九婴,我不介意你是怪兽,但是吃人?你居然吃人?而且不吐骨头?我简直不敢想象你会这样残暴!"

"怎么就残暴了呢?"关城淡淡地挑了挑眉,"我杀她,是因为她要杀我的未婚妻。姚紫苏的箭术不亚于方弘璧,我不吃她,她就会射你。"

何珞珈一下子哑巴了。

"还有,"关城又不依不饶地说,"你是瑟族最后一个健康的九婴,那其他的九婴呢？他们是怎么死的？我随便算一下，死在姚紫苏手上的九婴至少有四五个，受伤的就更多了。这账你怎么不跟方弘逸算呢？他说啥你信啥，还气势汹汹地跑回来骂我？我看你是真没脑子，你的脑子全被他射光了。"

"……"

剧情反转得也太快了，何珞珈被关城一顿抢白后，立即强硬不起来了："那……那也犯不着吃掉人家呀。"

"是犯不着，但方便。"

"关城，除了姚紫苏，你还吃过谁？"何珞珈听见自己的声音在发抖，"人类……是不是你的主要食物？"

"不是。"

何珞珈不相信，但现在不是理论的时候，于是换上商量的语气："关城，请你把紫苏的骨头吐出来。"

"No。"

"不想要解药了？"

"想要，但你拿不到。方弘逸不会给你的。我早就说了，别去清东街。"

"方弘逸是个说话算话的人。只要你给他一根骨头，我就能拿到解药。"

"不给。"

何珞珈郁闷地号了一声，觉得他固执得不可思议："关城，你是哪根筋不对？"

"要我在方弘逸面前认怂？No。"关城一脸欠揍的表情，"要我的未婚妻去求他？No，我宁肯永远瘫痪。"

"对不起，这件事由不得你。"何珞珈一把扯开关城的睡衣，双手按住他的腹部，用力揉搓起来，"你给我吐——"

关城感到一阵反胃，眼皮耷拉下来，不敢相信何珞珈会对自己动真格的："何珞珈，这是非礼，懂吗？"

何珞珈继续按压，动作更加猛烈。

"我的嘴闭着呢，"关城说，"这么按有用吗？"

何珞珈又去掰他的嘴："给我吐……吐！"

最终，是何千木进来把何珞珈拽出了卧室，还把她说了一顿："你这么欺负他，就不怕他再来一次心肌梗死？"

何珞珈没有接话，默默地看了何千木一眼，说："哥，我有一个问题，希望你坦白地回答我。"

何千木不由自主地向后退了一步："你说。"

"我以前……吃过人吗？"

"九婴是素食动物，你忘了？"

何珞珈大大地松了一口气。

"当然啦，如果你受到攻击，是会喷火的……西陵山一战，你烧死过一些羿族。"何千木耸耸肩，"你是训练有素的刺客，相比之下，关城最多算是文职人员。论打架的次数和造成伤亡的人数，关城肯定不如你。"

所以，她才是最可怕的杀人犯？

何珞珈觉得这个过去她无法接受。

她深吸一口气，拾起地上的购物袋，向门外走去。

"你去哪？"何千木在她身后问道。

"回家。"

"珞珈——"

"解药的事，我已经尽力了。"何珞珈转身说，"既然你们不配合，我最多也就是偶尔过来一下，输输能量。其他嘛……恕我无能为力。"

"关城的身体不可能长时间地抵挡水息的毒性，解药，我们还是要去拿的。"何千木说。

"你能说服关城吐出骨头？"

"不能。"何千木的眸子黑了黑，"软的不行，只好来硬的。"

何珞珈不解。

"今晚我们去一趟清东街。"何千木说，"把解药偷出来。"

就在这一刻，何珞珈发现何千木的肌肤微微发亮，仿佛有光从体内射出，渐渐形成一道银色的光雾……

何千木伸手在空中一挥，光雾不见了。

何珞珈看着他，皱眉："清东街？怎么进去？"

"用它。"何千木从口袋里掏出一只药瓶，里面装着几粒蓝色的药丸，黄豆般大小。何珞珈接过来仔细一看,那东西跟普通的药丸没什么不同,她感到眼熟,似乎在哪里见过。

"这是羿族的迷药,外号叫'门洞'。"

何珞珈忽然想起来了。那天在清东街,方弘逸曾经带她去过一个酒吧。在那里遇到了一个光头小伙,在方弘逸的授意下,她把一颗这样的药丸扔进了饮料,小伙子喝下后浑身发光,然后他们就从清东街里出来了。

何珞珈的眼睛一亮。

既然用这个东西可以破"门"而出,当然也可以破"门"而入。

"你打算找哪个门下手?"何珞珈机敏地问道。

"清东街地铁站附近有几个酒吧,羿族的人经常去那边逛,我们去找找。"何千木将药丸分成了两份,递给何珞珈一份。

"你怎么知道?"

"我也去过清东街,我也执行过这个任务,若不是当初我帮你踩好了点,你怎么可能那么顺利地混进去,拿到罇子后又那么顺利地跑出来。"

"你……能行吗?"何珞珈想起关城不止一次地提到何千木的病情很重,已经不久人世。

"这不还有你吗。"何千木笑道,"咱俩一起去闯清东街,想想都兴奋。"

何珞珈一点也不兴奋,觉得这个主意不靠谱。

协商不成就继续协商呗,各自妥协达成共识不香吗?跑到清东街偷东西,不被方弘逸射成刺猬才怪……

但关城的瘫痪因她而起,事态紧急,她只好点头。

"这事儿你可不能告诉关城,他不会同意的。"何千木又补充了一句。

第四十三章
一滴血

既然晚上要行动,何珞珈就没回丽珠小区,而是留在何千木家吃了一顿丰盛的晚餐。

千鹿忙前忙后,不到四十分钟就做了十八样小菜,称得上是米其林餐厅主厨的水平。

何珞珈想帮忙,发现自己根本插不上手,千鹿连一瓣蒜都不让她剥。见她坐着无聊,还用榛果、松露、荷兰豆做了一碗沙拉让她先填填肚子。

见何珞珈赞不绝口,千木问道:"珞薇的手艺更好,她现在还下厨吗?"

"不下。"何珞珈边吃边答,"在我们那边,没人敢让珞薇做菜。佳惠阿姨甚至不敢让她靠近厨房。她喜欢玩火,怕她不小心烧了屋子。"

想到这里,何珞珈忍不住怨念来了:"哥,珞薇是机器人这事,你干吗不早说?我要是早点知道,也用不着在她身上浪费那么多的精力呀。"

何千木怔了一下,一脸歉意地看着她,欲言又止。

何珞珈觉得,恢复行动能力之后,何千木好像变了一个人,特别是在与关城的关系上。在此之前,她能清晰地感受到两人之间有亲密也有张力,但更多的是张力。何千木喜欢跟关城唱反调,对他有所防范,也提醒过何珞珈注意和他保持距离。但这种现象很快就消失了。他开始处处维护关城,和关城统一口径,并配合关城隐瞒各种真相。

何珞珈怀疑何千木要么是受到胁迫,要么是与关城达成了某种利益交换。

"关城认为,过早揭露你的身份会让你产生强烈的抵触情绪,所以我答应过他尽量不去打扰你的日常生活。"何千木耸了耸肩,"只能是在你遇到困难的时候,帮你疏通一下。"

在何千木面前,何珞珈可以感到一种自然而然的亲情,一种充满保护欲的关照和一份不需要察言观色的安全感。她可以毫无顾虑地畅所欲言。

"可是,在我们第一次见面时,你可不是这么说的。"何珞珈辩说道,"你说——不要为你做任何事,不要去远人村,继续过自己的生活。"

"没错。我是这么说过。"何千木的筷子顿了一下,"可是,你听了吗?"

"……"

"我说不要去远人村,你还是去了,对不对?"

"……"

"沈伊湄见你没回家,就打电话给关城,关城立即去基地找你。"何千木继续夹菜,"让你搬出远人村是他的主意,村长根本不同意。村长更愿意相信咪塔的每日扫描。现在你带着方弘逸偷闯西陵山,还杀了冷浩夫妻——全族都知道你在基地里待了十七年没改造好,出去了三年,还是没改造好。村长这边肯定不愿意再放你出去了。"

"所以,是我自己搞砸了?"

"谁让你不听话呢?"何千木刮了刮何珞珈的鼻子,笑道,"还好你有个给力的大哥,有个强势的未婚夫,不然你还在基地里关着呢。"

我可是自己想办法才逃出来的,何珞珈心想。

"其实对付我用不着那么多套路,"何珞珈说,"如果知道我是九婴,知道赠子是什么东西,知道方弘逸曾经射过我九箭,我一定会千方百计地去找赠子,都不用你们来催。"

"哈哈,未必。"何千木摸了摸何珞珈的脑袋,"九婴有九个脑袋,每个脑袋都会思考,所以九婴家族的人比别人聪明,比别人反应快,但也很容易陷入自我矛盾。"

"……"

"我最担心的是你的安全。羿族绝对不会让赠子落到瑟族的手里,反之亦然。只要你有所举动,两边的人会第一时间过来争抢,势必引发一场战争。"何千木深吸一口气,仿佛看到了刀光剑影,"我不希望你被夹在中间,成为一切危险的焦点。"

"我可不是这么想的。"何珞珈说。

"哦?"何千木的手突然一滞。

"如果藏起赠子的那个人真的是我,这后面一定有一个充分的理由。"

何千木沉默了一下,说:"爱上方弘逸,不算?"

"不算。"何珞珈凝视着何千木的眼睛,"如果爱上一个人会导致一个族裔的毁灭,我根本不可能会这么做,根本不可能开始这件事,我没那么浅薄。"

"……"

"你们告诉我的这个过去,一定还有一部分内容我不知道。"

一道阴影从何千木的眸中闪过:"珞珈,瑟族一般不与人类打交道。如果不得不打,也是功利性的,绝对不会深交。而你,却在人类活动的区域生活了很多年,跟他们称兄道弟,打成一片。也许这就是你不知道的那一部分内容。"

"嗯,也许。"

"那一部分内容,我们也不知道。"何千木摊了摊手。

"我可以从这个角度入手进行调查。"何珞珈自顾自地琢磨。

"请尽量在我还活着的时候查完。"何千木笑道,"你本来还有个关城,但关城有两个短板:一,太爱吃醋;二,害怕村长。"

桌下有个软绵绵的东西在脚边拱动了一下。何珞珈低头一看,是法斗桃花。

它的后腿还是不利索,偶尔能划拉两下,基本上要靠前爪拖着自己往前爬。

"桃花!"何珞珈欣喜地将它抱起来。大概是闻到了食物的香气,桃花在她手上嗅来嗅去,何珞珈找到一块胡萝卜塞进它的嘴里。

"这桃花可把我们给折腾惨了。"何千木说,"下半身失禁,全身臭烘烘的,搞得关城一天要给它洗无数次澡。他不在家,这活儿就成了我的了。"

"不是还有千鹿吗?"

"嫌他手重。"

蹲在何珞珈膝上的桃花更接近桌子了,抻长脖子向着碗碟的地方嗅去,还嗷嗷地叫出声来。

"桃花,"何千木叹了一声,"你又臭了。"

何珞珈连忙说:"我来洗我来洗,我负责!"

何千木看着她,忽然半笑不笑地说:"要是偷不到解药,不但要洗桃花,还要洗关城哦,这个你也负责?"

夜色来临的时候,千鹿开车带着何珞珈、何千木和沉睡的关城去了清东街附近的地铁站。

临行前,千鹿用喷涂装置将一种瑟星材料分别涂在兄妹俩的脸上,对五官做轻微的改动,降低他们的辨识度。

这种材料虽能做到惟妙惟肖,却是临时性的,高度逼真的状态只能维持三个小时,之后就会渐渐脱落。贴在脸上的感觉也不舒服,像一张透气性极差的面膜,不但有轻微的刺痛感,而且麻麻痒痒,就像脸上起了一层疹子。何珞珈忍不住想用手抠一下,被何千木一把抓住:"别摸。"

"这是什么黑科技呀?"何珞珈抱怨道,"次品?"

瑟星科技在她心中又打了一个折扣。她是易感体质,对痒的耐受力极低,有这样的东西贴在脸上,她很难集中精力完成任务。

"我们当然有更好的东西,做过这么多次任务,已经用完了。"何千木也很无奈,"这东西是用来修复机器人的。忍忍吧,我也很痒呢。"他做了个抓狂的姿势,惹得何珞珈笑出声来。

"过来,"何千木忽然一把拉住何珞珈,将她拥入怀中,"让我抱抱我的小妹妹。"

当脸贴到哥哥的胸口时,何珞珈忽然有点想哭。一种从未有过的亲情汹涌而来,几乎将她淹没。关城说,千木和她都是在地球上出生的。他们中间相差了两百多岁。九婴是瑟星大族,具有很强的繁殖能力。到了地球,由于生态环境的改变,又失去了威瓦的照料,她的母亲费了很大的力气才生出了千木,因为是个男孩,怕家族后继无人,又拼尽全力去生她,身体受到极大的损害。她出生后不久,父母就双双进入基地休眠,在这之后,兄妹俩的关系更加亲密。她任务失败后,千木多次为她请愿,不惜得罪村长。他与关城本来是最好的哥们儿,也是因为她而险些交恶。

当然,在瑟族的词汇里,"不久"有可能指的是一百年、两百年……

何珞珈看了一眼后座上在止痛剂中熟睡的关城,问道:"关城在这里安全吗?这一带都是羿族的地盘。"

"千鹿会照顾他的。"何千木将一件黑色的风衣拿在手中,"解药拿到后,要第一时间给关城解毒,他的位置离我们越近越好。"

"回到公馆再解毒，不行？"

"不行。"何千木穿上风衣，藏好武器，扔给何珞珈一只鸟嘴枪，"羿族绝对不会让我们带着解药跑那么远。"

在路上，何珞珈了解到，为了混进清东街，何千木曾在地铁站一带潜伏过很长时间，包括混迹于各大酒吧，甚至在里面当过驻唱歌手，对羿族的这些"门"相当了解。它们有自己的圈子和文化，总的来说，它们喜欢人多，喜欢热闹，喜欢奇装异服，特别在乎自己的流量。所有的小门都想当大门，所有的大门都想当入口。门与门之间会经常换岗，有些门通向清东街，有些门通向另外的世界，甚至另外的时空。假如走错了，很可能回不来，即便回来了，也已是百年之后了。

大多数门的状态都不稳定，都有可能出现坍塌。最稳定的空间就是清东街，也就是羿族最早聚居的地方。

何千木本来打算一个人过来偷解药，毕竟这件事危险系数不低。但他已经很久没来清东街了，而何珞珈最近刚来过一次，还进去待过几个小时，对里面的情况比他更熟。此外，鉴于何珞珈与方弘逸的关系，就算真的遇上了，何珞珈最多只会被射伤，不大可能被射死。

听到这里，何珞珈撇撇嘴："哥，你也太乐观了吧？"

"昨天的突袭，"何千木挑眉，"你被方弘逸射过多少箭来着？"

"没数过，我只觉得箭如雨下。几十箭，上百箭？"

"一箭也没射中？半点伤也没有？"

"……"何珞珈耳朵红了。

"在当时的情况下，以他的水平，射中你很容易，不射中你才是挑战吧。"

何珞珈其实也觉得很蹊跷，她给自己的解释是，当时方弘逸的目标是杀掉关城，向她射去的箭以防御为主。

"哎，在你眼里我就这么差吗？我也在向他射击呀。"何珞珈忙不迭地辩解开了，"是我枪法太高，拦截了他所有的箭。"

"你可拉倒吧。"何千木被何珞珈的大言不惭弄笑了，"人家是羿族的第一射手，大风族就是在他手上灭绝的。我们九婴家也差不多被方家射光了。这么近的距离，他要想杀你，是不会失手的。"

何珞珈叉腰嚷道："长他人志气，灭自己威风，哥你究竟想说明什么？"

何千木张了张口,又闭上了。过了几秒才道:"我是想说,只要跟你在一起,从清东街里死里逃生的可能性还是有的。"

事实证明,何千木不愧是九婴家族的优秀代表。

他们在三家酒吧发现了门的踪迹。何千木记忆超群,能认出所有跟他打过交道的门以及他们以前的位置。

"那个穿牛仔衣的小胖子是东一门。"

"梳着一头脏辫的前卫女生你千万别碰,她的世界全是沙漠,一滴水也没有,我差点儿死在里面。"

"别打招呼,那位冲你笑的帅哥跟你有七十五年的时差。猜我进去后学会了什么?织毛衣!"

"哇,正在打鼓的那位,听说他身后的宇宙正在离开银河系……"

由于门与门之间经常换岗,尽管知道他们以前的位置,何千木也无法确定哪个门通往清东街。兄妹俩试图找其中的几位套话,那些门倒是很健谈,但对自己的位置绝口不提。

为了装得更像一个来泡吧的人,何珞珈不停地点酒、喝酒,弄得自己都有了几分醉意。

两个小时过去了,还是毫无头绪。脸上越来越痒,瑟族的"面膜"应该也快不行了。

"哥,"何珞珈有点气馁,"今晚要是找不到门,怎么办?"

"明天再来。"

"其实,有一个门肯定是通向清东街的。"何珞珈又说,"就是清东街11号停车场的收费大叔。"

"三角眼、大嘴的那位?"

"对。"何珞珈低声建议,"要不,咱们去试试他?"

"没戏。"何千木摇头,"他是这一带最大的门,在这个位置很多年了,非常自律,从不离岗,很难下手。"

兄妹俩一边喝酒一边吐槽,又过了十分钟,何珞珈眼睛忽然一亮,悄悄地碰了何千木一下:"哥,你看那个窗子的右边。"

酒吧很大，兼带迪厅的性质，正当中有一个巨大的舞池，摇滚乐震耳欲聋。天花板上吊着一排蜂巢状的程控射灯，不停地旋转，释放出各色彩光。里面鱼龙混杂，有大学生，有打工族，有文艺青年，有黑社会大哥……大家都随着音乐的节奏疯狂摇摆。何珞珈和何千木进来的时候，里面一共有三个门，两男一女，都在舞池中跳舞，后来走掉了一个。窗子右边的那一位应该是刚到的，一个光头小伙子，身后闪着淡淡的蓝光，在射灯的掩映下微不可辨。

何千木眯起眼打量了一会儿，说："你认识他？"

"嗯，在清东街见过一次。他叫西门小贝，以前守的是南四门，方弘逸把他调到了西大门。"

何珞珈对西门小贝印象很深，记得他左耳上有一只耳环，脖子上全是刺青，当看清这两个特征后，她就更加确定了。

"嗯，这人我也认识。那时候他在守一个更小的门，几百年不见，这小子爬得挺快。"何千木说，"那他现在应该还在守西大门。一个刚刚调过岗的门是不会马上调岗的。"

两人又观察了几分钟，见西门小贝正奋力地想越过人群去吧台点饮料，何千木立即跟何珞珈说："我去引开他的注意力，你去下药。记住，药瓶里的三颗药全部放进去。"

"这么大剂量？"何珞珈怕出娄子，"方弘逸只用了一颗。"

"这是组合迷药，其中两颗是'门洞'，另一颗是致幻剂。"见何珞珈依然不解，何千木继续解释，"这里门太多，不能让他立即发作，会被发现的。趁他神志不清，先把他带走。"

何珞珈沿着何千木的思路往下想："他这个门要一直开着，拿到解药后，我们还要从他这里出来？"

"没错。"

时间紧迫，何珞珈没再多问，点了一下头，开始行动。

一切进展顺利。他们趁乱将中了迷药的西门小贝带出酒吧，交给千鹿，将车开到隐秘之处，等了两分钟，只见西门小贝后脑上射出一道蓝光，何千木和何珞珈两人连忙闭上眼睛。

再睁眼时,何珞珈感到一阵凉风吹过,面前出现了一条铅灰色的马路,两边各有一排六角形的路灯,四周是安静的宅院,屋边种着茂密的梧桐。何珞珈看了一眼何千木,两人同时确定这里就是清东街。

旁边的西门小贝仍处于昏迷状态,何千木脱下风衣将他一裹,拖到一个隐秘的树丛中。

出门前,兄妹俩商量了一下行动的方案。何千木说,普通的羿族共生体对瑟族是没有毒性的,但水息不同。水息是由共生体浓缩提炼而成,非常稀少,主要用于治疗重伤,一般不会轻易赠人。更换了宿主的水息需要与原宿主保持共情,方能生效,情感越是强烈,第二宿主对它的操控性就越强,既可以增大浓度形成毒素,也可以稀释浓度去掉毒性。

"我们需要弄到方弘逸或是方弘璧的一滴血,将它滴在你的手指上,让水息误以为自己仍然处于共情状态,才可以替关城解毒。"何千木说。

"所谓的解药就是一滴血?"

"没错。"

何珞珈闷哼了一声:"那早说啊!下午我见方弘逸时,趁他不注意扎他一针不就有了?"

"没那么容易。他来见你,一定充满了戒备。"

何千木认为他们的目标应该是方弘璧。

姚紫苏死后,方弘璧被妻子的影子长期困扰,整个人一蹶不振,战斗力直线下降。

何珞珈认为方弘逸这边也可以试一下,如果他也在家的话。

两人伏在阴暗的树影下观察了片刻,决定兵分两路:千木去找方弘璧,珞珈去找方弘逸,拿到一滴血后以最快的速度撤离。

清东街的街景与上一次没什么不同,除了满天的繁星,就是空荡的草坪。

但这一次,街上有几个散步的行人,有男有女,有老有少。

为了避开马路,何珞珈只好在一排后院中穿行,但很快就找到了那栋门口有两把藤椅的白石房子。廊上的绿萝似乎更加茂盛了。

何珞珈在走正门还是破窗这两个选项上犹豫了一下,决定先试试正门。一来不想弄出动静,二来因为这个门是"认识"她的。

果然，当她轻轻把手放到门把手上时，立即有了感应。几道微弱的电流在掌心闪过，一秒之后，门就开了。

何珞珈摸了摸门背，很快，门无声地关上了。

屋内有人，因为何珞珈听到了音乐声。

乐声是从某一个房间里传出来的，大约经过层层阻隔，显得咿咿呀呀，断断续续，像是老式留声机里的旧唱片：

……I am flying, I am flying, like a bird, cross the sky.

I am flying, passing high clouds, to be with you, to be free.……

何珞珈怔了一下，这首歌她上午盘问何珞薇时，刚刚听过。

不知为何，在这种时候听到，很有些瘆人，像是某个恐怖片的片头。

她下意识地抽出取血针扣在指间，蹑手蹑脚，循着音乐的方向走去。

室内灯光很暗，客厅的一角点着一盏落地灯。路过茶几时何珞珈注意到上面放着一个精致的玻璃罐，里面装着蓝莓干，盖子打开了，主人吃掉了一半。

何珞珈东张西望，很快意识到音乐是从主卧的方向传过来的。

何珞珈还记得主卧是什么样子，她在那里换过衣服。主卧里只一张大床和一些衣柜。

莫非方弘逸正在睡觉？

卧室的门是关着，却没有上锁，轻轻一推就开了。何珞珈探头一看，里面空空如也，音乐是从浴室里传出来的。

何珞珈曾经在这个浴室洗过澡。浴室很大，除了淋浴之外，正当中还有一个椭圆形的白色浴缸，下面伸出四只金色的猫脚。她还记得第一次看见这个"古典"浴缸时，不禁想入非非，给自己脑补了一段"贵妃入浴"的桥段。

不一定有人，因为她没听见任何的水声。

何珞珈把鸟嘴枪扣在腕中，踮起脚，一步一步地向浴室走去。走了两步又停下了。

何珞珈忽然想到，要是碰到方弘逸正在方便，那就尴尬了。不是没有这种可能性。

她等了一下,仔细聆听里面的动静。

浴室的门虚掩着,扑面而来的是一股温热的水汽。何珞珈揉了揉眼睛,隔着门缝,什么也看不清。于是伸出手指轻轻一拨,门开了半尺,正好够她的身子勉强通过。

何珞珈立即看见了浴缸里的方弘逸。他的脸对着浴室的门,虽然屋里飘着一团水雾,在她进门的一刹那,两人的视线正好相遇。两人都怔了一下。

方弘逸正在洗头,头发湿漉漉的,上面还有香波的泡沫,肩膀上也全是水珠。大概因为经常拉弓,胸肌厚实,十分健美。失去了蓬松头发的衬托,他的脸更小了,整个人像是又年轻了几岁,更像一个高中生了,让人忍不住想要疼爱。锋利的下巴让他看上去像一个漫画中的美少年。

就在下一秒钟,方弘逸伸出胳膊想拾起地上的浴巾,被何珞珈眼疾手快地抢了过去。

方弘逸惊讶地呃了一声。还没明白发生了什么事,何珞珈将浴巾和衣物卷成一团,打开窗子,悉数扔了出去,然后将鸟嘴枪对准了他。

方弘逸惊讶得半天没有说话,过了一会儿,问道:"他不愿意给你骨头?"

何珞珈点点头。

"你是怎么进来的?"他又问。

他没说"你们",显然并未意识到有人同行。

"你不需要知道。"

方弘逸看着何珞珈,微微皱眉。

"方弘逸,我需要你的一滴血。"

不知是因为羞涩还是因为紧张,方弘逸的脸是通红的,他用力地抿了抿嘴,然后慢慢地摇头:"交换都是平等的。关城不给我骨头,我当然不会给他这滴血。"

"少废话!"何珞珈喝道,"不想死的话就把胳膊伸过来。"

"既然你这么自信——"方弘逸用手里的海绵擦了擦肩膀,淡淡地说,"就过来拿。"

第四十四章
空中之行

此时此刻,何珞珈已经离方弘逸很近了,近到可以看见他脸上细微的茸毛和紧绷的额头。

浴缸的水上漂浮着一些白色的泡沫,方弘逸有一只手一直埋在水中,一直没有拿出来。或许是握着暗器,蓄势待发,瞬间就能要她的命。

何珞珈一下子紧张到胃疼,偏偏脸上的那张面膜奇痒无比,这一急,心脏跟着了火似的。

不知是水汽还是冷汗,有几滴沿着她的太阳穴一直流到腮帮子,滴到心上,嗖的一凉,她打了个寒战。

何珞珈定了定神。她来这里没太大的恶意。她只要一滴血,去救关城的命,嗯,相当于是救自己的命。

而现在,方弘逸的整个身子都向她敞开着。他看着她,咬了咬自己的嘴唇,低头想了想,又甩了甩头,像是要甩掉一个糟糕的念头。

虽然手里有枪,可她并不安全。羿族的有机共生体能在一念之间发动,速度堪比闪电。

地上有个装衣服的竹筐,上面有个木盖。何珞珈连忙拾起木盖挡住胸口,警惕地向前走了两步。然后,她就被自己的愚蠢气哭了。因为木盖和鸟嘴枪分别占据了她的左右手,以至于她无法使用取血针。

何珞珈灵机一动,突然把木盖扔到方弘逸的身上,趁他闪避的一瞬间,握着取血针冲过去,对着他的肩膀就是一针!

方弘逸身子一闪,反手扣住了何珞珈的右腕。

见何珞珈还戴着那条"乳牙"手链,方弘逸怔了一下,随即一用力,何珞珈痛得直咧嘴,只得松手,眼睁睁地看着取血针掉进水中。

和取血针同时掉下去的还有那张快要脱落的"面膜"。

何珞珈急了,连忙伸手去摸,却忘了方弘逸还坐在水里,手碰到了不该碰的地方,她吓得尖叫一声,缩回了手……

方弘逸意味深长地看了何珞珈一眼。何珞珈只得掉头逃跑。

从浴室跑到街上何珞珈只花了六秒,她不敢回头,拿出吃奶的力气狂奔。她听见身后有脚步声,开始是一个人,一会儿工夫,又有另外两个加入。三人一路包抄过来,眼看就要被追上了,何珞珈一咬牙,转身就是一枪。她不想伤人,所以也没故意瞄准。身后的人果然吓住了,脚步慢了许多,紧接着嗖嗖两声,两支箭一左一右从她耳边飞过,要不是她脖子缩得快,差点儿有半边耳朵被削掉。

所幸何珞珈已经跑过了草坪带,跑进了一片树林,一面跑一面左右闪避。前面不远处,另一个黑影向她跑来,她听见何千木喊道:"珞珈,珞珈!"

"哥,我没取到血!"

"我取到了。"

"太好啦!"

两人跑到一起,向着西门小贝的方向猛冲。何珞珈在心中估算路程,知道已经来不及了。

前面路上忽现两名羿族男子,向他们引弓而射,身后方弘逸和三个手下紧追而至。箭雨从四面八方涌来。

此时此刻,也不能再客气了,兄妹俩开始背对背持枪扫射。

激战中,何珞珈怕赶不回去,于是说:"哥,你先走,我去引开他们。"

"我先走?没有你的手指,关城能解毒吗?拿着这个。"何千木塞给何珞珈一粒瓢虫大小的东西,"这是耳珠,把它放进耳朵,等会儿我再说话,它会翻译给你听。"

何珞珈不知何意,仓促间也无暇多想,将"瓢虫"塞入耳窝。那东西一挨上皮肤立即伸出小爪,像只甲虫爬入耳道。没等她回过神来是怎么回事,何千木拉住她的手,忽然转身向着开阔的地方跑去。

跑了十几步后,何千木忽然抱住何珞珈,腾空而起,化作一只九头巨鸟向高空飞去。

何珞珈毫无心理准备，见自己双脚离地，吓得叫了一声，还没醒过神来，整个人已经离开地面一百多米了。

九只鸟头叽叽喳喳不知在吵闹着什么，何珞珈本能地抱住其中一只鸟颈，只觉夜雾奔腾，风声狂啸，头顶的繁星似乎更近了。但她知道那不是真正的繁星，而是羿族空间里的一片穹顶。

身下的九婴是黑色的，羽毛与夜色融为一体。关城说九婴的羽毛可以变色，可根据周围的环境进行伪装。但总体来说，雌性的羽毛颜色更加丰富一些。它们会在空中无声地飞行，冷不防地降落在你身边，吓你一跳。

"珞珈——"探针嘀嗒作响，耳珠里传来何千木的声音，"我帅不帅？"

说话间，八只脑袋都挤在她面前，争先恐后地抢着说话，何珞珈只听见一团咕咕之声，像一群鸽子，不禁有些哭笑不得："帅毙了！"

"好久好久没有这样飞了……"何千木叹了一声。

无数的箭向他们射来，九婴在空中一声尖唳，突然一个华丽的转身，向下连珠般喷出十几个巨大的火团，眼下燃起一团团烟雾。

烟雾消散时，射来的箭已灰飞烟灭。

何珞珈刚松了一口气，没过几秒，箭雨又来了。

"别傻坐着呀，你的枪呢？往下射啊！"何千木说。

何珞珈这才从震惊中彻底清醒，连忙抽动手环，将鸟嘴枪挪到掌中，对着下面的箭手一顿猛射。

趁着两边交换火力，何千木成功地将羿族引到了更远的街上。

就在下一秒，他忽然掉转身子，向着西门小贝的方向俯冲。

很快，两人降落在地，何千木变回原形，找到西门小贝，拉着何珞珈闭上了眼睛……

瞬间，他们回到了千鹿身边。

为了保护关城，临行前，千鹿把车停在了清东街仓库区西面的一片松林里。

那一带本来是一个很大的公园，几个月前发生了一起杀人分尸案，白天就没什么人去了，到了夜晚更加荒凉。

何珞珈一面将取血针里的血挤到自己的手指上,一面问千鹿:"关城呢?"

"在车里,已经醒了。"千鹿抽出鸟嘴枪,警惕地看着四周,"您快去,羿族很快就会追过来了。"

何珞珈冲进车内,将沾着鲜血的手指按在关城的脖子上,还没来得及撒手,就听见砰砰砰数响,左边的两扇车窗碎了,其中一箭破空而过,钉在关城的椅背上。再左移半寸,就射进关城太阳穴了。

"小心!是方弘逸!"她听见何千木在车外喊道,"你们别出来!"

车外金铁交鸣,钣钣铮铮之声大起,两边开始正式交火。

何珞珈哪里肯乖乖地坐着。她拾起地上的鸟嘴枪,正要拉开车门,忽见关城已从座椅里站起身来。

何珞珈一下子愣住了,以为关城至少需要一两个小时才能恢复行动,没想到他顷刻间就已经满血复活。

"你留在这儿,"关城一把按住何珞珈,"我去收拾方弘逸。"

见关城手中空空,何珞珈将鸟嘴枪递过去:"给你枪。"

"不用。"

关城从口袋里抽出了那支黄金吸管,跳下车,瞬间消失在了树林中。

何珞珈紧跟着关城走到车外,见何千木和千鹿正埋伏在一个石像边向北射击,于是也加入进去,拿着鸟嘴枪扫射。

树林中的能见度极低,几乎只能靠听觉来判断敌人的位置。

在这种情况下,射箭是不占上风的。因为鸟嘴枪发射的子弹不但可以走直线,也可以走曲线,走波浪线,甚至更复杂的路线。瑟族武器比羿族高明,这话的确不假。

很快,羿族那边大概有人中枪,箭雨明显地稀疏了下来……

"他们有多少人?"何珞珈问道。

"六七个吧。"何千木说。

"方弘璧也在?"何珞珈小心翼翼地问道。

何千木专心射击,没有回答。

以何千木的脾气,与方弘璧近距离相遇,绝对不是只采一滴血那么简单。何珞珈怀疑方弘璧已经身亡,又不好意思问。她只想采血,并不想大开杀戒。潜意识中,她不想惹恼方弘逸,加深两边的仇恨。

夜色很黑,加上这一带根本没有路灯,树林里什么也看不见。借着鸟嘴枪子弹的荧光,勉强可见一两个晃动的黑影,大多数箭手在更深的林中潜伏。是石像暴露了他们的位置,所有的箭无一例外地向着他们躲避的石像射来。

忽然,林中传来嘀嘀嗒嗒的响板之声,不尖锐,却沉闷,就像有人在用力地摇动着一个算盘。与此同时,木叶摇动,草木摧折,一物如怪蟒在树间婉转而去,体形比何珞珈见到的修蛇还要大出数倍。

与修蛇不同的是,它有一个闪着金光的轮廓,身上的花纹也如二维码般不停地变幻,就像装了个霓虹灯管,哪怕是从很远的地方看去,也十分亮眼。

金蟒气势夺人,所到之处,如波涛夜惊,风雨骤至,卷起漫天松针,路过大树,则将树叶捋得一干二净,只剩下了一片空枝……

何珞珈只觉眼前金光乱闪,根本看不清那物的全貌。但他显然找到了攻击目标,身子猛地停住了。

诡异的事情来了,怪蟒的上身是人形,看不清是谁,但何珞珈脑补了一个闪着金光的关城。当他身子停顿时,浑身忽然散发出一团金色的光雾,依然是人的形状,却没有停住,继续在怪蟒的身边移动,或者说是扭动,就好像突然间多出了几个人似的。

何珞珈惊恐地瞪大眼睛,以为自己穿越到了最古怪最离奇的科幻大片中。

"亲爱的,"何珞珈的耳珠里传来了关城懒洋洋的声音,"你不是想知道我是什么吗?"

"……"

"你的未婚夫帅不帅?"

"……"

关城的手中忽然多了一根金色的长矛,以怪蟒之躯向下俯冲,周围的金雾也追随而至。

眼看就要到达地面,何珞珈这才发现了引弓如满月的方弘逸。

与此同时,箭雨忽然停了。

何珞珈瞥了一眼何千木,见他正看得聚精会神,问道:"关城是什么族,现在总可以说了吧?"

这话何珞珈问过何千木多次，他都拒绝透露，说是想给她一个"惊喜"，只说在瑟族众兽中，只有关城这一族长得比较像人。

"猰貐。"

"什么鱼？"又是一个没听说过的词。

"猰貐。"何千木放慢语速，又说了一遍。见何珞珈一头雾水，他笑道："从他移动的方式来说，可以理解成一种蛇类，虽然他跟蛇没半毛钱关系。"

与其惊讶于关城是猰貐，何珞珈更惊讶的是何千木提到关城的语气，不仅脸上有光，而且骄傲得近乎炫耀，难怪是他的死党。关永廉曾经告诉何珞珈，关城和何千木不仅被认为是瑟族中长得最好看的两个男人，他们对自己的容貌也非常自得，吃穿住用十分挑剔，审美趣味也高得吓人。

林中有人吹了一声口哨，何千木听罢，将鸟嘴枪插回腰带，说："他们决定单挑了。走，观战去。"

何珞珈怔住："单挑……单挑这种事，你们外星文明也……也有？"

"有啊。关城早就想找方弘逸算账了，夺妻之恨，一箭之仇，这能便宜了他？再说了，什么你们我们的，你就是我们瑟星人，'外星文明'这个词别天天挂在嘴边。"

"哥，你去劝他们别打了，好不好？"何珞珈急出一头冷汗。

"怎么能不打？必须打！走，我就想看看方弘逸是怎么死的。"

你怎么知道一定是方弘逸死？何珞珈心道。

不知为何，她感到一阵恐惧，仿佛是自己最害怕的事情马上就要发生了。她的手开始发抖，身子沉得挪不开步子。

见到她半天不动，何千木本已经走了几步，又回来拉她："你要是不去，是会有立场问题的哦。"

何珞珈只得磨磨蹭蹭地跟在哥哥何千木和千鹿身后。

看这架势，两人积怨已深。这一战势在必行，不是她可以制止的了。

第四十五章
观战

观战的两边各有三人。

羿族那边是三位黑衣箭手,都穿着套头衫,何珞珈看不清他们的脸,也不知是男是女。瑟族这边,就是千鹿、何千木和何珞珈。

大家距离很远,都抱臂作旁观状,但谁的神经也没放松,一旦发现伏击,随时参战进入群殴状态。

树林中没什么大面积的空地,远处是一片冰冷的沼泽,沼泽的尽头是个大湖。

空气阴冷,泥土湿滑,金雾所及之处,也不知和松枝发生了什么化学反应,仿佛被炙烤过一般,发出浓烈的香味。

方弘逸与关城,一个伏地潜行,不断寻找角度向上射击;一个在树间蜿蜒,挥舞金矛,向下进攻。方弘逸手中的武器除了弓箭还有刀斧,均由共生体视战情变化在他手中自动生成。

何珞珈有点不明白,为什么科技远高于人类的羿族会习惯于如此低效且高度依赖技巧的冷兵器。相比之下,关城的金雾威力十足,不仅打击范围大,力量和速度也十分惊人。

她跟着何千木走到近前时,两人已经斗得如火如荼。

被金雾浸染的树叶纷纷飘落,如一群喷了杀虫剂的蝴蝶。树枝被腐蚀成奇怪的裸色,好像剥光了树皮。远处湖中飘来一阵氤氲的白雾,带着水草与淤泥的腥气,和金雾、松木的香气搅在一起,整个林子弥漫着一股芜杂的煳味。树影暗暗发光,如同被鎏了一层金粉。沾染到金雾的野鸟发出几声怪叫,它们急于逃离此地,一边在空中用力扑腾,一边却控制不住地摇摇欲坠。

"扑哒!"

一只死鸟掉到何珞珈头上,吓了她一跳。身边的何千木正津津有味地观战,居然没有发现。

金光中有个黑影在不停地跳跃,因为距离太近,又有金雾干扰,方弘逸连发十几箭,都没有射中关城的要害,反被他的蛇尾扫中,扑倒在地。蛇尾末端装有某种金属骨骼,抽打起来如铁鞭般疼痛。关城手执金矛顺势一捌,戳在方弘逸肩上。金矛的毒液有强烈的腐蚀性,一旦沾上肌肤,会哧的一声,冒出一道青烟。方弘逸在地上翻滚了几下,躲入林中。关城立即追了过去,身子以意想不到的速度在树间游走。

天上再次下起了松针雨,林间的气氛越发阴沉肃杀,直把何珞珈看得目瞪口呆,浑身起了一层鸡皮疙瘩。

与体形庞大的獥狪相比,方弘逸的个头实在太小,关城将他一口吞下,不会有半点勉强。难怪瑟族提起羿星总是一副"蕞尔小邦"的语气。在缪星系,两族之间曾发动过多次战争,直到星系解体之前,为了一起逃离,才形成了相对平等的外交关系。两族文明差别极大,论综合实力,羿族根本不是瑟族的对手,瑟族也从不把他们放在眼里。

"哥,关城身上的金雾是干吗用的?"何珞珈小声问道。

"伪装和迷惑。"何千木说,"金雾有毒,发动时,会生成幻象,让对手以为面前有好几个关城,从而无法射中本尊。"

"金矛呢?"

"獥狪体内充满剧毒,金矛的两端灌有毒液,一旦沾身,会强烈地腐蚀肌肤。"

"刚才方弘逸有两箭明明射中了关城的心脏……"

"第一,那里不是他的心脏。第二,獥狪的身上只有两个要害:印堂和太阳穴。射中印堂会重伤,射中太阳穴会死亡,其他地方,无论射多少箭都很难干掉他。"

"那你说的……'一箭之仇'?"

"就是那一次西陵山事件,他为了救你,印堂上一共中了两箭,方弘逸一箭,方弘璧一箭。受了很重的伤,整整十年卧床不起,直到现在都没完全缓过劲儿来。"

何珞珈本想出面劝说双方停战,听见这话,顿觉无法开口,于是焦虑地跺了跺脚。

何千木看了她一眼，道："高手之战，计在毫厘。你可千万不要胡来哟。他们斗得正酣，你要是突然介入，让任何一方分了神，他的死就要算在你的账上。"

何珞珈正有此意，被何千木这么一说，只得继续沉默。

战局很快起了变化。

躲在林间的方弘逸因为拉开了距离，开始五箭同发，而且角度刁钻。獬豸虽然声势夺人，但目标过大，避得开前面避不开后面，十秒之后，蛇身的后半侧就中了一排箭，皆没入十寸之深，严重影响到它在树间的爬行。关城蛇身一卷，伸手一拔，将身上的箭尽数拔掉，仓促间动作过猛，弄得下身血肉模糊。他一声怒吼，不顾迎面而来的连珠箭雨，挥舞着金矛向方弘逸扑去，腰身大力一扫，将方弘逸连同他用于躲藏的松树连根拔起，往空中大力一抛！

就在人树分离的一瞬间，獬豸扬起蛇尾抓住了空中的方弘逸，蛇身连绕三圈，将他从头到脚紧紧地缠住。

双手被束，方弘逸无法射箭，亦无处反击。

猎物到手，獬豸开始计算方弘逸的呼吸，他每呼吸一次，蛇身的肌肉就用力收缩并挤压胸腔，直到窒息而亡……

何珞珈实在看不下去了，冲到獬豸身边，大声叫道："住手！"

獬豸根本不理，继续用力收缩，骨骼咔咔作响。方弘逸的脸早已憋得通红，渐渐开始发紫……

"关城！"何珞珈大叫，"放开他！"

见关城依然无动于衷，何珞珈不顾一切地跳上蛇身，向着方弘逸的方向爬去。她手脚并用，很快爬到了他的身边，伸出十指，用力地将缠住他的蛇身往外抠，但是根本抠不动！

咫尺之间，何珞珈看见方弘逸的身子开始发软，头也无力地垂了下来。

何珞珈一咬牙，抽出怀里的小刀开始向蛇身猛扎！

獬豸吃痛，身子松动了一下，何珞珈连忙抱住方弘逸，用力将他往外拉。方弘逸的双手终于自由，他连忙深吸一口气，发动共生体。方弘逸手中彤弓突现，瞬间引箭上弓，对着獬豸的太阳穴正要松手，身子被何珞珈猛地推了一下。

"关城不能死！同生素你忘了？"

方弘逸怔了怔，改变方位，对准了猰㺄的印堂。

"那里也不行！"何珞珈心急火燎地拉住方弘逸的胳膊，对着猰㺄叫道，"关城，方弘逸，你们听我说，有事好商量，让我们坐下来一起沟通，行不？大家都理智一点，争取和平解决问题，好不好？"

然而，谁也不愿意商量，更不愿意沟通。

就在这一瞬间，猰㺄的尾巴已经扫了过来，将方弘逸和何珞珈卷在一起，如煎饼卷大葱一般，直接送进了自己的口中！

天啊！今晚都发生了些什么！

何珞珈不敢相信自己的眼睛，更不敢相信自己的耳朵。

关城不是信誓旦旦地说，他还爱着自己吗？

但眼前一片漆黑，四周很滑，手摸到之处，都是柔软而充满黏液的肌肉。除此之外，还有扑鼻而来的酸味儿。

何珞珈的手一直紧紧地拉着方弘逸，两人不由自主地向着更深的黑暗处滑去。

何珞珈不禁悲哀地想：我这是被关城吃了吗？

两人向下滑行数尺，何珞珈一刀扎进猰㺄的喉腔，下坠止住了。

所及之处都是滑腻的黏液，往外爬几乎不可能，尤其是她的左手还拉着一个方弘逸。

据何珞珈听来的知识，关城一共有五个胃，每个胃都有各自的阀门。其中一个里面有强酸，吞下的东西要是滑了进去，会化得渣都不剩。

哪种食物进哪个胃，哪个先吃哪个后吃，哪个放一段时间再吃，关城的大脑说了算。

所以何珞珈不敢松手，她知道关城一定会把方弘逸送进那个有强酸的胃里。

果然，耳珠里传来关城懒洋洋的声音："珞珈，松手。"

"我不！"她大声叫道。

"你一松手，我就放你出去。"语气虽然是淡淡的，但已经在生气了。

"那我就不出去了！"何珞珈咬咬牙，"我死了你也活不了。"

耳珠里传来一声冷笑："你以为这样，就能救了方弘逸？等下你们一起往下滑，他进去的地方必死无疑，而你进去的地方，里面还有沙发呢。我才不会让你们死在一起呢。我已经快到湖边了，你快些做决定。等我喝下一大口水，就太迟了。"

虽然看不见外面的情况，何珞珈能感到猰㺄正带着他们迅速移动，身体渐渐趋于水平，就像坐在了一辆剧烈晃动且不断左右转弯的地铁上。方弘逸吃力地爬到何珞珈的身边，问道："你没事吧？"

"没事。"

两人之间一阵沉默。

何珞珈对方弘逸本来很有好感，但当知道他曾向自己射过九箭，是导致自己失忆的罪魁祸首之后，好感也就跟着消失了。可是，如果从羿族的角度来思考，他们也很无辜。方弘逸并没有招惹过她，甚至根本不认识她，是她处心积虑改头换面地接近他，并利用他的感情偷走了赠子。以人类的常识判断，她的做法也不光明。这件事只能用八个字来概括，那就是——国仇家恨，身不由己。

"谢谢你救了我。"方弘逸又说。

"嗯。"何珞珈可不想这么快就和好，"你的水息还能用吗？"

被猰㺄吞进去的那一刹那，何珞珈想发动水息控制关城，但她的手指上染过方弘璧的血，根本不起作用。

"没带在身上。"方弘逸说。

"这么重要的东西你没带？"

"你出现的时候，我正在洗澡。"

何珞珈一时语结，不知如何逃生。鸟嘴枪就别在腰后，但它的毒液对瑟族无害。

耳中忽然传来关城的声音："水息？你用水息对付我？"语气一如往日般阴阳怪气，"珞珈，亏你想得出来。你可太有出息了！"

原来只要戴着耳珠，她说的话关城都能听见。

就在这时，猰㺄突然做了一个爬升的动作，何珞珈和方弘逸又开始往下滑——

何珞珈感到自己好像掉进了一团啫喱中，更多的黏液从四周渗进来，将他们团团包裹起来。与此同时，巨蟒的身体开始像麻花一样旋转，一边旋转一边收缩拧动，力图将两人分开。

润滑的黏液让何珞珈根本拉不住方弘逸，行进中的猰㺄又不断地颠倒晃动，他们眼看就要分开了……

忽然,何珞珈用力一跳,跳到方弘逸身上。

"方弘逸,抱住我。"

何珞珈知道有一种办法一定会激怒关城,于是故意大声说道:"我爱你!要死就死在一起!"

话音未落,猰㺄一声狂啸,一道浓稠的酸液从它腔体深处喷出,猰㺄身子一抖,将两人从体内呕了出来!

"砰!"他们重重地掉在地上。

就在下一秒,空中飞来一道金光,金矛向着方弘逸的胸口刺去!

"小心!"

何珞珈拉着方弘逸就地一滚,迅速起身,不顾一切地向着大湖的方向跑去。何珞珈一边跑,一边将耳珠抠出来,她本想塞进口袋,但手上黏液太多,那东西又小又圆,一下子从指缝间滑了出去,掉进草中,要捡已是来不及了。

跑出百米之后,何珞珈忽然意识到跑错了方向:"不能去那边,那边有沼泽!"

"那边有个门。"

果然,树林的边际出现了一点蓝光,他们拔足向着蓝光狂奔。

猰㺄从左包抄而至,方弘逸一个反身,引箭上弓,何珞珈挥手一拍,喝道:"不能射击!"

"我只想把他吓走!"

"他吓不走!请拿出吃奶的力气奔跑!"

方弘逸只得收弓,继续向前狂奔。

空中传来一声尖唳,何珞珈抬头一看,不禁心中一惊!

九婴从右边飞了过来,他也看见了蓝光,与关城形成了左右包围之势。

"快跑!我哥来了!"

两人以冲刺的速度飞奔,方弘逸边跑边问:"你哥过来是帮你还是帮他?"

"不知道!"何珞珈喘着粗气,"我猜他是来堵截的!"

"堵截谁?"

"不知道!耳珠掉了!"

"……"

蓝光的终点是个八九岁的小女孩,穿着件白色的公主裙,坐在地上玩石子。

他们到了，何千木和关城也到了。

就在他们进门的那一刹那，只听轰的一声巨响！何千木从空中向着方弘逸喷出一道火柱！猰貐一口咬住了何珞珈。

他们都迟了一步，或者说是半步。

何珞珈睁开眼睛时，发现门的另一边是白天。她倒在一片灰色的沙滩上，不远处有个看不见边际的大湖，四周高山环绕。

鞋子不见了。猰貐咬住了她的脚，她用力一蹬，人滑了出来，鞋子却被猰貐吃进腹中。

距离她两米之远的方弘逸一动不动地趴在了地上。何珞珈跑过去将他的身子翻了过来，发现他整个左肩被九婴的火柱烧出了一个碗口大的疤，上面黑糊糊的一片，已成炭状。她试了试他的呼吸，没有。又试了试他的心跳，也没有。

二话不说，何珞珈立即开始做人工呼吸，吹气、按压、再吹气、再按压，如此反复，连续做了十八组近二十分钟。

方弘逸终于醒了过来，何珞珈也累得瘫倒在地。

"喂，知道吗，刚才你差点儿死过去了。"何珞珈看着方弘逸的眼睛，说道。

"我没死呀。"

"呼吸心跳都停止了呢！"

"我是外星人，你忘了？心肺复苏这种事，对我们不管用。"

"那我这是……白，白干了？"

"嗯。"

"你早说啊！"何珞珈气道。

"我只是晕了过去。羿族人晕倒后，呼吸心跳都会暂时停止。"

"好吧，你没死总是一件好事。"

"但是……"方弘逸忽然半笑不笑地看着她。

"但是什么？"何珞珈怒道，"又有什么幺蛾子？"

"嗯……那个……"方弘逸的脸红了红，"你是不是吻过我？"

"吻？不，那不是吻，那是人工呼吸！"

"是这样，那个，如果你吻了我，你的嘴唇会变颜色。"

"什么？"何珞珈说，"你最好告诉我，那个颜色很好看！"

"湖就在那边,你自己去看。"

安静的湖面上出现了一个人影。

何珞珈的嘴唇是蓝色的。一种很浓、很亮、闪着晶莹光泽的琉璃蓝色。

"啊啊啊——这是什么鬼!"此时此刻,何珞珈很想拔掉自己的头发!

第四十六章
篝火之夜

回过头去,方弘逸正半眯着眼睛看着她,像个做了恶作剧的坏小孩,目光相遇时他吐了一下舌头,见何珞珈板着脸,立即不笑了:"别担心,过不了几天,这些颜色就会消失。"

他一边说一边将身上的黑色套头衫脱了下来。被九婴烧过的地方,布和肉已然粘在一起,尽管很小心,还是撕掉了一层皮,痛得他闷哼了一声。

里面是一件简单的白T恤,上面全是血和猰貐的唾液,还有九婴的火柱烧出的窟窿,已经破得不成样子了。裤子湿淋淋的,仿佛刷了一层糨糊。脸上有很多伤口,像是刚从一个炸弹旁边跑过,黑一道红一道的。累累的伤痕令他的脸上多出一道英武之气,离记忆中的滑板少年相去甚远。

何珞珈狠狠地瞪了他一眼:"你最好不要骗我哦。"

"不敢。"

接下来,是将近三分钟的冷场。

方弘逸抬头看了看天空,似乎在辨认方位。何珞珈发现他的后颈、右肩和裸露的手臂上有很多被猰貐的毒液腐蚀出来的血洞。小的有绿豆那么大,大的比指头还粗,里面不断流出暗红的血水和金黄的液体,有两处还冒着几缕黑烟——溃烂的样子十分可怕。

方弘逸的伤的确很重,难怪会晕过去。

"你没事吧?"何珞珈随口问道。她为自己下意识地想关心这个射了她九箭的人感到莫名其妙,但又很快找到了理由:他必须活着,不然她将永远留在这里。

"我需要一点时间处理身上的伤。"方弘逸说罢展开右手,掌心上忽然多了一把尖利的小刀,"你呢?有没有被关城的毒液碰到?"

"应该没有。"

何珞珈瞄了一眼自己的紧身衣,上面同样满是黏液。掀衣检查了一下,除了一些剐蹭痕迹,没有任何大的伤口。

"猰㺄的黏液有很强的气味,晾干后味道更重,而且易燃。"方弘逸吸了吸鼻子,一副呛到自己的样子,"你还是去湖里洗一下吧。"

方弘逸说的气味其实并不难闻,何珞珈觉得就是一种普通的松香。在浓郁的状态下会让人头晕,稀释之后就是关城身上经常出现的雪松味道。当然,也可能是因为她是瑟族的缘故。

何珞珈犹豫了一下,最终还是走进湖中,脱下衣服,认真清洗起来。

这一带给她的感觉像是好莱坞西部片里的风景,到处是铁锈色的山岩,层层叠叠,风化成大大小小的孔洞。远处的山谷像是被河流侵蚀过的遗迹,布满了大小不一的石俑和岩柱。大湖的四周是纵横交错的断崖和隆起的岩层。何珞珈仔细观察了一下,没发现任何人为的建筑,也没听到鸟叫虫鸣。

湖水清澈见底,没有水草,没有游鱼,也不见任何垃圾。

天很快阴暗下来,像是要进入夜晚的光景。

手头没有替换的衣服,何珞珈只好把湿衣穿回身上。湖水本来就冷,加上冷风一吹,她冻得瑟瑟发抖。她光脚走到方弘逸身边,见他正专心地用那把小刀将伤口附近的腐肉一点一点地割下来,鲜血流了一地。这过程一定非常疼痛,他脸色苍白,一直在用力地咬牙。见她过来,怕她看见自己血肉模糊的样子,忙从衣服上撕下几根布条,将伤口包裹起来。

他们找了一个避风的地方坐下来。

方弘逸失血太多,没什么力气走路,何珞珈让他靠着岩壁休息,自己在周围转了一圈,找到一截断裂的树桩,拖到方弘逸身边。

太冷了,必须想办法取暖。

"你让一下。"方弘逸说。

何珞珈退后一步,方弘逸发动共生体,将树桩纵向劈成四块,在当中削了一个洞,然后将它们拢在一起。又从T恤上撕下两片浸过黏液的布条,塞入洞中。

地上有很多石块,方弘逸找出两个拳头大小的石头用力撞击,布条很快就被点燃了。

虽然只有些微的暖意,何珞珈的寒战立即停止了。

"坐过来,我这边更暖和。"方弘逸说。

何珞珈的身子僵了一下,没有动。

方弘逸看着她,无可奈何地笑了:"是的,我射过你九箭。"他似乎知道她的心事,"要想报仇,现在是很好的机会。"

"我可不想跟你一起死在这里。"何珞珈冷冷地说。

"其实你没有必要跟着我一起跑进来呀。"方弘逸拾起地上的树枝,捅了捅火堆,"关城不会把你怎么样的,千木就更不会了。他们要杀的人是我。"

他这么一说,何珞珈也窘了。

她本来只是想制止一场搏斗,最后却变成了自己救出方弘逸,带着他一起逃跑,感觉拿错了剧本……

"你这么跑,就不怕他们怀疑你有立场问题?"方弘逸笑道。

"我这么跑,是因为我有话要问你。"何珞珈说。

"我以为你已经知道了一切。"

"我是知道了一切。"何珞珈往火堆里靠了靠,"但我还是想听听你这边的版本,毕竟在我失忆前的几个月,是和你在一起的。"

"我不会告诉你的。"方弘逸果断地说。

"为什么?"

"因为你想通过和我的交谈找到赠子。"方弘逸看着她,用力地摇了摇头,"然后把它交给关城。这东西我已经丢过一次,不能再丢第二次。"

"方弘逸,我一向认为你是个讲道理的人,"何珞珈的脸阴沉下来,"赠子是我们瑟族的东西,对瑟族生存至关重要。你们凭什么把它偷走,几千年也不交出来?"

"……"

"是,我不该欺骗你的感情,不该改头换面潜入清东街,但我这么做是有理由的,对于我的家族来说也是正义的。我们只想拿回属于自己的东西,这有错吗?"

"没错。"方弘逸安静地说,"而且你也没有欺骗过我的感情,我们的感情是真的,我们非常相爱。"

何珞珈没想到他会这么说，微微一怔，避开了他的目光："这不可能。我有未婚夫，注射了同生素。这……只是你的一厢情愿。"

"如果真是这样，当时你已经拿到了矰子，为什么没有交出来？"

"我找你就是想弄明白这件事。"

"珞珈，你要相信自己。你没做错任何事。你不肯交出矰子，是因为在事发的最后一刻，你终于意识到矰子是绝对不能回到瑟族手中的。"

"为什么不能？瑟族正在衰亡，你知不知道？我的族人们正一批批地死去。我们需要威瓦，需要繁衍，需要飞船里的那些储备。"

"代价是人类的毁灭？"方弘逸忽然接口。

何珞珈猛地一惊，以为听错了："这是瑟族与羿族之间的事，跟人类有什么关系？"

方弘逸忽然长叹一声："看来你真的需要听听我这边的版本。"

天已经黑了，四周静悄悄的，火越烧越大，发出噼噼啪啪的响声。

"当初羿族之所以坐上瑟族的飞船，愿意为他们导航，是因为出发之前，两族之间有一个共同遵守的宪章。"方弘逸慢慢说道，"叫作《缪星系宇宙宪章》。《宪章》明确规定，如果到达的星球有智慧生物，我们将和平共处，不干涉他们的文明和演化。虽然那时缪星系已四崩五裂，但这个原则是瑟族给我们的承诺，地球的位置也是我们提供的。"

何珞珈的神情凝重了，心一点一点地沉下去。

"没过多久，我们就发现瑟族的舰队携带了大量的巨型装置，用以改造地球，其中包括九个巨大的空间轨道镜。"

"轨道镜？"

方弘逸没有立即解释，自顾自地往下说："虽然对于瑟族来说，地球算是宜居星球，但两者之间的地理环境还是有很多不一样。最大的不同就是地球缺少一种瑟族人身体所需的'缪子射线'。这是一种宇宙射线，没有它的照射，瑟族会出现各种健康问题，基因变异、免疫功能紊乱、繁殖困难等等。"

何珞珈不禁想起了远人村的基地，关永廉说基地模仿了瑟族的生活环境，瑟星的重力比地球略小，气温比地球略高……还有那些密密麻麻的"玻璃树"，关城说瑟族需要这些树来制造他们生长所需要的东西，难道那个东西就是——缪子射线？

"你是说——"何珞珈顺着方弘逸的逻辑往下推测,"瑟族想把地球变成另一个瑟星?"

"没错。制造缪子射线,让第一批移民健康地活下来是威瓦的首要任务,虽然过程可能长达数百年。"方弘逸凝视着跳跃的火焰,"轨道镜是一种巨大的反光镜,打开后可以在外层空间环绕地球运行。上面的设备将利用太阳的能量来制造缪子射线,再将它们反射到地球上。"

何珞珈抠了抠脑袋,觉得自己的知识有点跟不上了:"缪子射线……对人类有害?"

"高强度的话,当然有害。但这不是重点。"方弘逸说,"重点是,经过这样连续不断地照射,地表温度会直线上升。要知道1880年以来,地球平均气温在两百多年间只上升了一摄氏度。如果上升两摄氏度,对于地中海地区来说就是上升了三摄氏度,北极地区会升高六摄氏度,这意味着冰河融化、海平面升高、冻土里的细菌开始释放、气候无常、瘟疫横行……如果让反光镜继续运行,地表的平均气温将在短时期内升高六到七摄氏度……那个时候,95%的动植物都会灭绝。"

"可是——"何珞珈皱了皱眉,觉得方弘逸在危言耸听,"关城和千木从来没跟我提到过反光镜和缪子射线呀。"

"这九个反光镜曾经在地球上空打开过一次。"方弘逸看着远空,"很多人都看见了,史书上也有记载。"

"什么记载?"

"听说过'后羿射日'吗?——那不是传说,它真的发生过。瑟族舰队一到达地球上空,立即打开了九个反光镜,于是天空中就出现了十个太阳。"

何珞珈一下子蒙了:"后羿就是羿族?"

"没错。"

"拉倒吧,你们能把箭射到外太空去?"

"当然不能,是有人把遥控它的鳣子偷了出来,交给了我们。这个人是瑟族舰队的首席技术官,她也是一个九婴。"

这一点倒是能与关城那边的信息对上,九婴家族出现过两个叛徒……第一个叛徒因为偷走鳣子被处以极刑;第二个叛徒就是偷到鳣子却不肯交出来的何珞珈。

"这位九婴的名字叫常娥。"

第四十七章
宜居星球

听到这里,何珞珈忽然想笑。然后她就真的笑了,不仅笑,还竖起了大拇指:"方弘逸,你真是个营销的好手!这么扯的创意你都能想出来。可惜我已经过了被小孩子忽悠的年纪,你再这么混蛋,我可要你好看!"

方弘逸的脸红了,像小孩子一样争辩起来:"我没骗你。常娥这名字又不是我编的,不信你问千木。瑟族的语言千奇百怪,这最多是两个同音字而已。"

"接下来你是不是要说,四大发明也是你们发明的?"

"当然不是。如果我们真想参与建设人类的文明,可以传授的科技又何止四大发明?"方弘逸不理睬何珞珈的讽刺,"听祖辈说,从缪星系到太阳系是一趟漫长的旅行,中间发生过很多不愉快的事情,因为困在一个舰队,谁也离不开谁,大家只能勉强合作。快到地球的时候,两边已闹到不可开交,眼看就要翻脸了。我的祖先非常后悔加入这个舰队,认为是他们把灾难引到了这个无辜的星球。在羿族,违背《宪章》是可怕的罪行,阻止它的发生是每个人的义务。"

"所以你们就挑动常娥叛变?"何珞珈苦笑,"你知道常娥是因为这件事情被处死的吧?"

方弘逸点点头:"出发的时候大家只知道这是一个宜居星球,并不知道上面有智慧生物。接近地球时,常娥带着一批人到地面视察,发现这里有丰富的文明,动植物也很繁盛,就强烈反对启动轨道镜……"

何珞珈不禁陷入沉思。

用脚指头去想,她也不会同意打开轨道镜让地球升温,毁灭掉95%的物种,哪怕是为了瑟族的生存。

但是——

"羿族的做法是不是也有点极端呢？既然拿走了罾子，又是曾经的盟友，给瑟族保留一些最基本的储备，让他们能在地球上小范围地存活，这总可以做到吧？"何珞珈忍不住说，"明明有折中的办法，为什么不好好沟通，一定要两败俱伤？"

"我们当然想过折中。可对我们来说，最难对付的人不是舰长，而是威瓦，也就是瑟族的AI系统。威瓦的目标任务是瑟族的繁荣兴盛，一切阻碍目标的行动都会被视作潜在的敌意。如果你对AI或者机器人有所了解的话，就知道它们有一个通病：AI一般不会出错，一旦错了，会错得很远。"

"……"

"而改造地球，将地球'瑟星化'，早已写进了威瓦的执行清单。只要到达地球，威瓦就会有条不紊地干这件事，根本不用舰上的人操心，他们也操不了这个心。说到底，瑟族只是一群在威瓦照顾下长大的巨婴而已。"

"那……这威瓦也得讲点道理吧？远来是客，不能客大欺主呀。"

"如果真要讲道理，你肯定说不过威瓦，反而会被洗脑。这种事情最好不要开始。"方弘逸看着何珞珈，叹了一声，"为了拿到罾子，常娥破坏了舰队的通信和导航系统，局面变得十分混乱。罾子对威瓦的控制并没有太多选项，最关键的就是三个：关闭、启动、自我销毁。常娥带着一批羿族逃到地面，立即遭到疯狂地追杀。她企图关闭威瓦，却怎么关也关不掉……罾子离飞船实在是太远了，很难定向发射信号。仓促间也想不出什么万全之计，只好把九个信号中继器绑在九支箭上，由后羿射向空中，这才关掉了威瓦。九艘飞船因此坠入深海，主舰在迫降途中也基本坠毁……"

故事到了这里，两边的描述终于吻合。

面前的火堆熊熊燃烧着。不知是因为靠得太近，还是正在发烧，何珞珈的脸很烫，浑身上下却在不停地颤抖，仿佛到了某种情绪的极限。她想哭，不知道该同情哪一边；想杀人，不知道谁是真正的仇敌。

羿族当然没错，因为人类不该被毁灭。但瑟族就该死绝吗？他们远道而来，没降落就遇上灭顶之灾，舰队里的十万居民和一百万个冷冻胚胎也跟着葬入深海，损失与灭族何异？

孰是孰非，孰轻孰重，很难判断，不是吗？

"既然你们已经拿到了赠子,干吗不让飞船自动销毁,一了百了呢?"何珞珈又问。

"第一,我们尊重常娥的决定。瑟族毕竟是她的母族,她能这么做已经很不容易了。第二,赠子上有识别器,我们是外族,控制不了赠子。"

"那干吗不把它扔进海里或者烧掉,这样就不会再有人来偷了呀。"

"赠子是一种特殊的瑟星物质,很难毁灭,上面还有定位装置,只要出了清东街,就会立即被找到。"

"也就是说赠子还在清东街,或在某个羿族的空间?"

方弘逸沉默不语。

"当时的我并没有把赠子带出清东街是吗?"何珞珈继续追问,"或者说我根本就没有偷走这个东西?你们发现了我的身份,觉得我太厉害干不掉,就虚张声势制造假象让瑟族以为我是叛徒?"

"……"

"哈,我被套路了!"方弘逸不说话,相当于默认,何珞珈不由得发出一声冷笑,"你们羿族可真是癞蛤蟆生蝎子———一窝更比一窝毒呢。"

方弘逸硬着腮帮子,长久地凝视着何珞珈,过了好一会儿,才淡淡地说:"是你带走了赠子,我亲眼看见的。"

"……"

"赠子一直被我们放在'玲珑'里。"

又是一个新名词。何珞珈一脸迷惑地看着方弘逸。

"玲珑是一种小型的迷你空间,相当于人类的保险箱。我的祖先偷偷把它带上舰队,用来储藏私密物件。直到现在,瑟族都不知道它的存在。如果你不知道玲珑的位置,就算把它放在你面前,你也看不见,因为那是另外一个空间。"

原来如此。

"你还活着,却失忆了,又莫名其妙地来清东街找我。我的第一反应是,你要么被洗脑,要么被威胁,总之这一次你又假装是另外一个人,天知道带着什么任务过来了。我不想对你说谎,但也懒得把一切说破,就想看看你究竟是什么意图。"

"此外你也想拿回赠子。"

"没错。作为一个训练有素的刺客,你放弃任务藏起赠子应该想到可能的后果,一定会给自己留下了一些线索,以便将来找到它。"

"如果你没射那九箭的话,或许我还记得。"何珞珈气馁地看着他,"现在我真的半点线索也没有。"

火焰倒映在方弘逸眸中,像两点烛光轻轻地跳动。

"啧,真是咸吃萝卜淡操心。既然这东西已经不见了,羿族、瑟族都找不到了,这不挺好的吗?"何珞珈释然一笑,"人类不用担心灭亡,咱们这事儿也可以剧终了——"

"不是这样的。"方弘逸的嘴用力地抿了抿。

"如果你说的一切属实,我可以向你保证一件事,我肯定不会把赠子交给村长。"何珞珈看了看黑暗的天空,"我最好的朋友就是人类,我绝对不会做对不起她的事。"

"太好了。"方弘逸抬起头,认真地看着何珞珈,似乎有些意外她能这么快表态,"但我们还是要尽快找到赠子,威瓦虽然关闭了,飞船也沉入了大海,但只要海底温度发生大的变化或者遇到强烈的震动,就会触发飞船上的传感器,进而触发安检系统,威瓦有可能会强制启动。"

何珞珈身子一僵:"强制启动?"

"对。比如向所有机器人发出交换参数的指令,与主舰建立联系,等等。目前谁也不知道那些飞船的损坏程度,启动也不一定成功。但如果真的成功了,威瓦就可以命令九艘飞船再次升空,再次打开反光镜,继续完成原定的任务。到那个时候……"

"等等!"何珞珈一下子跳了起来,"我想起了一件事!"

就在何珞薇烧毁甜品店的第二天,何珞珈在餐馆里看过一则电视新闻,提到美国科学家在加凯尔海底山脉区域探测到一次剧烈的海底火山爆发,可能会对北冰洋的水温产生影响云云。

何珞珈把新闻的内容大致说了一下,方弘逸点点头:"嗯,西陵山事件后,关城因为重伤极少露面。当他知道你去了清东街,就立即过来找你了。一来,你可能是想起了点什么。二来,远人村的机器人大概是收到了威瓦要求交换参数的指令,说明威瓦正在试图强制启动。如果这时你找到了赠子,按键让它自我销毁,瑟族的希望不就彻底破灭了吗?"

"你不是说赠子上有识别器吗?我能按下那个键?"

"常娥说，识别器只认关绪以及被关绪授权的瑟族。常娥因为工作原因被授权，但九婴是单性繁殖，每个女孩都是上一代的翻版，也就相当于授权对所有九婴女孩都是开放的。"

"珞薇也是机器人，有可能她也收到了威瓦的指令，于是就冒充别人给我寄了一封信，把我引到清东街……"

方弘逸愣了一下："那封信是珞薇寄的？"

"对。"

"关城也知道？"

"我没告诉过他。"

"珞珈，"方弘逸的神色渐渐凝重，"我认为珞薇可能知道矰子的下落。"

"我也这么想。所以把她五花大绑反复审问，她什么也不说，继续装傻。"

说到这里，空中忽然吹来一阵强风，火堆迅速暗了下去。不远处咔哒一响，何珞珈吓了一跳，警惕地看向四周，直到这时，她才想起来一个更关键的问题："对了，这是什么地方啊？"

根据她的经验，只要有门在，羿族的空间一般都是可以原路返回的。可她并没有看见门。一种莫名的恐惧忽然袭来，令她有种想躲起来的冲动，手下意识地想拉住方弘逸的胳膊。

何珞珈的手指在方弘逸胳膊上方停留了一下，沿着手臂上那些微微泛蓝的血管，像只蜘蛛在空气中爬行，末了，又讪讪地收了回来。

"放心吧，这里很安全。这个星球没有智慧生物，也没有任何可以威胁到我们的东西。"方弘逸专心地整理着火堆里的木头，"假如我们所在的宇宙称为第一宇宙的话，这里是第五宇宙。"

何珞珈往方弘逸坐的地方挪了一挪："你怎么知道？"

"我以前来过。在羿族古老的星图上，一直都有它的记载。"

"一个史前的星球？"

"不是史前，它曾有过繁盛的文明。后来，这个星球被更高级的文明看上了，就成了星际移民的实验区。"

方弘逸慢慢地转过脸来，看着一脸不解的何珞珈："高级文明想把自己星球上的人移居到这里，但地理条件不合适，气温、重力都OK，主要是空气的成分不对，人来了可能活不下去,于是就开始了旷日持久的改造工程。"

"改造一整个星球吗?"何珞珈瞪大眼睛,"那得需要几百年吧?"

"不止。"

"奇怪,"何珞珈若有所思地看着夜光中的大湖,"既然这个星球被高等文明改造过,怎么反而更荒凉了呢?"

"星球改造一般有两种情况:要么用物理手段,要么用生物手段。具体到这个星球,对高级文明来说,空气中的二氧化碳太多,氧气太少,于是他们就把一些基因编辑过的细菌和藻类撒到水中,以求改变空气的成分,这个基本上可以做到。可是,他们还需要大量的氮气,偏偏氮气在这个星球上含量太少了,只能从别的星球搬运……"

如此浩大的工程,听起来像是天方夜谭。

"开始的时候,他们很积极地搬运氮气,"方弘逸看着夜空,"持续地搬运了几百年,最后发现不划算,加上本土的政治动荡和经济危机,就决定放弃。"

"都干到一半了,"何珞珈瞪大眼睛,"说放手就放手,不好吧?"

"是啊。整个星球的生态已经被破坏了,不但找不回平衡,反而进入恶性循环。战争、饥饿、瘟疫……一千年后,文明就消失了。"

难怪这一带有一种可怕的史前般的宁静。

方弘逸的目光回到了何珞珈脸上:"珞珈,你愿意这样的事情在地球上发生吗?"

"不愿意。"

何珞珈知道方弘逸要说什么,连忙抢着道:"但我也不愿意听你讲课,怪唠叨的。"

方弘逸看着她,笑了,指了指前方:"我们的出口在湖的那一边,步行的话,大概要走四个小时。"

何珞珈看着远处刀砍斧削般陡峭的山峦,脑子一阵发麻:"不能从原路返回?"

"不能。这个空间的出口被另外一个空间挡住了,想要回去,必须经过另外一个空间。"

"那……时间呢?不会一眨眼过了几十年吧?"

"这个空间的时间比较慢,那个空间的时间比较快。"见何珞珈一脸紧张,方弘逸的声音柔了柔,"放心吧,我都算过了,如果一切顺利的话,你将于地球时间的次日上午回到丽珠小区。什么也没耽误,是不是?"

"你的地盘你做主,"何珞珈站起来,拍了拍手上的尘土,"太冷了,我去找些柴火。"说罢抽出一截燃烧的木头,向四周走了一圈,抱回一些枯木扔进火堆里。

噼啪噼啪,火又熊熊燃烧起来。

方弘逸筋疲力竭地靠在石头上,半闭着眼睛。他很累,需要休息。

"哎,看我找到了什么?"何珞珈推了推方弘逸,将手伸到他面前,掌心一翻。

上面是三粒透明的小石头,蚕豆大小,在火光的照耀下,像凝结的冰块,闪闪发光。

"哎,你看,这是钻石吗?还是什么别的石头?"

"钻石。"方弘逸打了个哈欠,继续闭眼,"这里到处都是。"

"真的?"何珞珈不禁眉飞色舞,"我可以捡多少?"

"无论捡多少你都带不到家。"

何珞珈有点糊涂:"为什么呀?"

"你好像忘记问我另外一个空间里都有些什么了。"说完这话,方弘逸实在太困了,趴在地上睡着了。

第四十八章
千溏K6

借着火光,何珞珈检查了一下方弘逸的伤势。伤口附近爬满了红色的突起状纹路,微微蠕动着,像是体内的血管跑到了表皮上。他的共生体正在治疗着这些伤口,伤口以肉眼可见的速度愈合着,但凹凸不平,留下刺眼的痂痕。何珞珈想问方弘逸另外的空间里究竟有些什么,为什么带不走这些钻石,但见他睡得太沉,不忍心弄醒他。

何珞珈在火堆边坐了一会儿,轻轻晃动着掌心里这些熠熠闪光的小石头,每一颗都超过了十克拉,她没法不动心。不捡白不捡,拿回鹭城换钱,网贷可以还了,关城的借条可以撕了,她和李佳惠一家都可以立即退休了。方弘逸也说了,这是一个无人的星球,钻石与地上的沙土无异,拿走一些也不用内疚吧?

想到这里,何珞珈拾起一根点燃的树枝,向着更远的地方走去,看能不能找到更多的钻石。

五六个小时就这么过去了。

何珞珈在山腰上找到了更多更大的钻石,最大的一颗有鸡蛋那么大,小的也有乒乓球大小。她用外衣做了个简单的包袱,把钻石装得满满当当的,聚宝盆一般捧回来后,就靠在方弘逸身边睡着了。

一夜无梦。醒来时天已大亮。湖面刮着飕飕的冷风,身边的火堆仍在燃烧,方弘逸已经醒了,正往火里添柴。

何珞珈伸了个懒腰,发现身上盖着方弘逸的套头衫,质地软软的,已经烘干了。

忙将衣服扯下来还给他，方弘逸没有接："穿上吧，早上挺冷的。"

何珞珈这才想起来自己的外衣用来装钻石了，身上只剩下一件薄薄的打底衫，于是道了声谢，将套头衫穿在身上。

"在哪捡了这么多石头？"方弘逸用树枝指了指那个鼓鼓囊囊的包袱。

"山腰上。"何珞珈从里面拿出一个，放在手里掂了掂，"你看这个，至少有三百克吧？相当于多少克拉来着？"

"一千五百克拉。"方弘逸笑道，"你发财了。"

"这么多钻石够买一个岛了。"何珞珈兴奋地说。

"十个岛都够了。"

"那快走吧。"何珞珈拾起地上的鸟嘴枪，将包袱挎在肩上。此时此刻，她只想马上回到鹭城，变成亿万富翁。

"别急呀。"方弘逸将何珞珈按回地上，示意她再坐一会儿，慢吞吞地说，"那边的情况我先跟你交代一下。"

何珞珈猜到即将要去的空间可能不大安宁，所以做好了心理建设，不论艰难险阻，也要把这些钻石带回家。

"我们要去的地方叫作'千溏K6'，是个潮湿泥泞的星球。"

"有氧气吗？"

"有。羿族的星图会重点标记那些可以不用设备就能进出的空间以及门的位置。我的先人是时空旅行者，去过很多地方，见过各种生物与文明，跟他们打过交道，并留下了大量的笔记。千溏K6是个类地行星，上面生活着的土著还处于原始部落状态，非常好斗，喜欢群起而攻之。"

听到"原始"二字，何珞珈拍了拍腰上的鸟嘴枪："不怕，咱有武器。"

"鸟嘴枪的毒液对他们不管用。"

"你的箭呢？"

"箭管用，但架不住人多。"

听到这里，何珞珈嗅到了一丝危险："万一被抓了会怎么样？关起来？当奴隶？做苦工？"

"他们是一群饥饿的肉食爱好者。我想——"方弘逸支颐琢磨了几秒，"大概是会把我们烤来吃吧……"

"什么？……烤？"何珞珈惊讶地看着方弘逸,确定这不是玩笑,心跳顿时快了一倍,吼道,"早知这样,你干吗要带我来这种鬼地方？"

"没带你呀,"方弘逸一脸无辜,"是你跟着我跑进来的呀。"

"方弘逸——"何珞珈气到无语了,"你真是……"

"这些都不是重点。"方弘逸慢慢地说。

何珞珈快被他急死了,忍不住直跺脚:"你说话不要大喘气行不？"

"重点是,那个星球的重力是1.6G,也就是说地球的1.6倍。"

"我不懂。"

"你体重多少？"

"110斤。"

"一旦你走进千溑K6,就相当于立刻长胖了66斤,一共会是176斤的样子,加上这些石头嘛,算180斤好了。"

"180斤？"何珞珈的心猛地一沉,"那我们还跑得动吗？"

"勉强能跑几步,但肯定跑不快。"

"那些土著呢？"

"他们很矮,但骨骼强壮,肌肉发达,跑得飞快。"

听到这里,何珞珈顿时摇头晃脑地大叫起来:"不去了不去了,这不是活活地送死嘛！"

"不去的话,怎么回家？"方弘逸安慰地拍了拍她的肩,"这一带虽然安全,但没有东西吃,我们很快会饿死的。"

何珞珈白眼一翻,难掩心头的绝望:"与其被人家当肉串烤着吃,我宁愿饿死。"

"你还没听我说完呢。"方弘逸被何珞珈要死要活的样子弄笑了,"你会游泳,对吧？"

何珞珈点点头。

"如果在水里,重力的作用就不大了。千溑K6有很多大河湖泊,咱们要去的门在一个大湖的旁边,只用悄悄地游过去,不打扰到周围的土著就可以了。"

"那些土著不会游泳？"

"也会。"

何珞珈两眼看天:"那在水里有什么用？"

"土著的体形以矮胖居多,游起来阻力大,不如我们游得快。"

何珞珈的心里又多了一线曙光:"那行吧,咱们就游过去。"

方弘逸的目光落在她的包袱上:"走水路的话,带上这些石头,就很累赘了。"说罢伸出手,示意她交出包袱。

何珞珈将包袱摘下来,想了想,又背了回去:"不累赘,只要我能游过去,这些石头也能游过去。"

方弘逸意味深长地看着她:"珞珈……"

"丢掉这些石头我会损失几十亿的好嘛!"

"OK。"方弘逸无可奈何地叹了一声,"你先试试。太重了随时扔掉,问题不大。"

"就是嘛!请放心,我会紧紧地跟在你的身后。"

"突然间,你又乖了。"

"但是,方弘逸,"何珞珈严肃地说,"有个事我得先跟你说清楚。"

"请说。"

"如果遇到危险,扛不住了,我会撇下你,独自逃生。"

"女士,"方弘逸抱着胳膊,有点意外,"这话我没听懂,解释一下?"

"如果你死,只死掉一个。如果我死,关城也会死,我身上背着两条人命。"

"所以你不会为我而死?"

"不会。"何珞珈淡淡地说,"你也一样。咱们谁也不要把自己的命搭上去救另外一个人。"

方弘逸看着她,沉默了一下,点头:"行。"

为了确认这项约定,他们各自伸出右掌拍了一下。

"对了,我的鞋已经烘干了,路不好走,你穿上吧。"方弘逸从火堆边拾起自己的跑鞋。

何珞珈这才想起自己的鞋子被猥狲叼走了,昨晚捡钻石的时候就穿着方弘逸的跑鞋。虽然大了几号,用力抽紧鞋带还是可以走路的。

"那你呢?"何珞珈不好意思地看着方弘逸。

"我没事。"方弘逸俯下身去帮她把鞋穿上,系好,"到了那边,基本上走水路,没有鞋也不要紧。出发吧。"

如果没有方弘逸，何珞珈此生都不可能体验到1.6G的世界会是什么样子。

表面上看，千溽K6与地球并没有太大的区别，除了天空的颜色。

它的天空是橙色的，充斥着滚滚浓云和低沉的雾霭，肉眼见不到任何太阳的轮廓。在地球上，这样的天空通常只有沙漠地区才能见到，而千溽K6的气候却完全不像沙漠，反而是温暖湿润的，空气中有充足的氧分。在踏入千溽K6的一瞬间，陌生芜杂的气味涌向鼻尖，何珞珈有些无所适从，那感觉就像坐进了新车。四周是低矮的山峦和茂密的植被，都是何珞珈从没见过的树种，如花生形状的树叶、群蛇般倒垂而下的藤条、海星般四面伸展的大树，动物鸣叫更是不绝于耳。不远处有一个大湖，上面漂着黑色的水藻。风很大且方向不定，像是有自己的生命似的，撕扯流云如乱絮，追逐浪花如碎玉，水中的黑藻也跟着群魔乱舞，渐渐被浓雾吞噬。

为了避免突然增加的重力对身体造成的冲击，他们在落地的同时，身子也跟着匍匐下去，却仍然感到内脏受到强烈的挤压。何珞珈跌落的地方是一片花丛，扬起一团不知名的花粉，呛得她半天喘不过气来。

"我来帮你背吧。"方弘逸想接过何珞珈的包袱，帮她减轻负担。

"不用，我能行。"这么珍贵的钻石她可不敢交出去，方弘逸一定会找出各种借口把它们扔掉的。

他们慢慢直起身来，向前走了几步，那感觉就像两个一百八十斤的大胖子蹒跚而行，累而且腰疼。何珞珈停下来揉了揉膝盖，问道："出口在哪儿？"

"看见那个湖了？"方弘逸指了指左边，"游过去，对岸有棵大树，上面开着红花，出口就在树下。"一面说一面砍下两根树枝交给她，示意她当作拐杖行走。

地面很湿，像是刚刚下过雨，脚踩下去软绵绵的，全是稀泥。何珞珈心中估算，他们只用走过一小片树林就可以到达湖边，进了水，重力的影响就不大了。她水性不错，湖虽然很大，毕竟不是湍流，努把力游过去没问题……

两人在泥泞中跋涉了十来分钟，何珞珈肚子饿得咕咕叫，身边虽有很多植物，因为不认识不敢乱吃。正打算停下来歇息一会儿，突听啪的一响，不知道什么东西打在自己脸上。

何珞珈吓了一跳，伸手一摸，原来是一团泥，劲道不小，打在脸上火辣辣的。她抹了抹脸，正想看清是谁扔的，被方弘逸一把拉进树丛躲了起来。

何珞珈不甘心地探出头去，发现在前面不到两米的地方，居然有两个小孩。看上去两三岁,身上全是泥,像是从泥坑里钻出来的。因为颜色跟泥巴一样,难怪何珞珈和方弘逸都没有发现。

小孩子很安静,不哭不闹,一个乖乖地坐在地上玩泥巴,另一个瞪大眼睛,蹲在泥里一脸戒备地看着他们,手里还捏着一个泥团。看样子,刚才那团泥是他扔的。

视线所及之处,没有别的大人。何珞珈与方弘逸不禁面面相觑。

"这里怎么会有两个小孩子?"何珞珈压低嗓门问道,"大人呢?"

方弘逸摇摇头,表示自己也不清楚。

"谁家的妈妈这么粗心啊?"何珞珈又说,"把这么小的孩子扔在这里不管了?"

"嘘,也许妈妈就在附近。"方弘逸的语气充满警惕。

"我去周围找找看。"何珞珈想起自己每天接送何珞薇时,最担心的一件事就是她不见了,被人贩子拐进大山给人家当媳妇了,因为活动中心曾经发生过小孩失踪事件,后来虽然被警方找到,但许多家长的心中都留下了阴影。以后放学时,只要有小孩落了单,何珞珈都会注意到,会立即牵住孩子,把她交给老师。

就算是在陌生的星球,何珞珈也绝不会对走失的孩子置之不理。想到这里,她拔腿就要往外走,被方弘逸一把拉住:"我们只是过客,不要干涉别人的事情。"

何珞珈想了想,也对。这小孩手劲不小,天知道是不是幼童。也许这种个头在千溏K6就已经是成年人了呢。她仔细观察了一下,又觉得不像。从外形上说,他们除了脑袋很大、耳朵很长之外,与人类的小孩没有太大的不同。从表情和神态上看,分明是两个幼童,其中一个懵懵懂懂,很专心地在泥里刨坑;另一个似乎年纪大一些,发现了外人,不安地东张西望,害怕得发抖。见何珞珈半天不出来,他更警惕了,爬过去拉住另一个小孩往树林里拖,似乎也想躲起来。

"方弘逸,我想去看看。"何珞珈说。

"这是你的决定吗?"方弘逸问。

"对。"

"那就去吧。"他说。

他们从树后走出来,走到两个小孩面前蹲下来,何珞珈露出友好的表情,轻声问道:"小朋友,你们怎么在这里玩呀?妈妈呢?"

小孩子紧张地看着她,很显然,听不懂她在说些什么。

何珞珈做了一个怀抱婴儿哺乳的姿势:"妈妈?妈妈在哪里?"

大孩子看懂了,向着丛林的深处指去,嘴里叽里呱啦地说着一种完全听不懂的语言。

何珞珈柔声道:"别怕,我带你们去找妈妈。"

他们一人抱着一个"泥娃娃"向着孩子所指的方向走去。

小孩个头不大却十分沉重,何珞珈身上还背着一袋钻石,一边走一边累得喘气,走了两分钟就走不动了,只得把小孩放到地上牵着走。他们穿过一片长满藤蔓的树林,空气中忽然飘来一股浓郁的血腥味。走在前面的方弘逸身子忽然一顿,做了个止步的手势。

何珞珈往前一看,地上横七竖八地躺着十几具血肉模糊的尸体,有男有女。有被石头砸死的,有被长矛戳死的,有被尖锐之物刺死的……总之是一番野蛮的杀戮。这些成年土著个头矮胖,体格粗壮,身上披着兽皮和草叶,远远看去,几乎是正方形的。男子脸上涂着彩绘,女子头上装饰着羽毛,似乎仍处于早期的文明。

他们不约而同地捂住了孩子们的眼睛。

突然,大一点的小孩不顾一切地从何珞珈的手中挣扎出来,跌跌撞撞地跑到一个女子身边紧紧地抱住她,使劲地摇晃起来。

何珞珈走过去一看,那女子被一根长矛钉在地上,居然还没有死,只是呼吸轻浅,已在弥留之际。

女子努力地瞪大眼睛,看了看何珞珈,又看了看小孩子,目光中充满了不舍和乞求……

何珞珈蹲下身来,轻声说道:"放心吧,我会把你的孩子送到安全的地方。"

女子吐出最后一口气,目光随即涣散开去。

第四十九章
两个小孩

何珞珈看了看四周,不禁一筹莫展。她对这个星球一无所知,当然也不知道什么地方算是"安全的"。

把他们送回发现的地方藏起来,等族人找回来?不知道要等多久。把他们带回居住的村庄?森林这么大,不知要走多远。

看着一地的死尸,何珞珈不禁又想,也许他们的族人已经死光了呢?

"方弘逸,我们可以把这两个小孩带回地球吗?"何珞珈问道。

"不行。他们适应不了地球的环境,免疫系统也对付不了人类的病毒,有可能根本活不下去。"方弘逸说。

"那怎么办?"何珞珈抓了抓脑袋,"总不能把他俩扔在这里吧?"

方弘逸俯下身去,检查其中的一具尸体:"这些人刚死不久,如果还有剩下的族人,应该没走多远,但多半是不会回来的。"

"为什么?"

"据先人的记载,在这里生活的族裔,基本上可以分成两大类:捕食者和被捕食者。"方弘逸站起来,摘下一片叶子,擦掉了手上的血迹,"这些死者的门齿和臼齿都很发达,应该是以植物为主食的。遇到捕食者,一般都是携家带口地逃命,越跑越远。老弱病残要是跟不上,就只能听天由命了。"

何珞珈听罢,立即说:"那赶紧找一下,或许能追上他们的族人。"

"等一下。"

方弘逸在死者身上找到了一个青藤编织的袋子,里面装着很多红色的果子,乒乒球大小。他将果子递到小孩面前，大一点的孩子立即抓住果子塞进嘴里大嚼起来。

两人饥肠辘辘，将袋中水果拿出一半四人分吃，红果酸甜多汁，味道有点像梨子与苹果的结合体，何珞珈一连吃了七八个，才对付个半饱，还想多吃，方弘逸却将袋子一收，打了个活结，拴在她的腰下。这让她意识到找到小孩的族人可能不是一天两天的事，至少方弘逸是这么估计的，心中不禁有些沉重。这些果子将是他们唯一的食物。

一番仔细地观察后，他们发现地上有一条被踩踏过的足迹，向着森林深处蜿蜒而去，于是带着孩子追了过去。

因为重力的原因，他们根本跑不快，甚至都跟不上身边的两个小孩。泥泞里有很多尖锐的树枝和石块，何珞珈还有鞋子，方弘逸则完全赤足，加上之前走过山路，他的双脚已是伤痕累累。就这么跑了快一个小时，何珞珈累到虚脱，还是不见一个人影。地上的足迹仍在，说明他们没有跑偏。

两人口干舌燥，决定停下来休息一下，一起分吃了几个果子解渴。何珞珈踮脚一看，发现他们已在森林的深处，远处的大湖已经消失了。她的心咯噔一沉，惊道："哎呀，我们不会迷路了吧？"

"没有。"方弘逸淡定地说，"在重力影响下，我们其实没走多远。我记得路，能找回去。"

歇息了七八分钟，正要继续上路，忽听不远处有根树枝啪的一响。

四人立即伏下身去，小孩的脸上露出惊恐的目光，身子吓得直抖，何珞珈只得紧紧地抱住他。

从树的缝隙中看去，前面二十多米的地方出现了一群两足动物。他们的外形和五官看上去和那些死者有些相似，但个头更高，身体更壮，皮肤白得近乎透明，全身上下看不到什么毛发。最突出的特征是头颅的后侧长着一根长长的大象鼻子一样的器官，辫子般垂在脑后，直到脚跟。那"辫子"灵活异常，力大无穷，有时像只手杖支撑在地，有时前后甩动，拔掉挡在面前的树枝，有时卷着一捆行李状的东西背在身后……

他们的身上只有一些简单的兽皮，手上握着木棍、石锤或者长矛等最简单的武器。

最令何珞珈感到意外的是这些人的肌肤可以变色！在松弛的状态下是无色透明的，一旦遇到危险，立即变色并与周围的景物混合在一起，令人无从分辨。

何珞珈数了数，来人共有二三十之多，感觉像是一个排。她看了一眼身边的方弘逸，发现他手上彤弓已现，正悄悄地对准走在最前面的一个变色人。

"珞珈，"方弘逸忽然问道，"你能变形吗？"

何珞珈摇了摇头，将他的手往下一按："别打草惊蛇，让他们通过。也许人家没有发现我们呢？"

"已经发现了。"

何珞珈这才意识到，这群人分明就是朝着他们的方向走过来的。而且越是靠近他们的人，身体都在瞬间变成了黑绿相间的迷彩色。

眼看着他们越走越近，方弘逸忽然站起身来九箭齐发，只听嗖嗖嗖数声，离他们最近的五个人倒下了，另外四个也全部中箭，但因树木遮挡，没被射中要害。

下一秒，无数长矛、石块向他们飞过来。

两人牵着孩子拔足狂奔，往树木最密集的地方跑去。方弘逸边跑边道："千万不要肉搏，我们打不过他们。"

无数的石头从何珞珈耳旁呼啸而过。按理说，在超强重力的影响下，投掷而出的抛物线不可能太远，就连彤弓的射程都要大打折扣，但变色人力大无比，石块砸过来，力道强劲，呼呼带风。很快，何珞珈的后背就中了一记。她吃痛踉跄了几步，摔倒在地。手里本来一直牵着年纪较大的那个小孩，摔下来时，只得放手。小孩受到惊吓，撒腿向前跑去，方弘逸从地上拉起何珞珈，见小孩跑向远处一个隐蔽的山洞，知道本地人对地形更加熟悉，示意她带着孩子跟过去躲避，他留下来断后。交代完毕后，他开始全力射击，阻挡那群正向着他们飞扑过来的变色人。

何珞珈带着年纪较小的孩子向前跑了十几步，忽听身后一声尖叫，她立即回头，一个变色人不知何时已经赶到了，因为隐形才没被发现。

他是从树上跳下来的，奇怪的辫子像个猴子尾巴将他吊在半空中。他脚未落地，一只手伸出来抓住小孩，猛地一扯，何珞珈只觉一股大力袭来，左臂一阵剧痛，差点儿生生被他拽断。但她咬牙就是不松手，情急中，抽起包袱向那人狠狠砸去，一时间钻石纷飞，差点儿闪瞎了她的眼睛。

正在这时，一大团鲜红的液体迎面喷了过来，浇了她一头一脸！

何珞珈蒙了，连忙抹了抹眼睛，还没看清楚发生了什么事，一物砰地向她砸来。她下意识地扭身躲避，根本来不及，那物重重地砸在她头上，将她砸倒在地，砸得她鼻血乱流，眼冒金星。直到这时，她才看清楚向她扔过来的是小孩的上半身，变色人已将小孩活生生地撕成两截。

何珞珈此生从未见过如此血腥的场面，一时间又恨又怒，气得浑身发抖，也顾不上害怕，眼看着变色人向她扑来，下意识地掏出鸟嘴枪对着他连续射击！

她知道鸟嘴枪的毒液对他们无用，只求能起到震慑的效果。果然，变色人看见眼前突然飘起了几个巨大的"肥皂泡"，怔了一下，不知何物，吓得转身就跑。何珞珈连忙起身，顾不上两腿发软，一路咬牙狂奔到山洞中躲藏起来。

那是一个很小的洞穴，被杂树掩盖，不易发现。年纪大一些的小孩正缩在洞中一角，瑟瑟发抖。见她的身后并没有跟着另一个小孩，不禁东张西望，露出询问之态。何珞珈也不知如何解释，怕他惊慌尖叫，忙解开腰间的藤袋，掏出两个果子递给他，示意他保持安静。

外面传来嘈杂的打斗声，有石块的碰撞声、怪物的惨叫声、木叶的窸窣声、长矛和箭的呼啸声……何珞珈的头皮一阵一阵地发麻，她不知道自己受了什么伤，只觉得脸很痛，背很痛，那只被变色人拉过的手臂痛到不听使唤。回想刚才那番恐怖的经历，只觉毛发倒竖，肠胃翻滚，于是趴在地上狂呕起来……秽物和血水混在一起，何珞珈努力想保持清醒，太阳穴却像被针扎了似的，一阵一阵地抽痛，视线渐渐开始模糊，她终于晕了过去。

也不知过了多久，何珞珈听见有人在洞外轻声叫道："珞珈，珞珈？"

何珞珈想答应，但面部肿痛，半天发不出声音。有人快步走进洞中，将她从呕吐的余沥中扶起来，换了一块干净的地面，脱下她的套头衫垫在地上，让她平躺下来。

大概是被眼前的场景吓到了，方弘逸深吸一口气，怔了半天，不禁轻呼："天啊，你浑身是血。"

不知是焦急还是紧张，方弘逸的声音微微发抖："哪里痛？伤口在哪？珞珈，看着我，告诉我！"那表情就好像是她快要死了。

何珞珈喉咙肿得厉害，脑子也不大清醒，只能无声地躺着，默默地看着他。

怕自己的样子引来恐慌，方弘逸很快镇定下来，小心翼翼地脱掉了何珞珈身上的打底衫，又解开了文胸，手指在她全身的肌肤上仔细地摸索，寻找出血之处。神情专注得忘记了男女之别,好像在做外科手术。何珞珈诧异地凝视着方弘逸,不禁心想,他们以前一定在一起过,甚至有过肌肤的接触,不然不会这样自然大方。她什么也没说,更没有拦着,只是舔了舔干燥的嘴唇。

陌生的星球,生死的关头,这些都不重要了。

方弘逸脱掉T恤,轻轻地帮何珞珈擦了擦胸前的血污,发现那里并没有大的伤口,不禁紧皱双眉,不知道血是从哪里流出来的。他想帮她翻个身,检查后背,手刚碰到左臂,何珞珈痛得倒抽一口凉气。方弘逸立即住手,沿着手臂仔细摸索了一遍后说:"肩关节脱臼了。忍着点儿,我帮你复位。"说罢一手按住何珞珈的腋下,拇指紧扣肩胛,另一只手抬起她的左臂微微旋转,突然猛一使力,只听关节一声闷响,顺利复位。

何珞珈的疼痛减轻了一些,任凭方弘逸将自己的身子翻了过去。他终于找到一处大的伤口,沉默片刻,似在思考对策,过了一会儿才说:"你被石头砸到了肋骨,背部的伤比较严重,可能会有骨裂或是骨折。其他的地方除了头部没有明显的伤口,但这些血……"

"这不是我的血。"何珞珈哽咽着道,"是……那个小孩子的……"

她说不下去了,忍不住失声哭泣。

"我在路上看到了。"方弘逸叹了一声。

"是我没保护好他,我不该带他们走。"何珞珈泪如雨下,"如果他们还躲在原地就不会碰到这些人……"

"嘘,别这么说,不是你的错。"方弘逸轻轻握着她的手,柔声地安慰,"这群人就是从那条路上过来的呀。有的从地上走,有的从树上走,他们嗅觉灵敏、反应超群,他们是不会错过这两个小孩的。现在,我们至少还保住了一个,不是吗?"一面说一面将地上的衣服一件一件地替她穿了回去。

"你是怎么回来的?"何珞珈问道,"那些怪人已经走了?"

"嗯,被我射死了一大半,剩下的撤退了,大概去喊救兵了。"说罢检查了一下小孩的伤势,发现他完好无损,给了他几颗红果,"他们没走多远,肯定还会过来的。"

"这里不能久留,咱们还是快走吧。"何珞珈咬了咬牙,不知哪来的力气,一屁股坐了起来。紧接着,一道剧痛从后背传来,半个身子都跟火炙了一般,她承受不住,一下子歪倒下去。

一双有力的胳膊围住了她，方弘逸低声道："差点儿忘了，你的手指上还有我的一点水息呢。"

方弘逸点了点何珞珈的食指和中指，几滴透明的液体从指尖渗了出来，迅速流到他的指腹，他开心地笑道："虽然量少了一点，暂时止血止痛、修复破碎的骨骼还是没问题的。"

何珞珈立即说："请先保住我的鼻子。"她脸上火辣辣的，感觉鼻梁已断。

"背后的伤更重，鼻子以后再说？"

"不行，鼻子第一。"

方弘逸笑了笑，不予理睬，将水息悉数涂在何珞珈后背的伤口上："这里不治，你根本不能好好走路。"

将最后几颗红果分吃之后，他们带着孩子继续上路。

又走了约莫两个小时，前面传来喁喁的人声。开始两人还不相信，以为又遇到了变色人，不敢轻易接近，于是轻手轻脚地绕过一道山谷，眼前豁然一亮，出现了一道平原。一大群人正向着北方走去，黑压压的，有两三百人之多。小孩面露喜色，手指前方又蹦又跳，叽里哇啦地说着什么。

看长相看服饰，那群人与小孩的族人十分相似。生怕语言不通发生冲突，方弘逸让何珞珈在一旁等候，独自带着小孩走进人群，过了片刻，扛着一个藤袋走了回来。

何珞珈问道："办妥了？"

方弘逸点点头："那个小孩认得里面的头人，头人送给我们一袋果子。"

打开袋子一看，里面红红绿绿，除了先前吃过的果子，还有其他的水果，两人也不敢乱吃，只将红果挑出来饱餐了一顿。

"弘逸，我们不会把变色人引到这里来吧？"何珞珈担心地问道。

"人多的话，应该不怕。"方弘逸想了想，又说，"你说得对，咱们还是快走吧，一来可以引开敌人，二来可以快点回家。"他将袋子收拾了一下，别在腰后，看了看天色，"最好能在天黑前赶回鹭城。"

何珞珈明白方弘逸的意思，对射箭的人来说，当然是天越亮越能看清目标。而那些变色人到了夜晚，可以说是完全看不见了。她在心中默默地请求上苍，最好再也不要遇到他们。

第五十章
致命奔跑

如果有台摄像机的话,在1.6G的重力下,他们走路的样子一定像慢动作片那样古怪。

为了避开变色人,方弘逸换了一条道往回走,何珞珈的心却因为丢失了一袋钻石而懊悔,原路回去的话,好歹还能捡些回来。但她不好意思提,怕方弘逸说她贪财不要命。就算真的捡回去了也怕被关城发现,他一定会更加猛烈地嘲笑自己。

唉,金钱观这种东西,一时半会真是改不过来啊。

现在,她只想以最快速度回到丽珠小区。

森林里处处可见手臂粗细的藤蔓,从一棵爬到另一棵,麻绳般扭结在树干上,在空中形成一张巨网。无数的小花开在其中,色彩斑斓,荧光闪闪。一群金色的小虫子一直追着他们叮咬,伤口处又疼又痒,惹得何珞珈不停地抓挠。全身上下只要裸露在外的肌肤,特别是头皮上,都已长满了硬邦邦的小疙瘩。泥土中有种吸血的带齿蚯蚓,会突然跳出来吸附到脚踝上、小腿上,每走一段时间就得停下来,将它们一一拔除,留下一排红肿的牙印。

他们沿着一条小溪往回走,有时要穿过密集的灌木和陡峭的深壑,也没有所谓的"路",全靠方弘逸拿着刀在前面开道,何珞珈紧紧跟着他。为了在天黑前赶回去,一路上他们几乎没有停下来休息。

走了两个多小时,终于又看见了那个大湖,何珞珈的心这才放了下来。

两人商量了一下,决定沿湖而行,不走水路。虽然游泳可以避免重力的干扰,但人在水中无法射箭,万一变色人追上来,应付起来会很被动的。

走了这么久,他们都有些筋疲力竭,累到随时倒地就能睡着。幸运的是,回来的路上他们只遇到过一些胆小笨重的爬行动物,并没有遇到变色人。

"方弘逸,"何珞珈放慢脚步,随口问道,"还记得昨天你在浴室里洗澡时,听的那张老唱片吗?"

说罢轻轻哼道:"I am sailing, I am sailing. Home again, across the sea……"

方弘逸点点头。

"这首歌珞薇也会唱。"何珞珈避开一只在脚边奔跑的小兽,"是不是很巧?"

"我不认识珞薇,以前也没听你提到过这个人。"方弘逸伸手从旁边的树上摘下几个红色的果子,用衣服擦了擦,递给她,"但那张唱片,是你送给我的。"

"不会吧,"何珞珈吃了一惊,"这首歌我从没听过。"

"我们第一次见面是在我哥的公司里。很巧的是,下班后我们又见面了,是在公司对面的一家小店,名叫'回声唱片'。还记得吗?"

何珞珈茫然摇头。

"那个店专卖二手黑胶唱片,我经常去逛。"方弘逸慢慢说道,"我喜欢罗德·戴维·史都华,你说你也喜欢,手上正好有一张1978年的限量版蓝胶唱片,是英国皇家方舟号航空母舰为了纪念史都华特地制作给全体船员的。我很好奇,你第二天就借给我了,上面就是这首 *SAILING*。我们的友谊……就是从那张唱片开始的。"

何珞珈不禁笑道:"太奇怪了,我怎么会喜欢史都华?"

方弘逸耸耸肩:"何止喜欢,你还能弹一手好吉他,史都华的歌你基本上都会弹。"

何珞珈看了看自己的手指,完全没料到它们居然这样多才多艺:"那你呢,会不会弹吉他?"

"当然会啦。我看你弹得不错,就请你到我家去玩。我们全家都喜欢音乐:大哥打鼓,二哥弹贝斯,三哥弹电子琴,紫苏姐独唱,只要聚在一起就是一支电声乐队。"

何珞珈一怔:"你还有二哥和三哥?"

"对。"

"他们不住在清东街?"

"住。"

"怎么没听你说过？"

方弘逸顿了一下，嗓音有点发涩："他们已经去世了。"

何珞珈怔了怔，推测道："是……西陵山事件？"

方弘逸点点头，眼睛看向别处。

何珞珈记得方弘璧说过，清东街11号去世过"好几位"方先生……原来，指的是他们。

一个念头一闪而过，何珞珈的脸开始发烫："是……我杀的？"

"不是。"方弘逸说，"是关绪。"

何珞珈感到很压抑，抬头看着橙色的天空和无尽的雾霾，深深地叹了一口气。

"珞珈，"方弘逸忽然停步，转身站在她面前，凝视着她的脸，说，"你我各有阵营，西陵山之战是无法避免的。我们和瑟族的恩怨在离开缪星系之前就已经很深很深了。到达地球后，两边为了抢夺孀子，又互相杀戮了几千年……"

"听说，大风族是在你们的手上灭绝的？九婴家也差不多被你们射光了？"

"是的。"方弘逸苦笑了一声，"而此时此刻，你我居然走在一起，居然没有打起来，奇怪不？"

"不奇怪。"

"嗯？"

"这些新仇旧恨，总得有个结束的时候，或许这个任务就在你我的肩上。"

"不，珞珈。"方弘逸深深地看着她，目光温柔平静，无一丝狡狯，好像一只沙漠中的骆驼，"这个任务只在你一个人的肩上。"

"……"

"你会做出正确的选择。"方弘逸真挚地说，"我相信你。"

"相信？你为什么相信？"何珞珈忍不住嘲讽，"当年我为了接近你，一定做过很多功课。知道你喜欢史都华，送你限量版唱片。为了打入你家乐队，还学会了弹吉他。这一切都是假装的。"

"也不尽然。"方弘逸不介意地笑了，"你很享受那段时光，和我们相处得也很开心，我不觉得你在假装。你有另外一面，也许你自己不知道，或者是，不愿意承认，但它也是真实的。"

话题太过沉重，加上一路的疲惫，何珞珈感到胸闷气短，她只想一屁股坐下来，好好睡一觉,但出口就在前面,她不想耽误时间,于是默默地靠在一棵树上发起呆来。

"嗨,珞珈,"方弘逸打了一个响指,将她的注意力引过来,"羿族有种东西很特别,想不想知道?"

何珞珈瞄了他一眼:"是什么?"

方弘逸把右手伸到她的耳边,拇指摩挲着食指和中指,发出细微的响声:"你听——"

何珞珈倾耳听了一会儿,不解:"怎么啦?这有什么奇怪?"

"你再听听你自己的手指。"方弘逸眨眨眼。

何珞珈如法炮制,用自己的拇指来回摩擦着食指和中指,放到耳边一听,立即听出了区别:"咦,好奇怪啊。为什么声音会那么不一样?"

她指尖的声音是沙沙沙的,好像蚕吃桑叶,方弘逸的则是嚓嚓嚓的,好像砂纸在打磨镜片。

"因为我们的皮肤构造不同,摩擦力不一样。"

"凭这个可以识别羿族吗?"

"差不多可以。当然啦,一些手艺人的指间也可能会有这样的声音。"方弘逸又用指尖在她耳边摩挲,这一次是左手右手一起上,"你再听听。好玩不?"

感觉就像是有人在她的耳边飞快地数着钞票。

何珞珈哭笑不得地看着方弘逸:"老弟,你也太无聊了吧。我看……"

话未说完,方弘逸忽然低声道:"趴下!"

何珞珈二话不说,趴倒在地。隔着树缝,她看见远处走过来一群变色人,有高有矮,二三十人。身上湿淋淋的,似乎是从湖里游过来的。

很显然,他们是有备而来,脚步很轻。林子里充满了各式各样的爬行动物,体积庞大,步履蹒跚,弄出很多的响声。何珞珈虽然开始十分警惕,但也渐渐地就习惯了。加上一直和方弘逸说话,因此没有发现。

他们躲在一棵粗矮的树下,以为隐藏得很好,因为变色人径直往前走,根本没有朝他们这边看。

何珞珈悄悄松了一口气,正暗自庆幸,哪知就在下一秒,那群人已经向着他们冲了过来!方弘逸拉起她掉头就跑,一边跑一边回头射箭。

但这次,变色人居然齐刷刷地从背后举起了一块芭蕉叶般大小的树叶,当作盾牌,挡在面前。

何珞珈暗叫一声"不好!"

这种蕉叶状植物在千溏K6满地都是,叶面坚韧肥厚,上有皮革状纹路,何珞珈一度考虑过把它们割下来包在方弘逸的脚上当作鞋子,只因为无绳捆扎,这才作罢。

两人一径向着东边的林地跑去,他们刚从那边走过来,知道那有不少巨石沟壑,容易躲藏,射击也比较方便。然而他们用尽了力气也跑不快,而那些变色人双腿粗壮,奔跑如风,似乎完全不受重力的影响。

眼看着他们越跑越近,何珞珈急得不知如何是好,转眼间,那群人忽然变色,很快就在丛林间散开了。何珞珈努力睁大眼睛,想落实变色人的位置,居然一个也没找到!四周传来他们在树间移动的声音和粗重的呼吸声。

他们在用一种类似鹦鹉叫声的语言进行交谈,音节尖锐短促,极易识别。

"珞珈,这边!"方弘逸将她拉到一块大石之后蹲下身来,刚要引弓瞄准,空中忽然嗦的一声,一道长矛从天而落,两人下意识地往旁边一躲,那矛直接从何珞珈头顶上方削过,狠狠地插入土中。

何珞珈抬头一看,正前方出现了一个高大的变色人,脸上涂着五彩花纹,右手持矛,左手托着一只黄色的小兽。那东西看上去跟蜥蜴没什么两样,三角形的脑袋,喉部鼓出一只粉红色的食囊,头高高昂起,一副顾盼自雄的样子。

何珞珈的心猛地一跳,她碰了碰方弘逸的胳膊:"哎,看见那只蜥蜴了吗?"

"看见了。"

"我有一种不祥的感觉。"何珞珈觉得那是个巫师,有可能会巫术。

话音未落,只听嗖的一声,蜥蜴中箭落地,四脚朝天地死掉了。

"现在感觉好些了?"方弘逸一边飞速射击,一边笑着说。

没想到他动作那么快,何珞珈不禁目瞪口呆。眼角的余光扫到花脸大汉,只见他将地上的蜥蜴拾起来,用草绳一系,拴在颈间,冲着他们呜里哇啦地不知说了些什么,谁也读不懂他脸上的表情。

一群变色人忽然现身,向着他的方向集结。

"小心!"方弘逸拉着何珞珈就地打了一个滚儿,勉强避开铺天盖地砸过来的石块,猫腰穿过一排灌木,拿出吃奶的力气向着出口的方向跑去。

他们都受了伤。血从方弘逸的头顶上滴下来,沿着眉毛流到脸颊上。何珞珈的肩膀和脚各被石块砸了一下,很痛,根本顾不上。

何珞珈不知道自己是怎么被花脸大汉追上的,只知道以那群人的速度她被追上是早晚的事。等她意识到花脸大汉就在自己身边时已经晚了。她被大汉伸过来的长矛绊了一下,被他顺势一把抓住。何珞珈猛力一挣,右手拿着鸟嘴枪向他连连射击。

花脸大汉早已经看出那东西除了能射出一团"肥皂泡"之外,别无所用,沾到身上也不会致命,对它的敬畏已化为乌有。他抢身上前,挥舞着脑后的"辫子"将何珞珈掳在怀中,发出一声得意的呼啸。

大汉身上有股腐臭的气息,何珞珈只觉一团阴影从眼前扫过,她抽出小刀往大汉脸上猛地一扎,正中他的左眼。大汉吃痛惨号,却仍不放手。

"珞珈,低头!"

空中突然飞来一把石斧,何珞珈忙将脖子一缩,那斧头从花脸大汉额前削过,生生削去了他半个脑袋。大汉颓然倒地,手和"辫子"依然死死地抓着何珞珈。他们正好站在一个下坡,两人一起滚进沟壑。与此同时,几个石块从天而降,何珞珈无处躲避,头和腿各被重重地砸了一记,耳朵一阵尖锐的耳鸣,她听见了骨头碎裂的声音。

何珞珈晕乎了半天才确定自己还活着,连忙咬牙站起来,踩着花脸大汉的身子往外爬,右腿剧痛难当,根本无法使力。

"珞珈,把手给我!"方弘逸冲过来将她从坑里拖出来,见她满脸是血,惊道,"还能走吗?"

在重力是1.6G的星球上,英雄主义这种事是不能乱来的。比如说现在的方弘逸,就绝对背不动何珞珈,就算背上了,也跑不动,更不用说射击了。如果何珞珈不能走,他们只有死路一条。

何珞珈当然明白这一点,她擦了擦脸上的土说:"能!"于是拖着右腿,一跛一跛地跟着方弘逸往前跑。

何珞珈感到右腿一阵发麻,渐渐地失去了知觉。方弘逸意识到她的步子慢了下来,忙将她的手臂搭在自己肩上,半拖半抱地拽着她往前走。没跑几步,又不得不放开她,腾出双手,引弓射击。

何珞珈这才意识到,追上来的变色人与刚才相比,已经少了一半。但剩下的都是高大勇武之辈,喜欢群起而攻之,加上手中有"蕉叶"遮挡,方弘逸的箭已失去了优势。

何珞珈越走越慢,变色人与他们的距离也越来越近。

忽然,何珞珈右腿一软,趔趄几步,摇摇欲坠。方弘逸连忙拉住她,就在这当儿,一支长矛不知从何处飞来,直直扎入方弘逸左肩,从锁骨内穿出。

他们同时倒了下去。方弘逸的血喷了何珞珈一脸。

一个变色人已经追到面前,脑后"长辫"一甩,向方弘逸袭来。

那两米的长矛仍扎在方弘逸身上,他咬牙一抽,左肩之处顿时多了一个血洞,鲜血狂涌而出,身子向后退了几步。

变色人闻到了血气,脸兴奋得发红,一声尖啸,挥舞着石斧向他扑去。

何珞珈急得眼珠子都红了,灵机一动,从树上扯过一根粗藤往腰间一缠,借着身体的重量,向变色人身上撞去。没等那人反应过来,粗藤已经绕在了他的身上,一圈又一圈,那人根本挣脱不开,被方弘逸一箭爆头。

刚喘了一口气,三个变色人从左边的树上跳下来,人还在空中,方弘逸三箭齐发,将他们全部射毙。

变色人似乎被这凌厉的箭法吓到了,纷纷放慢了脚步。

何珞珈和方弘逸互相扶持着继续往前跑。

他们在湖边找到一块大石隐蔽起来,很快发现变色人又追了上来。

何珞珈的右腿已无力站起,方弘逸紧紧地握住她的手,指着前方,轻声说道:"看见那棵树没?出口就在下面,离我们一百米左右。"

何珞珈眯起眼睛向着方弘逸手指的方向看去,喘着粗气说:"我恐怕跑不动了。"

"你可以游过去,我在这里掩护你。"

"不!"何珞珈坚定地摇头,"你我之间,只有你更有可能逃出去。快跑,我留在这里引开他们。"

方弘逸的左肩还在汩汩地往外冒血,但伤口已被共生体缠绕了起来。一个变色人从湖里跳出来,方弘逸眼疾手快,一箭将其射倒。

"咱们不是说好了嘛,如果遇到危险,扛不住了,就各自逃生?何况你的身上还有两条人命?"方弘逸说。

"……"

"再说你怎么知道我逃不掉?我会射箭,肯定是我来断后啊。"

"方弘逸,要走一起走!不走就一起死!"何珞珈吼道,"咱们谁也别装英雄!"

"这跟英雄没关系,我要的是赠子。如果你死了,赠子就永远找不回来了。"方弘逸固执地说。

"赠子?死到临头了你还在想赠子?"何珞珈骂道,"你是不是蠢?"

她感到一阵心酸,仿佛心中最珍贵的东西被打碎了。

"没错。为了赠子,我不能让你死在这里。"

方弘逸一边说一边对着那棵开着红花的大树射了一箭。那支箭带着一根细长的绳索飞了出去,牢牢地钉在树干上。何珞珈不明白他身上怎么会有一根那么长的绳索,正猜测那东西是不是他的共生体,方弘逸忽然把绳索的一端缠在她的手腕上,将她往水里一推,叮嘱道:"拉住绳子往前游,上了岸就是出口。"

何珞珈不愿意,拼命地划水往回爬,刚爬上岸边,被方弘逸一脚蹬开。

"何珞珈,我射过你九箭,你要是再耽误时间往上爬,"方弘逸冷冷地道,"信不信我就一箭把你射死在这里?"

何珞珈狠狠地看着方弘逸,猛一咬牙,潜入水中,拉着绳索,奋力向着对岸游去。

无数的长矛、石块向她袭去,她以为此命休矣,但抛物线很短,她游得很快,全都避开了。

何珞珈听见身后有人扑通扑通地跳进水中,她听见划水的声音,但她没有回头。因为她听到更多的是嗖嗖的箭声,以及变色人中箭的惨叫声。

何珞珈很快就游到了对岸,那棵树上果然开满了红花。她也看见了一道门,门的背后有浅浅的蓝光。但她没有料到树下是一道斜坡,她想站起来看看方弘逸是不是还活着,因为箭声不知何时已经停止了,但她的腿猛地抽搐了一下,人没站稳,摔倒在地,从山坡上往下滚去。

何珞珈的手在湿软的泥泞中划拉着,指甲劈了,脸划破了,她不停地往下滚,往下滚,整个世界似乎都跟着她一起滚动……

滚过泥浆,滚过碎石,滚过断裂的枝条、惊慌的小兽,何珞珈想停住却根本停不下来。毕竟,那是1.6G的星球啊,加速度也不一样吧。

何珞珈眼睁睁地看着自己从闪着蓝光的小门滚了出去,一直滚到……大街上。

第五十一章
见死不救

何珞珈一睁眼,就看见了十个字:"垃圾分一分,环境美十分。"

字的下面有四个半人高的大垃圾桶,蓝、红、绿、黑四种颜色。她就倒在这排垃圾桶后面,浑身是泥。她的左手边,是一个农贸市场,地摊在入口处前五米处就摆开了,满地的蔬菜瓜果、鱼虾螃蟹,其中许多都是自家地里或池塘新鲜采摘、捕获的时令食材。那些农人小贩衣衫朴素,一身泥土,不细看倒与何珞珈也没什么两样。

街很大,车很多,路上行人匆匆,谁也没认真注意到她。

何珞珈浑身痛得厉害,双手撑地,咬牙坐起身来。忽听吱的一声,一辆自行车停在她面前,一条腿伸出来支着地,上面的皮鞋脏兮兮的,一个清脆的声音问道:"哎,你没事吧?"

来者是位四十多岁的大婶,有一口浓重的东北口音,穿着件大花夹克,胖胖的脸上一半是汗一半是油。她一手扶着车把,一手拎着个网兜,里面装着一条鱼和一大把韭菜,那鱼大概是刚刚杀过,还在不断地往下滴着血水。

因为刚刚游过水,何珞珈浑身湿透了,身上的血也被水冲洗掉了。但她在地上坐了一会儿,伤口又开始往外冒血,从头顶一直流到脸上,大婶看见,吓得从车上跳下来,惊道:"哎呀妈呀,这是咋了?被车撞了?要打120不?"

说罢掏出手机就要拨号,何珞珈忙说:"大婶大婶,我没事,不用打120。请问,这是……哪里啊?"

"还说没事呢,孩子啊,我看你脑子都不清醒了。这是白鹤大道呀,你看那边,不就是白鹤楼吗?再走两站路就到了。"说罢热心快肠地从车筐里拿出一瓶矿泉水递给何珞珈,"喝口水吧。"

"谢谢。"何珞珈正口渴难耐,拧开瓶盖咕嘟咕嘟地往喉咙里灌。

白鹤楼是鹭城最有名的地标,坐落在鹭昌区鹭江边上,何珞珈立即明白了自己身在何处,抹了抹嘴说:"大婶,能借您的手机用一下吗?我想给我的朋友打个电话。"

大婶二话不说,把手机递给她。何珞珈立即拨了沈伊湄的号码,那边很快就接通了:"哪位?"

"伊湄,我是珞珈。"

"珞珈?"沈伊湄讶然道,"你怎么是这个号码呀?"

去清东街取血时,为了减轻装备,也担心在打斗中丢失,何珞珈没带手机,手机一直放在关城的汽车里。离开丽珠小区后,她倒是跟沈伊湄联络过几次,一来是告诉她自己没事,暂住在楚田公馆帮关城治疗,可能要过几天才回来;二来是托她代为照顾何珞薇。至于后来为了救方弘逸与关城大打出手,逃向另外的空间,在千溏K6差点儿丢命这些事,沈伊湄都不知道。

"我的手机和钱包都没在身上。"何珞珈说,"我有急事要去清东街,你能帮我叫辆车吗?"

"没问题,你在哪里?"

"白鹤大道——"何珞珈看了一眼农贸市场的门牌号,"79号。"

大婶在一旁插口道:"这地方可不好叫车。"

果然,沈伊湄连开两个打车软件都没叫上车,她忽然灵机一动说:"珞珈,稍等一下,我去问问石光泰有没有办法。他在平安街那边有一家店面,离那里很近。如果在的话,我让他带你过去。"

不到十分钟,一辆灰色的小面包停在何珞珈面前,上面印着"麦糖小屋"的字样。何珞珈向大婶道了谢,石光泰下车把她扶到副驾座上,嘴里嚼着口香糖,痞里痞气地打量着她,见她冻得浑身发抖,拧开暖气,又递给她一包湿纸巾:"何珞珈,咋回事啊,这是?昨晚轰趴了?喝高了?被车撞了?"

印象中石光泰一直剃着平头,但这一次,他的头发长长了许多,身上的匪气也少了许多。上身白T恤、下身工装裤,胸前戴着一条麻花纹的泰银项链,方形吊坠上刻着一个神态威武、手执青龙偃月刀的关公。

何珞珈想不通石光泰为什么会猜自己轰趴,拉开遮阳板上的镜子一看,才发现自己嘴唇因为给方弘逸做过人工呼吸,还是那个莹光闪闪的琉璃蓝色,看上去像个未来战士。她窘得用湿纸巾使劲地擦,可怎么也擦不掉,只得含糊地应了一声,转移话题:"我没事。光泰,你这有干净的衣服吗?"

"有几套店里的制服,不嫌弃的话就换上吧。"石光泰扭头对着后座说,"关棠,帮她找套衣服,在那个黄色的盒子里。"

后座居然有人?何珞珈吃了一惊,回头一看,可不,后座上规规矩矩地坐着关棠。关棠依旧梳着个丸子头,穿一件粉色的条纹上衣,系一条深蓝色的围裙,正当中绣着"麦糖小屋"四个小字。看得出她在陌生的环境中十分局促,对周围人也不敢过分信任,双手紧紧地抓着安全带,一双眸子不安地闪动着,目光不知道该放在哪里才好。

何珞珈虽然和关棠在基地里打过几次交道,为了逃跑组成过"互助小组",但她们的关系算不上亲近。关棠为人冷淡,自尊心强,对人间之事所知甚少,何珞珈跟她聊不起来。因关棠从未离开过基地,何珞珈劝她不要贸然行事,但她根本不听,也不计后果,当惯姐姐的何珞珈没有办法,也不能看着她流落街头,只好给了她沈伊湄的联络方式,好让她出去之后,暂时有个落脚之地。

"嗨!"何珞珈微笑地打了个招呼,想问她一路是否顺利,后山的怪兽有没有为难她,但因为有石光泰在场,不好多问。

关棠也不多说,安静地点了个头,找出衣服递给她。

何珞珈将方弘逸给她的套头衫脱下来,塞进袋子里,问石光泰:"关棠……在你这儿上班?"

"对啊。伊湄说她是你的好朋友,想找份工作,问我店里有没有空缺,正好平安街分店缺人。这不,今天第一天,我正好要进货,缺个帮手,就让她跟我一起来了……"

何珞珈一阵哑然,没想到自己不在沈伊湄身边的这些天,她跟石光泰的关系似乎突飞猛进了。

"我到路边停一下,你换到后座去换衣服?"石光泰建议道。

"不用不用。"何珞珈生怕耽误时间,但说话间,车已经停了,她只得下来挪到后座。一边换衣服一边说道:"光泰,谢谢你帮我。"

"客气啥,伊湄求我,能不答应吗?"石光泰悠然一笑,言语之中,很有些得意。

何珞珈用光了一整包湿纸巾,才把头上和脸上的血擦干净。她想遮住嘴唇的颜色,问关棠有没有口红,关棠说随身包里只有一管润唇膏,沈伊湄倒是给过她两支口红,但都放在家里了。何珞珈于是又想起一件事:"对了,你住哪儿?"

"石总给我安排了员工宿舍。"关棠轻声说,"是个单间,很干净。"

石光泰抢着说:"面积不大,难得的是离车站近,下车走几步就到店里了,很安全的。"

"太好了。"何珞珈说,"光泰哥,谢谢你这么关照她。"

"必须的。"石光泰双手按着方向盘,食指跟着车里的音乐打着节拍,乐呵呵地说,"你真的不需要去一下医院?"

"不需要,放心吧。"何珞珈胡乱地说,她担心方弘逸的安危,忧心如焚,"劳驾你开快点儿。"

到了清东街,何珞珈说有事要办,自己会想办法回家,让石光泰先走。怕何珞珈没钱打车,石光泰硬塞给她五百块钱以应不时之需,又借给她一部自己的备用手机,还说如果需要接的话,随叫随到。

何珞珈一跛一跛地走到收费亭,敲了敲门。收费大叔正在看报纸,听见声音抬头一看,眉头立即皱了起来,拉开窗子,无动于衷地看着她。

"大叔大叔!还记得我吗?"何珞珈抹了抹头上的汗水,"我有急事要见方弘璧,劳驾您通知一下?"

大叔抖了抖报纸:"我只负责收费,不负责找人。"

咔嚓一响,窗子关上了。

"大叔大叔!"何珞珈急了,伸出拳头对着窗玻璃一顿猛敲,"方弘逸有危险,再不去救人就晚了!"怕他听不见,她夸张地做了一个抹脖子的动作。

大叔无可奈何地放下报纸,再次拉开小窗:"什么危险,你说说。"

"没时间了,大叔!"何珞珈心急火燎地嚷道,"您快叫方弘璧去千溏K6救人!"

"千溏K6"几个字终于起了作用,大叔面无表情地指了指路边的电线杆:"你去那边等一下。"

两分钟后,方弘璧从停车场的一排汽车后面走过来,脚上踢踏作响,居然穿着一双人字拖。他看上去好像刚刚起床,灰色的休闲夹克里套着一件白色的睡衣。

何珞珈见他眼窝深陷，一脸病容，一对大大的黑眼圈，不细看还以为戴了一副黑眼镜，不禁微微纳罕。和他只是一个月不见，他怎么就憔悴到了这个地步？心中蓦然浮现出墙上的黑影，不由得打了个大大的激灵。

方弘璧走到何珞珈面前，目光在她的嘴唇上定了几秒，皱起眉头："千溏K6？你们怎么会去那个地方？"

看样子他对取完血后发生了什么事一概不知。

"方弘逸和关城打起来了，我想拉架没拉住，就跟着方弘逸躲进了另外的空间，没想到那个空间没法原地返回，必须绕道千溏K6……"何珞珈三言两语说完经过，"你现在得赶紧去那边救人，最好多带几个人一起去，需要的话，我可以带路。"

方弘璧的脸上充满了怀疑："我怎么知道这不是圈套？昨天你和千木闯进清东街，趁我喝药熟睡取走了我的一滴血，我还没找你们算账哪，现在你又想把我引到千溏K6？"

"方弘逸是不是你亲弟弟？怎么你一点也不担心他？"何珞珈急得一边冒汗一边跺脚，"如果我真的想让他死在那里，也不用过来找你了。"

"第一，也许你就是想让我和他一起死在那里。第二，也许他根本就不在那里。"

"……"何珞珈气得无言以对，"要不这样，你把千溏K6的门打开，我去找别人救他回来？"

"你能找谁？千木吗？在那种重力下，他就算变成九婴也飞不起来，只会死得更快。"

"那你开门，让我一个人去救，总行了吧？"何珞珈吼道，"要是我的兄弟遇到这事，我宁可信其有，不可信其无！毕竟方弘逸已经失踪了，不是吗？"

"何珞珈，"方弘璧盯着她的脸，冷笑着说，"你前一秒钟还为了救关城不顾死活来清东街取血，后一秒钟你又要我去救方弘逸？我要是相信你嘴里说的话，那也太蠢了吧？此外，我也看不出我弟为什么要不惜一切代价保护你，除非又中了你的美人计！"

说完这话，他扔下目瞪口呆的何珞珈，转身走了。

"哎！喂！方弘璧！我是认真的！人命关天，再不救你弟，你弟就没了！"何珞珈冲着方弘璧的背影大喊大叫，"我真没骗你！喂！站住，你去哪儿？"

"我去睡觉。"方弘璧丢下这句话,向前走了几步就消失了。

何珞珈颓废地回到收费亭,一屁股坐到地上,双手支棱着脑袋,正不知该怎么办才好,肩膀忽然被人拍了一下,抬头一看,是收费大叔。

"喂,人已经见到了,"大叔粗声粗气地说,"你怎么还不走呢?"

"大叔,方弘璧不去救人,我就不走了!"何珞珈一脸坚决,"我吃在这,睡在这,天天烦你!"

大叔的脸阴沉下来,眼看就要发火了,他深吸一口气,决定好好说话:"姑娘,奉劝你一句:别在公共场合闹事。再说了,"他指着天上的乌云,"暴雨就要来了,你还是快走吧。"

"我不走!"何珞珈的声音充满了绝望,"我就守在这里,跟你们死磕到底!"

她说到做到,转身去超市买了一把折叠椅、一把折叠伞和一瓶果汁,一跛一跛地背到收费亭。在收费大叔视线所及之处找了块空地,支起椅子,坐了上去。

刚喝完果汁,空中一声炸雷,下起了倾盆大雨,何珞珈赶紧打开伞,在冷风中坐着,一边等待一边思考对策。现在可以预料的情况是,方弘逸困在了千溏K6。如果他能出来,一定会第一时间过来找她。这么久了还没出来,要么是受了重伤,要么是敌人火力太集中,他只能先找地方躲避。她当然不肯相信最大的一个可能性:方弘逸为了救她,已经牺牲了。

何珞珈在恐惧和愧疚中反复地回想着离开千溏K6的最后一幕,越想越觉得方弘逸可能已在变色人的围攻中丧生了。而她却什么也做不了,甚至不能说服他的哥哥过去救人。

大雨唰唰地下个不停,何珞珈的心也乱成了一团。

不知过了多久,手机忽然响了,电话那边传来沈伊湄的声音:"珞珈,你在哪儿?"

"清东街……11号。"

"光泰说你受伤了,我以为你在医院呢。"

"我……"这话唤醒了何珞珈的疼痛,她看了一眼自己受伤的脚踝,觉得现在没时间考虑这些,"事情还没办完……"

"你的伤要不要紧?什么时候回家?我们怪担心的。"

"我没事,不要紧……"何珞珈发现自己的衣服被雨淋透了,因为冷,自己声音开始发抖,"事情办完了我就回来。珞薇还好吗?"

"挺好的,放心吧。"沈伊湄顿了一下,似乎猜到了什么,"你是不是遇到麻烦了?别急,我马上过去找你。"

"哎,不用!伊湄。"

那边电话挂了。

过了五十分钟,沈伊湄从出租车上跳下来,举着把大伞出现在何珞珈面前,手里提着个托特包。一见何珞珈,她做了个大大的鬼脸,说道:"嘿,你怎么化了个这么怪的妆?暗黑御姐?"

"说来话长。"何珞珈苦笑一声,懒得解释。

见何珞珈冻得发抖,沈伊湄从包里掏出一条大号的羊毛围巾将她上身紧紧裹住:"我给你带了两件厚衣服,赶紧换上。还有这个!"

沈伊湄塞给何珞珈一个三层的保温饭盒:"我妈做的杂粮米饭,九样小菜,辣豆腐汤,热乎着呢,赶紧吃!"

何珞珈怔怔地看着沈伊湄,眼圈红了,又不好意思当着她的面哭出来,强行吸了吸鼻子,也不客气,打开饭盒大口大口地吃了起来。一边吃一边将两人分别后发生的事情详细地说了一遍。

"后羿射日?真的假的?"沈伊湄惊得眼珠子都快掉出来了,"怎么跟神话传说都扯上关系啦?"

"我仔细想过了。这些听上去好像是无稽之谈,但从逻辑上说,两边的解释都能自洽。只是瑟族那边从没有提到过九个反光镜。不知是故意不提,还是根本就没有。方弘逸也有可能会骗我。"豆腐汤又香又辣,何珞珈吃得满头冒汗,喝完最后一滴,打了一个饱嗝,她两手一摊,"现在……我也不知道该信哪一边了。"

潜意识中,何珞珈不愿意相信瑟族会为了自己的生存去改造地球、毁灭人类。毕竟他们来自发达的高等文明,到达的也不是一个像火星那样死寂、无任何智慧生命的星球。重大的决定背后,总要有一些道德伦理的考量吧?

沈伊湄沉吟片刻,说:"我倒觉得不一定是无稽之谈。"说罢掏出手机,调出几张截图,"你走后,我上网做过一些功课。九婴、封豨这些怪兽,很多古书都有提到,而且都跟后羿有关。你看这个……"沈伊湄点出《淮南子》里的一段话,磕磕巴巴地念道,"'尧之时,十日并出,焦禾稼,杀草木,而民无所食。猰貐、凿齿、九婴、大风、封豨、修蛇皆为民害。尧乃使羿诛凿齿于畴华之野,杀九婴于凶水之上,缴大风于青邱之泽,上射十日,而下杀猰貐,断修蛇于洞庭,擒封豨于桑林。'史书上说它们是——'上古六大凶兽'。"

何珞珈喃喃地说:"这六大凶兽,就是瑟族?"

知道自己是九婴后,何珞珈倒是没有动过上网搜索的念头。一是因为瑟族对自己的历史讳莫如深,像九婴这样的"外星名词"不大可能会出现在人类的词典里。二是因为从远人村回来后,怪事一桩接着一桩,她急于调查寄信的人,更无暇顾及。

"刚才你不是也说关城把方弘逸的嫂子给吃了吗?说明瑟族是吃人的。想象一下,如果九艘飞船里的瑟族胚胎全部繁育出来,他们也不变形,就四处乱跑,到处吃人,天下还不大乱?就算不打开九个反光镜,这些凶兽早晚也会把人间当作是自己的屠宰场吧?"

尽管自己不愿意往这个方向想,但沈伊湄这么一说,何珞珈也觉得是合理推测,加上她看过电影《异形》,知道怪兽横行将是一种怎样的灾难,于是坚定地说:"没错。所以簪子是绝对不能交出来的,当年的我没有做错。就算再来一次,我还是会把那个东西藏起来。"

"可是,"见何珞珈这样坚决,沈伊湄禁不住又换了个角度,"珞珈你并不是人类啊。你的父亲、母亲、哥哥、未婚夫……乃至整个瑟族,都等着簪子救命呢!"

第五十二章
纠结与对策

"伊湄,我也许不是人类,但我也是在地球上出生、在人群中长大的呀。"何珞珈轻轻地握住沈伊湄的手,"我们一起吃、一起住、一起上班、一起逛街……我一直以为我和你一样,是丽珠小区里最普通的居民,而不是什么九个脑袋的外星人。"

"对呀对呀!如果你真是潜伏在人间的怪兽,"沈伊湄有些激动,"三年了,我怎么会看不出来?怎么可能没半点破绽?你不能变形,不能飞,更没有任何特异功能,人家说你是九婴你就是九婴吗?除非你变个九婴给我看看,不然我就是不信!这些可能都是骗局!"

可不是吗?何珞珈默默地想,一个月前她还在为一日三餐发愁,转眼间,整个人类、整个瑟族的命运都在她的手上了?她见过奇异的空间、见过神奇的怪兽——羿族是肯定存在的,瑟族也是真的,两边都认定她是九婴,她也见过真正的九婴,但她自己究竟是不是九婴——却从未被证实过。

关于她的过去以及星舰到达地球的那一刻究竟发生了什么,两边各有说法。故事每多出一个情节,她的立场就会改变一次。谁知道后面还有没有更大的谎言、更多的反转?什么才是最终的真相?

"珞珈,我有一种预感。"沈伊湄轻轻地说,"这个赠子很快就要现身了。"

何珞珈看着漫天滂沱的大雨,心情变得与乌云一样沉重:"我倒希望它永远也不要出现。"

沈伊湄默默地看着她,过了片刻,问道:"如果真的出现了,你打算把它交给谁?"

此时此刻,何珞珈的心很乱,不想仓促地做决定,只能先用排除法:"首先,肯定不能交给瑟族。其次,羿族那边也不方便保存。"

"为什么?"沈伊湄惊讶道,"现在瑟族里只有你和千木可以进入清东街,团结好千木,赠子交给羿族还是很安全的。"

"只要瑟族知道赠子还在羿族手上,他们之间的斗争就会世世代代地延续下去,血雨腥风,仇杀不绝。"

"所以你还是打算把它藏起来?"

"这个恐怕也难做到。如果我知道赠子的下落,瑟族那边很快也会知道。他们一直在监视着我的行踪,再者,只要连接到咪塔,我的记忆就会全部暴露。"

"所以赠子也不能在你的手上保存?"

"不能。"

"那怎么办?"沈伊湄忧心忡忡,感觉世界末日即将来临。

"最简单的办法就是上一秒拿到赠子,下一秒就命令威瓦自我销毁。"何珞珈说,"如果只想保护地球的话。"

沈伊湄怔住,深吸一口气,半天不说话。过了片刻,她嗫嚅地说:"自我销毁?……这……也太狠了吧?相当于你亲手灭掉了瑟族。当年常娥都做不出这样的决定,更何况首当其冲的就是你的家人。"

"是啊……"何珞珈长叹一声,她何尝不这样想。

奄奄一息的父母,不久于世的哥哥,重伤不愈的关城……他们的影子一个一个地从脑海中浮现出来。

"村长的意图最关键。他和关城都没有提到过反光镜……"何珞珈又说,"如果只想拿回一些储备,让远人村里的瑟族健康地活下去,我倒觉得这是个合理的诉求,完全可以协商解决,你觉得呢?"

"嗯。如果真是这样,羿族捏着人家的命脉不放手,似乎也不讲理。"

"羿族应该是不相信瑟族,觉得事情没那么简单,毕竟说好的《缪星系宇宙宪章》都没遵守。一旦交出赠子,又无法约束村长,结局只会朝着对瑟族最有利的方向发展。"

"可是,羿族这边就完全没有私心吗?"沈伊湄皱眉,决定将怀疑进行到底,"方弘逸告诉你的这些,是不是全部真相?如果不是,就是撒谎。你不要被他的故事带偏了。"

"我当然不愿意把瑟族想得太坏。"何珞珈叹道,"如果我真是其中一员的话。"

"九艘飞船是肯定不能升天的,一旦升天就会打开反光镜,它们最多只能是浮出海面。"沈伊湄建议说,"瑟族可以取出一些必要的储备,解决远人村的生存危机……"

"这当然是最好的方案。"何珞珈苦笑,"可是,我们越想折中,潜在的后果就越不可控。首先,我们不知道九艘飞船里究竟有些什么样的储备。哪些应该拿出来,哪些应该销毁。这涉及一系列繁琐的操作,离不开威瓦的参与。而威瓦的任务是保护瑟族、改造地球,任何违反目标的操作都会被它视作是敌意行为。其次,方弘逸告诉我,飞船里还有很多厉害的智能设备,可以利用地球的资源自行设计生产新的机器、新的工具。我们不知道设备的威力有多大,万一回到瑟族手中,制造几个空间反光镜再把它们送到天上,肯定是小菜一碟。"

"你是担心威瓦会拒绝执行指令?如果真是这样,赠子上就不会有这个键,对吗?"沈伊湄说,"我认为赠子在谁的手上,谁就是威瓦的主人。"

"赠子,只是一个简单的遥控器。威瓦是高度智能的AI系统,它究竟怎样在工作运行就连瑟族人自己都不清楚。他们只是理所当然地享受着威瓦的照料。本来,自动销毁键的设置只是针对一些最极端的状况,比如说遇到极大恶意的敌对势力、即将被俘获,舰长为了保护技术机密,不暴露其他星舰的位置,避免族人受到非人的折磨,才会启动自动销毁。"何珞珈慢慢地说出方弘逸在千溏K6时告诉她的一些信息,"我的意思是,如果一键销毁,这个好办,也容易做到。想要折中,村长愿不愿意妥协?威瓦会不会按照我们的意思来?很难说。有一点我们一定要清楚,在这件事上,村长和威瓦都不会考虑地球人的感受。"

听到这里,沈伊湄猛地抓住何珞珈的手:"如果这一切都是真的,人类将有灭顶之灾。珞珈,你就是那个唯一能阻止这件事的人!请你一定要帮助我们!"

何珞珈看着她,神色凝重地点点头,在大雨中紧紧地拥抱着沈伊湄。

那一瞬间,何珞珈的心中生出一道恐惧,她知道这是一个两难的选择,无论怎么选,都会有一方损失惨重。她忽然很害怕那一天的到来,害怕面对那个不得不做的选择。

伞被风吹走了,冰凉的雨水浇到脸上,被心头的热血烤出一团白汽……

过了片刻,收费大叔终于走过来说:"雨大了,快回去吧,这里车来车往的,别站在这儿妨碍交通好吗?"

"我们走了,方弘逸怎么办?"何珞珈叉腰说道。

"他哥已经去千溏K6救人了。"

何珞珈愣住了:"什么时候?"

"和你说完话他就去了。"

何珞珈一翻白眼:"那干吗不早说?"

"我只负责收费。"

"他们要是回来了,请通知一下我好吗?"

大叔抱着胳膊,一副油盐不进的样子:"如果有这个必要,会有人来跟你联系的。"

回家的路上,何珞珈怕嘴上的琉璃蓝太显眼,向沈伊湄借口红。沈伊湄一下子掏出三支:"哑光、雾面、漆光随你挑。"

"哪种不掉色?"

"这支皇后红。"沈伊湄挑了一支大红色的金管递给何珞珈,"气场强又显白。"

何珞珈对着镜子厚厚地涂了一层,看着窗外的街景,忽然想起一件事:"前面就是平安街,咱们顺路去看一下关棠吧。不知道她还在不在店里。"

"应该在吧。"沈伊湄看了一眼手表,"现在还是营业时间,石光泰那个抠门精才不会让她提前下班呢。"

听沈伊湄提到"石光泰",何珞珈幽幽一笑,用胳膊捅了她一下:"嘿,我不在你身边的这几天,你跟光泰有情况哦!你俩是不是又在一起了?"

沈伊湄为人大方爽快从不轻易欠人情债,对于石光泰,她天天挂在嘴边的一句话是"好马不吃回头草"。是什么改变了她的态度,何珞珈不知道。但沈伊湄与石光泰的恋情很早就开始了,一度到了谈婚论嫁的地步。两边的父母都是熟人,住得又近,现在又在同一条街上班,抬头不见低头见,估计是沈伊湄抵抗不了石光泰的攻势吧。

"才不是咧!"沈伊湄噘了噘嘴,"上次去西陵山,我不是向他借车吗?这小子会错意了,以为我对他放松警惕了,这不,有事没事地过来献殷勤。"

"他爸妈是不是在逼婚啊？"

"你怎么知道？"

"电视剧里都这么说。"

"石光泰想让我嫁给他？那得跨越千山万水！"沈伊湄满不在乎地耸耸肩，脸却莫名其妙地红了。

何珞珈也不点破："人家对你挺好的，这次又帮着安排关棠，多上心啊。等事情忙完了，我得好好地请他吃顿饭。"

"不用！以前做生意的时候，天知道安排过他多少个哥们儿，还被他最铁的哥们儿坑了一大笔呢。"说到这里，沈伊湄忽然一拍脑袋，"对了，差点儿忘记说了，你的直升机到了。"

"直……直升机？"

"就是关城送你的那一架呀。"沈伊湄掏出手机，点开相册，"看，气派不？私人飞机不能自己上牌照，必须挂靠在航校或者俱乐部的名下。关城就把飞机挂靠在长鹰飞行俱乐部上了。俱乐部派人来我家了，你不在，我就替你签了几个字，还跟着他们去了一趟仓库看货呢。那里的人说，为了存放飞机，那个仓库也是你家关城买的。"

何珞珈瞪了沈伊湄一眼："什么你家关城、我家关城的？我跟他可没那么多关系。"

"好好好，没关系。"沈伊湄吐了吐舌头，"俱乐部的人问你是不是要自己驾驶。他们那边有全套的培训，可以帮你考到飞行执照。珞珈，你快去学吧，学会了带上我，我还从来没坐过直升机呢！"

"我？我干吗要学？如果我真是九婴我自己就可以飞呀。"

"啊……也对。可是，这么贵的直升机放在仓库里不用，太浪费了吧？俱乐部的人说，鹭川市拥有直升机的人，加上你一共只有六个。多稀罕的机会呀！"

"你不是说要搞直播吗？你可以直播卖直升机呀。"何珞珈想起了做这件事的初衷，"我把它赞助给你，帮你攒攒人气。"

"那是说着好玩的……"沈伊湄咽了咽口水，"我是想搞直播，但真要进入这一行，也得从小买卖做起，等有些实力了再玩大的噱头。直升机是关城对你的一片心意，不能胡乱地卖掉，太不妥当了。不过，谢谢你想着我。"

"伊湄……"

"是真的,我肯定不会直播卖直升机的啦。"

"要不这样,你喜欢飞的话,就去考个执照,万一我真变成了九婴,咱俩还能一起在天上唠嗑呢。到时候咱们成立个旅游公司怎么样?主打业务是空中观光。"

"好啊好啊!"沈伊湄兴奋地拍起了巴掌,"找好景点,开辟航线,除了观光还可以客运、货运呢。有什么急事还能帮着调运紧急物资,抢险救灾啥的……"

"你当驾驶员,我当空姐。"

"好嘞!"

两个女生在谈笑中下了车,来到平安街麦糖小屋分店,各点了一杯奶茶一个蛋挞后找了个僻静的位置坐下来。因为下着大雨,店里没什么顾客,关棠正在洗杯子,见她们进来,连忙过来打招呼。

"关棠,石老板呢?"沈伊湄问道。

"石总去东平路的分店了。"关棠说。

"你能坐一会儿吗?"何珞珈压低嗓音,"有点事情想问你,十分钟?"

"可以的。我去跟收银说一下。"看得出她是第一次打工,非常守规矩。

关棠走到前台交代了一番后,端着做好的奶茶,走到何珞珈的桌边坐了下来。

"小关,你是怎么从后山跑出来的?"何珞珈问道。

关棠迅速看了一眼四周,双手不安地握在一起,轻声道:"我研究了一条相对安全的逃跑路线,带走了几针最厉害的麻醉剂。"

"凿齿、封豨、修蛇……你一个也没碰到?"

"那天夜里,因为你劫持了关城,后山调走了一些守卫,我只碰到了一个封豨。出其不意地扎了他一针,就顺利地跑出来了。"关棠的眼睛如小鹿般警觉,脸上一副后怕的样子。

"在基地的时候,你有没有听说过瑟族是怎么来到地球的?主舰为什么会迫降?"何珞珈开始进入主题。关棠经常在缪子天堂里跟瑟族人聊天,可能知道不少往事。

果然,关棠立即点头:"因为常娥偷走了蹭子,破坏了飞船的通信导航系统。"

"那你有没有听说过反光镜?"

关棠一下子没反应过来,沉吟了一下,问道:"你是指空间轨道镜?"

"对对对,轨道镜。"

"我听说每个飞船都携带着一个轨道镜,一共是九个,主舰除外。"关棠缓缓说道,"轨道镜是用来生产缪子射线的,利用的是太阳光的能量。这在瑟族不算秘密,每个人都知道。"

何珞珈和沈伊湄对视了几秒,心情瞬间沉重起来。看来,方弘逸说的都是真话。瑟族来到地球,并非想要和平共处,而是带有自己的目的。

何珞珈心中的砝码又开始悄悄地移动……

"基地里像你这种情况的人多吗?"何珞珈又问,"他们为什么要骗你是机器人?"

"不知道。"关棠一脸茫然,"从懂事的时候开始我就住在基地,没去过其他地方,也不知道我是谁家的孩子。或许你能帮我打听一下?"

何珞珈看着她,心想:自己因为缯子被瑟族骗了三年,已经够惨了。这一位更惨!居然被骗了十几二十年,还被骗作是机器人,这样就不用担心她会调查身世。想到这里,何珞珈不禁为关棠难过:"关城肯定知道你的身份,把你藏在基地一定有什么原因。"

瑟族与人类无涉,也不相信人类,远人村中无一个人类,何珞珈认为关棠是人类的可能性很小。但瑟族内部族类众多,关系复杂,关绪刚愎自用、手段毒辣,关棠很可能是他某个敌对势力的后代。

"现在不能贸然打听,你跑出来了,他们一定在四处找你。"何珞珈说,"或许关城已经猜到那天的逃跑是我们的联合行动。"

关棠呆呆地看着她,沉默了一下说:"那我在这里还安全吗?我可不想再回去了。"

"鹭昌区是羿族的地盘,这里离清东街很近,你住的地方就更近了,瑟族一般不会来这里的。"何珞珈安慰道,"但你还是要小心点,尽量在人多的公共场合活动,万一瑟族的人要抓你,你就往清东街11号跑。那里有个停车场,里面有个收费亭,亭里有个收费大叔,你去求他保护你。"

"不对吧?"沈伊湄忽然插口,"瑟族和羿族是死对头,你让一个瑟族姑娘去找羿族,羿族也不会保护她呀。而且她不是九婴,只有九婴才可以进入羿族空间,她就算想躲也躲不进去嘛。"

"我猜她是瑟族,但她未必真是瑟族。"何珞珈说,"也许她就是关家收养的一个孤儿。"

"她有没有可能是羿族呢?"沈伊湄推测,"还在婴儿期的时候就被劫持了,一直偷偷地养在基地?"

"可能性不大。"何珞珈摇头,"当初关城中了水息,我找方弘逸解毒,如果真有羿族的人被困在远人村,他可以提出用关棠来交换啊。"

"也是哦!"沈伊湄说,"也许是我们把事情想复杂了。"

"对了,"何珞珈眼睛忽然一亮,"关棠,把你的拇指、食指和中指像这样做,对,就是点钞票的动作,让我听听它的声音。"

嚓嚓嚓,嚓嚓嚓,好像砂纸打磨镜片。

何珞珈连续听了几次,又用自己和沈伊湄手指的声音做参照,发现关棠手指皮肤的摩擦力和她们明显不同。

何珞珈摸了摸关棠的手,问道:"你手指上的皮肤好粗啊,跟工作有关?"

关棠莫名其妙地看着何珞珈,不知道她为什么要跑题:"是羽毛球。我喜欢打羽毛球,在基地的时候,几乎每天都打。"

何珞珈告诉关棠羿族人的手指摩擦起来会有特别的声响。但这不是唯一的,一些工匠的手指也会有这种现象。

"要不我们再去找一下收费大叔?"沈伊湄提议,"问问羿族有没有失踪人口?"

"我觉得还是问方弘逸比较安全。"何珞珈说。

"或许你去问一下千木?"关棠小心翼翼地说,"他是关城的死党,如果关城知道我是谁,他一定也知道。"

第五十三章
蚁洞

从麦糖小屋里出来后,沈伊湄打了个出租车和何珞珈一起回丽珠小区。

因为疲倦,何珞珈在车上睡着了。不知过了多久,被一个急刹惊醒,安全带把胸口勒得生疼。她睁眼向窗外一看,出租车正前方不到半米处横停着一辆黑色的吉普,身后是道高架桥,何珞珈从路牌上认出那是环城高速。她们大概刚从高速的出口弯道上驶下来进入市区,司机为了避开市中心拥挤的车流,通常会这样绕行。

也不知是哪一个出口,居然这样偏僻,附近没有别的车辆。

何珞珈睡着的时候,沈伊湄一直在看手机,她也不知道发生了什么事,还以为出了车祸。两个女孩惊呼一声,同时抻长脖子向前看去。

"师傅,前面出什么事了?"何珞珈问道。

"见鬼!"司机是个又瘦又矮的小伙子,胆子很小,缩着脑袋观察了一下,回头说,"咱们刚从高速上下来,青天白日的,莫不是遇到了打劫的?"见附近无人,司机不敢下车找人理论,立马挂倒挡,就要从原路退回。

"千万别!"沈伊湄赶紧拦住,"这是单行道,后面是高速,随时会有车开过来,倒车不是找死吗!"

说话间,吉普车的后门开了,一个穿着黑色风衣的高个男人走了下来,也不上来打招呼,径自走到路边,低头看手机。何珞珈一眼认出是关城,立即说:"伊湄,你跟车先回家,我下去对付他。"

说罢何珞珈就要下车,被沈伊湄一把拉住:"看样子来者不善啊,你能行吗?"

"能行。"

嘴上这么说,何珞珈心里也在打鼓。那天夜里她临阵倒戈,从关城手中救出方弘逸双双逃跑。以关城的脾气,岂能善罢甘休,再看他的表情,果然阴沉似铁。

很快,车的另一边门也打开了,走下来另一个男人,也穿着一件风衣,却是浅灰色的,双手插在口袋里。他走到关城身边,两人互相耳语起来。一看见这个人,何珞珈顿时不紧张了。

"那是你哥吗?"沈伊湄问道。

"对。"何珞珈说,"放心吧,有千木在,关城不敢把我怎么样。"

何珞珈丢下这句话,推开车门,大步向关城走去。

与此同时,吉普车往右一拐,让出一条空道,向前开了二十米,停在了路边的草地上。

出租车带着沈伊湄一溜烟地消失了。

何珞珈一跛一跛地走到两个男人面前,咧嘴一笑,假装若无其事地打了个招呼:"嗨!好巧,怎么在这里碰到你们?一路跟过来的?"

从下车的那一刻起,关城的目光就一直盯在她的脸上,再也没有移开过。

一开始,何珞珈还以为他是关心自己,但他的目光没有半分温暖,反而混合着冷淡、嘲讽与刺痛,透过脖子上的青筋和挺括的衬衣可以想见他因控制愤怒而紧绷的身体。何珞珈忽然想起刚才在麦糖小屋里喝了一大杯奶茶,又吃了一个蛋挞,殷勤的关棠递给她一张湿纸巾,她谈兴正高,就随手擦了擦。嘴上的皇后红多半是没了,只剩下了琉璃蓝。她当时也没在意,谁能料到在这个关头碰见关城?

再看何千木,他的态度就更尴尬了,以手抚额,不好意思往何珞珈的脸上看,似乎看多了太辣眼睛。

大约是心理暗示过于严重,何珞珈下意识地伸出舌头舔了舔嘴唇。这个动作让关城脸上的肌肉猛地跳动了一下。

"咱们换个地方说话?"何千木指了指那辆吉普,"前面有个不错的餐厅,看样子你好像饿了?"

"我不饿。有什么话就在这里说吧。"何珞珈淡淡一笑,"我还有事,不想久留。"

"那就……去那边?"何千木指着旁边的一块空地。

"OK。"

何珞珈埋头跟着他们走了过去,在空地中间站住。

雨已经停了。云开雾散，阳光明媚，春天的风很凉，何珞珈身上因为换了一件沈伊湄带过来的加绒卫衣，倒是十分暖和。

"你去哪儿了？"关城终于开口，语气冰冷。

"一个危险的地方。"何珞珈踢了踢地上的石子。

"你受伤了？"何千木看着她的腿。

"一点儿小伤，没事。"

"怎么这么久才回来？"关城研究着何珞珈脸上的伤痕，一副想找茬儿的样子，声音也是酸溜溜的，"那地方要是不危险，你大概是不想回来了吧？"

在这种时候，何珞珈不想提供更多细节让他猜测，说得越多关城想得越歪，于是她紧闭双唇，做出一副死猪不怕开水烫的样子。

但这样就能让关城释怀了吗？当然不能。

见何珞珈负隅顽抗，关城更生气了，忽然伸出食指，在她嘴唇上抹了抹，阴阳怪气地说："这冷色调的唇膏，你是几时喜欢上的？又跟那小子亲热了？何珞珈，你很会玩嘛。"

"不是你想的那样。"何珞珈一把推开他的手，板脸说道，"方弘逸被你们追杀，受伤昏倒，我以为他要死了，就给他做了人工呼吸。信也罢不信也罢，这就是事实。"

"何珞珈，你忽悠谁呢？"关城气得脸都青了，"羿族不是人，人工呼吸不管用，这是常识。"

"我不知道这个常识。"

"那什么叫作出轨，这个常识你总该知道吧？"关城冷笑，"你要是找了个对你好的、比我强的，那就算了，我不跟你计较了。可你一而再、再而三地去找那个比你小几百岁的羿族，乱了辈分不说，还被人家射了九箭，你真是又瞎又蠢！"

"我不蠢，"何珞珈淡淡地抬起头，直视关城的眼睛，"我就是不想跟你好了。"

"是吗？那你还假惺惺地去清东街偷解药！那么关心我干吗？"关城的脸已经硬得不能再硬了，"何珞珈，你可真够阴的。脚踩两只船，迟早要翻船，知道不？"

"想听我的理由吗？"何珞珈眉头一挑，"方弘逸至少不会吃掉我。我可不想哪天醒来，发现自己在一条大蛇的胃里，已经化成了一堆白骨。"

"何珞珈——"关城的头上已经开始冒青烟了，他阴森森地用指头戳了戳她的前额,"小心说话,这是种族歧视,懂吗?"

"关主任,"见他气势汹汹,即将爆发,何珞珈可不想与猕猴作对,怕自己接不住,连忙换了个话题,"你来找我就是聊恋爱这件小事的?不觉得我们之间有更重要的事情要聊一聊吗?"

关城被她恬不知耻的态度彻底惹毛了,双拳紧握,一连做了两个深呼吸才勉强保持住镇定:"什么更重要的事情?"

见两人剑拔弩张,何千木连忙将他们拉开:"大家冷静点,有话好好说。珞珈,昨天晚上,关城和方弘逸打得好好的,你怎么突然跑上去救人呢?你到底是怎么想的?"

"我想听听羿族那一边的故事,我想知道事情的全部真相。"何珞珈说,"而你们,那么着急上火地想杀他,丝毫不顾我的请求,是想杀人灭口吗?"

"千木,你听听,你听听!"关城气道,"我舍命为她报仇,她说我杀人灭口?"

"关城,我问你,"何珞珈的神情严肃下来,"当年瑟族舰队到达地球上空,是不是打开了九个空间反光镜?你们是不是想利用太阳的能量制造缪子射线,同时毁掉地球的生态?请说实话。"

关城和何千木两个人互相看了一眼,同时沉默。

何珞珈不禁冷笑:"怎么都不吭声了?需要时间圆谎吗?"

他们依旧沉默。

过了一会儿,关城终于点点头:"是的。"

没想到他真的承认了,何珞珈的心一下子沉到谷底。这些日子好不容易在瑟族身上建立起来的亲情与归属一下子消失得无影无踪。只觉得整个人就像被抽空了一般,悬浮在冰冷的空气中。她一字一顿地说:"你们知道这样做的代价是人类的毁灭吗?"

"这跟你有什么关系呢?"关城凝视着她的眼睛,不为所动,"你又不是人类。"

何珞珈张了张嘴,又闭上了,她被关城轻描淡写的态度惊呆了。

过了两秒,何珞珈深吸一口气,认真地说:"你们来到一个崭新的星球,发现上面住着有智慧的生物,瑟族科技这么发达,文明应该更加成熟,不是吗?这些生命在你们的文化里,难道不配拥有哪怕是一星半点的伦理考量吗?"

何珞珈的语气越来越严厉,到了最后,成了质问。

"要聊这个,话题就大了。"关城一脸从容,"你真要往下聊?"

"愿闻其详。"

"在我们到来之前,地球至少经历过五次大的灭绝,差不多每六千两百万年就会发生一次,每一次都有这样那样的原因。"关城缓缓地说,"全球变冷、冰川形成——奥陶纪大灭绝;火山爆发、海水沸腾——泥盆纪大灭绝;大陆漂移、自然灾害——二叠纪大灭绝;海平面下降、海水缺氧——三叠纪大灭绝;最近的一次白垩纪大灭绝,是因为陨石撞击地球,恐龙就是在这个时期消失的,每次灭绝都会有80%左右的生物灭绝。"

"听起来很可怕,是不是?"何千木说,"但是你知道吗? 没有这些灭绝就不会有人类的出现。"

"对于一个星球来说,生物灭绝不是坏事,恰恰相反,它只会加快生命的演化,为新的物种提供更大的发展空间。"关城说。

何珞珈冷笑着看着他们一唱一和:"这里说的新生物指的是自然竞争、优胜劣汰留下的地球物种,并不是指什么外星来客。"

"这有区别吗? 地球并不是孤独的岛屿,它和缪星一样是宇宙的一员。看看你身边的海洋,看看里面死去的珊瑚礁,看看天上掉下的酸雨,再看看越来越多的沙漠和越来越少的森林,这些还不足以说明第六次灭绝正在发生吗?"关城振振有词,"你说瑟族不该利用反光镜来毁灭地球生态,可是人类不也正在亲手毁灭自己的生态吗? 也许他们就是下一批恐龙呢。"

"就算人类是下一批恐龙,也不关瑟族什么事。"何珞珈吼道,"更用不着你们来干预!"

"珞珈,你在操你不该操的心。"见她气得发抖,关城反而幽幽地笑了,"别想着当英雄,你拯救不了人类。依我看,你还是多想想那些切身相关的事情,比如说,怎样才能好好地活下去?"

何珞珈用力地咬了咬嘴唇,目视前方,看着远空:"这么说来,假如你们拿到了赠子,一定会在第一时间让九艘飞船升空,打开反光镜,开始制造缪子射线,对吗?"

"赠子?"关城一怔,眸光熠熠,"难怪你突然提到这些,你是不是已经找到了赠子?"

"还没有,我只是想预测一下赠子出现的后果。"

"珞珈,到这边来。"关城拉着她走到一棵大树下,指着地面说,"你看,这是什么?"

地上有一个很大的蚁洞,一排工蚁背着树叶,进进出出、忙忙碌碌。

"蚁洞?"

"没错。蚁洞是一个神奇而复杂的建筑,别看出口这么小,里面大极了。结构精美,四通八达,对蚂蚁来说,就像一个大型的城市,里面可以容纳上万只蚂蚁,一层接着一层,一直延伸到地下三四米的地方。"

何珞珈看不出关城想说什么,觉得他在胡搅蛮缠:"阁下的要点是?"

"你再看那个环城高速,"关城指着不远处的高架桥,"我问你,假如你是一个工程师,需要在这里架设一条高速公路,你知道这会毁灭掉多少个蚁穴吗?你会在乎这些蚁穴吗?你会关心蚂蚁的世界吗?你大概想都不会想到它们吧?"

"所以人类对你们来说,就是一群蚂蚁?"

"不是你们,是我们,我们瑟族。"

看样子是说服不了关城了,何珞珈将脸转向何千木:"哥,你也是这么想的?"

"对啊。"何千木点点头,"从瑟族的出发点来说,这是无可厚非的事情,你想得太多了。"

何珞珈愣愣地看着他们,不知道是因为愤怒还是因为头晕,两个男人的脸渐渐模糊起来。她觉得胸口有点堵,用力地喘了两口气后,拍了拍手上的灰尘,发出一声苦笑:"既然是这样,我跟你们就没什么可聊的了。"

"怎么没有?"关城懒洋洋地说,"聊啊,继续聊,我们有的是时间听你说呢。"

"我对人类充满了好感,最好的朋友也是人类,让我坐视他们的灭亡,不可能。"何珞珈意态坚决,"关城,我本来是想找你、找村长认真沟通这件事的。目前只有我一个人可能知道赠子的下落,我不想它的出现引发一场战争。我想找到让这场灾难平息的办法,我想让羿族、瑟族和人类和平共处。看来,这条路是行不通的,那我只能改弦易辙。"

说到这里,何珞珈向后退了两步,与关城、何千木拉开了距离,然后掏出手机。

"你想干吗?"关城问道。

"打车。"何珞珈说,"要说的话已经说完了,我要回家了。"

关城和何千木两个人互相看了一眼,目光开始焦虑,意识到何珞珈的立场正在向另一个方向偏移。

"珞珈,"关城连忙放缓语气,"如果你真的对人类有信心,想拉他们一把,那你应该对瑟族更有信心才是。九婴家族在瑟族地位崇高,在政治上也有很大的发言权,我们都是一家人,有什么事情不能好好商量呢?你和我,还有你哥,相处了这么些天,也知道我们不是穷凶极恶之徒,这么做只是为了生存。如果你不交出赠子,我们就拿不到飞船上的储备。你的父母、你的哥哥、我,还有你自己……都会死去。"

"如果我交出赠子,你能保证只用它来调运储备,而不是启动九个反光镜去毁灭人类吗?"

"珞珈,瑟族的生存需要缪子射线,只有反光镜可以制造这些射线。目前,我们还没有找到成功的替代品。"关城的态度罕见地诚恳,"但这件事已经在进行之中了。毕竟赠子失踪了几千年,一时半会儿指望不上。俗话说,求人不如求己,我在基地里有几个实验室,正在研制一种可以替代缪子射线的东西,只是暂时还没有突破性的进展而已。"

"说来说去,那九个反光镜还是非打开不可啰?"何珞珈并没有那么容易被打动。

"你刚才说得很对,关于这件事,只要你愿意沟通,我们举双手欢迎。"关城说,"大家约个时间,各方代表心平气和地坐下来说出自己的诉求,然后共同商议出一个可行的解决办法,避免战争,避免灾难,这对大家都好。"

何珞珈当然知道关城的态度之所以来了个一百八十度的大转弯,是因为意识到赠子的下落有盼头了,他可不想在关键时刻惹怒自己,把自己推向羿族。策略当然是先试图洗脑,洗脑不成,便摆出了可以商量、愿意妥协的态度。不管是真是假,何珞珈的心中燃起了一线希望。

如果又能拯救人类,又能拯救瑟族,这当然是最好的结局。何珞珈对关城印象不坏,相较于他的父亲关绪,关城也许是她能够扭转瑟族上层决策的唯一力量,而这个人,她只能智取不能强攻。

"你能说服村长进行这样的沟通吗?"何珞珈问道。

"能。"

"那就约个时间?"

"嗯,我回去跟村长商量一下具体怎么操作,然后再来约你?"

"好。"

"你现在想去哪儿?"相较于之前的酸溜溜,关城的语气已经完全平静下来,甚至带着一点儿关怀,"我送你。"

"丽珠小区。"何珞珈不接这茬儿,"你们先走吧,我自己叫车。"

关城没有勉强,他和何千木两人正要离开,何珞珈忽然叫住何千木:"哥,今天晚上,我想单独见你,有些话要说。"

何千木怔了一下,随即看了一眼关城,点点头:"那就晚上八点?我去丽珠小区接你。"

"好的。"

第五十四章

鹭城烟火

如果说千溹K6的经历是一趟星际穿越的话,丽珠小区门前广场的吆喝声又把何珞珈带回了充满烟火气的人间。

从出租车上下来的那一刻起,熟悉的一切就都回来了,长达五十米的地摊五花八门、热闹非凡,袜子、水杯、圆珠笔、手机壳、笔记本、文化衫、明信片、文身贴……不一而足。这里是何珞珈每天回家的必经之地,她和佳惠阿姨是地摊的常客,小贩子们都认得她:

"哟——小何回来了?新进的Hello Kitty(凯蒂猫)铅笔盒,超好看、超划算,给你妹妹来一个?"

"一拖三手机充电线,八块钱两个送插头,要不?不要没关系,您看看这个小米活塞耳机……"

"自制飘香热奶茶,四块一杯!七块两杯!"

"塑料拖鞋,环保材料的塑料拖鞋!柔软透气、耐磨防滑,机会不是天天有,该出手时就出手……"

何珞珈在此起彼伏的吆喝声中找回了久违的存在感。上了楼,进了屋,家中一切如常。佳惠阿姨戴着围裙在厨房里忙碌着,锅里煮着全家人都爱喝的味噌汤。由于沈伊湄的隐瞒,李佳惠对发生在何珞珈身上的"怪事"一无所知。虽然亲如一家,何珞珈毕竟是李家的房客,对于这些天她在干什么,去了哪里,李佳惠从不细问,只是给她盛了一大碗味噌汤,又塞给她一个刚出锅的荠菜馅包子。

何珞珈也不客气,连吃带喝之后,痛快地洗了一个热水澡。在逼仄而充满蒸汽的浴室里,何珞珈心想,这才是她的家,这才是她的世界。身边的人都那么热情亲切,一无所求。无论是清东街还是远人村都不可能带给她这样的平静与安宁。

洗完澡后,沈伊湄检查了一下何珞珈的伤势,担心地说:"你还是去一趟医院吧,看这鼻梁上的坑,都快见骨了,真的没断?还有头上、腿上的伤,都挺吓人的,别以为贴几个大号创可贴就完事儿了。"

"不用不用。"何珞珈用力地摁了摁创可贴,"晚上我要见千木,问问他有没有什么灵丹妙药。"说罢看了看坐在旁边专心在给自己涂指甲油的何珞薇。她还是那副懵懵懂懂、一问三不知的老样子。何珞珈不在的时候,沈伊湄几次想从何珞薇的嘴里套话,看能不能找到罐子的线索,均一无所获。据星光活动中心的老师说,这段时间,何珞薇在学校里和同学发生过几次争执,但都被老师们及时制止了,没出什么大的纰漏。这也间接地说明何珞薇的状态没发生任何变化,并未因为身份的暴露而变得更加乖顺或者更加闹腾。

何珞珈将自己下午与关城、何千木的谈话大致说了一遍,沈伊湄听后一点儿也不乐观:"你觉得村长会同意这次和谈吗?"

"村长不一定会同意,但关城说会努力促成。"何珞珈其实也没把握,"听他的语气,问题不大。"

据何珞珈观察,关城对父亲关绪的决策还是有一定影响力的。住在基地的时候,若不是关城说服关绪,为她争取了七天的时间,她未必能够顺利逃走。

"我见过一次村长。"沈伊湄说,"印象中他是一个顽固而严厉的老头,有点阴险。请相信我的眼光。就算村长真的同意和谈也未必是好心,你和方弘逸千万不要去赴这个局。"沈伊湄毕竟做过一段时间的生意,与牛鬼蛇神打过交道,见识过坑蒙拐骗,自然形成了事事防范的心态。

"可是,我真的很想和平解决这件事啊!就算不行,试过一次,也好死心嘛。"

"真的别去,珞珈。"见说服不了她,沈伊湄有点着急,"这很可能是个鸿门宴,弄不好有去无回。"

"他们的目标是罐子,而我是罐子的唯一线索,现在他们的最佳策略应该是尽量地争取我,而不是杀掉我。"何珞珈说,"此外,罐子放在羿族的玲珑空间里,没有我和方弘逸,谁也拿不出来,相当于是第二层保险。"

沈伊湄忽然笑了一声。

"你笑什么?"何珞珈问道。

"咱们聊得这么起劲,好像鳣子明天就会出现似的。"沈伊湄眨了眨眼,"也许你永远也想不起来它的下落,再怎么着急也没用。维持现状挺好的!鳣子已经在清东街保存了上千年,对人类没有任何影响,你就让它待在那个谁也不知道的地方,十年、一百年、一千年……越久越好。只有这样你才是最安全的,而且谁也拿你没办法。"

"这只是缓兵之计,不是长久之计。别忘了威瓦可以强制启动。这段时间,北冰洋的海底火山十分活跃,我担心威瓦有可能会苏醒过来。"何珞珈说,"一旦威瓦启动,我手中没有鳣子,九个太阳就会再次升起。村长和关城都乐见其成,瑟族也会欢欣鼓舞,但地球的文明就该消失了。"

"所以你想抢在威瓦苏醒之前和瑟族签订协议,预先做好三方的利益分配,制止这种可能性?"

"嗯。"

"但是,村长能遵守这个协议吗?就像你说的,当初他连缪星系的宪章都不肯遵守,你怎能相信他见到鳣子后,会不去抢到手?会放弃启动反光镜?毕竟没有缪子射线,那些储备都是治标不治本的。"

何珞珈心里何尝没有这份担心?她深深地叹了一口气:"唉。这就是折中方案不靠谱的地方。它的执行要仰赖村长的人格。但我还是想试一试,实在不行,再做最坏打算。我可不愿意在没做任何尝试的情况下按下那个销毁键,成为葬送瑟族的罪人。"

何珞珈现在终于理解了常娥的心情:一边是友好的人类,一边是自己的亲人;一边是原则,一边是生存。要么毁灭人类,要么毁灭瑟族——这事儿放在谁的手里都是一个艰难的决定。

"还有一点,"沈伊湄又说,"你知道鳣子是什么样子的吗?它肯定不会像电视遥控器那么简单吧?"

何珞珈看着她,苦笑着摇头。

"方弘逸呢?他会不会操作?"

"鳣子上有识别器,羿族不能操作。"

"那东西上面肯定不会写着中文对吧?到时候就算鳣子到了你的手上,"沈伊湄越想越细,问题越来越多,"你怎么知道哪个键是开,哪个键是关,哪个键是自动销毁?"

"我是九婴,变成原形的话,应该能够自动识别上面的图标。"

"你确定?"

"我……我不确定。"何珞珈揉了揉眼睛,"只是猜测。"

何珞珈忽然想起在基地的时候,见关棠操作过给九婴调配营养液的仪器,上面显示的符号她就完全不认得,于是说:"关棠应该认识那些图标。"

"所以到时候,还得带上关棠?"

"……恐怕是的。"

"事情越来越复杂了!"沈伊湄的眉头拧成了一个死结,"你确定要蹚这趟浑水吗?"

"不是我非要蹚这趟浑水,是这趟浑水蹚上我了。"

两人还要继续讨论,忽然听见客厅里有杂沓的脚步声,隔着虚掩的房门,何珞珈听见一个陌生的女人说:"……这房子虽然年份长,因为保养得当,感觉像是全新的。您看这客厅的大阳台,洗晒多方便!户型也方正,公摊面积小。地板是实木的,还装了地暖。卫生间升级改造过两次,看这钛合金门和铝扣板吊顶,防潮效果棒极了。小区很安静,特别适合中老年人居住。"另一个苍老的女声问道:"次卧大不大?"那人答道:"十一平方米,窗户多,白天透亮着呢。来,进来看一下。"

何珞珈这才意识到沈伊湄的卧室格外整洁,可以说是一尘不染。以往的她可没那么爱干净,全靠佳惠阿姨帮着收拾。何珞珈正想问是怎么回事,沈伊湄向她使了个眼色。

门开了,进来了两个妇人,一位三十出头,穿着一套深蓝色的西装,盘着后髻,手里拿着个公文夹,一看就是房产经纪。另一位五十来岁,高个子,大盘脸,穿着件大花毛衣,目光挑剔地看来看去。

两人很快就退了出去,继续在客厅里和李佳惠说话。

何珞珈掩上门,讶然道:"伊湄,你们要卖房子啊?"

"是我爸要卖。"

"为什么啊?"何珞珈急道,"是因为我吗?我可以马上搬出去的。"

"不是啦。"沈伊湄叹了一声,"我爸想跟我妈复婚,我妈坚决不同意。我爸就说既然这样,就把剩下的财产分干净。这套房是我爸妈的共有财产,市价150万。我爸说,要么我妈把它卖了,卖来的钱两人平分。要么我妈占着这房,给他75万现金。"

"75万?"何珞珈无语了,"谁家能一下子拿出来这么多钱啊?"

"我爸一看我妈不同意复婚,这不,就过来找茬儿添堵呗。"

"佳惠阿姨的脾气我知道,但你就不能去跟你爸说道说道?你爸不心疼你妈,怎么着也得心疼心疼你吧?你还没出嫁呢,需要花钱的地方多着呢。"

"我妈不让我找他。说卖就卖,小区里空房多的是,我们买不起还租不起嘛。"

何珞珈一把拉住伊湄,轻声道:"你去跟阿姨说,让她别卖。这个钱我来想办法。"

"你就别操这个心了,二楼的肖阿姨在6号楼有一套空房,结构跟咱家一模一样,正寻租呢。"沈伊湄摸了摸何珞珈的脸,"我妈跟她说好了,到时候就搬到那边去住,你可以跟我们一块儿搬过去。"

离开何珞珈后,关城带着何千木去了鹭川国际广场七楼的草色餐厅,要了一个包厢,点了一瓶红酒和几样精致的小菜,开始浅酌起来。

"珞珈说要单独见你,"关城劈头问道,"你知道是什么事吗?"

"不知道。"何千木夹了一口沙拉,放进嘴中,慢慢地咀嚼着,似乎很享受菜的美味,"这餐厅很久没来了,味道还是老样子,来,尝尝这个芋头?"

关城哪里吃得下,气都气饱了:"你有没有觉得珞珈见到方弘逸,态度发生了180度的变化?"

"有吗?"

"本来她已经信誓旦旦地答应我去找回矰子,现在又提出要约村长出来会谈,还说什么只给储备不能启动反光镜。"

"……"

"矰子该怎么用,用她来说?矰子属于全体瑟族,她没有权利决定这些,村长也不可能答应她的任何条件!"

"……"

何千木不吭声,专心吃菜,任由关城自言自语。

关城继续叨叨叨……

何千木只当没听见。

"你不想说点什么吗,"见自己一直在唱独角戏,关城终于不耐烦了,"千木?"

"珞珈一向有主见,你又不是不知道。"何千木抿了一口酒,"她想和平解决这件事,给人类一个生存的空间,我觉得也无可厚非……"

"无可厚非?"关城皱起眉头,"当年杀伐决断的何千木居然把'无可厚非'当作口头禅?你还是不是何家的族长?你还关不关心瑟族的命运?北冰洋里五千个沉睡的九婴和十万个九婴胚胎,你还在不在乎?千木啊千木,你是真不着急还是假不着急?"

何千木不理关城,一筷接一筷地猛吃。

叮的一声,关城手机里传来一条信息,他看了一眼,脸色更加灰沉,将显示屏放到何千木面前:"看看你妹妹的短信,她要我提供九艘飞船里的详细物品清单,列出每件物品的功能、数量,是否携带大型武器。千木,珞珈这是要跟村长叫板吗?你不能因为快死了就什么也不管了!"

"没错,我就是不想管了。"

"何千木——"

"死亡,是我最羡慕人类的一件事。"何千木瞪大眼睛看着关城,"他们出生,他们长大,他们离去,在这里,我们也会变得跟他们一样。"

"我们跟他们不一样?"关城惊讶地看着何千木,不明白这些想法是怎么冒出来的,"我们不需要面对死亡。"

"就让时间来统一万物,有什么不好?在时间面前,太阳系也好,缪星系也好,大家都是平等的。而且——"千木顿了顿,又说,"珞珈并没有做错什么啊,她遵守的是我们一贯遵守的原则——《缪星系宇宙宪章》。"

关城一时语结,怔了半天,叹道:"也许村长是对的。"

"……"

"我不该把珞珈送出远人村,当初村长也不该把她送出远人村。让她和人类住在一起,立场自然受到影响。"

"你做得没错。她是你的未婚妻,你当然不忍心看着她受咪塔的折磨。"何千木淡淡一笑,"你喜欢她,所以不会伤害她。"

"如果她把赠子交给方弘逸,"关城的脸硬了硬,"我会。"

"你不会。"何千木的语气充满了自信,"如果珞珈真的站在羿族那边,一旦矰子出现,她会第一时间按下销毁键。而她现在提出要把飞船里的储备弄出来,就说明她在寻找折中方案,她并不是完全不考虑瑟族的利益。你应该看到这一点,然后尽力去说服村长。"

关城冷哼一声:"从几时起,你变成了她的说客?"

何千木没有回答,举起筷子,打算夹起一块豆腐,被关城用叉子按住:"现在你是唯一能够影响到珞珈的人。千木,你得为瑟族做点什么,不然,我可就保不住你了。"

"你不用保我,"何千木的眸子黑了一下,"但要保住我妹。"

第五十五章
探针

晚上八点,何千木独自开车过来接何珞珈,并按照她的要求,把车开到了鹭口区北部的落松山风景区。

之所以想起这个地方还是因为几周前何珞珈无意中看到一条电视新闻,上面提到鹭川市商务局领导在某投资公司董事长的陪同下,前往落松山一带进行全面考察,为进一步推动落松山风景区的深度开发寻觅良机云云。这个落松山就在奶奶的养老院附近,何珞珈每次坐车都会路过。那是一片风景优美的山区,一条小河从中穿过,四周湖泊众多,吸引了很多钓鱼爱好者。落松山的山顶上有一个很大的山洞,名叫松果洞。何珞珈带着何珞薇去看奶奶时,还特地去洞里玩过一次。姐妹俩都有些失望,松果洞除了大之外,没有任何出奇之处,既没有石笋、石柱,也没有蝙蝠、燕子窝,倒是扔了一地的垃圾。那一带林木繁茂、云雾缭绕,因为没有开发,人烟稀少,很有些荒凉。

停好车后,何千木看了看前面黑漆漆的树林,笑道:"你的胆子越来越大了。有什么话咖啡厅里不能说,偏偏要来这种地方?"

何珞珈也不解释,抬了抬手,做了一个"请"的姿势:"和我一起爬个山?"

山不高也不陡,他们沿着一条蜿蜒的小路,走了半个多小时就到了山顶。

借着手机电筒的微光,何珞珈带着何千木拨开遮挡的树枝,走进了巨大的松果洞。迎面而来的是一股泥土的潮气,混合着几分动物粪便的臭味。下午下过雨,洞中低洼之处有些积水,好在水里有几块大石头,踩在上面不至于弄湿鞋。两人一直走到洞的最深处才站定,何珞珈拍了拍手上的灰尘,说:"哥,我需要一个证明。"

何千木没听明白:"什么证明?"

"证明我是一只九婴。"

"我的原形,你已经见过了。基地里泡在营养液里的九婴,你也见过了。"何千木觉得没有必要,"如果你的兄弟和父母都是九婴,你当然也是九婴。"

"这些只能说明九婴这种生物是真实存在的。"何珞珈安静地看着何千木,"但并不能说明我就是九婴。"

何千木终于听明白了:"你想变成原形?"

"是的。"

何千木看了看四周:"现在?这里?"

"对。"何珞珈用力地抱着双臂,挤压着自己的胸腔,想把怦怦狂跳的心脏按回胸腔,"你有办法吗?"

何千木沉吟不语。

"如果不能变回原形的话,我很难相信自己是一只九婴,也很难相信那个盗走赠子的人就是我。"何珞珈深吸一口气,神色坦然,"我不知道你们为什么要让我卷入这件事,也不知道我究竟扮演着什么样的角色。这几年我一直生活在瑟族编造的谎言中,天知道谎言的背后还有没有更大的谎言。"

何千木看着她,忽然笑了:"你害怕自己是一只九婴,因为你肩上的担子太重了。如果不是九婴,就不用做这么艰难的决定。"

"我不害怕。我只是想知道我有没有资格做这个决定。"何珞珈坦然地说,"而且,这是一个很正当的请求,不是吗?"

何千木点了点头:"在瑟族,原形与替身之间的变化是通过两根探针来进行的。探针的功能是翻译与交流,这听起来有点儿形而上学,你可以把原形与替身想象成演员与角色的关系,而探针就是一根能让演员深度入戏的魔棒。两者的转换会消耗很大的能量……"

何珞珈不禁想起封豨头上的两只角和上面挂着的那些黑白相间的珠子,以及它们互相碰撞时发出的西班牙响板声。

"如果你坚持的话,我可以借给你一根探针。装上它你就可以变回原形,但不能飞,也不能喷火吐水。"

"好事成双嘛,"何珞珈冲何千木翻了一个白眼,"你就不能大方点儿,借给我两根吗？"

"由于身体原因，我的能量非常有限，最多只能借给你一根，五分钟之后，你就要还给我。"

"不然呢？"

"不然我就会死在这里。"

何珞珈吓了一跳，没想到借出探针的后果会这样严重，连忙说："那就算了，我再找别人想办法。"

"瑟族的探针只能在血亲内通用，别人就算想借给你你也用不成。嗨，来都来了，没事的，借给你五分钟不要紧。"何千木轻声道，"你应该看看自己本来的样子。"

"哥——"

"闭上眼睛，我帮你装上。"

何珞珈轻轻地闭上双眼，听见何千木走到身后，伸手摸到她的后脑，轻声说道："不要紧张，整个过程很短，没有任何疼痛。"他的手在她的后脑上摸索，寻找着合适的位置，"每次变形都会消耗大量的能量，特别是发光、喷火这类动作。当然，对于一个健康的九婴来说这不算什么。"何千木终于找到了位置，用指尖在她的头骨上摁了摁，"但你仍然需要珍惜每一分能量、每一寸光芒，否则将会燃烧殆尽。"

一阵轻微的刺痛闪电而逝，就好像被人迅速地打了一针。

何珞珈没有任何奇怪的感觉，除了浑身发冷，但又不是难受的冷，而是如夏日清泉中沐浴那般充满惬意的清凉。与之相伴的是一阵晕眩，也不是难受的晕眩，就像从梦中醒来却没有醒透，晃晃悠悠、恍恍惚惚。又过了几秒，她感到自己的体温直线上升，全身就像突然着了火似的，但也不是难受的热，而是冬日炉火边温暖的热。她不安地想握住何千木的手，却发现自己已经没有手了，取而代之的是一双翅膀。

一阵恐惧袭来，她努力控制住惊慌，脑袋突然开始发胀，就像脑袋里面还有脑袋，那些脑袋都争先恐后地要从脑门里挤出来似的。

她的脚边有一个大坑，里面积着一些雨水。

何珞珈侧过身去，看见了真正的自己。

她很漂亮，也很明亮，不需要手电照射也能发出通体的彩光。九个脑袋叽叽喳喳地讨论着，说着一种自己从未说过的语言。她不知道哪一个能代表自己的想法，或者说,她每分每秒都同时拥有着九种不同的意见。

正当何珞珈惊讶之际,身边忽然又多了一只九婴。

那是何千木,他也变形了。

"不用担心自己会不会飞,你天生就会,这是你的本能。"何珞珈听见何千木说,奇怪的语言,奇怪的断句,奇怪的时态,此起彼伏的发音,她居然可以听懂。

"你可以改变羽毛的颜色,就像这样……"她看见何千木的一只脑袋往自己的羽毛里啄了啄,羽毛的颜色顿时变成了黑色,与夜色融为一体。

她于是也效仿起来,用左边的第三只脑袋往自己的翅膀中蹭了蹭,五彩消失了,她隐形于夜间。

何千木一样一样地教她,各种口诀,怎样吐火,怎样喷水,怎样攻击,怎样隐藏……最后,他用自己的九个脑袋和她的九个脑袋缠绕在一起,就像十指相握互相扣拢一般:"我们九婴这样表达爱意。小时候你很黏人,经常要我这样抱着你,很长时间不让我放开。"

何珞珈在心中默默地哭泣,失去的一切都回来了,她渴望的亲情,她羡慕的拥抱,她不再孤单无助、彷徨无依……

五分钟很快过去了。片刻间,他们又回到了人的形状。

刚才那一幕就好像根本没有发生过。

下山路上,何珞珈问道:"哥,等拿到了飞船的储备,治好了你和爸妈的病,我们找一个这样的夜晚,找一个空旷无人的地方,全家在天上飞一次,好不好?"

何千木沉默了一下,他本来想说,也许我们已经等不到那一天了,但他不想给何珞珈任何消极的念头,于是携起她的手,柔声地说:"好。"

过了片刻,他又叮嘱:"关城是我最好的朋友,也是我最信任的人,如果你想好好解决赠子的归属,一定要争取他的支持,不然这事很难办成。"

何珞珈轻轻嗯了一声。

"你要理解他的难处。"何千木又说,"他是瑟族第二号人物,他的决策牵系着飞船里十万个沉睡居民和一百万个冷冻胚胎的命运。"

何珞珈何尝不为这个烦恼。如果拿到了赠子,这些人救还是不救?她还记得古书中说的那些话:十日并出,民无所食,六大凶兽,皆为民害……万一这些瑟族四处游荡、见人就吃,可怎么办?

想到这里,何珞珈的心中就像塞进了一个秤砣,喘不过气来。

"这些瑟族和胚胎,应该也算在你说的储备里面,对吗?"何千木看着山上的月亮,"里面还有咱家好几个姨妈呢。"

"飞船里的瑟族如果全部解救出来的话……"何珞珈有些踌躇,"不知道会对世界政治产生什么样的影响。"

何珞珈想起了电影《第九区》里的外星难民,在知道他们的存在后,人类不得不把他们集中隔离到一个特定区域。瑟族会愿意被圈禁起来吗?他们的科技是人类无法比拟的,尤其在威瓦的支持下,他们会心甘情愿地服从人类的安排吗?

何千木没有回答这个问题,只是淡淡地说:"珞珈,如果你什么对策都没有想好,就千万不要开始。一旦开始,后果就不可逆转了。你认为你在帮人类一个大忙,但结局未必如你所愿,反而成了人类的罪人。"

"哥,"何珞珈急道,"说来说去,我已经不知道你是站在哪一边了。"

"我站在你这一边。"何千木笑道,"我是来替你撑腰的,不是来主持正义的。"

他们在山间行走,月光照在小河上,波光点点。

难得和哥哥一起散步,何珞珈故意放慢了脚步。

接下来的十分钟,他们聊了一些轻松的话题。

到了山下,坐进车里,何千木将车挪出停车场,向着大马路的方向驶去,何珞珈忽然问道:"哥,你……有钱吗?可以借我一些吗?"

这话如此脱口而出,没经过任何心理斗争,甚至连脸都没有红一下,这让何珞珈吓了一跳。就在前一段时间,因为自己有事想让佳惠阿姨帮忙接送一下何珞薇,她都要纠结了好久才好意思张口。

"怎么,又缺钱了?"何千木一下子笑了,"你不是刚敲诈了关城一架直升机吗?倒手卖掉能换好多钱呢。"

"是,是要急用。"何珞珈结巴着说,"关城的钱……我不敢乱花。"

何千木从口袋里抽出一张卡塞给她:"好好收着,这是哥的钱,也有爸妈留给我们的钱,随便花,没有任何心理负担。"

何珞珈捧着卡咧嘴傻笑:"谢谢哥哥!"

接下来的一周,日子过得相当平静。

大部分时间,何珞珈都在处理一些家务事。尽管佳惠阿姨一再婉拒,何珞珈仍是从何千木的卡上划出了支付给沈超的75万元现金,给沈伊湄一家留下了这套安身立命的房产。沈伊湄认真地写了一张欠条,何珞珈推辞不掉,只好收下。

"你不用急着还钱,"何珞珈说,"我哥说了,过一段时间,会帮我们找个门面,一起开家甜品店,咱们自己的生意自己做主。这个就算是投资,名字咱们以前都想好了,叫'落梅'什么来着……"

"落梅时光。"

"对对对,就是它。"

"谢谢你,珞珈。"沈伊湄用力地拥抱了一下她,"到时候咱们一起创业,光泰说他也会投资,大家好好干,争取全国各地都开分店。"

"别忘了咱们还有一架直升机哦,"何珞珈加了一句,"业务多着哪!"

何珞珈一边与沈伊湄憧憬着美好的未来,一边每隔一天去一趟清东街。收费大叔告诉她,方弘壁自从那日去了千溏K6,就一直没有回来,他也不知道发生了什么事。方弘壁越是不出现,何珞珈就越是心慌。她一次又一次地追问,大叔不堪忍受,挤牙膏似的又透露出一个细节:方弘壁不是一个人去的。如果回来的门有危险,他们可能会寻找别的出口,这涉及几个空间的跳跃,会有一定的时差,让她耐心等待,至少不要这么高频率地过来打扰他。

关城那边也没露面,只是发过一条短信说他在与父亲协调会谈的事,为了更好地说服村长,那几天他一直住在远人村。

何千木倒是经常过来探望何珞珈,兄妹俩几乎天天碰面,要么一起吃饭,要么一起散步,甚至还一起去游乐场坐了几趟过山车。何珞珈当然知道何千木想尽力弥补这几年的亲情空缺——虽然有点用力过度——她还是找到了一种回到童年的感觉:什么也不用操心,什么也不用害怕,天塌下来有哥哥顶着。

这期间何珞珈问起关棠,何千木说自己的确在缪子天堂里见过她,但那只是她的影像,并未见过真人。至于她究竟是谁,为什么住在基地,何千木也不清楚。何珞珈于是要他帮着隐瞒关棠的下落,以免被关城察觉。

何千木苦笑:"我嘛,是肯定不会说的。可是,只要关棠还在鹭川,找到她一点不难。村长多半已经知道了她的下落,只是没派人过来抓而已。"

"村长也不能乱抓人吧？人家一个小女孩，从小被关在基地里，还被骗说是机器人……"何珞珈想到关棠的遭遇，觉得比自己还惨，"这分明就是非法监禁！他要敢抓，我就去报警，让警察搜查远人村，看他怕不怕！"

"村长迟迟没有动手，大概也是怕事情闹大了，沸沸扬扬，不好收拾。"见她如此激动，一副立马就要找人算账的样子，何千木拍了拍她的背，"基地再缺人手也不会需要一个外族，关棠留在那里一定有特殊的原因。"

末了，见何珞珈依然愤愤不平，又叮嘱了一句："村长是个六亲不认的人，没有十足的把握，不要轻易惹怒他。"

"惹怒了，又怎样？"

"珞珈。"何千木的嗓音猛地沉了下去，"听话。"

"……"

"这不是忠告，是警告。"何千木用力地拢了拢她的肩膀，"村长这个人……非常危险，我不想你死得不明不白。"

因为这个话题，兄妹俩分手时，气氛很是有些沉重。沉重到何珞珈觉得自己和哥哥在一起的童年时光大概是一去不复返了，剩下的就都是升级打怪了。

就在和何千木坐完过山车的那天下午，何珞珈接到了关城的电话。

"村长想跟你视频，方便吗？"

关城说话一向以迂回为主，各种寒暄、各种比喻，最后才引到正题，他极少这样开门见山。

何珞珈还没来得及做好心理准备，那边视频已经打开了，村长关绪那张严肃而带着深深法令纹的脸出现在了手机屏幕上。

"珞珈，你好吗？"村长关绪的声音很淡，却罕见地带着一丝"关怀下属"的语气。

"我很好，谢谢您的问候。"何珞珈的嗓音颤抖了一下，但她很快便镇定下来。她在想为什么村长会亲自打电话，为什么不是关城代劳，是为了表示重视吗？

"关城说你提议大家开个会？"

"是的。"

"明天下午两点，在白鹤楼下的'白鹤咖啡'，你看可以吗？我订了一个包厢。"关绪的姿态很官方，"那里是鹭城最热闹的地方，你应该不会担心你的安全。"

何珞珈有点意外，没想到关绪居然答应了会谈，还主动定好了时间地点。她嗅到了一丝不寻常，却也来不及多想。

"嗯——"何珞珈犹豫了一下，"我倒是有时间，只是羿族那边，方弘逸兄弟目前不在鹭川，能否……"

"我不认为这个会议需要羿族参加。"关绪的音调忽然高了两度，果断地说，"缪子射线对羿族的生存没有任何影响，罉子也不在他们手上。"

"可是——"

"关城说，你很关心人类的命运，所以我们只需要和你——也就是最可能找到罉子的人——再和一位人类的代表就此事进行商谈就可以了。"

对村长关绪的这番操作，何珞珈有点摸不着头脑："人类的代表？"

"没错。你是瑟族，你不能代表人类。在这件事上有什么诉求，只有人类自己最有发言权，也只有请一个人类的代表过来发言，才是最公平最妥当的处理方式。"

"……"

道理倒是没错。何珞珈心想，只是，她摸了摸脑袋："谁能代表全人类呢？"

"沈伊湄。"

"沈伊湄？"何珞珈有点傻眼，"她能代表全人类？"

"她是人类的一员，又是你信任的朋友，道德品行都没问题，当然可以代表全人类。"关绪说，好像这是理所当然的。

"这个——"何珞珈皱了皱眉，"最能代表全人类的那个人，应该是联合国秘书长吧？"

"第一，我们绝对不想暴露瑟族的存在；第二，你认为联合国秘书长会相信你的话吗？"

"……"

"你就不怕被人当作疯子送进精神病院？"

"……"

"那就说定了，明天下午两点，你、沈伊湄、我、关城，一共四个人，坐下来开个会。"

何珞珈还想细问，那边视频已下线了。

何珞珈连忙又给关城发了个信息："如果伊湄不愿意来呢？"

三秒钟后，关城答道："那就由你来代表人类。你觉得你能代表吗？"

第五十六章

白鹤咖啡

"什么？我？代表全人类？！！！"

当何珞珈告诉沈伊湄村长关绪的提议时，沈伊湄正歪在枕头边打手机游戏，惊得差点儿从床上蹦下来。

何珞珈以为她不愿意，连忙说："你要是觉得不合适就算了。"

"倒也没什么不合适……"很显然，沈伊湄不想错过这个历史性时刻，"只是……在谈判之前，我们是不是应该找些关心国事的人参谋一下？广泛听取群众意见？"

"比如说？"

"比如说——"沈伊湄低头想了一会儿，眼睛一亮，"我表姐夫的舅舅是全国人大代表，去年两会期间写过好多议案呢，报纸电视台都采访过的，绝对是个见过世面的大人物，咱们去问问他？"

"不行不行！"何珞珈连忙摇头，"瑟族一再申明不想让更多的人知道他们的存在，这事儿一旦捅到舅舅那儿，就相当于是捅到了电视台，全国人民都知道了。"

"哎哟喂！这么大的事儿，人类都要灭绝了，全国人民还不应该有知情权吗？依我看就是要广而告之，让全世界都知道才对！"

"这不是螬子还没露面吗？也许几百年内都不露面，这么早捅出去，一来没人信，二来也是制造恐慌啊。"

"倒也是。"沈伊湄终于被说服了，"要不，去问问二楼的鲁阿姨？她是咱小区的居委会主任，管好大一片地方呢，大家有什么大事小事都找她。而且，人家还是大学政治系毕业的——要经验有经验，要专业有专业——总比我能代表全人类吧？"

"鲁阿姨?"何珞珈在丽珠小区只住了三年,认识的人无法跟在这里出生长大的沈伊湄相比,比如说这位鲁阿姨,印象中能说会道、八面玲珑,没想到她居然是和关城一个级别的领导,"神神叨叨的,靠谱吗?"

"好歹问她一下嘛,你觉得呢?就说有这么个事儿,关系到人类的未来,问问她的看法。就算她说的话不靠谱,将来有人问责,至少可以说我事先咨询过居委会的意见。"沈伊湄很坚持,"这样的话,我心里多少有个底呀。"

"人类都灭绝了,还有谁会来找你问责?蚂蚁吗?"

"何珞珈,你让我代表人类,我都说可以了,这点诉求你总得答应我吧。"

何珞珈倒不是觉得诉求有问题,而是认为鲁阿姨肯定不会相信她的话,但沈伊湄这么固执地要求请示"上级",她只好点头:"事不宜迟,现在就去?"

两人噔噔噔地下到二楼,敲响了鲁阿姨家的铁门,她正好在家,很客气地将她们迎了进去。

这鲁阿姨与佳惠的情况相似,也是离婚后独自带着一个孩子生活。她儿子比沈伊湄大两岁,在北京读的大学,毕业后就留在了北京。因尚处于打拼阶段,居住条件比较艰苦,鲁阿姨不想给儿子添麻烦,就继续留在鹭川生活。鲁阿姨平日里热心快肠,喜欢交际,把居委会的工作当作自己的事业来抓。星光活动中心刚成立那阵,还是她最先把这个消息告诉给何珞珈的。

在沙发上坐定,沈伊湄直奔主题:"阿姨,您相信这个世界上有外星人吗?"

鲁阿姨愣了一下,说:"相信。"

沈伊湄和何珞珈互相看了一眼,心想,有这个大前提,后面的内容就好沟通了。

"在我们这个城市,生活着这样一群外星人……"沈伊湄删繁就简地将瑟族来到地球、丢失矰子、打算启动反光镜的事情大致地说了一下,还没说到即将进行的谈判,鲁阿姨就开始摇头,摇头,不停地摇头。

沈伊湄越说越尴尬,喉咙越来越干巴,渐渐有点儿说不下去了……

"阿姨,"何珞珈只好问道,"您对这事儿有什么看法吗?"

"你问我这世上有没有外星人,肯定有。银河系有一千亿个星球,环境气候跟地球相似的,怎么说也得有几千万个吧?这其中多多少少会有一些能够演变成像人类这样的智慧生命。现在大家不都相信概率、相信大数据吗?这是一个十分合理的猜测。可是,"鲁阿姨拧开泡着菊花的玻璃杯,慢悠悠地喝了一口,"我不相信这些外星人会来到地球,或者说,被我们观测到它们的存在。"

沈伊湄听呆了:"鲁阿姨,您说话好有条理呀,请继续说。"

"你们知道'大过滤器假说'吗?"

两个女生同时摇头。

"简单地说呢,就是智慧生命的进化需要很苛刻的条件。想想看,人类从使用矛棍进化到读书写字,就花了二十万年。任何一个阶段上的任何一点动荡就会阻止甚至断送生命的进一步演化。高等文明太难生成了,就算真有,也非常稀少、非常遥远,根本就联系不上。这就是为什么我们至今都没有发现外星生命的原因。"

"……"

"一种生物一旦全面统治世界,就离灭亡不远了。不说恐龙,就说人类的这些科技,如原子武器、纳米技术、基因编辑、超级AI……这些东西一旦滥用,都可能毁灭人类啊!任何一个文明如果强大到可以改变星球大气的成分比例,这个星球就没有办法居住了。所以说,还没等外星人发现我们,人类已经从地球上消失了。"鲁阿姨放下茶杯,抬了抬眉毛,"这就是我对外星文明的看法。我相信有外星人,只是不相信他们会出现在地球上。"

看来,丽珠小区的居委会主任真不可小觑,鲁阿姨的知识比科普网上的UP主还渊博。

沈伊湄咳嗽了两声,有点儿无话可说。

"后羿射日,是一个神话。神话,是一种想象。在原始社会时期,人类的知识水平低下,他们看到不理解的自然现象,只能通过想象作出解释。如果你相信后羿射日,就得相信盘古开天、女娲造人、精卫填海……"

"……"

"你俩是不是玩游戏入迷了?现实世界、游戏世界拎不清了?快醒醒吧,姑娘们!别光顾着贪玩儿,祖国的未来可都在你们的身上呢。"鲁阿姨一边说一边伸手摸了摸沈伊湄的脑袋,又看了一眼手表,"哟,七点半了,我得去跳广场舞了,就不多留你们了哈。"

两个女生沮丧地回到五楼,钻进卧室。

"咱丽珠小区真是藏龙卧虎。"何珞珈叹道,"一个居委会主任都这么有知识。"

"你这么一说我倒想起来了,"沈伊湄一拍脑袋,"鲁阿姨的儿子是物理系的,好像学的就是天体物理,难怪她知道这么多。"

"那你明天还去吗?"何珞珈问道。

"去呀,干吗不去?"沈伊湄用力地点点头,"外星村长指名点姓地要我去,作为人类的一员,我必须不能认怂!"

"你确定?"

"确定!珞珈,不是我不愿意代表人类,是我觉得有很多人比我更有资格。既然这些人都去不成,那就还是我去。这么大的事儿,人类这边总得派个代表去说道说道呀。"沈伊湄打开衣柜,开始挑选明天的会议着装,"反正你也要去,咱俩一起对付他,总比单打独斗强吧!"

沈伊湄越是勇敢,何珞珈越是迟疑:"万一……真是个鸿门宴,怎么办?"

"嗨!你知道下午两点的白鹤楼有多热闹吗?"沈伊湄笑道,"在那种地方,他们不敢把我们怎么样。"

顿了一顿,沈伊湄忽然又说:"珞珈你使劲掐我一下。"

"为啥?"

"请告诉我这不是真的,我其实是活在一个虚拟游戏的世界里。"

"这是真的。"何珞珈用力地掐了一下沈伊湄的人中,"Sorry!(对不起!)"

次日下午,为了避免堵车,何珞珈和沈伊湄提前一个小时到达了白鹤楼。

彼时天清气爽,阳光普照,白鹤楼一带的游人可谓人山人海、摩肩接踵。

三月中旬,惊蛰刚过,鹭城这日却是超乎寻常的温暖,俨然已经到了初夏。

"白鹤咖啡"在白鹤楼公园南门,是个安静的四合院。走到那里要经过一排古树和一片竹林。咖啡馆里不仅饮品众多,还提供点心和简餐,室内装修古朴,器物典雅,充满了文化的氛围。

客人不算多,十几个人里有一大半都是老外。

在进去之前,何珞珈拉着沈伊湄绕着咖啡馆的外围走了一整圈,发现它的位置并不偏僻。因与别的景点勾连,四面都有游廊和扶梯,不断有游客走来走去。想在这里劫持人质会引起很大的骚动和众人的跟拍,这绝对不是瑟族想要的效果。

以何珞珈的经验,挑选场地、预订包厢这类小事一般不会由村长亲自安排,要么是关城要么是关永廉,总之是要让她消除顾虑,至少说明瑟族对和谈的重视与诚意。想到这里,她紧绷的神经稍稍有些放松。

看看时间差不多了,两个女生肩并肩地走进了咖啡馆。

包厢很大,三面有窗,非常敞亮。正当中一圈青灰色的仿古沙发,木料厚实,富有禅意。

何珞珈和沈伊湄各要了一杯咖啡,刚喝了一口,就看见村长关绪和关城双双走了进来。

何珞珈觉得他们父子俩虽然个头相仿,但看上去并不太像。关城清秀白皙,慵懒而有妖气。关绪鹰嘴鹞目,严肃而不怒自威。他们都穿着笔挺的深色系西装,关城还拎着一个黑色的公文包,商务范十足。

四个人互相握手后,何珞珈郑重地介绍道:"这位是我的好朋友兼室友沈伊湄。她非常关注矰子事件的进展。"

"沈小姐,感谢您愿意代表人类参加这次会谈。"关绪的态度又客气又尊敬,"希望今天的讨论富有成果,并能在核心问题上取得进展,达成共识。"

"这也是我们的期待。"沈伊湄矜持地点了点头。

长期在甜品店工作,何珞珈听到的都是闲言碎语和最普通的大白话。不知道关绪为什么要用一种"新闻体"的方式进行交谈。转念一想也没什么不妥,这可不就是一次严肃的外事活动吗?

何珞珈看了一眼关城,发现关城也正在看着她,目光如水,眸中含笑,带着点撩人的意味。她白了他一眼,将视线移回到关绪身上。

"现在,让我们先说说各自的诉求,好吗?"关绪道,"沈小姐,您先说。"

何珞珈正要回答,听见包厢外有人敲门。她的心猛地一跳,身子不自觉地紧绷起来。关城闻声开门,一个服务员推着一辆餐车走了进来,在桌上放了四瓶果汁、六碟精致的点心后离开了。

何珞珈松了一口气,只听身边的沈伊湄平静地说道:"我们的诉求很简单,无论矰子是否出现,我们希望最大限度地维持地球的现状。也就是说,九艘飞船不能升空,九个反光镜不能打开,一切企图改变地球环境的举措都不能实施。出于人道主义考量,瑟族可以从飞船里取出一部分储备和急需的医疗物资。但是,这个过程要在双方的监督下悄悄地进行,绝不能威胁到人类的生存与发展。"

"嗯,了解了。"关绪不置可否,摆出一副扑克脸。

"那你们的诉求呢?"何珞珈问道。

"瑟族的生存离不开缪子射线,也离不开威瓦,"关绪的语速很慢,似乎在强调着重点,"我们希望启动威瓦,让九座飞船顺利升空,也希望九个反光镜能正常打开,利用太阳的能量,制造缪子射线,此外——"

听到这里,沈伊湄根本不让关绪继续往下说:"如果您坚持这个诉求,那我们就没什么好谈的了。"

"别急,别激动,听我说下去。"关绪摆了摆手,"我们会让威瓦调整九个反光镜的位置,让它们不要把缪子射线辐射到整个地球。我们只要一半的面积,剩下的那一半,留给人类。"

两个女生互相看了一眼,没有完全听懂。

关城在一旁解释道:"也就是说,只有一部分地区的地表温度会升高,剩下的地区维持原状。如果你们介意的话,我们可以避开发达城市和人口密集区域,甚至可以把瑟族基地全部建在沙漠地带。"

"这肯定不行!"何珞珈立即反对,"哪怕只有一部分区域的气候发生变化,也会引起生态链的连锁反应,陷入恶性循环,最终导致地球环境的全面崩溃。"

"沈小姐,您的看法呢?"村长对何珞珈的抗议毫不理睬,笑眯眯地看着沈伊湄,"您看上去比珞珈冷静多了,我觉得您会是一个很好的合作伙伴。"

"我的看法跟珞珈一模一样。"沈伊湄冷笑一声,"这当然不行!如果威瓦启动,九艘飞船升天,到时候人类想住在哪里,还能由自己来说吗?您有这么大方吗?"

"如果您担心这会引起一系列的环境危机,这个担心大可不必。"关绪的嘴用力地抿了一下,他说话的样子像个老式的英国贵族,上嘴唇几乎不动,也看不见上面的牙齿,给人一种苛刻挑剔的感觉:"您要相信威瓦的智慧。威瓦能让地表升温,当然也能让地表降温。"

"怎么降温?"何珞珈反问,"您倒是说说看?"

关绪晃了晃手指,关城立即站起来,打开公文包,拿出一个小巧的3D投影仪,开始向她们演示各种模拟的动画图形:"比如说,我们可以在大气层中设置太空反光镜,用它们来降低地球变暖的速度;也可以在大气层里喷洒二氧化硫,这样地球的上空就会均匀地蒙上一层硫酸云,地表温度也可以随之下降;我们还可以在平流层内注入气溶胶去亮化增白云层,增加反照率,把一些太阳光散射回太空,减少地球吸收的短波辐射……"

关城滔滔不绝,解决办法一套又一套,佐以各种数据各种图像,直把在座的两个女生都听呆了。

他们果然是有备而来。

"不要惊奇。你们看到的这些策略不是瑟族的主意,是人类为了解决气候危机自己想出来的,只是技术不成熟,无法大规模实施而已。毕竟,全球气候变暖的趋势也不是一天两天了。"关城用手指点着其中的几张图片,"当然,想让地球迅速降温,瑟族还有别的科技可以办到,那些就在人类理解的范围之外了。"

关城的演说让两个女生的思绪都发生了一点点的偏离。

"不要把我们看作是人类的敌人,我们也可以帮到你们的。"关城继续又道,"比如即将到来的第六次大灭绝,只要启动威瓦,就可以阻止它的发生。这不是一次毁灭地球的行动,恰恰相反,这是一次拯救人类的行动。"

"刚才村长说,你们不要整个地球,只要半个地球。半个地球交给瑟族统治,是这样吗?"何珞珈将瑟族的诉求重复了一遍,企图厘清两边争论的焦点。

"是的。你见过瑟族的原形,我们是大型动物,居住空间太小的话,装不下。"

"什么人住什么地方是历史形成的。"何珞珈硬邦邦地顶道,"你们不是地球的主人,地球的空间不由你们来支配。"

"瑟族占据一半的地球,意味着有一半的人类要搬到剩下的半球去居住。意味着半数的国家将失去国土,急剧减少的资源将遭到哄抢。"沈伊湄一字一顿地说,"这意味着世界大战,你懂吗?"

"如果你们觉得地盘太小,我们可以帮助你们兴建地下城或者海底城……"关城的声音很轻柔,生怕又说出什么话惹恼了她们,"在我们星球,因为地表环境恶劣,有不少人就是居住在地下的,我们的科技在这些方面尤其发达。"

"你们最多只能拿到一些储备,不能引起全球政治的动荡。"何珞珈强调。

"九艘飞船的睡眠舱里,有十万沉睡的瑟星居民和一百万个冷冻胚胎,我们绝不能让他们永远地留在海底。"关城的声音多了一分急切,"你们不是天天喊着人道主义、慈悲为怀吗?怎么现在成哑巴了?这可是一百多万条生命啊,我们能坐视不理吗?"

"休眠的瑟族和胚胎不能一次性全部浮出海面,至少在短时间内不行。"沈伊湄不为所动,"且不说变成原形的瑟族在地球上任意游荡捕食会对人类造成什么样的影响。他们要是全都活下来并繁衍生息的话,一个国家就诞生了。如果真想挽救他们,也只能是分期分批地进行。"

"我们来到地球也只是为了生存。"见沈伊湄咄咄逼人,关城也来气了,不禁讽道,"俗话说,有朋自远方来,不亦乐乎,我没想到瑟族会这样地不受欢迎。"

"那是因为你们到达地球的第一天就不顾人类的死活,打开了九个反光镜,还四处捕食杀生,在历史上留下了罪恶的一笔。"沈伊湄愤怒反击。

"诸位,诸位,先别这么快产生对立情绪,"关绪示意关城坐下来,"沈小姐,您不妨先听听瑟族给您的待遇。"

沈伊湄气得口干舌燥,将杯中的咖啡一饮而尽,抱臂冷笑:"什么待遇,说来听听。"

"瑟族的医疗非常先进,对人类也一样适用,我们可以让您跟我们一样,长寿万年,永生不老。"

沈伊湄一阵愕然。

"我们只要一半的地球,另外一半,由您来负责治理,拥有独立的主权、完整的领土。总统、首相、女王,头衔自己定。不用担心政务繁忙,机器人助理会帮您打理一切。如果他们解决不了,还可以去找威瓦。"

沈伊湄嘿的一声笑了:"您是不是还可以给我一支军队呀?"

"这也是您的诉求吗?"关绪点了点头,"是的,可以。"

"是什么让您相信地球人会同意我——一个小小的甜品店收银员——来当这个女王呢?"

"别忘了您有瑟族的支持,而且会永生不老,再过一百年,您就不是一般人了。"关绪幽幽一笑,"您将会是他们的神,将会受到他们的顶礼膜拜。"

不知道是不是被关绪的甜言蜜语哄住了,沈伊湄呆呆地看着桌面,张大嘴巴,半天没有说话。

何珞珈轻轻推了她一下:"伊湄?"

沈伊湄定了定神,坦然一笑:"村长,我一向认为一个人活过七十岁就是赚了,剩下的日子听天由命。我不需要长生不老。您的这些条件,我作为人类的代表,不能接受！"

见说服不了沈伊湄，关绪又把头转向何珞珈："聊到这里，我想问一件事。珞珈，请你诚实地回答我。"

"请说。"

"你是不是已经知道了罇子的下落？"

"没有。"

"那就是已经有一些线索了？"

"也没有。"

关绪的脸上掠过一道黑影，仿佛受到戏弄似的，嗓音顿时枯涩起来："那我们为什么还要坐在这里？我们连谈判的基础都没有。"

"我听说威瓦会强制启动。"何珞珈老实地解释，"担心在没有找到罇子之前，它就已经苏醒了。"

"苏醒？"村长淡淡地看着何珞珈，"那不是挺好的吗？"

"我只想告诉您，就算威瓦启动了，也请您考虑人类的安危，不要打开九个反光镜。"

"那个时候，就由不得你了。"关绪看着自己的掌心，"你手上没有罇子，我为什么要听你的呢？"

"如果您真这么干了，"何珞珈一字一顿地道，"只要我拿到罇子，下一秒它就会自我销毁。"

关绪的脸忽然抬了起来，一言不发，阴森的目光在两个女生的脸上来回扫动。

何珞珈只觉头皮一阵发麻，包厢里的气氛也紧张到一触即发。

正在这时，关城忽然站起来，走到何珞珈身边，伸出一只手，轻轻地按在她的肩上，懒洋洋地笑道："事关大局，我们当然不会轻举妄动。是吧，珞珈？"那只手在她的肩上用力地揉了一揉，明显感到了一股抵抗的力量，"别忘了，你也是瑟族呢。"

见无人回话，关城迅速收场："这样吧，今天的会谈就到这里，大家都回去冷静地想一想，考虑一下双方的 offer（诉求），看看有没有可以妥协的地方。过一段时间，咱们再聚再聊，可好？"

第五十七章
星空

何珞珈和沈伊湄顺利地从咖啡馆回到家,对刚才的场景有些后怕。没想到瑟族的胃口那么大,居然想占领半个地球! 剩下的那一半说是交给人类,还让沈伊湄当首领,无非是设立傀儡。

在路上,她们再次搜索北冰洋一带的地质新闻,一则格陵兰岛北部海底地震的消息蹦了出来。地震引发了50米高的海啸,导致村庄毁坏、人员失踪。这样的巨震会不会触发沉睡在北冰洋底的威瓦? 不得而知。

看到这则消息,两个女生的心中充满了恐慌。关绪越是有恃无恐,飞船就越不能浮出水面。但手中没有鐏子,怎样阻止飞船升空? 她们一点办法也没有。

回到家后,何珞珈心烦意乱地在卧室里转圈,沈伊湄却拆开了一袋薯片,嘎嘣嘎嘣地吃了起来:"下午想干吗?"

"不知道,你呢?"

"世界末日到来之前,该干吗干吗呗,我还得继续去甜品店上班啊。"沈伊湄说,"水手大哥不在了,店里更忙了,前天店长还说给我涨五百块工资呢。"

"瞧把你给乐的。"何珞珈两眼看天,"村长许给你长生不老你都没乐成这样。真是服了你了,地球明天爆炸,你今晚照样睡得香。"

"那叫心理素质好! 我才不为没影子的事情操心呢。"沈伊湄一屁股坐到床上,打开小红书,开始刷上面的视频,"珞珈,你信吗,我就是个有福之人。在遇到你之前,我不好好读书,就想做生意。作天作地,把我妈的钱拿出来瞎折腾,被人坑得渣儿都不剩。但我依然相信明天是美好的。因为我没做过亏心事,没对不起朋友,有福之人不用忙,指的就是我。"

"我可没你那么乐观。"

"你就瞧好吧,这威瓦醒不了,罐子也找不到。每天早上一睁眼,太阳照常升起,生活还得继续,我沈伊湄依旧牛!"

何珞珈再次见到方弘逸,是五天之后。

这期间她没有见过关城,关城也没回过楚田公馆。何千木说,关于如何处置罐子,父子俩产生了很大的分歧。与此同时,千鹿那边越来越频繁地收到威瓦要求交换参数的指令,但信号时断时续,和基地的联络始终没有建立起来。为了增强信号,关绪命令驻扎在北冰洋附近的瑟族在海中释放了多个水下中继器,似乎也没什么效果……

"从基地飞船损毁的情况来看,海底的环境更加难测,九艘飞船在那里沉睡了几千年,应该会有更严重的毁坏。"何千木说,"强制启动很难一次性成功,就像司机试图启动一个出了严重故障的汽车,威瓦需要不停地尝试。"

何珞珈感到事态严重:"这是不是说,如果启动成功,九艘飞船就会立即升空?"

"是的。"

"哥——"何珞珈试探着问道,"飞船上有没有大型的攻击性武器?"

何千木没有直接说有或者没有,只是嘿地一笑,刮了刮她的鼻子:"小丫头,你用脚指头想想,我们打这么老远的地方来,一路上能顺风顺水吗?自然会路过一些不友好的文明,和它们猛烈地交过火。就是郑和下西洋,船上也都装着火炮呢。村长想要控制人类,只用动动指头,飞船里携带的武器就可以毁灭一整个星球。"

何珞珈艰难地消化着这条信息,想了想,又问:"以人类的科技,能用导弹或者什么别的武器把九艘飞船射下来吗?"

"不能。九艘飞船都是战舰,有完备的攻击和防御能力。以人类目前的科技水平,根本就探测不到它们的存在。就算再过几千年,可能性也不大。"

"那怎样才能阻止这件事呢?"何珞珈不觉冷汗湿背,"手里没有罐子的话?"

"阻止不了。"何千木的回答斩钉截铁。

接下来的几天何珞珈的心情十分沮丧。每天早上一醒,她都会冲到窗前打开窗帘,看看天上有几个太阳。她甚至有点后悔那天谈判的态度过于强硬,如果九个

"太阳"的升起无法避免，或许为人类争取一半的地球，也是一种求生的办法。

沈伊湄的态度倒是相当潇洒，每天照常上班、照常逛街、照常蹦迪、照常K歌、照常玩到很晚才回家。按照她的逻辑，如果人类即将灭亡，她更要玩个痛快，绝不辜负最后的美好时光。与此同时，在石光泰的不懈追求下，沈伊湄与这位前男友的关系也日渐亲近，然而只要何珞珈问起，她就十分嘴硬，只是说自己这样做是为了将来的新店拉投资而已。

这天是个周五，佳惠阿姨和一群跳广场舞的好友们去厦门旅游了。石光泰约了沈伊湄吃饭看电影。家中没人，何珞珈独自去学校接回何珞薇，姐妹俩简单地吃了个晚饭，又一起看了一集综艺节目。何珞薇吵着要吃葡萄，何珞珈只好出去买，不放心她一个人在家，只得带着她一起出门。

天已经黑了，她们在超市买到葡萄后刚走回小区，有人忽然叫了她一声："珞珈。"

何珞珈一回头，就看见了树影下的方弘逸。

方弘逸还是穿着件黑色的套头衫，里面露出一件白T恤，看上去很干净，头发湿湿的，好像刚刚洗了个澡。

何珞珈放开何珞薇，欣喜地向他奔去，两人紧紧地拥抱在一起。方弘逸身上沁人的香根草味让何珞珈想起了那个白石房子和门廊上的两把藤椅。足足过了三分钟，她才放开他，借着路灯，仔细地打量着他：苍白的脸上有几道深深的伤口，额头三处，腮边两处，有的露出皮下组织，像剥了皮的橘子；有的已被蛛网般伸出的共生体覆盖了，呈现出淡淡的紫斑。他还是那副羞涩腼腆的样子，目光亲切纯净，看着她的时候，眼中充满了爱意与怜惜。

"什么时候到家的？"何珞珈问道。停车场的收费大叔拒绝电话联络，这些日子她依然是每隔一天去一趟清东街，昨天去的时候，大叔还说他们没有回来呢。

"今天早上。"方弘逸说，"那天你走后，我和变色人大打了一场，受了点儿伤，估摸着逃不掉了，就找了个山洞躲了起来。在洞里我晕晕乎乎地睡着了，也不知过了多久……"

何珞珈默默地听方弘逸轻描淡写地说着，心知他一定受了重伤，在洞里昏迷多日行动不便，只能待在那里慢慢地等着共生体给自己疗伤："所以你哥找不到你？"

方弘逸点点头："我哥带着五个人到千溏K6找我，找了好几天也没找到人，以为我从别的路口出去了。于是又换了几个门,到我可能会去的空间找人,就这样耽误了一些时间,最后他们又回到千溽K6,那时候我的伤已经好多了,能四处走动了,这才被他们找到。为了安全,大家决定换一条路回家,又耽误了几天。"

"到楼上坐一会儿吧。"何珞珈热情地举了举手里的葡萄,"喝点茶,吃点水果?"

"我想带你去一个地方,方便吗?"方弘逸神秘地说,"开车的话,三十分钟左右。"

"方便。"何珞珈笑得眼睛都弯了,转身看了一眼何珞薇,又说,"不过我得带着我妹。家里没人,我不放心她独自在家。"

"当然可以。"

何珞珈带着何珞薇坐上了方弘逸的车,车子一路向北开去。在路上,何珞珈将白鹤咖啡的那次谈判大致说了一遍,方弘逸听罢苦笑摇头:"村长是个不守信用的人,不要相信他的承诺。只要拿到赠子,无论事先跟你谈了什么条件,他都会第一时间启动威瓦。因为从一开始他就根本没打算和人类一起居住在地球上。"

"我也知道折中方案很难操作,可是,飞船里毕竟还有十万瑟族和一百万个胚胎啊,这些都是我的同胞呢。"何珞珈说出心中的苦恼,"我能眼睁睁地看着他们去死吗?"

"当然不能。"见何珞珈着急,方弘逸握了握她的手,"找到赠子后,你仍然可以把它放在清东街。等什么时候瑟族换了一位开明的领导人,你再去跟他谈判,争取两全其美地解决问题。"

"换人?这可能吗?村长又不会老,他会愿意让位?"

"没有缪子射线的照射,等主舰的储备渐渐用完,瑟族就不得不学习面对死亡。到那时,也许他们就会妥协了。"

何珞珈越想头越痛:"弘逸,你知道吗?最近北冰洋的火山地震十分频繁。我哥说,他的机器人已经不止一次收到威瓦传来的信号了。"

方弘逸不禁变色:"威瓦正在强制启动?"

何珞珈看着窗外的灯火,默默地点了点头:"也许还没等到赠子出现,人类就已经灭绝了。"

汽车穿过热闹的街区后,渐渐驶入一条郊区公路。不久又向东拐进另一条大道,何珞珈看了一眼路牌,问道:"咱们这是去落松山吗?"

"对。你怎么知道?"方弘逸惊讶地看了何珞珈一眼。

"最近刚来过一次,和我哥一起。"何珞珈猜道,"你该不是要去松果洞吧?"

"不是。"方弘逸摇了摇头,"那一带没什么灯光,我想带你去看星星。"

"天上的星星?"

"嗯。"

好奇怪啊。何珞珈心想,人类都快灭绝了,这一位还有心情看星星。

十分钟后,方弘逸的车停在了落松山下。何珞珈牵着何珞薇,跟着方弘逸沿着一条山路一直走到山顶,找了一块平地坐了下来。每到一个陌生的地方何珞薇都会有些不安,这一次她却乖乖地坐在何珞珈身边,紧紧地挨着她,还用一只手拽着她的衣角。

夜风很暖,微微地吹到脸上,带着野花甜美的香气。

这一带的山上——无论江南江北——每到春天,漫山遍野地开着杜鹃花。落松山也不例外,每次坐车路过,山坡上都是红彤彤的一片。

三年的高压生活让何珞珈变成了一个只喜欢低头看路、从不仰望星空的人。她从没有认真地看过天上的星星。

"这里的空气很干净,天上也没有云彩,能见度相当不错。"方弘逸用手指着前方的一片星空,"我先教你怎么找仙后座吧。"

"要是伊湄在就好了,她对星相可有研究了。"何珞珈双手支腮,看着满天的星辰,"我看这些星星都差不多,很难分清谁是谁。"

"按我的办法去认,不难的。可以把你的手指交给我吗?"方弘逸柔声问道。

何珞珈将右手放到他的掌中,方弘逸轻轻握住她的食指,指着地平线上的一片星空说道:"看见那个大勺子了吗?那就是天空中最著名的北斗七星了,也叫大熊星座。"

何珞珈当然知道北斗星,也知道它是什么样子,沈伊湄卧室的床头板上就刻着一个北斗。

"沿着勺子开口的方向看过去,有一颗特别明亮的星星,那就是——"

"北极星?"何珞珈抢着说,记得以前给何珞薇读过一本科普的童书,里面讲过北斗与北极的位置。

"没错。它在小熊星座的底端，"方弘逸点点头，"沿着北极星往右边看，你会看见有五颗星星组成的一个'W'形状，这就是仙后座。"

"是吗？"何珞珈按着手指的方位仔细辨认，找了半天也没找到。

"这个'W'是竖起来的，不是躺下的，两个尖尖在左边。"

"啊，看见啦，看见啦！"何珞珈惊喜地叫道。仙后座没有北斗星显眼，找起来颇费工夫。

"盯着仙后座，不要动，沿着'W'下面的那个尖尖，向左边看——"方弘逸握着何珞珈的手指，在空中轻轻地移动，"向左，然后向下，你会看见一个由几颗明亮的星星组成的'匕'字，匕首的匕，需要仔细找，因为它们彼此的距离不是很近，位置也低，正好在地平线的上方。这就是仙女座。"

何珞珈忽然明白方弘逸为什么要带她来看星星了："记得你说过，你的家乡是在仙女座的方向。"

"没错，那就是缪星系的方位。"方弘逸一边说一边问，"看到了吗？"

何珞珈辨认了半天，终于点了点头。

"把目光放在'匕'字的那一撇上——"方弘逸的手指继续前移，"那里一共有三颗距离很近的星星，比较亮，请把视线移到离竖弯最远的那颗星星上。"

何珞珈努力瞪大眼睛，朝着方弘逸指的方向看去。

"你会发现那颗星星旁边有一个模糊得好像是一团云雾一样的东西。"

何珞珈点点头，表示看见了。

"在那一团云雾的右下角，又有一团更小、更暗、更模糊的光点，但也是一团云一样的东西。"

为了这个光点，何珞珈足足找了三分钟，才终于找到。

那团云一点儿也不明亮，而且微乎其微，就像夜空中的一粒芝麻。

"看见了？"方弘逸问道。

"嗯。"

"记住它的方位。"方弘逸从口袋里掏出一个管状的东西递到何珞珈手中，"这是羿族的望远镜，可以看得更清楚一些。"

何珞珈花了六分钟的时间才在望远镜里找到了那粒"芝麻"，它依然很小，却有黄豆那么大，正当中有个光点，四周依稀可辨是个扁扁的椭圆状星云。

"哇哦，那个就是传说中的星云吗？"何珞珈的心中涌起了异样的感觉，仿佛自己离地球很远，离星云很近……

"这是仙女座大星系，梅西耶星表上的编号为M31。它是一个巨大的漩涡星系。"

"巨大是多大？"

"银河系的两倍。"方弘逸的声音低了低，"我们的缪星系就在其中。如果有更强大的太空望远镜，你还能见到它百万年前的样子。虽然此时此刻它早已经消失了。"

因为方弘逸提到缪星是一颗安静的红矮星，何珞珈曾在百度上查过什么是红矮星，于是得到了一些恒星演化的知识。比如每天看到的太阳，其实是颗黄矮星。质量比它小的叫红矮星，比它大的是蓝巨星。恒星的质量越大寿命越短，质量越小寿命越长。蓝巨星的寿命只有几千万年，而太阳的寿命有一百亿年。

何珞珈思考片刻，不解地问道："听说红矮星的寿命有几百亿年，而目前银河系的年龄，据科学家推算，也就一百多亿岁而已。像缪星这么稳定的红矮星系，怎么可能会这么快就消失了呢？"

"嗯，问得好。"方弘逸放下望远镜，转头看着她，漫天的星光似乎在他的眸中翩翩起舞，"通常情况下，一颗红矮星会在引力和聚变这两个力量的对抗中自然演化、坍塌灭亡，这个过程非常漫长，最长可达几万亿年。缪星系的解体是因为有一个黑洞从它的轨道中路过。"

"黑洞？"

"是的。我们的祖先很早就观测到在星系附近有一个恒星级别的黑洞，正向着缪星的方向快速移动。他们很快意识到这场灾难无法避免，于是想方设法进行逃离。"

"那个黑洞……会在一瞬间就把整个缪星系都给吞掉吗？"

"没那么快。在引力作用下，它会和缪星互相绕行一段时间，然后越来越近，一点点地将它吞噬。这个过程相当漫长。但黑洞的强大破坏力在接近星系时就已经产生了，所有行星的轨道都开始乱套，表层大气被剥离，地壳碎裂、火山爆发、地震频繁、海啸横行……更糟糕的是，黑洞本身还携带着一个由冰微行星组成的球体云团,里面有很多的小行星,这些零碎的天体也会撞向我们。想象一下,一颗半径五千米的小行星就足于导致恐龙的灭绝,在黑洞吞掉缪星之前,如果不逃向别处,瑟族和羿族也早就灭绝了。"

何珞珈举起望远镜,再次观察着那颗黄豆大小的星系,心中充满了震惊,方弘逸描述的场景在她的脑海里翻腾起来……

"那就是我们逝去的家园。"方弘逸喃喃地说道,"背井离乡的人最知道家的珍贵。羿族到达地球后,惊喜地发现这是个非常温和的星球,四季分明,物产丰饶,没有占据半个星球的沙漠,除了两极之外,也没有大面积的冰川,更不会天天刮寒冷干燥的飓风。"

何珞珈放下望远镜,转过头来,默默地凝视着方弘逸。星光点亮了他的眼睛,在眸子的最深处,她看见了那颗螺旋般旋转的美丽星系。

"从那个时候起,"方弘逸轻轻地握住了何珞珈的手,"我们就决定成为人类的一员,和他们一起守护这个美丽的家园。"

何珞珈轻轻地叹了一声:"也许过不了多久,美丽的家园就会成为怪兽的猎场。虽然我是九婴,但我讨厌一切吃人的怪兽。"

"如果有一天,为了保护人类,你不得不变成一只怪兽,"方弘逸问道,"你愿意吗?"

方弘逸的目光牢牢地锁定着何珞珈,里面有种东西在猛烈地燃烧着,几乎要将她灼伤。何珞珈怔了一下,随即认真地点了个头:"愿意。"

炽热的目光瞬间化作一潭春水。

"那,这个给你。"方弘逸从口袋里掏出一颗透明的东西,放在她的掌心,"你心心念念的石头。"

何珞珈惊讶地瞪大了眼睛,想起在千溏K6的时候,为了保护那个小孩丢失的那些钻石。她仔细地摸了摸,这应该就是其中的一颗:"在哪捡到的?"

"就在你藏过的山洞附近。"方弘逸说,"我后来又去了一趟。你的石头掉了一地,我就挑了一个最亮的带回来给你,留个纪念。"

何珞珈的脸红了,将钻石放在衣角里擦了擦,捏在手中,举向夜空,就好像手里多了一颗星星,要把它放回到天上去似的:"咱们以后……可以经常来这里看星星呀。"

"以前来过，"方弘逸腼腆地说，"这是第二次。"

"上一次都聊了些什么？"何珞珈歪过头来看着他，"肯定不是这样严肃的话题，对吗？"

"聊的话题都跟星星有关，太空飞船、星际穿越之类。你说你严重恐高，特别害怕坐飞机。"

"我不恐高。"何珞珈老实地说，"这大概是村长给我立的人设。"

"你说你经常做噩梦，梦见自己从高高的天上掉下来，然后就吓醒了。"

"演技很拙劣吧？"

"不拙劣。"何珞珈笑道，"反正我当真了。还对你说，别害怕，我会守在你身边，我会随时接住你。"

说到这里，方弘逸的脸又红了。

"然后呢？"何珞珈支起脑袋，目光炯炯地看着他。

"然后你就……亲了我一下。"

"一吻定情？"

"嗯。我说我是羿族，不大懂得怎样讨好人类的女孩。"方弘逸咬了咬嘴唇，"你说等清东街的樱花开了，你会和我在一起，谈一场像人类那样的恋爱。"

正在这时，一旁默不作声的何珞薇忽然站了起来，动作太猛，只听哧棱一声，脚边的几块碎石滑入谷中，惊起几只小兽慌张逃窜。

"小心！"何珞珈眼疾手快地拉住了她。

"姐姐，我没事。"何珞薇说，"要下大雨了，咱们没有带伞。"

何珞薇的语气有点奇怪，她从没有这样"正常"过。何珞珈怔了一下，转过头来，发现何珞薇的神态变了，不再表情呆滞、懵懵懂懂，而是目光犀利、口齿清晰。

"不会吧？"何珞珈看了看天，果然，虽然东边依然一片晴朗，西边的云却已经黑压压地堆上来了。

"姐姐，珞薇的自闭状态已经解除，正在等待你的指令。"何珞薇又说。

何珞珈心中一震，不敢相信自己的耳朵，愣了半天，问道："珞薇，你终于醒了？"

第五十八章
至暗时刻

"那天,在回远人村的路上,姐姐突然从耳珠里发来指令,让我立即封锁数据,进入自闭状态。"何珞薇汇报说。

"你有没有问一下为什么?"

"没有,对于主人的指令我只有绝对地服从。"

在基地的时候何珞珈就听说何珞薇是瑟族最先进的机器人,曾服务于首席技术官常娥。常娥在她身上开发过很多的小程序,有大量的私人设定。常娥死后,何珞薇又服务过何珞珈的母亲,最后才来到何珞珈身边。因有潜伏任务,她身上的数据更是经过层层加密,就连村长关绪和关永廉也没有办法解锁。

"什么是自闭状态?"何珞珈问道。

"也叫'密保休眠'。瑟族机器人的信息交换一般要经过好几层防火墙,一旦进入密保休眠,高层数据会被严格保护起来,停止一切对外交流。在行为上类似人类的自闭症患者,所以称作自闭状态。"

"……"

"九婴的九个脑袋中有一个是专门负责记忆的。一旦被射杀,就会失忆。为了防止泄密,姐姐在我身上专门设计了这个功能,你我之外没人知道。只有遇到某些情况或某个指令才会触发解锁。"

"哦,我想起来了。"何珞珈恍然大悟,"在收到律师信的前一天,北冰洋海底火山爆发,你应该是接到了威瓦要求交换数据的信号,于是就想出这个办法来引导我去清东街跟羿族联络?"

"是的。"何珞薇点了点头,"姐姐给我的指令是:如果在一分钟内先后听到了'清东街的樱花'和'一场像人类那样的恋爱'这两个短语,将触发全面解锁,进入正常的服务状态。"

这是多么苛刻的解锁条件啊!

何珞珈不禁出了一身冷汗。如果她与羿族互相仇恨,方弘逸不会当着她的面说这句话。如果佳惠阿姨在家,她也不会带珞薇出门,这话说了也等于白说。这足以说明当年的自己在出逃前已经预感到即将来临的危险以及可能产生的失忆,提前想好了后路。

"珞薇,你知道矰子放在哪里吗?"何珞珈终于问出了这个最关键的问题。

"不知道。"何珞薇摇头,"你没说过。"

"仔细想想? 找找线索?"何珞珈不肯罢休,"听关城说,那段时间瑟族中只有你一个人和我保持联络,你身上一定有关键信息,不然我也不会让你进入自闭状态,对吗?"

"稍等一下。"何珞薇目光呆滞地定在前方,两秒钟后,一道3D投影出现在大家面前,"我这儿有当年姐姐离开清东街之后的路线图。"

立体的地形图上出现了一个移动的光点。

"你没有直接向西飞往远人村,而是在清东街的上空盘旋了一会儿,像是举棋不定的样子,然后向东北方向飞去。"何珞薇说。

"难怪,"方弘逸插口道,"矰子失窃后,我第一时间追了出去,就找不到你了。"

何珞珈想了想,觉得逻辑上有问题:"这也太奇怪了。如果当时我决定不向瑟族交出矰子,直接把它还给你不就好了,干吗还要飞出去自寻死路?"

"你应该是飞出去以后才改变主意的。"方弘逸说,"虽然你为拿到矰子准备了很久,但在内心深处,你知道这样做不对,你不想亲手毁灭整个人类。"

"……"

"但后悔已经来不及了。羿族认出你是奸细,最好的箭手全部出动,无数的箭向你飞来,你已经没法和我们好好说话了,只能高飞远走。"

"于是我临时找了个地方存放矰子,以免落到村长手里。"何珞珈喃喃地说。

光点继续向东北移动,很快就停下了。

何珞珈很快认出了那个地点:"这不是东山寺吗?"

"没错。"何珞薇说,"姐姐去了东山公园。在那一带绕飞了几圈,最后停在了东山宝塔。2分45秒之后你离开宝塔,掉头往西,飞向远人村。"

"东山公园?我没去过那里呀。"何珞珈越听越糊涂。作为鹭川人,她当然听说过东山公园和东山宝塔,那是一个和白鹤楼一样尽人皆知的景点。

"去过。"方弘逸立即说,"还记得那段烧烤录像吗?地点就是东山公园。附近有个七级宝塔,50米高的样子。"

何珞珈一拍脑袋:"那我多半就是把矰子藏在宝塔里了。"

方弘逸与何珞薇对视了一下,同时说:"很有可能。"

此时此刻,三人的心中都有些兴奋,恨不得立即飞到东山寺去找矰子。但安全起见,何珞珈吩咐何珞薇先探测一下附近是否有瑟族的动静,以免被人跟踪。

凝神屏息地观察了几分钟后,何珞薇说这一带没有瑟族的踪迹。但她又说没有并不代表真的没有,瑟族擅长隐身,尤其是机器人。他们会使用线下模式,类似于手机的飞行状态,以避免互相之间的数据交流。

"现在去东山寺,安全吗?"方弘逸有点犹豫。

"如果村长抓到我,再把我连接到咪塔上,就更不安全了。"何珞珈定了定神,"马上去,必须在第一时间拿到它。"

上车后,何珞珈忽又想起一件事,连忙问方弘逸:"你们羿族有没有失踪人口?你认不认得一个叫作关棠的女孩?"

"不认得。"方弘逸专心开车,"羿族对传播自己的基因非常小心。每个人的生死都会记录在册,目前为止无人失踪。"

何珞珈将自己如何遇到关棠,如何发现她不是机器人,以及她手指摩擦发出的奇特响声大致地说了一遍。

"她今年多大?"方弘逸问道。

"二十岁左右。"

车身忽然晃动了一下,向左换道超过了一辆大卡车。

一阵沉默之后,方弘逸说:"紫苏姐被关城吞掉的时候,怀有身孕。"

何珞珈胸口一紧:"你是说,关棠可能是你哥的女儿?"

"只是一种猜测,如果你实在要把她和羿族扯到一起的话。"方弘逸顿了一下,又摇了摇头,仿佛这个理由无法说服自己,"关城会口下留人?这不大可能。毕竟他连紫苏姐的遗骨都不肯给我,真要留下她的孩子也是为了将来好做人质。"

何珞珈觉得关城没有他说的那么坏,但这种时候也不想争辩。

"有办法测DNA吗?"何珞珈问。

"用不着DNA,共生体会自动识别血亲。"

"她身上好像没有共生体呢,羿族的共生体是天生的吗?"

"是天生的,如果从来没有人教她,她就不会用,也不知道自己身上有这种东西。"方弘逸紧握着方向盘,汽车以最大限速在车流中穿梭,忽左忽右,争分夺秒,"我们先去东山寺,然后你带我去见一下关棠。我哥最近情绪很差,亲生女儿这种事……最好是确定了再说,我可不想让他一喜一悲的。"

何珞珈嗯了一声,同时瞟了方弘逸一眼,心想,这小子还挺细心的。

车上时钟显示,现在是晚上九点四十。

汽车刚刚驶入城区,何珞珈的手机响了,沈伊湄正在找她:"珞珈,你在哪儿?怎么还没回家?珞薇呢?"

"我有点儿事,大概会晚一点回去,珞薇跟我在一起。"

"我爸是不是来过了?还是家里遭贼了?"沈伊湄的声音听上去有些不安,"我一开门,发现地上扔了好些东西,柜子也是半开的,像被人翻过了……"

何珞珈的心猛地一跳,立即说:"伊湄,你现在马上出门,站在小区门口,记住要站在人多的地方,我们过去接你,大概需要六分钟。"

透过车镜,方弘逸警惕地观察了一下前后的车辆。

"瑟族有可能已经去过我家了。"何珞珈担心地说,"伊湄得跟着我们,不然太不安全了。"

"嗯,让她先住在清东街吧,避避风头。"方弘逸道,"我来安排。"

"需要放弃行动吗?"何珞薇问道。

"不用。"重要线索已浮出水面,何珞珈只想最快找到答案,"我们见机行事。先去东山宝塔找一下,看罇子在不在那里。如果在,就拿到手中。万一威瓦成功启动,我们至少可以在第一时间采取行动。"

"没错。"方弘逸也说,"这只是个可能的地点,先排除一下也好。"

从落松山风景区到东山寺本来就要经过丽珠小区。

汽车刚一到达小区大门,沈伊湄立即拔腿向他们跑来。上了车后,何珞珈说了刚才发生的事,沈伊湄又是惊讶又是兴奋:"赠子这么快就露面了?我还一点儿心理准备都没有呢。"

"我也是。"何珞珈的心七上八下,"希望它的到来不要引起一场风暴。"

何珞珈说的本来是个比喻,但汽车一到鹭江大桥,忽然雷鸣电闪,下起了倾盆大雨。呼啸的狂风差点儿把桥上的汽车卷到江中。因为看不清路,交通很快拥挤了起来。为了最快速度赶到东山公园,方弘逸只得七转八弯地抄了几条小路。没过多久,何珞薇指着前面的一道黄色围墙说:"到了!"

何珞珈凑近车窗一看,黄墙上用隶书写着"南无阿弥陀佛"六个大字,果然是东山寺。

"我查了一下公园的开放时间,现在已经关门了。大门进不去,除非你是住在里面的和尚。"何珞薇说,"旅游论坛上有个人说后山上有个小洞,是那些不想买门票的人故意挖出来的,不过要多走几步路,我可以带你们过去。"

最快的路当然是翻墙,何珞珈仰头一看,墙很高而且湿滑,又面朝大街,就算是有暴雨作掩护也极易被人察觉,于是点点头。

方弘逸将车停在了一个隐蔽之处,四人下车后跟着何珞薇去了后山。后山紧挨着一个烈士陵墓,也是人烟稀少之处。何珞薇很快找到了洞口,四人鱼贯而入,向东疾行了十五分钟,沿着石阶下到山腰,又翻过一道矮墙,来到宝塔面前。

这一带寺宇恢宏,古木参天,明黄色的琉璃瓦被雨水洗得锃亮,在雷电中闪着金光。

谁也没带伞,暴雨将众人浇得透湿。

何珞珈抬头一看,宝塔是古陶色的砖石结构,七层八角,每个鱼尾形的挑角上都挂着铁质风铃,被大风吹得叮当乱响。入口是个小门,又低又窄,一次只容一人进出,像方弘逸这样的个头,就必须弯腰低头。

早已过了参观时间,宝塔内漆黑不见五指,方弘逸打开手电筒在前面引路,何珞薇紧随其后,何珞珈、沈伊湄各用手机照明,依次上塔。

听老辈的人说,东山塔始建于元代,后来几经损毁,近年来在政府的支持下修缮一新,成了本市的重点文物保护单位。为了保持古塔的原始风貌,塔内结构简朴,空间极小,台阶一级挨着一级螺旋而上,十分陡峭,也没有任何的扶栏。四人在里面高一脚低一脚地往上爬,身子根本腾挪不开。

在后山时,何珞珈问过方弘逸,如果赠子放在玲珑空间,一般人又看不见,怎样才能认出来。方弘逸说玲珑里有一个小小的门,只要被他们的手碰到,就会发出浅浅蓝光,在夜间十分显眼。但仅限于他们两人可以看到。

"碰到?"何珞珈顿时觉得任务的难度增加了十倍,"万一它放在碰不到的地方呢?"

"你是一只聪明的九婴。"方弘逸耸了耸肩,"你不会给自己找麻烦的。"

进入塔内,何珞珈立即意识到,把玲珑放在这里的确是个聪明的主意。塔内除了石板和石阶之外,可以说一无所有。到了宝塔的第二层,每层多了四个通向塔外的观景塔门,两个往上,两个往下,走到每个塔门都要通过一个十几级的狭窄石梯。没有塔门的墙面则开着一个个纸盒大小的佛龛,里面或供金佛,或供观音,也有完全空着的。

为了提高效率,何珞珈与方弘逸分头行动,一人负责单数层,一人负责双数层。每上一层,就把那一层的每个塔门都走一遍,所有的佛龛都摸一遍,把手伸到一切可能放置玲珑的地方寻找蓝光。何珞薇、沈伊湄帮不上忙,就帮着他们看路、打灯。

就这么"团体作业"地一路搜到第六层,何珞珈走遍了所有的塔门一无所获之后,发现了一个空白的佛龛,其余佛龛全被佛像占据,有的上面还系着祈祷用的红丝带。何珞珈伸手往那个空白的佛龛上一摸,忽然间,面前出现了一道蓝光和一个手镯大小的圆洞,她不敢乱碰,低低地吹了一声口哨,对着一旁举着手机照明的沈伊湄说:"找到了!"

楼下的方弘逸和何珞薇闻声而至。

六层上只有很小一块空地,四个人头碰头地挤在一起,大家都好奇地看着方弘逸。只见他像捧着一个方盒子似的将玲珑从佛龛上拿下来。何珞珈还看得见几道蓝光,在沈伊湄和何珞薇的眼中,方弘逸手上只有一团空气。沈伊湄觉得眼前的一切有些魔幻,不禁问道:"你确信这里面真的有赠子?"

"是的。"方弘逸肯定地说,"除了我哥、我和珞珈,谁也看不到,谁也拿不出来。"

说罢正要把玲珑交给何珞珈,忽听何珞薇一声轻呼:"嘘!外面有动静。"

众人连忙关掉手电筒,屏息静气,竖耳聆听。

塔外雷雨交加,风铃叮当作响,除此之外,何珞珈没有听到任何可疑的声音。但何珞薇是机器人,身上装着传感装置,她说有动静,就肯定有问题。

"你听错了吧?"沈伊湄说,"我没听到什么奇怪的声响啊。"

"错不了。我听见五辆车先后开进了停车场。每辆车里最少五个人,应该是瑟族。"

"不一定,"方弘逸说,"刚才在路上,我给我哥发了一条消息,让他带人过来接应一下。"

"我也给我哥发了信息,会不会是他?"为确保安全,何珞珈让何千木过来帮忙,发了一条消息过去,还没有收到回复。

"会不会是你哥收到短信后立即通知了主任?"何珞薇问道,"据我观察,来的人肯定是瑟族。"

鉴于何千木的立场一直左右摇摆,他和关城的关系又那么铁,且不说拿到矰子意味着他不必早死——这是一个十分合理的猜测。

方弘逸看了何珞珈一眼,没有说话。何珞珈也觉得自己有点冒失,于是猛一咬牙,道:"顾不了那么多了,先做最坏打算。珞薇,如果我现在打开矰子,你认得上面的符号吗?"

"认得,但我不能操作,必须是你来操作。"

何珞珈果断将手伸入玲珑,从里面拿出一个银光闪闪、类似箭镞形状的东西。

矰子一到何珞珈的手,立即悬浮在她掌心上,缓缓旋转起来。与此同时在空中弹出一排不知是什么光束组成的菜单。上面的符号密密麻麻,状如天书。

何珞薇扫了一眼那些文字,说道:"矰子问你,是否需要与威瓦建立联系,交换基本数据?"

何珞珈什么也看不懂,心中很是紧张:"什么意思?启动威瓦吗?"

"不是启动,是建立联系。就像你用手机,要先打开Wi-Fi,才能上网。只有先建立好联系,矰子才会开始接受指令。"为了节省时间,何珞薇的语速也快了一倍。

"行,建立联系。"

"你按这里。"何珞薇指着一个符号,何珞珈伸手点了一下。

菜单开始不停地滚动。

"上面都说了些什么？"方弘逸问道。

"威瓦系统正在自检，一边自检一边汇报。"何珞薇目不转睛地盯着那些文字，迅速解读，"威瓦说，目前只有六艘飞船是基本完好的。另外三艘已经在五百年前的一次海底地震中彻底毁坏了，其中两艘正好是舰队的储备舱。"

何珞珈倒吸一口凉气："十万居民？冷冻胚胎？"

"都不在了。"

话音刚落，远处传来一阵明亮的响板，方弘逸的手中彤弓忽现，他急切地说道："我们最多只有三分钟。"

何珞珈立即问何珞薇："威瓦什么时候才能完成自检？我需要它立即开始自我销毁。"

"一般情况是十分钟。但现在信号很差，有可能会更久。"何珞薇指着右上角的一个蛇头符号说，"这就是自我销毁键，等它变成红色，按住不动，坚持九秒，它会再次跳出一个菜单让你确认，你再按一次，这次只用一下，就可以了。"

"十分钟？"宝塔外的响板声此起彼伏，在雷声的伴奏下如千军万马，"弘逸，你能守住这么长时间吗？"毕竟剩下的三个女孩手上都没有武器。如果肉搏的话，何珞薇是机器人，大约能抵挡一阵。何珞珈变不了原形，她和沈伊湄是四人当中最没有战斗力的两个。

"没问题！宝塔易守难攻。"方弘逸乐观地一笑，"我哥他们应该很快也要到了。"

说话间，只听塔下一阵毕毕剥剥的乱响，似有一物从塔底爬了上来。三个女孩立即匍匐在地，方弘逸听音辨位，拿着弓向着东边的塔门跑去。

忽听哧的一声，一道金光破空而入，方弘逸发动共生体，挥刀一斩，原本射向何珞珈的金矛偏了个方向，从她头皮上方掠过，掉在地上，力道之大，火花四溅，直将坚硬的石板砸出一个大坑！

这瑟族也太不把文物当回事了吧。何珞珈心想。

与金光同时进来的，还有一股奇怪的气体，四人只觉得眼珠酸痛，眼泪狂涌，仿佛中了催泪弹一般。

等何珞珈再次抬起头时，眼前的矰子突然不见了！

何珞珈目瞪口呆地发现矰子已经到了沈伊湄的手中，没等她反应过来，沈伊湄已经带着罇子跑向塔门。何珞珈拾起金矛一跃而起,猛追过去,看见沈伊湄先将罇子扔出塔外,紧接着人也跟着跳了出去!

"沈伊湄!"何珞珈大叫一声。

这可是宝塔的第六层,离地至少四十米,下面都是大块的石板,掉下去就没命了。

第五十九章

赠子

何珞珈抓着塔门的栏杆往下看，暴雨如注，什么也看不清，只觉心急如焚，脑中七八个念头在打架，最担心的倒不是沈伊湄为什么"变节"，而是掉下去出事了怎么办。她掉头就要往塔下冲，却与闻讯赶来的方弘逸撞了个满怀。

"怎么啦？"他问。

"伊湄抢走赠子，从这里跳下去了。"

方弘逸怔了一下，道："追！"

说罢拉着她从塔门上跳了下去。何珞珈只觉耳旁风声呼呼作响，雨打在脸上生疼，那是自由落体的速度，但她并不害怕，因为方弘逸紧紧地抱着她。半空中，一根手指粗细的共生体从方弘逸的体内伸出，绕在塔角的飞檐上，借着这股力量的缓冲，眼看就要平安着陆，地面上忽然金光爆闪，一只猰貐向着他们扑过来。幸亏方弘逸躲得快，不然两个人正好掉进他张开的大口中。

何珞珈一眼认出光雾中那张愤怒嚣张的脸，一下子结巴了："关——关城？"

话音未落，金雾搅动，她面前已经多了七八张脸，表情各异，嬉笑无常，分不清哪个是真、哪个是假。何珞珈手里只有一根矛，不知该向哪张脸戳去，她下意识地揉了揉眼睛，就在这一秒，金矛瞬间被猰貐夺去抄在手中，挥舞成一团金光向方弘逸猛刺过去。

金雾如一团毒沙向他们洒来，迫使他们连连后退，冷不防——

"唰！——唰唰！"蛇尾的金属骨骼狠狠地抽过来，方弘逸后背中了一记，痛得闷哼一声，反手连射五箭，也不管射没射中，趁着关城躲避之际，拉着何珞珈拔腿狂奔:"不要恋战,罾子在村长手上。"

何珞珈往前一看,果不其然,不远处一只体形更大的猰㺄正越过一排琉璃瓦,向着后山的丛林蜿蜒东去,左手拿罾子,右手飞快地点着上面的菜单。何珞珈的目光却落在另外一个细小的身影上。

若不是猰㺄所到之处金光四射,何珞珈不可能在一个墙角里看见她。

那是沈伊湄。她安静地站在一棵大树下,双手倒插在牛仔裤的口袋里,无动于衷地看着面前的一切。

"伊湄!"何珞珈冲着她大吼一声。何珞珈无法掩饰自己的愤怒,在最关键的时候,居然是最信任的沈伊湄捅了她一刀。

沈伊湄没料到自己被发现,转身向后山跑去,人影一闪,便已消失在树间。她和村长一个向东一个向西,何珞珈分身无术,不知该追哪个才好。但她已经来不及多想了,尾随而至的关城很快就追到了面前。

关城的任务是拦截方弘逸,给村长关绪留出时间启动威瓦。

一场矛与箭的疯狂交换开始了。两个男人近距离血拼,把何珞珈扔在一边。

何珞珈急得直跺脚,想帮忙,根本插不上手。想追村长关绪,根本跑不快。

空中木叶狂飞,猰㺄的蛇尾就像一个巨大的木材粉碎机,将挡道的树枝全部打成木屑。迅猛的攻势直逼得方弘逸在树间不断地闪跃腾挪,完全找不到射击的时间和角度。

何珞珈在树下看得眼花缭乱,晕头转向,武力上不能帮忙,就故意大声说话,让关城分心:"关城!你可真够阴的,沈伊湄都被你策反了!那天谈判还说要帮助地球免遭第六次灭绝……你这口是心非的家伙!"

何珞珈叽里呱啦地骂着,完全忘记了猰㺄是不发声的,只凭身上不断闪烁的符号交流。那些符号她根本看不懂,本能的感觉是在与她对骂。骂到一半,只听啪啪数响,方弘逸一脚没踩住,从树上掉了下来,身子撞在一根根伸展的枝条上。何珞珈冲过去接应,忽觉脸蛋一凉,被猰㺄伸来的长芯子舔了一下。

那唾液又冰又滑,黏糊糊的像一团啫喱,也不知有毒没毒,弄得何珞珈浑身上下起了一层厚厚的鸡皮疙瘩。回头一看,猰㺄的两只眼睛正炯炯有神地盯着她,红色的眼珠犹如浮在空中的两盏夜灯。何珞珈怒喝一声,索性跳到猰㺄的身上,手脚并用,蜥蜴般死死地抱住它的脖子,对着不远处的方弘逸叫道:"快去抢罾子,我来对付他。"

因为何珞珈的突袭,方弘逸落在地上,赢得些许时间喘了口气,他不放心地看了何珞珈一眼,意识到螭子事大,毅然转身向树林深处跑去。

生怕獀狦追过去拦截,或者反身吞掉自己,何珞珈一口咬住它的脖子,用力之猛,两排牙齿深深地嵌入肉中。

就在这一瞬间,獀狦吃痛变回人形,何珞珈来不及改变姿势,发现自己整个人都吊在关城身上,嘴咬着他耳垂下的皮肉,口腔里咸咸的,有股诡异的味道。

关城趁势搂住了何珞珈,将她按在旁边的一棵大树上。何珞珈松开口,身子被关城的双臂牢牢地架着,挣脱不开,于是用力去扯他的头发。

"嗷!"关城暴躁地吼道,"何珞珈,谋杀亲夫这种事,你是干上瘾了吧!"

"放开我!"

"不放!"

何珞珈拼命挣扎,身子在关城怀中乱扭,关城的手铁钳般抓住她的双腕,将她挤在树干上,双肩狠狠抵住她的胸口,令她无法移动半寸:"快去告诉方弘逸,不用忙了。村长已经启动了威瓦,六艘飞船马上就要升空了。"

此话不假,关城居然知道只剩下了六艘飞船。何珞珈的心一下子慌了:"放开我!再不放开你就完蛋了,因为我会咬舌自尽!"

"你不敢,"关城阴阳怪气地笑了,"咬舌头可疼了。"

"噗!"何珞珈狠狠地咬了一下舌头,嘴中顿时鲜血狂涌。

关城吓了一跳,手一松,何珞珈落到地上,立即拔腿狂奔。没跑几步她就被关城一把拉住:"不想死就别过去,村长可没我那么疼你——"

话音未落,嗖的一声,不知从何方射来一箭,关城将头一缩,那箭和他擦耳而过。紧接着,嗖嗖嗖数声,无数的箭向他飞来,其中两支射中了他的左肩。关城一声呼啸,变形向着射箭之人扑去,与他缠斗起来。

风大雨急,射箭之人隐藏在树间,从方位上看,至少有二三十人之多。

再看獀狦,身上的箭从脊背一直插到尾巴,差点儿成了刺猬。

何珞珈心想,应该是方弘璧到了,羿族这边的人多了起来。她无心恋战,拾起地上的金矛,向着村长关绪的方向跑去。一边跑一边想,何珞薇不是说瑟族来了五辆车吗?怎么只见两只獀狦?难道是因为他们只有四个人,沈伊湄还是内奸,杀鸡用不着宰牛刀?

何珞珈很快跑到了山腰,却完全看不见村长关绪的踪迹。于是放慢脚步,决定先听听动静。

正在这时,地面一阵颤动,一棵大树忽然向她倒了过来,何珞珈连忙一让,却差点儿被一个空中坠物砸到!

那人重重地掉在地上,痛得闷哼一声,何珞珈立即听出是方弘逸。他的身后,一个人形巨兽从树隙间钻了出来。

何珞珈这才意识到方弘逸是被凿齿从半空中扔下来的。

一道闪电从空中划过,借着电光,何珞珈看见方弘逸受伤不轻,半身都是血,连忙将他从地上扶起来,躲到一边。

何珞珈的舌头疼得厉害,根本说不出话,方弘逸勉强站立,忽然弯腰呕出一大口血。何珞珈见他两手空空,知道罉子多半还在村长关绪手上,心中涌起一阵绝望。两人对视了一眼,一股大力忽从何珞珈身后袭来,说时迟那时快,方弘逸以闪电的速度将她往旁边一推,自己被一头不知从哪里跳过来的封豨猛地一撞,身子向后斜飞出去。何珞珈抢身向前,想拉方弘逸一把,那封豨忽然扭身,向着她冲来。

何珞珈猛一咬牙,号叫一声,也不逃跑,挥舞金矛迎向封豨,向着它如钢刺般的鬃毛狠狠扎去!

跑到近前才发现这只封豨比在西陵后山上遇到的两只要大出许多,耳后的鬃毛如一排倒插的匕首,不停地闪着蓝色的火花。何珞珈心中发怵,感觉自己即将掉进一排滚刀里,顷刻间就会被碾轧成一块肉饼。她闭上眼睛,开始准备临终的祈祷……

突然,空中传来一声尖啸,一道火柱从天而降,面前的封豨顿成焦炭。

何珞珈抬头一看,不禁欣喜若狂!一只黑色的九婴在天空翱翔。

"哥——"何珞珈用含糊的声音叫道,"我在这儿!"

何千木当然知道何珞珈的位置,不然也不会在关键时刻助她御敌。九婴在空中滑翔数圈后,向着何珞珈的方向飞来,大概是想带上她离开此地。

正在这时,一只巨大的猰貐悄悄地从树梢中钻出来,手中拿着一个奇怪的武器对准了何千木。

那是一只金属的筒子,猰貐一按机簧,无数银针向空中射去。

九婴察觉，在空中一个急转，顺势避开。

"哥，别过来！"何珞珈认出那是村长，不顾舌头疼痛，在树下大声呼喊，"千万别过来！这里有埋伏！"

那只奇怪的筒子是一种连发暗器，以九婴飞行的姿态来看，十分忌讳，可见危险至极！

何珞珈的呼喊暴露了方位，村长关绪立即将针筒对准了她。

空中一声尖唳，九婴一个转身，向着村长关绪方向喷出一团火焰！

何珞珈顾不得许多，为避开暗器，在树间埋头狂奔，一边跑一边不停地变换方向。

她意识到九婴的第二团火焰并不强烈，虽然在空中爆出大片火光，却不及第一道火焰集中迅猛。火焰只是舔到了村长关绪身边的树枝，并未伤他分毫，最多只是让他分了一下神。

村长关绪再次举起针筒对准空中——

九婴已经发觉，却没有半点儿逃逸的打算，依然在低空盘旋，不知是在寻找何珞珈，还是在寻找着陆的地点。

看到这一切，何珞珈已经急哭了。她不敢发声示警，因为她自己就在针筒的射程之内。何千木赶过来，必死无疑。

正在这时，忽听一阵骚动，眼前金光乱闪，另一只猰貐呼啸着向着何珞珈的方向奔来！

是关城。

巨蟒般的身体行走在树巅，身上的花纹二维码般不停地变幻，似乎在向天上的九婴喊话。

如果说一只猰貐何千木可以勉强应付的话，再加上一只他就肯定不敌了。

"关城——"何珞珈使出全身力气尖叫了一声，感到自己的胆汁涌向喉间，身上的每个细胞都充满了苦涩的味道。她想拦住关城，很快意识到他并不是奔向自己，而是扑向村长关绪，想制止他发射针筒。

"关城！我哥是你最好的朋友。"何珞珈向着关城的背影大声哭喊，"快去救他啊！"

关城的速度迅雷不及掩耳，眼看就要赶到，忽听嘭的一声巨响，一声凄厉的鸟鸣响彻夜空。

九婴挣扎着保持着平衡,一面继续向树间的獝狘喷火,一面努力地向着何珞珈的方向飞来,似乎有话要向她交代。

何珞珈不顾一切地向何千木跑去,途中路过一只凿齿,咬住了她,她居然从齿缝中跳出来逃走了。

天上的巨鸟如一只燃烧的陨石从空中坠落,瞬间着陆,掀起一地沙土草叶。

与此同时,关城转身向着何千木的方向奔来。

何珞珈哭着冲到何千木面前,发现九婴的每一只鸟头上都密密麻麻地钉着银针。

"哥——"何珞珈伸出双手握住九婴巨大的翅膀,将身子紧紧贴住巨鸟的胸膛,企图向他传输能量,一时间泪眼模糊,"哥!"

关城也到了,巨大的蛇身缠住九婴,上面的纹路忽明忽暗,似乎也在传递能量。

尽管两人同时援手,但九婴的气息渐渐微弱。何珞珈忧虑地看了一眼关城,发现他的表情十分绝望。片刻间,八只鸟头陆续死去,剩下最后一只似乎还能动弹。何珞珈伸手轻轻地摸了摸它,它用鸟喙啄了啄她的手,又啄了啄颈间的探针,然后睁大眼睛默默地注视着她,目光宁静而深邃,带着一丝柔情,一丝笑意。

一滴泪从他的眸中溢了出来,在黑暗中发出闪闪银光。

何珞珈知道瑟族一旦死去,将化作一团尘埃。何千木这是在用最后一口气示意她趁自己还活着,赶紧取出探针。

何珞珈看着他,点了点头,一咬牙,将两枚探针拔了出来,插到自己头顶上。

泪水模糊了她的眼睛,她不敢擦泪,也不敢眨眼,紧紧地抓住何千木的翅膀,生怕哥哥会在自己的眼前消失不见。然而一阵大风刮过,她的双手空空如也,哥哥终于还是消失了……

悲伤占据了何珞珈的思绪,她呆呆地看着哥哥倒下的地方,身子猛烈地颤抖着。她感到体温忽冷忽热地变化,仿佛有团火从里到外地燃烧起来。终于,一个大大的激灵让她清醒过来。她发现自己已经不是何珞珈了,而是一只巨大的九婴。

何珞珈向前奔跑了几步,展翅高飞,冲向暴雨,冲向云霄——

她要复仇,她要杀人,哦不,她忽然想起了自己最重要的任务,她要夺回赠子!

第六十章
风声雨声

在高空滑翔了几圈后,意志与身体已合二为一,何珞珈立即向后山猣猶的位置俯冲。

这是她失忆之后的第一次飞行,何千木说得没错,肌肉是有记忆的,一切的一切都那么天然自如。

暴雨中的山峦露出黄色的围墙,和细密的雨帘交织在一起的是向她射来的一蓬蓬银针。何千木曾经提到猣猶浑身剧毒,所用兵器也都与毒相关,在瑟星的陆行族类中数量最多、最为凶狠,可谓人人忌惮。九婴若是不能高飞,也未必是他们的对手。

何珞珈不知银针究竟有何威力,毒性具体如何作用,怕步何千木的后尘,不敢迎面而上,只得不断闪避。

庆幸的是,村长关绪需要发射毒针,自然无暇操作罾子,或许又为消灭海底飞船赢得了一些时间。

一只猣猶出现在树巅,何珞珈认出那是关城,巨蟒般的身躯如冬夜的冰灯晶莹璀璨,上面的纹路不停地变幻,那是他的语言,何珞珈居然认得。关城说:"村长不敢杀你,我们有同生素。"接着又说,"银针有剧毒,千万小心。"

这话自相矛盾:如果村长不敢杀她,又何必射出剧毒的银针?这铺天盖地的银针又不长眼睛,不在乎她的死活就等于不在乎自己儿子的死活。

何珞珈在空中斜飞,一连变换了好几个姿势,终于找了个安全的角度飞到关绪头顶,铆足火力向他喷射!

银针承受不了这样的高温,在火焰中纷纷熔化。

喷火非常消耗体力,难怪体弱的何千木连喷几次之后便无以为继。关绪被何珞珈的攻势逼得落荒而逃,向着浓密的丛林躲避。胜利的喜悦让她有点飘飘然,刚刚喘下一口气,立即乘胜追击。冷不防一根金矛飞过来,她身子一歪,勉强避开,正好看见了猰貐手中拿着的赠子。何珞珈的眼睛顿时红了,不顾一切地飞了过去,向着赠子伸出了锋利的双爪。

没想到翅膀刚一碰到树枝就被猰貐顺势缠上。一团金雾向她喷来,带着呛人的毒液,何珞珈在慌张中吸了一口,身子在空中扑腾了两下,被沉重的蛇身越卷越紧,向着地面坠落。

一回头看见关绪正向着她狞笑。

何珞珈猛一反身向他啄去,同时喷出一股激流。关绪料到是火,没想到是水,蛇身一个打滑,赠子从手中失落,关绪立即放开何珞珈去抢赠子,却被何珞珈的一只鸟头抢先叼住,破空而去。

何珞珈悄悄地松了一口气。在大雨中往下看去——

树间的猰貐忽然转身,从地上抄起金矛向着关城的方向冲去。

彼时的关城正与一只封豨联手,聚精会神地与五名羿族缠斗,并没有发现向他靠近的父亲,更没有想到去防备他。

关绪举起了金矛——

一开始,何珞珈还不明白关绪的用意,到了此刻,她心中猛地一沉,忽然意识到关绪为了拿回赠子,有可能不惜杀死关城,利用同生素的效力来消灭自己。

何珞珈在空中尖叫了一声,用九婴的语言呼喊:"关城快跑,村长要杀你!"

这九个字在人类的语言中是九个音节,九婴的语言只用一声就可以表达。

忙碌中的关城赫然回首,急忙抽身,却已晚了一步。那只金矛眼看就要洞穿他的太阳穴。

嗖!空中突然飞来一箭撞向金矛,令金矛向左偏离了一寸,就是这惊险的一寸,救了关城一命。

众人回头一看,射箭人居然是方弘逸。他浑身是血,见关城一脸惊愕,淡定地摆了摆手:"不谢。"说罢转过身去,与其他羿族一起,对着关绪猛烈射击,空中的何珞珈也不停地向关绪喷火。关绪腹背受敌,被逼得在树间不停地游走。大约是因为没有杀掉儿子,他的心有些慌乱,不知是否会被报复,更不知今后与儿子如何相处……

就在分神之际,一支冷箭悄然而至,穿透了关绪的太阳穴!

关绪嗷的一声,跌倒地上,瞬间化作一团尘土。

从树上跳下一个黑衣男子,将套头衫的帽子一掀,露出一张苍白的脸,正是方弘逸的哥哥方弘璧。

村长关绪的死去让两边的人都愣了一下,紧接着,剩下的瑟族与羿族又打了起来……

何珞珈在空中用耳珠召唤何珞薇,很快找到了她。两人躲进一个隐秘的角落,再次打开矰子的控制面板。何珞薇看着上面的符号说道:"姐姐,威瓦系统已经自检完毕,村长按下了启动键,威瓦即将对地球进行全面改造。"

何珞珈看着一道道滚动的任务清单,惊道:"改造什么?"

何珞薇念道:"合成缪子射线,基地建设,大气成分改造,岩土改造,最大限度繁殖计划,人类处置计划,地表辐射调节计划,行星自转提速计划……"

没等何珞薇念完,何珞珈毫不犹豫地按下了右上方的红色蛇头标记。

何珞珈看见红色的指针如心脏一般不停地跳动,越来越快,发出滴滴的响声,有点类似西班牙响板,但更加急促,更加尖细刺耳。

九秒过后,指针停了。菜单上显示出一行符号,何珞薇念道:"自我销毁即将开始,请确认。"

何珞珈又按了一次。

红色的指针猛地跳动了一下后,消失了。紧接着,矰子的投影菜单也熄灭了。最后,矰子在何珞珈手中化成一堆银粉,她想握住,却抓了个空,银粉已如一把细沙从指缝间溜走了。

那一刻,何珞珈松了一口气,紧接着,她心情又沉重了起来。她不知道自己是对是错,在大雨中默默地发呆……

也不知过了多久,旁边有人咳嗽了一声,何珞珈抬头一看,方弘逸兄弟不知何时已站在了她的身后,目睹了她刚才所做的一切。他们的脸上、身上全是血,嘴边却有一抹欣慰的笑容。

"谢谢你，珞珈。"方弘璧率先开口，"你做了一个正确的决定。"

"……"

何珞珈没有点头也没有摇头，只是用力地咬了咬嘴唇。胜利没有给她带来任何喜悦，反而让她的心空空的，充满了失落。何珞珈知道，在北冰洋底消失的不仅仅是六艘飞船，还有父母生还的希望和瑟族最光明的未来。她不可能得到族人的原谅，也无法面对那些怨恨的眼睛。

何珞珈将沉重的情绪藏在心底，举目四顾，发现十几个羿族人或坐或卧，都在休息，山间出奇的安静。

"瑟族的人呢？"何珞珈问。

"跑光了。"方弘璧说，"他们应该是知道了飞船爆炸的消息。"

"这么快？"

"不然他们怎么会走？只要有一线希望关城都会斗争到底的。"

何珞珈想了想，觉得没错，她立即又想起了另一个人："沈伊湄呢？"

大家你看看我，我看看你，纷纷表示没有见到她，也没有和她交过手。

"她要是真的与瑟族有勾结，"方弘逸猜测，"多半是跟着关城回去了。"

"伊湄是肯定不会做奸细的，她一向仗义执言、是非分明。"何珞珈固执地说，"要么是中了瑟族的迷药，要么是受到了村长的威胁。"

沈伊湄抢走罇子是她亲眼所见，可是，人非圣贤，孰能无过？何珞珈想立即找到她，好好地问问她，难道真是为了长生不老？幸好罇子被她抢了回来，沈伊湄也不用承担毁灭人类的恶名……

"姐姐既然担心伊湄，那我们还是去找她一下吧？"何珞薇说，"她有可能在混战中受伤了。"

在何珞珈的坚持下，众人分头去山上山下找了一圈，回来说，没有发现沈伊湄。何珞珈不甘心，扩大范围又去找了一遍，仍不见她的踪迹，只得作罢。

暴雨如注，冲刷着一切，等大家离开时，这里好像什么也没有发生过。

瑟族的探针在发动时会让附近的人类短暂失忆，这样大规模的打斗，如此频繁的变形，都没有惊扰到与世无争的寺院。和尚们依然沉睡，黑黢黢的僧房不见一点灯火。

上车前，大家互相检查了一下伤势，方弘逸的情况最严重，几乎连站起来的力气都没有了，差不多是被抬上车的。方弘璧将一瓶药膏递给何珞珈，客气地说："这里离清东街很近，不如你先去我们那边休息一晚？"

大战之后，分外疲惫，何珞珈也不例外，她只想找个地方躺下来，于是点了点头。一路上记挂着沈伊湄，她一连打了几个电话，都无人接听。发短信发语音也不见回复。

一行人下车走进清东街11号时，雨终于停了。收费亭边的大树下站着一个白衣女孩，举着一把白花伞，在夜灯中十分抢眼。何珞珈下意识地以为是沈伊湄，走到近前才发现是关棠。

"关棠，你怎么在这儿？"何珞珈诧异地问道。

"千木送我过来的。"女孩浑身透湿，在夜风中冻得直抖，一张小脸也是煞白的，"他让我在这等着你。"

"为什么呀？"听她提到何千木，何珞珈的眼睛红了，声音也跟着哽咽了一下，心知不到万不得已，瑟族人一般不会接近清东街，"我哥……干吗要送你来这里？"

"他说我住的地方不安全，村长派人过来抓我了……"关棠本来个子就小，被一堆高大的羿族人团团围住，就像一个迷了路的小姑娘，"他送我到马路对面，让我自己过来找这个亭子。说亭子里的人让我进去那是最好，如果不让，就站在外面等着你。"

很显然，关棠很早就到了，坚持原则的大叔不认识她，坚决不让她进去。

何珞珈看了一眼方弘逸，见他向方弘璧耳语了几句。路灯下，方弘璧的表情十分惊异，一边听一边摇头，似乎不敢相信这是真的。过了一会儿，他走上前去，仔细地打量了一下关棠，然后缓缓地伸出了自己的手："你好，我是方弘璧，住在清东街11号。请问我能握一下你的手吗？"

关棠迟疑着伸出手去。

就在关棠指尖触碰到方弘璧手掌的一瞬间，一道红色的共生体出现了，如血液般从她的指腹流向方弘璧的掌心，渐渐张开，形成一张网，如手套一般，套住了他的整只右手。

关棠吓坏了，不知道自己身上怎么会出现这样的东西，立即把手抽了回来。就在两只手分开之际，共生体瞬间消失。关棠惊慌地看着方弘璧，结结巴巴地问道：

"方先生,您是不是认识我?您知道我是谁吗?"

方弘璧的目光柔和,弯下腰去,轻轻地点了点头:"你是我的女儿。我一度以为这辈子都不可能见到你了。"

何珞珈愉悦地看着眼前温馨的一幕,女儿拥抱着父亲,父亲亲吻着女儿,共生体如蛛网般将他们交织在一起……

看着看着,何珞珈的脑海中却浮现出了另外一个人:佳惠阿姨。

何珞珈忽然想起明天上午十点,佳惠阿姨的航班将抵达鹭川机场,她和沈伊湄原本约好了会一起去接机。

见何珞珈站在原地发呆,方弘逸拉住了她的手:"珞珈,怎么了?舌头还痛吗?"

何珞珈怔了一下,随即摇摇头:"已经不痛了。但我必须找到伊湄。佳惠阿姨明天就回来了,她不可能就这么消失了!我得去趟远人村。"

"现在不能去,"方弘逸急道,"太危险!而且,"他忽然压低嗓门,"你确定那个偷走赠子的人是沈伊湄本人吗?"

何珞珈瞪大眼睛看着方弘逸,心猛地一震,脑袋就像被人打了一棒似的,颤声道:"什么?"

"你奶奶和你妹妹都是机器人……沈伊湄会不会也是?"

何珞珈感到身上的血一下子被抽空了,没错,如果伊湄是机器人,那她偷走赠子就很好解释了。

"现在的问题是,"生怕引起她的焦虑,方弘逸的声音又低了一度,"她是在你认识她的时候就是个机器人呢,还是中途被调包了?"

听了这话,何珞珈的心情已从震惊变成了恐慌,各种猜测汹涌而至,她感到自己全身都在发抖:"如果这个伊湄是假的,真的沈伊湄又在哪里?"

方弘逸还想继续讨论,何珞珈已经不见了。

空中掠过一道巨大的阴影,被它搅动的云层很快就合拢了。

第六十一章
伊湄

何珞珈飞到天上,开动脑筋,试图厘清整个事件的头绪:

沈伊湄从出生的第一天起,就住在丽珠小区。

五岁时沈伊湄在电视台表演过唱歌,三楼的董阿姨是她的小学老师,石光泰是她的高中同学——成长轨迹清晰可查。

就算沈伊湄真是村长派来的机器人,擅长学习大数据,也不可能做到以假乱真、毫无破绽。何珞珈看不出来,石光泰和佳惠阿姨难道也看不出来?

谈判桌上,村长关绪威逼利诱,花样百出,如果沈伊湄真是机器人,还会跟关绪叫板吗?她应该恐愿自己同意瑟族的条件才对吧。

其实这个怀疑何珞珈曾经有过,但很快就被她排除了。现在何珞珈更加确定,一直生活在她身边的沈伊湄不是机器人,她的言谈举止、个性立场前后统一,没发生过大的改变,除了在宝塔上抢走赠子那一次。至于为什么会这样,有两种可能性:一,白鹤楼下的谈判结束后,村长关绪或关城背着她私下里找过沈伊湄,重新协商,达成了新的约定。二,他们绑架、囚禁了沈伊湄,派了一个机器人过来冒充她。

无论是前者还是后者,她都要找到沈伊湄,把她安全地带回家,送到佳惠阿姨身边。

雨又下了起来,这一次是真正的春雨,轻如牛毛,细如发丝。

化作九婴的何珞珈在云层中穿梭,夜雾下的鹭城灯光璀璨,美轮美奂。鹭江大桥如一条金蛇盘踞在漆黑宽阔的江面上,旁边是高高矗立的白鹤楼。为了突出这个鹭川市最著名的地标,政府曾耗巨资进行灯光改造,每到夜晚,数万个光源通宵点亮,流光溢彩,金碧辉煌。白鹤楼的北面有一条六百年历史的老街,里面商贾云集,人来人往,是那一带最热闹的地方。沈伊湄在那里喝过鸭汤、吃过豆皮、买过卤菜,还给何珞珈姐妹带过两盒油润酥脆的小麻花——那味道至今让人难忘。

飞过鹭江后,何珞珈很快找到了西陵山,正打算直接闯进远人村,一想到自己刚刚炸毁了六艘飞船,相当于断了瑟族的后路,心中不免愧疚。她不想引起众怒,更害怕威胁到沈伊湄的性命,于是降落在大门之外,悄悄变回原形。

四周静悄悄的,好像什么也没有发生过。大雨淋湿的地面上布满了车轮的印迹。何珞珈在心里估算了一下时间,战斗结束后,她留在东山寺找了沈伊湄一个多小时,关城他们应该已经回来了。

门房的灯亮着,里面依旧坐着那个穿着制服的青年,看见她走过来,打开窗子和颜悦色地招呼了一声:"晚上好。"

"我是何珞珈,你能让关城出来一下吗?我有要紧的事情问他。"

"有预约吗?"一听说要见关城,门房立即换了一种公事公办的态度。

"没有。"何珞珈的语气很强硬,"劳驾你通知一下。"

大概是被她阴沉的脸色吓到了,青年感到事态严重,于是说:"稍等。"

他摸着耳珠低语了几句后,将头探出窗外:"抱歉,主任说不想见你。"

"我有急事!"

"请回吧。"青年无动于衷地说完,随手就要关窗,被何珞珈冷不防伸出的胳膊肘卡住。青年低头一看,面前出现了一双瞪得滚圆的眼睛:"告诉关城,两分钟内要是不出来,我就把远人村烧成平地!"

青年微微变色,怔怔地盯着何珞珈的脸看了两秒,语气忽地一缓:"干吗这么大火气呀?我再去跟主任说说。"

青年退回室内,不知道做了什么操作,不到两分钟,大门开了。

关城大步走了出来,在距离何珞珈一米远的地方停住了。

两人之间,隔着一盏昏黄的路灯。

这一次,关城罕见地穿了一件深灰色的套头衫,面色苍白,头发凌乱,好像刚刚到家的样子。

关城不说话也不打招呼,只是阴森地看着何珞珈,等着她先开口。

"沈伊湄不见了,"何珞珈向前走了两步,站在关城面前,"你知道她在哪里吗?"

"她是你最好的朋友，"关城反问，"你不知道，我怎么会知道？"

"关城，你我都到这份儿上了，说点真话不香吗？"何珞珈怒视着关城，"我了解伊湄，她不会平白无故地偷走赠子。要么是中了迷药，要么是受人胁迫。如果她在远人村，请你把她放出来，我要亲自问问她，究竟是怎么回事。"

关城的头歪了一下，看着何珞珈，半天不说话，好像听到了一个荒谬的问题。

何珞珈被关城看得有些泄气："关城，说话。"

"第一，沈伊湄没有跟着我们回来，所以她不在村里。第二，我不知道赠子是她偷的，也没有胁迫过她。"

相对于何珞珈的急躁不安，关城语速很慢地将一切否认得干干净净，何珞珈一下子气笑了："赠子本来是在我的手上，要不是伊湄突然抢走扔出塔外，你们又怎么可能拿到它？"

"是村长最先拿到的。"关城辩解道，好像这事跟他没关系，"这段时间我跟千木走得太近，村长怀疑我的立场。这次突袭，他没有告诉我全部的计划，只说让我守在塔外，如果赠子出现注意接应。"

"可是，村长是你的父亲啊——"

"我没有必要骗你。"关城打断了何珞珈的话，"赠子已经没了，我要沈伊湄有什么用？绑架她能换到什么？"

何珞珈想了想，觉得有道理："好吧，我相信你不会把伊湄怎么样，但村长呢？他会不会瞒着你悄悄地把伊湄关起来，然后派个机器人来代替她？"

"这在操作上是可行的。可是，村长也没了，他是怎么想的我怎么知道？"

"……"

"那次谈判以后，我就再也没见过沈伊湄。也许村长私下里又去找过她，开出了更动人的条件，促成了新的合作。"

"伊湄不是这样的人！"

"人人都想长生不老。"

现在不是争论是非的时候，何珞珈抿了抿嘴，说："你能帮我查一下吗？如果伊湄不在远人村，我马上离开这里。如果伊湄是机器人，就请你把真人还给我。"

"何珞珈，"关城的目光在她脸上扫来扫去，唇角弯出一道冷笑，"村长死在羿族的手上，六艘飞船已经爆炸，村里现在群情激愤，恨不得将你碎尸万段，你居然还敢过来见我？还要我帮你找人？当我是你什么人啊？你是没脑子还是没自知之明？"

"我只想见到沈伊湄。"何珞珈一字一顿地说。

"请恕我无能为力。"

说完这话关城转身要走，被何珞珈一把拉住："关城，看在千木的分儿上，算我求你。"

关城看了一眼何珞珈的手，她死死地拽住他的胳膊。他挣了挣，反而被抓得更紧了。两人在沉默中僵持了一分钟，关城终于叹了一声，摸了摸自己的耳珠，道："千鹿，你出来一下。"

大门很快就开了，千鹿快步走到关城的身边，恭敬地问道："主任？"

"我一直觉得有点奇怪，但也没来得及问你，这次行动，永廉怎么没参加？"关城说，"回来之后，我也没见到他的人，村长是不是给他安排了别的任务？"

关永廉是村长的助理，要问沈伊湄的下落，他最有可能知道。虽然心急如焚，但何珞珈不敢插话。瑟族之间的交流程序复杂，还涉及一些古怪的礼仪，特别是遇到有争议的事情。比如说主任要和村长吵架，通常不会亲自去吵，而是由两个助理来动嘴，他们只在一旁负手闲看。现在村长去世了，关飞廉也不在了，按理说，关永廉应该成为关城的新助理才对，他却在最关键的时刻消失了。何珞珈想了想，觉得不难理解：东山寺一役刚刚结束，最高首领突然去世，此刻的远人村应该是一片混乱吧……

"不清楚。"千鹿认真地答道，"我猜村长有可能更改了您对永廉的访问权限。"

关城冷笑一声，没有接话。

"我有别的办法联络他，您有事找他？"

"是的。"

"稍等。"

千鹿安静了两秒，似乎在体内运行着什么程序，过了一会儿说："已经联络上了，马上接通语音？"

"用免提模式，珞珈也想听到。"

很快，关永廉的声音通过千鹿的嘴唇传了出来，也不知他躲在哪里，语气又轻又低："主任，我是永廉。"

"我想知道沈伊湄的下落。"关城问得直截了当，用的是权威语气。

"她已经被村长生物降解了。"关永廉说。

在场的人都吓了一跳,何珞珈更是愣在当场。那一瞬间,好像有人捏住了她的喉咙,她感到两眼酸胀,无法呼吸。"生物降解"在瑟族是"死亡"的同义词。她下意识地用手捂住了脸,手掌湿湿的,满是眼泪,周遭的一切都模糊了起来,全身的血都涌到了头顶……

"什么时候?"关城问道。

"3月15号晚上8点23分。"关永廉的声音很平静,"也就是您和村长从白鹤楼回来后不久。"

"为什么?为什么要杀她?"何珞珈浑身颤抖,简直没法站直,只好紧紧地拽着关城的胳膊,"有什么事冲我来不行吗!"

"那天谈判结束,村长认为沈伊湄可能知道赠子的线索,趁她下午去甜品店上班,派人把她带到了基地。"

何珞珈立即想起了那个可怕的装置:"咪塔?"

"是的。我们用咪塔上传了她大脑的全部信息,足足分析了三个小时也没找到任何有用线索。您的朋友脾气很暴,对咪塔强烈抗拒,整个过程完全不配合,村长一怒之下就把她降解了。"

"没有任何常人可以忍受咪塔!"何珞珈吼道。

现在后悔已经来不及了。何珞珈痛苦地想到,这一切都是她的错!一开始就不该让沈伊湄参与进来,不该让她知道瑟族的存在。她只有这一个好朋友,跟她无话不谈,她把事情想得太简单了。

那天从白鹤楼回到家,她俩在床上聊了一会儿,之后沈伊湄就去了甜品店。晚上何千木来找何珞珈吃饭,沈伊湄说下班后会去逛街买衣服,晚上十点才到家。两人还一起坐在沙发上看了一期综艺节目,何珞珈没有发现任何异常。

何珞珈还记得沈伊湄那天说:"每天早上一睁眼,太阳照常升起,生活还得继续,我沈伊湄依旧牛……"

也许这就是她听到沈伊湄的最后一句话。

"她的人呢?现在在哪?"何珞珈问道。

"您是指——"关永廉不解。

"她的身体?遗体?"何珞珈急切地说,"基地不是还有些储备吗?可以修复替换死去的器官？你一定有办法的,关城,请你一定让她复活！"

"……"

"什么条件我都答应,我愿意交出探针,我愿意回到基地,我愿意被关押审问、处以极刑,无论你们想干什么都可以！我只要伊湄活着！关城、关城,请你救救伊湄！救救她……"何珞珈的脑子一片混乱,像个绝望的孩子一边难过得大哭,一边疯狂地摇着关城的胳膊。

关城沉默地叹了一声,摇了摇头："獬㹢的体内有剧毒强酸,村长杀心已定,被吞掉的人是不会留下遗体的。"

"沈伊湄已经去世了,这是我亲眼所见。"关永廉说,"村长认为她是您唯一的软肋,他想撬动她来说服您交出赠子。可是白鹤咖啡的谈判让他意识到沈伊湄根本不会改变立场,无奈之下,只得另想办法……"

那一瞬间,何珞珈感到浑身发抖,好像被冲进了飓风中的海洋,眼前的一切都在漂浮,整个世界都在旋转。

"何况村长也不在了,"关城的语气好像一位神父,"他身上的一切都随风而逝了。"

何珞珈一下子明白了："那天晚上回到家里的伊湄其实是你,永廉？"

"没错。"关永廉平静地说,"沈伊湄临死之前,所有的意识已经上传。咪塔把数据拷贝到了我身上,我知道她的一切,扮演起来很容易。"

"她最后都说了些什么？"何珞珈的心堵得厉害。

"她说——"关永廉顿了顿,"'不要告诉我妈。'"

何珞珈呆呆地,心仿佛被针狠狠地刺了一下。

"这是她最后一句话。"生怕有遗漏,关永廉又努力地想了一会儿,终于确定地点点头,"嗯。"

雨渐渐地停了。

何珞珈蹲在树下抱头痛哭,鼻子堵了,眼睛肿了,也不知过了多久,抬头一看,关城依然站在老地方,默默地看着她。

"你以前可没这么爱哭呢。"关城揶揄了一句。

何珞珈忍住抽泣,转身向外走去,关城忽然叫住她："珞珈。"

何珞珈停步,却没有回头,觉得自己跟这个人、跟瑟族已经没什么好说的了。

"今后无论你多么想家,都已经不能再回远人村了。这一点,你应该知道吧?"

"想家?"何珞珈用力地吸了吸鼻子,"我为什么要想念这个家?这三年你们在哪儿?在我最孤独最无助的时候,是伊湄给了我一个家!她才是我的亲人!"

关城的脸上有一丝错愕,他没承想何珞珈如此绝情:"你失去了一个好朋友,我很遗憾。但没有了飞船和储备,瑟族将会失去多少人,你知道吗?"

"我知道,但我不后悔。"何珞珈指了指身后的铁门,"我是瑟族的罪人,请把这几个字写在这个大门上。"

"不要再回远人村,懂吗?"关城的声音很沉重,"里面的人会将你永久关押,你将生活在地底,像一只鼹鼠不见天日。"

何珞珈默默地看着他:"里面的人,包括你?"

"是的,我会是那个下令关押你的人。"关城抬起头,看着远处的山影,"当初注射同生素,我们紧紧拥抱,谁也不愿意松手,都以为那是最后一次在一起了,除了死亡谁也不能把我们分开……"

"……"

"没想到最终分开我们的,是人类。"关城的嗓音里满是唏嘘,"而将你赶出远人村的人,是我。……我没想到是这样的结局。"

"在这个结局里,我牺牲了我哥哥,我父母,我最好的朋友……"何珞珈舔了舔滴到嘴边的泪水,很咸,"尽管这样糟糕,对我来说,也还算是一个好的结局。"

"好的结局?"关城冷笑,"何珞珈,别忘了你是瑟族!你的父母兄弟都是瑟族,你一手导致了它的灾难与毁灭,还说是好的结局?你真是疯了吧,何珞珈!"

"但我的脚踩的是地球,而不是瑟星!"何珞珈愤怒地看着关城,"如果你是人类,你愿意天上有十个太阳吗?你愿意瑟族这样对你吗?如果不愿意,你为什么要这样对待人类呢?"

"我们不是人类,我们不用考虑他们。这么简单的道理为什么你就是拎不清呢?"关城吼道,"我不知道你在说些什么!"

"你当然知道!我说的就是《缪星系宇宙宪章》。《宪章》上说得很清楚,如果到达的星球有智慧生物,我们将和平共处,不干涉他们的文明和演化。"何珞珈的目光渐渐尖锐起来,变成了一根针,"在人类,这叫道德——你愿意别人怎样待你,你也要这样对待别人。"

第六十二章
演技

何珞珈回到丽珠小区时已经是凌晨两点了。

带何珞薇下楼买葡萄之前,她特地做了清洁,擦了桌子,拖了地,收拾了灶台,洗了脏衣服,还把两个卫生间的马桶认真地擦了一遍。佳惠阿姨第二天就要坐飞机回家了,她是个爱干净的人,发现自己离开的日子家中依然窗明几净,一定会很开心的。

到家后,何珞珈发现家中的摆设和她离开前一模一样,不禁想起沈伊湄曾经说过家里可能进贼的事。显然那时的沈伊湄已经不是真正的沈伊湄了,而是关永廉。他大概察觉到什么可疑的动向,想混到何珞珈身边打探消息,才会这样撒谎。

何珞珈一路哭回家,不仅眼睛疼,身体也严重脱水,于是直奔厨房拉开冰箱门找饮料,却赫然看见正当中的玻璃隔板上放着一个八寸大小的蛋糕。

差点儿忘了,今天还是佳惠阿姨的生日。

何珞珈的腿一阵发软,想起了沈伊湄的最后一句话——"不要告诉我妈。"

这世上,沈伊湄最放不下的人还是自己的妈妈。

因为长子在两个月时意外夭折,李佳惠对沈伊湄这个女儿格外疼惜,在婴儿阶段可谓严防死守,寸步不离,生怕有个三长两短。有一次沈伊湄在游乐园里摔了一跤,头磕破了,血流不止。李佳惠看到,还没来得及张罗着去医院,自己先吓得昏倒在地。等沈伊湄的爸爸赶到医院时,母女俩都躺在了病床上。从此之后,无论发生什么意外,特别是见血的那种,沈伊湄一律大事化小小事化了,总之不能惊到妈妈。高中时她得了急性阑尾炎,从发作到手术她都让老师瞒着李佳惠,宁肯打长途电话去深圳让已经离婚的父亲远程签字,也不想让妈妈着急。

"我妈这人,什么事只要沾上我就有被害妄想症。"沈伊湄经常这样吐槽。

小时候管得多,大了自然叛逆。沈伊湄调皮捣蛋、大胆爱玩的个性从未改变,捅过的娄子、惹过的祸不计其数。在她走南闯北的那些年,没少让李佳惠操心。但沈伊湄不是个麻木不仁的孩子,每到一处都记得向家里报个平安:住哪个宾馆,和谁一起,大致日程,都会微信让李佳惠知道,怕李佳惠不信有时还会用上视频。渐渐地佳惠阿姨终于"脱敏",学会了放手。当然沈伊湄晚上十点之后不回家还是会被她叨叨个没完。

冰箱的冷气很足,何珞珈的脸很烫,森森的冷气吹到脸上有种奇怪的酸爽。

何珞珈一边喝着冰水,一边盯着蛋糕发呆。

这蛋糕应当也是关永廉买的。假如赠子没有出现,他将继续扮演沈伊湄,李佳惠不会发现自己的女儿已经调包了。

何珞珈正琢磨着下一步该怎么办,门忽然开了。

何珞薇轻手轻脚地走进来,在客厅里问道:"姐姐,你回来了?"

"嗯,我在厨房里。"

何珞珈关上冰箱,揉了揉红肿的眼睛,走到沙发边坐下来:"我以为你会留在清东街呢。羿族有不少伤亡,你不去搭把手吗?"

"姐姐你忘了?"何珞薇伸手摘掉了何珞珈头上的一根枯草,"这忙我帮不上,瑟族机器人进不了羿族的空间呀。"

"哦。那——方弘逸呢,他没事吧?"

"他的伤势很重,他哥说要把他送到另外一个空间去治疗,大概需要一两个月的时间。"何珞薇温柔地看着她,"弘逸担心你的安危,让我赶紧过来找你。"

何珞珈拉着妹妹的手,把刚才在远人村发生的事情说了一遍。

"佳惠阿姨的飞机十点二十到鹭川,我查了航班,目前没有晚点的迹象。"何珞薇说,"姐姐是打算把伊湄的事说给她听吗?"

"我不知道该不该说。"何珞珈叹了一声,"伊湄不想让妈妈知道这件事,这是她的临终遗愿。"

"可不可以这样理解——"何珞薇顿了一下,说,"既然咪塔把伊湄生前所有的意识都输入到了永廉的身上,那就相当于她还活着,只不过是换了个身体而已?"

"这，这不一样吧？"何珞珈难以接受，"没这么简单吧？"

"对我们机器人来说，根据既定人设和大数据去生成一个陌生人，肯定要容易一点，比如扮演你的奶奶。但模仿一个存在了很久的熟人，而且是人类，就算上传了他所有的意识，在技术上还是有难度的。"

"你是指破绽早晚会出现？"

"也不一定。像永廉这种最高型号的机器人，处理这类情况问题不大。姐姐你不是也没有看出来吗？"

"这倒也是。"何珞珈用力地按了按太阳穴，"可是，这个机器人身上同时存在着伊湄和永廉两个人格，要是不停地切换，会不会出错？"何珞珈记得关城说过，关永廉非但型号先进，身上还上传了很多村长本人的意识，以备忙碌时作为分身使用。万一这些人格打起架来，天知道会闹出什么幺蛾子？

"不会。对我们来说就是两种不同的算法而已。"何珞薇耸耸肩，"当然我自己没有遇到过这么复杂的情况。"

"那你觉得现在的这个'伊湄'，是伊湄本人的成分多一点，还是永廉的成分多一点？"

"永廉至少占90%吧。他的目标是完成村长的指令。伊湄的意识对他来说只是一个数据库而已。如果是伊湄的意识占了上风，他还会去偷赠子吗？"

何珞珈觉得何珞薇分析得很对："现在村长不在了，永廉听谁的指令？"

"应该是关城，他是下一任村长。"何珞薇说，"当然，这中间还有一个取消授权和重新授权的程序。此外，也要看老村长在他身上有没有什么特殊设定。如果设定不能取消或者修改，以至于后面的人无法使用的话，他会被当作废品处理掉。"

"生物降解？"

"对，生物降解。"何珞薇笑了笑，"在瑟星，生产机器人很容易，就像你们的手机，每过一段时间都会推陈出新。大家都想要最新的型号。主人们也会经常更换助理。万一主人去世，别人也不会要他用过的东西，这些助理就会被生物降解。"

听起来好像古代的殉葬制度，何珞珈不明白何珞薇为什么还笑得出来。

"你们不会觉得难过委屈吗？"

"姐姐是指生物学意义上的痛苦？"

"……对。"

"我们会。但我们的痛苦是数码意义上的,容易复制,也容易滥用。比如说姐姐你可以对我说,请把你刚才的痛苦增强一百倍,再重复一万次,像这样一个随便的指令就可以把我们打入地狱。"

一番形而上学的讨论让何珞珈暂时分了一下心,没过多久,痛苦就回来了:是坦言相告,让李佳惠直面最惨淡的人生,还是用一个善意的谎言逐渐引导李佳惠接受女儿已经去世的事实?又或者请关永廉继续扮演沈伊湄,干脆瞒她一辈子?

沈伊湄不想告诉妈妈,何珞珈当然理解。可是,潜意识里她又觉得这样做大大地违背了佳惠阿姨对自己的信任。

这么重大的事情发生了,作为死者的母亲,难道不该有最基本的知情权吗?谎言瞒得了一时,瞒不了一世。更何况何珞珈已经被远人村开除了,恐怕很难请动关永廉长时间地扮演沈伊湄,早晚会有穿帮的那一天。她自己经历过类似的欺骗,那种被愚弄的感受刻骨铭心。

"珞薇,你不是擅长分析数据嘛,我需要你的意见。"何珞珈左思右想,难以决断,"你认为我应该把伊湄去世的真相告诉佳惠阿姨吗?"

何珞薇闭上眼睛想了两秒,摇头:"如果姐姐考虑的是佳惠阿姨未来几十年的身心健康,就不要说,她恐怕接受不了这个真相。"

何珞珈看着何珞薇,缓缓地点了点头,正要跟她商量一下接机的事,只听何珞薇又说:"姐姐,我是特地过来和你道别的。"

"道别?"何珞珈诧异,"你要去哪儿?"

"主任让我回远人村报到。"何珞薇轻轻地说,"姐姐可能不知道,虽然每个瑟族都有自己的助理,但机器人是瑟族的公物——也就是公共财产——要听从首领的统一调配。"

何珞珈怔了一下,随即默默地点了点头。她已被驱逐出村,自然不能继续享用机器人的服务。她想挽留何珞薇,却没勇气向关城开口。于是站起身来,紧紧地拥抱了何珞薇一下:"好吧,谢谢你陪伴我这么久。"

"姐姐对我的服务还满意吗?"何珞薇认真地说,"别忘了给我点赞哦。"

何珞珈在何珞薇的手臂上轻轻地拍了两下。

去机场的路上,因为焦虑紧张,何珞珈的身子一直在抖。

沈伊湄家的习俗是无论接机还是接车都要送花,为简单的生活制造些许情趣。何珞珈在机场的花店里买了一打黄色的郁金香。捧了一会儿觉得不合适,鲜花容易给人错觉,还以为是发生了什么喜事呢。她犹豫了半天,最后还是把花扔进了垃圾桶。

没想到飞机比既定时间提前了二十分钟到达,何珞珈还没想好究竟该怎么办,出口处哗啦啦地拥出来一大群五十岁左右的阿姨,一边走一边说话,七嘴八舌,十分热闹。佳惠阿姨这次是集体活动,跟着一个本地的夕阳红旅游团,每个阿姨的头上都戴着一顶红色的棒球帽。

李佳惠生性节俭,极少旅游。这一次是因为跳广场舞的姐妹们约在一起,她也想跟着去,不料正好赶上旺季,机票、酒店都不打折,她心疼钱,就打起了退堂鼓。最后还是沈伊湄强行给她交了费,把打印的行程单塞到她手上,李佳惠这才开开心心地上了飞机。

人群中出现了一张熟悉的脸,李佳惠首先看见了何珞珈,远远地叫道:"珞珈!"

李佳惠今天气色好极了,脸上化着淡妆,肤色润泽,头发黑亮,颈间系着一条鲜艳的丝巾,在一群人中倍儿显年轻。行李车上堆满了大包小包的土特产。何珞珈连忙跑过去,将一个摇摇欲坠的行李箱搬下来,放在地上,正要抽出拉杆,李佳惠四处张望了一下,问道:"伊湄呢?她怎么没来?"

"她……"何珞珈迟疑着,"嗯……"

身后冷不防出现一个清脆的声音:"妈!我在这儿呢!"

何珞珈吓了一跳,一转身,一个靓丽的身影向她们走来,手里挥舞着一枝玫瑰,见到李佳惠,冲上去狠狠地抱住,啵的一声,在她脸上亲了一下。

"干吗呢,疯丫头!"佳惠阿姨嗔道,"肉麻兮兮的。"

嘴上这么说,脸上满是开心地笑。同行的阿姨们纷纷向她投来羡慕的眼光:"佳惠你真是有福,我家闺女看我跟仇人似的!"

推着行李车走了几步,李佳惠忽然说道:"咦,你们两个都来了,珞薇怎么办?"

"珞薇……住到我哥那边了。我哥给她办了寄宿,以后都由他来接送,基本上……她就不会过来了。"

"有空还是接她过来玩嘛,我还怪想她的呢。"李佳惠遗憾地说。

"嗯,好的。"何珞珈不习惯撒谎,回答得很敷衍。

上了车,何珞珈专心地观察沈伊湄,想看出她的破绽。

然而,完全没有。

那就是活生生的沈伊湄,神态、语气、动作、声音没有任何区别。就连夸张的拥抱、响亮的打啵也是她们母女平日常见的肢体语言。

回家路上沈伊湄的话很多。她还是那样兴高采烈、大大咧咧,无论李佳惠提到什么话题,认识的熟人、待办的事项、往年的趣事,甚至是一句半截话,沈伊湄都能轻松自如地把话接下去……

瑟族的科技令人惊叹。毫不夸张地说,若有需要,他们可以复制出一整个人类。

回到家中,何珞珈又是一惊。

餐桌上热腾腾地摆好了六个菜,包括自己爱吃的九个小碟。石光泰穿着围裙在厨房里忙活着,见大家进来,指着灶台上的一个大号蒸锅笑着说:"阿姨,行李不重吧?伊湄命令我在家做饭,不让我接机。菜已经齐了,清蒸鲈鱼刚刚关火,大家先上桌吧。"

李佳惠走到水池边洗手,笑问道:"光泰,你啥时候学会了做菜?"

"伊湄刚去甜品店那阵,我的生意不是一塌糊涂嘛,就去了我二舅的餐馆,给那里的大师傅打了半年的下手,菜单上所有的菜都能做。"

"青年路上的川香楼吗?"

"对。"

"真能干!那可是大餐馆呢,生意好得不得了。人啊,还是得在生活中历练。你看你,一下子就成熟了好多。"李佳惠一脸的欣慰,"前些时候买菜时碰到你妈,她还请我喝咖啡来着。"

"说到咖啡,我做了一大壶。怕您喝不惯,还做了大麦茶。"

当年石光泰、沈伊湄谈恋爱,李佳惠并不同意。总觉得石光泰交友太乱,成绩又差,做事常常不靠谱。虽然拗不过女儿,但见到石光泰没什么笑脸。难得这次夸他一回,石光泰不禁心花怒放,笑得嘴角都酸了:"谁要喝,举手!"

"先吃菜,小心凉了。咖啡等下配着蛋糕吃。妈,这不是一般的蛋糕,这可是我亲手做的蛋糕哟!"沈伊湄献宝般地从冰箱里捧出了生日蛋糕,"里面有三层水果——菠萝、芒果、草莓——都是您最喜欢的……"

"还有这个——"石光泰神秘兮兮地递上来一个精致的礼品盒,"生日礼物。"

打开一看,黑色的丝绒里静静地卧着一个金光四射的足金手镯。

"这是老凤祥家的手镯,上面刻着一百个福字,可吉利了。"石光泰说,"伊湄亲手挑给您的。"

李佳惠有些愕然,没想到会是这么贵的礼物:"这……这太花钱了吧?"

"不贵。跟您跳广场舞的那些阿姨们几乎人手一个。她们有,您也得有!"沈伊湄不由分说地将镯子套进了李佳惠的手腕,"而且必须是最闪亮的!"

"瞧你们俩。"李佳惠抚摸着手腕上的镯子,"就知道花钱搞气氛。以后日子还长着呢,要勤俭节约,下不为例哦。"

"妈妈,我要努力挣钱,从现在开始,以后每年都送您一件首饰,让您好好地打扮自己,变得珠光宝气的。"

李佳惠摸了摸沈伊湄的脸,轻声道:"我不要珠光宝气,只要你平平安安。"

听到这话,何珞珈心中猛地一抽,不禁一阵恍惚,眼前的人影也跟着模糊了起来。她将涌出的泪水硬生生地逼了回去,不知道此时的自己是应该感动,还是应该哭笑不得。

吃完午饭,趁着石光泰上班、李佳惠午睡,何珞珈把沈伊湄拉进了自己的卧室。

关上门后,何珞珈从齿间发出一声冷笑:"永廉,演技真棒,我差点儿就是你的粉丝了。"

"是吗?我还在学习之中。"关永廉谦逊地说,"一定还有需要改进的地方吧?欢迎您指出来。"

"没有了。"何珞珈抱着胳臂说,"你打算在这里住多久?"

"直到我接到停止扮演沈伊湄的指令。"关永廉的声音更加温柔,"在此之前,对不起,请继续容忍我。"

"村长已经不在了,你不是应该回远人村报到吗?"

"对我来说他还在。他上传过一部分意识在我的身体。"

"什么?你是说村长还能对你发号施令?"何珞珈一听,整个人都不好了。万一关绪的意识被激活,找自己报仇可怎么办。

"不能。"关永廉优雅地拍了拍何珞珈的肩,示意她不用紧张,"村长只是上传了部分意识,并非全部,尚未形成完整的人格。此外,为避免混淆身份、滥用权力,瑟族在这方面有严格的管理制度,他不会乱来的。"

何珞珈松了一口气,想了想,又问:"那村长知道自己已经死了吗?"

"已经知道了。"

"那他……有什么想法不?"

"没有完整的人格,哪来完整的想法?"

"如果现在关城让你取消任务回远人村,你会回去吗?"

"会。"关永廉敛眉,"但我没有接到这样的指令。按照程序,我将继续执行原有的任务清单,也就是扮演沈伊湄。"

何珞珈心想,关城一定是太忙了,身边又有千鹿,才无暇顾及这个流浪在外的关永廉。既然关永廉能把佳惠阿姨哄得这么开心,让"伊湄"多陪妈妈几天也是好的。

"对了,昨晚你在哪?"何珞珈又问。

"石光泰的公寓。"

何珞珈的血压一下子又高了:"你在他公寓干吗?"

"那个……嗯……是情侣之间的事,"关永廉轻声道,"我不方便细说。"

何珞珈有点傻眼:"你……你不是男的吗?"

"我没有性别。"关永廉说,"他很享受,认为我给他带来了极大的快乐。"

"……"

"在我身体的存储器里,装载了沈伊湄大脑的全部数据。我知道她所有的历史,所有的想法,所有的秘密,包括那些被她遗忘的事情,埋藏在潜意识里的东西,我都知道。我的身体也跟她一模一样,就连她左边乳房上有一处增生,鼻腔内有一颗息肉,我也有。"关永廉以一种科学工作者的态度看着何珞珈,"所以您可以说,我就是沈伊湄。"

"你可以像伊湄那样爱她的母亲吗?"

"我是机器人,没有发自内心的爱。但在行动上我可以做得跟她一样漂亮,甚至比道德教科书还规范。"

何珞珈看着她,张大嘴,半天说不出话来。

"佳惠阿姨的身体不大好:心脏有早搏,血压不稳定。您最好不要告诉她伊湄去世了。"关永廉认真劝道,"她肯定承受不了。如果伊湄在世,也不希望您这样做。"

"那你愿意陪伴在她身边,帮她养老送终吗?"

"对机器人来说,有令必行,没有愿意不愿意这个选项。"关永廉笑道,"如果指令没有改变的话。伊湄会怎么做,我就会怎么做。这本来就是我的日常工作。"

"为什么我总觉得你很阴险呢?"何珞珈坦率地说。

"呃,千万别这样想。"关永廉举手投降,"我不过是个服从命令的机器人而已。"

第六十三章
樱花的季节

佳惠阿姨回来后,何珞珈度过了心惊胆战的一个月。

为了让李佳惠有个舒适的住处,她们搬进了楚田公馆307号。那个房子是何千木买的,算是九婴何家的财产,现在空了,不住白不住。至于何珞薇和何千木的去向,何珞珈说,何珞薇的病需要深入治疗,正好何千木一直在国外定居,就在那边给何珞薇找了一家医院,顺便就在附近上学了。李佳惠对何珞珈的这个"哥哥"很是好奇,但既然有这样的安排,当然以孩子的前途为重,她虽然有些舍不得,但念叨了一阵子也就过去了。

东平路上的"榛味甜品店"关门了,店长不知去向。见玻璃窗上贴出了"出租"的字样,何珞珈把它租了下来,和沈伊湄一起开了一家新店,名叫"落梅时光"。生意太好,人手不够,佳惠阿姨办了内退,到甜品店来做收银,一家人过起了充实忙碌、有盼头的日子。石光泰经常过来帮忙进货,也经常来找沈伊湄吃饭,两人有一搭没一搭地谈着恋爱。

何珞珈始终没有勇气说出真相,无论是对李佳惠还是对石光泰,只能硬着头皮与关永廉相处。

幸运的是,通过不断地"学习",关永廉的演技蒸蒸日上、炉火纯青,佳惠阿姨始终没有看出来自己的女儿换了人。不幸的是,需要演技的那个人不仅仅是关永廉,也包括何珞珈。何珞珈需要继续扮演沈伊湄的闺蜜,需要把关永廉当作沈伊湄来喜欢,但她做不到,也做不好。

佳惠阿姨很快就发现了,没过几天,悄悄问何珞珈:"哎,你跟伊湄闹别扭了?"

何珞珈很是吃惊:"没有啊。"

"以前我下班,总能看见你俩窝在沙发上叽叽咕咕地说话。现在我回来,你俩都缩在屋子里忙自己的事,根本不出来。"李佳惠说,"伊湄这孩子吧,心性高脾气暴,她是不是说什么话得罪你了?你们是不是在冷战?告诉阿姨,阿姨去跟她沟通。"

"没有没有,"何珞珈连连摆手,"伊湄不是谈恋爱了吗,光泰总想跟她单独视频,我就不好意思老去她的卧室,占用他俩的时间……"

"真的?"李佳惠显然不大相信。

"真的。"何珞珈用力地点头,"我们好着呢,放心吧,阿姨。"

为了证明自己的友情,接下来的两天,何珞珈有事没事都拉着沈伊湄说话,两人一起做家务,一起逛街,恢复了往日的亲密。关永廉是聊天的好手,聊着聊着,何珞珈有时会忘记沈伊湄已经不在世了,等她意识到这一点,又心生悲凉。如此往复,倍感心累。而方弘逸又不在清东街,何珞珈的一腔愁绪无人诉说,一连几夜通宵难寐。

那一天是个周六,何珞珈在床上翻来覆去,直到凌晨三点才勉强入睡,可没睡多久,就感觉有人在摸自己的脸。何珞珈吓得从床上坐起来,看见沈伊湄站在床边,死死地盯着自己,面色煞白,披头散发,不认真看还以为遇到了鬼。

何珞珈定了定神,拉亮台灯,轻声问道:"伊湄,你没睡啊?"

沈伊湄嘴里喃喃有声,也不知在说些什么。

机器人也会梦游?

"永廉?"何珞珈推了推沈伊湄,想把她推醒,"你没事吧?身上出乱码了吗?"

"永廉是谁啊?"沈伊湄看着自己的手,看了手心又看手背,目光一片迷蒙,好像那不是自己的手。过了片刻她迷迷糊糊地说:"珞珈,你不认得我啦?我是伊湄啊。我这是……在哪儿?"

何珞珈看着沈伊湄,头皮一阵发麻,板着脸斥道:"永廉,深更半夜的,你再装神弄鬼,我可就不客气了!"

"珞珈,我见到咪塔了,就是你说的那个……像水母那样的东西。"床边的人目光缥缈,语气幽幽,"她用吸盘死死地缠着我,好痛啊,特别痛!浑身上下都被撕裂了!"

何珞珈呆住,轻声道:"伊湄?是你?真的是你?"

"好冷啊！我身上的血都去哪儿了？"沈伊湄忽然开始抽泣，身子打着寒战，"我是不是已经死了？为什么我浑身上下都不给力呢，哪儿哪儿都不对……珞珈，珞珈，你知道发生了什么吗？"

"你还记得村长吗？"何珞珈轻声说。

"村长？"沈伊湄看着何珞珈，一脸惊恐，身子开始剧烈地颤抖，嘴中喃喃自语。

何珞珈紧紧地搂住沈伊湄，将脸紧紧地贴着她的脸，让她感受到血液的温度："你是被村长害死的。"

沈伊湄好像明白又好像不明白，身子缩成一团，手脚抽搐了几秒，问道："那甑子呢？最后找到了吗？"

"找到了，伊湄。现在没事了，天上不会再有九个太阳了。"何珞珈哭着说，"对不起，都是我害了你。"

"不要告诉我妈。"沈伊湄忽然说，"不要告诉她。珞珈，答应我！"

"我不会说的，请放心，我会好好照顾她一辈子。"何珞珈柔声问道，"伊湄，你还有什么心愿吗？"

就在这时，沈伊湄的眼神忽然变了变，摸了摸自己的脑袋："咦，我怎么会在这里？"

何珞珈怔住。

"我是永廉。"关永廉说，"我这边……出了点小故障。"

何珞珈擦了擦眼泪："需要回厂返修吗？"

"不要紧。"关永廉心平气和地解释说，"伊湄的数据跟我不大兼容——毕竟她是人，不是瑟族——我们的文化也不在一个框架体系。给我一点时间，我可以自己修好。刚才……没吓到你吧？"

"你回去睡吧。"何珞珈叹了一声，不禁悲哀地想，沈伊湄也许还活着，以这种奇怪的方式。

何珞珈最后一次见到关城是那一年的四月中旬。

由于数据不兼容，在关永廉体内的"伊湄"经常夜半发作，要么喃喃自语，要么通宵哭泣，何珞珈本来就不信任关永廉，不知道应该怎么办，终于忍不住给关城打了个电话。

何珞珈本来以为自己会拨到一个空号，没想到关城很快就接了。听何珞珈讲完事情的经过，电话那边，关城沉默了一下，说："这样吧，你让永廉回远人村。我把伊湄的数据全部拷贝到珞薇身上，让珞薇变成伊湄。你看行吗？"

何珞珈没想到关城会这么配合，心中惊讶，讪讪地说："……方便吗？"

"不就是一个复制、粘贴吗？"

"那你们……岂不是可以复制出一万个沈伊湄？"

"没错，要多少有多少，假如威瓦还在的话。"关城又恢复了懒洋洋的语气，"唉，不说了，已经不在了。我正给村民们上课呢，让他们做好心理建设，学会面对死亡。"

第二天上午，为了领回何珞薇版的"沈伊湄"，何珞珈在白鹤楼上见到了关城。

"我让咪塔重新梳理了一下数据，修订了一些程序，应该问题不大。"鹭城的春季气温很低，关城却只穿了一件很薄的衬衣，不知是什么面料，在阳光下闪着白光。楼上的风很大，他站在何珞珈的对面，帮她挡着冷风，徐徐地说道，"不过伊湄偶尔还是会蹦出来的。"

"……"

"你要多多开导她，让她接受自己的新身体。毕竟这也是一种活法，不是吗？而且长生不老。"关城没心没肺地笑了笑，"多好的事啊，很多人还求之不得呢。"

何珞珈狠狠地瞪了他一眼。

"珞珈，我是来向你告别的。"关城话题一转，"我决定把远人村搬到靠近南极的地方。"

"南极？挺冷的吧？"

"南极上空有地球上最大的臭氧层空洞，我们可以获得一些零星的缪子射线。"关城看着鹭江上的云雾，声音中有一丝惆怅，"我得对剩下的瑟族负责，替他们想一想今后的出路。"

"我会想念你的。"何珞珈真诚地说。

关城笑了："告诉方弘逸，别太得意，我的寿命比他长多了。总有一天我会回来找你的。"

没想到关城会这样说，何珞珈的脸红了。

"你终究会成为我的妻子，与我同生共死，这一点谁也不能改变。"关城越说越自信,好像这一天即将到来。

"那你一定要好好地活着哟。"

"会的。"关城的眼眸中充满了不舍,"为了瑟族,为了你。"

何珞珈凝视着他英俊的脸庞,不知为何有些难过。

"对了,送你一件礼物。"关城从裤子口袋里掏出一个巴掌大小的黑色礼盒递给何珞珈,"等我走了再打开哦。"

"早说啊。"何珞珈的声音有些哽咽,"我也给你准备一份礼物,你喜欢什么?"

"我喜欢方弘逸的脑袋。"

何珞珈无语地看着关城,直到他的身影消失在密密麻麻的游客之中。

过了片刻,何珞珈缓缓地拆掉礼盒上的丝带,打开一看,里面是个手绣的真丝锦袋。何珞珈解开锦袋的绳扣,从里面倒出一根人的指骨。

何珞珈怔了一下,深吸一口气,对着指骨喃喃地说:"你好,紫苏姐。"

何珞珈将礼物放进包中,下楼打了个出租车去清东街。刚到收费亭就看见了方弘逸。

何珞珈有些愕然。东山寺一役,方弘逸伤势严重,一直在异度空间治疗,何珞珈一直没有见到他。

方弘逸很正式地穿了一件白色西装,大概不想过于"正式",里面依然是件白T恤,下面是白色的牛仔裤和白色的运动鞋。他的脸晒得有点黑,是健康的麦色,看上去更加年轻了,像个参加毕业典礼的高中生。

"嗨,珞珈!"方弘逸笑得很灿烂,"我正要去接你呢。"

"真巧。"何珞珈的声音很柔,"我有个东西要送给你,就特地赶来了。你找我有什么事吗?"

"清东街的樱花开了,"方弘逸腼腆地说,"还记得你说的那句话吗?"

何珞珈的双手插在兜里,看了看自己的脚尖,又抬起头来,冲方弘逸眨了眨眼:"让我们谈一次像人类那样的恋爱?"

版权合同登记号:图字:11-2022-206号

图书在版编目(CIP)数据

星河远人/(加)施定柔著.—杭州:浙江文艺出版社,2022.7
 ISBN 978-7-5339-6791-8

Ⅰ.①星… Ⅱ.①施… Ⅲ.①幻想小说—加拿大—现代 Ⅳ.①I711.45

中国版本图书馆CIP数据核字(2022)第043612号

策划统筹	柳明晔
责任编辑	关俊红　张　可
责任印制	张丽敏
封面绘图	徐文金
装帧设计	仙境 WONDERLAND Book design
营销编辑	宋佳音

星河远人

[加]施定柔 著

出版发行	浙江文艺出版社
地　　址	杭州市体育场路347号
邮　　编	310006
电　　话	0571-85176953(总编办)
	0571-85152727(市场部)
制　　版	浙江新华图文制作有限公司
印　　刷	杭州杭新印务有限公司
开　　本	710毫米×1000毫米　1/16
字　　数	525千字
印　　张	31.25
插　　页	4
版　　次	2022年7月第1版
印　　次	2022年7月第1次印刷
书　　号	ISBN 978-7-5339-6791-8
定　　价	98.00元(全二册)

版权所有　侵权必究